Compar..in aeternum…in fide perpetua

„Ich hatte Gespielen, ich hatte Gefährten,
in den Tagen der Kindheit, in der fröhlichen Schulzeit;
all, all sind sie fort, die alten bekannten Gesichter.

Ich habe gelacht, ich habe geschwärmt,
spät getrunken, spät gegessen mit meinen Genossen;
all, all sind sie fort, die alten bekannten Gesichter.

Ich habe geliebt, wie war sie schön,
ihre Tür ist verschlossen; nie seh ich sie wieder;
all, all sind sie fort, die alten bekannten Gesichter."

Charles Lamb (1775-1834)

„I love a sunburnt country,
A land of sweeping plains,
Of ragged mountain ranges,
Of droughts and flooding rains.
I love her far horizons,
I love her jewel-sea,
Her beauty and her terror –
The wide brown land for me!

An opal-hearted country,
A wilful, lavish land –
All you who have not loved her,
You will not understand –
Though earth holds many splendours,
Wherever I may die,
I know to what brown country
My homing thoughts will fly."

Dorothea McKellar, My Country

Das Schiff schien auf den Wellen zu tanzen wie ein Korken in einer Flasche prickelnden Champagners. Der Wind heulte um die Planken, Regen prasselte auf das Holz. Hagen lehnte seinen Kopf dagegen, schloss die Augen und lauschte auf das Prasseln wie auf eine imaginäre Melodie, die er irgendwo in seinem Unterbewusstsein gespeichert hatte. Er wollte sich von ihr forttragen lassen, fort von den Geräuschen im Raum – dem Seufzen, dem Raunen, dem Schnarchen. Und wenn einer aufstand, zu einem der Eimer hinüberwankte, um sich zu übergeben oder anderweitig zu erleichtern, zog er sich die löchrige alte Decke über den Kopf, versuchte, nicht auf die Geräusche zu achten. Er brauchte nicht hinzusehen. Es war schon irgendwie eine Unart des Gehirns, mit den Geräuschen etwas zu verbinden, was ihn sich ekeln ließ. Manchmal drangen die Stimmen der anderen an sein Ohr, säuselnde Frauenstimmen, Männerstimmen in den unterschiedlichsten Dialekten und Klangfarben. Jemand erleichterte sich auf dem Eimer. Hagen hatte noch hingesehen, als die alte Frau aufstand, durch ein Schaukeln auf alle viere geworfen wurde, sich aufrappelte, ihre Röcke in beide Hände gerafft und zu einem der Eimer stolperte. Als sie sich über den Eimer hockte, verbarg er sein Gesicht unter der Decke. Alles roch nach Blut, Kot, Urin, Schweiß. Er presste sich die Decke an die Nase, roch vorsichtig daran, schnupperte fast daran wie ein Kaninchen – es roch modrig. Gerade jetzt fiel ihm ein, wie viel Wert seine Mutter immer auf Sauberkeit gelegt hatte. Doch sonntags, wenn er als Jüngster endlich in den Zuber zum Baden steigen musste, war das Wasser kalt und von einer fast brackigen Konsistenz wie der kleine Bach hinter der Färberei. Wenn seine Mutter ihn jetzt so sehen könnte ... Hagen lugte unter der Decke hervor. Die alte Frau war vom Eimer verschwunden. Sie saßen alle sehr dicht beieinander in einem großen Halbkreis. An Bord gegangen waren über 100 von ihnen, 81 Männer, der Rest Frauen, alle Altersgruppen waren vertreten. Nach einer Woche hatten sie die zwei jüngsten Frauen rausgetragen, über Bord geworfen. Die eine von ihnen hatte nachts oft im Schlaf geschrien, wahrscheinlich hatte sie Albträume gehabt und irgendwann war die Situation schlichtweg eskaliert. Ihre Sitznachbarin hatte sie gewürgt. Ein alter Mann hatte beide Frauen beruhigen wollen, dabei war eine gestürzt, ihr Kopf zuerst an eine der Stützen geschlagen, dann ging sie zu Boden. Ein dumpfes Geräusch. Die Würgerin lag da mit starrem Blick, die andere rang nach Luft. Der alte Mann hatte sich wieder hingesetzt, seine zitternden Hände in seinem Schoß verschränkt. Hagen schätzte ihn auf weit über siebzig und irgendwie hatte es ihn sichtlich erleichtert, als der Alte ein paar Tage danach morgens einfach nicht mehr aufwachte. Jede Woche starben einige von ihnen wie die Ratten, die in den Planken des Schiffes hausten und deren unheilvolles Rascheln und Piepsen man besonders nachts hören konnte. Es war wie ein Spiel, eine Art stille Post im Dämmerlicht unter Deck. Sie waren sich selbst überlassen hier unten und die Soldaten vertrauten darauf, dass sie sich gegenseitig ausmerzen würden auf der langen Reise. Die kargen Essensrationen, die mangelnde Hygiene taten ihr Übriges. *Wer wird der Nächste sein*?, dachte Hagen. Er machte einige Leute aus, besah sie sich genau und malte sich aus, wie und wann sie sterben würden. Oder er grübelte darüber, was sie wohl getan hatten, um hier zu landen. Je größer ihre Sünde, desto qualvoller ihr Tod. Ein sanftes Hinübergleiten in der Nacht für den Taschenspieler, auf Syphilis folgender Schwachsinn für die Hure und ein Herzinfarkt für den Mörder. Oder so ähnlich. Fast musste er darüber lachen, verzog das Gesicht aber nur zu einem Grinsen, um nicht weiter aufzufallen.

Aus der hintersten Ecke drangen laute Geräusche an sein Ohr, ein tiefes Stöhnen. Hagen zuckte unmerklich zusammen, als der Mann neben ihm etwas sagte. „Ich hasse es, wenn sie das tun!“, meinte er fast tonlos. Er hatte die ganze Reise über kaum ein Wort gesprochen, meist einfach nur an einen Punkt im Raum gestarrt oder zu Boden geblickt, die Decke um sich geschlungen wie eine zweite Haut. Ab und an hatte er genickt, wenn Hagen ihm das Brot reichte, welches herumging. Er musste in der Nacht aufstehen, wenn Hagen schlief, sonst hätte er es mitbekommen. Vielleicht zögerte er vor den anderen auf die Eimer zu gehen. Zugegeben, es war Hagen auch peinlich gewesen am Anfang. Nicht vor den Männern, sondern vor den Frauen. Aber die sahen eigentlich nicht aus wie vornehme Damen, also hatte er sich überwunden. „Es ist wohl mehr Zeitvertreib“, sagte Hagen nun, nachdem er eine Weile überlegt hatte, wie er die Bemerkung des anderen quittieren sollte. „Vielleicht", sagte der andere und fügte dann hinzu: „Oder sie tun es aus reiner Gewohnheit."

„Also ich höre da ganz gerne zu!", gackerte ein Typ, der gerade an ihnen vorbei zu den Eimern wankte. Hagen wollte sich wieder die Decke über den Kopf ziehen, doch dann zögerte er. Die Geste würde abweisend wirken, jetzt, wo der andere mit ihm sprach. Also drehte Hagen sich zu ihm hin, sah in sein blasses Gesicht, das von strähnigen dunklen Haaren umrahmt wurde. Es war schmal und die ersten Stoppeln eines ungleichmäßigen Bartwuchses durchdrangen die Haut. Er fragte sich, ob er auch so aussah. An dem Blick des anderen war etwas irritierend, denn seine Augen wirkten wie tot. Ihr helles Blau wirkte kalt, der Blick leer. Fast hoffnungslos, resigniert ... gebrochen. Der andere hustete bellend wie ein Hund. Es schüttelte seinen ganzen Körper. Hagen stand auf, griff zielsicher die Blechtasse, die vor dem Mann stand, ging zum Wassereimer, füllte sie und hielt sie ihm hin. Der Mann nahm sie wortlos, leerte die Tasse in einem Zug. Dann schwieg er wieder, lehnte sich gegen die Wand, senkte den Blick auf den Boden.

Hagen fragte sich, wie viele Tage sie schon unterwegs waren. Er hatte sein Zeitgefühl völlig verloren. Zweimal am Tag brachten die Soldaten ihnen etwas zu essen. Morgens etwas Brot und eine dünne Suppe, abends nur Brot, manchmal etwas Pökelfleisch, ab und an ein paar lauwarme Pellkartoffeln. Doch das Brot wurde von Tag zu Tag härter, die Suppe dünner. Manchmal konnte man sie oben reden hören, wenn sie bei normalem Seegang hin- und herpatrouillierten. Sie lästerten über die Gefangenen unter Deck, sprachen von den Frauen, die sie mit nach oben nehmen wollten. Für eine kleine Gefälligkeit. Als Belohnung sollte es mehr Essen geben oder Alkohol. Eine der Frauen hob auch immer den Kopf, sie schien sich zu wünschen an Deck zu kommen, egal für welchen Preis. Der Ausdruck auf ihrem Gesicht verriet es. Aber niemand würde sich mit dem Abschaum einlassen.

Die Luke wurde geöffnet und die Treppe hinunter kamen zwei Soldaten. Sie hatten ihre Gewehre geschultert, stellten eine große Blechschale mit Brotstücken und eine mit etwas Fleisch auf den Boden. Dann nahm der eine sein Gewehr in beide Hände, sah von Gefangenem zu Gefangenem, warf dann einen kurzen Blick in die Wassertonne und verließ mit dem anderen wieder den Raum. Das Licht des Mondes hatte die ausgezehrten Gesichter für Minuten erhellt. Sie waren alle zu schwach, um sich aufzulehnen. Als die Soldaten weg waren, fielen sie alle wie die Tiere über das Essen her. Hagen griff sich zwei Stücke Brot, klemmte sie unter die Decke. Dann hielt er seinem Nebenmann ein Stück Brot vor die Nase. Doch dessen Augen lösten sich nicht vom Boden. „Hier“, meinte Hagen mit Nachdruck und biss ein Stück ab. Der andere schüttelte den Kopf. „Ich kann nicht ...“ Seine Stimme war so leise, dass Hagen genau hinhören musste, um etwas zu verstehen. Viel hatte er nie gegessen. „Dann lege ich es hier hin“, meinte er, legte es ihm zur Seite. Ihn beschlich ein ungutes Gefühl, was seinen Nebenmann betraf, denn kurz darauf erging er sich wieder in einem Hustenanfall, bei dem er sich nach vorne lehnte, die Hände in die Decke gekrallt. Als er nach Luft rang, hörten alle auf zu essen und starrten mit Unmut auf den Mann. Hagen klopfte ihm sachte auf den Rücken, holte wieder etwas Wasser in der Tasse. Diesmal setzte er sich dicht an den Mann, umfasste seinen Kopf mit einer Hand und gab ihm das Wasser selbst, wobei die Hälfte durch das Husten umhergespritzt wurde. Eine der Frauen stand auf. „Du musst aufpassen!“, meinte sie zu Hagen. Es klang beinahe mütterlich. „Das hört sich gar nicht gut an. Du kannst dich anstecken!“ Hagen sah auf. Sie war zierlich, ihr Haar stand trotz des altjüngferlichen Knotens vom Kopf ab wie ein Besen, einige Strähnen hatten sich gelöst. Ob dieses grotesken Aussehens und des schmutzigen Kleides war sie hübsch, wirkte fast zu warmherzig für diese raue Atmosphäre. „Wieso?“, fragte Hagen, „Er hat sich sicher erkältet.“ Sie kam herübergewankt, der andere zuckte zurück, doch Hagen hielt ihn fest. Er merkte, wie der andere zitterte. Schüttelfrost, dachte er. Die Frau kniete sich neben die beiden, legte eine Hand auf die Stirn des Mannes. Wie selbstverständlich wollte sie unter die Decke langen, sie aus der Umklammerung seiner Hände befreien, um einen Blick auf seine Brust zu werfen, doch der Mann zischte ihr zu, dass sie nicht wagen solle ihn anzufassen. „Wenn es Typhus ist, dann müsstest du Flecken auf der Haut haben. Bei dem miesen Essen hätte ich darauf gewettet. Vielleicht ist es Tuberkulose, mein Bruder hatte die gleichen Hustenanfälle ..."

„Und?", unterbrach Hagen. „Er ist daran gestorben!", sagte sie mit einer Gleichgültigkeit, die ihn schaudern ließ, aber er schob ihr Verhalten darauf, dass dies nicht der rechte Platz für tief gehende Emotionen war. Hier war sich jeder selbst der Nächste. „Ist das ansteckend?", fragte jemand von hinten. „Dann sagen wir es den Soldaten und die sollen ihn über die Reling werfen!"

„Ich glaube nicht", meinte die Frau, „Aber ich sage wohl besser Bescheid."

„Es geht schon wieder", knurrte der andere nun mit heiserer Stimme. „Ich habe mich erkältet, wie mein Nebenmann hier gesagt hat. Und wenn es Typhus wäre, meine Liebe, dann würdet ihr es alle auch bekommen. Schließlich habt ihr auch von den Sachen hier gegessen." Er begann zu lachen, schob Hagen sanft von sich fort, lehnte sich wieder an die Wand. „Was redest du?", meinte die Frau, hob eine Hand an ihre Lippen, sichtlich verunsichert. „Das werdet ihr schon sehen! Und wenn es auch nur einer wagt, mich anzufassen ...", er hob die Hände unter der Decke hervor. „Diese zwei Hände haben schon einmal eine Frau umgebracht und ich würde es jederzeit wieder tun!" Zuerst wollte Hagen in das hämische Lachen des anderen mit einfallen, doch als er sah, wie die Frau schnell an ihren Platz zurückeilte, die anderen sich ebenfalls mit seltsam verängstigten Mienen erschrocken abwandten und er die Worte des Mannes verdaut hatte, verging ihm das Lachen. Er rückte an die Wand, aber setzte sich etwas weiter abseits. „Sieh sie dir an! Sie spucken große Töne und kneifen!", zischte er Hagen nach einer Weile zu, wobei immer noch ein Grinsen auf seinem Gesicht lag. „Kann sein", gab er verhalten zurück. „Du glaubst doch nicht wirklich, was ich gesagt habe, oder?"

„Ich glaube, hier sind keine anderen Mörder anwesend. Zumindest niemand, der es mit Absicht getan hat", bemerkte Hagen und wandte seinen Blick dem anderen zu. „Hast du von dem Fleisch gegessen?"

„Nein, ich mag kein Pökelfleisch", gab Hagen offen zu. „Gut. Das würde ich auch meiden. Im Gefängnis gab es Abfälle, Leber und anderen Kram. Ich habe da auch nichts von gegessen."

„Wieso?"

„Na, weil sich da einer Typhus geholt hat!“, untermalte er seine Worte mit einem breiten Grinsen. „Meinst du, sie würden auch Menschen mit Typhus hier auf das Schiff schicken?“

„Kann man so sagen. Einige sind dran gestorben im Gefängnis. Und als einige wieder laufen konnten, mussten wir auf das Schiff“, er hob beschwichtigend seine rechte Hand. „Und nein, es ist nicht ansteckend. Es kommt vom Fleisch, glaub es mir!“ Das war es also. Man schickte sie in die Verbannung, fütterte sie so lange mit dem alten Pökelfleisch, bis es sie alle dahinraffte. Auf diese Art und Weise waren sie auch alle zum Tode verurteilt. Hagen hatte nur Gerüchte gehört von dem harten Leben in den weit entfernten Kolonien, von Sträflingen, die dort fortliefen, um sich im weiten Land abzusetzen, sich ein neues Leben aufzubauen. Man konnte dort angeblich sehr gut untertauchen. Er war nicht lange im Gefängnis gewesen, dort war es zu voll, zu viele Menschen. Irgendwie war er froh gewesen, auf dem Schiff zu landen, in gewisser Weise auserwählt zu sein. „Wie ist dein Name?“, riss ihn der andere aus seinen Gedanken. „Ich muss mich noch bei dir bedanken!“

„Hagen.“ Sein Gegenüber wiederholte den Namen, jedoch hörte es sich seltsam verzerrt an. „Was ist das für ein Name?“

„Meine Mutter hatte eine Vorliebe für diesen traditionellen deutschen Namen.“

„Henry Edward Nicholas!“, stellte der andere sich vor. „Und meine Mutter hatte ein Faible für Adel! Henry nach Heinrich VIII., Edward nach unserem Kronprinzen und Nicholas nach dem russischen Zaren.“ Sie schwiegen. Henry schloss die Augen, lehnte den Kopf an die Wand. Doch Hagen wollte sich ein Herz fassen, räusperte sich. „Hast du wirklich eine Frau umgebracht?“

„Ja, aber ich wollte es nicht wirklich. Es war, wenn man so will, eine Verkettung tragischer Umstände.“

„Dann hast du sie geliebt?“

„Ja, ich habe meine Mutter geliebt … Hagen von Troja“, schmunzelte er. „Was meinst du mit Hagen von Troja?“

„Da trägst du einen Namen und kennst dessen Geschichte nicht?“, fragte Henry, es klang fast wie ein Lehrer und erinnerte Hagen an seine kurze Schulzeit. „Ich kenne nur die Thidrekssaga aus Island.

Nun, Hagen sieht nach seinem letzten Kampf schwer verletzt seinen Tod voraus. Und dann bittet er Thidrek af Bern, seinen Feind, eine letzte Nacht mit einer Frau verbringen zu dürfen. Hagen bittet die Frau, den Sohn, den sie bekommen wird, Aldrian zu nennen. Und ich meine, sie bekommt auch noch einen besonderen Schlüssel von ihm.“ Hagen hörte ihn mit offenem Mund staunend zu, ihm fiel auf, dass sein Nebenmann gebildet sein musste, denn vorher hatte er nie von so einer Sage gehört. Seine Mutter hatte ihm nur gesagt, dass sein Name von einem Helden stammte. Henry bemerkte, dass er ihn anstarrte, winkte schnell ab. „Sieh mich nicht an wie einen Heiligen!“, lächelte er, „Mein Gott, ist doch nur eine Geschichte.“

„Aber du kennst sie!“

„Ich bin müde …“, meinte Henry. Damit drehte er sich zur Seite, um zu schlafen. Er hustete wieder, diesmal aber nicht so stark wie vorher. Dennoch hoben einige wieder ihre Köpfe, sahen zu ihnen herüber. Hagen wandte den Blick ab. Ihm war der Appetit vergangen und so legte er sein Brot hinter sich. Da war etwas an Henry, was ihn nachdenklich stimmte, aber auch neugierig machte. Zuerst sein andauerndes Starren und Schweigen und jetzt schien er doch Gesellschaft zu suchen, Hagens Gesellschaft. Ausgerechnet seine. Er war viel zu sehr mit Nachdenken beschäftigt, so würde er keinen Schlaf finden. Zudem ihn nun irgendwie die Angst beschlich, die anderen könnten sie beide nachts umbringen. Henry, weil sie ihn alle von einer Seuche befallen glaubten, und ihn, weil er sich mit ihm in ihren Augen verbrüdert zu haben schien. Aber er wusste nicht, wie lange die Reise noch dauerte, er konnte nicht jede Nacht angestrengt versuchen wach zu bleiben. Er konnte sich durchaus seiner Haut wehren, aber nicht gegen eine durchdrehende Meute, die blind vor Wut war. Unter der Decke faltete er die Hände, bat Gott im Geiste stumm darum, in Ruhe gelassen zu werden, und rückte instinktiv wieder ein Stück weit an seinen Nebenmann heran. Es war göttliche Fügung gewesen, dass er kein versalzenes Fleisch mochte, ja, Salz an sich hasste – vielleicht rettete es ihm das Leben.

Henry schlief nicht tief. Seit dem ersten Tag im Gefängnis war ihm ein tiefer, fester Schlaf versagt. Es war mehr ein sekundenlanges Wegdösen, einige Atemzüge lang, bis er wieder die Augen spaltbreit öffnete, seine Umgebung genau im Auge behielt. Doch er träumte. Es war wie ein Absinken im Meer, wenn man die Luft anhielt, sich einfach hinabgleiten ließ, das Prickeln des aufsteigenden kalten Wassers an den Fußsohlen, zog es einen tiefer, doch nicht tief genug, um nicht sofort wieder aufsteigen zu können. Emporzustoßen aus der Tiefe, bevor sie einen verschluckte. Er hatte das Meer gesehen, nur einmal, mit seiner Mutter am Strand in Dover gestanden und sich vorgestellt, wie es wäre, hineinzulaufen wie die anderen Kinder, sich in die Wellen fallen zu lassen, kichernd, Hand in Hand. Doch als er sich von ihrer Hand losriss, sich in die aufschäumende Gischt warf, schleuderte ihn die Gewalt des Wassers hin und her. Der Luft wich Wasser, er konnte nicht mehr atmen und wie eine unsichtbare Hand zog es ihn tiefer. Er hatte Glück, dass ihn ein Mann rechtzeitig aus dem Wasser rettete. Denn seine Mutter konnte auch nicht schwimmen. Sie bestrafte ihn nicht körperlich, sondern sprach einfach tagelang nicht mit ihm, bis er eines Nachts an ihrem Bett stand, sie um Verzeihung bat. Da hob sie ihre Bettdecke, ließ ihn zu sich ins Bett krabbeln. Behutsam legte sie ihre Arme um ihn, drückte ihn an sich. „Mein kleiner Mann ...“, flüsterte sie in sein Haar.

Henry öffnete die Augen, sein Atem ging schwer. Fast hatte er wieder ihren Geruch in seiner Nase nach Schweiß und *Cote de Lilas* – ihrem Lieblingsparfum, das immer so schwer nach Lavendel gerochen hatte. Sein Blick glitt zur Seite. Hagen schlief, sein Kopf war auf seine Brust gesunken. Hagen ... Was für ein seltsam strenger Name für diesen jungen Mann. Er schätzte ihn auf Mitte zwanzig, wenn man ihn sich unter anderen Umständen, rasiert, sauber, mit sorgfältig gestutztem Haar vorstellte. Vielleicht hatten ihn seine Worte vorhin zu sehr schockiert. Henry war nicht wirklich auf Gesellschaft angewiesen. Er konnte sich nie sicher sein, ob er jemand anderem vertrauen sollte als sich selbst. Zu oft hatte er geglaubt, es würde ihn etwas mit einem anderen Menschen verbinden, und wenn er sich blind darauf verlassen wollte, wurde er enttäuscht. Jedes Mal aufs Neue. Es hatte ihn abgehärtet, ihn aber auch kontaktscheu gemacht. Gestern hatte er Hagen im Schlaf seufzen gehört. Ein tiefes, fast verzweifelt klingendes Seufzen, das ihn aufschrecken ließ. Die anderen hörten es nicht oder sie überhörten es. Da hatte Henry das erste

Mal überlegt, ob er das auch tat, wenn er döste. Es war ihm unangenehm, zu viel von sich preiszugeben. Ebenso wie Hagen zog er es vor, wenn alle schliefen zu einem der Eimer zu gehen. Ab und an wachte dann eine der Frauen auf, schenkte ihm ein honigsüßes Lächeln, manchmal strichen sie mit ihren Händen über ihre Brüste, den Oberkörper, machten einen Kussmund. Es war für sie eine Art Vergnügen zu provozieren, die meisten von ihnen waren Prostituierte. Sicher machten sie das auch mit den anderen Männern. In dieser Nacht schliefen sie, bis auf die eine, die vorhin bei ihm gewesen war. Henry ging an ihr vorbei, der leicht entgeisterte Ausdruck auf ihrem Gesicht, wie sie sich an die anderen drängte, ließ ein Gefühl in ihm aufkommen, dass er schon lange verdrängt hatte. Ja, er hatte geglaubt, es sei unter den vielen anderen Emotionen und Eindrücken begraben. Nun legte es sich über ihn wie ein Schleier, kitzelte seine Eingeweide wie eine Vorfreude, eine kindliche Vorfreude, etwas Verbotenes zu tun. Sein Herz schlug schneller, es jagte einen Stoß Adrenalin durch seine Adern, machte ihn benommen, sodass er die Augen schloss, kurz innehielt. Im Geiste sah er, wie er sie packte, ihr ins Gesicht schlug, die Angst in ihren Augen berauschte ihn. Er entlud seinen ganzen Hass auf ihre Zunft, auf sie. Als er die Augen wieder öffnete, hatten sich seine Hände zu Fäusten geballt, so fest, dass es wehtat. Nicht nur die Frau, sondern auch zwei der Männer starrten ihn an. Einer wollte etwas sagen, aber sein Nebenmann legte ihm ahnungsvoll die Hand auf die Schulter und so schluckte er die Worte mit einem Haufen Spucke hinunter.

Als Henry zu Hagen zurückkehrte, war dieser zur Seite gerutscht. Er schlief wie ein Stein. Henry hüllte sich wieder in seine Decke, ließ sich von einer dunklen Welle fortziehen, fand sich nachts auf den Straßen der Stadt wieder. Er hatte das Bild seiner Mutter vor Augen, wie sie im Wohnzimmer auf dem eleganten Sofa gegessen hatte, umrahmt von den letzten Möbeln, die er noch nicht versetzen musste. Auf ihrem Schoß lag eine geöffnete Schachtel Pralinen. Sie trug einen Morgenmantel, ihre Haare waren von grauen Strähnen durchzogen, dennoch ruhten sie auf ihren Schultern, zeugten noch von ihrer einstigen Schönheit. In ihrer Hand hielt sie die sauber geglätteten Papierchen, in denen die Pralinen verpackt gewesen waren. Es war eine alte Gewohnheit von ihr, um sicher zu sein, nicht zu viele Süßigkeiten zu essen. Dabei war sie in den letzten Monaten schrecklich abgemagert. Er hatte ihr die Pralinen gekauft, obwohl sie sich so etwas eigentlich nicht mehr leisten konnten. Doch als er ihr die Schachtel überreichte, sie die große Schleife um den Karton löste, wollte er nicht an all die Schulden denken, die ihn erdrückten und von denen sie nur teilweise wusste. Auf ihrem Gesicht lag so viel Freude über sein Geschenk. Er konnte sie nicht in alle Probleme einweihen. „Mama", hörte er sich sagen, „es ist nach Mitternacht. Willst du nicht ins Bett gehen?" Er bemühte sich, klar und deutlich zu sprechen, doch sein Gehirn war von etlichen Gläsern Wein und Bier benebelt. Wenn er trank, machte ihn das frei. Seine Unsicherheit, jedes Zögern verschwand und er konnte sich in Gespräche einbringen. Der Alkohol ließ ihn die Probleme nicht vergessen, aber er machte ihn zu einem eloquenten Redner und gut gelaunten Menschen, der die Gesellschaft anderer Menschen schätzte und brauchte. Es war ein reiner Selbstbetrug. Ebenso wusste er, dass seine Mutter ihn zu einem unterwürfigen Etwas erzogen hatte. Er war ihr Hündchen. Die Erkenntnis erschreckte ihn nicht, denn er hatte es all die Jahre geahnt, nicht die Kraft gehabt, sich dagegen aufzulehnen. Und nun, wo sie so zerbrechlich war, so verzweifelt dasaß, in Gedanken versunken, ging er zu ihr, ließ sich neben ihr vor das Sofa auf die Knie fallen. Sie legte die Pralinenschachtel weg, öffnete die Hände und er legte seinen Kopf in ihren Schoß. Ihre Hände begannen seinen Kopf zu streicheln. „Es ist deine Schuld, Junge ... und meine", sagte sie leise. „Ich hätte nicht alle meine Hoffnungen auf dich setzen sollen. Du konntest dem nie gerecht werden. Und du hast nie versucht, mit dem zufrieden zu sein, was wir dir gaben."

„Ja, Mama", sagte er mit der Stimme eines braven, kleinen Jungen. Sein Gehirn forderte ihn auf, sich doch endlich wie ein Mann zu benehmen! „Henry ", sie hob sein Gesicht an, er wollte ihrem Blick ausweichen, den großen, traurigen braunen Augen, doch es gelang ihm nicht. „Sieh, was du uns angetan hast! Wir werden das Haus verlieren ..." Ihre Stimme war ruhig und er nickte. Sie wusste nicht, dass er das Haus bereits so gut wie verkauft hatte, auch wenn der Erlös nicht reichte, um die Schulden zu decken. „Ja, Mama." *Sei ein*

Mann!, forderte die Stimme in seinem Kopf energischer. *Befreie dich!* Sie stand auf, er legte instinktiv seine Arme um ihre Hüften, wollte sie festhalten, doch sie schob ihn unsanft fort. „Du bist ein Versager, Henry! Hier ist mein Zuhause, wir waren gesellschaftlich anerkannt und du hast das alles zerstört ... mit einem Fingerschnippen!“ Ihre Stimme wurde lauter, verzweifelter, und als er sich an sie klammern wollte, schlug sie ihm mit der Hand ins Gesicht, sodass er vor ihr auf alle viere fiel. „Reiß dich zusammen! Du benimmst dich wie ein Muttersöhnchen!“ Da war ein Schatten, der sich gleich einer Wolke vor die Sonne, auf seinen Geist legte. Mit ihm kamen die Wut und die Enttäuschung über ihre Kälte ihm gegenüber, war sie doch sein einziger Halt. „So willst du es doch, Ella!“, schrie er dann. „Warum kannst du mich nur nicht akzeptieren, so wie ich bin?“
„Wenn du jetzt anfängst zu heulen ... Herrgott, Henry!“, schimpfte sie. Aus den Augenwinkeln sah er den Kerzenständer auf dem Tischchen neben dem Sofa stehen. Er erhob sich vom Boden, sie drehte sich um, ging hinüber zur Treppe, wollte nach oben ins Schlafzimmer gehen. Seine Hand griff den Kerzenständer. Mit zwei Fingern löschte er das Licht der Kerze, es gab ein kurzes Zischen, dann warf er die Kerze zu Boden, sprang vor. Etwas in seinem Inneren, eine unbekannte Macht führte seine Hand, als er den Kerzenständer auf ihren Kopf herniedersausen ließ. Einmal, zweimal, dreimal ... bis sie mit einem Seufzer zu Boden sank. Sie glitt in seine Arme und er trug sie nach oben ins Schlafzimmer. Dort legte er sie auf das Bett, breitete die Decke über ihr aus, bedeckte ihren Körper damit, auch ihren Kopf, um nicht mehr in ihre leblosen Augen sehen zu müssen. Er flüchtete auf die Straße, in die Seitengassen des East End, sprach irgendeine Hure an, versuchte das überraschte Gesicht seiner Mutter, ihren panischen Aufschrei aus dem Geist zu bekommen. Die drei Huren an jenem Abend, die ihm nacheinander über den Weg liefen, ließen es ihn vergessen, belohnten ihn mit dem Auslöschen der Erinnerung an seine unheilvolle Tat für eine Nacht, ein paar Stunden. Dafür bescherten sie ihm eine Syphilis, die ebenso schlimm zu ertragen war.

Henry hörte ihren Namen über seine Lippen kommen, realisierte, dass es nur ein kurzer Traum gewesen war. Seit sie auf dem Schiff waren, kehrte der Traum immer wieder. Vorher hatte er sich nie daran erinnern können, was er in den Nächten träumte. Als Hagen aus seinem Schlaf erwachte, spürte er, dass etwas in der Luft lag. Nicht die Aggressivität von vorher, nicht nur. Es war mehr eine Art ... Er brauchte eine Weile, um dieses Gefühl einzusortieren: Vorfreude. Ja, genau. Hagen konnte sich schon fast nicht mehr daran erinnern, was das war. Jemand sprach leise davon, dass sie nun bald am Ziel angekommen seien. Er habe es gehört in der Nacht, als die Wache oben auf dem Deck mit der Ablösung sprach. „Bald isses vorbei“, meinte die Stimme, ganz sicher. „Bald simmer da!“ Hagen ließ seinen Blick durch den Raum gleiten. Einer sprach breit und er grinste nun in Hagens Richtung, sodass dieser seinem Blick schnell auswich. Seinem Cockney-Slang nach zu urteilen kam er aus dem Londoner East End. Es waren einfache Leute dort, die andere mit ihrer Sprache versuchten, irre zu führen. Brot hieß bei ihnen Geld – eine Sprache von Huren, Gaunern und Aussätzigen hatte seine Mutter es immer genannt. „Glaubst du, was er sagt?“, meinte Hagen leise, als er bemerkte, dass Henry sich ein Stück weit aufsetzte, die Augen öffnete. „Ich traue ihm nicht. Aber ich traue niemandem mehr“, antwortete Henry. „Ist auch ein Weg, durchs Leben zu kommen“, lächelte Hagen. „Traue niemandem ...“

Wie oft hatte Hagen diesen Satz schon gehört. Und nicht befolgt. Seine Eltern hatten gesagt, er sei zu gutmütig, sein Herz zu groß. Sie kannten seine wahre Passion nicht. Er betrog die Reichen und gab den Armen. Wenn er an einem guten Tag einige Spieler beim Kartenspielen ausgenommen hatte, flüchtete er sich in ein Pub am Hafen und verprasste das meiste Geld gleich wieder. Für einige Zeit war er dann der Mittelpunkt, er war wer. Jemand der Runden ausgab, sich mit jedem unterhielt, so als wären sie dicke Freunde, mit einer Hure im Arm und einem dicken Bündel Geld in den Taschen. Mercy war ihr Name gewesen. Zumindest in der Nacht. Gnade. Fast musste er darüber lächeln, denn es war seltsam, wie dieser Name zu ihr gepasst hatte. Ihr wirklicher Name hatte ihn nie interessiert. Er hatte sich der Illusion hingegeben, zu ihrem Retter zu werden. Der Prinz auf dem weißen Pferd. Nachts, wenn sie beieinander lagen, er seine Finger durch ihr schwarzes Haar gleiten ließ, träumten sie von einem Leben auf einer kleinen Farm irgendwo in Yorkshire vielleicht. Es war nur eine schöne Illusion gewesen, Hagen nur ein Stammkunde und Mercy ihrem Zuhälter verpflichtet. Mehr als er geglaubt hatte. Wie sie in dem Bett gelegen hatten, die Hand dieses schmierigen Kerls auf ihrem Schenkel. Und sie hatte gelacht, wahrscheinlich mehr über die Situation als über ihn. „Mercy ...", war über seine Lippen gekommen und dann hatte er plötzlich den Revolver gesehen, auf der Kommode neben der Tür. Es war nur ein kurzer Handgriff gewesen, die Waffe hatte in seiner Hand gezittert, als er abdrückte. Der Rückstoß ließ ihn taumeln, noch nie vorher hatte er eine Waffe in der Hand gehabt. Und dann war der Kerl zur Seite gesunken wie ein fetter Fleischberg, ohne einen Laut von sich zu geben. Mercy saß in dem Bett, die Decke an sich gepresst. Ihr Blick war zu ihm hinübergeglitten, dann hinab zu ihrer Brust, wo sich ein kleiner dunkelroter Fleck bildete, links, am Herzen. Hagen hörte Stimmen auf dem Flur, Schritte, doch seine Augen ruhten nur auf ihr und in ihm war ein Gefühl, eine Mischung aus Wut, Verzweiflung und Enttäuschung. Sie hatte sich noch vom Bett erhoben, einige Sekunden stand sie einfach nur da, ihre Lippen bewegten sich, doch es kam kein Laut aus ihrer Kehle. Dann sackte sie auf die Knie und nach vorne auf den Boden. Zwei Fliegen mit einer Klappe, dachte er, doch noch als er es dachte, bereute er seine Worte, denn er hatte ihr nicht wehtun wollen. Sie fanden ihn mit der Waffe in seiner Hand, neben ihr lag er mit seinem Gesicht an ihrem Kopf, die Hände in dem schwarzen Haar und versuchte ihren Geruch in sich zu bewahren, bis die Polizisten ihn fortrissen.

Ein tiefer Seufzer entfuhr Hagen wieder, den Henry mit einem erstaunten Blick quittierte. Sein Nebenmann schien nun hellwach. Hagen hatte Mühe, gleichmäßig zu atmen. Die Erinnerung tat zu weh, ließ sein Herz rasen. Und dann diese Menschen hier! Es waren zu viele, wie schon im Gefängnis, und keine Möglichkeit, den Blicken, Gerüchen, Stimmen auszuweichen. Er spürte eine Hand auf seinem Arm. Es war Henrys. Es verblüffte Hagen, wie besorgt er aussah. „Was hast du?"

„Ich ... Ich halte das nicht mehr aus. Diese Enge, der Gestank ...", gab er offen zu, nachdem er wieder zu Atem gekommen war. „Geht mir genauso. Aber ich mache mir mehr Sorgen, dass wir nicht rechtzeitig ankommen, bevor mich hier einer niedermachen will."

„Ja. Es ist nicht gerade die Upper Class hier!", meinte Hagen trocken, und als Henry über die Bemerkung lachte, fiel er mit ein. Hagen deutete mit einem Blick auf den Cockney-Typen. „Er scheint in Ordnung zu sein. Ein bisschen gewöhnlich und vielleicht leicht aus der Ruhe zu bringen, aber nicht gemeingefährlich", meinte Henry, hob abwägend die Hand. „Aber garantieren kann ich für nichts." Hagen räusperte sich, fragte: „Hast du schon mal eine Waffe in der Hand gehabt?"

„Nein. Gutes Gefühl?"

„Es gibt einem Macht und ich würde sagen, ein Stück weit Sicherheit. Hier drin würde es helfen." Henry nickte. Sie schwiegen eine Weile. „Die meisten hier sind irgendwelche kleinen Gauner, schätze ich. Ich habe so viel Zeit gehabt nachzudenken im Gefängnis. Und irgendwie frage ich mich, ob ich mein bisheriges Leben vergeudet habe." Hagen sah Henry an, dessen blaue Augen etwas Stechendes hatten. Es war ein helles Blau, fast wirkte es unschuldig, denn nur Babys hatten solche hellen Augen. Zugleich wirkte sein Blick aber auch kalt und teilnahmslos. Auch wenn das vielleicht nicht in seiner Absicht lag. In seinem Gesichtsausdruck las Hagen eine Spur Anerkennung für seine Offenheit und es lag wohl an der Situation, dass er so offen war. „Wie alt bist du?", wollte Henry wissen. „24."

„Das ist noch relativ jung. Ich bin 36. Und ich habe die meiste Zeit meines bisherigen Lebens damit verbracht, mein Erbe auszugeben und mich vor ehrlicher, harter Arbeit zu drücken."

„Spieler?"

„Wenn man so will", Henry lachte wieder und sein heiseres Lachen ging in einem Hustenanfall unter.

„Spielst du Karten?", fragte Hagen. „Schlecht. Sonst hätte ich nicht so viel verloren."

„Ich bin, wenn man so will, ein Falschspieler."

„Aus London, nehme ich an?"

„Ja."

„Okay, dann hast du mich wahrscheinlich ausgenommen!" Hagen stutzte. „Ich war aber immer zu besoffen, um mich an Gesichter zu erinnern!“ Einen Moment lang sahen sie sich an, dann brachen sie in schallendes Gelächter aus. Hagen vor Erleichterung, Henry über seinen Witz und Hagens dummes Gesicht, weil er ihn so erschreckt ansah. Die anderen beobachteten sie, jeder der Blicke im Raum schien auf ihnen zu ruhen. Eine derartige Vertrautheit wirkte beunruhigend auf den Rest der Anwesenden, gleich einer Verschwörung. „Es gab auch gute Zeiten“, meinte Henry leise und er erinnerte sich an seinen strengen Vater, der aus seinem Sohn einen guten, braven Bürger machen wollte, ihn in seinem Schuhgeschäft unter die Fittiche nahm. Ein angesehener Geschäftsmann sollte er werden, doch er taugte nicht dazu. Nicht, weil er nicht hart arbeiten konnte, sondern weil er sich nicht für kaufmännische Dinge interessierte. Das Talent des Vaters mit den Kunden umzugehen, ihnen höflich zu begegnen und die Frauen geschickt mit kleinen Schmeicheleien zum Kauf eines Paars Schuhe zu bringen, war ihm nicht in die Wiege gelegt worden. Und als sein Vater starb, konnte er den Laden gerade einmal ein gutes Jahr über die Runden bringen. Seine Mutter, an einen gewissen Luxus im Leben gewöhnt, verstand erst zu spät, dass ihr Sohn eher in die Werkstatt als in den Laden zum Verkaufen gehörte. Als er ein Kind war, hatte er allen erdenklichen Schnickschnack besessen, ein verwöhnter kleiner Bub, der schüchtern war, den man bei Teekränzchen in einem Samtanzug vor die feine Gesellschaft stellen konnte und der dann brav Gedichte rezitierte oder auf dem Klavier etwas zum Besten gab. Aber das war nicht sein wahres Ich. Er konnte nur er selbst sein, wenn er allein war, hinten in der Werkstatt des Geschäftes bei den Gesellen saß und sich in die verborgenen Welten von Romanen flüchtete, in denen immer die Guten gewannen oder der Schwache irgendwann eine Chance bekam und triumphierte. „Henry?“, fragte Hagen, wedelte leicht mit der Hand vor dessen Augen herum, sodass dieser sich wieder fing. „Man weiß erst zu schätzen, wie es oben ist, wenn man ganz unten war“, sagte er nun. Hagen nickte zustimmend, kannte er doch wirklich harte Zeiten. Wenig Geld, vier Kinder waren sie gewesen. Der Vater rackerte sich von früh bis spät in der Fabrik ab, um die Familie über die Runden zu bringen und die Mutter wusch für andere Leute die Wäsche. Er konnte fast jetzt noch ihren stetigen Geruch nach Lauge riechen, wenn er sich daran erinnerte.

Die Luke öffnete sich, zwei Soldaten traten an die Öffnung. „Wir legen gleich an! Aufstehen und einzeln hochkommen!“

„Endlich!“, seufzte Hagen, erhob sich und warf seine Decke zusammengeknüllt hinter sich auf den Boden. Henry deutete ihm mit der Hand abzuwarten, bis die anderen, die sich nun ebenfalls erhoben und zur kleinen Treppe gingen, nacheinander hinaufgestiegen waren. Dann hangelte er sich an der Wand empor, wankte für Sekunden nach vorne und zurück. Hagen hielt ihn am Arm fest und sah, dass Henry ihm mit einem Blick dafür dankte. Oben war es kühl. Die Sonne ging über dem Meer am Horizont auf und alle hielten die Köpfe gesenkt, als die Soldaten ihnen die Fesseln an die Hände legten, immer fünf Menschen zusammen, damit sie sie dann wie Hunde an einer Leine über eine breite Planke vom Schiff führen konnten. Die Läufe ihrer Gewehre blitzen in der aufgehenden Morgenröte. Neben Henry ging ein kleiner Mann, dessen langer weißer Bart und das weiße Haar ihn fast wie einen Weihnachtsmann aussehen ließen. Er murmelte unverständliche Worte und Henry schätzte ihn auf über sechzig. Unten im Schiff hatte er den Alten nicht bemerkt. Es war ihm unbegreiflich, weshalb man so einen alten Mann noch hierher schickte. Hagen war zu Henrys rechter Seite, neben ihm gingen der Cockney-Typ und ein Mann, der nicht viel älter als er selber sein mochte. Obwohl den Männern alle Bärte gewachsen waren und man so das Alter nur schlecht einschätzen konnte. Die Augen des Mannes ganz außen verrieten seine Jugend, als er Hagen einen Blick zuwarf. Im Hafen lagen noch zwei weitere Schiffe, auf denen niemand zu sehen war. Vor dem einen standen ein paar Holzkisten mit der Aufschrift *London* in dick gemalten schwarzen Lettern. Ein Handelsschiff, dachte Hagen. Die Matrosen schliefen sicher noch. Vor ihnen lagen ein paar Holzhütten, einige größere Häuser aus Stein mit Dächern aus Holz, eine breite, staubige Straße, auf der man sie nun durch die Reihen der Hütten und Häuser führte. Hagen identifizierte ein Hotel, eine kleine Bar, eine Polizeistation, eine Bank und einen Kolonialwarenladen. Vor einigen Häusern waren Zäune aus geflochtenen Zweigen, nur eines hatte einen Bretterzaun wie die Häuser in London. In manchen dieser Vorgärten standen kleine Bäumchen, ein paar Blumen. Die Pflanzen wirkten in dem rötlich sandigen Boden allesamt fehl am Platze. Die Stadt lag so früh am Morgen noch da wie ausgestorben. „Der Abgesang der Zivilisation", stellte Henry ironisch fest. Die beiden Männer neben ihm verstanden seine Wortwahl nicht, denn sie reagierten nicht auf seine Bemerkung. Hagen grinste und schüttelte den Kopf. „Ja, das hat was hier." Der Alte neben Henry spuckte in den Sand. „Ich sollte froh sein, dass ich hier sein darf! Unsere neue hochgelobte Kolonie!", meinte er mit vollem Ernst. „Hoch lebe unsere Königin Victoria!" Ein Soldat ermahnte ihn zur Ruhe. „Weise Worte", lachte Hagen leise und bemerkte, dass seine Nebenmänner auch lachten, nur Henry schwieg. Er kniff die Augen zusammen, fixierte die Hütten etwas abseits der Stadt, einige kleine Farmen. Sehr primitiv und nicht vergleichbar mit den Farmen in Yorkshire oder Wales. Es gab nur wenig Grün. Daraus schloss er, dass es harte Arbeit war, dieses karge Land urbar zu machen. Die Soldaten führten sie zu den Hütten, die sich als Unterkünfte für Sträflinge erwiesen. Einige ausgemergelte Kreaturen saßen verschlafen auf den Betten, doch die meisten der Betten waren leer. Es blieben also am Ende nicht viele Sträflinge übrig, sobald sie erst einmal das Schiff verlassen hatten. Die, die noch vom letzten Schiff übrig waren, grüßten die Neuen nicht, sondern standen stillschweigend auf, stellten sich in Zweierreihe auf und ließen sich von den Soldaten Fesseln anlegen. Dann führte man sie nach draußen. Ein dicklicher Mann in dunkelblauer Uniform trat ein, schickte einige der Soldaten mit den Frauen in andere Hütten, verteilte die Männer. Hagen war froh, dass er mit Henry in dieselbe Hütte gebracht wurde, wo sie sich auf die provisorischen Betten setzten. Denn obwohl es Holzgestelle waren, sehr solide, bestand die Matratze nur aus zwei Strohballen, über denen jeweils ein dunkelverfärbtes Laken lag, darauf ein mit Stroh gefülltes Kissen und eine zerschlissene Decke, die mehr einer Pferdedecke glich. Der dickliche Mann in Uniform verließ die Hütte, einer der Soldaten schulterte sein Gewehr, trat vor und sagte mit lauter Stimme: „Ihr alle werdet den Farmern helfen, das Land zu erschließen! Weckzeit ist um fünf Uhr morgens, danach wird das Essen verteilt und bis Mittag gearbeitet. Man wird euch mitteilen, wenn es Essen gibt – wer sich nicht rechtzeitig einfindet oder bei der

Arbeit nicht willig ist, kann mit harten Bestrafungen rechnen! Es wird bis abends gearbeitet, danach geht es zurück in die Hütte! Fluchtversuche werden ebenso hart bestraft! Wasser zum Waschen ist draußen am Brunnen! Die Hütte ist sauber zu halten, ebenso die Schlafstatt! Da ihr heute erst angekommen seid, habt ihr zwei Stunden Zeit euch auszuruhen, dann bringt man euch zur Arbeit! Einige von euch werden nach eingehender Beobachtung in den Steinbruch zum Arbeiten gebracht, andere können in der Stadt beim Aufbau helfen!"

„Wann gibt es etwas Richtiges zu essen?", fragte einer der Männer, wobei er sich lässig auf das Bett zurücklehnte und den Soldaten angriente. „Ich meine was Richtiges, nicht diesen Fraß wie auf dem Schiff!" Nachdem seine Worte verklungen waren, schwiegen alle anderen Männer, senkten leicht schuldbewusst die Köpfe. Der Soldat ging mit schnellen Schritten auf den Mann zu, entsicherte sein Gewehr, hielt ihm die Mündung der Waffe an die Stirn. Sichtlich erschrocken, verschwand sein Grinsen. „Wer essen will, muss auch dafür arbeiten!", schrie ihm der Soldat ins Gesicht, dann wartete er einige Sekunden ab, bis der Mann ein „Tut mir leid!" hervorstammelte, und machte auf dem Absatz kehrt, sicherte im Gehen das Gewehr wieder, schulterte es und wandte sich wieder an alle: „Hat sonst noch jemand eine derart kluge Bemerkung von sich zu geben?" Niemand wagte sich zu rühren. Der Soldat nickte und verließ die Hütte, die anderen folgten ihm. „Idiot!", fauchte der Cockney-Typ den anderen an, der sich nun auf das Bett legte, ihnen den Rücken zuwandte. „Darauf warten die doch nur, dass die uns abknallen können! Unser Leben ist für die keinen Penny mehr wert!" Er hatte recht, das wusste Hagen. Sie waren hier auch nur ausnutzbare Arbeitskräfte, immer noch Sträflinge, nicht frei. Nur abgeschoben, verbannt in eine ungewisse Zukunft, die überschaubar zu sein schien. Vielleicht konnte er das einige Wochen durchhalten, aber nicht länger. Er war noch jung, bereute seine Taten und würde versuchen durchzuhalten, bis sich die Gelegenheit ergab, hier zu verschwinden. Das Land war groß, hatte er gehört. Nur ruhig, sprach er sich selber Mut zu, warte ab. Henry schien resignierter als auf dem Schiff und Hagen überlegte, ob er ihn einweihen, ihn an seinen Gedanken teilhaben lassen sollte. Jetzt war nicht der richtige Zeitpunkt dafür, aber er brauchte jemanden, der es mit ihm versuchte. Alleine in diesem unbekannten Land würde er scheitern, kläglich. Das waren nicht die Straßen von London, sein Bezirk, den er kannte wie seine Westentasche. Es war unerschlossen und sicher voller Gefahren. Zu zweit wäre es leichter. Bevor er überhaupt ein Wort mit Henry wechseln konnte, war dieser wieder eingenickt, wie auf dem Schiff. Er lag auf dem Bett, wobei seine Beine seitwärts ein gutes Stück herunterhingen. Hagen musste darüber innerlich schmunzeln, dass Henry zu groß für das Bett war, und erinnerte sich an die Geschichte der drei Bären, die ihm seine große Schwester oft erzählt hatte. Goldlöckchen war auch zu groß für das Bett der Mutter Bär und des Babys gewesen. Der Vergleich war bizarr, aber es beruhigte ihn, dass er wenigstens seinen Humor nicht verloren hatte. Dafür hatte er seinen Stolz eingebüßt.

„Gehorsam ist besser als Opfer."

1.Sam 15,22

Hagen lauschte in die Stille, die nur von den tiefen Atemzügen der vier anderen in der Hütte unterbrochen wurde. Er war müde von der Arbeit, wie jeden Abend. Seine Augen waren bleischwer, jeder Muskel in seinem Körper schmerzte und er hoffte, dass ihm ein tiefer Schlaf Erleichterung verschaffen würde. Eine Erholung von den Schmerzen. Henry, der in dem Bett neben ihm lag, hatte sich in die dünne Decke eingewickelt, lag da, zusammengekrümmt wie ein Embryo. Als sich Hagens Augen an die Dunkelheit gewöhnt hatten, meinte er zu erkennen, dass sein Nebenmann zitterte. Er beugte sich etwas vor, lauschte. Henry schien nicht zu schlafen, denn er atmete nicht tief. Es klang seltsam, leise, dennoch so, als würde ihn jeder Atemzug unendlich viel Kraft kosten. Hagen beschlich eine Vorahnung, dass sie bald wieder einen Leidensgenossen verlieren würden. Dabei konnte Henry, obwohl er schlank war, hart arbeiten. Er war kräftig, auch wenn er wie ein Schwächling wirkte, den ein Windhauch umpusten konnte. Vielleicht lag es an seiner Größe, dass man ihn falsch einschätzte. Wenn Hagen darüber nachdachte, war er aber der Einzige, mit dem er fliehen konnte oder wollte. Irgendetwas faszinierte ihn an Henry. Manchmal hatte er sich vorgestellt, wie es wäre, mit ihm wegzulaufen, den Versuch zu wagen. Er sah ihn dann vor seinem geistigen Auge vor kleineren Soldaten stehen und ihnen einen festen Kinnhieb nach dem anderen verpassen und sich selbst mit einer Waffe in der Hand. Er mähte sie nieder wie dürre Getreidehalme. Es konnte nur eine Illusion sein, der er sich hingab. Etwas, an dem er sich festhalten konnte. Eine vage Hoffnung. Martin wäre eine ebenso gute Wahl, wenn er nicht so unerfahren wäre. Ein junger Bengel, ein Trickdieb, der eigentlich fehl am Platz war unter all diesen Mördern, diesen Menschen, die nicht vor Gewalt zurückschreckten. Hagen war ihm an Lebenserfahrung überlegen, auch wenn sie nicht viele Jahre trennten. Nein, er wäre nur ein Mitläufer bei einem Fluchtversuch, jemand, den man aus schwierigen Situationen gewissermaßen heraushauen musste. Vielleicht irrte sich Hagen auch. Stille Wasser sind tief, dachte er. Der Cockney-Typ war sicher die schlechteste Wahl. Er war durchtrieben wie sein Kumpan und er würde jemanden wahrscheinlich nur zu seinem eigenen Vorteil ausnutzen, den Plan zur Flucht schon vorher verraten oder einen nach der Flucht in die Pfanne hauen. Hagen kam so ganz gut mit ihnen aus, weil er beiden die meiste Zeit aus dem Weg gegangen war. Doch selbst Henry schien sich von ihnen fernzuhalten, seitdem sie bei der Arbeit aneinandergeraten waren. Der Cockney-Typ hatte Henry arbeiten lassen und Witze über ihn gemacht, seine doch eigentlich vergebliche Anstrengung ins Lächerliche gezogen, denn sie zerschlugen Steine nicht für ihre eigenen Häuser, sondern für die der Siedler und so weiter. Den ganzen Tag über war der Typ es nicht leid geworden und Henry hatte geschwiegen, sich seine Monologe angehört über sein Leben in London, wie er sich als „König seines Reviers“ bezeichnet hatte. An jenem Tag waren Henry und der Typ aneinandergekettet gewesen. Er konnte, selbst wenn er es gewollt hätte, den Worten des Typen nicht ausweichen. Gegen Abend, als die Soldaten sie zu den Hütten zurückführten, hatte Henry in einem Augenblick dem Typ seinen Fuß in den Weg gestellt. Der Cockney stolperte, fiel auf die Knie und riss drei der anderen mit zu Boden. Doch er rappelte sich schnell wieder auf, die anderen, die mit ihm gefallen waren, schalten ihn genervt und so rammte er seine geballten Fäuste in Henrys Magen, der sich nur kurz krümmte, aber weiterging. Er hatte sich vollständig unter Kontrolle und das beeindruckte Hagen, denn sein Gesicht verzog sich nicht vor Schmerzen oder Wut, es blieb ausdruckslos, die Augen blickten stur geradeaus. Das verärgerte den Cockney nur noch mehr und er nannte Henry einen „Angsthasen", laut und deutlich, damit es jeder hören konnte, lachte ihn aus, mehr, um sich selbst keine Blöße zu geben. Sie gingen weiter und nach einer schieren Ewigkeit entgegnete ihm Henry, dass seine Intelligenz ihm eine derart stupide Verhaltensweise verbat. Der Cockney erwiderte etwas, zischte ihm etwas zu. Aber man sah ihm an, dass er die Worte nicht wirklich verstanden hatte. Er war zu einfach gestrickt für diese gehobene Ausdrucksweise. Abends am Brunnen, als alle anderen schon in die Hütte zurückkehrt waren, stand Hagen am Fenster, sah zu, wie der Cockney und sein Freund auf Henry einschlugen, umringt von den Soldaten, die sich darüber amüsierten. Es war eine Art Freizeitspaß für sie und sie feuerten die beiden anderen an, während Henry die Schläge stillschweigend einsteckte, bis er am Boden lag. Der Kampf war dadurch schnell langweilig für alle Beteiligten geworden. Als der Cockney und sein Kumpan in die Hütte kamen, warfen sie Hagen einen Blick zu, der ihm zu verstehen gab, dass mit ihnen nicht zu spaßen war. In ihm war das Verlangen, es den beiden heimzuzahlen. Selbst wenn er gewollt hätte, er hatte Henry nicht helfen können, der immer noch im Staub lag, als die Nacht sich herabsenkte, bis ihn zwei Soldaten an den Armen hochhoben, ihm einen Eimer Wasser ins Gesicht schütteten und ihn zur Hütte zerrten. Sie legten ihn vor die Tür und es klang so, als werfe man einen schweren Sack zu Boden. Irgendwann öffnete sich die Tür, die anderen schliefen schon, nur Hagen nicht. Auf allen vieren kroch Henry in die Hütte, den Kopf gesenkt wie ein scheues Tier. Er erreichte das Bett, hangelte sich auf die Matratze und schaffte es nur, seinen Oberkörper daraufzuhieven. Hagen saß auf seinem Bett, langte mit einer Hand nach vorne, berührte Henrys Kopf, ganz sachte. „Die ... die haben dir ganz schön was verpasst", bemerkte er leise. Henry nickte. Dann hob er den Kopf und im hereinfallenden blassen Licht des

Mondes sah Hagen, dass er im Gesicht nicht groß verletzt war, nur eine Schramme an der Wange. „Es ist egal“, meinte er dann, „pass auf, dass sie dich nicht auch noch rannehmen, weil du immer mit mir sprichst und wir ...“ Er schien nach dem passenden Wort zu suchen, doch auch Hagen wusste nicht, welches er einfügen sollte, etwas, das unverfänglich war. „Wir sollten nicht mehr miteinander sprechen?“, fragte er daher schnell. „Halt dich vielleicht besser von mir fern“, antwortete Henry nicht abweisend, sondern aus voller Überzeugung, in seinen Augen lag echte Sorge. „Du bist noch zu jung. Du solltest versuchen, hier wegzukommen, irgendwann.“ In jenem Moment fühlte Hagen, dass Henry zwar recht hatte, aber gleichzeitig bestärkte es ihn darin, sich ihm auf einer gewissen Ebene näher zu fühlen, eine Art Verbundenheit, denn vor ihm war jemand, der sich seit langer Zeit wieder um ihn sorgte und es klang ehrlich und aufrichtig. Seine Wahl würde richtig sein. Er musste sein anscheinend seelisch gebrochenes Gegenüber nur noch davon überzeugen und ihm wieder Lebensmut einhauchen. „Ich kann nicht alleine gehen“, warf Hagen ein. „Mein Leben ist vorbei.“ Henry hangelte sich weiter auf das Bett, bis er der Länge nach darauf lag, und schloss die Augen. „Willst du das alles hier ertragen?“, fragte Hagen nun. „Du solltest nicht so viel reden, wegen der anderen.“ Hagen sah sich um, lauschte, sie schienen bereits zu schlafen. Zudem hatte er in einer Nacht den Cockney-Typen und seinen Freund belauscht, wie sie ebenfalls über eine mögliche Flucht getuschelt hatten. Vielleicht hätte er das schon den Soldaten verraten sollen, aber wahrscheinlich dachte hier jeder an Flucht. Die Tat zählt, nicht der Gedanke daran. „Ich verstehe dich nicht“, sagte er zu Henry und wollte sich hinlegen, als dieser sich zur Seite drehte, ihn zu sich herunterwinkte, um ihm etwas ins Ohr zu flüstern: „In London habe ich mir bei irgendeiner Hure Syphilis geholt. Ich werde irgendwann dem Schwachsinn anheimfallen und daran sterben, hörst du? Daher ist mir das alles hier egal.“ Hagen schluckte. Er hatte von Syphilis und Tripper, von solchen Krankheiten gehört, aber er wusste nicht, dass man daran sterben konnte.
Auf einmal wollte er nicht mehr weiterreden. Er sah zu, wie Henry sich auf die andere Seite drehte, um zu schlafen und blickte aus dem Fenster auf den Mond, auf all die kleinen Erhebungen darauf. Eine

Art Heimweh lag in ihm, eine Sehnsucht nach seinen Eltern, den Geschwistern, England ...

Es kam eine andere Nacht. Der Mond war wolkenverhangen. Es wirkte fast bedrohlich, als sich die dunklen tiefschwarzen Gebilde vor den Mond schoben, sein Licht in sich aufsaugten. Der Kumpan des Cockney war vor drei Tagen gestorben. Er hatte Brot gestohlen, einen ganzen Laib. Die Soldaten hatten ihn erwischt, wie er es unter seinem Hemd davonschmuggeln wollte, um es mit dem Cockney zu teilen. Dabei war er in Panik geraten, hatte das Brot in den Staub geworfen, rannte kopflos in irgendeine Richtung davon. Hagen schloss die Augen und zählte die Sekunden, bis die Soldaten schossen. Als er die Augen wieder öffnete, weil Martin ihn mit dem Ellenbogen anstieß, lag der Mann auf dem Boden, dunkles Blut an seinem Rücken verfärbte den Stoff des Hemdes, doch er lebte noch, versuchte davonzukriechen. Sein Jammern klang wie ein lang gezogenes Miauen einer gequälten Katze. Ein Soldat trat zu ihm, entsicherte sein Gewehr und schoss ihm in den Kopf. Martin zuckte bei dem Schuss zusammen. Hagen sah es aus den Augenwinkeln. Der Cockney stand stumm da, rührte sich nicht, als sie seinen Freund davonzerrten, um ihn hinter einem Hügel zu verscharren, wofür sie ausgerechnet den Cockney selbst und Henry auswählten. Hagen musste fast darüber lächeln, wie Henry zu ihnen zurückkehrt war, einen jungen Soldaten neben sich, die Schaufel lag lässig auf seiner Schulter. Er grinste sichtlich erleichtert, dass der Mann tot war, und er einen Feind weniger hatte. „Ich habe nicht gewusst, wie viel ein Mensch kotzen kann!“, sagte er, deutete auf den Soldaten neben sich, „und unser Freund hier kann das bestätigen!“ Das Gesicht des jungen Soldaten war blass, er schien derlei knappe Vertraulichkeiten aber aufgrund seiner mangelnden Diensterfahrung nicht übel zu nehmen. „Das Schlimmste sind die vielen Fliegen, die immer gleich auftauchen“, erklärte Henry. Sie waren wieder an die Arbeit gegangen. Das Dauergrinsen und der Hohn waren von dem Cockney abgefallen, er sollte für viele Tage schweigen.

Nun waren sie nur noch zu viert in der Hütte. Martin, der Cockney, Henry und er. Hagen erhob sich leise vom Bett, machte einen Schritt zu Henry hinüber. Er spürte das feine Zittern, als er behutsam seine

Hand auf Henrys Rücken legte. „Was ist?“, fragte er ihn. Zuerst kam keine Antwort. So wiederholte er die Frage. „Es ist so kalt“, kam es zurück. In der Nacht waren die Temperaturen erträglich, fand Hagen. Tagsüber war die Hitze meist nicht auszuhalten. Er setzte sich auf das Bett, ertastete Henrys Kopf, fühlte die Stirn. Die Haut war heiß, er konnte auch den Schweiß fühlen. Da er von der Krankheit wusste, ahnte er, dass es damit zu tun hatte und es kein Sumpffieber oder etwas anderes war. Am Nachmittag war Henry zeitweise so blass gewesen, dass Hagen glaubte, er könne während der Arbeit zusammenbrechen, aber er hatte durchgehalten, bis jetzt. „Was machst du nur?“, meinte Hagen und merkte, dass er wie eine überfürsorgliche Mutter klang. Er stand auf, ging zur Tür, öffnete sie. Die zwei Soldaten davor standen sogleich in Stellung. „Was ist?“, fragte der eine. Hagen bemerkte, wie er schnell eine Zigarette hinter seinen Rücken hielt, sie dann fortschnippte in den Staub. „Ich brauche Wasser. Mein Bettnachbar ist krank“, erklärte er den Soldaten. „Nicht schon wieder Fieber! In der einen Hütte haben die Weiber sich Diphterie eingefangen. Da kann man hinterher nur alles abbrennen“, meinte der Soldat, zeigte zum Brunnen: „Geh schon!“ Hagen rannte zum Brunnen, ließ den Eimer hinunter, füllte dann das Wasser in einen leeren Eimer, der neben dem Brunnen stand, und lief zur Hütte zurück. Er nickte den Soldaten zu, bevor er wieder hineinging, die Tür hinter sich schloss. „Wo warst du?“, fragte Henry, dessen schwache Stimme kaum zu hören war. „Ich habe Wasser geholt.“ Er stellte den Eimer neben das Bett, nahm das alte Hemd, welches er über dem Bettrand abgelegt hatte, und riss es in lange, schmale Streifen. Dann setzte er sich wieder zu Henry auf das Bett, tauchte die Streifen in das Wasser und wickelte jeweils einen um seine Fuß- und Handgelenke. Stillschweigend ließ es Henry geschehen. Auch als Hagen seinen Arm unter seinen Kopf schob, ihn ein Stück weit aufrichtete, sodass er an ihm lehnte, seinen Kopf an Hagens Schulter. „Eigentlich nimmt man für die Wickel Essigwasser. Ich habe das mal bei meiner Schwester gemacht, als meine Mutter nicht da war“, erklärte Hagen. Er musste nicht laut sprechen, denn Henrys Kopf lag so dicht an seinem Gesicht, dass er dessen feuchtes Haar an seinem Kinn und seinen heißen Atem an seinem Hals spüren konnte. Die plötzliche Nähe zwischen ihnen schien aus beiderseitiger Sicht nicht verwerflich. Hagen wollte ihm nur helfen und Henry fühlte sich so schlecht, dass es ihm egal war. „Was hatte deine Schwester?“, wollte er wissen. „Scharlach. Sie ist später daran gestorben, weil es ihr Herz geschädigt hat. Sie hieß Luise und war erst sechs“, erzählte Hagen bereitwillig, begann mit einem Streifen Henrys Stirn abzutupfen. „Hattest du es auch?“

„Nein. Aber meine anderen Geschwister.“

„Ich habe keine. Meine Schwester Julie ist kurz nach der Geburt gestorben.“

„War sie krank?“

„Ich weiß es nicht. Meine Mutter wollte immer ein Mädchen und sie war so klein in der Wiege. Ein kleines Bündel. Sie hat nicht geschrien. An einem Sonntag ist sie geboren, morgens. Mein Vater hat noch gesagt, dass solche Kinder Glück im Leben haben. Am nächsten Morgen war sie tot.“

„Es muss schlimm für deine Mutter gewesen sein.“

„Sie hat sich danach schon ein Stück weit verändert. Aber wozu erzähle ich dir das?“ Hinten im Raum regte sich jemand, hustete. Hagen sah nach hinten, Martin erhob sich ein Stück weit von seinem Bett, sah ihn an. „Ist dein Freund krank?“ Hagen überhörte das Wort „Freund“, nickte. „Fieber.“

„Pass auf, sonst steckst du dich an! Und uns auch!“

„Nein, er hat Fieber, weil er ...“, er überlegte, ob er es sagen sollte, dann hörte er es Henry flüstern und meinte: „Er hat Syphilis, einen Anfall.“ Nun rekelte sich auch der Cockney, warf ihm einen Blick zu. „So wie ihr beiden da miteinander rummacht, hast du es auch bald!“, kicherte er. „Halts Maul!“, sagte Martin, knuffte ihn an die Schulter, was der Cockney nur mit einem Murren quittierte. Hagen wollte sich wieder Henry zuwenden, als er bemerkte, dass dieser schlaff wie eine Puppe in seinen Armen lag. Schnell legte er eine Hand unter Henrys Kinn, hielt seinen Kopf hoch, damit er frei atmen konnte. Doch er spürte keinen Widerstand, keine Regung. Martin war aufgestanden, kam zu ihnen herüber, fragte, was los sei. „Er atmet kaum noch. Wir müssen irgendetwas tun!“, meinte Hagen. Martin umfasste zielsicher Henrys Oberkörper, drückte mit beiden Armen zu. Einmal, zweimal, dreimal ...

Henry hörte die Stimmen weit entfernt. Er fühlte nichts, außer Wärme, die ihn umfing. Vor seinem geistigen Auge tauchte sein Vater auf, seine Mutter, die kleine Schwester in der scheinbar viel zu großen Wiege, die so still dalag in ihren weißen Babysachen, die die Mutter mit Spitze verziert hatte, und er sah sich wieder durch die Straßen streifen, auf der Suche nach Nähe und Geborgenheit, vorbei an namenlosen Gesichtern, die ihn mitleidig anzustarren schienen. In einer Seitengasse wartete eine Hure, winkte ihm zu, neckte ihn mit ihren Reizen. Er nahm das Bündel Pfundnoten aus seiner Manteltasche, hielt es in seiner Hand und wartete einige Sekunden. Sie kam auf ihn zu, ihr Gesicht tauchte aus einem Schleier hervor, so als sei seine Sicht getrübt. „Komm mit mir! Oben wartet meine Freundin. Du scheinst ein echter Gentleman zu sein und weißt, wie man eine Frau behandeln muss!“ Weit entfernt schien sein Herz zu schlagen, schwach und langsam oder es war nur eine vage Erinnerung daran. Sie nahm seine Hand, zog ihn mit sich fort, tiefer in die dunkle Gasse. Die Dunkelheit umfing ihn, schien ihn bedrohlich zu umschließen. Da war plötzlich Furcht in ihm, die sein Geist nicht akzeptieren wollte. Er hörte eine Stimme, blickte sich um. Sie wollte ihn weiterziehen, aber er blieb stehen, sah über seine Schulter zurück. Am Anfang der Gasse tauchte eine Gestalt auf, und je mehr er sich auf sie konzentrierte, um so klarer wurde sie – es war Hagen. Er stand im dünnen Licht der Straßenlaterne, trug einen langen Mantel. Seine rechte Hand langte in eine Tasche, holte etwas hervor und warf es gekonnt aus dem Handgelenk zu ihm herüber. Und Henry streckte seine Hand aus, um es zu fangen, und bekam es auch zu fassen. Als er es in seiner Hand drehte, bemerkte er, dass es eine Spielkarte war – das As. Hagen nickte ihm zu. Nein, sagte sein Geist, ich bin noch nicht soweit! Und er riss sich los von der Hure, rannte aus dem Dunkel auf das Licht am Anfang der Gasse zu ...

Henry schlug die Augen auf, sog die Luft tief in seine Lunge. Das Erste, was er sah, war Martins Gesicht, dann Hagens und am Ende des Bettes stand der Cockney. Seine Hände tasteten über die Matratze, das Stroh – er war noch am Leben. Bis auf den Cockney las er Erleichterung in den Gesichtern der anderen. „Was für ein Schreck“, sagte Martin. „Du kannst froh sein, dass sich jemand um dein Leben schert!“, meinte der Cockney, „Ich hätt dir nich’ geholfen!“ Damit ging er wieder zu seinem Bett und legte sich hin, wobei er den anderen den Rücken zudrehte. Henry spürte das Fieber immer noch in sich wüten, aber sein Verstand war klar. Es lag nicht in seiner Art, sich zu sehr an andere Menschen binden zu wollen, aber Hagen ... Es war seltsam, dass er ihm mit den Worten „Danke, mein Freund“ danken wollte, obwohl ihm das zu intim schien. Vor ihm waren zwei junge Männer, die sich aufrecht hielten, trotz all der Strapazen. Aus irgendeinem Grund hatten sie etwas für ihn übrig und er musste das anerkennen. Ein wenig fühlte er sich geschmeichelt. Sie brauchten nicht darüber zu reden, was vorgefallen war. „Danke!“, sagte er. „Bedanke dich bei Martin“, meinte Hagen, „er wusste, was zu tun war.“ Martin senkte den Kopf, es war ihm sichtlich unangenehm und so murmelte er nur etwas von „Nicht der Rede wert“. Henry hob kurz die Hand und damit war das zwischen ihnen erledigt. „Ich gäbe alles für eine Zigarette“, grinste Henry. „Ja, ich auch! Und ein schönes Stück Fleisch“, sagte Martin, setzte sich auf Henrys Bett. Hagen seufzte, lehnte sich an die Wand nahe des Fensters, sah wieder hinaus zum Mond. Ein leichter Wind kam auf, trieb einen vertrockneten Busch vor sich her, den die Soldaten „Scrub“ nannten. Weiter hinten öffnete sich die Tür der Hütte mit den Frauen. Zwei von ihnen zerrten eine an den Füßen hinaus, legten sie vor der Hütte ab. Die Soldaten, die in der Nähe Wache standen, hielten gebührenden Abstand und sahen zu, wie die Frauen wieder in der Hütte verschwanden. Die eine von beiden hatte sicher geweint, denn sie ging nach vorne gebeugt, die Hände vor das Gesicht gepresst. Es würden neue Schiffe kommen mit neuen Gefangenen. Sie waren nicht die letzten ... Hagen sah auf Henry, dem die Augen zufielen. Martin stand von seinem Bett auf, verharrte etwas unsicher im Raum, bis Hagen seine Augen auf ihn richtete. „Wir sollten das vielleicht ausnutzen“, begann Martin, deutete mit einem Fingerzeig auf Henry. „Ich meine, die Soldaten wissen nicht, was er wirklich hat. Und wenn sie glauben, dass in unserer Hütte auch irgendein Fieber wütet, lassen sie uns hier in Ruhe. Sie schicken uns nicht zur Arbeit, glaub mir. Einige der Frauen bleiben schon eine ganze Weile in der Hütte.“ Hagen machte ein gedehntes „Hmmm“, antwortete aber nicht sofort. Martin wollte sich schon abwenden, zu seinem Bett zurückgehen, als Hagen sich dicht neben ihn stellte, ihm zuflüsterte: „Dann sitzen wir hier drinnen und was dann?“

„Wir können abwarten, entscheiden, was wir tun, wie wir hier wegkommen.“ Es überraschte Hagen nicht, dass seinem Gegenüber der gleiche Gedanke gekommen war wie ihm selbst. So nickte er nur kurz in Richtung des Cockney. „Und der?“

„Das überlegen wir uns später. Es wird schwerer, ihn davon zu überzeugen, hier in der Hütte zu bleiben. Um Henry mache ich mir da keine Sorgen.“ Hagen nickte, und nachdem Martins Worte verklungen waren, kam ihm der Gedanke, dass dieser auf etwas anderes hinauswollte, sein Plan im Ansatz völlig anders war. Doch er wartete ab, bis Martin es selbst bestätigte. „Wir hauen hier ab, du und ich!“, sagte er fast etwas zu euphorisch, wie ein übermütiger Liebhaber. „Oder willst du hier versauern?“

„Nein, aber ... ich ... Ich wollte Henry mitnehmen. Er ist älter als wir, erfahrener und gar nicht so schwächlich wie er aussieht.“

„Ach“, grinste Martin, „sieh ihn dir an! Er hält uns nur auf.“ Hagen setzte sich auf sein Bett. „Ich bin müde.“

„Morgen sagen wir es den Soldaten!“, sagte Martin. Damit ging er zu seinem Bett, legte sich hin. Hagen beschlich die Ahnung, dass Martin zu unbedarft war. Er setzte voraus, dass sie beide abhauen würden, dass er ebenso wie Martin selbst dachte. Er dachte nicht einmal daran, dass sich hier jeder selbst der Nächste war und er, Hagen, ihm vielleicht nur etwas vorspielte. Der Cockney konnte seinen Schlaf nur vortäuschen, von ihm ging die größte Gefahr aus. Hagen musste an sich denken, das stimmte, aber alleine in dem fremden Land war er chancenlos. Vielleicht hatte Martin aber auch recht und Henry war die falsche Wahl. Er war verwirrt über die vielen Möglichkeiten. Er war so aufgewachsen, dass jeder für den anderen einstand, denn es machte stärker. Keiner wagte ihn, den kleineren Bruder, zu schlagen, wenn er mit den anderen Geschwistern im Verband auftauchte. So wechselte er noch die Streifen an Henrys Hand- und Fußgelenken und legte sich dann auf das Bett, doch schlafen konnte er nicht mehr in dieser Nacht.

„They keep bringing out the dead now,

it's been a long, long day ..."

Nick Cave

Der Tag hatte die Nacht noch nicht abgelöst. Ganz sacht erst zeichnete sich die Morgenröte am Horizont ab und warf ihre ersten zarten Strahlen durch das Fenster auf den Boden der Hütte. Es klopfte an die Tür. „Los, aufstehen!", erklang die scharfe Stimme eines Soldaten. Martin erwachte als Erster, rieb sich den Schlaf aus den Augen, stand auf und ging zur Tür. Er öffnete sie spaltbreit, sah in das Gesicht des Soldaten und räusperte sich kurz. „Wir, also, zwei Mann hier drinnen haben Fieber und können nicht arbeiten", er senkte die Stimme, rieb sich das Kinn. „Und mein Bettnachbar sieht auch nicht gut aus. Ich kann arbeiten kommen, aber ..." Der Soldat machte einen Schritt zurück. Er überlegte kurz, nickte dann und rief einem anderen zu, dass die Seuche nun auch diese Hütte erreicht hatte. Damit zog er sich zurück und gesellte sich zu dem anderen Soldaten. Beide blieben unweit der Hütte stehen, behielten alles genau im Blick. Martin schloss die Tür wieder und lehnte sich mit dem Rücken dagegen. „Leichter als gedacht", meinte er leise. Hagen stand am Fenster, sah hinaus auf die übrig gebliebenen Häftlinge, die sich am Brunnen wuschen, einen Happen aßen und sich dann zur Arbeit aufmachten. Der Cockney setzte sich im Bett auf, gähnte, streckte sich und blickte Martin verwundert an. „Was'n los?"

„Wir brauchen heute nicht zu arbeiten!", lachte er, ging an Henrys Bett vorbei, der unter seiner Decke hervorkroch, sich die Tücher von den Füßen und Handgelenken zog, sie achtlos neben den Eimer warf. „Was hast du ihnen erzählt?", wollte Henry wissen. Hagen antwortete für Martin: „Dass einige hier drin krank sind natürlich."

„Wozu?"

„Das wirst du schon sehen!", grinste Martin, warf Hagen einen vielsagenden Blick zu, der diesen jedoch nicht mit der gleichen Euphorie erwiderte, wie Martin erhofft hatte und stattdessen weiter zum Fenster hinaussah. Er machte damit deutlich, dass Martins augenscheinliche Überheblichkeit ihn störte. Und es war besser, sich etwas ruhiger zu verhalten, denn der Cockney erhob sich nun vom Bett, ahnte, worauf die beiden hinauswollten. „Ihr wollt abhauen! Ihr zwei wollt euch aus dem Staub machen! Oder zu dritt!"

„Also ich weiß von nichts!", meinte Henry beschwichtigend und es klang wie ein altes Waschweib, dass man der Lüge bezichtigt hatte. „Aber es wäre mir auch egal!"

„Hah!", machte der Cockney, doch mehr schien ihm nicht einzufallen, denn er setzte sich wieder auf das Bett, wandte ihnen den Rücken zu und starrte an die Wand. Die Hütte war klein, zu klein für vier Mann. Die Luft war nicht nur stickig und angefüllt mit ihrem Schweiß, der Wärme der Körper, sie war auch aufgeheizt, die Atmosphäre geladen. Hagen öffnete das Fenster, holte tief Luft. Die Sonne erhob sich zum Himmel. Es wurde allmählich warm draußen. Sie würden es nicht lange hier drinnen aushalten. Keiner von ihnen wollte den Kürzeren ziehen, jeder wartete auf die beste Gelegenheit. Jedenfalls kam es Hagen so vor. Martin setzte sich auf den einzigen Stuhl in der Hütte, rücklings, verschränkte die Arme auf der Lehne und schien zu überlegen. Henry sah von Martin zu Hagen, dann zu dem Cockney. Er hatte Durst, wollte sich am liebsten den Eimer neben seinem Bett nehmen und das restliche Wasser darin gierig hinunterstürzen, aber etwas hielt ihn zurück. Ihm wurde schwindlig vor Durst, und als er sich vom Bett erheben wollte, zuckte Martin unwillkürlich zusammen, als er für Sekunden auf beiden Beinen stand, sich dann wieder auf das Bett setzen musste. „Das war keine gute Idee", sagte Henry leise. Martin schlug ihm vor, sich doch wieder hinzulegen, wenn ihm nicht gut sei, und nur Hagen schien zu verstehen, was er wirklich meinte. Die ganzen Wochen über waren sie bisher einigermaßen miteinander ausgekommen, auch weil sie tagsüber draußen waren, der Enge der Hütte entfliehen konnten. „Ich habe Hunger", bekannte der Cockney, „und ich werde hier nicht die ganze Zeit herumsitzen und warten. Keiner wird hier wegkommen. Niemand spaziert so einfach an den Soldaten vorbei ..."

„Wir könnten es in der Nacht versuchen", warf Martin ein. Hagen winkte ab, sah zum Fenster hinaus. Wind kam auf. Er trieb einige Sträucher an ihnen vorbei. Sein Verlangen, frei zu sein, war groß, zu groß, um das hier noch länger zu ertragen. Jeden Morgen gingen sie durch die Stadt in den Steinbruch oder zu den Farmern, arbeiteten unter ständiger Bewachung der Soldaten, und wenn sie abends durch die Stadt in ihr Lager zurückgingen, zu ihren Hütten, dann standen die Kinder der Einwohner in den Straßen, bewarfen sie mit Dreck und beschimpften sie als Sträflinge, Abschaum. Die Erwachsenen wandten sich ab oder fielen mit ein. Sie brauchten ihre Arbeitskraft und wollten sie dennoch nicht in ihrer Nähe wissen. Sogar ein etwa dreijähriges Mädchen hatte ihn beschimpft und eine Frau hatte ihm einen kleinen Stein gereicht, den es dann nach ihnen warf. Hagen wusste nicht viel von der Bibel, aber er kam sich vor wie auf dem Weg zum Kreuz. Jedes Mal aufs Neue und er wollte diese ständigen Demütigungen nicht mehr ertragen. Der Cockney spuckte nach den Kindern. Doch so weit wollte Hagen sich auch nicht herablassen. Sie mussten auf irgendein Zeichen warten, einen Fingerzeig Gottes, um den richtigen Zeitpunkt zur Flucht abzupassen. Aber er war sich nicht sicher, ob das so einfach sein würde. Er glaubte Henry nicht, dass ihm das alles egal war, sicher gab er nur vor, nicht weg zu wollen. Bestimmt hatte er das alles genauso satt wie sie alle. Der Cockney ging zur Tür, öffnete sie, hielt kurz inne und drehte sich zu ihnen um. „Sie haben uns Essen vor die Tür gestellt", meinte er, holte eine Blechschüssel hervor, schloss die Tür wieder und hielt ihnen die Schüssel hin. Es war etwas Brot darin, gekochte Bohnen, ein paar Kartoffeln. Der Cockney nahm sich Brot, stellte die Schüssel auf den Boden, ging wieder zu seinem Bett. Als Martin sich auch etwas nahm, folgte Hagen. Nur Henry lehnte ab. Er hatte keinen Hunger, fühlte sich zu schwach, nicht mal einen klaren Gedanken konnte er fassen. Zudem war da eine völlige Gleichgültigkeit in ihm, die gegen seinen Überlebenswillen kämpfte, der zusehends mehr schwand. Es erschien ihm alles so aussichtslos. Und ausgerechnet seine Schwäche nutzten sie aus, um den Soldaten etwas vorzulügen. Aus den Augenwinkeln sah er, wie der Cockney sich auf seinem Bett ausstreckte. „Endlich mal ausruhen!", grinste er, Martin erwiderte es mit einem kurzen Lächeln. Henry befürchtete nicht, dass sich Martin und Hagen gegen ihn und den Cockney verbündeten, und selbst wenn es so sein sollte, wäre es ihm egal. Die ganze Zeit über hatte Hagen ihn ständig versucht seelisch aufzurichten, das war ihm schon lange aufgefallen. Wenn sie arbeiteten, in Erinnerungen an die Heimat und ihr

Leben dort schwelgten, hielt es sie in gewisser Weise aufrecht. Es half, die Schmerzen zu ertragen, wenn die Soldaten sie bestraften, weil sie in ihren Augen nicht hart genug arbeiteten oder etwas anderes verbrochen hatten. Henry fand es schlimmer als die Zeit im Gefängnis, obwohl er auch dort schon ständig den Attacken der Mithäftlinge ausgesetzt war. Doch weil er es stillschweigend ertrug, wurden sie es meist schnell leid, ihn zu provozieren.

Sie verbrachten den Tag damit, herumzusitzen. Keiner von ihnen wollte einschlafen, doch als Henry ein erneuter Fieberanfall übermannte, ihm die Augen zufielen, setzte sich Hagen auf sein Bett, gab vor, weiterhin aus dem Fenster zu starren, doch er hielt so seine schützende Hand über ihn. Weit entfernt hörte Henry noch, wie Martin begann, Pläne zu schmieden, in die der Cockney begeistert mit einfiel. Ein lautes Krachen riss Henry aus dem Schlaf. Er öffnete die Augen, es war dunkel in der Hütte, bis auf die Kerze auf dem Tisch, ab und an erhellte ein greller Blitz den Raum, sodass er Martin und den Cockney an der Tür sehen konnte. Als er den Kopf zur Seite drehte, blickte er in Hagens Augen, der neben ihm auf dem Bett saß. Entweder hatte er die ganze Zeit dort gesessen oder sich gerade wieder dorthin gesetzt. Henry bezweifelte die zweite Möglichkeit. Draußen regnete es in Strömen. „Du hast lange geschlafen“, bemerkte Hagen, „ich wollte dich gleich wecken.“ Henry setzte sich auf. „Wir müssen gleich los!“, sagte Martin und nun sah Henry, dass er so etwas wie einen Knüppel in der Hand hielt, ebenso wie der Cockney. Dann stellte er fest, dass der Stuhl fehlte. Hagen nahm Henrys Hemd vom Rand des Bettes, hielt es ihm hin. „Du hast die Wahl. Komm mit uns mit oder bleib hier!“ Hagens Gesichtsausdruck war ernst. Sekundenlang stand er vor Henry, ohne dass es den Anschein machte, als wolle der auf seine Worte reagieren. Es kam Hagen wie eine schiere Ewigkeit vor, bis Henry langsam aufstand, das Hemd ergriff, sich anzog. Unsicher blieb Henry beim Bett stehen, legte eine Hand auf die Kante, schien nachzudenken. Seine Augen glitten von einem zum anderen, dann über den Boden, bis Martin und der Cockney die Tür aufrissen, hinausstürmten. Hagen lief ihnen nach in den Regen hinein, der in dicken Tropfen auf den ausgedörrten Boden fiel.

Die beiden Soldaten, die vor der Hütte Wache standen, wurden von

Martin und dem Cockney mit den provisorischen Knüppeln überwältigt. Sie nahmen ihnen die Gewehre ab, warfen Hagen eines zu, der noch in der Nähe der Hütte stand, sich zu Henry umdrehte, der nun hinaustrat, Hagen wie eine Fliege mit einer Handbewegung fortscheuchte. Zuerst grinste Hagen, doch ihnen blieb nicht viel Zeit, also rannte er los. Henry sah den anderen nach, er war nicht so schnell wie sie. Ihm würde zu schnell die Puste ausgehen und er wollte sie nicht aufhalten. Langsam schritt er um die Hütte herum, die Soldaten folgten den Flüchtenden, einige Gefangene traten angesichts des Geschreis der Soldaten und der Schüsse aus ihren Hütten. Er ging weiter aus dem Lager hinaus, fühlte den kühlen Regen auf seiner Haut, die Nässe, auf eine gewisse Weise belebte es seine Lebensgeister. Hinter ihm forderte ihn eine Stimme auf stehen zu bleiben. Henry gehorchte. Der Soldat kam auf ihn zugelaufen, das Gewehr im Anschlag. „Los, leg dich auf den Boden!" So senkte er den Kopf, ließ sich auf die Knie sinken. Ein Schuss ließ ihn zusammenfahren, der Soldat fiel der Länge nach neben ihm in den aufgeweichten Boden. „Verdammt, Henry!", hörte er Hagens Stimme. „Jetzt nimm sein Gewehr und komm endlich!" *Sei ein Mann!,* vollendete Henry den Satz in seinem Kopf, fühlte sich zurückversetzt in die Zeit mit seiner Mutter, sein altes Leben. Er verspürte keinen Drang, sich aufzulehnen, abzuhauen, aber er hatte keine andere Wahl, als Hagens Aufforderung Folge zu leisten, denn der war seinetwegen zurückgekommen. Als Henry den Blick hob, bot Hagen einen seltsamen Anblick mit den nassen Kleidern, den Haaren, von denen das Wasser tropfte, der ausdruckslosen Miene. Er wirkte wie ein verlassener Streuner. Hagen schluckte, denn es überkam ihn einen Atemzug lang das seltsame Verlangen, seinen Weggefährten von den Qualen des Lebens zu erlösen. Er war erleichtert, als dieser das Gewehr des Soldaten griff, es mehr wie einen Prügel in der Hand hielt und endlich aufstand und ihm folgte.

Sie nahmen den Weg am Steinbruch vorbei, über einige kleine Erhebungen und gelangten an einen Fluss. Der Regen und die dunklen Wolken verschluckten fast völlig das helle Mondlicht. So mussten sie sich auf ihr Gehör verlassen. Das Wasser rauschte bedrohlich. Martin und der Cockney wateten schon durch den Fluss. Es war die einzige

Möglichkeit. Sie hörten die Stimmen der Soldaten hinter sich, Warnschüsse. Es widerstrebte Henry, ins Wasser zu gehen. „Ich kann nicht schwimmen!“, rief er Hagen zu, der nun am Ufer stand, einen Schritt ins Wasser machte. „Es scheint nicht sehr tief zu sein ...“, gab dieser zurück. Ein Aufschrei Martins schien seine Worte zu entkräften. Doch dieser rappelte sich wieder auf, kämpfte sich weiter voran. Die Soldaten erreichten sie, die Schüsse der Gewehre peitschten das Wasser auf. Es blieb keine Zeit mehr zum Nachdenken. Henry stürmte vor, als ein Soldat dem Flussufer bedrohlich nahe kam, warf sich auf seinen erstaunten Freund, schob ihn durch seine Kraft weiter ins Wasser hinein, sodass sie zur Mitte getrieben wurden, auf den Steinen wegrutschten, die Kraft des Wassers sie fortzog. Der Fluss ergriff die Macht über sie, Hagen verlor das Gewehr, holte tief Luft und tauchte unter. Ein Schuss verfehlte ihn nur knapp. Die Strömung riss die beiden Männer mit sich, wirbelte sie wie Korken herum. Hagen versuchte mit der Strömung zu schwimmen, sich treiben zu lassen, aber es fiel ihm schwer, den Kopf oben zu halten, irgendwo Halt zu finden, denn Henry hing zusätzlich noch mit seinem ganzen Gewicht an ihm. „Wir lassen uns treiben, dann denken sie vielleicht, wir wären tot!“, kreischte Hagen Henry ins Ohr, der seine Worte aber nicht zu hören schien. Es war mehr als deutlich, dass er das Wasser abgrundtief verabscheute und große Angst hatte, zu ertrinken. Vor ihnen tauchte nach einer schieren Ewigkeit am Ufer ein Wäldchen auf, einzelne Wurzeln der Bäume ragten ins Wasser. „Da hin!“, schrie Hagen und versuchte eine der Wurzeln zu greifen, Henry tat es ihm nach und bekam eine der dicken Wurzeln zu fassen. Mit der rechten Hand umgriff er die Wurzel, sammelte seine Kräfte, half Hagen sich festzuhalten, der sich ans Ufer hangelte, das Gewehr von sich warf und dann Henry die Hand hinhielt. „Verdammt, nimm doch beide Hände!“, befahl er ihm. „Ich kann nicht!“ So zog er ihn mit Mühe nach oben ans Ufer, verlor dabei fast selbst den Halt auf der glitschigen Wurzel. Danach lagen sie auf dem Boden, rangen nach Atem. Es hatte aufgehört zu regnen. Hagen lauschte auf seinen Atem und den Wind. Der Mond tauchte aus einer Wolkendecke hervor, warf sein helles Licht auf sie beide und die unwirklich wirkende Natur. Er setzte sich auf, nahm das Gewehr. „Wir müssen weiter!“, meinte er mit einem Blick auf das Mondlicht. Henry erhob sich mühsam, spürte einen stechenden Schmerz in der linken Schulter, starrte fast verwundert auf das Blut an seinem Hemd, seinem Arm, dann sah er Hagen an. Dieser hockte sich neben ihn, half ihm sich aufzusetzen, schüttelte den Kopf. „Du hast immer ein Glück!“, bemerkte Hagen trocken, wollte sich die Wunde ansehen, doch Henrys Hand fuhr vor, zog das Hemd ein Stück weit herunter. Mit dem Finger berührte er die Wunde. „Die Kugel scheint im Knochen zu stecken“, stellte er fest, „wird schon gehen!“ *Die war mit Sicherheit für mich gedacht*, dachte Hagen, erinnerte sich an den Moment, in dem sich Henry auf ihn geworfen hatte. „Danke“, kam es leise über seine Lippen, auch wenn Henry nicht verstand, warum er ihm dankte, ihn fragend ansah, woraufhin Hagen ihm einfach auf die Beine half, ihm anbot, dass er sich auf ihn stützen konnte, doch Henry lehnte ab. Er winkelte den Arm an, legte seine rechte Hand stützend darunter und folgte Hagen, als dieser losging.

Sie waren noch nicht weit gegangen, als ein Geräusch sie innehalten ließ. Beide wussten nicht, wie weit sie von der Stadt entfernt waren oder vom Steinbruch, ob die Soldaten ihnen folgten oder es aufgegeben hatten, in der Hoffnung, dass der Fluss sie beide verschluckt hatte. Hagen entsicherte das Gewehr, hob es ein Stück an, obwohl es durch die Feuchtigkeit wahrscheinlich unbrauchbar war. Es raschelte in einem Gebüsch. „Vielleicht nur ein Tier“, meinte Henry, machte aber trotzdem vorsichtshalber zwei Schritte zurück. „Nein“, stellte Hagen fest, als er mit dem Lauf des Gewehrs ins Gebüsch vorstieß, ihn zwei dunkle Augenpaare anblickten, er energisch mit dem Fuß aufstampfte. „Los, raus da!“ Aus dem Gebüsch kam ein unwilliges Murren, dann trat eine kleine Person hervor. Ihr Haar war wellig, schulterlang, dunkler als Henrys, sie hatte eine breite Nase, war kleiner als sie beide und augenscheinlich weiblich, denn sie trug ein Kleid, dem vorne einige Knöpfe fehlten, den Blick auf den Ansatz ihrer Brüste freigaben. Sie erinnerte an einen dieser Eingeborenen aus den Kinderbüchern, einen Mohren aus Afrika, einen Wilden. Unschlüssig standen sie sich gegenüber, dann erspähte sie das Blut an Henrys Schulter. „Seid ihr fortgelaufen?“, fragte sie und es erstaunte die beiden Männer, dass sie ihre Sprache sprach, wenn auch mit einem starken Akzent, den sie nicht zuordnen konnten. Henry nickte zögerlich. „Bist du allein?“, wollte Hagen wissen, hielt das Gewehr immer noch auf sie gerichtet. Da sie nicht instinktiv die Hände hob, ging er davon aus, dass sie sich der Gefahr nicht bewusst war oder ihr die Gepflogenheiten nicht bekannt waren. „Ja, ich bin allein. Mein Name ist Yindi, die Sonne.“ Auf ihrem Gesicht zeigte sich ein scheues Lächeln, welches ihre weißen Zähne entblößte, die aus dem dunklen Gesicht hervorstachen. „Ich bin immer allein.“

„Ach ja?“, meinte Hagen ungläubig. „Mein Stamm hat mich verstoßen“, sie zeigte zu einem großen dunklen Etwas, das nicht weit von ihnen entfernt lag. „Ich wohne da hinten in einer Höhle. Dort habe ich auch Kräuter, vielleicht kann ich deinem Freund helfen?“

„Hagen, lass sie in Ruhe!“, forderte ihn Henry auf. „Die Frau ist harmloser als ein Eichhörnchen!“

„Ich weiß nicht. Was zahlen sie dir, wenn du uns verrätst?“, wandte er sich an die Frau, die nun kicherte. „Was ist zahlen?“, fragte sie völlig unvermittelt. „Ich habe alles, was ich brauche. Aber wenn ihr noch lange wartet, findet euch der Fährtenleser.“

„Wer?“

„Er war einer von uns, meinem Stamm. Sein Name ist Burnum, großer Jäger. Nun hilft er den Soldaten oft, Geflohene zu finden. Und er ist sehr gut im Lesen der Spuren, sein Auge ist ... schule!“

„Geschult“, korrigierte Hagen, sah, dass Henry sich an einen Baum lehnte, für Sekunden die Augen schloss, sich die schmerzende Schulter rieb. Also willigte er ein, der Frau zu folgen. Yindi führte sie zu einem Berg, der von einiger Entfernung nicht so groß gewirkt hatte, zumal es noch Nacht war und man im Dämmerlicht des Mondes nicht alles genau erkennen konnte. Sie stiegen den Berg ein Stück weit empor, kamen dann auf einem kleinen Pfad zu Yindis Höhle, die von außen klein aussah, doch innen war genügend Platz für alle drei. Die Einrichtung war spartanisch, einige gewebte Decken, ein Speer, ein Messer, ein verbeulter Topf, eine Tasse. Es war offensichtlich, dass sie die Sachen von den Weißen gestohlen hatte. Hagen sicherte das Gewehr, stellte es an die Seite. Yindi bat ihn in die Höhle, breitete eine Decke für ihn aus, eine weitere für Henry, dem sie dann einen

Platz zuwies. „Du bist großer Wajala!“, bemerkte sie und fügte dann erklärend hinzu: „Weißer!“

„Wie nennt ihr euch?“, fragte er voller Interesse, setzte sich an die Höhlenwand, streckte die Beine aus. „Ihr nennt uns Aborigines. Wir leben schon sehr lange hier. Aber als ihr dann kamt, verloren wir Land und alles ... wurde anders.“ Ihre Worte wirkten wie eine Anklage, doch dann fasste sie sich, bot Hagen einen Platz an und holte aus einem Winkel einen kleinen Lederbeutel hervor, nahm den Topf und ging zum Eingang der Höhle. „Ihr seid hier sicher. Ich gehe runter zum Fluss und hole Wasser für die Kräuter.“ Hagen setzte sich mit gekreuzten Beinen auf die Decke. Seine Kleidung war durchnässt, doch er wollte sich vor der fremden Frau nicht ausziehen, zudem hatte er nur die Sachen, die er auf dem Leib trug. Mit einem Blick auf seinen Freund stellte er fest, dass dieser wohl ebenso dachte, aber dennoch umständlich sein Hemd auszog, es benutzte, um das Blut von seiner Schulter und dem Arm zu wischen. In Hagen machten sich gemischte Gefühle breit. Zum einen fürchtete er, man könne sie überraschen, Yindi sie verraten, dann würde ihnen sicher die Todesstrafe drohen. Andererseits war er irgendwie erleichtert, die neu gewonnene Freiheit schmeckte zu verführerisch auf seinen Lippen. Das Land war groß, es würde nicht allzu schwer werden, unterzutauchen. Er sah zu Henry hinüber, der eingeschlafen war, das nun blutverschmierte Hemd immer noch in der Hand. Yindi kehrte zurück. Sie hatte den Topf dabei, wies ihn an, nach hinten in die Höhle zu kriechen, wo sie etwas Holz gesammelt hatte, und Hagen brachte ihr die Zweige, die sie dann zu einem kleinen Haufen aufschichtete. Gebannt beobachtete er sie dabei, wie sie ein Stück weit im Innern der Höhle ein Feuer entfachte, den Topf daraufstellte. Ihre Hände ließen die Kräuter einzeln hineinfallen, bald zog ein seltsamer Geruch durch die Höhle. Es erinnerte ihn an eine Suppe, die seine Mutter oft gekocht hatte. Fast glaubte er sich zu Hause in der Wohnung mit den zwei kleinen Zimmern, dem alten Ofen an der einen Wand der Küche, dem wackeligen Tisch an der anderen, an dem schon seine Geschwister saßen, auf das Essen warteten. Das Fenster stand offen, warme Sonnenstrahlen fielen in die dunklen Räume, trugen den schwarzen Rauch aus der Küche in die belebten Hinterhöfe, aus denen allerlei Stimmengewirr zu ihnen hinaufdrang.

Da war sein Vater, klein und hager, der von der Nachtschicht in der Fabrik erschöpft in einem der drei Betten lag und schlief. Seine älteste Schwester Helen, die aus Papier kleine Blumen faltete, um sie dann an einer Straßenecke zu verkaufen, seine Brüder, Earl und Arthur, zwei kräftige Rotschöpfe, die ihm immer zur Seite standen. Beth, die Kleinste, stand am Ofen neben der Mutter, hielt sich an ihrer Schürze fest. Der Untermieter, Ben, kam von der Arbeit. Hagen wartete schon auf ihn, denn Ben konnte ganz passabel lesen und er versuchte es ihm beizubringen mit einem alten Buch der Mutter. Ben war Anfang zwanzig, sah aus wie weit über dreißig, und wenn er mittags von der Frühschicht kam, legte er sich in das Bett von Beth und Helen, um einige Stunden auszuruhen, bevor er abends noch einige Stunden in der nahegelegenen Färberei aushalf. Unten von der Straße rief eine Frau nach seiner Mutter. „Alice, schick die Jungs runter! Hier sind wieder zwei Körbe!“ Seine Mutter seufzte, bat Helen, den großen Waschtopf aus der Ecke zu holen und von der Pumpe auf dem Hof Wasser zu holen. Dann wies sie Hagen und seine Brüder an, die Körbe mit der Wäsche nach oben zu bringen und der Schwester beim Eimertragen zu helfen. Er würde an diesem Tag nicht mehr zum Lesen üben kommen, denn sie mussten die Leinen noch auf dem Dachboden zum Aufhängen der Wäsche spannen, helfen, alles einzuweichen und dann ab und an die kochende Wäsche im Topf umrühren. Seine Mutter bekam nur ein paar Pence dafür und manchmal schrubbte sie die Wäsche bis in die Nacht hinein auf dem Waschbrett. Dann sang sie mit ihrer zarten Stimme Lieder zum Einschlafen, wobei die Tür zum Schlafraum offenstand, damit die Kinder sie hören konnten. Er beobachtete sie oft, wenn sie innehielt, seufzend den Kopf auf eine Hand stützte, die Augen schloss, sich wieder aufraffte und weiterschrubbte. Dann sah er sich wieder im Türrahmen zum Schlafraum stehen. Helen stand neben Mrs. Arrows, der Hebamme, die das Bettlaken über den leblosen Körper der Mutter legte. Seine Brüder waren noch nicht vom Spielen nach Hause gekommen und Beth klammerte sich an seine Hand, wollte immerfort zur Mutter. „Da war so viel Blut“, hatte Helen ihm mit starrem Blick zugeflüstert, als er in die Wohnung gekommen war. Alle bewegten sich wie erstarrte, seelenlose Marionetten. Noch vor einer Stunde hatte er Beth mit auf den Hof zum Spielen genommen, Helen die Hebamme geholt, weil die Wehen der Mutter stärker geworden waren. „Bald habt ihr vielleicht noch ein kleines Brüderchen!“, hatte sie gesagt, bevor er mit Beth auf dem Arm zur Treppe gegangen war und ihnen beiden einen Kuss gegeben, auf die Wange bei ihm, Beth auf die Stirn. Es war ihm, als könne er ihre Lippen noch Stunden später auf seiner Wange spüren.

Hagen öffnete die Augen, er musste eingeschlafen sein. Seine Hand berührte seine linke Wange, er fühlte die Feuchtigkeit an seinen Augen, das Salz der Tränen auf seinen Lippen. Ein heller Lichtstrahl fiel ins Innere der Höhle. Er sah zur Seite und erschrak, als er begriff, dass Yindi ihn beim Schlafen beobachtet hatte. „Ein böser Traum?“, fragte sie leise. Er wischte sich die Tränen aus dem Gesicht, schüttelte den Kopf. „Traurig“, bekannte er, „von meiner Mutter.“

„Du hattest viele Liebe für sie?“ Yindi deutete mit einer Geste auf ihr Herz. „Sie hat hart gearbeitet für uns Kinder.“ Sie schwiegen einen Moment, bis sie wieder das Wort ergriff. „Für einen Jungen ist Mutter immer wichtig ...“, meinte sie, sah hinaus in die aufgehende Sonne, „Araluen wurde geboren, als Wasserlilien im See blühten. Deshalb wählte ich den Namen.“

„Dein Sohn?“

„Ja, aber sein Vater ... Da war keine Liebe für mich und Sohn. Und ich war zu jung. Ich lief weg in der Nacht, als kein Mond am Himmel. Araluen ist darel, blauer Himmel, wird getragen von Wolken, und wenn Sonne scheint, er lächelt für seine Mutter.“ Die Art und Weise, wie sie sprach, der fast märchenhafte Klang ihrer Stimme übten eine seltsame Anziehungskraft auf ihn aus. Sie sprach von dem Verlust ihres Sohnes, als wäre es eine alte Legende, nichts, was vielleicht erst vor kurzer Zeit geschehen war. Während sie erzählte, gestikulierte sie mit samtweichen Bewegungen, weicher, als die Europäer es taten, fand er. Aber es konnte auch gerade diese Erzählweise sein, die sie damit umgehen ließ, die es ihr leichter machte, die Einsamkeit zu ertragen. Er brauchte eigentlich nicht nachfragen, ob sie deshalb verstoßen war und wer dem Jungen etwas angetan hatte. Dennoch war seine Zunge schneller als sein Verstand. „Was ist passiert?" Yindi schien sein Interesse nicht zu missfallen, denn sie sprach bereitwillig darüber, wobei sich Hagen wieder auf ihre Gesten konzentrierte, da er die Worte erahnte, die sie sprach. „Wir sind weit gelaufen, haben uns versteckt. Doch ich wusste nicht den Weg, Araluen wurde krank, und als sie uns fanden, sie nahmen ihn mir weg und verstießen mich. Ich weiß, dass sie ihn ... getötet haben. Seitdem ich lebe hier."

„Woher kannst du unsere Sprache?", fragte er, um sie und sich von der Trauer abzulenken. „Ich habe von den Soldaten gelernt. Manchmal war ich in der Stadt, aber die Menschen sind gemein, sie hassen uns. Aber die Soldaten sind einsam und wir gehen dann aus der Stadt ..."

„Ich verstehe."

„Sie schenken mir auch Sachen oder Essen. Dann muss ich nicht jagen." Hagen wandte den Kopf um, sah Henry unter einer Decke schlafen. Seine Kleidung lag draußen vor der Höhle, ausgebreitet auf zwei Steinen zum Trocknen. Yindi folgte Hagens Blicken. „Willst du auch trocknen?"

„Es ist nicht mehr so nass." Seine Hände fuhren über die klamme Hose. Sie stand auf, hielt eine Decke hoch, drehte den Kopf zur Seite, kniff die Augen zusammen, wedelte kurz auffordernd mit dem Stoff, bis er sich erhob, seine Sachen auszog, sich dann schnell die Decke griff und sie sich um die Hüften schlang wie einen Rock. „Was ist mit Henrys Wunde?", fragte er, während sie seine Sachen auf den Steinen vor der Höhle auslegte. „Ich habe das Metall rausgemacht, es steckte nicht tief im Knochen. Die Kräuter werden die Wunde heilen. Aber es wird etwas dauern."

„Wie hast du es ...?"

„Mit Messer!", meinte sie, tat so, als hätte sie eines in der Hand, drehte es hin und her. Hagen verzog das Gesicht. „Schon gut. Hast du etwas zu essen?" Sie nickte, verschwand kurz im hinteren Bereich der Höhle, kehrte mit einem Blechnapf zurück, in dem getrocknete Fleischstreifen lagen, stellte ihn vor Hagen, legte einen Revolver daneben, eine kleine Schachtel mit Munition. Yindi lächelte ihn an wie ein braves kleines Mädchen. „Wo hast du den her? Geklaut?"

„Ihr braucht ihn mehr als ich", nickte sie, nahm sich einen Streifen

Fleisch, begann darauf herumzukauen. Er zögerte bei dem Anblick der leicht gewellten, dunklen Streifen, nahm dann einen, biss vorsichtig ein Stück ab. Es schmeckte derart bitter, dass er sich überwinden musste, es hinunterzuschlucken. Mit einem schiefen Lächeln aß er einige Streifen, wobei Yindi ihn wachsam wie eine Mutter beobachtete. „Ist Dingo!", gackerte sie dann, als er fertig war, setzte sich auf alle viere und ahmte einen Hund nach. „Jesus! Das war das Widerlichste, was ich jemals gegessen habe!", gestand er, ließ sich von ihr etwas Wasser in einem Blechnapf reichen. „Meinst du wirklich, dass wir hier sicher sind? Ich meine, wenn der Fährtensucher so gut ist, wie du sagst, dann ...", wollte er wissen. „Er kommt nicht hierher. Keine Angst. Er meidet mich."

„Hast du ... Ich meine, hast du schon einmal mitbekommen, wenn sie Gefangene finden?"

„Sie stellen sie hin und Loch in Kopf!", erklärte sie, faltete die Hände wie eine Waffe. „Oder aufhängen."

„Sind wir die Ersten, denen du hilfst?"

„Ja. Es war Zufall. Und du wolltest mich erschießen, Hagen!", meinte sie gespielt vorwurfsvoll, wurde dann wieder von einer Art Traurigkeit erfasst. „Viele haben Angst, wenn sie mich sehen." Er verstand, wie einsam ihr Leben war. Dennoch war er sich nicht sicher, was er für sie empfinden konnte, selbst wenn er wollte, denn sie war so anders, als die Frauen, die er kennengelernt hatte. Abgesehen von der dunklen Haut wirkte sie wie ein sonderbares Wesen, das man erst ergründen musste, eine Spezies, die man nicht kannte. Er fragte sich, was sie wohl in einer Stadt wie London getan hätte. Im Vergleich mit der Weite dieses Landes wäre der Moloch einer Großstadt wohl erdrückend für sie gewesen. Man konnte es aber auch nicht mit einem Farmer vergleichen, der zum ersten Mal in die Stadt kam. Yindis Leben beeindruckte ihn ein Stück weit, denn trotz seiner Flucht stellte sich bei ihm kein bisschen das Gefühl von wirklicher Freiheit ein. Die Angst, entdeckt zu werden, schwelte ihn ihm wie ein kleines Feuer. Selbst wenn sie weiterzögen, war er sich nicht sicher, ob er sie abschütteln konnte. „Du sehr nachdenklich", bemerkte sie, reichte ihm dann etwas Tabak in einem Lederbeutel, Zündhölzer. „Von Soldaten genommen." Er bedankte sich, drehte eine Zigarette, rauchte. Yindi stand auf, trat vor die Höhle. Sie verschränkte die Arme vor der Brust, drehte sich dann zu ihm um. „Was habt ihr getan?“ Hagen hustete, denn er wusste, worauf sie hinauswollte. Er hatte viele Fragen gestellt, jetzt war sie an der Reihe. „Ich habe aus Versehen eine Frau getötet, die ich liebte. Sie lag mit einem anderen Mann im Bett. Und ich habe Karten gespielt und Leute betrogen.“ Er deutete auf Henry: „Er hat seine Mutter erschlagen, weil sie ihn wie einen kleinen Jungen behandelt hat. So viel hat er mir jedenfalls erzählt. Henry hat gespielt, Geld verloren. Macht es dir Angst?“

„Nein. Du hättest mich schon lange töten können, wenn du wolltest. Wir nennen euch *weiße Geister,* weil eure Haut so hell und ihr immer blass, dann bin ich *schwarzer Geist.* Ich lebe und lebe doch nicht.“ Er begriff. Sie trat wieder in die Höhle, griff nach dem Speer, der an der Wand stand. „Ihr braucht richtiges Essen. Ich bin bald wieder da.“ Damit ging sie den kleinen Pfad hinab und Hagen sah ihr nach, bis sie aus seinem Blickfeld verschwunden war. Er war ihr gegenüber nicht misstrauisch, aber er zweifelte, ob der Fährtenleser sie nicht doch finden würde. Vielleicht vermutete er sie beide in Yindis Obhut. Er versuchte sich einzureden, dass die Soldaten davon ausgingen, dass sie beide tot waren, ertrunken. Aber wenn sie den Fluss absuchten und ihre Leichen nicht fanden ... Henrys Stöhnen riss ihn aus den finsteren Gedanken und er schluckte, denn er konnte innerlich schon die Schlinge um seinen Hals fühlen. Im Gefängnis hatte er in den Hof blicken können, dort, wo sie die Gefangenen hängten. Es sollte der Abschreckung dienen, denn alle anderen Häftlinge starrten, ebenso wie er, auf das bizarre Schauspiel. Manche zappelten wie Fische am Haken, andere mussten zum Galgen geschleift werden, weil sie jammerten wie kleine Kinder, um ihr Leben flehten. Andere waren ruhig und gelassen, meist ältere Männer. Frauen versuchten sich oft gegen ihr drohendes Ende aufzubäumen. Ihre Schreie waren so schrill und Furcht einflößend gewesen, dass er seine Hände auf die Ohren gepresst, sich abgewandt hatte.

Hagen dachte, Henry schliefe, doch er lag auf der Seite, die Augen halb geöffnet, aber er war nicht wach im eigentlichen Sinn. Er spürte seine Beine, taub und bleischwer, seine Handflächen, die er aneinander presste, zwischen seinen Knien verschränkt hatte. Seine Schmerzen waren nur eine dumpfe Erinnerung. Yindi hatte ihm die Blechtasse vor den Mund gehalten. Die Flüssigkeit dampfte, ein beißender Geruch ging von ihr aus und er wollte sich wegdrehen, doch sie forderte ihn auf, es zu trinken. Er hatte Mühe, es bei sich zu behalten. Doch kaum, dass sie es ihm gegeben hatte, legte sich ein seltsam taubes Gefühl auf seine Sinne, so als stehe er neben sich. „Schlaf", meinte sie leise, ihre Stimme schien weit entfernt, aber er sah ihr Gesicht über seinem, als sie ihm half, sich hinzulegen. Sein Mund war trocken, die Zunge schwer, zu schwer, um nur mit einer Silbe zu widersprechen. Er sah, wie sie das Messer in ihrer Hand hielt, doch er fühlte keine Angst. Ihr Gesicht verschwand in einem Nebel. Er fühlte sich plötzlich leicht, erhob sich von seinem Lager, sah sich um und stellte fest, dass er alleine in der Höhle war. Mit langsamen Schritten verließ er die Höhle, nahm den Pfad an der anderen Seite den kleinen Berg hinab. Über ihm stand der Mond groß und hell am Himmel, tauchte die karge Landschaft in ein milchig-weißes Licht. Er dachte nicht an Hagen, nicht an die Soldaten, den Fährtenleser. Irgendetwas zog ihn, leitete ihn, ein unsichtbarer Führer. Unten, vor dem Pfad, war die Erde rötlich braun. Es war das erste Mal, dass er Erde in dieser Farbe sah und so beugte er sich hinab, ging in die Hocke, nahm etwas in seine Hand, ließ sie hindurchrieseln, denn sie war fein wie der Sand am Strand von Dover und fast meinte er, den fischigen Geruch des Meeres wieder in der Nase zu haben. „Du musst es mit Wasser mischen. Zum Bauen", sagte eine Stimme dicht neben ihm. Er brauchte den Kopf nicht zur Seite wenden, er erkannte Yindis Stimme. So blieb er in der Hocke, nickte, fühlte ihre Haare an seiner Wange, hörte, wie sie leise seufzte. Aus den Augenwinkeln sah er sie neben sich knien, leicht vornübergebeugt, nun fuhr sie mit ihren Händen durch den Sand, malte seltsame Gebilde, die er nicht deuten konnte. Henry sah nach vorne in die schier unendliche Weite des Landes, aus der sich Felsen und Büsche wie mystische Gestalten im Schein des Mondes emporreckten. Sie rückte näher an ihn heran, er fühlte, wie ihr Körper den seinen berührte, ihre Wärme ihn streifte, als sie ihren Kopf an seine Schulter legte. Bevor er zu einer Reaktion fähig war, küssten ihre Lippen seinen Hals, wanderten bis zur

Schulter hinab, eine ihrer Hände schob sie unter sein Hemd. Jede Berührung mit den Fingerspitzen hinterließ ein Kribbeln auf seiner Haut, das ihn aus dem Gleichgewicht brachte, und so ließ er sich auf die Knie sinken, umfasste ihre Hand mit seiner linken, sodass sie nun still auf seiner Brust ruhte. Für einen kurzen Atemzug lang überlegte er, ob er es ihr sagen sollte, dass er nicht gesund war, und es kamen ihm Zweifel, ob es für sie nicht eine allzu alltägliche Sache war. Als er sie ansah, funkelten ihre großen dunklen braunen Augen gleich zwei Kohlenstücken. Sie lächelte scheu und er musste sich eingestehen, dass da etwas an ihr war, das ihn anzog. Vielleicht, weil sie so anders war, etwas sie beide miteinander verband. Sie beide lebten neben den anderen Menschen her, ausgestoßen, verlassen. Er wollte ehrlich zu ihr sein, aufrichtig, aber seine Gefühle in ihm waren stärker und so ließ er sie gewähren, als sie ihn küsste, so behutsam und vorsichtig, scheu, als sei es ihr erster Kuss – für sie beide. Henry legte einen Arm um sie, zog sie zu sich heran und begann ihr Haar zu streicheln, dass sich fast wie Draht anfühlte, dicker war als seines. Yindi legte sich hin, den Kopf in seinen Schoß, er streichelte weiterhin ihr Haar und war irgendwie erleichtert, dass sie nicht mehr von ihm wollte. Er war ein schlechter Liebhaber. Dennoch erregte ihn ihre Anwesenheit, es brachte ihn dazu, sich zu wünschen, ein talentierter Verführer zu sein. In seinem Kopf war eine Melodie, fast meinte er, seine Mutter wieder auf dem Klavier spielen zu hören, dazu sang sie mit diesem Sopran, so gefühlvoll, dass es ein wehmütiges Gefühl in ihm hervorrief. Das Lied handelte vom silbrig glänzenden Mond, zwei verliebten Menschen, die zueinanderfanden ... Kitschig und abgedroschen im Grunde genommen, aber dennoch berührte es ihn jedes Mal aufs Neue. „Ich will nicht länger allein sein ...“, meinte Yindi leise, richtete sich dann auf, sah ihn an. „Werdet ihr mich mitnehmen?“

Henry schreckte auf, hob den Kopf, drehte sich mühsam zu Hagen um, starrte in die Höhle, suchte Yindi. Er verzog das Gesicht vor Schmerzen, legte seine Hand auf die Schulter, bemerkte dann Hagens Blick und bemühte sich, nicht zu zimperlich zu wirken, obwohl dieser sich nie darüber lustig gemacht hätte. „Wo ist sie hin?“, fragte Henry. „Sie will etwas zum Essen jagen“, er hielt ihm etwas von dem getrockneten Fleisch hin, doch Henry schüttelte den Kopf. „Ich habe keinen großen Hunger“, meinte er, setzte sich auf, hüllte sich in die Decke. „Sind unsere Sachen trocken?“ Hagen erhob sich, wobei er mit einer Hand die Decke um seinen Hüften festhielt, trat mit Bedacht vor die Höhle und befühlte Henrys Kleidung auf den Steinen. Dann nahm er die Hose und das Hemd, reichte sie ihm. Seine eigenen Sachen würden noch eine Weile zum Trocknen brauchen. Also setzte er sich wieder an seinen Platz und sah zu, wie Henry aufstand, mit der rechten Hand seine Hose anzog, das Hemd, welches er aber nicht zuknöpfte. Dann saßen sie sich gegenüber, schweigend, bis Hagen aus dem Tabak noch eine Zigarette drehte, zu seinem Freund hinüberging. Er gab sie ihm, zündete sie an. Vorsichtig beugte er sich zur Seite, schielte auf die Wunde. Henry rückte etwas zu ihm hinüber, hob das Hemd so weit an, dass man das dunkle, geronnene Blut an seiner Schulter sehen konnte und ein graues undefinierbares Zeug, welches Yindi auf die Wunde geschmiert hatte. „Kräuter wahrscheinlich“, stellte er fest. Henry nickte. „Es hilft sicherlich beim Heilen, aber es brennt und die Schmerzen nimmt es nicht. Ich will nicht beschreiben, was sie gestern mit mir gemacht hat. Aber als sie mit dem Messer in der Hand über mir ...“

„Ich dachte, du warst bewusstlos?“

„Da nicht mehr“, er drehte das Gesicht zu Hagen, hob für einen kurzen Moment die Mundwinkel zu einem zynischen Grinsen, das leicht übertrieben wirkte, aber seine knappen Worte unterstrich. „Vorher bin ich wohl kurz weggetreten und nachher hat sie mir etwas zu Trinken gegeben, das wie ... Es schmeckte unbeschreiblich widerlich. Aber die Schmerzen waren wie weggeblasen. Ich habe nur einen seltsamen Traum gehabt.“

„Albtraum?“

„Nein, anders und unglaublich real. In London habe ich von Leuten gehört, wie es ist, Meskalin, Opium oder so was zu nehmen. Das war wohl so ähnlich. Ich selbst habe nur Absinth getrunken, einmal, aber ich mag das Zeug nicht und ich habe auch keine Wirkung gespürt. Aber das hier war wie ein ... eine Epiphanie.“ Hagen wollte zuerst nicht nachfragen, aber dann überwand er seine Scham, eine schlechtere Schulbildung genossen zu haben als sein Freund. „Was meinst du?“ Als Henry ihm ohne Umschweife erklärte, dass er eine Erleuchtung meinte, ohne Ausschweifungen oder belehrend, wurde ihm klar, dass ihr Verhältnis in Ordnung war. Seinem Freund lag jedwede Überheblichkeit fern. Und nur allzu schnell war er bereit, einzugestehen, wenn er etwas nicht beherrschte oder konnte. Henry gab sich gerne die Blöße und schien damit keine Probleme zu haben, ebenso wie er Kritik schier unbegrenzt ertrug, selbst aber kaum welche anbrachte. Hagen fragte sich wieder einmal, wie so jemand zum Mörder seiner Mutter werden konnte. Vielleicht hatte er nur einmal, in einem kurzen Moment, jemand sein wollen, eine anerkannte Person mit einem Rückgrat. Er war ein verschlossener Einzelgänger, der lange brauchte, um mit anderen Menschen „warm“ zu werden, wie man so sagte. Hagen war sich sicher, dass er ihm vertrauen konnte, denn er hatte ohne nachzudenken die Kugel abgefangen, sich schützend auf ihn geworfen. Es ehrte ihn. Wenngleich er ab und an in diesem Mann einen treu ergebenen Hund sah, der sein Kommando brauchte, sich nach seiner Anerkennung und seinem Lob verzehrte, um nicht allein zu sein. Hagen hatte stets die Gesellschaft anderer Menschen gesucht. Er brauchte sie, denn er war mit vielen Menschen im Viertel und seinen Geschwistern groß geworden. Leere Zimmer ohne Leben hasste er abgrundtief. „Möchtest du auch etwas von dem Zeug?“, fragte Henry. „Wieso?“

„Du scheinst darüber zu grübeln, was ich gesagt habe.“

„Ich vertrage das nicht, habe nur einmal Opium geraucht. Hinterher war mir so schlecht und diese Kopfschmerzen! Nein, ich ziehe dem ein Bier vor ... Aber auch das ist lange her.“

„Das war ein anderes Leben.“ Sie schwiegen einen Moment. „Yindi ist in Ordnung, denke ich“, bemerkte Hagen, wollte sich vergewissern, als er hinzufügte: „Oder siehst du das anders?“

„Sie ist ehrlich. Ich hoffe es zumindest. Und ich muss gestehen, dass ich gestern daran gedacht habe, sie mitzunehmen, wenn wir weiterziehen. Da ist etwas an ihr, was mich ... mir gefällt.“

„Sprichst du von Liebe?“ Hagen realisierte seine Worte zu spät, als sie in seinem Kopf widerhallten, fand er seine Frage zu intim. Er fand Yindi nicht abstoßend, aber dennoch hätte er sich nie in sie verlieben können. „Ich spreche nicht von Liebe, sondern von Zuneigung. Es gefällt mir, wie sie sich gibt und sie wirkt so verlassen ...", gestand Henry, wandte sich an Hagen, „ich bin nicht der große Verführer! Und ich rede nicht von körperlichen Dingen, wenn du darauf hinauswillst."

„Nein. So wollte ich es nicht ... Ach, es ist ja auch egal", gab er lässig zurück, aber tief in seinem Innern hatte er verstanden, was Henry meinte, denn Yindi und er waren sich ähnlich, auch wenn sie sich quasi alle gerade erst begegnet waren. „Ich habe von ihr geträumt, also als ich dieses Erlebnis hatte ... Vielleicht bin ich auch einfach nur zu verwirrt. Es war alles etwas viel in letzter Zeit, oder?" Hagen nickte, stand auf, trat ein Stück weit vor die Höhle. „Wo sie wohl bleibt?", fragte er, doch es klang, als wolle er mit seinen Worten einfach die einsetzende Stille zwischen ihnen durchbrechen und als er sich umdrehte, hatte sich Henry wieder hingelegt, die Augen geschlossen.

Yindi kehrte zur Höhle zurück, als die Mittagssonne hoch am Himmel stand und sich die Hitze wieder über das Land gelegt hatte. Hagen hatte seine Sachen wieder angezogen, wartete am Eingang der Höhle auf sie, wobei er sich den geladenen Revolver in den Hosenbund gesteckt hatte. Sie bemerkte die Waffe, ging nicht weiter darauf ein und präsentierte ihm stolz einige Fische. „Soll ich dir helfen?", fragte er und sie verneinte. Ihr Blick fiel auf Henry, der immer noch schlief. „Ihr solltet bald weiterziehen", sagte sie, „es ist besser."

„Sucht man nach uns?"

„Der Fährtenleser ist am Fluss, es sind noch andere geflohen. Er bekommt viel Geld, wenn er findet. Deshalb er immer auf Suche."

„Ich dachte, wir wären bei dir in gewisser Weise sicher?"

„Aber nicht für immer", bekannte sie offen. „Ihr werdet nicht schnell sein. Dein Freund ist langsam. Vielleicht ich kann Pferde besorgen, zwei. Und wenn morgen Nacht der Mond halbdunkel, ihr geht." Er sah ihr zu, wie sie das Feuer entfachte, den Fisch in Blätter einschlug, ihn nach einer Weile in die heiße Asche legte. Ab und an wendete sie die kleinen Päckchen mit einem Stock. Hagen setzte sich wieder in die Höhle, und als er bemerkte, dass sein Freund erwachte, erzählte er ihm, was Yindi gesagt hatte. Sie hörte es, bedauerte, dass sie gehen mussten, aber hielt es für klüger. „Wo willst du zwei Pferde herbekommen?“, fragte Henry. „Von den Soldaten“, gab sie zurück. „Ich stehle.“

„Dann helfe ich dir“, meinte Hagen. „So weit ich mitkommen kann.“ Yindi dachte kurz nach, stimmte dann zu. „Aber du kannst nicht bis zu ihnen heran. Wir müssen vorsichtig sein.“

„Lasst mir aber eine Waffe da“, bat Henry, „nur zur Sicherheit.“

Sie aßen schweigend und danach erzählte ihnen Yindi von ihrem Stamm, von ihrer Kindheit, dem Leben im Busch. Obwohl man sie verstoßen hatte, sprach sie dennoch mit so viel Liebe und Sanftheit von ihrem alten Leben, sie schien ihr Schicksal akzeptiert zu haben. Es gehörte zu den Gesetzen des Stammes und sie hatte, ebenso wie Hagen und Henry, die ihrer Gemeinschaft gebrochen.

Am nächsten Morgen verschwand sie in aller Frühe, um noch Proviant für die Männer zu jagen. Als sie zurückkehrte, hatte sie den Kadaver eines Hundes bei sich, zerlegte ihn unter Hagens staunenden Blicken fachmännisch, dörrte das Fleisch wieder in heißer Glut. Dann erneuerte sie die Kräuter auf Henrys Wunde und gab ihnen einen kleinen Ledersack, in dem noch mehr davon enthalten waren. Sie erklärte, wie man sie verarbeiten musste, damit eine heilende Wirkung eintrat. Gegen Nachmittag, als die Hitze schwer auf ihnen lastete, versuchten sie alle etwas Schlaf zu bekommen im Innern der Höhle, wo es wesentlich kühler war als draußen. Hagen hatte die Augen geschlossen, doch er hörte Yindi und Henry flüstern. Er erzählte ihr von seinem Traum, den er nach dem seltsamen Trank gehabt hatte, sparte dabei jedwede Gefühlsregung seinerseits und einige Details aus. „Manchmal träumt man, manchmal nicht“, sagte sie. „Wenn ich nur wüsste, wie ich dir für deine Hilfe danken kann. Denn ich möchte das irgendwie wieder gutmachen.“

„Warum? Du brauchst nicht.“

„Du lebst hier sehr einsam, und wenn wir fortgehen ..., also, wir sind auf der Flucht. Das ist vielleicht nicht besser. Aber wenn ich dich frage, ob du mitkommen willst ...“

„Scht!“, machte sie, und als Hagen die Augen ein klein wenig öffnete, sah er, wie sie den Finger auf Henrys Lippen legte, der ihre andere Hand in seinen Händen hielt. „Nicht fragen, bitte.“

„Du kannst aber vieles, was wir nicht können – jagen, die erlegten

Tiere zubereiten und du weißt, wie man sich in der Natur zurechtfindet. Es ist nicht nur wegen dieses Traumes ..."

„Es wird schwer und ich will nicht Last sein. Die Menschen mögen uns nicht, ihr Weißen. Sie wollen uns nicht helfen oder Freunde sein. Wir sind für sie fremd, sie behandeln uns schlecht, nehmen unser Land, und wenn ich mitkomme, ihr werdet es merken", bekannte sie mit brüchiger Stimme. „Weiße mögen uns nur, zu helfen. Wie Fährtenleser, wie eine von uns arbeitet bei Weißen im Haus."

„Ich verstehe das. Aber ich kann auf dich ..."

„Nein", warf sie ein, „ich bin nicht Dingo oder klein Tier, das du aufpassen musst. Lasst mich hier. Und du weißt nicht, ob dein Freund will, dass ich mitkomme." Hagen wollte etwas sagen, doch dann tat er lieber weiter so, als schliefe er. „Es ist deine Entscheidung." Henry sagte es mit hörbarer Enttäuschung und Hagen zweifelte, ob er Yindi nur mitnehmen wollte, weil er etwas geträumt hatte, was seiner Meinung nach eine Botschaft war. Er selbst hielt derlei Dinge für reinen Humbug, ebenso wie Kartenlegen. Als er die Stimmen der beiden nicht mehr hörte, öffnete er die Augen wieder ein Stückchen. Henry schlief, sein Kopf lag an ihrer Schulter, er hielt ihre Hand noch in seiner. Yindi war wach und starrte auf den Boden der Höhle, doch als sie Hagens Blick bemerkte, sah sie ihn an, lächelte. „Ruh dich aus!", flüsterte sie, wobei ihr Gesicht den Ausdruck einer liebenden Mutter hatte. Er holte Luft, wollte etwas sagen, aber schwieg, schloss die Augen wieder, versuchte zu schlafen.

Als die Sonne sich glutrot über dem Himmel herabsenkte, die Nacht den Tag ablöste, packte Yindi ihnen ein paar Dinge in einen größeren Lederbeutel, gab ihn Henry und stellte sich dann mit Hagen vor die Höhle. Sie warteten auf die Dunkelheit. Yindi hatte ihren Speer in der Hand. Hagen drehte sich zu seinem Freund um, der beim Eingang der Höhle saß, den Lederbeutel umklammerte wie einen Schatz. „Hier", meinte er, zog den Revolver aus seinem Hosenbund und reichte ihn Henry, „nur für alle Fälle. Aber pass auf, er ist geladen." Henry nahm den Revolver, doch legte ihn neben sich. „Meinst du nicht, dass *ihr* in vielleicht braucht?"

„Besser nicht. Wir müssen vorsichtig sein, sonst wissen sie, dass wir beide noch am Leben sind", warf Hagen ein, witzelte: „Und ich habe Yindi und den Speer!" Er wollte es nicht eingestehen, aber Henry hatte keinerlei Erfahrung mit einer Waffe. Es war ihm schon klar, wie man den Hahn spannte, nachlud, aber er wollte sie nicht gebrauchen. Innerlich widerstrebte es ihm, auf jemanden zu schießen, ihm fehlte das nötige Selbstvertrauen, diese Macht richtig zu gebrauchen. Die Dunkelheit senkte sich herab. Yindi und Hagen gingen los. „Wenn wir nicht wiederkommen, weißt du Bescheid!", sagte Hagen noch und sie warf ein, dass das nicht passieren könne. Es wäre ein leichtes, zwei Pferde zu stehlen. Henry blieb am Eingang der Höhle zurück, legte den Beutel nun neben sich und drehte sich eine Zigarette. Er hoffte, sie würden bald zurück sein. Wenn er genau darüber nachdachte, war es ihm eigentlich egal, was geschah, ob man sie doch noch suchte und finden würde, denn er hatte gelernt, jegliches Schicksal zu akzeptieren. In ihm ruhte eine gewisse Gleichgültigkeit gegenüber sich selbst. Das Einzige, worin er sich sicher war, war die Tatsache, dass er sich stillschweigend ergeben würde. Sie sollten sich nicht über ihn lustig machen, wenn er am Galgen baumelte. Henry stellte sich vor, wie sie ihn aufhängten oder ihm in den Kopf schossen. Fast musste er über die Vorstellung lächeln, denn er ahnte, dass er Angst bekäme. Er kannte sich zu gut, wusste, wie schwach er war, obwohl die meisten Menschen, die ihn sahen, ihn für stark hielten. Die Waffe lag neben ihm, er nahm sie auf, wog sie in seiner Hand. Dann rückte er weiter in die Höhle hinein, lehnte sich an den Felsen und schloss die Augen. Die Waffe platzierte er in seinem Schoß, legte seine Hände schützend über sie.

Ein Geräusch, das Knacken kleiner Zweige, ließ ihn wieder die Augen öffnen. Seine Hände umschlossen die Waffe, er lauschte in die Dunkelheit. Es waren Schritte, die näher kamen, langsam und mit Bedacht. Dem Geräusch nach waren es nackte Füße. Es konnte Yindi sein und er wartete, ob sie etwas sagen würde oder in die Höhle käme. Doch die Schritte verstummten plötzlich. Er wagte nicht sich zu rühren, geschweige denn, etwas zu sagen. Ihm kam der Gedanke, dass sie seine Freunde beim Diebstahl der Pferde erwischt hatten, nun suchten sie nach ihm. Oder Yindi war alleine zurückgekommen, vielleicht war sie verletzt, hatte sich bis zur Höhle geschleppt. Die Ungewissheit machte ihn schier wahnsinnig, auch wenn ihn im Innern der Höhle niemand entdecken konnte. Er versuchte, so leise wie möglich zu atmen, beugte sich dann etwas vor, wartete eine Sekunde, kroch dann auf allen vieren vor, wobei er die Waffe mit der rechten Hand locker umfasst hatte, immer ein Stückchen vor sich herschob mit jeder Bewegung. Draußen war es stockdunkel, dicke Wolken hatten sich vor den sichelförmigen Mond geschoben, er konnte kaum etwas ausmachen, obwohl sich seine Augen bereits an die Dunkelheit gewöhnt hatten. Seine rechte Hand berührte ungeschickt den Topf, ein stechender Schmerz durchzuckte ihn, er presste die Lippen aufeinander, senkte den Kopf, seine rechte Hand verkrampfte sich. Als er den Kopf hob, bemerkte er eine Person, die vor der Höhle stand, sie hatte einen Stock in der einen Hand, den er dann als Speer ausmachte. Seine Ungeschicktheit musste ihn verraten haben, er selber hatte aufgrund des Schmerzes gar nichts gehört. Nun beugte sich die Person hinunter zum Eingang der Höhle, ließ den Speer fallen, zog blitzschnell ein Gewehr vom Rücken, entsicherte es. Der Fährtenleser hatte ihn gefunden. Oder seine Freunde hatten ihn verraten, als man sie geschnappt hatte. Aber Yindi – hatte sie ihnen nicht erzählt, dass der Fährtenleser sich nie zu ihrer Höhle begab, ihr aus dem Weg ging? Was lag aber da für ihn näher, als die Möglichkeit, dass sie gerade Sträflinge bei sich beherbergte. So wie Henry es sah, hatte er zwei Möglichkeiten, vielleicht mit viel Glück sogar drei. Er konnte dem anderen seine Waffe vor die Füße werfen, die Hände heben und hervorkriechen, wie ein in die Enge getriebenes Tier. Oder er spielte den Helden, nur um sich selbst nicht völlige Blöße zu geben, sprang auf und versuchte wegzulaufen. Die Möglichkeit war schon aufgrund seiner Größe und seiner eingeschränkten Bewegungsmöglichkeit zum Scheitern verurteilt. Er wunderte sich, wie ruhig er blieb. Weder sein Herz noch sein Puls gerieten aus dem Takt. Der Fährtenleser hob das Gewehr etwas an, deutete ihm hervorzukommen. „Raus da!“, forderte er und in jenem Moment war Henry klar, dass der andere nicht davon ausging, dass er eine Waffe hatte, geschweige denn sie bemerkt zu haben schien. Sie lag immer noch unter seiner linken Hand, er fühlte den kalten Stahl, mit dem Zeigefinger fuhr er über den Lauf, den Hahn. Vielleicht war der Fährtenleser nicht allein gekommen, aber er musste seine einzige Chance nutzen. So setzte er sich auf die Knie, hob den linken Arm, übertönte das Spannen des Hahns, indem er mit der Hand noch einmal geräuschvoll den Topf berührte, der zur Seite kullerte. *Eine Chance ... eine Chance ... ein paar Sekunden ...* Mit der linken Hand riss er den Revolver hoch und drückte den Abzug zweimal, schnell hintereinander, ließ sich zur Seite fallen, um den Kugeln des anderen auszuweichen. Die Schüsse hinterließen ein hohes Pfeifen in seinen Ohren. Langsam blickte er zu dem anderen hinüber. Das Gewehr lag dicht vor der Höhle, neben ihm der Fährtenleser, der sich stöhnend krümmte, Worte in seiner Stammessprache ausstieß, nicht laut, gepresst, aber Henry konnte sie hören. Er behielt den Revolver in der Hand, hangelte sich auf allen vieren vor bis zum Eingang, und als er sicher war, dass keine Soldaten in der Nähe waren, trat er hinaus. Eine Hand des anderen fuhr vor, umfasste sein Bein. Die Wolken gaben den Mond frei und offenbarten Henry einen Mann, der da vor ihm auf dem Rücken lag, zierlich war, etwas größer als Yindi. Eine Hand lag auf seinem Bauch, sie war voller Blut, das sich nun auch unter dem Mann ausbreitete. Henry zog sein Bein weg, befreite sich aus der Umklammerung, nahm das Gewehr auf, steckte den Revolver in seinen Hosenbund, wie er es bei Hagen gesehen hatte, und stand etwas unsicher über dem Mann, der nun fast still dalag, ihn beobachtete. Nur ein kurzes Zucken lief über seinen Körper. „Bist du allein?“, fragte Henry ihn mit gesenkter Stimme. Doch der Mann schwieg, auch als er seine Frage mit Nachdruck wiederholte, das Gewehr entsicherte, es auf ihn richtete. Stattdessen löste sich ein Röcheln aus seiner Kehle, er hustete einen Schwall Blut. Er konnte den Fährtenleser nicht so liegen lassen. Der arme Kerl hatte ihn allein überrascht, purer Zufall, doch Henry war schneller gewesen. Immer noch war er ruhig, spürte keine Anspannung in sich. Vielleicht eine kleine Prise Erleichterung. Er senkte das Gewehr auf den Kopf des Mannes, hob den Blick zum Himmel und drückte ab, so schnell, dass der Fährtenleser sich nicht noch einmal aufbäumen konnte. Ohne einen weiteren Blick auf den Mann zu richten, holte er zwei Decken aus der Höhle, legte sie über ihn, wickelte ihn darin ein. Wenn er ihn in den Fluss warf, würden sie ihn wahrscheinlich irgendwann finden. Ihm kam eine Idee. Yindi würde ihn dafür wahrscheinlich hassen, aber ihm blieb keine andere

Möglichkeit. Also legte er den Fährtenleser weit nach hinten in die Höhle und setzte sich selber dann wieder in die Nähe des Eingangs.

Es schien noch eine weitere Ewigkeit vergangen zu sein, bis Yindi zur Höhle hinauf kam. „Komm, Hagen wartet mit Pferden hinten“, sagte sie, zeigte mit dem Finger in Richtung des Horizonts, wollte in die Höhle gehen, doch Henry stand auf, hielt sie am Arm fest. „Du kannst da nicht mehr rein“, meinte er leise. Sie schüttelte den Kopf, wollte sich losmachen, dann bemerkte sie das Gewehr in seiner linken Hand, den Speer zu ihren Füßen, der noch am Eingang der Höhle lag. „Hat man euch gesehen?“, wollte Henry wissen, bevor sie etwas sagen konnte, und sie schüttelte den Kopf. „Gut, dann müssen wir jetzt los! Nimm den Beutel mit dem Essen mit, das du vorbereitet hast!“ Yindi starrte ihn an wie einen Aussätzigen. „Was ... Was ist da drin?“

„Ich erkläre es dir später, aber in deiner Höhle liegt der Fährtenleser! Ich habe ihn erschossen und in zwei Decken gewickelt! Nun komm!“ Er wollte sie fortziehen, ließ sie dann los, denn sie beugte sich hinunter, strich mit den Fingern über den Speer, machte einen kleinen Schritt in ihre Höhle, nahm den Leinenbeutel. Sie wandte den Blick nicht vom Innern ab. „Du hättest nicht tun sollen!“, protestierte sie vorwurfsvoll. „Aber geh jetzt, ich werde mich kümmern!“ Henry trat zu ihr, legte eine Hand auf ihre Wange, als tröste er ein kleines Kind. „Aber du kannst mit uns mitkommen und … Ich will, dass du mitkommst!“

„Es wird nicht gut sein“, flüsterte sie so leise, dass er es kaum hören konnte, doch dann folgte sie ihm den Pfad hinunter, wobei sie sich mehrmals umdrehte und einen Blick auf ihre Zuflucht warf. Sie schwiegen, als sie die Führung übernahm, ihn im Schutz von Büschen, Bäumen und kleinen Felsen zu Hagen und den beiden Pferden führte. „Da seid ihr ja endlich!“, meinte dieser, nahm dankend den Revolver wieder an sich, den Henry ihm wortlos hinhielt, wollte fragen, woher das Gewehr stammte und was zwischen den beiden geschehen war, denn Yindi hatte eigentlich nicht mit ihnen ziehen wollen. Henry stieg auf das Pferd, sie blieb stehen, und als er sie auffordernd ansah, auf den Platz hinter sich deutete, wich sie zurück, schüttelte den Kopf. „Nein. Ich bleibe hier. Ich will so und bitte versteh!" Damit trat sie einen Schritt zurück, hob die linke Hand ein Stück weit an, winkte kurz, verschwand dann in der Dunkelheit. Wortlos hob Henry die Zügel an, gab seinem Pferd die Sporen. Hagen wollte etwas sagen, doch er schwieg, trieb sein Pferd an und folgte Henry …

Während sie ritten, legte sich ein fast unbehagliches Schweigen über sie. Henry blickte stur geradeaus, saß überraschend geübt auf dem Pferd, hielt die Zügel locker in seiner rechten Hand. Sie ritten ohne Sättel, denn es war keine Zeit mehr gewesen, welche zu stehlen und weder Hagen noch Yindi wussten, wie man die Dinger am Pferd festmachte. Jedes Mal, wenn sein Pferd einen Schritt zu viel machte oder kurz stoppte, griff ihm Henry in die Zügel, sodass es weiterging, sich führen ließ. Hagen kam sich vor wie ein Idiot, er hatte das Gefühl, auf dem Tier hin- und herzurutschen, manchmal griff er in die Mähne des Tieres, um das Gleichgewicht zu halten. Sie hatten als Kinder manchmal auf dem alten Gaul des Gemüsehändlers sitzen dürfen, der den Karren zog. Doch das war etwas vollkommen anderes gewesen. Und nun war er es, der sie aufhielt, denn er fürchtete, bei einer schnelleren Gangart des Pferdes sofort hinunterzufallen. „Ich glaube, es mag mich nicht", stellte er irgendwann fest, als Henry ihm wieder einmal mit einem fast gönnerhaften Grinsen in die Zügel griff. „Du hängst ja auch auf seinem Rücken wie ein alter Sack Kartoffeln. Da würde ich auch nicht folgsam sein."

„Vielleicht brauchen wir einfach Sättel", warf Hagen ein, versuchte sich gerade hinzusetzen. Es klang für ihn durchaus logisch, dass das Tier seinen unruhigen Sitz nicht schätzte, aber immer, wenn er mal einige Minuten aufrecht saß, trat das Tier wieder neben dem Takt. „Dazu brauchen wir erst mal Geld."

„Gib mir ein Kartenspiel, ein paar Dollar als Einsatz und einige angetrunkene Spinner!", meinte Hagen ernst, hörte Henry etwas wie „Okay" sagen, dann fragte ihn Hagen, wo er reiten gelernt hatte, obwohl er sich dachte, dass es an seiner Herkunft lag. Reiche Leute ritten am Sonntagnachmittag durch die Parks von London oder ließen sich in Kutschen herumfahren. „Ich musste es lernen, bis sie merkten, dass ich ein passabler Klavierschüler bin. Meine Mutter hielt es dann für sinnvoll, mal die eine oder andere Cousine bei einem Ausritt auf dem Lande zu begleiten, aber in Maßen und mit Vorsicht, damit ich mir nicht die Hand breche. Das wäre schlecht fürs Klavierspielen gewesen.“ Während er sprach, verstellte er seine Stimme snobmäßig, im Tonfall der Upper Class, was Hagen ein kleines scheues Lächeln entlockte. „Die eine Cousine war recht hübsch und lebte in der Heide, in York, ein kleines Nest. Aber wir ritten gerne mit unseren Ponys aus. Ich erinnere mich an zwei Mädchen, die mit uns kamen, weil meine Mutter mich für so vertrauenswürdig hielt, auf die Mädchen aufzupassen. Da war ich, meine ich, fast zwölf. Wir machten ein Picknick und die Mädchen saßen da, kicherten – ermüdend für mich. Ich ertrug es stillschweigend, bis eine von ihnen aufstand, ihren Rock richten wollte, ausrutschte. Ja, und als ich sie auffangen wollte, lag ich plötzlich mit ihr im Heidekraut, meine Hände auf ihren kleinen Brüsten. Damit war das dann ein für alle Mal erledigt.“

„Gab es großen Ärger?“

„Schon, weil sie es natürlich nicht für sich behielt und die anderen Mädchen auch nicht. Mein Vater hat mir mit einem Gürtel auf die Finger gehauen.“

„Dafür hat mein Vater seinen Riemen genommen, an dem er die Rasierklinge geschärft hat“, gestand Hagen, „aber wir waren nicht sehr ungehorsam.“

Die Landschaft war karg, einsam, noch nicht weiträumig erschlossen. Die Eintönigkeit machte sich in Form der Müdigkeit unter ihnen breit. So entschieden sie sich für eine Pause bis zum Morgengrauen im Schatten einiger Erhebungen. Am Morgen ritten sie weiter und erreichten bald einige Hütten, von denen die meisten verwittert und verlassen waren. Nur zwei schienen bewohnt zu sein. Vor der einen lag ein Dingo, neben ihm saß ein Mädchen mit schmutzigen Sachen, zwei dicken Zöpfen, die ihr bis zu den Hüften reichten. Als der Hund aufsprang, bellte und zu ihnen laufen wollte, hob das Mädchen den Kopf, umfasste seinen Hals mit beiden Armen, versuchte ihn festzuhalten. Sie sah zu ihnen herüber, auf ihrem Gesicht lag ein seltsam tumber Ausdruck. Sie stoppten die Pferde, Hagen beugte sich zu dem Mädchen herunter, das den Dingo nun losließ, ihm einen Tritt in die Seite verpasste, woraufhin dieser jaulend hinter die Hütte verschwand. „Sag mal, Kleine, weißt du, wo es hier zur nächsten Stadt geht?“ Das Mädchen starrte ihn an, rührte sich nicht. Aus dem Haus trat eine Frau mittleren Alters. „Sie kann sie nicht hören!“, rief sie ihnen zu. „Das Ding ist mit Taubheit geschlagen!“

„Tut mir leid“, meinte Hagen, wandte sich dann an die Frau: „Wissen Sie, wo die nächste Stadt ist?“ Der Blick der Frau glitt von ihm zu Henry. Man bemerkte, dass ihr beide nicht geheuer waren, dann ging sie ein paar Schritte auf das Kind zu, umfasste seine Schultern von hinten, zog es zu sich heran. „Es ist nicht mehr weit, schätze einen halben Tag zu Pferd.“ Henry warf Hagen einen kurzen Blick zu, nickte kurz mit dem Kopf, dankte der Frau. Sie ritten langsam weiter. Das Mädchen riss sich von seiner Mutter los, rannte neben ihnen her, schnitt Grimassen. Hagen richtete sich auf, deutete auf seine Waffe im Hosenbund, schenkte der Kleinen seinen bösesten Blick und sie blieb abrupt stehen, rannte zurück zu ihrer Mutter. „Wir sollten etwas schneller reiten“, schlug Henry vor. „Das etwas eintönige Leben scheint sich nicht gerade positiv auf die Menschen hier auszuwirken.“ Er zog seine Worte etwas ins Lächerliche. „Vielleicht ...“, begann Hagen, überlegte kurz und fuhr dann fort: „Vielleicht haben sie schlechte Erfahrungen mit Fremden gemacht ... Oder mit Aborigines.“ Henry sah zur Seite in die Weite des Landes, er quittierte Hagens Worte zuerst mit einem Schweigen, sagte aber dann: „Wenn sie ihnen das Land wegnehmen, kommt es sicher vor, dass Abos Weiße töten. Aber ich denke, hier braucht keiner von uns den Advocatus Diaboli spielen.“ Hagen warf ihm einen Blick zu, der seine Unwissenheit ausdrückte, er seufzte dann hörbar: „Nun klär mich schon auf, was du damit meinst!“ Sein Freund schien mit den Gedanken wieder woanders zu sein, erging sich in seiner stets grüblerischen Art, nur mühsam konnte er sich daraus befreien. „Ich meine damit, dass ich so gesehen die Einstellung der Abos verstehen könnte und sie auch auf eine gewisse Weise für gerechtfertigt halte, aber ich habe selbst unrecht begangen, ebenso wie du, und deshalb wäre es falsch, sich auf ihre Seite zu stellen.“ Hagen pfiff anerkennend durch die Zähne, er meinte es zum einen aus voller Überzeugung, andererseits wollte er die Schwere von ihnen nehmen, doch es misslang. „Meinst du, sie werden uns suchen?“, wollte Hagen wissen. „Ich bin mir nicht sicher … Nicht, nachdem ich den Fährtenleser erschossen habe“, gestand Henry. „Aber das würde auch bedeuten, dass ich Yindi nicht vertraue.“

„Was meinst du?“

„Es bleiben ja nicht viele Möglichkeiten. Entweder hat sie die Leiche irgendwo versteckt, verscharrt, was auch immer oder sie geht zu den Soldaten und sagt ihnen, was passiert ist, um Geld oder sonst etwas von ihnen zu bekommen. Aber ich denke mal, Letzteres ist zu abwegig, dann hätte sie uns nicht geholfen zu fliehen …“ Hagen hatte die ganze Zeit versucht, nicht daran zu denken, das mulmige Gefühl zu ignorieren. Jetzt kehrte es zurück, gepaart mit einer gewissen Spur Furcht. Er fühlte sich wie damals, als die Nachbarskinder ihn aufforderten von einer Mauer zu springen, und er war noch klein gewesen, konnte im Geiste schon spüren, wie schmerzhaft das Aufkommen sein würde, hörte seine Fußknochen brechen, doch er sprang. Es waren nur Sekunden gewesen und das Gefühl vorher war schlimmer als der Moment, in dem er realisierte, dass er heil unten auf dem Boden stand, sein Blick zur Mauer ging, die nun gar nicht mehr so hoch aussah. Er bestätigte Henrys Worte nur mit einem Nicken, wollte nicht weiter darüber nachdenken. Hagen hoffte vielmehr, dass es in dem Ort einen Pub oder etwas Ähnliches gab, wo er seine Kartenkünste nutzen konnte, um ihnen Geld zu verschaffen. Er musste sich nur zuerst ein kleines Startkapital besorgen. Am ersten Abend hatten sie nicht viel Glück gehabt, zwar konnte Hagen einem Betrunkenen etwas Geld stehlen, aber als er einige Männer zum Kartenspielen aufforderte und sie herausfordern wollte, kam ihm das Ganze so unwirklich vor. Er war nicht mehr in einem dieser überfüllten Pubs in London, wo die Stimmen der Menschen auf einen eindrangen, der aufsteigende Rauch der Zigaretten und Zigarren die Luft stickig machte und das Ale in Strömen floss. Die Atmosphäre hatte nichts Anrüchiges einer Londoner Gasse im East End, eines Pubs, in welchen sich die Menschen nach harter Arbeit in der Fabrik einfanden, ihre hart verdienten Pennys ausgaben für ein wenig Abwechslung. Sein Talent versagte ihm den Dienst. Seine Hände zitterten so sehr, dass er seinen, wenn auch sehr geringen Einsatz verlor und die anderen Männer am Tisch sich über ihn lustig machten. Es ärgerte ihn, aber hier saßen Typen vor ihm, die sich Existenzen im Niemandsland aufbauten, nach Gold suchten oder ziellos umherritten, was immer auch käme. Diese Männer waren ein hartes Leben gewöhnt, ihre Gesichter von Wind und Wetter gezeichnet – sie waren nicht leichtsinnig. Jeder Drink, den sie sich gönnten, war gut überlegt. Hagen musste die Bar verlassen, er wollte sich dem nicht länger aussetzen. Sie übernachteten außerhalb der Stadt und ritten dann weiter.

„My heart's a graveyard baby,
and to evil we make love,
On our passion's killing floor
In my arms you won't sleep safely,
and of lust we are reborn.
On our passion's killing floor ...“

HIM

Hagen lag lange wach, und als er endlich Ruhe fand, schlief er so tief und fest, dass es Henry erst gelang ihn zu wecken, als es bereits fast Mittag war. Henry hatte seine Hose wieder angezogen, saß am Stuhl beim Fenster und öffnete ab und an mit einer leichten Handbewegung die Vorhänge, sodass das Sonnenlicht Hagens Gesicht streifte. Dieser legte schützend seine Hand vor die Augen, doch er bemerkte das zaghafte Grinsen auf dem Gesicht seines Freundes. Er war irgendwie erleichtert, ihn so zu sehen. Deshalb nahm er dessen Neckerei auch kommentarlos hin. Mit den langen dunklen Haaren, die er zurückgekämmt hatte, und dem Bart wirkte er wesentlich älter als Mitte dreißig. Und fast wie ein Familienvater, den die Kinder gerne „Daddy“ nannten. „Mir fehlt der Herbst in London“, seufzte Henry, stützte einen Arm auf das Fensterbrett, blickte hinaus. „Dieses diesige Wetter, der Nebel, die Kälte morgens ...“

„Der Geruch nach Schnee“, ergänzte Hagen und Henry nickte zustimmend. „Bäume, die ihre Blätter verlieren, die kahlen Äste. Für manche sicher deprimierend, mir gefiel das ... Und hier ist immer irgendwie Sommer."

„In der Bar hat mir einer von Schnee erzählt. Also es soll an der anderen Seite des Landes wie bei uns zu Hause sein", bemerkte Hagen beinahe zu euphorisch, denn er hielt sofort inne – sich an die alte Heimat zu erinnern, schmerzte, legte sich wie ein Gewicht auf seine Brust, mit einer Handbewegung wollte er es fortwischen, stand auf, zog sich an. „Wir haben kein richtiges Zuhause mehr. Aber möchtest du nicht manchmal wissen, wie es deinen Geschwistern geht?", wollte Henry wissen. „Nein", gestand er, „als ich meine Schwester zuletzt sah, hat sie nur geweint und ich bin für sie längst gestorben."

„Es ist beunruhigend ..."

„Was? Weil ich meine Schwester nicht mehr sehen will?"

„Das auch. Aber heute ist der 22. September, wenn ich mich nicht irre. Unten im Hotel hing ein Kalender."

„Kann sein. Ich habe aufgehört, Tage zu zählen, als wir auf das Schiff mussten."

„Ich eigentlich auch. Aber als ich gestern das Datum sah ... Na ja, ich habe heute Geburtstag. Und es ist beunruhigend, finde ich, zu sehen, was ich in 37 Jahren alles erreicht habe. Gott, bald bin ich vierzig!"

„Ich wusste nicht, dass du heute ..."

„Lass gut sein." Hagen ging zu ihm hinüber, wischte sich die rechte Hand an der Hose ab und hielt sie seinem Freund vor die Nase. Dieser sah ihn fragend an. „Herzlichen Glückwunsch!", grinste Hagen und ergriff schließlich Henrys, schüttelte sie kurz, was dieser mit einem Kopfschütteln quittierte, aber es ihm nicht übel zu nehmen schien, vielmehr wirkte er amüsiert. „Danke."

„Wollen wir unten etwas essen gehen oder irgendwo in der Stadt? Wir könnten uns umsehen. Ich habe etwas Geld und heute Abend könnten wir uns ..."

„Einen netten Abend machen!", warf Henry ein, lächelte überzogen. „Ja, Sweetheart, ich ziehe mein schönstes Kleid an und du gehst mit mir in das schickste Restaurant der Stadt!"

„Es wird mir ein Vergnügen sein." Hagen verbeugte sich gespielt, meinte dann: „Aber zuerst kaufen wir dir neue Schuhe!"

„Du, Guter!", meinte Henry mit hoher Stimme. Sie aßen eine Kleinigkeit, kauften ein Paar Schuhe und wanderten dann ziellos durch die Stadt. Hagen entwendete zwei Männern ihre Börsen, so geschickt und unauffällig, dass Henry erstaunt war. Gegen Nachmittag setzten sie sich in eine Bar, tranken ein Bier und zählten das ergaunerte Geld. Ohne erneute Aufforderung bestellte Henry noch ein Bier, dann ein Glas Schnaps. Es machte ihn locker und seltsam ausgeglichen, nicht viel redseliger als sonst, aber es schien ihn zu entspannen. „Wir sollten den Tag ausklingen lassen, ich meine, du hast zwar die Schuhe bekommen, aber wir könnten uns heute mal etwas gönnen."

„Und was schwebt dir da so vor?"

„Die Straße runter ... Also da habe ich Mädchen gesehen. Wir könnten uns ..."

„Verzeih mir diese dumme Frage, aber du willst, dass wir uns in einem Bordell mit Huren den Abend vertreiben?" Henry lehnte sich auf seinem Stuhl zurück, verschränkte die Arme vor der Brust. „Ich weiß nicht, ob ich das will."

„Es könnte ganz nett werden. Aber es war nur so ein Gedanke." Henry lehnte sich vor, legte die Hände auf den Tisch, seine Bewegung nach vorne war so schnell, dass Hagen innerlich zusammenzuckte. „Und wie soll ich das anstellen? Ich gehe da rein und sage, ich hätte gerne die beiden hübschesten Mädchen für mich und meinen Freund hier. Ach ja, und ich habe Syphilis!"

„Ehrlich gesagt, brauchst du ja auch nicht mit ihnen schlafen. Wir können auch nur etwas auf unserem Zimmer mit ihnen trinken."

„Gute Idee! Und dann spielen wir noch eine Partie Schach alle zusammen!" Henry stand auf, ging zum Tresen, redete kurz mit dem Wirt und kam mit einer halb vollen Flasche Schnaps zurück. Er stellte sie auf den Tisch, begutachtete sie einen Moment, schenkte sich dann ein Glas ein, beugte sich etwas vor und faltete die Hände wie ein nervöser Schuljunge, knetete unruhig seine Finger. Dann griff er das Glas, leerte es in einem Zug. „Es tut mir leid, wenn es eine blöde Idee war", bekannte Hagen, nahm das Glas, schenkte sich auch etwas ein, trank es Schluck für Schluck. Das Zeug war stark gebrannt, er unterdrückte ein Husten, um sich nicht die Blöße zu geben. „Bleib du lieber bei Bier", zischte ihm Henry mit einem Zwinkern zu, nahm das Glas wieder an sich, um sich nachzuschenken. „Es war keine blöde Idee, aber ich ... bin in so was nicht so geübt mit Frauen. Im Übrigen hatte ich bisher nur Gelegenheitsbeziehungen mit leichten Mädchen." Er lachte voller Überzeugung über sich selbst, Hagen fiel zuerst etwas unsicher mit ein, dann merkte er, dass sein Freund es nicht überzogen meinte, und lachte mit. „Ich kann da auch nicht mehr vorweisen."

„Ein Armutszeugnis. Die einzigen Frauen, die wir kriegen, sind Huren."

„Ja, das ist wohl wahr." Sie schwiegen, dann trank Henry noch ein Glas Schnaps, bat Hagen die Flasche zu bezahlen, klemmte sie sich unter den Arm und stand auf, ging zur Tür. Der Wirt nahm das Geld an, aber schenkte Hagen einen Blick, als wolle er damit ausdrücken, wie leid es ihm täte, dass sein Freund offensichtlich ein Trinker im besten Sinne war. Hagen wich dem Blick aus, folgte Henry, der schon auf die Straße getreten war. „Geh vor!", sagte er und Hagen machte sich auf den Weg zu dem Bordell, vergewisserte sich aber kurz, dass sein Freund hinter ihm war.

Es war noch nicht die übliche Zeit für Freier, so saßen nur die Dame des Hauses und ein Mädchen unten im Eingangsbereich. Sie spielten Karten an einem Tischchen. Henry machte einige Schritte auf den Tisch zu, tippte sich grüßend an die Stirn. „Oh, Piquet!", bemerkte er mit einem Blick auf das Kartenspiel. „Sie sind mit dem Spiel vertraut?", fragte die Dame des Hauses, ohne von den Karten in ihrer Hand aufzusehen. „Ich habe es immer mit meiner Mutter gespielt", gestand er. „Spiele aus der Kindheit vergisst man nicht", meinte sie, doch er schüttelte den Kopf. „Nein, ich habe es auch später mit ihr gespielt", er setzte sich zu Hagens Erstaunen neben das Mädchen, platzierte seine Flasche auf dem Tisch, fragte sie, ob er „Mäuschen" spielen dürfe. Hagen verstand nicht, aber das Mädchen kicherte, hielt die Karten an ihre Brust. „Nicht kiebitzen."

„Ich nehme an, dass die Herren nicht zum Kartenspielen hier sind?", begann die Dame des Hauses, würdigte beide nur mit einem kurzen Blick. Es war ein reines Geschäft für sie, ohne jegliche Emotionen. Sie deutete auf das Mädchen am Tisch: „Das ist Fay." Fay gewährte Henry inzwischen doch einen Blick in ihre Karten und ihr Dekolleté. Er gab Hagen mit einem Blick zu verstehen, dass ihm das

Mädchen gefiel. „Gut, dann ist mein Freund bereits versorgt, aber jetzt brauche ich noch ...“ Die Dame des Hauses legte die Karten beiseite, klatschte einmal kurz in die Hände. „Claire? Kommst du bitte mal zu mir? Kundschaft!“ Henry hatte eine gute Wahl getroffen, Fay war jung, höchstens zwanzig Jahre alt, vielleicht auch erst achtzehn, schmal, mit einer Haut hell wie Elfenbein, lockigem schwarzem Haar, einige Locken fielen in ihr Gesicht, das ebenfalls schmal war, mit hohen Wangenknochen. Die Art, wie sie sich bewegte, zeugte von einer gewissen Anmut. Sie gab sich noch Mühe mit den Kunden, war jung, unverbraucht. Aus einem der hinteren Zimmer kam eine Frau. Sie hatte braunes Haar, locker hochgesteckt im Nacken, war groß gewachsen, größer als Hagen selbst, einen guten Kopf. Es ist nur eine Nacht, sagte er zu sich selbst mit einem leicht wehmütigen Blick auf Henrys Mädchen. „Hallo, ich bin Claire“, stellte sie sich vor, reichte ihm die Hand und er nahm sie in seine. Sie drehte sich wie selbstverständlich einmal um sich selbst. „Zufrieden?“, fragte die Dame des Hauses. „Sonst bitte ich eines der anderen Mädchen sich fertig zu machen.“ Hagen wollte nicht unhöflich wirken und nickte mit einem Lächeln. Er holte das Geld hervor. „Wir wollen sie mit ins Hotel nehmen, das ‚Claytons‘ am Ende der Straße. Bis morgen früh.“ Die Dame des Hauses rechnete im Kopf nach, nannte eine etwas übertriebene Summe, doch Hagen bezahlte es. Schließlich war es Henrys Geburtstag und diesen in guter Stimmung zu sehen, war ihm das Ganze wert. Sie verließen das Bordell mit Fay und Claire, besorgten sich unten im Hotel an der Bar noch etwas zu trinken und gingen dann auf das Zimmer. Hagen ging davon aus, dass sie mit den beiden flirten würden, ein bisschen küssen, anfassen, etwas trinken und das war es dann. Sie brauchten keine getrennten Zimmer, es würde nur ein oberflächlicher Abend werden …

„Do a dance for me.“
Baby it is late still you pour me
a tall one ...
„Go on, let the liquid take off what you're on.
You've been down before ...“
Boy, not like this.

I'm in quicksand I am sinking fast.
„Perfect,“ he laughed, „Cause your other half has
got himself a Devil's access – Welcome to England,“
he said, „Welcome to my world. You better bring your own sun
sweet girl …“

Tori Amos

Henry setzte sich auf den Stuhl am Fenster, Fay und Claire standen etwas unsicher im Raum, mit den Händen gefaltet vor sich, wie zwei schüchterne, unschuldige Schulmädchen. Hagen setzte sich auf das Bett, nannte den beiden ihre Namen, fügte hinzu, dass es Henrys Geburtstag sei und sogleich kicherte Fay „Herzlichen Glückwunsch“ und Claire nickte. „Dann hast du einen Wunsch frei?“, meinte Fay dann leise, ging zu Henry hinüber, der die Flasche locker in seinem Schoß hielt, seine Finger strichen über den Flaschenhals, auf seinem Gesicht lag eine Mischung aus Unsicherheit und Neugier. Fay blieb vor ihm stehen, wiegte die Hüften leicht hin und her, summte eine Melodie, die wie ein Geburtstagslied klang, wenn auch etwas schief. Er legte seine Hände auf ihre Hüften, zog sie zu sich heran. Dann setzte sie sich auf seinen Schoß und er gab ihr einen Schluck aus der Flasche zu trinken, zu viel, sodass es an ihrem Kinn hinunterlief. Henry legte seine Lippen auf ihre, das Kinn, den Hals, küsste den Schnaps fort, was sie mit einem Kichern erwiderte, aber die Augen schloss, so als genieße sie es wirklich mit ihren jungen Jahren auf dem Schoß dieses so viel älteren Mannes zu sitzen. Claire setzte sich zu Hagen auf das Bett, etwas verwirrt darüber, dass seine Augen an Fay und Henry hafteten und er sie selbst mit keinem Blick würdigte. Sie legte ihre Finger an seine Wange, an sein Kinn, wollte sein Gesicht sanft zu sich drehen, Hagen hob die Hand, hielt ihre fest. „Ich verstehe das nicht“, meinte er so leise, dass Claire es kaum verstehen konnte. „Sonst ist er so verklemmt, kriegt kaum ein Wort raus und jetzt, sieh dir das an.“

„Seid ihr Brüder?“, wollte sie wissen, lehnte sich weit zu ihm hinüber, damit er auch verstand, was sie sagte. „Nein. Freunde.“

„Er ist so viel älter als du.“

„12 Jahre."

„Du willst mich auf den Arm nehmen, oder? Du bist noch grün hinter den Ohren, höchstens so alt wie Fay und dein Freund ist Mitte vierzig, schätze ich, noch älter als ich", sie lächelte, es war ersichtlich, warum sie ihr Alter betonte. „Lass ihn das nicht hören", grinste Hagen und nannte ihr sein Alter. Sie verdrehte die Augen. „Dieses Land laugt die Menschen aus", bemerkte sie dann. Er nickte, seufzte leise, drehte seinen Kopf dann in ihre Richtung. Claires Augen funkelten wie zwei dunkle Kohlen, sie schien sehr schnell verletzt zu sein. Diese Mädchen und Frauen hatten nur ihren Körper, ihre Schönheit, es war ihr Kapital und sie versuchten sich so gut wie möglich zu verkaufen. Kritik verletzte sie, wenn sie sich selbst in der Konkurrenz der anderen einschätzten. Zu altern bedeutete unattraktiv zu werden, Kunden zu verlieren oder nur zweite Wahl zu sein. Er bereute sein Verhalten, doch bevor er etwas tun konnte, packte Henry Fay, warf sie auf das Bett, sie machte ein Geräusch wie „Huh!", lachte, ihr Kleid rutschte hoch und gab den Blick auf ihren Unterrock preis, die Netzstrümpfe. Henry stand neben dem Bett, nahm einen Schluck aus der Flasche, hielt sie Claire hin, die sie dankbar annahm, einen Schluck trank, ohne auch nur mit der Wimper zu zucken. Sie hielt Hagen die Flasche hin. „Was ist los?", wollte Henry wissen, sah ihn fragend an. „Da sind zwei hübsche Frauen und du stehst da, als würde dich das alles nicht interessieren!"

„Ich glaube, er ist der Schüchterne von euch beiden", warf Claire ein, legte sich dann bäuchlings auf das Bett neben Fay, die locker einen Arm um sie legte. Hagen schüttelte den Kopf, verzog das Gesicht, um energisch dagegen zu protestieren. Henry legte sich zu den beiden Frauen, beugte sich über sie, flüsterte mit ihnen. Fay gab einen erstaunten Laut von sich, dann schenkten beide Hagen ihr schönstes Lächeln. Claire drehte sich zu Hagen, begann mit ihren Fingern über seine Oberschenkel zu fahren. „Ich muss zugeben, dass es das erste Mal ist, dass jemand mir einen so ausgefallenen Wunsch nennt, aber dein Freund hat Geburtstag ..." Er warf einen Blick zu Henry hinüber, der sich vom Bett erhob, sich auf den Stuhl setzte, leicht vornübergebeugt. Sein Lachen kam aus vollem Herzen, klang nicht verächtlich oder hämisch, sondern entspannt, es gefiel Hagen, auch wenn er es nicht verstand. Sein Freund nahm sich die zweite Flasche, deutete auf die beiden Frauen. „Sie gehören dir“, meinte er großzügig, „ich sehe euch zu.“

„Das ... Das ist komplett verrückt!“

„Kann sein“, er lehnte sich auf dem Stuhl zurück, drehte sich genießerisch eine Zigarette. „Aber du wirst das schon schaffen ...“ Fay setzte sich hinter Hagen, griff über seine Schultern, ihre Finger öffneten die Knöpfe an seinem Hemd. Claire zog ihr Kleid aus, warf es locker zu Boden, bat ihn die Bänder an ihrer Unterwäsche zu lösen. Hagen schluckte, blickte zu Henry hinüber, der wohlwollend nickte, und versuchte sich locker zu machen, sich auf die Frauen zu konzentrieren. Es gab sicher Männer, die ihn um diese Situation beneidet hätten, aber es kam ihm so seltsam vor. Ihn störte nicht, dass ihm jemand dabei zusah, vielleicht nur, dass es Henry war. Er überlegte, warum dieser nicht selbst sein Vergnügen suchte, kam dann zu dem Schluss, dass es entweder an seiner Krankheit lag, er also die beiden nicht anstecken wollte, was ihm eigentlich egal sein konnte, oder er war durch die Krankheit nicht mehr in der Lage, eine Frau zu befriedigen, wollte sich nicht blamieren. „Hey“, zischte Hagen Fay spielerisch zu und er spürte ihren warmen Atem an seinem Hals, „konzentrier dich!“ Hagen schloss für einen Moment die Augen, ließ sich auf die Zärtlichkeiten der Frauen ein. Nach einer Weile vergaß er die Anwesenheit seines Freundes fast, der als stiller Beobachter auf dem Stuhl saß, nur ab und an die lasziven Blicke der beiden Frauen auffing, dann kurz das Gesicht zu einem Grinsen verzog, wieder einen Schluck aus der Flasche nahm. Hagen verlor jegliches Zeitgefühl.

Als die ersten Sonnenstrahlen auf sein Gesicht fielen, wusste er nicht einmal mehr, wann er eingeschlafen war. Claire lag direkt neben ihm, ihr Kopf auf seinem Bauch, die Hände auf seiner Brust. Ihr Haar hatte sich gelöst, bedeckten ihr Gesicht und er fand es so locker viel hübscher als hochgesteckt. Fay schlief in Henrys Armen. Er lag in seiner Kleidung auf dem Bett, hatte beide Arme um sie gelegt, so als wolle er sie nicht loslassen. Hagen wollte Claire vorsichtig zur Seite schieben, doch als er sich aufrichten wollte, ließ ihn ein stechender Schmerz im Magen zusammenzucken. Der Schmerz breitete sich aus, ihm wurde schlecht. Entweder hatte er sich in der Nacht übernommen oder es lag am Alkohol. Dabei hatte er gar nicht so viel getrunken. Claire streckte sich genießerisch, öffnete spaltbreit die Augen. Sie sah ihn an, lächelte zuerst, sah dann sein schmerzverzerrtes Gesicht. „Was hast du?“, fragte sie leise, um die anderen nicht zu wecken. „War wohl alles ein bisschen viel“, entgegnete er, schob sie, vielleicht etwas unsanft, zur Seite, griff sich seine Unterhose, stand vom Bett auf und zog sie an. Ihm wurde schwindelig. Er schluckte, um die aufwallende Übelkeit zu unterdrücken, schloss sekundenlang die Augen und lehnte sich gegen die Wand des Zimmers. „Du bist ganz blass“, bemerkte Claire, setzte sich auf die Bettkante, sichtlich verunsichert, ob sie zu ihm gehen sollte. „Lass gut sein“, winkte er ab, doch als sie meinte, er hätte sich vielleicht etwas gezerrt, gab er ihr mit einem Blick zu verstehen, dass er die Bemerkung überflüssig fand. Gekränkt verzog sie das Gesicht, sammelte ihre Kleidung vom Boden auf. Langsam zog sie sich an, bat ihn nur einmal die Knöpfe hinten an ihrem Kleid zu schließen. „Schick Fay dann rüber“, sagte sie, „aber nicht zu spät!“ Damit wollte sie sich von ihm abwenden und den Raum verlassen, doch Hagen löste sich aus seiner Haltung, griff ihr Handgelenk mit leichtem Druck, hielt sie fest. „Wenn ... Wenn du dein Haar offen lässt, siehst du noch hübscher aus“, gestand er und es klang wie ein schüchterner Liebhaber. Claire schien es zu gefallen, denn sie ließ ihre freie Hand mit einem dankbaren Lächeln über seine Wange gleiten. „In meinem Alter ist jedes Kompliment Mangelware. Ich danke dir, auch wenn du es vielleicht nur gesagt hast, um mir eine Freude zu machen.“

„Ich meinte es ernst.“ Hagen ließ sie los und Claire verabschiedete sich mit einem Nicken. Als sie gegangen war, ließ er sich auf den Stuhl im Raum fallen, wo Henry am Abend gesessen hatte. Die Schmerzen waren verflogen, auch seine Übelkeit. Er knuffte Henry sanft in den Rücken, beim ersten Mal reagierte er nicht, erst beim zweiten drehte er sich um. „Was für eine Nacht ...“, meinte der, streckte sich und warf einen etwas ungläubigen Blick auf das Mädchen in seinem Arm. Fay öffnete die Augen, kuschelte sich in seinen Arm. „Wo ist Claire?“, wollte sie wissen, als ihre Augen suchend über die leere Bettseite neben ihnen huschten. „Sie ist schon zurück gegangen“, erklärte Hagen, wollte aufstehen, doch die Übelkeit kehrte zurück. Sie flammte kurz wieder auf, nahm ihm für einen Moment die Luft. Hagen schloss mit einem Stöhnen die Augen, zählte im Geist die Sekunden, bis es wieder vorbei war. Henry drehte sich zu ihm um, setzte sich dann im Bett auf. „Was ist los?"

„Ich weiß nicht, es ist gleich wieder vorbei", meinte Hagen, presste seine Hand auf die Magengegend. Der Schmerz lähmte die Muskeln in seinen Beinen, durchfuhr seinen Rücken, es trieb ihm den Schweiß auf die Stirn. „Die Nacht war wohl etwas zu hart für dich", lächelte Fay, doch als sie bemerkte, dass keiner der beiden Männer ihre Worte belustigend fand, biss sie sich auf die Lippe und schwieg. Eine kleine Entschuldigung murmelnd stand sie auf, zog sich in der Mitte des Raumes stehend an. Der Schmerz ebbte ab und dann war er plötzlich ganz verschwunden. „Vielleicht hast du zu lange im Sattel gesessen und dir etwas gezerrt", sagte Henry, erhob sich vom Bett, ging zu Fay, half ihr das Korsett anzuziehen, wobei er mit einer gewissen Leidenschaft im Blick die Bänder zu eng anzog, was sie jedes Mal mit einem kleinen spitzen Quieken quittierte. Er half ihr in das Kleid, schloss ihr die Knöpfe vorne, bevor sie es selber tun konnte. Dann beugte er sich dicht an ihr Ohr, flüsterte ihr etwas zu. Sie nickte. „Dann bis heute Abend", sagte sie, wandte sich um zur Tür, verließ den Raum mit einem sachten Winken. „Au revoir", kam es leise über Henrys Lippen, er sah Hagen an. „Sie ist einfach hinreißend, auch wenn das ziemlich kitschig ist, aber ich habe wohl heute Abend schon etwas vor."

„Das freut mich." Hagen meinte es aus voller Überzeugung, Henry lachte, überlegte kurz und offenbarte ihm dann seine Gedanken. „Weißt du, eigentlich schade, dass mir die Idee nicht schon früher gekommen ist. Ich hätte meiner Mutter eine adäquate Freundin präsentieren können, ich hätte sie nur dafür bezahlen müssen ... Wenn ich daran denke, wie viele billige Mädchen man repräsentabel hätte zurechtmachen können ... Sie hätte Fay sicher die Hure auch nicht angesehen. Mit einem neuen Kleid, weniger Schminke ... Aber irgendwie bedauerlich, dass ich nur ein Mädchen abbekomme, wenn ich es dafür bezahle, dass es mit mir kommt." Hagen fiel in sein Lachen mit ein, auch wenn eigentlich nichts Belustigendes an dieser Tatsache war. Aber das war ein Punkt, der ihm auch an Henry gefiel

– er konnte über sich selbst lachen. „Erst mal brauchen wir aber Geld“, stellte Hagen fest. „Vielleicht sollten wir uns Arbeit suchen, nur für eine Weile, bis es dir wieder besser geht. Ich meine, du solltest eine Weile nicht reiten, du bist noch nicht daran gewöhnt, lange im Sattel zu sitzen.“

„Ja, lass uns etwas frühstücken gehen und dann fragen wir nach Arbeit.“

„Meinetwegen bleibst du auch die nächsten paar Tage noch hier und schonst dich, dann versuche ich an Geld zu kommen und vielleicht hast du beim Kartenspiel Glück, obwohl du das eigentlich ja nicht brauchst“, grinste Henry. Im hereinfallenden Licht der Morgensonne sah er fast ein bisschen aus wie ein Heiliger oder ein Wanderprediger mit seinem Bart, der mittlerweile zu einem dichten Vollbart wurde und den Haaren, die ihm bis an die Schultern reichten. Er konnte aber auch ein freundlicher Familienvater von nebenan sein, ein Farmer, ein braver Christ, in dem niemand etwas Böses vermutete. Henry konnte seine Mutter nur in einer Kurzschlussreaktion getötet haben, ohne jegliche Planung, denn dazu schien er Hagen überhaupt nicht fähig zu sein. Jemand, der sich nie über etwas beschwert, immer mit allem einverstanden ist, doch wenn man ihn in die Ecke drängt, beißt er um sich wie ein wildes Tier. „Was ist?“, wollte Henry wissen, als er Hagens Blicke bemerkte. „Ich habe gerade darüber nachgedacht, wie ... es weiter geht“, meinte er schnell. Er war sich nicht sicher, ob Henry überhaupt hören wollte, was andere über ihn dachten. Und er wollte sich nicht in einer Lobhudelei ergehen und ihre Freundschaft lobpreisen. „Na dann komm mit raus!“, sagte Henry, hielt ihm die Hand hin und half ihm auf.

„Es saß ein klein wild Vögelein,
auf einem grünen Ästchen,
Es sang die ganze Wintersnacht,
sein Stimm' tät hell erklingen,
Es sang die ganze Wintersnacht,
sein Stimm' tät hell erklingen.
Oh sing mir doch, oh sing mir doch,
Du kleines wildes Vöglein,

Ich will dir Gold und Seide
Um dein Gefieder spinnen,
Ich will dir Gold und Seide
Um dein Gefieder spinnen ..."

Volkslied aus Siebenbürgen, 1516

Sie fanden Arbeit in einem Sägewerk am Rand der Stadt. Morgens, noch vor Sonnenaufgang, gingen sie zu Fuß dorthin, es war jedes Mal eine gute Stunde, bis sie das Sägewerk erreichten. Am späten Nachmittag, nach getaner Arbeit, kehrten sie zuerst zum Hotel zurück, wuschen sich, zogen sich um. Henry verbrachte die Abende meist mit Fay. Beide hatten eine seltsame Affinität füreinander entwickelt. Sie waren nun zwei Wochen hier. Fay nahm kein Geld von ihm, manchmal steckte er ihr etwas zu, gab ihr Essen aus. Sie lagen oftmals auf dem Bett nebeneinander oben im Zimmer. Henry las ihr etwas vor, denn Fay konnte weder lesen noch schreiben. Oder er versuchte ihr das Lesen beizubringen, wobei sie das mehr spielerisch auffasste. Sie war zu jung, in ihrem Gewerbe war Bildung nicht besonders gefragt – die Männer, die zu ihr kamen, wollten keine philosophischen Gespräche führen oder sich über Politik unterhalten. Ihre Zuneigung war sehr lockerer Natur. Manchmal wusch er sie, wenn sie im Badezuber saß, oder beobachtete sie einfach dabei, kniete vor dem Zuber, die Arme lässig auf den Rand gestützt. Hagen hatte beide dabei überrascht, doch weder Henry noch Fay nahmen es ihm übel. Sein Freund hatte ihn angesehen, so als hätte er ihn aus einem schönen Traum gerissen. Henry lächelte ihn an und wandte sich wieder Fay zu. Und sie genoss es, wie er ihr dabei zusah, wenn sie ihre Beine mit dem Schwamm wusch, sich hingebungsvoll seufzend im warmen Wasser rekelte, wenn er sie mit dem Schwamm abrieb. Es blieb bei behutsamen Küssen, mit denen er ihr Gesicht, ihre Lippen berührte, aber er hielt sich von ihrem Heiligsten fern. Gerade diese Zurückhaltung schien ihr zu imponieren. Hagen fragte ihn beim Essen, ob er Fay liebe und Henry wich seiner Frage geschickt aus: „So würde ich das nicht nennen. Mir reicht es, wenn ich in ihrer Nähe sein kann. Was soll ich Wasser trinken, wenn ich Wein haben kann?", grinste er, sah zu einer jungen Frau hinüber, die das Restaurant betrat. „Sie bringt mich auf andere Gedanken.“ Hagen beließ es dabei, doch Henry sprach weiter. „Gefällt sie dir?“, wollte er wissen. „Sie ist hübsch. Aber ich denke, mehr nicht, also, ich finde sie in Ordnung, nett. Und Hauptsache du kommst mit ihr zurecht.“ Er schwieg kurz. „Oder hast du Angst, dass ich etwas von ihr will?“ Hagen fand, dass er offen mit seinem Freund sprechen konnte, sie waren schon eine Weile miteinander vertraut und dennoch beruhigte es ihn irgendwie, als dieser ihm seine Worte nicht übel nahm. „Ich habe schon seit Jahren keine Angst mehr. Vor nichts, auch nicht vor dem Tod. Ich bin schon tausend Tode gestorben, und wenn er kommt, ist er wie ein alter Freund für mich“, gestand Henry nachdenklich, lenkte dann ab: „Und wenn du mehr von ihr willst, steht es dir frei – sie ist, was sie ist.“

„Nein. Da sind genügend andere.“

„Du hast die Frage in den Raum geworfen, ob ich eifersüchtig bin“, meinte Henry gelassen, „nicht ich. Da mach dir mal keine Sorgen. Ich bin vielleicht etwas neidisch auf dich ...“

„Wieso?“

„Das liegt auf der Hand. Du hast mehr Selbstvertrauen als ich und ...“, er lachte, „du bist jünger.“ Wieder einmal überraschte Hagen Henrys Ehrlichkeit, doch er wollte es dabei belassen und so winkte er ab, erwiderte das Lachen und holte ihnen noch etwas zu trinken.

Wenn Henry seine freie Zeit mit Fay verbrachte, saß Hagen meist in einer Bar und pokerte, würfelte, er brauchte diese Glücksspiele, den Nervenkitzel, den ihm das Spielen gab, das Risiko. Und er brauchte Menschen um sich. Er tauchte ein in das Nachtleben der Stadt und ließ sich treiben. Auch wenn er keine Freundschaften schloss, so genoss er dennoch das kurzweilige Zusammentreffen mit den unterschiedlichsten Charakteren. Ab und an kehrte er nachts nicht ins Hotel zurück, sondern verbrachte die Nacht mit einer Frau aus dem Bordell und traf Henry dann morgens erst auf dem Weg zum Sägewerk. In den letzten Tagen waren Hagens Schmerzen schlimmer geworden, der Schwindel kam und ging. Und als er eines Morgens aufstehen wollte, blieb der Schmerz und verschwand nicht wie sonst. Es zog bis in seine Beine und er ließ sich mit einem Stöhnen wieder auf das Bett fallen. Er fühlte sich so matt, sein Kopf schmerzte, fühlte sich unendlich schwer an. Henry wachte auf, rieb sich dic Augen, fragte ihn, was los sei. Hagen merkte, wie der Schmerz sich über seinen gesamten Unterleib ausbreitete, in seinen Rücken, er schloss die Augen, versuchte ruhig liegen zu bleiben, presste die Zähne aufeinander und zischte Henry zu, er könne nicht aufstehen. Ihm wurde schlecht von den Schmerzen. „Hast du dich bei der Arbeit übernommen? Ich meine, zu schwer gehoben?", fragte Henry, doch Hagen schüttelte den Kopf. „Es kam und ging die ganzen letzten Tage, aber jetzt hört es nicht mehr auf." Er bemerkte, dass seine Stimme den Ton eines jammernden Kleinkindes annahm, aber er konnte sich nicht beherrschen, geschweige denn den Schmerz ertragen. „Geh alleine zur Arbeit!" Henry kroch aus dem Bett, zog sich an und kam zu Hagen hinüber, er setzte sich vorsichtig auf die Bettkante, dennoch entfuhr Hagen ein Schmerzensschrei, als sich die Matratze bewegte. Henry berührte seine Stirn, legte die Hand darauf, fühlte den Schweiß, die Hitze, sah auf Hagens Hände, die dieser auf seinen Bauch presste, sein Blick wirkte besorgt. „Ich hole jetzt einen Doktor", sagte er und erhob sich. „Ich beeile mich."

„Nein, es geht sicher gleich wieder!", protestierte Hagen energisch. „Hagen!", er fuhr ihn an wie ein ungezogenes Kind. „Sei jetzt still! Du hast Fieber, und wenn du dich selber sehen könntest ...!" Damit drehte er sich um und ging. In Hagens Kopf drehte sich alles. Er versuchte die Augen geschlossen zu halten, im Geiste die Minuten zu zählen, bis sein Freund wiederkäme. Der Schmerz nahm ihm fast die Luft. Er fühlte sich plötzlich seltsam, als stünde er neben sich. Da waren Geräusche, irgendwo weit entfernt. Jemand betrat das Zimmer, er hörte Henry neben sich, der ihn aufforderte, etwas zu sagen, aber seine Zunge schien ihm nicht zu gehorchen, der Schmerz lähmte seinen Körper. Jemand nahm seine Hand, die Stimme war dicht neben ihm, eine Hand auf seinem Kopf. Es war Fay, ihre Stimme zitterte. „Der Doktor muss dich jetzt untersuchen", flüsterte sie in sein Ohr. „Wenn die Schmerzen zu schlimm werden, drück meine Hand so fest du kannst ..." Sie sagte es so zärtlich, dass er fast glaubte, wenn er nun die Augen öffnete, seine Mutter neben sich zu sehen. Als der Doktor seinen Bauch abtastete, nahm er Fays Aufforderung war, klammerte sich fest an ihre Hand. Sie schwieg, obwohl es ihr wehtun musste, dennoch streichelte sie mit der anderen Hand seinen Kopf. „Henry ...“, begann er. „Er sagt beim Sägewerk Bescheid, dass du krank bist. Dann kommt er wieder.“ Er hörte Fay leise einige Wortfetzen mit dem Doktor wechseln, doch er konnte ihre Bedeutung nicht heraushören. Dann richtete ihn der Doktor vorsichtig ein Stück weit auf, hielt ihm etwas zu trinken an die Lippen, Fay bat ihn, es zu trinken, damit er schlafen könne. Zuerst fürchtete er sich, meinte, es würde ihn umbringen, trotz der Tatsache, dass sie ihm helfen wollten, doch dann gab er nach, trank die Flüssigkeit aus. Nach dem dritten Atemzug erfasste ihn eine bleierne Müdigkeit, die Schmerzen ebbten ab, bis sie verschwunden waren, und er fühlte, wie sich seine Muskeln entspannten. Er ließ sich in den Schlaf fallen, fühlte Fays Finger auf seiner Stirn, mit der anderen hielt sie immer noch seine Hand.

Als Henry nachmittags von der Arbeit wiederkam und das Zimmer betrat, schenkte ihm Fay ein gequältes Lächeln, es verunsicherte ihn, aber gleichzeitig zeigte es ihre Betroffenheit, was ihn irgendwie innerlich doch etwas glücklich machte. Als sein Blick auf Hagen fiel, musste er einen Moment innehalten. Sein Freund war blass, was sein Gesicht noch schmaler wirken ließ. Die Decke war nur bis knapp über die Hüfte gezogen, sein Körper wirkte ausgezehrt, schmaler als sonst. Er sah ihn atmen, doch es dauerte eine Weile, bis er wirklich realisierte, dass er noch lebte. „Er schläft seit heute Morgen und vielleicht ist das besser so. Dann hat er keine Schmerzen“, sagte Fay leise, erklärte dann: „Wir müssen ganz vorsichtig sein, es ist Typhusfieber. Man hätte ihn nicht mehr ins Krankenhaus bringen können und ich wusste sowieso nicht, ob ihr das bezahlen könnt. Es geht ihm gar nicht gut. Ich habe es als Kind schon gehabt und ich bin auch vorsichtig mit Wasser und solchen unsauberen Sachen, es kommt durch Bakterien.“

„Ich weiß. Aber ich habe nur davon gehört.“ Henry ging zu dem Tisch am Fenster, auf dem ein Zettel lag. Der Doktor hatte ihm aufgeschrieben, was die Behandlung kostete und er solle ihm das Geld vorbeibringen. Die Behandlung war aber noch nicht abgeschlossen. Die Summe nahm Henry nur nebenbei wahr, sie war nicht so hoch, aber das war ihm sowieso alles egal, auch wenn er nicht wirklich in der Lage war, es zu bezahlen. So legte er den Zettel wieder auf den Tisch. Fay zögerte weiterzusprechen, dann sprach sie so leise, dass er es kaum verstehen konnte. „Es geht ihm sehr schlecht. Er braucht viel Ruhe und jemanden, der bei ihm bleibt.“ *Ich muss arbeiten gehen,* grübelte er. „Ich bin nachts hier, aber ich muss tagsüber arbeiten gehen, wir brauchen das Geld.“ Mit Bedacht senkte er die Stimme, denn er wollte nicht, dass sein Freund es hörte, auch wenn dieser schlief. „So meinte ich das nicht. Ich kann bei ihm bleiben“, schlug sie vor. „Ich kann dich nicht bezahlen.“ Sie stand auf, strich Hagen über den Kopf und blieb vor Henry stehen. Fay tätschelte seine Wange. „Manchmal bist du wie ein großer, dummer Junge“, lächelte sie. „Ich mache das natürlich aus freien Stücken. Für euch beide.“ Sie beugte sich etwas vor, hielt ihm die linke Wange hin. Er gab ihr einen Kuss, bevor sie zur Tür ging. „Ich komme nachher noch mal vorbei“, meinte sie, hob dann den Finger. „Ach, und gib ihm nichts zu essen, er darf nur trinken und sich nicht zu viel bewegen. Und wenn es ihm etwas besser geht, darf er Kompott und süße Buttermilch, meinte der Arzt. Du musst ihm kalte Umschläge machen.“

„Danke.“ Sie verließ den Raum. Henry setzte sich auf den Stuhl am Bett. Fay hatte eine Schüssel mit Wasser auf den kleinen Nachttisch gestellt und zwei Tücher danebengelegt. Er tauchte eines davon ins Wasser, wrang es aus und tupfte Hagen den Schweiß von der Stirn. Dieser rührte sich nicht. Ihm lief ein kalter Schauder über den Rücken und er zuckte unwillkürlich zusammen. Er konnte sich einfach nicht vorstellen, wie es wäre, wenn Hagen nicht mehr da wäre, denn er fühlte sich ihm mittlerweile verbunden und er brauchte seinen steten Optimismus, gewissermaßen als Gegengewicht zu seinem Pessimismus.

Sein ganzes Leben lang hatte er sich nie wirklich an andere Menschen binden können, bis auf seine Eltern. Er hatte nie Freunde gehabt, denn es war ihm nie jemand begegnet, der ihn so akzeptieren konnte, wie er war. Still und verschlossen. Doch so wirkte er nur nach außen, denn innerlich hatte er sich oft danach gesehnt, wie andere zu sein, denen es leichtfiel etwas zu sagen, einen gut platzierten Witz zu reißen und alle fielen in das Lachen mit ein. Und er war immer nur zu einem stillen Beobachter degradiert, an dessen Tisch im Pub sich ab und an jemand verirrte, aber bald wieder aufstand, wenn er merkte, dass eine Konversation nur einseitig möglich war. Selbst mit engen Verwandten konnte er nichts anfangen. Seine Mutter hatte ihn noch mit zwölf Jahren darauf hingewiesen, dass man anderen Menschen in die Augen sah, wenn man mit ihnen sprach, weil er den Blicken stets auswich. Wenn sie ihm Geschenke mitbrachten und er sich bedanken sollte, musste er sich überwinden, etwas zu sagen. Die auffordernden Blicke seiner Mutter, das Nicken, damit er sich höflich bedankte oder antwortete, wenn ihn jemand etwas fragte. Meist war sie schneller und antwortete für ihn. Irgendwann sah er, wenn ihn jemand ansprach, nur noch zu seiner Mutter, damit diese das Sprechen für ihn übernahm. Er erinnerte sich daran, wie er als Kind stundenlang in seinem Zimmer sitzen konnte, auf dem Boden mit den Zinnsoldaten um sich geschart. Sein Vater hatte einmal das Zimmer betreten und ihn gefragt, wo das Kindermädchen wäre. Ohne Umschweife erklärte ihm sein Sohn, dass er ihr freigegeben habe für den Nachmittag, denn er könne alleine viel besser spielen. Es musste sehr befremdlich auf seinen Vater wirken. Ebenso, wenn sein Sohn auf Ausfahrten in der Kutsche saß, selbst zwei Stunden lang den Mund nicht aufmachte, in Gedanken versunken. Vielleicht ahnte er damals mit einem wehleidigen Gefühl im Herzen bereits, dass sein Sohn das Geschäft einmal ruinieren würde. Ein ewiger Träumer, den man besser nicht auf Kunden losließ.

Und jetzt hatte er endlich jemanden gefunden, der seine Gesellschaft bereitwillig teilte und ausgerechnet er wurde krank, dabei hatte Henry stets geglaubt, das Schicksal würde ihn zuerst abtreten lassen. In der Nacht kehrten die Schmerzen mit solcher Macht zurück, dass es Hagen aus dem Schlaf riss. Sein Mund war so trocken, dass kein Laut über seine Lippen kam, obwohl er am liebsten aufgeschrien hätte. Henry lag neben ihm im Bett. Er hatte lange an Hagens Seite gesessen, war nur kurz runtergegangen, um eine Kleinigkeit zu essen, als Fay kam und im Zimmer blieb. Nicht einmal zum Waschen war er gekommen, stattdessen irgendwann, als er merkte, dass ihm die Augen zufielen, aufgestanden, zu seiner Seite des Bettes gewankt, und nachdem er sich vorsichtig hingelegt hatte, sofort eingeschlafen. Er fühlte Hagens Hand über das Bett wandern auf der Suche nach einem Halt und zwang sich aufzuwachen. Das Licht der Petroleumlampe auf dem Nachttisch brannte noch, sodass er sofort sehen konnte, was mit Hagen los war. Er rückte an ihn heran, die blauen Augen seines Freundes hefteten sich auf ihn. „Hast du Schmerzen?“ Hagen nickte heftig, seine linke Hand wedelte an Henrys Gesicht vorbei und dieser umschloss sie sanft. „Ich kann den Doktor holen, aber dann musst du hier kurz alleine bleiben.“ Hagen schüttelte den Kopf, räusperte sich. Henry verstand, stand auf und kam an seine Seite. Er füllte das Glas auf dem Nachttisch mit Wasser, gab seinem Freund zu trinken. Als das erste Glas leer war, verlangte er nach einem zweiten. Dabei trank er so hastig, dass Henry Mühe hatte, ihn davon abzuhalten sich nicht zu verschlucken. Doch er begann zu husten, was die Schmerzen noch verschlimmerte. „Mir wird schlecht!“, sagte Hagen mit Nachdruck, er schrie es fast, sodass Henry sich erschreckte. „Mir wird schlecht!“ Mit einem schnellen Griff nach der Schüssel auf dem Nachttisch hob er seinen Freund ein Stück weit an, doch er war nicht schnell genug gewesen. Hagen übergab sich, eine braune, bitter riechende Flüssigkeit verteilte sich am Rand der Schüssel und auf dem Bett. *Galle!*, durchfuhr es Henry, der schnell versuchte, es mit einem der Tücher sauber zu machen. Während er noch dabei war, verdrehte sein Freund die Augen. Aus seiner Kehle löste sich ein tiefes Röcheln, dass in Henry eine Art Déjà-vu auslöste, er hatte es schon einmal bei einem Mann im Gefängnis gehört, der an Keuchhusten litt und schließlich eines Nachts erstickte. Mit fahrigen Bewegungen versuchte er Hagen, der nun schlaff in seinen Armen hing, aufzuwecken, doch dieser hatte das Bewusstsein verloren. Selbst in diesem Zustand atmete er angestrengt. Henry musste Hilfe holen, wenn er ihn nicht verlieren wollte, und so schichtete er die Kissen auf, lehnte Hagen mit dem Oberkörper dagegen, sodass er nicht zur Seite rutschen konnte. Dann lief er so schnell er konnte zum Doktor. Dieser, sichtlich ungehalten über die späte Störung, packte in aller Seelenruhe seine Tasche zusammen, ließ sich von dem ungeduldig hin- und hertrippelnden Henry in den Mantel helfen, sich sogar den Hut reichen und folgte ihm dann. Wäre er nicht ein alter Mann um die sechzig gewesen, hätte Henry ihm eine verpasst, auch auf die Gefahr hin, dass er die einzige weit und breit verfügbare Hilfe damit außer Gefecht setzte. „Sieht schlimm aus“, meinte der Doktor. „Ach“, gab Henry ironisch zurück. Er öffnete das Fenster ein Stück weit, denn mittlerweile durchzog ein seltsamer Geruch das Zimmer. Fast wie auf dem Schiff, als man sie in dieses Land brachte – feuchter Moder, menschliche Ausdünstungen und …Tod. Der Doktor schüttelte den Kopf, machte ein Geräusch, wie „Ts ts ts“, dann drehte er sich zu Henry um, schenkte ihm einen bedauernden Blick über den Rand seiner Brille hinweg. „Ich kann versuchen, ihm zu helfen, aber ich fürchte, es wird nicht viel nützen. Wenn er die nächsten zwei Tage überlebt, wäre das schon so etwas wie ein kleines Wunder.“ Er wartete einen Moment, doch Henrys Miene zeigte keine Regung. „Ich meine, Sie müssen mich ja auch bezahlen ...“ Vor seinem geistigen Auge packte Henry den Doktor am Kragen seiner Jacke, spie ihm die Worte ins Gesicht, doch in Wirklichkeit trat er nur einen Schritt nach vorne, schlug mit der Faust auf den Tisch, sodass der Doktor erschrak und innehielt. Aus den Augenwinkeln erspähte Henry im Gesichtsausdruck des Mannes etwas, dass er bisher nicht in dieser Form von anderen ihm gegenüber erwartet hatte. Er schien dem Doktor Respekt einzuflößen. Oftmals war es nur seine Größe, die andere beeindruckte, solange bis sie merkten, dass sein Selbstvertrauen dieser Tatsache nachstand. Henry holte tief Luft, stütze sich auf dem Tisch ab, sichtlich bemüht die Fassung zu bewahren. „Tun Sie alles, was in Ihrer Macht steht. Ich gebe Ihnen mein Wort, dass ich Sie bezahlen werde und ich kann Owens, den Besitzer des Sägewerkes, bitten, mir einen kleinen Vorschuss zu geben, dann mache ich eine Anzahlung. Und wenn ich Tag und Nacht arbeiten muss, mein eigenes Leben ist mir nichts wert, er ist noch so jung, er hat sein Leben noch nicht gelebt.“ Henry senkte seine Stimme, sah dem Doktor in die Augen: „Also bitte ich Sie, ihm zu helfen.“ Seine Offenheit schien den alten Mann sichtlich zu beeindrucken, denn er rang sich ein scheues Lächeln ab. „Bringen Sie mir die Anzahlung, sobald es Ihnen möglich ist“, sagte er in fast gütigem Ton, begann dann in seiner Tasche zu kramen, holte zwei kleine braune Fläschchen hervor, sagte, es seien Koffein und Kampfer, um Hagens Kreislauf zu stärken. Er erklärte Henry, wie viele Tropfen er in das Wasser geben sollte, um es dann seinem Freund zu trinken zu geben. „Gut“, meinte Henry, verließ das Zimmer, um noch eine Karaffe mit Wasser zu holen. Die Frau des Inhabers des Hotels war noch unten in der Küche, und als er ihr erzählte, was passiert war und worum es ging, füllte sie ihm bereitwillig frisches Wasser in die Karaffe.

Nachdem der Doktor gegangen war, konnte Henry nicht mehr an Schlaf denken. Sein Kopf schmerzte und er ahnte, dass es noch schlimmer würde, denn wenn er nicht genug Schlaf bekam, rächte sich das meistens mit Kopfschmerzen. Er wäre den ganzen folgenden Tag nicht mehr fähig einen klaren Gedanken zu fassen, doch er musste arbeiten gehen, er würde es mechanisch tun. Fay kam am frühen Morgen, um ihn abzulösen. In knappen Worten berichtete er, was in der Nacht geschehen war. Sie legte die Arme um seinen Oberkörper, lehnte sich an ihn. Zuerst stand er nur stumm da, mit hängenden Armen, dann erwiderte er ihre Geste, spürte, wie sie ihn an sich presste. „Du musst darauf vertrauen, dass er es schaffen wird. Und ich werde dir helfen, wenn ich kann. Ich wünschte, ich hätte Geld, das ich dir geben könnte, aber ich habe nichts gespart, wovon auch. Aber ich bleibe bei ihm, wenn du fort bist.“

„Ja, du weißt, dass ich dir dankbar bin dafür“, etwas unsanft befreite er sich aus ihrer Umarmung, ging zur Tür. „Ich muss zur Arbeit.“ Sie sah ihm aus dem Fenster nach, wie er den Weg aus der Stadt hinaus einschlug, setzte sich dann zu Hagen ans Bett, der immer noch bewusstlos war. „Du kannst froh sein, ihn zu haben. Einen besseren Freund wirst du nicht finden“, meinte sie mit einem Seufzer in Anbetracht der Tatsache, dass sie sich sicher war, es gäbe niemanden, der das für *sie* täte.

Hagen schlief nicht, es war mehr ein Dahindämmern, dunkel, traumlos, ab und an tauchte sein Geist aus der Schwärze empor, doch er war nicht fähig, einen klaren Gedanken zu fassen. Seine Augen öffneten sich instinktiv von Zeit zu Zeit, er sah die Frau an seinem Bett sitzen, mehr schemenhaft nahm er sie wahr, sodass er zuerst meinte, seine Mutter säße dort. Er wollte sie ansprechen, doch allein die Kraft zu sammeln, um Worte hervorzubringen, strengte ihn zu sehr an. Seine Augen fielen ihm wieder zu und er glitt zurück hinab in die Dunkelheit, in der er dumpf die Schmerzen wahrnahm. Sein Herz schlug langsam, aber dennoch stark, sodass er zeitweise fürchtete, es könne einfach stehen bleiben, bei jedem Schlag schmerzte seine Brust, es fühlte sich an wie kleine Messerstiche. Und doch – fast musste er lachen, als er daran zurückdachte, wie die Wirtin Henry etwas kokett gefragt hatte, ob er denn wüsste, wie eine Frau den Weg zum Herzen eines Mannes finde. Er hatte sie angesehen und spontan erwidert: „Mit einem Messer durch die Brust direkt in sein Herz!" Die Erinnerung an die Szene lenkte ihn sekundenlang von der Tatsache ab, dass er zum ersten Mal in seinem Leben wirklich Angst hatte zu sterben. Eine tiefe Angst, deren bitterer Geschmack sich auf seine Lippen legte. Die meisten Menschen legten sich abends in ihr Bett und wachten einfach nicht mehr auf – das fand er irgendwie beruhigend. Doch zu fühlen, wie das Leben aus jeder Faser des Körpers schwand, empfand er als grausam. Nun in diesem Zimmer auf dem Bett zu liegen, mit diesen Schmerzen und jemandem an seiner Seite, der sich um ihn bemühte ... Er wäre am liebsten aufgestanden, fortgegangen, in eine stille Ecke und dort einfach umgefallen. Hagen fühlte ihre Hand auf seiner Stirn, sie sprach mit ihm leise, zärtlich, irgendwie beruhigte es ihn. Doch die Angst konnte es nicht vertreiben. Ein Zittern lief über seinen Körper, sie zog die Decke höher, berührte seine Stirn mit einem kühlen, feuchten Etwas, dass er als Tuch deutete. Ihm war heiß, dann wieder kalt. Er musste die Augen wieder schließen, ihm wurde schwindelig. Alles schien sich zu drehen ... Es klopfte an der Tür, Fay blieb sitzen. „Herein", meinte sie leise, räusperte sich dann und wiederholte es. Claire öffnete die Tür einen Spaltbreit, trat dann ein. Es war bereits später Nachmittag. Sie nickte Fay zu, blieb am Fußende des Bettes stehen, ihr Blick fuhr über Hagens Körper bis hinauf zu seinem Gesicht. „Du sollst rüberkommen, die Madame möchte dich sehen", sagte Claire, ohne den Blick von Hagen abzuwenden. „Henry kommt gleich wieder, dann gehe ich", meinte sie bestimmt. „Er sitzt unten und isst eine Kleinigkeit. Ich habe kurz mit ihm gesprochen", sagte Claire. „Aber das kann er dir selber sagen." Fay sah sie an, Claires Blick verriet ihr, dass sie etwas befürchtete, was sie verletzen könnte, doch sie versuchte gelassen zu wirken und Claire beschwichtigte sie. „Ich weiß zwar nicht recht, was du hier tust, ich denke, du investierst in eine sinnlose Sache, damit meine ich die beiden Männer. Sie werden weiterreiten, sobald es Hagen besser geht, weiterziehen und ich glaube nicht, dass sie dich mitnehmen werden. Madame hat immer gesagt, wir sollen uns nicht mit Freiern einlassen und ich bin schon lange im Geschäft, Fay. Es wird dich nicht von hier fortbringen. Aber es ist deine Sache – mir haben schon viele die große, weite Welt versprochen ...", sie seufzte, „und ich sitze immer noch hier." Claire senkte den Blick, öffnete ihr Täschchen, holte einige Scheine hervor, reichte sie Fay, die zögerte. „Was ist das?"

„Ich habe etwas zurückgelegt. Gib du es ihm, von mir wird er es nicht nehmen, denke ich. Oder bezahl einfach einen Teil von der Rechnung des Doktors. Henry wird Überstunden machen müssen und ich will ehrlich sein, er sieht jetzt schon ziemlich fertig aus."

„Und wieso tust du das?", wollte Fay wissen. „Vielleicht weil ich auch mal so wie du war, hilfsbereit, etwas naiv und damals nicht für den Beruf einer Hure geschaffen." Sie lachte bitter auf. „Aber ich war vierzehn, als mein Onkel mich für ein bisschen Geld für seinen Alkohol an Madame verkaufte. Heute bin ich auch nur unwesentlich freier." Henry kam die Treppe rauf, er sah die geöffnete Tür, verharrte zuerst auf dem Flur, kam dann ins Zimmer. Fay sah ihn, ließ das Geld schnell in ihrem Ausschnitt verschwinden, Claire drehte sich zu ihm um, schenkte ihm ein Lächeln. „Ich muss jetzt gehen." Damit ging sie an ihm vorbei aus dem Zimmer. Henry schloss die Tür, schenkte Fay einen zweifelnden Blick. „Sie ist ... seltsam", stellte er fest. „Ja, kann sein. Aber sie ist sehr nett und wie eine Freundin für mich", gestand Fay nachdenklich, berührte Hagens Gesicht, erhob sich von dem Stuhl. „Kümmere dich gut um ihn. Ich gehe jetzt ... nach Hause." Henry war zu müde, um sich ausschweifend zu unterhalten, er schenkte ihr einen dankbaren Blick, ließ sich auf den Stuhl am Bett sinken, starrte seinen Freund an. „Morgen muss ich länger arbeiten, bis um sieben Uhr. Kannst du so lange bei ihm bleiben? Oder wird es dir langsam langweilig?"

„Was du redest!", wehrte sie ab und machte sich auf den Weg zum Bordell, ohne weiter auf seine Worte einzugehen. Fay ging jedoch vorher noch beim Doktor vorbei, bezahlte ihm einen Teil der Rechnung, Henry hatte ebenfalls etwas bezahlt, aber es reichte nur knapp. Sie entschied sich, einen Teil des Geldes von Claire zu behalten und lieber das Zimmer im Hotel der beiden Männer zu bezahlen, jedenfalls für einige Tage. Der Doktor gab ihr noch ein kleines Fläschchen mit Chinin gegen das Fieber und ein Tütchen mit Morphium gegen die Schmerzen. Als sie wieder vor dem Zimmer stand, hörte sie jemanden murmeln. Draußen war es schon dunkel geworden, sie musste wieder in das Bordell zurück. Zuerst wollte sie die Medizin vor die Tür legen, aber dann öffnete sie so leise wie möglich die Tür, lugte in den Raum. Henry kniete vor dem Bett, er hatte Hagens Hand in seinen, hielt den Kopf gesenkt und murmelte etwas. Das Licht der Petroleumlampe war nur noch schwach, das Mondlicht fiel durch das Fenster auf die beiden Körper. Sie glaubte, Henry würde beten, aber die Worte klangen so anders. Es war wie eine Art Sing-Sang, in dem er sich fast unmerklich vor- und zurückbewegte. „Yit` gaddal v`yit`kadash sh`mei raba – Amein. B`al`ma di v`ra khir`utei, v`yam` likh mal`khutei b`chayeikhon uv`yomeikhon. Uv`chayei d`khol beit yis`ra`eil, ba`agala uviz`man kariv v`im`ru: Amein. Y`hei sh`mei raba m`varakh l`alam ul`al`mei al`maya ...“ Fay wollte die Tür leise schließen, aber Henry hörte es, hielt inne, wandte den Kopf langsam zu ihr. „Ich ... Ich habe hier etwas gegen das Fieber und ...“, begann sie, sagte dann schnell: „Tut mir leid.“ Er machte keine Anstalten sich aus seiner Haltung zu lösen, senkte den Kopf wieder. „Stell es da hin“, sagte er ruhig und fuhr fort. Sie blieb stehen, bis er fertig war, und schwieg. Wobei sie artig wie ein kleines Schulmädchen wirkte, mit den Händen brav vor dem Schoß gefaltet, vermied sie jeglichen Blickkontakt, auch dann, als Henry aufstand, sich auf dem Stuhl am Fenster setzte und in die Nacht hinaussah. Vorsichtig trat sie näher, stellte das Fläschchen auf den Tisch, legte das Tütchen daneben. „Chinin und Morphium“, erklärte sie. „Von dem Chinin fünfzehn Tropfen für die Nacht und morgen früh wieder gegen das Fieber. Von dem Morphium eine Messerspitze, wenn er starke Schmerzen hat – beides mit Wasser geben. Der Doktor kommt morgen Vormittag vorbei, dann bin ich ja da.“ Henry schwieg, blickte aus dem Fenster, nahm dann ihre Hand, drückte sie beiläufig. Fay wollte nicht fragen, aber dann überwand sie sich. „Hast du für ihn gebetet?“, fragte sie mit verhaltener Stimme, so als fürchtete sie, er könne mit einem Wutausbruch reagieren. Immer noch hielt er ihre Hand, vermied aber jeglichen Blickkontakt und sie ahnte warum. Der Unterton in seiner Stimme verriet, dass er mit den Tränen kämpfte. „Ich bin kein sehr gläubiger Mensch mehr. Und es war alles, was mir einfiel – der Kaddisch.“

„Was ist das für eine Sprache gewesen?“

„Hebräisch. Ich habe es als Kind gelernt. Man betet den Kaddisch eigentlich, wenn jemand stirbt, aber ich kann nichts anderes mehr und ich musste den ganzen Tag schon daran denken, wie ich ihn für meinen Vater gebetet habe. Der Bruder meines Vaters stellte mich in die Ecke des Raumes und ich habe es heruntergebetet, ohne wirklich zu wissen, was ich da tue. Und es war alles so unheimlich in unserem Haus, die mit schwarzem Tuch verhangenen Spiegel, die Verwandten, die auf den Kisten saßen ...“

„Kisten?“, fragte sie. Jetzt sah er sie an, ließ ihre Hand los und begann seine Schuhe auszuziehen. „Damit wir einen schmerzhaften Gesichtsausdruck bekommen“, meinte er. Sie war erleichtert, als er grinste. „Es tut mir leid, aber ich habe noch nie davon gehört“, gestand sie. „Ich komme aber auch nicht aus einer Familie, in der die Bibel gelesen wurde oder so was. Eigentlich hat niemand von uns gelesen.“

„Ich bin Jude“, sagte er lapidar, „also, ich war es mal.“ Es schien sie auf eine seltsame Art und Weise so zu faszinieren, dass sie sich am liebsten hinsetzen wollte, um mehr zu hören, doch dann fiel ihr ein, dass sie wieder ins Bordell zurück musste. „Erzähl mir einmal mehr davon, bitte“, drängte sie. „Ich bin morgen früh wieder da.“ Damit ging sie zu Hagen, streichelte ihm die fiebrige Stirn, küsste dann Henry wie selbstverständlich auf die Wange.

Henry wartete, bis sie gegangen war, dann zog er seine Kleidung aus, legte sich ins Bett neben Hagen. Für eine Weile lag er da, starrte an die Zimmerdecke, beobachtete die Schatten, die darüber liefen. Er erinnerte sich daran, wie sein Onkel vor ihm gestanden hatte, unwirklich war es ihm vorgekommen. Eben noch saß er mit seiner Mutter am Bett des Vaters, hörte stumm zu, als er ihnen die letzten Weisungen gab. Doch während er sprach, war er mit seinen Gedanken woanders gewesen, stellte sich vor, wie er nun im Laden stehen musste, die Kunden bediente, es ängstigte ihn. Er war nicht der Mann, der jemanden mit einem überzeugten freundlichen Lächeln empfing, ein paar Worte über das Wetter wechselte, den Gatten oder gar das werte Befinden. Es war ihm nicht entgangen, dass selbst Kinder von Kunden sich manchmal hinter ihren Eltern versteckten, wenn er nach vorne in den Ladenraum kam. Seine Größe und seine nicht unbedingt positive Ausstrahlung machten ihnen sicher Angst, die Kunden begegneten ihm höflich freundlich, weil sein Vater anwesend war. Tief in seinem Innern wusste er aber genau: Er wollte nicht im Laden stehen. Er wäre lieber Maler geworden oder Schriftsteller, wie gern hatte er die Nachmittage bei seiner Tante Lidia verbracht, die ihn so akzeptierte, wie er war. In ihrem großen Haus saßen sie im Wohnzimmer zusammen, beide auf dem moosgrünen Sofa und lasen sich bei Tee und Biskuit(s) Gedichte vor. Sie förderte ihn, ließ ihn an der Staffelei malen, besuchte mit ihm Ausstellungen und Museen. Manchmal kam ihm der Gedanke, die gütige, alte Frau zu fragen, ob er bei ihr wohnen dürfe. Doch seine Mutter hätte dies nie erlaubt. Die Tante war für sie eine Außenseiterin, die unverheiratet, platonische Liebeleien mit Männern pflegte und durch deren Unterstützung sie ein gesellschaftlich anerkanntes Leben führen konnte – eine „Schickse“, wie sie im Buche steht, sagte seine Mutter oft. Sein Herz wurde schwer. Fast meinte er, der Onkel stünde wieder vor ihm mit diesem fordernden Blick, zwei Köpfe kleiner als er, doch sein strenges Auftreten und die Blicke der Verwandtschaft, die der Szene selbstverständlich folgten, lasteten so sehr auf Henry, dass er, ein erwachsener Mann, sich von dem Onkel drängen ließ. Mit gesenktem Kopf schritt er langsam zu einer Ecke des Raumes, nahm aus den Augenwinkeln ein wohlwollendes Nicken seiner Mutter wahr, blieb dann stehen, rückte seine Kippa auf dem Kopf zurecht, legte die Hände übereinander ... Doch er musste zweimal ansetzen, ehe es ihm gelang, die Worte so laut und deutlich zu sprechen, dass auch jeder im Raum ihm folgen konnte. Es beruhigte ihn etwas, wenn sie bei jedem Ende eines Absatzes in das „Amein“ mit einfielen. Henry drehte sich zur Seite, sah Hagen an, dessen Augen ein kleines Stück geöffnet waren. *Ich wünschte, ich hätte dein Leben geführt ...*, dachte

Henry. Vorsichtig legte er die Hand auf Hagens Stirn, fühlte den Schweiß, der darauf stand. „Mir ist kalt ...“, flüsterte Hagen. „Du hast Fieber“, erklärte Henry, stand auf und gab etwas von dem Chinin in ein Glas mit Wasser, half seinem Freund es zu trinken. Er fragte ihn, ob er Schmerzen habe, doch Hagen reagierte nicht auf seine Frage, auch nicht, als er sie wiederholte. Stattdessen versuchte er aufzustehen, doch Henry drückte ihn sanft auf das Bett zurück. Aus seinem Mund kamen unverständliche Laute, das Fieber musste seinen Geist verwirren. Vorsichtshalber gab ihm Henry auch von dem Morphium, legte sich dann wieder neben ihn ins Bett. „Kalt ...“, sagte Hagen. Er hob eine Hand, ließ sie wieder auf das Bett fallen. Unruhig begann er mit der Hand über das Laken zu streichen, seine Augen, der Blick getrübt und glasig vom Fieber, fuhren suchend durch den Raum. „Du musst dich ausruhen“, meinte Henry, mehr um sich selbst zu beruhigen, „schlaf.“

„Dunkel ...“, stieß Hagen mit krächzender Stimme hervor. „Kalt ... so kalt.“ *Es ist nur das Fieber, das Fieber und die Schmerzen, er muss sich einfach ausruhen und dann geht es ihm morgen vielleicht etwas besser.* Diese Worte gingen Henry durch den Kopf, doch die Sorge um seinen Freund konnte er nicht vertreiben, nicht mal annähernd. Er rückte näher an Hagen heran, legte seinen Arm unter dessen Kopf, zog mit der freien Hand die Decke über sie beide, um ihn zu wärmen und ihn spüren zu lassen, dass er nicht alleine war. Die Müdigkeit übermannte ihn, er musste ein paar Stunden schlafen, sonst wäre er nicht in der Lage zu arbeiten. Eine Hand ließ er auf Hagens Brust liegen, fühlte dessen Herz schlagen, langsam, aber nicht unregelmäßig. Schließlich schlief er ein.

Es war Fay, die Henry am nächsten Morgen weckte. Allerdings stand sie am Fußende des Bettes und rüttelte nur an seinem Bein. „Du musst aufwachen“, drängte sie, als er keine Anstalten machte die Augen zu öffnen. „Bitte!“ Er war noch müde, zu müde, um aufzustehen, dennoch zwang er sich dazu, sah sie an. „Warum stehst du da?“ Sie legte die Hand an die Lippen, deutete dann auf Hagen. Henry realisierte, dass er immer noch dicht an seinem Freund lag und sein erster Gedanke war, dass Fay es missverstehen könnte, doch dann bemerkte er, worauf sie hinauswollte. Hagens halb geöffnete Augen starrten leblos an die Decke des Zimmers, sein Mund war ein Stück weit geöffnet. Auf seinem Gesicht lag eine fast wächserne Blässe, aber auf seiner Stirn standen Schweißperlen. Henry fuhr zurück, dann warf er einen Blick zu Fay, die nun beide Hände an ihr Gesicht hob, er sah die Feuchtigkeit in ihren Augen schimmern. Er lauschte, benetzte seinen Finger mit etwas Spucke, hielt ihn vor Hagens Lippen, meinte einen Hauch zu spüren, legte wieder die Hand auf seine Brust. „Ist er ...?“, fragte Fay mit zitternder Stimme in die Stille. „Nein“, antwortete Henry, „noch nicht.“ Es kam über seine Lippen mit einer gewissen Resignation, und während er es sagte, fragte er sich, warum er es überhaupt gesagt hatte. Sicher, er hatte Angst um seinen Freund, wollte ihn nicht verlieren, aber gerade eben hatten seine Worte nicht unbedingt beunruhigt geklungen. Zumindest empfand er es so, als er sie in seinem Kopf wiederholte. Fay bewegte sich nicht, sie stand weiterhin am Ende des Bettes, man sah ihr an, dass sie sich der Situation nicht gewachsen fühlte. Ihre Worte unterstrichen dies. „Ich ... Ich habe noch nie gesehen, wie jemand ...“

„Er wird nicht sterben!“, sagte Henry laut, protestierte gegen ihre Vermutung, obwohl er sich selber nicht sicher war. „Hagen muss nur wieder zu sich kommen!“ Damit stand er vom Bett auf, hielt ihr den Krug vom Nachttisch hin, sagte ihr, sie solle neues, kaltes Wasser holen und vielleicht ein oder zwei neue Tücher. Sie nahm den Krug erst, als er es mit Nachdruck wiederholte, machte dann auf dem Absatz kehrt und lief nach unten zur Wirtin. Henry zog sich schnell an, setzte sich an den Rand des Bettes, umfasste dann Hagens Oberkörper, lehnte ihn an sich. „Du musst durchhalten, hörst du? Bitte!“, raunte er ihm ins Ohr, doch vonseiten seines Freundes kam keine Reaktion. Immer noch starrte er teilnahmslos in den Raum, gab keinen Laut von sich. Fay kam ins Zimmer gestürmt, fast stolperte sie über ihre eigenen Füße und der Krug glitt aus ihren Händen, doch sie fing sich, umfasste das Porzellan mit beiden Händen und stellte ihn auf dem Nachttisch ab. „Sie hat keine Tücher mehr übrig für uns“, erklärte Fay, „nehmen wir halt die beiden alten.“ Für einen Atemzug lang schloss sie die Augen, scheinbar um sich zu fangen, tunkte dann eines der Tücher in das Wasser, kniete sich neben das Bett, tupfte mit dem Tuch über Hagens Stirn, während Henry ihn hielt. „Mir ist eingefallen, was das Fieber auch senkt – Essigwickel!", meinte sie fast triumphierend. „Ich habe es bei der Tochter meiner Tante machen müssen. Meine Tante hat mir gezeigt, wie es geht." Henry nickte, versuchte ein freundliches Gesicht zu machen, doch es misslang. Sie überging es, nahm Hagens Hemd und begann es in Streifen zu reißen. Dann ging sie wieder zur Wirtin, holte Essig, forderte Henry auf, Hagen wieder hinzulegen, machte die Wickel um seine Hand- und Fußgelenke. „Der Doktor kommt ja heute Vormittag", sagte sie, schob Henry dann sanft zur Seite. „Und du gehst jetzt zur Arbeit. Die Wirtin hat Frühstück für dich. Geh, ich kümmere mich um ihn!"

„Du bist sicher, dass es ihm hilft?", fragte er, nur um Zeit zu gewinnen. „Ja, doch!", gab sie zurück, lächelte ihn an. „Er ist bei mir in guten Händen." Dennoch stand Henry neben ihr, sie fand, dass er aussah wie ein begossener Pudel. Sie versuchte ihm einen aufmunternden Blick zu schenken, aber es fiel auch ihr schwer Zuversicht zu zeigen. Doch wie er so da stand, seine Verletzlichkeit offen zur Schau stellend, erinnerte sie sich an eine Geschichte, die er ihr vorgelesen hatte und jetzt fiel ihr genau der Ausdruck wieder ein, der in Bezug auf die Hauptperson der Geschichte erwähnt worden war – Zerrissenheit. Es beschrieb den Mann vor ihr auf den Punkt und es gefiel ihr. Normalerweise gestalteten sich ihre Tage aus Männern, die sie in die Kategorie einordnete „Jetzt zeige ich dir mal, was ein richtiger Mann ist". Und meistens gaben sie sich gern weltmännisch, erzählten von irgendwelchen Orten, an denen das Leben für sie rauer gewesen war, und wie sie es gemeistert hatten. Es langweilte sie. Nicht nur einmal war der eine oder andere, betrunken, wie sie waren, wenn sie sich zu ihr verirrten, einfach mittendrin eingeschlafen, aber auch schon aus dem Bett gefallen. Sie nahm es hin, kassierte ihre Entlohnung, versuchte freundlich zu bleiben. Nur einmal hatte ein Kerl sie zu grob angefasst ... Sie versuchte die Erinnerungen zu verdrängen, biss sich auf die Lippe, legte ihre Hand auf Henrys Arm, schob ihn nochmals sanft fort. „Geh, Henry." Fast kam es ihr vor wie die Verabschiedung eines Ehemannes am Morgen. Er nickte, doch machte nur ein paar Schritte bis zur Tür, hielt dann inne, drehte sich zu ihr um. „Was machst du eigentlich die ganze Zeit hier so alleine? Ich meine, außer, dass du dich um ihn kümmerst?"

„Ich versuche lesen zu lernen, in deinen Büchern, denke nach, beobachte die Menschen auf der Straße oder lege Patiencen. Warum willst du das wissen?“

„Du sitzt hier so alleine und ich habe mich halt gefragt ... Na, ich will nicht, dass du hier sitzt und ... Ach, vergiss es!“, sagte er schnell, wollte gehen, als sie meinte: „Sie sind ein seltsamer Mann, Mr. Winterstein. Sie machen sich über jede Kleinigkeit zu viele Gedanken“, lächelte sie, machte dann eine Handbewegung, um ihn fortzuscheuchen. „Kusch, kusch!“ Bevor er nach unten ging, sah er, wie sie Hagens Hand in ihre nahm, und hörte sie leise mit ihm sprechen. Es beruhigte ihn, aber so ganz konnte es die dunklen Gedanken nicht vertreiben.

Hagen fühlte sich so schwach, dass er nicht einmal die Kraft hatte, die Hand zu heben. Irgendwann war er einmal aufgeschreckt, weil er sich sicher war, dass es zu Ende ging mit ihm. Da waren Stimmen in seinem Kopf gewesen, Bilder aus seinem Leben an ihm vorbeigezogen und ganz weit entfernt spürte er seinen Herzschlag, so langsam, dass er sich sicher war, er würde einfach stehen bleiben. Dennoch wollte er sich nicht fallen lassen, sein Geist weigerte sich, er bemühte sich weiter zu atmen, Zug um Zug, gegen all das anzuatmen, wenn es so etwas gab. Sich dagegen zu wehren und aufzubäumen, solange da noch ein kleiner Funken Kampfgeist in ihm aufflammte. Da war seine Schwester, die vor dem Bett der toten Mutter stand, ihre Hand auf deren Brust legte und ihn mit diesem traurigen Blick aus ihren großen, grünen Augen ansah. „Ich wünschte, es wäre wie bei Lazarus“, flüsterte sie. Er hatte nicht gleich verstanden, worauf sie hinauswollte. „Wieso?“

„Dann würde Mami wieder aufwachen.“ Im Nachhinein musste er sich eingestehen, dass der Tod seiner Mutter in ihm etwas bewirkte – sein ureigenes Gottvertrauen an alles Gute, seine kindliche Unbefangenheit waren fortgewischt. Von jenem Tag an wusste er, dass das Leben nicht immer gut war. Das Schicksal lauerte mit einer unberechenbaren Gier auf die Menschen, nur um sie irgendwann zu überraschen und niederzuknüppeln. Und als er an das Fenster der kleinen Wohnung trat, erkannte er die Wahrheit. Vor kurzer Zeit noch war es ihm egal gewesen, obwohl er wusste, dass sie arm waren und zur

Unterschicht gehörten, dennoch war das Leben schön, überdeckten seine Geschwister, die Eltern, die Familie all das Elend, in dem sie jeden Tag fristen mussten. Aber in jenem Moment dort am Fenster verschwand der Schleier, gab den Blick frei auf den Hinterhof, in dem Kinder mit verfilzten Haaren, schmutziger Kleidung und einem trockenen Dauerhusten mit Kohlen kegelten. Und ihm stieg ein Geruch in die Nase, den er vorher nie wirklich wahrgenommen hatte – abstoßend, der Geruch der Arbeiterschicht, eingebrannt in jede Pore seines Körpers ... Es überkam ihn, ohne dass er es verhindern oder unterdrücken konnte, er beweinte ihr Elend, auch wenn die anderen dachten, er weine um die Mutter. Für diese hatte er keine Tränen mehr. Diese Gedanken zogen an ihm vorüber. Sein Leben war nicht wirklich erfolgreich gewesen – gekommen aus dem Dreck hatte er zwar das Arbeiterviertel hinter sich gelassen, aber nun war sein Leben auch keinen Penny mehr wert. Seine Augen, deren Lider bleischwer schienen, zwang er sich ein Stückchen weit zu öffnen, Henrys Gesicht war an seiner Schulter gewesen, sein Körper an seinem, die Hand auf seiner Brust. Er hatte gezittert, Henrys Wärme gefühlt. Ja, wenn er nun abtreten musste, war das vielleicht doch in gewisser Weise in Ordnung. Sein wahrscheinlich bester Freund war fast immer bei ihm, auch wenn ihm der Gedanke kam, dass dieser sich so sehr auf ihn konzentrierte, dass er nur schwer einen neuen Freund finden würde. Aber wahrscheinlich würde er alleine bleiben. Henry gehörte im Grunde genommen zu der Art Menschen, die auch mal alleine sein können, und wenn sie ständig in Gesellschaft sind, auch mal eine Auszeit nehmen müssen, sich zurückziehen. Er hatte ihm nicht von der Frau und ihren zwei kleinen Mädchen erzählt. Man hatte ihn vor einigen Tagen Holz zu ihnen bringen lassen, er hatte der alleinstehenden Frau bereitwillig geholfen, einen Teil des Stalls, der ebenso baufällig wie ihr Haus war, zu reparieren. Es war nur ein notdürftiges Flicken gewesen, sie tat ihm unendlich leid, die Kinder, denn er wusste, was Armut bedeutete. Er sah eines der Mädchen, wie es hohlwangig in dem einzigen Bett der Familie lag, fiebernd, ständig nach seiner Mama rufend. Es waren Zwillinge, die andere Schwester saß nur auf einem Stuhl, ihre Augen blickten ebenso traurig drein wie die der anderen. Er nahm das Wasser an, welches ihm die Frau zum Trinken gab, doch als er das Grundstück schließlich mit dem Karren verließ, den Brunnen passierte, stand da eines der Mädchen und meinte, das Wasser rieche immer so komisch. Hagen hatte dieser Bemerkung keine Beachtung geschenkt, doch ein paar Tage danach war ihm ab und an so übel geworden, gepaart mit Schweißausbrüchen. Die Schmerzen schwollen an und ebbten wieder ab. Aber irgendwann waren sie kaum noch zu ertragen gewesen. Und jetzt überkam ihn plötzlich dieses seltsame Gefühl, es krabbelte von seinen Füßen hinauf bis zu seinem Kopf, drückte ihn auf das Bett, senkte sich wie die Nacht über seinen Geist und trug ihn wie ein Windhauch mit sich fort. Bevor er sich dagegen wehren konnte, kam er sich unendlich leicht vor ... Die Angst, die Schmerzen schienen sich aufzulösen ...

„Deeer Vickar h-hörte auf uns zu besu-chen und schließlich k-kam k-keeeiin anständiiiger Mänsch ..." Hagen öffnete etwas die Augen, sah zur Seite auf Fay, die neben dem Bett auf einem Stuhl saß, ein Buch vor sich auf dem Schoß, versuchte sie zu lesen, ihr Finger glitt über die Zeilen, damit sie den Faden nicht verlor. Ihre nackten Füße hatte sie auf den Rand des Bettes gelegt, sie schien sehr konzentriert, obwohl er ihre Art zu lesen kaum ertrug. Es war ein mühsames Gestottere, dass seinem geschundenen Körper und Geist noch mehr zusetzte als der Schmerz. Langsam hob er seine linke Hand etwas an, begann mit ihren Zehen zu spielen, ließ seine Fingerkuppen an der Sohle ihres Fußes hinabgleiten. Sie zeigte keine Regung, also sammelte er die verbliebene Spucke in seinem Mund, räusperte sich. „Fay ... bitte hör auf zu lesen. Bitte." Sie sah auf, ließ das Buch sinken, ihr Blick verriet eine gewisse Form der Enttäuschung. Für einen kurzen Moment suchte sie seine Augen, senkte dann ihren Blick. „Ich dachte, es wäre ... Na ja, wenn du da so liegst und ... Es würde dich ablenken. Das ist ein Buch einer Bronte." Hagen rang sich ein gequältes Lächeln ab und überhörte, dass sie den Namen „Bronte" wie „Dronte" aussprach. Er kannte weder das Buch noch die Autorin, aber Henry hatte ihm davon erzählt. „Nein, weißt du, es liegt an der Art, wie du liest ... und an meinen Kopfschmerzen."

„Ja, ist gut", entgegnete sie, legte das Buch auf den Tisch, senkte den Kopf, betrachtete ihre Finger. „Henry meinte, es sei schon recht gut. Aber natürlich lese ich nicht so wie ihr."

„Es tut mir leid", gestand er, „aber mein Kopf ..." Sie lehnte sich nach vorne, schenkte ihm ein Glas Wasser ein, und als er nickte, half sie ihm sich aufzurichten, um es zu trinken. „Ich bin ehrlich gesagt froh, dass du wieder etwas sagst. Du warst die letzten Tage so still. Wir haben uns große Sorgen um dich gemacht."

„Wo ist Henry?"

„Na, wo soll er schon sein, du Dummerchen?", lächelte sie. „Arbeiten natürlich!" Fay hielt inne, denn eigentlich hatte sie hinzufügen wollen, dass doch die Miete für das Zimmer und der Doktor bezahlt werden mussten, aber sie wollte Hagen kein schlechtes Gewissen machen. Doch obwohl er noch schwach war, zu schwach, um sich über irgendetwas den Kopf zu zerbrechen, wusste er, was sie ungesagt ließ. „Du bist sehr krank und auch noch nicht wieder gesund, aber wenn es dich beruhigt, ich denke, Henry hat sich nicht groß Gedanken darüber gemacht, ob er noch mehr arbeiten muss oder so was. Er ist ein wahrer Freund, wenn du mich fragst." Sie konnte ihre Offenheit nicht unter Verschluss halten und fügte hinzu: „Er hat sogar für dich gebetet."

„Gebetet?", fragte Hagen. Sie begann die Kissen zu ordnen, auf denen Hagens Kopf lag, griff dann unter seine Achseln, zog ihn etwas höher, damit er etwas aufrecht saß, was er mit einem Schmerzenslaut quittierte. „Er ist Jude", sagte sie dicht an seinem Ohr, so als hätte sie gerade eine völlig neue Tierart im Busch entdeckt. „Wusstest du das?"

„Fay,", begann er, „natürlich habe ich es gewusst." Ihm wurde bewusst, wie wenig sie über die Welt da draußen wusste, sie hatte anscheinend nie viel über den Tellerrand blicken können. Ihre Einfältigkeit gefiel ihm auf eine gewisse Weise, erinnerte ihn an Yindi. Fast musste er darüber lachen, denn ihm kam der Gedanke, dass gebildete Huren auf der Erde wahrscheinlich so selten waren wie Schnee im Sommer. „Weißt du, er hat hier vor dem Bett gekniet und in dieser Sprache gebetet ... Hebräisch. Und dir hat er es gesagt?", meinte sie sichtlich empört. „Gott, Frau! Er musste es mir nicht sagen", gab er etwas genervt zurück, „Juden sind beschnitten. Sein Nachname und so weiter ... Ich habe es vermutet, aber es war mir egal und ist mir egal.“

„Oh.“

„Ich finde das ziemlich taktlos von dir. Oder zergrübele ich mir den Kopf darüber, was du bist?“ Sie blickte auf den Boden, auf ihre nackten Füße. „Eine dumme, kleine Hure“, stellte sie fest. „Aus dem Misthaufen gekommen und zurück in den Misthaufen. Aber entschuldige, das Einzige, wofür mein Vater die Bibel benutzt hat, war, um mich damit zu schlagen.“ Sie schwiegen. Hagen fühlte die Schmerzen in seinem Magen, dennoch hatte er Hunger. Seine Hand fuhr über den Verband. Sie legte die Hand auf seine Stirn. „Vielleicht solltest du wieder etwas schlafen. Du hast noch leichtes Fieber.“

„Ja, aber kann ich vorher etwas essen, nur eine Kleinigkeit?“

„Ich hole dir etwas Suppe“, nickte sie, verließ das Zimmer, um wenig später mit einem Tablett zurückzukehren, auf dem ein Teller mit dampfender Suppe stand. Sie setzte das Tablett auf dem Tisch ab, nahm den Teller und den Löffel, der daneben lag, begann ihn zu füttern. Hagen mochte dieses Bemuttern nicht, aber er ertrug es stillschweigend, denn er war nicht imstande den Löffel selber zu halten. Er aß alles auf, sie gab ihm noch ein wenig von dem Morphium. Hagen sank zurück in die Kissen, spürte ihre Hand über seinen Kopf streicheln, bis das Morphium seinen Geist betäubte und er einschlief.

„Henry!“, sagte sie aufgeregt, als dieser das Hotel betrat und lief auf ihn zu. Es schien ihm sichtlich zu missfallen, wenn er die Aufmerksamkeit aller auf sich zog, und so machte er zwei Schritte zurück, als wolle er sich gleich auf dem Absatz umdrehen und vor ihr weglaufen. Doch Fay ließ das unbeeindruckt und sie warf sich an ihn, umfasste seine Oberarme mit ihren Händen. Die wenigen Gäste, die um diese Zeit an den Tischen saßen, um ihr Abendessen einzunehmen, starrten beide abwartend an. „Was ist?“, fragte Henry etwas unwirsch. „Er ist aufgewacht. Seit heute Nachmittag geht es ihm etwas besser. Das ist doch eine schöne Nachricht, oder?“, meinte sie. „Er hat sogar etwas gegessen, ein bisschen Suppe.“ Auf Henrys Gesicht zeigte sich keine Regung, stattdessen nahm er ihre Hand, zog sie zur Treppe und schob sie unsanft die Stufen hinauf. Fay stolperte, hielt sich dann am Geländer fest, ihr Gesicht verriet pure Enttäuschung gemischt mit einer Spur aufkommender Wut. Sie hatte eine andere Reaktion von ihm erwartet, freudiger, vielleicht auch Erleichterung, doch seine blauen Augen starrten sie so leer und ausdruckslos an, fast machte es ihr ein bisschen Angst. „Musst du das vor allen Leuten publik machen?“, herrschte er sie an. „Aber ... Ich dachte ...“, begann sie, fasste sich dann und obwohl sie das Wort, welches er benutzt hatte, nicht verstand, ahnte sie, worauf er hinauswollte, gleichzeitig bereute sie ihr Verhalten, weil sie ihn falsch eingeschätzt hatte. Es löschte einen kleinen Teil der Zuneigung für ihn aus ihrem Herzen. „Es ist kein Grund, mich so zu behandeln. Ich wollte es dir sagen, weil ich dachte, es freut dich. Vielleicht bin ich zu überschwänglich gewesen, obwohl ich es albern finde, wie du dich benimmst.“

„Es freut mich ja auch. Aber ich finde nichts grauenvoller, als wenn jemand wie ein kleines Kind auf mich zurennt! Ich kam mir vor, wie jemand, der damit überrascht wird, dass seine Freundin schwanger ist!“

„Dann weiß ich wenigstens, wie du in so einem Moment reagieren würdest! Du machst aus einer Mücke einen Elefanten!“

„Nicht in diesem Leben!“, meinte er rüde. „Ich habe den ganzen Tag wie ein Tier geschuftet und ich bin müde. Es ist jeden Tag so heiß, dass man kaum Luft kriegt, aber ich arbeite für zwei und da kannst du nicht erwarten, dass ich hierherkomme und dich mit einem breiten Grinsen begrüße.“ Sie zuckte mit den Schultern. „Ich verstehe es dennoch nicht. Aber bitte, dann hole ich jetzt meine Handtasche und gehe. Jetzt bist du ja da!“ Sie ließ ihn stehen, holte ihre Tasche aus dem Zimmer, schritt die Treppe hinunter in fast königlicher Manier, drehte sich auf der letzten Stufe zu ihm um, hob kurz die Hand, meinte mit zuckersüßer Stimme: „Ach, und bitte, Henry, keinen Dank! Ich sitze dort oben ja nur den ganzen Tag rum und vertreibe mir die Zeit!“ Mit diesen Worten verließ sie das Hotel. Henry war zu müde, um ihr nachzulaufen oder sich weitere Gedanken zu machen, ob er nicht vielleicht übertrieben reagiert hatte.

Henry betrat das Zimmer, Hagens Augen trafen seine. Er hob seine Hand ein wenig an, meinte leise: „Hallo.“ Henry erwiderte seinen Gruß mit einem matten Lächeln, ließ sich seufzend auf den Stuhl neben dem Bett fallen. „Du hast es vermasselt, oder?“, fragte Hagen ironisch. Seine Stimme war leise und verriet seine Schwäche, es kostete ihn sichtlich Kraft etwas zu sagen. „Was meinst du?“

„Na mit Fay. Sie sah ziemlich verärgert aus.“

„Ja, ich denke, ich muss mich schuldig bekennen. Da es aber nicht das erste Mal für mich ist, ist das in Ordnung. Man gewöhnt sich dran. Ich bin wohl einfach etwas mitgenommen, war alles ein bisschen viel in letzter Zeit.“ Er hob die Hände. „Ohne jeglichen Vorwurf, natürlich.“

„Sie hat aber jeden Tag hier gesessen, oder? An meiner Seite? Während du arbeiten warst.“ Er wartete einige Sekunden, sammelte neue Kraft. „Ich weiß nicht, wie ich das wiedergutmachen kann.“

„Du musst erst mal wieder richtig gesund sein. Und es ist in Ordnung. Das weißt du ganz genau. Fay wird morgen wieder hier sein.“ Henry stand auf. „Ich bin froh, dass es dir besser geht. Kann ich dich einen Moment allein lassen? Ich gehe mich waschen und etwas essen. Willst du auch was?“

„Nein, ich bin nicht mehr hungrig. Geh ruhig.“ Als Henry ins Zimmer zurückkehrte, war sein Freund wieder eingeschlafen. Vorsichtig streiften Henrys Finger seine Stirn, er hatte wieder leichtes Fieber, doch wenn er ihn nun aufweckte, um ihm etwas von dem Chinin zu geben, wäre das auch nicht gut. Hagen musste sich schonen, er war noch sehr schwach und seine durchsichtige Gesichtsfarbe zeugte deutlich von der Todesnähe, in der er sich immer noch befand. Henry zog sich aus, legte sich auf seine Seite des Bettes. Er schloss die Augen, dachte an Fay. Es beschäftigte ihn, denn ihm war klar, dass er sich ihr gegenüber falsch verhalten hatte, aber er wusste selber nicht mehr genau warum. Jetzt bekam er Schuldgefühle und dabei grübelte er sowieso schon über so vieles, erinnerte sich an nahezu jeden Fauxpas seines bisherigen Lebens. Es war eine furchtbare Angewohnheit, aber er war machtlos dagegen. Er mochte Fay, aber je näher sie ihm in jeder Hinsicht kam, und sei es auch nur durch eine zufällige Geste, umso mehr zog er sich zurück, denn er konnte sich einfach nicht darauf einlassen. Es fiel ihm schwer, sich gehen zu lassen, unverkrampft zu sein, besonders Frauen gegenüber. Man hatte ihn so erzogen, dass eine gewisse Form der Selbstbeherrschung enorm wichtig war im alltäglichen Leben. So hatte er seine Mutter nie überschwänglich lachen sehen, wenn Gäste anwesend waren, selbst wenn es ein gut platzierter Scherz war. Und da er als Kind nie eine besondere Herzlichkeit erfahren durfte, wie eine innige Umarmung als Zeichen der Zuneigung, hasste er es noch heute, wenn andere ihn anfassten. Er fürchtete sich vor allzu viel Herzlichkeit, denn er wusste nie, ob er es als unverfänglich auffassen sollte oder ob ihn jemand wirklich mochte. „Henry ...“, flüsterte Hagen mit geschlossenen Augen. „Mein Rücken tut weh ...“ Irgendwie kam er sich vor wie ein großer, fürsorglicher Bruder, es gefiel ihm. Er setzte sich im Bett auf, rückte zu Hagen hinüber, lehnte seinen Oberkörper an seinen eigenen, behutsam und schichtete die Kissen neu auf. Bevor er ihn wieder auf die Kissen bettete, rieb er ihm vorsichtig den Rücken mit sanften Strichen auf und ab, bis er wieder tief schlief. Es klopfte leise an die Tür, doch Henry reagierte nicht darauf. Die Tür öffnete sich einen Spaltbreit, dann ein Stück weiter und Fay huschte ins Zimmer. Sie schloss die Tür hinter sich, kam zum Bett, setzte sich auf das Ende. Das Licht des Mondes fiel in den Raum. Henry betrachtete sie einen kurzen Moment, wie sie so da saß, in einem dunkelroten Kleid und einem gleichfarbigen Cape. Auf ihrem Kopf trug sie eine Haube mit Spitzenborte. Ihre Aufmachung war fast gutbürgerlich, wenn das Cape nicht den tiefen Ausschnitt des Kleides verdeckt hätte, den er bemerkte, als er es mit einem Finger etwas anhob. Sie warf einen kurzen Blick auf Hagen, dann trafen ihre Augen Henrys. „Was machst du hier?“, fragte er mit gesenkter Stimme. „Musst du nicht arbeiten?“ Fay atmete mit einem unüberhörbaren Seufzer der Erleichterung aus. „Nun, es gibt so gewisse Tage, an denen ist nicht viel los. Zu viele Mädchen und zu wenig Freier.“

„Und dann hast du nichts Besseres zu tun, als mich in meiner Nachtruhe zu stören?“, meinte Henry herausfordernd. „Vielleicht“, gab sie kokett zurück, löste die Schleife der Haube und legte sie auf den Stuhl an der Wand. „Vielleicht bin ich so dumm.“

„Autsch!“, sagte er, legte übertrieben spielerisch die Hand auf sein Herz. „Ich verstehe. Gut, es tut mir leid, wie ich mich vorhin benommen habe.“

„Entschuldigung angenommen“, lächelte sie, stand auf, legte das Cape ab, hängte es sorgsam über die Lehne des Stuhls. Henry sah ihr zu, wie sie sich auszog, sich dann in ihrer Unterwäsche wie selbstverständlich zu ihm ins Bett legte. Sie zog die Beine an, kuschelte sich wie ein kleines Mädchen an ihn. „Jetzt lass uns schlafen!“, hauchte sie in sein Ohr. Bevor er sich der Müdigkeit hingab, überlegte er, warum es Menschen gab, die gezielt seine Nähe suchten, war er doch ebenso interessant wie die Tapete an der Wand.

Fay hörte seinen tiefen Atem, sie lag in seinen Armen, nahm eine seiner Hände in ihre, legte die Handfläche ihrer rechten auf seine linke, betrachtete ihre Hände. Da war ein Druck, der sich kurz in ihrer Brust ausbreitete. Sie erinnerte sich an ihre Kindheit, den ruhig dahinfließenden Fluss, auf dessen Wasser im Sommer die Sonnenstrahlen wie funkelnde, kleine Diamanten tanzten, die kleine Hütte beim Wasser, eine schmutzige, kleine Bretterbude, durch deren ungleichmäßig zusammengenagelte Bretter das Licht von draußen hereinfiel. Sie war das jüngste von sechs Kindern. Ihre Mutter war sichtlich überfordert mit der Situation, ihr Vater vertrieb sich den Tag mit dem Brennen von „Moonshine“. Ein Schnaps, den er dann im angrenzenden Dorf für ein paar Pennys verkaufte. Eine Schwester ertrank in dem gemächlich dahinziehenden Fluss. Fay und ihr Bruder waren die Einzigen, die diesen Gefahren, den Krankheiten trotzten. Die Mutter ging eines Abends fort und kehrte nicht mehr zurück. An jenem Abend fand Fay ihren Vater vor der Hütte am Boden sitzend vor, eine halb volle Flasche Schnaps zwischen den Beinen. Es war ein ganz normaler Anblick für sie. Langsam ging sie zu ihm, legte die Hand auf seine Schulter. „Daddy ...“, meinte sie leise. Er hob den Kopf, nahm einen Schluck aus der Flasche und in seinen Augen war eine Leere, die sie ängstigte. „Ja, ich bin dein Daddy, meine Kleine, und dein Bruder außerdem. Wusstest du das?“, grinste er, entblößte dabei die wenigen Zähne, die er noch hatte, beantwortete sich die Frage gleich selbst. „Natürlich hast du das nicht gewusst. Mutter hat mich irgendwann angesehen und zu mir gesagt, ich sei jetzt ein Mann und dann ist es passiert. Erstaunlicherweise kam nur ein Krüppel dabei raus.“ Fay wusste, dass er Ben meinte, ihren nur ein Jahr älteren Bruder, vom Tag seiner Geburt an mit einem Klumpfuß gestraft. Sie betrachtete Colin, zweifelte nicht an seinen Worten, die so überzeugend klangen und sie nicht wirklich schockierten. Schon manches Mal hatte sie abends neben der Hütte gesessen, sich die Ohren zugehalten, wenn Colin zur Mutter ins Bett stieg, sie hörte das modrige Holz ächzen, hörte sie stöhnen, ihr wurde schlecht von den Geräuschen. Ein paar Tage später packte er sie und ihren Bruder und brachte sie zu einer Frau im Dorf, diese ließ beide Kinder für sich arbeiten.

Fay schloss die Augen, doch sie konnte die Tränen nicht zurückhalten, die sich ihren Weg über ihre Wangen bahnten, von ihrem Kinn herabtropften. Sie wünschte, Henry würde aufwachen und Anteil nehmen an ihrem Schmerz, aber er schlief tief und fest. Behutsam drehte sie sich zu ihm um, zog die Beine an und presste ihren Körper an seinen. Vielleicht hatte Claire recht – sie begann sich in etwas zu verrennen, spürte eine gewisse Form der Zuneigung für ihn in sich wachsen, wie eine zarte Pflanze, die von Tag zu Tag kraftvoller wurde. Ob er auch etwas für sie empfand, mehr als eine vage Zuneigung, wusste sie nicht. Aber es war eher unwahrscheinlich, denn seine Bewunderung für sie war mehr platonischer Natur, er genoss ihre Gegenwart ebenso unverfänglich und oberflächlich wie ihre Freier. Sie leckten sich begierig die Lippen, wenn sie sich auszog, aber es war mit Sicherheit keiner darunter, der sie jemals fragen würde, ob sie mit ihm ginge – egal wohin und vielleicht an das sogenannte kitschige „Ende der Welt“. Nein, Fay konnte sich längst nicht mehr kindlichen Träumereien hingeben, sie hatte keine mehr. Manchmal kam sie sich so alt und hilflos vor, so gefangen in diesem irdischen Leben, dabei schwelte in ihrer Brust immer noch eine Sehnsucht, die sie wahrscheinlich niemals befriedigen konnte. Sie war ein Vogel mit gestutzten Federn, dazu verdammt auf ewig mit diesem Ort verbunden zu bleiben. Doch in Henrys Augen hatte sie etwas bemerkt, eine Hilflosigkeit und Resignation, die sie anzog. Anders als sie hatte er sich dem bereits völlig ergeben, meinte sie.

An einem Abend hatte er die Karten beiseitegelegt, des ewigen Piquet-Spielens müde, sich an das obere Ende des Bettes gesetzt. Aus seiner Brust hatte sich ein tiefer Seufzer gelöst, sein Blick traf kurz ihren, dann senkte er die Augen. Fay war zu ihm gekrochen, in seinen Schoß, lehnte sich mit dem Rücken an seine Brust, nahm seine Arme, legte sie um sich. Es erstaunte sie, dass seine Berührungen stets zögerlich waren, sich nichts bei ihm regte, nicht einmal, wenn sie ihm nahe war, sehr nahe. Zuerst erinnerte es sie an den pickligen Jungen, den dessen Vater vor einigen Monaten in ihre Obhut gab, den sie zum Mann machen sollte. Irgendwann saß dieser unglückliche Junge weinend auf ihrem Bett, die Hände vor das Gesicht gelegt, schluchzte er bitterlich und gestand ihr, dass er einen anderen Jungen liebe. Fay war ein Glucksen entwischt, schnell hatte sie die Hand an ihren Mund gelegt, es war aber auch eine zu komische Situation gewesen. Ihr stand der Schweiß auf dem Körper, so sehr hatte sie sich um ihn bemüht. Sie versprach ihm, mehr aus dem Grund, weil sein Vater ihr viel Geld anbot, es diesem nicht zu erzählen, sondern zu lügen. Da war ihr der Junge so dankbar gewesen, warf sich an sie, fiel vor ihr auf die Knie, hielt sie fest umschlungen. Für Sekunden kam ihr der Gedanke, ihm den Vorschlag zu machen, sie zu heiraten. Dann konnte er sich mit Männern einlassen und sie hätte ein angenehmes Leben, sie war eine gute Schauspielerin, denn sie tat jede Nacht nichts anderes als ihre Rolle spielen. Henry hatte sie aus ihren Erinnerungen gerissen, sie gefragt, woran sie dachte. „Es ist schön hier. Mit dir“, gestand sie. Er schwieg, seufzte. Genau in dem Moment war ihr etwas klar geworden, – im Grunde genommen war sie auf der Suche nach einem Vaterersatz, einem Mann, der sie liebte und beschützte. Für Fay war Henry etwas in der Art, obwohl seine Schweigsamkeit sie oft beunruhigte, er verschwendete nicht viele Worte, keine Handlung oder Äußerung an ihm schien unüberlegt. „Manchmal möchte ich mich einfach hinlegen und nicht mehr aufwachen“, sagte er plötzlich. Sie ließ seine Worte auf sich wirken, wiederholte sie dann leise, schüttelte den Kopf. „So solltest du nicht reden.“

„Du kannst die Dunkelheit nicht fühlen, die mich durchdringt ...“

„Gott“, bekannte sie, „woher hast du das? Du sagst oft so wunderbar traurige Sachen. Aber ich weiß, dass du nicht so bist oder nicht so sein willst.“

„Ich sage eigentlich immer, was ich denke oder was mir gerade durch den Kopf geht. Ich bin nicht besonders geübt im Kontakt mit anderen Menschen und ich glaube nicht, dass du weißt, wie ich wirklich bin ...“ Sie ahnte, worauf er hinauswollte. Im Prinzip wollte er, dass sie sich nicht an ihn band. Fay wollte etwas Heiteres erwidern, aber sie konnte nicht. Nein, sie wollte diese Traurigkeit nicht zulassen, nicht bei anderen und erst recht nicht bei sich selbst. Es war ihr klar, dass er sich dem Tod mehr verbunden fühlte als dem Leben. Man sah es in seinen Augen. Niemand, auch sie nicht, konnte das vertreiben, aber dennoch zog es sie an. „Dann lass es mich herausfinden ...", flüsterte sie. „Dummerchen", lachte er, schob sie etwas unsanft von sich fort, stand auf und drehte sich eine Zigarette. „Bist du glücklich? Jetzt, hier …", sie wollte noch ein *mit mir* hinzufügen, hielt aber inne. „Manchmal", gab er offen zurück, witzelte dann: „Aber die Abstände werden immer länger." Ihm fiel nicht auf, dass sie nicht lachte, es war mehr ein zaghaftes Lächeln, um ihm Genüge zu tun.

An all das musste sie nun denken, da sie in seinen Armen lag und sich fragte, warum sie sich einem Wunschtraum hingab. „Henry", meinte Hagen, legte einen Arm auf dessen Schulter, stieß ihn mit den Fingern an. Das Licht der hereinfallenden Morgensonne durchflutete den Raum, fiel auf seinen Freund und Fays Gesicht, die nun aufsah und sich verschlafen die Augen rieb. Hagen staunte nicht schlecht über die Tatsache, sie im Bett vorzufinden. Sie weckte Henry. Dieser schnellte hoch, sah von einem zum anderen. „Wie spät ist es? Ich muss zur Arbeit."

„Heute ist Samstag", sagte Fay, wandte sich dann an Hagen. „Hast du Hunger?" Henry rappelte sich aus dem Bett auf, zog seine Sachen über. „Ich muss zum Sägewerk. Nur zwei oder drei Stunden, wir können das Geld gut gebrauchen. Ein Sonderauftrag. Ich habe versprochen, dass ich komme." Fay sah ihn an wie eine versetzte Ehefrau. „Davon hast du gestern nichts gesagt", sagte sie, ließ sich von Henry einen Kuss auf die Stirn drücken, bevor er ging. Sie saß einen Moment im Bett, wich Hagens Blick aus, dann erhob sie sich, ging zum Fenster, öffnete es ein wenig. „Soll ich dir etwas zu essen holen? Ich muss mich sowieso waschen gehen, und wenn ich wiederkomme, bringe ich etwas mit."

„Ich würde auch gerne einmal für ein Weilchen aufstehen."

„Na, ich weiß nicht", sagte sie gleich einer überfürsorglichen Krankenschwester. „Du bist noch nicht wieder richtig auf der Höhe.

Weißt du was, wir essen gleich zusammen im Bett, dann helfe ich dir beim Waschen. Das Bettzeug müsste auch einmal wieder gewechselt werden. Ich werde hier etwas Ordnung schaffen, lass uns auf Henry warten. Er kann dir helfen, etwas aufzustehen." Fay griff ihre Sachen, zog sich an, voller Elan lief sie dann nach unten. Nach einer Weile kehrte sie mit einem Tablett zurück, auf dem zwei dampfende Tassen, zwei Teller mit Brot und Belag standen sowie eine kleine Schüssel, in der ein Löffel steckte. Vorsichtig platzierte sie das Tablett auf dem Bett, gab Hagen eine Tasse in die Hand. Der Geruch von frisch aufgebrühtem Kaffee durchzog den Raum. „Endlich mal wieder etwas anderes als Tee", meinte er erleichtert, balancierte die Tasse in seinen Händen, nahm einen Schluck. „Eine Tasse Kaffee und nachher gibt es wieder Tee für dich. Nur weil es dir etwas besser geht, musst du nicht gleich übermütig werden, mein Freund!", lachte sie, hielt ihm die Schüssel mit dem Löffel hin. „Und jetzt iss dein Porridge!"

„Nein, bitte nicht. Ich musste das als Kind schon jeden Morgen essen", wehrte er ab. „Ich wäre froh gewesen, wenn ich damals so etwas Gutes zu essen bekommen hätte", schüttelte sie den Kopf, machte sich daran, es selbst zu essen und verdrehte beim ersten Löffel überzogen genießerisch die Augen. „Gib mir etwas von dem Brot!", bettelte Hagen. „Kein Porridge, kein Brot!", witzelte sie. Er zeigte ihr einen Vogel, wollte sich den Teller mit dem Brot greifen und dachte zuerst, sie würde das Tablett im Scherz wegziehen, aber aus Rücksicht auf seine Verfassung hielt sie ihm dann den Teller vor die Nase. Sie aßen schweigend. Danach brachte sie das Tablett wieder nach unten, holte frisches Wasser und half Hagen sich zu waschen. „Wo genau kommt ihr beiden eigentlich her?", wollte sie wissen. „Ich wollte bisher nicht danach fragen."

„Aus London, einer Stadt in England."

„Und was hat euch hierher verschlagen?"

„Fernweh", antwortete Hagen schnell, wunderte sich, dass sie diese Fragen erst jetzt stellte. Er wusste nicht, ob er die Wahrheit erzählen sollte, auch wenn er an ihrem Blick ausmachen konnte, dass sie ihm das mit dem Fernweh nicht so recht abnahm. „Das war eine sehr lange Reise, oder?"

„Ja, und sehr ungemütlich. Aber erinnere mich nicht daran.“

„Hast du Henry schon vor der Reise gekannt?“

„Nein. Wir haben uns erst auf dem Schiff kennengelernt.“

„Ich bewundere euch irgendwie. Ihr habt alles zurückgelassen, Familie, Freunde und habt so eine weite Reise gemacht, um hier zu landen, wo dieses Land doch so gar nichts Reizvolles hat“, sagte sie mit einer Spur Wehmut in der Stimme. Er ging nicht auf ihre Worte ein, wich ihnen geschickt aus. „Was hält dich hier?“, fragte er sie nun seinerseits. Sie räumte die Waschutensilien beiseite, setzte sich seufzend auf den Stuhl. „Gute Frage. Aber ich wüsste nicht, wohin ich sonst gehen sollte ... Ich habe niemanden mehr, außer den anderen Mädchen, Claire und der Madame. Vielleicht wenn der Richtige käme ...“

„Das kann man nie wissen“, sagte Hagen, betrachtete dann seine Hände. „Gott, ich würde gerne mal wieder Karten spielen.“

„Kannst du Piquet?“, bot sie sogleich an, doch er schüttelte sofort den Kopf.

„Pokern, Blackjack.“

„Warte, ich kann das, Blackjack ist wie ‚Siebzehn und vier‘!“

„Zu zweit bringt das nichts. Wir brauchen einen dritten Mann.“

Sie sah ihn etwas enttäuscht an, wandte den Blick wieder aus dem Fenster. „Wann Henry wohl wiederkommt?“

„Es tut mir leid“, gestand er leise. „Aber ich glaube, ich schlafe lieber wieder ein bisschen. Mein Kopf tut immer noch etwas weh und mein Bauch.“ Ohne ein Wort nahm sie etwas von dem Morphium, rührte es in ein Glas mit Wasser und gab es ihm. Dann setzte sie sich wieder auf den Stuhl. „Ruh dich aus“, meinte sie gütig, „ich wecke dich, wenn Henry kommt.“ Hagen schloss die Augen. Es war ihm nicht recht, zu viel von sich preiszugeben oder von ihnen beiden, wenn er sich nicht sicher sein konnte, ob Henry damit einverstanden war.

Henry kehrte erst gegen Nachmittag zurück. Fay saß auf dem Stuhl am Fenster, den Kopf locker auf eine Hand gestützt sah sie hinaus, registrierte das Geräusch seiner Schritte im Raum, doch sie sah ihn nicht an, hob nur die Finger der linken Hand, deutete ihm leise zu sein. „Er schläft“, meinte sie mit gesenkter Stimme. „Du warst lange weg."

„Ja", gab er zurück, trat von hinten an sie heran, legte die Hände auf ihre Schultern, ließ sie langsam bis zu dem Ansatz ihrer Brüste hinabwandern. „Es war noch mehr zu tun." Sie bemerkte, wie sein Gesicht ihrem Hals näher kam, spürte seinen warmen Atem und fühlte, wie ihre Hände leicht zu zittern anfingen. Fay bemühte sich weiterhin völlig gelassen zu wirken, ließ den Blick auf der Straße. Sein Verhalten irritierte sie, war er doch sonst eher zurückhaltend, genau aus diesem Grund wollte sie sich auch nicht so ohne Weiteres hingeben. Zudem waren in ihr Zweifel, ob er es nicht tat, nur um sie irgendwie zu beschwichtigen oder ihr auf eine Art und Weise einen Gefallen zu tun, sich erkenntlich für ihre Fürsorge gegenüber Hagen zu zeigen. Huren waren leicht zufriedenzustellen. Die meisten Männer, die sie kannte, handelten so. Hagen erwachte, doch als er die Augen aufschlug und Henry und Fay so dicht beieinander sah, schloss er sie wieder, bemühte sich, nicht zu grinsen, denn es freute ihn irgendwie. Er seufzte, atmete tief aus, hörte, wie sie sich voneinander lösten, öffnete dann wieder die Augen. Fay erhob sich vom Stuhl, richtete ihr Kleid, beugte sich zu ihm herunter. „Wie geht es dir? Du hast sehr lange geschlafen."

„Mein Kopf tut nicht mehr weh. Ich würde gerne aufstehen ..." Sie sagte Henry, dass sie das Bett machen wollte, und er blickte etwas unsicher von einem zum anderen. Dann trat er dicht an das Bett, schob einen Arm unter Hagens Kopf, einen unter seine Kniekehlen, hob ihn hoch und trug ihn zum Stuhl, wo er ihn ebenso vorsichtig absetzte. „Eigentlich wollte ich das kleine Stück laufen", sagte Hagen, bemerkte jedoch dann, wie seltsam sich seine Beine anfühlten, so als wären es nicht seine, so schwieg er. „Du musst erst wieder zu Kräften kommen", erklärte Fay, „Schritt für Schritt." Von einem Moment zum anderen wurde ihm schwummrig, er legte schnell die Handflächen auf die Tischplatte, spürte, wie ihm der Schweiß ausbrach, sein Kopf sackte nach vorne. Er holte tief Luft, Henry war schon zur Stelle, erfasste die Situation und stützte ihn. Hagen ließ sich gegen seinen Oberkörper fallen, hielt sich sekundenlang mit beiden Händen an seinem Arm fest. Langsam verschwand das Gefühl, die Benommenheit, er ließ seinen Freund los, presste die Hände auf den Bauch, als ihn ein stechender Schmerz durchfuhr bei dem Versuch sich aufzurichten. Etwas sehnsüchtig sah er zu Fay, die gerade frische Bettwäsche aufzog, die schmutzige dann in beide Arme nahm, sie hinaustrug. Es erinnerte ihn an seine Mutter und mit der Erinnerung stieg wieder der Geruch von Lauge in seine Nase, von Kernseife, der Feuchtigkeit in der Küche ... Henry fragte ihn, ob er sich wieder hinlegen wolle, er willigte dankbar ein. Also hob er ihn wieder auf seine Arme, legte ihn zurück auf das Bett. Fay betrat das Zimmer, sie machte sich daran aufzuräumen, suchte die gebrauchte Kleidung der beiden Männer zusammen. Beide hatten kaum Kleidung, Henry besaß gerade einmal zwei Hemden, sein einziges Paar Socken war mittlerweile so löcherig, dass er barfuß in den ausgetretenen Schuhen herumlief. Von der Hose und seiner Unterwäsche ganz zu schweigen. Hagen, der seine Kleidung nicht abnutzte, da er nur in seiner langen Unterhose im Bett lag, konnte wenigstens auf ein paar vernünftige Hosen zurückgreifen. Es tat Fay irgendwie leid, aber sie hatte kein Geld übrig, um ihnen zu helfen. „Vielleicht solltest du statt des Tabaks etwas Neues zum Anziehen kaufen“, bemerkte sie, als Henry sich eine Zigarette drehte, sie runzelte die Stirn und schüttelte den Kopf, denn er gab eine Zigarette an Hagen. „Er ist krank und ich weiß nicht, ob es da so gut ist, wenn er raucht!“ Beide Männer hielten inne, sahen sie etwas verwirrt an, dann einander, Hagen lachte auf. „Das klang fast wie meine Mutter!“ Henry fiel mit in sein Lachen ein, nickte zustimmend. „Da ist die Tür“, witzelte er, deutete mit einem Blick auf die Zimmertür. „Oder mach doch einfach das Fenster auf, wenn dir unser Gestank nicht passt!“ Hagen musste sich vor Lachen fast schütteln, aber sein Kopf schmerzte wieder leicht und so versuchte er sich zu beherrschen. „Verbrenn die Sachen doch einfach! Dann hast du keinen Ärger damit!“, schlug er glucksend vor. Es ärgerte sie, je mehr die beiden sie aufzogen. Ihr Gesicht verdunkelte sich, ihre Augen funkelten die beiden Männer wütend an. Sie erinnerte sich an die Demütigungen in ihrer Kindheit, von denen die beiden nichts wissen konnte, aber für sie gab es nichts Schlimmeres als auf den Arm genommen zu werden, es kränkte sie zu tief, rief die bösen Erinnerungen hervor. Sie schwieg, verschränkte die Arme vor der Brust. „Wenn ihr euch nur über mich lustig machen wollt, kann ich ja auch gehen! Dann kümmert euch selbst um diesen Mist hier und beseitigt diese Unordnung alleine!", sagte sie laut. „Der Doktor kommt gleich. Dann sollte es hier etwas ordentlicher sein!" Hagen schenkte ihr einen versöhnlichen Blick. „Fay, es war nicht so gemeint. Ich bin dir sehr dankbar, dass du dich um mich kümmerst ..." Sie schob die Unterlippe vor wie ein beleidigtes Kind, sah auf den Boden. „Es ist nur, dass ich wieder an früher denken musste, wenn die anderen Kinder mich gehänselt haben. Ich mag nicht, wenn man mich hochnimmt", erklärte sie. „Wir konnten uns nicht mal Schuhe leisten. Sie haben mich festgehalten und mein Gesicht in den Matsch gedrückt, mir den Dreck in die Haare geschmiert, mein einziges Kleid zerrissen ... Ich will da nicht mehr dran denken müssen."

„Wir haben alle unser Päckchen zu tragen ...", sagte Henry. „Der eine mehr oder weniger." Fay verstand. Er zeigte kein wirkliches Mitgefühl, nicht aus Ignoranz, sondern weil er wahrscheinlich genug zu ertragen hatte, da konnte er sich nicht in die Schicksale anderer vertiefen, diese an sich heranlassen. Sie löste sich aus ihrer Haltung, ging zum Fenster, blieb dicht neben Henry stehen, beugte sich hinaus. „Es ist so heiß. Ich hätte Lust schwimmen zu gehen", bemerkte sie, drehte sich um, lehnte sich lässig in den Fensterrahmen. „Vor der Stadt gibt es einen kleinen See." Henry hob abwehrend die Hände. „Sieh mich nicht an! Ich kann nicht besonders gut schwimmen."

„Es ist nicht tief. Ich kann mich auch nur wie ein Hund über Wasser halten. Wenn ich dort stehen kann, kannst du es schon lange, Großer!", lächelte sie. „Nun geh schon mit!", drängte Hagen. „Den Doktor kann ich auch alleine empfangen. Ich hör schon, wenn er an der Tür klopft. Wenn ihr mir noch neues Wasser hinstellt, könnt ihr ruhig gehen. Nachher können wir zusammen essen."

„Eigentlich bin ich zu müde ...", wandte Henry ein. Fay griff seine rechte Hand, umfasste sie und zog scherzhaft daran. „Nun los! Wir halten die Füße etwas ins Wasser." Etwas widerwillig stand er auf, ließ sich von ihr zur Tür ziehen. „Bist du sicher, dass du alleine zurechtkommst? Wir bleiben auch nicht lange weg", fragte er Hagen und dieser nickte. „Ja, ja. Bring mir nur eine neue Karaffe mit Wasser."

„Ich mache das“, sagte Fay, schob Henry aus der Tür. „Du wartest unten.“ Er gehorchte wie ein braver Hund, ging die Treppe hinunter, aus dem Hotel und wartete draußen auf sie. Fay holte Hagen neues Wasser, verabschiedete sich von ihm mit einem Kuss auf die Wange und lief nach draußen.

„And he makes me want to hand myself over ...“

Björk

Fay schenkte ihm ihr schönstes Lächeln, griff seine Hand. „Komm, ich zeige dir, wo es ist.“ Ein kurzes „Ja“ war alles, was über seine Lippen kam. Er zog seine Hand nicht aus ihrer, also schien es ihm nicht zu missfallen, aber in ihr keimten Zweifel, ob er es vielleicht nur duldete, nur mit ihr kam, um ihr einen Gefallen zu tun, sozusagen als Dank dafür, dass sie sich um Hagen kümmerte. Eine kleine Gefälligkeit, nichts Verfängliches. Sie musste es akzeptieren, es musste ihr genügen, mit kleinen Bröckchen gefüttert zu werden, um in seiner Nähe zu sein. Der Weg war nicht lang, eine halbe Stunde, in der sie ihren Zweifeln nachhing. Es kostete Henry keine Überwindung mit ihr zu gehen, sie zu begleiten, auch wenn er eigentlich keine Lust dazu hatte. Etwas, das ihm unglaublich leichtfiel. Wenn es sie glücklich machte ... Aus den Augenwinkeln beobachte er ihren Körper beim Gehen und ihm gefiel, was er sah. Er war nun einmal ein Mann und trotz allem konnte er seine Bedürfnisse nicht immer unterdrücken, sie nicht ständig im Zaum halten. So wie es ihn heute überkommen hatte, sie einfach zu berühren, als er von der Arbeit gekommen war. In seinem Kopf waren oftmals seltsame Gedanken. Er hatte einmal von Eunuchen gelesen, doch das war sicher keine Lösung. Es war nicht nur seine Krankheit, von der Fay nichts wusste, es war mehr seine tief verwurzelte Angst, in sexueller Hinsicht zu versagen. Er war einfach einer der schlechtesten Liebhaber auf der ganzen weiten Welt und das erschien ihm immer noch unwichtig.

Sie erreichten den See, der etwas außerhalb der Stadt im Schatten einiger Bäume lag. Fay blieb stehen, hob die rechte Hand, zeigte auf das weite Land dahinter. „Hier waren mal mehr Bäume. Dann gab es ein Buschfeuer. Wenn es so heiß ist und es lange nicht regnet, haben wir manchmal schlimme Feuer. Alles brennt wie Zunder, du hörst die Tiere um ihr Leben schreien, sie laufen fort, verbrennen. Und man kann nichts machen. Ich habe auch schon einmal gesehen, wie eine Familie verbrannt ist. Ihr Haus stand da hinten." Sie deutete auf einen Punkt, gute 40 Meter entfernt von dem See. „Mann, Frau, vier Kinder. Wenn das Feuer eine Stadt erwischt, kann es diese auslöschen. Grauenvoll."

„In London, wo ich herkomme, ist alles so dicht gebaut, Haus an Haus. Wenn es brennt, geht das Feuer von einem Haus auf das andere über. Im 17. Jahrhundert gab es einmal ein schlimmes Feuer", erzählte Henry. „Ich habe Hagen gefragt, wo ihr herkommt. So eine weite Reise ... Da muss euch jemand regelrechte Flausen in den Kopf gesetzt haben, was euch hier erwartet", meinte sie mit einem Lächeln. Für Sekunden hatte er befürchtet, sie könne wissen, dass sie entflohene Sträflinge waren, dann war er erleichtert, dass sie anscheinend nichts davon wusste. Er konnte sich aber auch nicht vorstellen, dass Hagen es ihr verraten hatte. „Komm, Babe!", lachte er. „Ich denke, du wolltest schwimmen." Sein Versuch sie abzulenken, war von Erfolg gekrönt, denn sie nickte, lief los zum Ufer des Sees, zog sich aus, behielt ihre Unterwäsche an. Langsam setzte sie einen Fuß vor den anderen in das Wasser, tauchte dann unter, kam wieder hoch, forderte ihn mit einem Fingerzeig auf, auch ins Wasser zu kommen. Er zog sich bis auf seine Unterhose aus, zögerte einige Atemzüge lang, watete dann ins Wasser. Es war nicht kalt, er konnte den Boden unter seinen Füßen fühlen, erreichte Fay. Ihr Haar war nass, klebte an ihrem Kopf, legte sich in Wellen über ihre Schultern. Unter ihrer ebenfalls nassen Unterwäsche konnte er ihre Brüste sehen, der Stoff klebte an ihr wie eine zweite Haut. „Hallo?", sie wischte mit der Hand vor seinen Augen herum. „Gott, du schaust aus, wie jemand, der noch nie Brüste gesehen hat." Als ihm bewusst wurde, dass er sie angestarrt hatte, senkte er verschämt den Blick, zog es dann vor, kurz unterzutauchen. Er kam wieder hoch, sie lachte, kam näher zu ihm heran. „Du bist seltsam. Aber das habe ich dir schon einmal gesagt." Dann meinte sie mit einem Blick auf das Wasser: „Gleich hier wird es tiefer, aber nur etwas. Ich gehe da nicht weiter. Wenn es von unten so kalt hochkommt ... Also, mein Bruder hat uns Kinder gewarnt, dann wird es zu tief." Henry nickte. „Ich weiß. Und es tut mir leid, aber ich kann dann auch nicht weiter hinein, ich wäre mal fast ertrunken, allerdings im Meer."

„Ihr habt dort ein Meer in London?", fragte sie verwundert. „England ist eine Insel. London ist die Hauptstadt, und wenn man eine kleine Reise zur Küste nach Dover macht, kann man dort baden gehen oder in Bath, Hove – das sind Seebäder. Ich bin einmal im Jahr mit meiner Mutter dorthin gefahren."

„Als Kind?"

„Auch später", gestand er, verzog das Gesicht. „Nach dem Tod meines Vaters fühlte ich mich irgendwie verpflichtet, mich um meine Mutter zu kümmern."

„Hattest du keine Frau?"

„Nein."

„Eine Freundin?"

„Fay, was interessiert dich das?", lenkte er ab. „Frage ich dich über deine Familie aus?"

„Das kannst du ruhig", entgegnete sie völlig gelassen. „Wir waren arm, lebten in einer selbst gezimmerten Hütte, mein Vater war auch gleichzeitig mein Bruder und ich wurde erst zu einer Frau gegeben, bei der ich Hausarbeiten verrichten musste, schwere Arbeiten, viel zu schwer für ein kleines Mädchen, das viel zu dünn und knochig war. Du hast es da wahrscheinlich besser getroffen."

„Das kann ich nicht abstreiten. Aber das ist Geschichte ... Lange her." Sie nickte, stand nun dicht vor ihm, hob einen Finger, berührte damit die Narbe an seiner linken Schulter. „Was ist passiert?"

„Es war in irgendeiner Stadt, da ist jemand durchgedreht, weil er behauptet hat, dass Hagen beim Pokern betrogen hätte. Wir hatten eine kleine Auseinandersetzung", log er. „Was war das? Ein Messer?"

„Ja."

„Das war ganz schön knapp. Ein bisschen tiefer und du wärst tot gewesen."

„Ich glaube nicht, dass es mich gestört hätte."

„Ich weiß. Du fühlst dich dem Tod näher als dem Leben. Man sieht es an deinen Augen, aber es gibt Menschen, denen du etwas bedeutest, Hagen zum Beispiel." Ihre Menschenkenntnis war beeindruckend, es imponierte ihm, denn bisher hatte es ihm noch niemand so direkt gesagt. Er ahnte, was sie noch sagen wollte, hob eine Hand, strich behutsam die Strähnen ihres feuchten Haars aus ihrem Gesicht, berührte ihren Hals, seine Lippen streiften ihre, nur einen kurzen Moment lang, in dem sie die Augen schloss. Er hielt inne, setzte an, wartete dann eine Sekunde, begann dann von Neuem. „Fay, ich habe mal, also ich ... Ich kannte mal eine Frau und wir hatten ... Na ja, vielleicht war es eine Art Liebesbeziehung. Aber es war mehr von ihrer Seite, als von meiner ... Ich habe nicht so viele Erfahrungen mit Frauen gesammelt in meinem Leben, wie man vermuten könnte ..."

„Worauf willst du hinaus? Du kannst sie nicht vergessen?", fragte sie leise. Sie mochte seine Offenheit, dennoch fühlte sie sich verletzt. „Nein, es ist nur, dass ich noch nie ... Also tiefere Liebe oder so was ..." Ihr gingen Sätze durch den Kopf, so etwas wie *Jetzt habe ich Angst, dich auch zu verletzen oder ich kann deine Gefühle nicht erwidern* und sie antworte ihm im Geist völlig gelassen, dass da nichts Tieferes von ihrer Seite für ihn wäre, doch, wenn sie ehrlich zu sich war, es wäre eine Lüge gewesen. Also sagte sie nichts, nickte und schwieg. „Bitte, ich bin ein schlechter Liebhaber", gab er offen zu, fürchtete sich davor zu versagen, so sehr, dass er sich einfach nicht entspannt geben konnte. Ein seichter Wind kam über den See, kleine Wellen tanzten auf dem Wasser und es zauberte eine Gänsehaut auf Fays Arme, sie zitterte, tauchte kurz im Wasser unter, um wieder warm zu werden. Es waren nur zwei oder drei kleine Schritte zurück, aber als die Kälte aus der Tiefe des Sees emporkroch, ihre Fußsohlen wie kleine Messerspitzen streifte, schrie sie spitz auf, begann mit den Armen zu rudern, denn sie hatte keinen Boden mehr unter den Füßen. Henry umfasste mit beiden Händen ihre Handgelenke, zog sie zu sich heran, Fay legte die Arme um seinen Hals. Er hob sie auf seine Arme und für Sekunden war sie wie ein kleines Mädchen, dessen Bruder sich um sie sorgte. „Du kannst mich jetzt runterlassen", meinte sie, als er aus dem Wasser trat. „Ich setze dich lieber zum Trocknen in die Sonne", grinste er, „du zitterst." Er ließ sie etwas abseits des Sees von seinen Armen und sie setzen sich nebeneinander auf den sandigen Boden. Henry kam sich vor wie ein pubertierender Bengel, dem sich eine völlig neue Welt offenbarte, da war etwas in ihm, ein Gefühl für sie, ein tiefes. Das musste er sich eingestehen. „Wie hast du das vorhin im Wasser gemeint? Du seist kein Liebhaber?“, fragte sie. „Ein schlechter Liebhaber“, verbesserte er sie. „Ich nehme mal an, dass dir noch nie ein Mann begegnet ist, der so etwas von sich sagt.“

„Du bist der Erste. Die Männer, die zu mir kommen, halten sich für die größten!“, lachte sie, rückte dann näher an ihn heran, nahm seine Hände in ihre, legte ihre Wange darauf. Sie hatte ihn oft dabei beobachtet, wie er seine Handflächen aneinanderrieb, die schmalen Finger, und wenn sie daran dachte, wie diese über die Tasten eines Klaviers fahren konnten, sanften Druck ausübten, um dem an sich stummen Ding wundervolle Melodien zu entlocken, so schauderte es sie leicht. Ein angenehmes Gefühl. Sie kniete sich vor ihn und sein Blick löste sich vom Sand. Da war ein leichtes Funkeln in seinen Augen, wie eine aufglimmende Kerze kam es ihr vor. Man musste es behutsam schützen, denn es konnte zu schnell wieder verlöschen. Sie schloss die Augen und wartete. *Ein Herzschlag, zwei, drei ...* „Henry ...“, sagte sie, nur um zu wissen, wie es sich anfühlte, seinen Namen über ihre Lippen gleiten zu lassen. Dann legte sie den Kopf in seinen Schoß, umfasste mit den Händen seine Hüften, strich seinen Rücken auf und ab. Er rührte sich nicht. Da war ein Schimmern in seinen Augen wie von Tränen. Der Anblick war ihr fremd, sie hatte bisher nie einen Mann weinen sehen. Mit einem Seufzen legte er eine Hand auf ihren Kopf, tätschelte ihn wie den eines kleinen Kindes. Sein Blick glitt über sie hinweg in das weite Land, bemüht ihrem auszuweichen, bis sie ihre Finger über die Innenseiten seiner Oberschenkel gleiten ließ. Sie streiften wie zufällig sein Geschlecht, erkundeten seine Brust. Unwillkürlich zuckte er zusammen. Henry bat sie, ihre Unterwäsche auszuziehen, sich vor ihm hinzustellen, dann betrachtete er mit einer gewissen Scham und dennoch nicht ganz unerheblichem Interesse ihren nackten Körper im Sonnenlicht. Sie waren allein und die umliegenden Bäume schirmten sie von Schaulustigen ab, dennoch wäre es ihm auch irgendwie egal gewesen, wenn sie jemand entdeckte. Mit einem Finger fuhr er die Linie zwischen ihren Brüsten bis zu ihrem Schambein hinab. „Ich bin manchmal ein Dummkopf“, gestand er, lächelte scheu. „Aber ich ...“

„Pst“, machte sie, legte einen Finger an ihre Lippen, beugte sich über ihn, zog ihn auf den Boden. Er löste sich aus seiner anfänglichen Befangenheit, obwohl er sich nicht völlig locker geben konnte, küsste sie und genierte sich nicht, ihr die Führung zu überlassen. Es kam ihm vor, als betrete er völliges Neuland. Er erinnerte sich an die Nacht mit den Huren. Die erste hatte er in einer Seitengasse angesprochen und er war so betrunken gewesen, dass er sich nicht einmal mehr an ihr Gesicht erinnern konnte. Sie hatte ihm ihren Namen genannt, aber wahrscheinlich wechselte sie diesen quasi von Freier zu Freier. Schwungvoll hatte sie ihn in das Dunkel der Gasse gezogen, sich an einen alten Bretterzaun gelehnt und er war sich nicht sicher, ob er überhaupt in ihr gewesen war. Die beiden anderen waren zu schemenhaften Gespensterwesen verschwommen, die sich zwar sehr um ihn bemühten, aber irgendwann musste er dabei eingeschlafen sein. Und als er morgens erwachte, in den Armen der beiden, wusste er nur noch, dass die eine unter ihm gelegen und seine ruppigen Bewegungen mit einem schiefen Lächeln gebilligt hatte. Und nun lag er hier, fühlte sich wie ein verklemmter Schuljunge, der ein paar Pennys an seinen besten Freund bezahlt hat, um unter den Rock dessen Schwester schauen zu dürfen. Er machte sich sogar Gedanken, ob er sie dabei ansehen sollte, und entschied sich dafür, in den Himmel zu sehen. Er spürte ihre Wärme an seinem Körper, ihre Hände, die seine Brust berührten, sein Gesicht, als sie sich nach vorne beugte, ihn küsste. Es war anders mit ihr, denn wenngleich sie auch mit den anderen Männern geschlafen hatte, spürte er, dass sie Gefühle investierte, tiefe Gefühle für ihn. Manchmal, wenn er nachts in seinem Bett gelegen hatte und sich vorstellte, wie es wäre, mit einem Mädchen zusammen zu sein, ging es alles so schnell, dass er sich schämte. Das Stubenmädchen hatte ihm einmal unmissverständlich zu verstehen gegeben, dass sie die weißen Flecken im Bettzeug bemerkte und nicht ohne eine gewisse Schadenfreude zur Kenntnis nahm. Fay flüsterte seinen Namen, er senkte verschämt den Blick, weil er nicht bei der Sache gewesen war. Um sie versöhnlich zu stimmen, hob er die Arme, berührte mit den Händen nun seinerseits ihren Körper, versuchte sich auf ihre Bewegungen einzulassen, umfasste sie dann, legte sich auf sie, drückte ihre Arme auf den Boden und machte dem Ganzen ein vielleicht etwas zu schnelles Ende. Es laugte ihn in keiner Weise aus, so als sei es etwas allzu Alltägliches, dem er sich hingab. Sie stöhnte, wohl mehr um ihm einen Gefallen zu tun, meinte er. Wenn er ganz ehrlich zu sich selbst war, fühlte er etwas für sie, aber der Akt an sich war ihm egal, er konnte ohne das Ganze leben. Danach lagen sie nebeneinander, doch der Geruch ihrer Haut, neben ihr zu liegen, sie zu berühren, war für ihn wichtiger als ein Austausch tieferer Intimitäten. Sie küssten sich, dann schob sie ihn etwas unsanft fort, stand auf, ging ins Wasser, wusch sich. Henry zog seine Unterhose wieder an, holte aus seinen Sachen den Tabak hervor, drehte sich eine Zigarette. Fay kam zurück zu ihm, nahm ihre Unterwäsche, zog sie sich über. „Brauchtest wohl noch eine kleine Abkühlung?“, meinte er ironisch im Bezug auf ihren gerade vollzogenen Geschlechtsakt. „Idiot!“, lachte sie, korrigierte sich sogleich: „Obwohl es schön war.“

„Gut gelogen.“ Sie winkte ab. „Nein, ich musste mich waschen oder willst du Kinder?“ Es wäre jetzt an der Zeit gewesen, ihr zu gestehen, dass er krank war, es lag ihm auf der Zunge, doch er schwieg. „Dafür bin ich zu alt“, sagte er stattdessen, „und ich wäre kein guter Vater.“ Wenn sie ihn in der Stadt mit Kindern sah, die ihn ansprachen oder im Restaurant an ihm vorbeigingen, wirkte er stets locker und konnte sich voll und ganz auf die Kleinen einlassen. Aber sie wollte über eigene Kinder noch gar nicht nachdenken. „Und ich keine gute Mutter“, gestand sie, griff sich seine Zigarette, nahm einen Zug. „Ich weiß nicht mal, was eine richtige Familie ist.“

„Wie ist das eigentlich?“, wollte er wissen. „Ich meine, wenn du jetzt weg wolltest, müsstest du dann deiner Madame Geld dafür bezahlen? Also müsste man dich freikaufen?“ Es verwunderte sie, dass er so eine Frage überhaupt stellte, aber innerlich ließ sie die Frage auf sich wirken und begann sich zu freuen, denn vielleicht dachte er darüber nach, sie mitzunehmen, wenn sie weiterzogen. „Ich glaube ...“, begann sie, wog ihre Worte dann sorgfältig ab, antwortete dann: „Man müsste mich erst mal fragen, ob ich überhaupt von dort fort will, oder?“

„Sicher. Aber ich gehe mal davon aus, dass du dort nicht bis an das Ende deiner Tage bleiben willst. Oder übernimmst du den Laden mal?“

„Also das Zweite sicher nicht. Madame hat eine Tochter, Helene, Leni, die wird das mal übernehmen. Claire hat mir gesteckt, dass Leni mit vierzehn Jahren dem Höchstbietenden angeboten wurde, wenn man so will, hat Madame ihre Jungfräulichkeit versteigert“, sie kicherte, „meine nicht.“

„Sie hat die eigene Tochter ...?“, er überlegte kurz, schüttelte den Kopf. „Das ist abgebrüht. Und wie hast du deine verloren?“

„Es sollte etwas Besonderes sein und es war in irgendeiner Nacht. Ich war fortgelaufen, traf auf einen Mann, der mir Essen und ein Dach über dem Kopf versprach. Er war gut und gerne fünfzig Jahre alt. Er legte sich nachts einfach zu mir, tat es, das war es dann. Ich habe nicht geweint, nicht geschrien, nein, ich war ganz still. Meine Angst, dass er mich in ein Heim bringen könnte, war größer als das alles. Manchmal muss man etwas einfach ertragen, es kommt einem dann lange vor, wenn es passiert, aber hinterher waren es nur Sekunden vielleicht.“ Sie schnippte mit den Fingern. „Und die Welt dreht sich eine Runde weiter. Und wie war es bei dir?“ Es erstaunte ihn, mit welcher Gleichgültigkeit und Emotionslosigkeit sie von der ganzen Sache berichtete. Er wusste nicht, ob er ehrlich zu ihr sein sollte, aber ihre Geschichte war auch nicht besser als seine, so erzählte er ihr die Wahrheit von den Prostituierten, sparte allerdings die Tatsache aus, dass er sich nach dem Mord an seiner Mutter in ihre Arme geflüchtet hatte. Stattdessen erfand er einen Streit mit der Mutter, weil sie gesellschaftlich und finanziell ruiniert waren, meinte, er sei betrunken gewesen. Sie hörte es sich an, ihr Blick gab ihm zu verstehen, dass sie es ebenso unspektakulär wie die eigene Geschichte fand. „Vielleicht sollte ich ein eigenes Bordell aufmachen und unten in einem großen Raum kann gepokert werden. Du spielst abends Klavier zur Unterhaltung, Hagen kümmert sich um die Gäste, spielt Karten mit ihnen und ich werde die Dame des Hauses“, fantasierte sie mit einem Lächeln, „Dann lasse ich andere für mich arbeiten und lebe wie eine feine Dame.“ Henry erwiderte zuerst nichts darauf, sondern strich ihr mit der Hand über das Haar, ließ sie hinabsinken auf ihren Rücken, legte die Hand dann auf ihre Hüfte. „Es ist schön, wenn man noch Träume hat“, stellte er fest. Sein Gesicht kam ihrem nahe, als er in ihr Ohr flüsterte: „Wenn ich könnte, würde ich dich da rausholen und deine Träume wahr werden lassen.“ Er sagte es weniger aus tiefer Liebe heraus, sondern mehr aus dem Gefühl heraus, ihr helfen zu wollen. Sie war noch jung, Fay konnte jederzeit einen anderen Mann finden, einen in ihrem Alter, der ihr das bot, was sie begehrte, ihre Vergangenheit brauchte sie ihm nicht zu offenbaren. Gleichzeitig war Henry auch klar, dass er nicht mit ihren Gefühlen spielen wollte, aber er war sich nicht sicher, ob er sie so liebte, wie sie es sich wünschte, oder ob er sein Leben mit ihr teilen wollte. Wie sagte Hagen immer so treffend? „Alleine bin ich am besten“, allerdings im Bezug auf das Pokerspiel. Henry wollte sich eigentlich nicht binden. Die Gesellschaft Hagens reichte ihm völlig aus. Er war immer so voller Zweifel, konnte nicht umhin, alles ständig abzuwägen. Sie fühlte sich durch seine Worte geschmeichelt, ergriff die Initiative, küsste ihn, wollte ihn dann berühren, doch er hielt ihre Hände fest, schenkte ihr ein etwas gequältes Lächeln. „Hagen wartet auf uns. Wir sollten zurückgehen. Dann essen wir alle zusammen auf dem Zimmer.“ Er stand auf, zog sie hoch, reichte ihr ihre anderen Kleidungsstücke, zog sich an. Fay schlüpfte wortlos in das Kleid, die Strümpfe, Schuhe, richtete ihr Haar. „Ich muss zurück zu Madame. Wenn viel los ist, kann ich nicht weg. Ansonsten sehen wir uns morgen Nachmittag“, meinte sie dann, er nahm es mit einem Nicken hin, nahm sie bei der Hand und sie gingen zurück in die Stadt. Kurz bevor sie das Bordell erreichten, zog sie ihre Hand aus seiner, gab ihm einen Kuss. „Wenn Madame uns so sieht, denkt sie, ich hätte etwas nebenbei verdient. Es kann sein, dass sie dann einen Anteil verlangt.“

„Darfst du kein Privatleben haben?“, fragte er irritiert. „Bist du mein Liebhaber?“, stellte sie die Gegenfrage. „Irgendwie schon.“

„Siehst du, irgendwie ist aber nicht genug für Madame. Bis morgen!“ Damit setzte sie mit schnellen Schritten ihren Weg in Richtung des Bordells fort und er sah ihr nach, bis sie hineingegangen war. Dann ging er zurück zu Hagen, der schon auf ihn wartete, sichtlich begierig, die Einzelheiten zu erfahren. „Na, war es schön am See?“

„Ganz nett.“

„Du magst sie, oder?“

„Wenn ich das nur wüsste, mögen heißt nicht lieben“, seufzte er, setzte sich auf den Stuhl am Fenster, sah die Hauptstraße hinab bis zum Bordell. „Ich bin nicht das, was sie sucht.“

„Du machst dir einen Kopf um nichts. Es gibt Leute, die sich ständig selbst im Weg stehen“, grinste Hagen. „Du kannst einfach nicht unverkrampft, und na ja, unbefangen ...“

„Spontan?“, warf Henry ein. „Ja, genau. Versuch es doch einmal.“

„Danke. Jetzt fühle ich mich viel besser“, gab er leicht gereizt zurück, fragte dann, ob der Doktor da gewesen wäre. „Ich soll aufstehen, ja, aber nicht herumspringen wie ein junges Huhn. Es wird noch ein Weilchen dauern, bis ich wieder richtig zupacken kann.“

„Ich bin schon froh, dass es dir besser geht. Und jetzt hole ich uns etwas zu essen!“, sagte Henry, blieb an der Tür stehen. „Allerdings weiß ich nicht, ob ich schnell wieder hier bin. Ich kann mich immer so schlecht entscheiden, was ich essen soll und ob ich lieber Wasser trinke, Tee oder Kaffee – unglaublich schwere, lebenswichtige Entscheidungen!“ Hagen warf ein Kissen nach ihm, doch Henry war schneller, verschwand durch die Tür. „Possenreißer!“, rief Hagen ihm nach. „Du solltest dir das lieber mal zu Herzen nehmen, statt dich über alles lustig zu machen!“

Fay kam nicht mehr in der Nacht. Hagen saß halb aufrecht im Bett, ließ im Schein des Mondlichts die Karten geschickt von einer Hand in die andere gleiten, mischte sie, indem er sie wie einen Fächer auseinandergleiten lassen konnte, sie fast schon akrobatisch durch die Luft schleudern konnte, um sie dann mit sicherem Griff wieder aufzufangen. Er beherrschte sogar einige Zaubertricks, konnte Karten erraten, die sein Gegenüber in der Hand hielt, Taschenspielertricks und billige Gaukeleien. Den Abend über hatte er Henry nach dem Essen mit einigen unterhalten, nun lag Henry neben ihm im Bett, auf der Seite, die Hände unter den Kopf gelegt, verfolgte mit den Augen die Bewegungen der Karten. Ab und an pfiff er leise anerkennend durch die Zähne, sagte dann, dass er das auch gerne könne, stellte sich laut vor, er stünde lässig neben einer Frau, zöge die Karten aus der Tasche und zeige ihr einen Trick, ohne die Augen von ihr abzuwenden, quasi mit links. Hagen gab zurück, dass er doch Klavier spielen konnte. „Dazu braucht man auch eine gewisse Fingerfertigkeit“, fügte er hinzu, „und du musstest sicher viel üben.“

„Das schon, ich war fünf Jahre alt, als meine Mutter versucht hat, mir Geigespielen beizubringen, aber sie ertrug das Geräusch nicht, wenn ich geübt habe, ein schauderliches Gequietsche. Nur gequälte Seelen können diese Geräusche erzeugen. Sie hat mich dann an das Klavier gesetzt, mir etwas vorgespielt und das gefiel mir und ihren Ohren besser.“ Er lachte. „Aber die Klavierlehrerin war sehr streng, eine Russin, feine Gesellschaft und sie hat mir mit dem Stock immer auf die Finger gehauen.“

„Ich hatte einen Freund, der konnte viele Kartentricks. Er hat sie mir gezeigt. Dann wollte ich eines Abends mal einen vorführen. Mir sind die Karten aus der Hand gerutscht, dummerweise sind ein paar in das Bierglas so eines Kerls gefallen, der das gar nicht komisch fand.“

„Was hat er gemacht?“

„Keine Ahnung, nach dem ersten Schlag ans Kinn war ich kurz weggetreten. Aufgewacht bin ich erst im Dreck im Hinterhof des Pubs. Mein Freund konnte noch weglaufen“, er grinste, sah kurz von den Karten zu Henry, betrachtete dann den Stapel in seiner Hand. „Hast du als Kind viel Prügel bezogen?“

„Nein“, antwortete Henry ohne Zögern, „mein Vater hat mich nicht angerührt, vielleicht hatte er Angst, dass ich ihm das ewig übel nehmen würde, ich war sehr zart besaitet. Meine Mutter war streng, aber Prügel in dem Sinne habe ich nie bekommen. Gehauen hat nur die Klavierlehrerin und mein Tutor, mein Privatlehrer. Wieso willst du das wissen?“

„Nur so. Es hat mich interessiert, ob das in der besseren Gesellschaft auch vorkommt. Meine Eltern haben uns nicht mit Schlägen bestraft, es war schlimmer allein im Zimmer sitzen zu müssen, also nicht mit den Geschwistern spielen zu dürfen oder nicht raus auf die Straße zu dürfen. Aber ich hatte Freunde, bei denen war das anders. Und in der Schule gab es sowieso Prügel, wenn man nicht aufpasste im Unterricht oder geschwatzt hat. Aber du warst nie in einer, oder?“

„Nein. Leider nicht. Es wäre sicher besser gewesen, mal anderen Kindern zu begegnen, als nur der Verwandtschaft. Aber meine Mutter hat nur an die Etikette gedacht. Manchmal denke ich, wenn sie nur ein bisschen mehr verstanden hätte, dass ich nicht der geborene Geschäftsmann bin ... Wir hätten das Geschäft verkaufen können, ein kleines Haus mieten können. Wenn sie mich nur nicht immer so unter Druck gesetzt hätte ..."

„Dann wäre sie noch am Leben? Meinst du das?"

„Ja, mit Sicherheit. Sie hätte sagen müssen, so Junge, du bist alt genug. Verkaufe den Laden, suche dir eine junge Frau, zieht in ein hübsches Haus und so weiter. Stattdessen hat sie sich an mich geklammert."

„Ich weiß. So wie es sein sollte. Meine Mutter war eine sehr liebevolle Frau, sie hatte immer viel Arbeit und eigentlich war ihr Leben, wenn man es richtig betrachtet, ziemlicher Dreck – eine miese Arbeiterwohnung, heiraten, Kinder kriegen, schuften und ab in die Kiste. Aber sie hat auf mich nie unzufrieden gewirkt oder verzweifelt. Sie hat immer viel Hoffnung gehabt, einen tiefen Glauben, dass es immer weitergeht. Und sie war wohl auch für meinen Vater ein Halt, denn als sie gestorben ist, hat er alle Kraft verloren weiterzumachen. Er hat es für uns Kinder gemacht, aber ich denke, er selber hatte sich selbst ab diesem Moment völlig aufgegeben."

„Irgendwie ist das schön, also wenn man jemanden findet, ohne den man dann nicht mehr leben kann. Ein bisschen das typische Klischee, aber auch erstrebenswert. Ich glaube nicht, dass meine Mutter meinen Vater so sehr geliebt hat, nicht wirklich tief. Ihre Eltern hatten die Heirat arrangiert."

„Könntest du dir vorstellen, mit Fay eine Familie zu gründen? Ich meine, damit dein Traum wahr wird?", wollte Hagen wissen. Henry drehte sich auf den Rücken, verschränkte die Arme unter dem Kopf. „Das ist nicht mein Traum und ich bin dafür nicht der Richtige", antwortete er, witzelte dann: „Außerdem habe ich ja schon dich! Da ist kein Platz für jemand anderen!"

„Sehr lustig."

„Das ist nicht so einfach. Sagen wir mal so, unsere Freundschaft oder als was auch immer sie es sieht, basiert auf Lügen. Oder hast du ihr erzählt, warum wir wirklich hier sind? In diesem Land?" Hagen schüttelte den Kopf. „Obwohl sie das vielleicht nicht so schockieren würde, wie wir beide glauben."

„Und sie weiß nichts von meiner Krankheit", meinte er, „und ich hätte es ihr sagen sollen, bevor wir miteinander ... Na, du weißt, was ich sagen will."

„Oh. Ja, das könnte ihr allerdings etwas ausmachen", stellte Hagen fest, legte den Stapel Karten auf den Nachttisch, streckte sich dann im Bett lang aus. „Aber du weißt nicht, ob sie es vielleicht auch schon hat, auch wenn das dumm klingen mag ..."

„Es wäre unfair, davon auszugehen. Ich mag sie, liebe sie, ja, aber nicht wie die Liebe auf den ersten Blick und sie ist nicht das Einzige, an das ich denken kann."

„Wenn man sein ganzes Leben auf die einzig wahre Liebe wartet, wird das nicht funktionieren. Oder du denkst, das ist sie und dann musst du feststellen, dass es nicht so ist. Und das tut mehr weh."

„Gesprochen wie eine Mutter", bekannte Henry. „Ich bin müde. Lass uns schlafen!" Er drehte Hagen den Rücken zu, zog die Decke bis fast über seinen Kopf.

Hagen musste an Mercy denken, er konnte sich nicht dagegenstemmen, die Erinnerungen krabbelten einfach so aus seinem Unterbewusstsein nach oben, drängten sich ihm förmlich auf. Da war ihr Geruch, das magische Rascheln, als sie ihr Kleid auszog und der Stoff sich auf ihrer Haut rieb, ihre braunen Augen, die für ihn immer wie die eines sanften Tiers wirkten, die dunklen Haare, die ihr fast bis zu den Hüften gingen, und wenn sie nackt vor ihm stand, ihren Körper fast wie eine Decke einhüllten. Sie fielen in zarten, weichen Locken über die Schultern, bedeckten ihre kleinen Brüste. Eine seltsame Ironie des Schicksals, dass solch eine Schönheit ihr Leben in einem tristen Hinterzimmer fristen musste. Es schmerzte tief in seinem Herzen, ein leichter Druck legte sich darauf, wenn er sich eingestand, dass er sie wirklich geliebt hatte. Manchmal konnte er es kaum erwarten, sie zu treffen, konnte den ganzen Tag an nichts anderes denken, sehnte die Minute herbei, in der er wieder bei ihr sein konnte. Er war ein verliebter Narr gewesen, hatte wirklich geglaubt, dass sie ihn aufrichtig liebte. Nein, er wollte nicht wieder daran erinnert werden, wie er die beiden im Bett vorgefunden hatte ... Er rief sich Mercy zurück ins Gedächtnis, wie sie nebeneinander lagen, ihre warme, weiche Haut an seiner und sie hatte ihn nie routiniert behandelt oder es sich nicht anmerken lassen. Seine Hand fuhr unter die Bettdecke, er versuchte so leise wie möglich zu sein und war dennoch verblüfft, dass ihn die Erinnerung an Mercy noch so sehr reizte. Er presste seine Lippen aufeinander, langte mit der freien Hand nach einem Tuch auf dem Nachttisch, wollte sich aufrichten, doch er stieß mit dem Kopf gegen das Ende des Bettes. „Verdammt ...", entfuhr es ihm. Henry drehte sich um, das Geräusch hatte ihn geweckt, mit dem Gesicht halb unter der Decke verborgen betrachtete er Hagen, der seinem Blick auswich, sich mit der freien Hand den Kopf rieb. Henry erfasste die Situation erstaunlich schnell, das Mondlicht schien direkt auf sie beide, offenbarte jedes Detail. „Vielleicht sollten wir von jetzt an getrennt schlafen", bemerkte Henry verschlafen, machte ein Geräusch wie „Ts, ts, ts" und drehte sich wieder um. „Es ist nicht so, wie es aussieht, Idiot!", gab Hagen genervt zurück. „Ich habe nichts gesehen", witzelte Henry, „aber du hättest mir schon längst sagen können, was du für mich empfindest." Hagen wollte zuerst etwas Brüskes erwidern, ließ sich dann aber auf die Sticheleien ein. „Meine Angst war zu groß, dass du mich abweisen könntest."

„Ja, leider, leider bist du nicht mein Typ."

„Und ich hatte schon von einer Hochzeit in Weiß geträumt."

„Laila tov!", sagte Henry mit Nachdruck, verkroch sich wieder unter der Decke. „Was?"

„Gute Nacht!"

„Is there something you need from me?
Are you having your fun?
I never agreed to be
Your Holy One ..."

Depeche Mode

Es war Fay, die sie am nächsten Morgen, einem Sonntag, weckte. Die Glocken der Kirche läuteten bereits und die Sonne fiel ins Zimmer. Sie fand beide schlafend vor, ließ die Tür hinter sich mit einem Knall unsanft ins Schloss fallen. Dann setzte sie sich auf das Ende des Bettes, zog an der Decke. „Aufstehen!“, meinte sie laut, „Faulpelze!“ Hagen schob ein Bein unsanft an ihren Po, verpasste ihr einen sanften Stupser mit seinem Fuß. „Es ist Sonntag!“, protestierte er. „Und ich soll mich noch schonen!“ Sie betrachtete ihre sorgsam polierten Fingernägel im Sonnenlicht. „Du hängst schon viel zu lange in diesem miefigen Zimmer herum. Und du musst langsam auch mal wieder aufstehen.“ Damit stand sie auf, ging zu Henrys Seite hinüber, beugte sich zu ihm hinunter, küsste ihn, wartete eine Weile, doch er schien sehr tief zu schlafen, also zog sie mit einem Ruck die Decke vom Bett. „Fay ...“, maulte er. „Ich habe die ganze Woche gearbeitet, bitte, ich bin todmüde!“

„Gut“, meinte sie etwas beleidigt, „dann bleib liegen! Du kannst hier vergammeln. Dann halte ich mich an Hagen!“ Henrys Hand fuhr über das Bett, fand die Decke, zog sie wieder hoch und über sich. „Bitte sehr“, murmelte er, „viel Spaß!“ Hagen sah sie etwas unsicher an. „Und jetzt?“

„Jetzt helfe ich dir beim Anziehen, dann gehen wir vorsichtig nach unten, essen etwas zusammen, damit du mal wieder unter Leute kommst! Und dann mal sehen ...“ Bevor Hagen etwas dagegen sagen konnte, suchte sie seine Kleidung zusammen, reichte ihm die Sachen, half ihm, sich an den Rand des Bettes zu setzen, damit er sich anziehen konnte. Sie machte ihm die Schuhe zu, hielt ihm den Arm hin, damit er hochkam. Er stand mehr als wackelig auf den Beinen, hielt sich mit einer Hand den Bauch, doch ließ sich langsam von ihr zur Tür führen. Sie platzierte ihn unten an einem der Tische. Hagen ließ eine Hand auf seinem noch immer leicht schmerzenden Bauch liegen. Ihm war etwas schwindelig, sein rechtes Bein begann zu zittern und er legte schnell die freie Hand darauf. Seine Muskeln waren unruhig, zu lange hatten sie ruhen müssen, jetzt verlangten sie nach Bewegung. Fay kam zurück, stellte zwei Gläser mit Eistee auf den Tisch, schob eines vor Hagens Nase. Dann nahm sie einen Schluck aus ihrem, sah sich um im Restaurant. Es war nicht viel los. Die meisten Menschen waren um diese Zeit in der Kirche. Sie schenkte Hagen den liebevollen Blick einer Mutter. „Geht es?“

„Ja, ich habe nur zu lange gelegen.“

„Trink etwas!“, forderte sie ihn mit sanftem Nachdruck auf. „Das wird dir guttun. Und dann essen wir etwas. Vielleicht können wir draußen ein paar Schritte machen."

„Ich weiß nicht", meinte er leise, senkte den Kopf. Das Zittern in seinem Bein wurde stärker, es begann wie ein Muskelkrampf zu schmerzen. Er streckte das Bein ruckartig aus, Fay zuckte zusammen. „Hagen! Kipp mir bloß nicht um!", sagte sie etwas zu laut, legte eine Hand an ihre Brust. „Meine Beine tun weh. Tut mir leid", erklärte er, und als er den enttäuschten Blick in ihrem Gesicht bemerkte, fügte er schnell hinzu: „Es wird sicher gleich besser." Sie gab sich wirklich Mühe mit ihm und mit Henry. Hagen akzeptierte diese Zuneigung, denn er war darauf angewiesen. Zudem war sie, wie man so landläufig sagte, nett. Nach dem Essen nahm Hagen in einem der Schaukelstühle auf der Veranda vor dem Hotel Platz, bat Fay, dort etwas bleiben zu dürfen, damit er beim Beobachten der Menschen etwas abschalten konnte. „Ich komme bald wieder", lächelte Fay, doch Hagen deutete ihr mit der Hand, dass es in Ordnung sei, wenn sie ihn eine Weile alleine ließ.

Fay betrat leise wieder das Zimmer. Henry lag immer noch genauso da wie vor einer guten Stunde. Sie holte ein kleines Fläschchen aus ihrer Handtasche, einem samtenen, mit Blumenknospen verzierten Beutel, nahm sich ein Glas vom Tisch, schüttete etwas aus dem Fläschchen hinein, begutachtete die Menge, goss es mit Wasser aus der Karaffe auf. Mit einem Finger rührte sie es um, leckte den Löffel ab, setzte sich zu Henry auf das Bett, dicht an seinen Körper. Er öffnete die Augen ein wenig, lächelte, schob eine Hand unter der Bettdecke hervor, berührte mit den Fingern ihre Hüfte. Sie nahm einen kleinen Schluck aus dem Glas, hielt es ihm hin. „Trink ruhig aus." Henry richtete sich auf, stützte sich auf einem Arm ab, sah sie für einen Moment etwas unsicher an, nahm dann das Glas aus ihrer Hand. Sie schenkte ihm ein fast zu gütiges Lächeln. Er roch an dem Glas, nahm einen Schluck, ließ die Flüssigkeit im Mund, versuchte den Geschmack zu ergründen, schluckte es runter. Fay streckte sich, öffnete die obersten Knöpfe ihres Kleides, sodass in dem Spalt, der sich bildete, die Haut zwischen ihren Brüsten zu sehen war. „Wir haben etwas Zeit. Hagen sitzt unten auf der Veranda und will dort noch etwas bleiben", sagte sie mit honigsüßer Stimme. Er wollte etwas sagen, wie *So funktioniert das nicht* oder etwas Ähnliches, um sie in gewisser Weise von sich fernzuhalten. Sein erster Gedanke war, dass sie ihm statt Wasser Gin gab oder verdünnten, doch das Wasser war in Ordnung gewesen, vielleicht etwas schal. Sie erhob sich vom Bett, nahm ihm das Glas ab, schenkte sich selbst etwas Wasser ein und fügte wieder einen Schuss aus dem Fläschchen hinzu, stellte dieses dann demonstrativ auf den Tisch, sodass er es sehen konnte, und leerte das Glas in einem Zug. Er drehte sich zu ihr um, betrachtete ihren Körper im Schein des Sonnenlichts, und während er sie so anschaute, verklärte sich sein Blick auf wundersame Weise. Das Licht um sie herum begann sich zu bewegen, es umschloss sie gewissermaßen, wechselte die Intensität, die Farben, mal war es gelblich, dann wurde es dunkler, fast violett. Als sie ihre Haarspangen löste, ihr Haar mit beiden Händen anhob, um es dann auf ihren Schultern abzulegen, hatten ihre Bewegungen etwas eigenartig Geschmeidiges, gleich einer Katze, die sich auf Samtpfoten lautlos an ihre Beute heranschleicht. Sein Blick streifte das Fläschchen auf dem Tisch. „Ist das Morphium?“, wollte er wissen, und während er die Frage stellte, wiederholten sich die Worte in seinem Kopf, dann rief er sie sich zurück, nur um sich zu vergewissern, dass er nicht irgendein Kauderwelsch von sich gegeben hatte. Sie löste sich vom Tisch, öffnete gekonnt mit einer Hand die restlichen Knöpfe ihres Kleides, ließ es zu Boden gleiten, stellte ein Bein auf dem Bett ab, rollte den schwarzen Netzstrumpf herunter, sah ihn nicht an, widmete sich dem anderen Strumpf am linken Bein. „Nein“, hörte er sie sagen. Es erleichterte ihn zuerst, denn er hatte befürchtet, sie könne sich etwas von Hagens Morphium abgezweigt haben, doch dann hob sie den Blick, formte mit den Lippen nur ein Wort: „Laudanum.“ Sie betonte es mit einer gewissen Gleichgültigkeit. Fay kroch auf allen vieren auf dem Bett auf ihn zu, er wollte sich aufsetzen, doch sie legte ihre Hände auf seine Schultern, drückte ihn sanft nach unten. „Es entspannt“, hauchte sie, setzte sich auf ihn, ließ die Finger über seine Brust gleiten. „Mach dir keine Gedanken, du bist immer so verkrampft ...“ Er wollte etwas sagen, realisierte dann erst, worauf sie hinauswollte. Sie hatte ihm das Zeug ins Wasser getan! „Warum hast du das gemacht?“, wollte er wissen, spürte gleichzeitig, wie sein

Körper leicht wurde, umfasste schnell ihre Hüften, weil er fürchtete, sich vom Bett zu lösen, fortzuschweben. Seine Worte hatten bei ihr offenbar nicht die gewünschte Wirkung, denn da er sie ohne Nachdruck, ohne jeglichen Vorwurf äußerte, überhörte sie seine Frage. „Vielleicht war es etwas zu viel“, gestand sie, „bei deiner Größe war ich mir nicht sicher ...“ Henry fühlte sein Herz schlagen, sehr langsam, intensiv, sein Kopf war schwer, für einen Moment meinte er, es sei unwichtig, sich auf das Atmen zu konzentrieren, sog dann jedoch die Luft tief ein. War es doch ein instinktiver Vorgang, befürchtete er, ohne sein Zutun, seine Konzentration darauf, könnte er es schlichtweg vergessen. Ihm wurde schwindelig, fast fielen ihm die Augen zu. Alles um ihn herum zerfloss zu einem unidentifizierbaren Etwas, nur Fay stach aus diesem Mischmasch von Farben und Tönen heraus, wie jemand aus einem Gemälde, die Hauptfigur im Blick des Betrachters. Seine Hände griffen zuerst ins Leere, die Finger bekamen die Träger ihres Hemdes zu fassen, zogen diese über ihre Schultern, ihre Haut war weich, warm, geschmeidig unter seinen Fingerkuppen. Sie beugte sich nach vorne, entledigte sich geschickt ihrer Unterhose, er konnte die nackte Haut an den Innenseiten seiner Schenkel spüren. Und da war noch etwas anderes, ein Prickeln, zu lange hatte er es nicht mehr gefühlt, es völlig vergessen. Jetzt tauchte es aus dem Verborgenen auf, wurde stärker mit jeder ihrer Bewegungen. Er konnte ihrem Rhythmus nicht besonders elegant folgen, aber er musste sich eingestehen, dass es ihm gefiel. Sie, die in allen Varianten versiert war, spürte seine Unerfahrenheit, umfasste seine Hände, drückte seine Arme auf das Bett, übernahm die Führung. Fast musste er lachen bei dem Gedanken daran, dass sie ihn betäubt hatte, um sich dann wie eine schwarze Witwe an ihm zu vergehen. Aber er genoss es, wünschte sich, bei klarem Verstand zu sein, seine Zunge wollte ihr seine Krankheit offenbaren. Sie verlangsamte ihre Bewegungen, sein Blick heftete sich auf die Schweißperlen auf ihrem Oberkörper, der Stirn, während sie den Moment hinauszögerte, ihn gekonnt zappeln ließ, bis sie ihn entließ in ein Gefühl, welches in einer Woge der Euphorie über ihn schwappte. „Malak ...“, flüsterte er, schloss die Augen, gab sich dem Gefühl mit einem tiefen, lang gezogenen Seufzen hin ... Fay hielt immer noch seine Hände fest umschlossen, betrachtete sein Gesicht sekundenlang, seine Brust, bis sie erschreckt feststellte, dass er nur noch schwach atmete. Sie hatte ihm sicher zu viel gegeben! Schnell ließ sie ihn los, stand auf, griff die Karaffe mit Wasser, langte mit der Hand hinein, benetzte sein Gesicht mit den Tropfen, dann mit einer Handvoll Wasser, rieb seine Wangen, die Stirn mit ihren feuchten Händen. Sie sagte seinen Namen, laut und mit Nachdruck, versuchte ihn hochzuziehen – er musste aufstehen! Es blieb ihr nicht viel Zeit! Mit der rechten Hand verpasste sie ihm zwei kräftige Ohrfeigen, eine auf die rechte, eine auf die linke Wange, zog an seinem Oberkörper, bis sie hörte, wie er tief einatmete. Dann zog sie sich die Unterwäsche an, das Kleid, lief barfuß nach unten, verlangte beim Wirt eine Flasche Wein, kehrte mit dieser ins Zimmer zurück, kramte aus ihrem Beutel ein Taschentuch hervor, benetzte es mit Wein, tupfte seine Stirn damit ab, hielt ihm die Flasche unter die Nase, sodass er angewidert das Gesicht verzog, sich mit aufgerissenen Augen im Bett aufsetzte. Sein Blick hatte etwas Weltfremdes, Verwirrtes, huschte über sie hinweg, über den Raum, die Möbel, er rappelte sich aus dem Bett auf, fiel vor ihren Füßen auf die Knie, kam wieder auf die Beine, hangelte sich bis zum Tisch vor, zum Fenster, lehnte sich hinaus. Fay glaubte, sie habe ein Monster geschaffen, welches jetzt völlig außer Kontrolle geriet. Sein Verhalten machte ihr Angst, dennoch fürchtete sie, er könne aus dem Fenster fallen. „Henry!“, meinte sie energisch, „du bist nackt! Geh da weg!“ Er drehte sich um, rückte wie ein kleines Kind artig zwei Schritte vom Fenster weg, stand dann für einige Sekunden da, wortlos, starrte sie an, bevor er zwischen Stuhl und Bett auf den Boden sackte. Fay stürzte zu ihm, half ihm auf den Stuhl, holte seine Unterwäsche, die Hose, begann ihn anzuziehen. Widerstandslos ließ er sich das gefallen. „Hast du dir eigentlich wehgetan, Malak?“, fragte er leise, streichelte ihren Kopf. „Ich meine, als du vom Himmel auf die Erde gefallen bist?“

„Was du so redest“, gab sie zurück. „Wieso nennst du mich Malak? Es tut mir leid, dass ich dir das Laudanum gegeben habe. Ich weiß auch nicht, warum ich es gemacht habe!“

„Ein Malak ist ein Engel, du Dummchen. Und ja, das mit dem Laubatum ... nein, Laudatum ... ach, egal, das war nicht fair. Aber was du dann gemacht hast, ich muss sagen, da sehe ich mal über das andere hinweg.“ Eigentlich hatte sie ihn nun da, wo sie ihn unbewusst vielleicht haben wollte, aber dennoch war es nicht der Mann, den sie wollte, das war nicht Henry, der da wirklich sprach. Es war jemand, der von der Droge betäubt daherredete, beeinflusst von der Wirkung des Laudanums. Es war der Moment, in dem sie realisierte, wie gern sie ihn hatte, dass sie ihn liebte. Wenn sie in seine blauen Augen sah, war sie sich sicher, dass es so war. Er bemerkte ihren Blick, lächelte. Seine Hand streifte ihre Wange. „Was ist?“

„Ich liebe dich“, gestand sie, senkte sogleich den Kopf, holte ihm die Flasche Wein, füllte ihm das Glas, damit sein Kreislauf wieder in Schwung kam. Er hatte seine Hände locker in den Schoß, den Kopf etwas zur Seite gelegt, schwieg. Fay hielt ihm das Glas hin, doch er nahm es nicht. Sie stellte es auf dem Tisch ab, wusste nicht, was sie sagen sollte, und wollte nur die Stille vertreiben, die sich nach ihrem Geständnis nun schwer auf sie beide legte. Eine Antwort seinerseits, eine überschwängliche Reaktion hatte sie nicht erwartet. „Vielleicht solltest du dich rasieren. Ich finde, du siehst besser aus ohne den Bart“, meinte sie dann leise, wollte eine Hand auf seine Schulter legen, zögerte dann, blieb neben ihm stehen, betrachtete ihre Finger mit gesenktem Blick. Henry konnte nicht wirklich klar denken, er hatte ihre Worte vernommen, sogleich hatte er etwas erwidern wollen, wie „Dito“, aber er konnte es nicht. Das waren drei Worte, die man oft zu schnell sagte und nichts lag ihm ferner, als sie zu verletzen. Egal, ob er es bejahte oder verneinte. Er schloss die Augen, versuchte seine Gefühle für sie zu ergründen, auf sein Herz zu hören. Und was wäre, wenn er ihr gestand, dass er sie gern hatte? Aber richtige tiefe Liebe war es nicht, dessen war er sich sicher. Doch er war ein schlechter Schauspieler, konnte ihr nicht vorgaukeln, dass es nur sie in seinen Gedanken gab, er nur noch an sie dachte, sein Herz schneller schlug, wenn er mit ihr zusammen war. Da war etwas, ein kleiner Funke, vielleicht konnte er zu einer Flamme werden, aber nie zu einem lodernden Feuer. Er empfand eine tiefe Zuneigung für sie. Mehr nicht. Das Zeug hatte seine Zunge gelockert, er hatte sich reden gehört, aber sie hatte es falsch verstanden. Fay war auf der Suche nach jemandem, an den sich anlehnen konnte, die viel gerühmte starke Schulter, jemanden, der sie aus diesem Nest fortbrachte, sie befreite. Er hatte kein Händchen für Frauen, sie offerierten ihm zu schnell ihre Zuneigung und er bemerkte es zu spät, wie sehr sie sich an ihn banden. Als er sich räusperte, bemerkte er aus den Augenwinkeln, wie sie gespannt den Blick hob, ihm den Kopf zuwandte. „Du meinst also, ich sollte mich rasieren?“, fragte er, er fuhr sich mit einer Hand über den Bart. „Eigentlich finde ich es gut so.“ Sie nickte. In ihrem Innern war ein dünnes Stimmchen, das ihr klar und deutlich sagte, er empfand nicht das Gleiche für sie, wie sie für ihn, denn er würde sich nicht für sie verändern. Aber sie versuchte es zu überhören, denn vielleicht war er einfach jemand, den sie so nehmen musste, wie er war. Die Zweifel, die sie überkamen, schmerzten wie kleine Messerstiche in ihrem Herzen. „Fay ...“, begann er, stand auf, richtete seine Kleidung, zog etwas unbeholfen sein Hemd an, nahm das Glas vom Tisch, trank den Wein in zwei Zügen aus. „Ich mag dich, wirklich. Aber ...“ Sie ließ sich auf den Stuhl sinken, vergrub das Gesicht in den Händen, begann zu weinen, ein leises Weinen, doch es signalisierte ihm, wie tief der Schmerz und die Enttäuschung sich gerade in ihr Herz gruben. Weinende Frauen an sich waren schon für einen Mann ein Problem und nun war er schuld, dass sie weinte. „Ich habe immer Pech!“, jammerte sie. „Immer, wenn ich denke, das ist der Richtige, dann stehe ich genauso dumm da wie vorher! Gott, ich bin ein wirkliches Dummchen.“ Henry ging zu ihr, legte seine Hände auf ihre Schultern, zog sie zu sich heran, sodass sie mit dem Oberkörper an seinem lehnte, doch sie nahm die Hände nicht vom Gesicht. Erst als er sie darum bat, ließ sie sie sinken, sah nicht zu ihm auf. Er war sich des Erklärens müde, wollte ihr nicht von seiner Krankheit erzählen, obwohl es seine Pflicht war. „Ich mag dich, wirklich. Und das weißt du auch. Aber ich bin keine zwanzig mehr, ich kann mich nicht in etwas verrennen, was nicht da ist. Ich bin gerne mit dir zusammen, und wenn wir hier weggehen, kannst du mit uns kommen. Aber ich kann dir nicht das bieten, was du erwartest. Vielleicht willst du Kinder, eine Familie ...“, er stockte, fuhr dann fort, wollte ehrlich zu ihr sein, auch wenn er schonungslos ehrlich war. „Ich kann keine Kinder zeugen und ich will auch keine eigenen. Du hast mich dazu gebracht, wirklich darüber nachzudenken, wie es wäre, aber wir können zusammen sein, so wie jetzt, auf eine, sagen wir mal, unverfängliche Art, ohne Zwang und irgendwelche Ansprüche."

„Du redest wie so ein überkandidelter Snob. Alles, was ich will, ist mit dir zusammen sein. Und ich kann nichts dafür, dass mir meine Gefühle einen Streich spielen. In meinem Beruf kann man sich Gefühle nicht leisten, zumindest keine tieferen. Und denkst du, das ist einfach? Jeder Mensch hat Träume. Es tut mir leid, wenn ich damit bedrängt habe."

„Das hast du nicht. Lass uns so weitermachen wie bisher. Sobald es Hagen besser geht und er wieder reiten kann, hauen wir von hier ab. Und dann kommst du mit", sagte er voller Überzeugung und sie nickte dankbar, doch sie war sich nicht wirklich sicher, ob dies der Weg war, den sie gehen wollte. Sie hatte von Ehen gehört, die nicht aus Liebe geschlossen wurden, sondern bei denen die Eltern den Partner aussuchten, in diesen wuchs auch oft etwas wie tiefe Liebe. Im Stillen hoffte sie, dass sich mit der Zeit tiefere Gefühle für sie seinerseits erwärmen würden.

Hagen hatte dem Mann zuerst keine Beachtung geschenkt, der sich auf den Rand der Veranda setzte, nur ein Stück weit entfernt von ihm. Doch nun, da er ihm eine Zigarette anbot, nahm er sie mit einem Nicken an, ließ sich von dem Fremden auch Feuer geben. Er musterte den Mann, der groß gewachsen war, vielleicht nur einen Kopf kleiner als Henry, aber hagerer, man konnte in seinem Gesicht deutlich die hervorstehenden Wangenknochen sehen. Sein Haar war blond, sehr hell, heller als Weizen und es machte seine Haut noch blasser, als sie ohnehin schon war. Auf seiner Nase prangte eine Nickelbrille mit kleinen runden Gläsern, die er unablässig mit dem Zeigefinger wieder hochschob. In einem Anzug hätte er ausgesehen wie ein Bestatter, fand Hagen. Doch er trug eine an den Knien durchgewetzte Hose, ein Hemd, dem vorne einige Knöpfe fehlten, sodass man seine Hühnerbrust sehen konnte. Als er ihm das brennende Streichholz hinhielt, bemerkte Hagen auf dem Handrücken seiner linken Hand eine Tätowierung, ein Wort in verschnörkelten viktorianischen Lettern geschrieben, durchzogen von einer verwelkten Rose – „Sinner“, Sünder. Der andere nahm sein Staunen über die Worte wahr, schenkte ihm ein verzogenes, breites Grinsen. „Ich heiße Flake“, meinte er dann, wandte den Blick wieder den Menschen auf der Straße zu, die an ihnen vorbeigingen. Hagen nannte ihm seinen Namen und Flake wiederholte ihn hörbar, sprach ihn wie „Hägen“ aus. Er fragte sich, ob der andere „Saint“, Heiliger, auf der anderen Hand eintätowiert hatte. „Ein seltsamer Name“, gestand er. „Aber meiner ist auch nicht besser. Und Namen sind meist eh nur Schall und Rauch und morgen wieder vergessen.“

„Flake ist doch nur ein Spitzname, oder?“, fragte Hagen. „Nein“, gab der andere ernst zurück. „Man fand mich im Winter vor der Tür einer Mission, mich und meine Zwillingsschwester, und als der Schnee sich sanft in dicken Flocken über die Landschaft senkte, fiel der Nonne nichts Besseres ein, als mich Flake zu nennen. Für meine Schwester konnte sie sich das Gottseidank schenken, sie ist kurz darauf gestorben. Vielleicht liegt es aber auch an meinem Aussehen, wer weiß das schon.“ Er erzählte es, wie man Kindern ein Märchen erzählt, mit diesem schwärmerisch, verklärten Unterton, dem etwas Ironisches anhaftete. „Seemann gewesen?“, wollte Hagen wissen, deutete auf die Tätowierung, empfand seine Frage schon unsinnig, nachdem er sie stellte, vermied bewusst eine direkte Anrede, denn er war sich nicht sicher, ob er den anderen duzen oder siezen sollte. Dieser schüttelte den Kopf. „Das ist durchaus so gemeint, wie es da steht.“ Flake wirkte sehr selbstsicher, da war etwas an ihm, was Hagen beunruhigte. Es war schwer zu beschreiben, aber wenn er ihn betrachtete, bekam er ein mulmiges Gefühl. Und er war sich nicht sicher, ob man ihm trauen konnte. Deshalb hielt er sich etwas bedeckt, wollte ihm nicht zu viel erzählen, doch Flake schien das Gespräch zu suchen. Er nahm Hagens Schweigen als Anlass, Fragen zu stellen. „Und was hat dich hierher verschlagen?“

„Ich ziehe so durch das Land. Hier im Sägewerk haben sie immer Arbeit. Leider konnte ich nicht mehr arbeiten in den letzten Wochen, ich war krank und irgendwie möchte ich auch gerne weiterziehen“, antwortete Hagen. „Dein Akzent klingt seltsam, anders. Du bist hier nicht geboren, oder? In Australien?“, wollte Flake wissen, schnippte den letzten Rest seiner Zigarette vor sich in den Staub, setzte sich so hin, dass er Hagen direkt ansehen konnte, schob mit dem Zeigefinger seine Brille wieder hoch auf die Nase. „Lass mich raten – England, oder?“

„Ja“, gab Hagen etwas zögerlich zurück, „ich bin ausgewandert, bin in London geboren.“ Flake schenkte ihm einen Blick, der Bände sprach, etwas wie *Das glaubst du doch selber nicht!*, grinste. „Ich habe schon viele Engländer kennengelernt und ich kann beim besten Willen nicht verstehen, was euch hierher verschlägt. Das Leben muss dort nicht schlecht sein, im Vergleich zu dem, was einen hier erwartet. Warum macht man dann so eine weite Reise? Mann, ich habe gesehen, wie sie die Toten von den Schiffen trugen, die die Überfahrt nicht überlebt hatten, andere waren schon auf der Reise über Bord gegangen und ein Schiff durfte nicht in den Hafen, die hatten Typhus.“ Er spuckte in den Sand zu seinen Füßen. „Es sei denn, sie schicken euch als Sträflinge hierher. Dann könnt ihr nicht anders.“

„Wo kommst du her?“, stellte Hagen eine Gegenfrage, um ihn abzulenken. „Townsville, am Ross Creek. Das ist ’ne ganze Ecke weg von hier. Kein kleines Kaff, Goldfelder im Hinterland, da habe ich meine Kindheit verbracht. Und jede Menge für’s Leben gelernt. Da gab es auch eine Schule, aber ich war nur kurz da.“ Er lachte heiser auf. „Das Gefängnis war ganz nett ...“ Hagen wollte etwas sagen, doch Flake fügte nach einigen Sekunden noch etwas hinzu, in seinen Worten war der traurige, wehmütige Unterton nicht zu überhören: „Gott, ich wollte immer auf eines der Schiffe, nur weg. Über das blaue Meer nach England, Indien – was weiß ich ...“ Er senkte den Kopf, betrachtete seine Füße, die in viel zu großen Schuhen steckten, an dem einen war die Sohle vorne lose und klaffte wie ein offenes Maul nach unten. „Aus diesem Grund zog es mich hierher. Ich wollte weg aus England. Leider stamme ich nicht aus der Oberschicht“, erklärte Hagen. „Und wenn von dem neuen Kontinent erzählt wurde, wollte ich nur hierher.“

„Flausen!“, meinte Flake sachlich, „sie haben dich buchstäblich veräppelt. Hast du mit Menschen gesprochen, die hier waren und zurückgekommen sind?“

„Was meinst du?“

„Na, das ist wie mit dem Tod. Es ist noch keiner zurückgekommen, um zu bestätigen, dass es das Paradies wirklich gibt, oder?“ Hagen wollte nicht weiter darüber reden. „Gibt es wirklich so viel Gold in Townsville? Mir sind Männer begegnet, die davon erzählt haben, vom Gold, was es überall zu finden gibt, aber das ist doch Unsinn, oder?“

„Es ist wie ein Glücksspiel. Wenn es etwas zu holen gibt, kommen sie in Scharen und schürfen bis zur Besinnungslosigkeit, und wenn einer was rausholt, glauben auch die anderen wieder daran, dass sie was finden. Aber so schnell, wie es gefunden wird, ist dann auch alles wieder weg. Dann muss man woanders schürfen. Ich habe auch ein bisschen Gold gefunden und Kerle gesehen, die über Katzengold verrückt wurden, glaubten, sie seien reich, und dann war doch die ganze Plackerei umsonst. Ja, und wenn man keine Lust hat, sich anzustrengen, klaut man das Gold, was andere sich mühsam erschürft haben“, gestand er. „Das ist wesentlich einfacher. Aber weißt du, wer wirklich ein gutes Leben führt? Vorausgesetzt man lässt sie in Ruhe? Die Abos!“

„Ich habe mal eine Frau kennengelernt. Sie hieß Yindi.“

„Im Gebiet von Townsville lebten viele Stämme. Die Warrgamay hatten Frauen, Alkina, der Mond, Eenerweena, die kleine Frau, Nanardine, die Schwalbe ... Sie waren alle wundervoll. Anders als die weißen Weiber. Und es ist ihnen egal, ob du eine andere wählst für die Nacht. Ich war ihr Yaraka, ungebunden, ihr Mann. Manchmal vermisse ich sie, meinen Sohn Yanco, sein Name bedeutet das ‚Geräusch des Wassers‘. Hast du je überlegt, wie Wasser klingt, wenn der Wind über die kleinen Wellen fegt, wie es sich anhört, wenn das Wasser ruhig ist? Man sagt das so, aber es ist nie wirklich still. Meine Tochter Orana, ihr Name bedeutet ‚Willkommen‘, war gerade erst ein Jahr alt, als ich fort musste von ihnen.“ Er schluckte, fasste sich schnell wieder und seine Stimme wurde tonlos, kalt. „Und die weißen Weiber nutzen einen nur aus, sie lieben dich, solange du Geld hast, dann werfen sie dich weg wie ein benutztes Taschentuch!“

„Warum bist du da weg? Von dem Stamm?“

„Weil ich für ihre Rechte gekämpft habe. Wir haben vier Weiße zusammengeschlagen, um ihnen zu drohen, Männer des Stammes und ich. Ich habe meine Strafe abgesessen und bin dann weg.“

„Warum bist du nicht zurück zu ihnen?“ Flake stand auf, steckte die Hände in die Hosentaschen, wich Hagens Blick aus. „Weil sie kalt und tot sind. Man hat alles niedergebrannt. Wie nennt ihr Kolonisten das? Vergeltung?“ Hagen empfand es als unangenehm zu sitzen, während der andere stand, wollte sich erheben, kam aber so schnell nicht hoch, da er eine Hand an seinen Bauch gepresst hielt. Flake fuhr vor, umfasste seinen Arm, half ihm auf. „Es geht schon, danke“, sagte Hagen. In diesem Moment trat Henry aus der Tür des Restaurants. Er hielt inne, machte einen Schritt auf die beiden zu, sah, dass Hagen alleine stehen konnte, wenn auch sehr wackelig, musterte dann Flake. „Ich habe ihm nur helfen wollen“, meinte dieser, hob abwehrend die Hände, vergrub sie dann wieder in seinen Hosentaschen. „Ist okay. Das ist Henry, mein Freund“, stellte Hagen die beiden einander vor. „Henry, das ist Flake. Er hat sich mit mir unterhalten.“ Hagen ließ den Blick von einem zum anderen gleiten. Die beiden Männer standen sich gegenüber wie zwei zähnefletschende Hunde, kurz bevor man sie aufeinander losließ. Es lag eine unbehagliche Spannung in der Luft. Henry stand unbeweglich da, er verzog keine Miene, Flake war ebenso groß wie er, sie konnten sich direkt in die Augen sehen. Hagen hatte gemeint, Flake sei etwa so alt wie er selbst, doch jetzt, wo er ihn mit Henry verglich, stellte er fest, dass er in dessen Alter zu sein schien. Von hinten kam Fay, sie lächelte Hagen an, bemerkte dann ebenso erstaunt wie Hagen, wie die beiden Männer sich musterten. „Kommt ihr jetzt essen?“, fragte sie, um der Situation die Spannung zu nehmen. Flake löste seinen Blick von seinem Gegenüber, nickte Fay zu. „Und wer ist die Lady?“

„Meine Frau!“, sagte Henry ernst, machte einen Schritt zurück, hielt ihr die Hand hin, die sie mit einem Lächeln ergriff, sichtlich erfreut über seine Worte. Dann legte er einen Arm um sie, wobei er aber nicht den Blick von Flake nahm, wandte sich dann an Hagen: „Kommt du?“

„Man sieht sich“, sagte Flake, der verstand, dass er nicht erwünscht war, drehte sich auf dem Absatz um, ging die Straße hinunter. Hagen sah ihm hinterher, schüttelte den Kopf. „Darf man fragen, wieso du so abweisend warst?“, fragte er Henry. „Meine Güte, ich dachte, du willst ihm an die Kehle gehen!“

„Ich mag ihn nicht“, gab er knapp zurück. „Er ist etwas seltsam, das gestehe ich ein. Aber wir haben uns gut unterhalten und du hast noch kein Wort mit ihm gewechselt.“ Er kam sich vor wie ein ungehorsames Kind, das sein Verhalten rechtfertigen musste, lachte dann: „Und was habt ihr zwei Hübschen in der Zeit gemacht?“

„Oh, wir haben uns auch sehr gut unterhalten“, gab Fay spitzbübisch zurück. Henry führte sie zu einem freien Tisch, half Hagen sich zu setzen, schob Fay dann den Stuhl hin. „Ich hole jetzt erst mal etwas zu trinken.“ Damit wollte er sich umdrehen, zum Tresen gehen, doch Hagen hielt ihn an der Hand fest. „Sag mal, bist du eifersüchtig?“ Henry tippte sich mit dem Finger an die Stirn. „Wie könnte ich?“, witzelte er. „Es ist dein Leben, Honey!“

„Wenn er ihn nun mal nicht leiden kann“, bemerkte Fay, als Henry gegangen war. „Er hat eine gute Menschenkenntnis und ich fand ihn auch nicht sonderlich vertrauenserweckend.“

„So, aber wir wirken wie vertrauensvolle Mitmenschen? Man sollte nie ein Buch nach seinem Einband beurteilen, oder? Er hat einiges erlebt und ich würde gerne mehr hören.“ Fay legte den Kopf lässig auf eine Hand, sah aus einem der Fenster, deutete dann mit einem Finger hinaus. „Na, dann nutze die Gelegenheit. Dein neuer Freund steht immer noch da draußen.“ Hagen bemerkte Flake auf der Veranda, er stand nahe beim Fenster, blickte ab und an in das Restaurant, seine Augen fanden Hagens, er grinste, doch machte keine Anstalten hineinzukommen. Es schien, als wolle er geduldig wie ein braver Hund dort draußen warten, bis man ihn hineinbat. Henry kehrte zurück, stellte Hagen ein Bier vor die Nase, reichte Fay ein Glas mit Wein. Dann setzte er sich an den Tisch, mit dem Rücken zum Fenster, legte die Hände lässig um sein eigenes Glas Bier, starrte auf die Schaumkrone. „Dein neuer Freund wird vermutlich bis heute Abend warten, dass du mit ihm einen trinkst“, sagte er, ohne vom Glas aufzusehen. „Wenn er dir nicht gefällt …“, begann Hagen. „Vielleicht irre ich mich ja auch“, gestand Henry, „dann winke ihn doch rein!“

„Aber wenn es dich nervt …“

„Ist doch deine Sache.“ Fay legte eine Hand auf Henrys Schulter, der sich erhob, sein Bier nahm, zum Klavier ging. Er tauschte einen kurzen Blick mit dem Wirt aus, der ihm ein freundliches Nicken schenkte, dann setzte er sich an das Klavier, gab Fay sein Glas, die es oben auf dem Instrument abstellte, ihm die Noten reichte. Sie lehnte sich lässig an das Klavier, lächelte Hagen an. Der hob die Hand, bis Flake sich wieder umdrehte, in das Restaurant sah, winkte ihn dann herein. Ohne zu zögern nahm dieser die Aufforderung an, kam mit den Händen in den Taschen zu ihrem Tisch geschlendert, griff sich einen Stuhl, setzte sich verkehrt herum darauf, legte dann die Hände auf die Lehne, deutete mit dem Kopf in Henrys Richtung. „Dein Freund ist etwas seltsam“, stellte er fest. „Ja, aber man muss ihn nur zu nehmen wissen.“

„Mann, ich könnte sterben für ein Bier!“, sagte Flake, holte zwei Münzen aus seiner Hosentasche hervor, seufzte: „Kannst du mir was leihen?“

„Hier, nimm meins!“ Er schob ihm das Bierglas vor die Nase und Flake ergriff es mit einem Nicken, leerte es in einem Zug. Dann stellte er das Glas auf dem Tisch ab, tätschelte Hagens Schulter. „Ich danke dir!“, meinte er, grinste. „Das habe ich gebraucht!“ Bevor Hagen etwas erwidern konnte, begann Henry zu spielen – „Scarborough Fair“. Die Melodie traf ihn wie einen feinen Stich im Herzen. Fast war es ihm, als höre er seine Mutter den Text singen, so wie sie es immer getan hatte, wenn sie die Wäsche anderer Leute wusch oder die Hausarbeit verrichtete. Es trieb ihm die Tränen in die Augen, schnell senkte er den Kopf. Als er wieder aufsah, bemerkte er, dass sogar der Wirt andächtig lauschte. Fay stand neben dem Klavier, die Art, wie sie Henry zusah, machte jedem unmissverständlich klar, dass da etwas zwischen ihnen war. „Sind die beiden wirklich ein Paar?“, fragte Flake, rieb sich genießerisch das Kinn. „Sie ist hübsch.“

„Ich weiß nicht, was die beiden miteinander haben. Fay arbeitet eigentlich im Bordell“, antwortete Hagen ehrlich, wiederholte dann seine Worte im Geiste, und als er sie Revue passieren ließ, stellte er fest, dass er zu ehrlich gewesen war. Denn er gab sie damit auch für andere Männer frei und Flake hatte offensichtlich Gefallen an ihr gefunden. Seine Worte hatten sie somit für ihn freigegeben.

Zuerst hoffte er, Flake hätte es nicht richtig gehört, doch aus seinem Blick konnte er ersehen, dass er Fay musterte, auf jene Art und Weise, mit der ein Mann sich eine Frau ohne ihre Kleider vorstellt, deshalb fügte er schnell hinzu: „Also, als wir hier ankamen, haben wir Fay und ihre Freundin im Bordell kennengelernt. Und als ich dann krank wurde, hat sie sich bereitwillig mit um mich gekümmert." Flake schwieg, nickte nachdenklich, nahm den Blick nicht von Fay. Dann sah er Hagen an, lachte kurz auf. „Ich habe dich verstanden und abgesehen davon bin ich sowieso abgebrannt." Er schob die Ärmel seines Hemdes nach oben und Hagen bemerkte die tiefen Narben, die sich um seine beiden Handgelenke zogen wie Armbänder. Sie waren hellrosa und sahen noch recht frisch aus. „Was ist denn da passiert?", fragte er, überlegte sogleich, ob Handschellen derartig tiefe Einschnitte verursachen konnten, aber verwarf dann den Gedanken. „Schon mal mit 'nem Strick gefesselt gewesen? Die Kolonisten haben mir die Hände damit zusammengebunden und dann musste ich hinterherlaufen, während der eine auf seinem Pferd saß. Vorher haben sie mich ordentlich verprügelt und dann durch die Stadt geführt, bis zum Gefängnis." Hagen schluckte, einmal über die Offenheit seines Nebenmannes und dann, weil es ihn an ihre eigene Gefangenschaft erinnerte. Dieser bemerkte es, schenkte ihm einen fragenden Blick. „Du guckst mich an wie jemand, der solche Dinge nicht fassen kann!", lachte er. „Ich habe schon Schlimmeres gesehen …", meinte Hagen, fügte noch hinzu: „In den Straßen Londons. Ich bin nicht gerade im vornehmen Viertel groß geworden." Flake schwieg. Er lauschte Henrys Spiel einen Moment, wandte sich dann wieder an Hagen, deutete mit der Hand auf seinen Magen. „Meinst du, du könntest mir etwas zu essen ausgeben? Du bekommst das Geld auch zurück. Versprochen!"

„Ich habe kein Geld zurzeit, weil ich nicht arbeiten gehen kann. Ich werde Henry fragen …", meinte Hagen. „Oder frag ihn doch selber. Er macht es bestimmt." Flake winkte ab. „Dein Freund wird mir sicher nichts leihen. Da, wo ich herkomme, hätten wir so etwas einen eingebildeten Snob genannt!", er grinste. „Das ist nichts gegen dich oder eure Freundschaft, aber er scheint ein sehr hochnäsiges Etwas zu sein."

„Wie kommst du denn auf so einen Unsinn?", wollte Hagen wissen, schüttelte den Kopf. „Er stammt zwar aus einer besseren

Schicht, aber da hat er sich nie drauf versteift. Ehrlich, ich würde nichts auf ihn kommen lassen."

„Ist ja auch nicht meine Sache." Fay löste sich vom Klavier, kam zu ihnen herüber. Sie blieb neben dem Tisch stehen, warf aus den Augenwinkeln einen kurzen Blick auf Flake, konzentrierte sich dann wieder auf Hagen. „Soll ich dir noch etwas zu trinken bringen?", fragte sie mit einem Blick auf sein leeres Glas. „Ja, und für Flake auch noch eines. Lass dir Geld von Henry geben und dann möchte Flake auch etwas essen. Ich kann heute Abend ein bisschen Karten spielen, wenn ich gewinne, gebe ich Henry das Geld zurück." Fay legte eine Hand lässig auf die Hüfte, seufzte, ging dann zurück zu Henry, flüsterte mit ihm. Er unterbrach sein Spiel nicht, stattdessen langte sie in seine Hosentasche, holte einige Münzen hervor. Damit kehrte sie zu ihrem Tisch zurück, hielt sie Flake hin. „Bitte sehr", sagte sie ernst. Flake hob langsam die linke Hand, nahm das Geld aus ihrer, umfasste kurz ihre Finger, drückte sie leicht, grinste. „Ich werde mich dafür revanchieren." Mit diesen Worten stand er auf, schlenderte zum Tresen, bestellte Bier und Essen. Auf Fays Gesicht lag eine Unsicherheit, die Hagen bisher nie an ihr bemerkt hatte oder die erst in diesem Moment zum Vorschein kam. Er kam nicht dazu, sie darauf anzusprechen, Flake brachte zwei Bier, stellte ein Glas vor Hagen ab, holte dann einen Teller mit Suppe, setzte sich wieder rücklings auf den Stuhl, begann zu essen, wobei er mit einer Hand den Teller hielt, mit der anderen den Löffel. Sein Hunger musste groß sein, denn er aß hastig, obwohl die Suppe sichtlich heiß war. Dann holte er sich noch eine Portion, schlang diese ebenso schnell hinunter. Fay wollte zu Henry zurückgehen, als dieser aufhörte zu spielen, zu ihrem Tisch kam. Flake bedankte sich bei ihm mit einem Nicken, Henry hob kurz die Hand, legte dann seine Arme um Fay, flüsterte etwas in ihr Ohr. Hagen fand, dass es übertrieben wirkte, denn es zielte nur darauf ab, Flake unmissverständlich klarzumachen, dass er sich von Fay fernhalten sollte. Dieser ignorierte es scheinbar, widmete sich seinem Essen.

Hagen fragte sich in jenem Moment, was Henry und Fay verband. Manchmal dachte er, es sei die Art, wie beide ihr Leben sahen – sie hingen beide nicht sehr daran, waren scheinbar müde, ausgelaugt.

Jeder von ihnen war auf seine Art vom Leben enttäuscht worden. Fay war eine sehr einfache Person, „einfach gestrickt" hätte Hagens Mutter es genannt. Man konnte keine hochgeistigen Gespräche mit ihr führen, manchmal benutzte sie Begriffe, die nicht so ganz passten. Einmal sagte sie „Etwas war tödlich", doch sie meinte damit, etwas sehr Gutes. Sie war hübsch, doch je länger sie zusammen waren, um so enger band sie sich an seinen Freund. Zumindest empfand er es so. Henry und sie saßen oft dicht nebeneinander. Sie legte ihren Kopf an seine Schulter, er erzählte ihr von London, von Büchern, die er gelesen hatte. Manchmal legte er den Arm um sie oder sie nahm seine Hände in ihre. Doch ihre Beziehung war rein platonischer Natur. Jedenfalls ging er davon aus. Wenn sie schliefen, lag Fay zwischen ihnen, ohne jegliche Hintergedanken, doch manchmal, wenn sie ihn schlafend glaubte, drehte sie sich um zu Henry, drängte sich dichter an ihn. Manchmal sah sie zu Henry auf, der ihr aufmunternd zulächelte, sie hob den Kopf, versuchte stolz zu wirken, und dann veränderte sich ihr Gang, ihr Gesichtsausdruck. Es signalisierte jedem, dass sie nicht mehr so leicht zu haben war, wenn man so wollte, eine stolze Hure. Fast hatte Henry etwas von einem Beschützer. Es war Hagen aufgefallen, wie er sie behandelte, nicht direkt wie eine Geliebte, er verwöhnte sie, aber war ihr gegenüber stets höflich distanziert, wenn es um körperliche Nähe ging. Er kaufte ihr ein Kleid aus hellgrünem Samt, einen Sommerhut und Stiefeletten. Doch auch wenn es ihr stand und sie sich redlich bemühte, es mit Würde zu tragen, machte es sie dennoch nicht zu einer Lady. Hagen hatte sie heimlich beobachtet, wie sie vor dem Spiegel der Frisierkommode im Hotelzimmer gesessen hatte. Sie glaubte ihn schlafend. Neben ihr lagen einige rote Samtbänder, die sie Stück für Stück in ihr Haar flocht. Irgendwann musste er husten, und als sie seine Blicke bemerkte, senkte sie die Augen. „Für Henry?", fragte er. Sie verstand nicht gleich, was er meinte, doch dann nickte sie zögerlich, schien nicht erbost über die Anspielung. „Er hat mir die Bänder gekauft", erklärte sie, drehte sich zu ihm um, deutete auf ihr Haar. „Wie gefällt es dir?" Hagen gab offen zu, dass er es ungewöhnlich fand, aber hübsch. Sie erhob sich vom Stuhl, trat an das Bett, legte ihm dankbar die Hand auf die Schulter, lächelte und meinte, sie wolle unten auf

Henry warten, der von der Arbeit zurückkam. Als sie den Raum verlassen hatte, fiel Hagens Blick auf ein Band, welches sie zwischen die Seiten eines Buches neben ihm auf dem Nachttisch gelegt hatte. Er hatte es aus dem Buch gezogen, fühlte den weichen Stoff. Doch als seine Finger darüberglitten, überkam ihn ein ungutes Gefühl, gleich einer dunklen Vorahnung. Er legte das Band zurück in das Buch. Er war nicht gefühllos. Oft dachte er an Mercy, wenn er die Frauen betrachtete, und ohne dass er es wollte, glorifizierte er sie in seinen Erinnerungen, sodass sie sich abhob von diesen Frauen, auch wenn sie sich ihren Lebensunterhalt ebenso verdient hatte. Für Fay empfand er nicht mehr als Freundschaft, vielleicht sogar mehr aus Dankbarkeit für ihre Hilfe, weniger, weil er sie wirklich mochte oder sich mit ihr verstand. Dazu war ihr Verhältnis zu oberflächlich. Hagen hoffte, dass Fay sich nicht in etwas verrannte, denn er meinte, die Anzeichen richtig zu deuten, wenn sein Freund es mit einem gütigen Lächeln hinnahm, dass sie etwas mal wieder nicht verstand oder ihre Ansichten seinen nicht ebenbürtig waren, weil sie nicht so vorausschauend dachte wie er oder schlichtweg gar keine Meinung zu etwas hatte. Dinge, mit denen sie sich nie befasste, weil sie nicht in ihre kleine Welt passten und ihr fremd waren.

Flake stellte seinen Teller geräuschvoll auf den Tisch zurück, wischte sich mit dem Handrücken lässig den Mund ab, knuffte Hagen sanft an der Schulter. „Hey, du Träumer!“ Er riss Hagen aus seinen Gedanken, der ihn verwirrt anstarrte, sich suchend umsah. „Die sind rausgegangen“, sagte Flake, grinste leicht hämisch. „Sie wollten wohl ungestört sein. Nimm es mir nicht übel, aber zuerst habe ich gedacht, dein Freund sei so was wie ihr Zuhälter.“ Hagen reagierte nicht auf die Anspielung, stattdessen gab er Flake unmissverständlich zu verstehen, dass er seine Worte missbilligte. Dieser entschuldigte sich leise, drehte ihnen beiden eine Zigarette, doch Hagen lehnte ab. „Ich bin manchmal etwas unsensibel. Tut mir leid. Aber wenn man so lange alleine ist, wie ich, dann verliert man etwas das Gefühl für einen gepflegten Umgang mit anderen Menschen“, gab er offen zu, „und die Typen, mit denen ich mich so abgebe, haben rauere Sitten.“ Hagen nahm einen Schluck von seinem Bier. „Ist schon gut. Ich glaube, ich muss mich wieder etwas hinlegen. Aber heute Abend würde ich gerne eine Runde pokern." Er stand langsam auf, wobei er eine Hand wieder auf seinen Bauch legte. Wie selbstverständlich stand auch Flake auf, griff unter seinen rechten Arm, half ihm wortlos nach oben auf das Zimmer. Hagen bedankte sich bei ihm, legte sich auf das Bett. „Soll ich dir dein Bier hoch bringen oder hast du etwas dagegen, wenn ich …?", fragte Flake. „Nein, nein, trink es ruhig aus." Flake stand für Sekunden unsicher im Raum, wischte sich die Hände an der Hose ab, hob dann die Hand. „Ich hole dich dann nachher ab!"

„Gut."Auf Flakes Gesicht legte sich eine gewisse Freude, die man sonst nur bei kleinen Kindern sah. Er verließ den Raum und Hagen hörte ihn auf dem Weg nach unten pfeifen. Er setzte sich etwas im Bett auf, wollte seine Schuhe noch ausziehen, doch ihn überkam eine bleierne Müdigkeit und ihm fielen die Augen zu. Es würde noch eine Weile dauern, bis er seine Erschöpfung überwinden könnte und wieder bei Kräften wäre …

„Der Kerl ist seltsam", meinte Fay, zog ihr Kleid aus und goss etwas Wasser aus der Karaffe auf der Kommode in die Waschschüssel. Henry saß auf der Bettkante ihres Bettes im Zimmer des Bordells, sah ihr zu, wie sie den Kopf über die Schüssel beugte und ihr Haar wusch. „Du meinst diesen Flake, oder? Ich würde sagen, er ist ein Herumtreiber. Vielleicht ein bisschen schwer einzuschätzen." Sie hielt inne, schäumte dann ihr nasses Haar mit Seife ein, spülte es mit dem Wasser aus der Karaffe aus. „Er wäre nicht der erste Kerl, der mir unsympathisch ist", kicherte sie, „aber ich denke, du magst ihn nicht." Fay griff sich das Handtuch, welches sie auf der Kommode bereitgelegt hatte, drehte sich zu Henry um, wiederholte ihre Worte in abgewandelter Form, da er nicht reagierte. „Ach, wirklich!", gab er überzogen ironisch zurück, erklärte dann: „Er wirkt auf mich halt seltsam, ich kann es nicht einordnen und vielleicht täusche ich mich. Vielleicht liegt es aber auch einfach an der Tatsache, dass ich nicht mehr zwanzig bin und auch nicht gewillt, ständig neue Menschen kennenzulernen. Ich bin nicht gerade gut darin, mir neue Freunde zu suchen."

„Ja, ich weiß, du bist halt nicht besonders aufgeschlossen", seufzte sie, rubbelte ihr Haar mit dem Handtuch trocken, griff sich dann die Bürste von der Kommode und setzte sich auf das Bett neben ihn. Er hielt die Hand auf, Fay legte die Bürste wie ein artiges Mädchen in seine Hand, setzte sich so hin, dass er ihre Haare kämmen konnte. Behutsam umfasste er die Strähnen, ließ die Bürste mit langen Strichen sanft darübergleiten. Ihr feuchtes Haar war lockiger als in trockenem Zustand, floss in großen Wellen hinab zu ihren Schultern. Auf sein Gesicht legte sich etwas Schwärmerisches, Genussvolles. Fay schwieg, auch sie genoss diese Form der Zuneigung von seiner Seite sichtlich. „Ich habe meiner Mutter auch oft die Haare gekämmt", sagte er leise, „sie waren glatt, ein kastanienfarbenes Braun und sie steckte sie hoch, aber kunstvoll, wie nur adelige Frauen es tragen. Ihre Haare reichten bis zu ihren Knien. Doch als mein Vater starb, hat sie sie abschneiden lassen. Ich fand es auch verblüffend, wie schnell sie danach grau und dünn wurden." Fay erwiderte zuerst nichts, fand sie es doch zu merkwürdig, dass ein Sohn seiner Mutter die Haare kämmt. Derlei tiefere Beziehungen zu einem Elternteil waren ihr völlig fremd und sie konnte sich beim besten Willen nicht vorstellen, dass ihre Mutter, die ohnehin nur strohiges Haar hatte, ihre Söhne an ihre Haare ließ. Und sich Henry vorzustellen, wie er als junger Mann noch die Haare seiner Mutter kämmte … „Du hast ihr als kleiner Junge die Haare gekämmt, oder?", wollte sie wissen. „Du musst sie sehr gern gehabt haben …"

„Das ist lange her …", wich er ihrer Frage aus, doch man konnte den wehmütigen Unterton in seiner Stimme nicht überhören. „Sie ist schon lange tot."

„Dann hast du niemanden in England zurückgelassen?", vergewisserte sie sich, denn sie hatte Männer getroffen, die allein auswanderten, Geld verdienten und wenn sie genug beisammen hatten, holten sie ihre Familien nach. „Nein." Sie konnte ein Lächeln nicht unterdrücken. Er legte die Bürste zur Seite, seine Hände berührten ihre Schultern und ein feines Schaudern durchfuhr sie, als sie seinen warmen Atem an ihrem Hals spürte. Seine Lippen bedeckten ihre Haut mit Küssen, die sanft und vorsichtig waren, so als müsste er sie erst entdecken, ihren Körper erkunden, wie etwas völlig Neues, was sich ihm offenbarte. Junge Freier waren meist so zärtlich, sie bezahlten zwar für ein bisschen Liebe, gaben sich aber dennoch Mühe, sie zu beeindrucken, auch wenn es für Fay fast schon zur Gewohnheit geworden war und es sie so sehr abgestumpft hatte, dass sie Gefühle nur noch spielte. Aber mit Henry war das anders. Zum crsten Mal seit langer Zeit war da etwas in ihr, das fast vergessene Gefühl flammte wieder in ihr auf. Sie konnte es selbst kaum glauben und in jenem Moment wollte sie wieder die wahre Fay sein, die aufrichtige Gefühle investiert, wahre Gefühle. Doch sie fürchtete sich auch davor, dass er weiterziehen könnte mit Hagen und sie würde zurückbleiben. Sie konnte fast schon den bitteren Vorgeschmack auf ihrer Zunge spüren, denn es würde sie wieder einmal eines Besseren belehren und ihr Herz brechen. Er hielt inne, rückte ans obere Ende des Bettes, und als sie sich nicht rührte, legte er die Arme um sie, zog sie zu sich heran, sodass sie in seinem Schoß saß. Sie lehnte sich an ihn, starrte auf ihrer beider Hände, die auf ihrem Bauch ruhten. „Woran denkst du?“, fragte er. „Du willst es nicht wirklich wissen“, gab sie zurück. „Ist es schmutzig?“, grinste er. „Dann lass mich daran teilhaben.“

„Nein, nein“, kicherte sie, wurde dann wieder ernst, „es ist nicht leicht für mich, weil … ich … Du wirst über mich lachen und mich für dumm halten.“

„Unsinn! Und jetzt hast du davon angefangen und nun sag es schon“, forderte er sie sanft auf, obwohl er innerlich ahnte, was sie ihm sagen wollte. „Es war mein voller Ernst, als ich dir sagte, dass ich dich liebe“, fasste sie sich ein Herz. „Und es ist schwer für mich, weil ich eigentlich meine Gefühle gut im Griff habe, denn ich muss sie immer zurückstellen, aber ich wünschte, ich könnte es diesmal. Ich möchte bei dir sein, auch wenn du mich nicht liebst. So, und jetzt kannst du mir sagen, wie dumm ich bin!“

„Fay, ich kann mir vorstellen, wie das für dich ist. Aber ich bin nicht der Richtige. Ich bin gerne mit dir zusammen und ich bin dir eine Menge schuldig, was aber nicht der Grund ist, dass ich mit dir zusammen sein möchte. Doch ich bin nicht der Prinz, der dich aus diesem Leben hier befreit, garantiert nicht.“

„Du liebst mich nicht und kannst es mir einfach nicht direkt sagen …“

„Das stimmt nicht. Gott, ich bin zu alt für dieses kitschige Gefühl der großen Liebe! Ich mag dich, aber es ist nicht die tiefe Liebe, die mich nachts nicht schlafen lässt. Und wenn es das ist, was du von mir willst, kann ich es dir nicht geben. Aber wenn wir hier weggehen und du willst mit uns kommen, an meiner Seite, dann werde ich nicht erst Hagen um Erlaubnis fragen, sondern nehme dich mit." Sie hörte seine Worte, wusste, dass er recht hatte, sie freuten sie sogar, aber sie war sich nicht ganz im Klaren darüber, ob sie sein Angebot in dieser Weise akzeptieren wollte, war sie doch in ihren Gefühlen hin- und hergerissen und es hatte sie große Überwindung gekostet, so offen zu ihm zu sein. „Und was werde ich dann sein?", hinterfragte sie seinen Vorschlag lapidar. „Eure Köchin? Ein Anhängsel oder nur ein sperriger Klotz am Bein?"

„Meine Freundin, meine Frau – wie auch immer du es nennen willst."

„Du sagst das jetzt nicht einfach so daher, oder?"

„Nein, ich meine immer alles so, wie ich es sage", meinte er, sagte in versöhnlichem Ton: „Denk darüber nach, und wenn es soweit ist, frage ich dich, dann kannst du dich entscheiden."

„Ich werde darüber nachdenken", flüsterte sie, lehnte sich an ihn, schloss die Augen. Es verwunderte sie, dass er jetzt von sich aus mit ihr intim wurde, ohne dass sie die Initiative ergriff. Gleichzeitig war es für sie der Beweis, dass ihm etwas an ihr lag. Seine Hände legten sich auf ihre Schultern, schoben die Träger ihres Hemdes nach unten, wanderten über ihren Oberkörper und sie hatte Mühe, das feine Zittern zu unterdrücken, das über ihren Körper lief. Es verursachte eine Gänsehaut auf ihren Armen und sie zuckte unwillkürlich zusammen. „Ist dir kalt?", fragte er leise. „Nein, es ist die Art, wie du … mich anfasst. Es ist lange her, dass ein Mann mich so vorsichtig behandelt hat."

„Ich glaube, es gibt da draußen tausend andere, die eine Frau besser verführen können als ich", lachte er leise, witzelte: „Aber wenn dir das gefällt, dann bist du nicht sehr anspruchsvoll." Sie drehte sich zu ihm um, legte den Finger auf seine Lippen. „Mach es nicht kaputt", bat sie und er wich ihrem Blick etwas verschämt aus, so fuhr sie fort, küsste ihn auf den Mund, sachte und wiederholte es, als er in

Grübeleien abzudriften schien, suchte seine Augen mit ihren, bis er ihre Küsse erwiderte. Dann löste er sich von ihr, stand auf und sie glaubte, er würde nun seine Kleidung ausziehen, doch stattdessen stand er zuerst nur über ihr, betrachtete sie, als sie sich lang auf dem Bett ausstreckte. Es verunsicherte sie etwas, aber bevor sie etwas sagen konnte, zog er ihr Hemd und ihre Unterhose aus, tat so, als würde er an den Sachen riechen und sie unter seinem Hemd verstecken, warf sie dann achtlos auf den Boden neben das Bett. Sie schenkte ihm ihr schönstes Lächeln. Die Sekunden verstrichen, in denen er dastand, den Kopf leicht zur Seite geneigt, seine Augen wanderten über ihren Körper, aber er rührte sich nicht. Nach einer Weile richtete sie sich auf, kniete sich vor ihm auf das Bett, berührte seine Hand. Da erst blickte er ihr in die Augen, fixierte ihren Blick, hob seine Hand, schob sie mit einem sanften Stoß auf das Bett. Sie gehorchte, ließ sich der Länge nach hinfallen, beobachtete ihn, wie er seine Sachen auszog, immer noch mit diesem leicht nachdenklichen, abwesenden Ausdruck in den Augen. Dann legte er sich neben sie, breitete die Decke aus, doch verhielt sich nicht so, wie sie es erwartet hatte, denn er drehte sich auf die Seite, zog sie zu sich heran, in seine Arme, hielt sie mit leichtem Nachdruck fest – aber er machte keine Anstalten, intimer mit ihr zu werden, auch nicht, als sie sich enger an ihn schmiegte. Ihr war vorher noch nie ein Mann begegnet, der sich so unter Kontrolle hatte. Sie seufzte leise. Es verunsicherte sie so sehr, dass sie nicht wusste, ob sie nun die Initiative ergreifen sollte. So lag sie einfach in seinen Armen, schwieg, bis er wieder zu sprechen begann. „Fay, ich muss dir etwas sagen … Es ist auch in gewisser Weise der Grund, weshalb ich nicht so bin wie die anderen Männer, die dir sonst so begegnen." Sie erwiderte nichts, denn ihr Verstand ließ sie vermuten, dass er und Hagen vielleicht doch enger befreundet waren, als sie angenommen hatte. So war sie nun einmal, es waren die ersten Gedanken, die ihr durch den Kopf gingen. Er schien nach den richtigen Worten zu suchen, setzte an, zögerte, sprach dann weiter, dicht an ihrem Ohr. „Ich bin krank und ich weiß nicht, wie lange ich noch ..." Henry wollte ihr von vornherein nicht sagen, an welcher Krankheit er litt, es würde ihr genügen, zu wissen, dass er nicht mehr viel Zeit hatte, denn davon ging er selbst aus, er sah sich schon lange nicht mehr als alter Mann in einem Schaukelstuhl auf einer Veranda sitzen und den Enkelchen wohlwollend beim Herumtollen zusehen. Sie reagierte auf seine Worte fast entsetzt, drehte sich um, sah ihn voller Ernst an. „Damit macht man keine Scherze!“, protestierte sie. „Aber so ist es“, sagte er ohne jegliche Emotion. „Vielleicht sind es noch fünf Jahre, vielleicht zehn.“ Ihr Gesichtsausdruck verriet ihm, dass seine Worte sie trafen und sie Angst um ihn hatte, es verletzte sie, traf sie im tiefsten Innern. Irgendwie erfüllte es ihn mit einer gewissen Freude und bestärkte ihn darin, dass sie wirklich etwas für ihn fühlte. „Sag mir, was es ist. Bitte!“, forderte sie, stellte Vermutungen an und er schüttelte den Kopf. „Ich will nicht darüber reden.“ Sie nickte zaghaft. „Dir geht es selbst schlecht und du kümmerst dich so sehr um Hagen. Weiß er es?“

„Ja. Aber ich lebe damit, Fay, und das Letzte, was ich will, ist bedauert werden. Ich liege ja nicht sabbernd in einem Bett.“

„Dann sag mir, was es ist!“

„Nein, nicht heute.“ Ihm war klar, dass er einen Fehler gemacht hatte. Bereits am Anfang ihrer Beziehung hätte er ihr sagen müssen, dass er an Syphilis litt, vielleicht wäre sie ihm dann nie so nahe gekommen. Nun konnte sie es ihm auch übel nehmen, denn immerhin konnte er auch ob ihrer Profession nicht davon ausgehen, dass sie es bereits hatte. Es reichte schon, dass er zweimal schwach geworden war. „Du kannst nicht davon anfangen und dann lässt du es so stehen. Du verstehst immer noch nicht, dass ich hier drin etwas für dich fühle“, meinte sie, legte die Hand auf ihre Brust. „Ich fühle auch etwas für dich, aber ich habe keine Zukunft. Ich weiß auch nicht, es ist alles nicht so leicht …“, gestand er. „Ja, aber dann frage ich dich, ob du es schon gewusst hast, als du hierhergekommen bist, nach Australien …“ Henry nickte, senkte den Blick und sie verstand es auf ihre Weise, deutete seine Flucht in dieses Land als eine Art Flucht vor sich selbst, vor seiner Krankheit. Es hatte eine gegenteilige Wirkung auf sie, anders als er wahrscheinlich beabsichtigte, denn sie nahm sein Gesicht in ihre Hände, küsste ihn und legte die Arme um ihn: „Das ist mir alles egal.“ Er schwieg, denn ihr Verhalten sorgte dafür, dass er sich noch mehr hasste, weil er sie wahrscheinlich schon angesteckt hatte und sie belog, nicht wirklich ehrlich mit ihr war. Dabei hatte gerade sie es verdient, fand er. Sie lagen noch eine Weile beieinander, bis es Abend wurde und Henry nach Hagen sehen wollte. Fay verabschiedete sich von ihm, seufzte, zum einen, weil sie sich nun wieder den Freiern hingeben musste, zum anderen, weil sie doch ein wenig gehofft hatte, dass Henry sie bitten würde, nicht mehr mit anderen Männern zu schlafen, ihren Beruf aufzugeben. In ihr keimte die Hoffnung, dass er es bald von ihr verlangte, wenn sie weiterzögen …

„A debt to the devil Billy must pay,
For killing pretty Polly and running away …“

Queen Adreena

In den folgenden drei Wochen ging Henry weiterhin arbeiten im Sägewerk, doch er musste Hagen nicht mehr Fays Obhut überlassen, denn es ging ihm zusehends besser. Zudem kümmerte sich Flake ab und an um ihn, leistete ihm oft nachmittags Gesellschaft, auch spielte er jeden Abend Karten an Hagens Seite. Henry saß nur zeitweise bei ihnen, oft zog er sich nach der Arbeit auf das Zimmer zurück, las in einem Buch oder schlief. Da er gerne auch mal für sich allein war und Hagen dies wusste, nahm er es als gegeben hin. Fay wartete auf ein Zeichen. Sie ging ihrer Arbeit nach, kam manchmal vorbei, erkundigte sich nach Hagens Genesung, setzte sich zu den Männern an den Tisch, sah ihnen beim Pokern zu oder ging für eine Weile zu Henry auf das Zimmer. An den Wochenenden wollte sie mit ihm spazieren gehen, doch an einem fühlte er sich nach der Arbeit und den Überstunden so erschöpft, dass er nur ausruhen wollte, an einem anderen ging es ihm schlecht, er fühlte sich zu krank, um das Haus zu verlassen. Sie drängte ihn auch in jenem Moment nicht, ihr den Namen seiner Krankheit zu verraten, saß an seiner Seite, die Hand auf seiner, als ihn ein Fieberschub niederwarf. Und sie hielt sich mit Einwänden zurück, als sie ihn montags wieder von der Arbeit kommen sah.

Hagen akzeptierte Flakes Gesellschaft, doch er wollte keine tiefe

Freundschaft daraus werden lassen. Er empfand
anderen nicht als störend, aber Flake konnte in
durchaus die Nerven verlieren und Hagen ihn
zen. Einmal hatte er einen Kerl nach draußen
nachweislich nicht falsch spielte, dennoch gri
unvermittelt, prügelte solange auf ihn ein, bis er am Boden lag
sich krümmte. Dann kam er wieder in die Bar, richtete seine Kleidung, fuhr sich mit der Hand durch das Haar und setzte sich an den Tisch, als wäre nichts geschehen. Diese Unberechenbarkeit ließ ein mulmiges Gefühl in Hagen aufkommen. Zudem hatte Flake irgendeine Geldquelle in der Stadt. Er leugnete zwar, dass er einer Arbeit nachging, aber dennoch konnte er bald nach ihrer ersten Begegnung selbst bezahlen und andere einladen. Manchmal stellte er Hagen Fangfragen, vielleicht kam es ihm aber auch nur so vor, wenn Flake zum scheinbar hundertsten Mal wissen wollte, warum sie beide ausgewandert waren. Er begann seine Sätze dann mit: „Nun komm schon, sei mal ehrlich …“ oder „Wo wart ihr noch mal vorher überall, bevor ihr hierher kamt?“ Er versuchte seine Fragen beiläufig einzustreuen, wenn sie am Tisch zu später Stunde beisammensaßen. Henry schwieg sowieso die meiste Zeit, er und Flake hatten keine gemeinsame Basis und ihre rar gesäten Gespräche endeten meist nach einigen Minuten wieder. Einmal, als Henry gerade sein Hemd wechselte oben im Zimmer und Flake Hagen abholen wollte, fiel ihm die Narbe an Henrys Schulter auf. Er wartete einige Sekunden, fragte dann nach, was passiert sei. „Eine kleine Messerstecherei“, sagte Henry kurz angebunden, doch Hagen sah an Flakes Blick, dass diesem die Erklärung nicht reichte. Er machte einen Schritt auf Henry zu, grinste und stemmte die Hände in die Hüften. „Ne, ne,“, meinte er. „Ich erkenne eine Schussverletzung auf hundert Meter! Da haste aber wirkliches Glück gehabt!“

„Du scheinst öfter in Streitereien gekommen zu sein“, gab Hagen lapidar zurück, wollte ablenken, sah Henrys Blick, der Flake nun noch argwöhnischer ansah, als er dies ohnehin schon jeden Tag tat. Henry deutete Hagen unmissverständlich an, dass er diesen Kerl niemals akzeptieren würde, sondern ihm gegenüber immer eine gewisse Skepsis hatte. „Ja, aber meist war ich der, der die Waffe neller gezogen hat", sagte Flake, in seiner Stimme lag eine gewisse Überheblichkeit, die Hagen auch nicht überhören konnte. „Und manchmal geht es nicht anders – entweder du bist schneller oder endest in der Kiste." Henry knöpfte sein Hemd zu, und da er immer noch kein Wort von sich gab, sondern Flake ab und an einen Blick schenkte, der glatte Ignoranz ausdrückte, ergriff Hagen das Wort. „Du hast doch gar keine Waffe …"

„Nicht hier. Ich will damit ja nicht dauernd durch die Stadt laufen. Aber ich würde nicht ohne meine Waffen durch das Land reiten – das wäre glatter Selbstmord." Henry überhörte seine Worte, stattdessen wandte er sich ab, setzte sich auf den Stuhl beim Fenster und drehte sich eine Zigarette. Er schüttelte dabei fast unmerklich den Kopf, verkniff sich ein Grinsen, welches Flake nicht wahrnahm. Dieser sah von ihm zu Hagen, der seinen Blick auffing, aber seine Worte als reine Aufschneiderei deutete. Er machte auf ihn nicht gerade den Eindruck eines Mannes, der seinen Waffen Namen gab und ein passabler Schütze war, obwohl er ihn noch nie mit einer Waffe in der Hand gesehen hatte. „Wo hast du sie denn versteckt?", fragte er nun, mit leichtem Nachdruck, denn bisher hatte Flake nie erwähnt, wo er schlief. „An einem sicheren Ort." Flake beugte sich tief nach vorne, und als er wieder hochkam, blitzte die Schneide eines Messers in seiner Hand auf, nur wenige Sekunden lang, bevor er es zielsicher auf den Tisch warf, sodass es mit der Spitze im Holz stecken blieb, nicht unweit von Henry, der nicht einmal zusammenzuckte, sondern seelenruhig seine Zigarette anzündete. Hagen war zusammengezuckt, es ging alles so schnell, es war ihm keine Zeit geblieben, über eine gewisse Körperbeherrschung nachzudenken. Flake kam zum Tisch, zog das Messer aus der Platte und steckte es wieder in seinen zerlumpten Stiefel. In Hagen kam die Frage auf, ob es ihm nicht wehtat, wenn er das Ding in seinen Schuhen spazieren trug, zudem beunruhigte ihn die Schnelligkeit. Ihm kamen zum ersten Mal wirkliche Zweifel, ob Flake nicht doch etwas vor ihnen verbarg und man ihm doch besser misstraute. Er stand jetzt vor ihnen, wartend, als müssten sie ob seiner Vorführung die Hände heben und applaudieren. „Bist du verrückt?", stammelte Hagen. „Tut mir leid, aber ich hasse es, wenn man mir nicht glaubt", gab Flake frei zu. Über Henrys Lippen kam ein Laut, der unterstrich, wie sehr er ihn für einen Kindskopf hielt. „Das ist kein Grund, uns zu bedrohen.“ Hagen unterdrückte seinen Unmut über Flakes Verhalten nicht länger. „Was sollte das?“ Jetzt stand Henry auf, drehte sich um zum Fenster, sah auf die Straße. „Vielleicht hat er gehört, dass wir weiterziehen wollen, und hofft, dass diese kleine Vorführung dich so sehr beeindruckt, damit du mich fragst, ob ich einverstanden bin. Aber das ist nur so ein Gedanke von mir.“

„Warum sollte ich mit euch kommen wollen?“, fragte Flake, verschränkte die Arme vor der Brust. „Zudem würde es mich eh nicht reizen, mehr Zeit an deiner Seite zu verbringen. Ich könnte genauso gut deinen Freund fragen, ob er mit mir weiterreiten will, oder? Da schon einmal drüber nachgedacht?“

„Sicher“, gestand Henry voller Ernst, drehte sich wieder zu ihnen um. „Frag ihn doch! Wir sind doch keine kleinen Kinder!“ Hagens Blick wanderte von einem zum anderen, dann wehrte er ab. „Ich weiß nicht, warum wir das gerade …“

„Weißt du, was dein Problem ist?“, fragte Flake ironisch, trat direkt vor Henry. „Du bist ein hochnäsiger Kerl, der meint, er sei etwas Besseres! Ein Klugscheißer, wie er im Buche steht!“ Unmerklich wich Hagen einen Schritt zurück, als die beiden Männer sich gegenüberstanden, sich fixierten wie zwei Kampfhähne bereit zum Sprung, doch es verblüffte ihn einmal mehr, wie sehr Henry sich bemühte, ruhig zu bleiben. „Bist du fertig?“, wollte er nur wissen, schnippte den Rest der Zigarette aus dem Fenster, schob Flake unsanft zur Seite, ging zur Tür. Dieser fuhr vor und im ersten Moment dachte Hagen, dass er Henry einen Faustschlag verpassen würde, aber er packte ihn nur am Arm. Henry befreite sich aus dem Griff, schenkte Flake einen Blick, der ihn umgehauen hätte, wenn Blicke allein töten könnten. „Fass mich nie wieder an! Ich muss raus hier, wenn ich noch ein weiteres dummes Wort von dir ertragen muss, wird mir schlecht! Denn ich bin seit fast vierzig Jahren verdammt schlecht gelaunt!“ Damit verließ er den Raum. Die Tür fiel geräuschvoll ins Schloss. „Mann, ich habe ihn noch nie so wütend gesehen!“, entfuhr es Hagen. „Du musst extrem rücksichtsvoll sein, die ganze Zeit über. Echt, das ist auch eine Leistung“, bekannte Flake, grinste dann. „Na, wir werden wohl nicht miteinander warm werden.“ Hagen konnte über die Bemerkung nicht lachen. Zugegeben, er war ein erwachsener Mann und konnte seine Zeit verbringen, mit wem er wollte, aber irgendwie machte ihn die Situation nachdenklich, denn Henry schien nicht ganz unrecht zu haben, wenn er meinte, Flake sei nicht ehrlich. Vielleicht war Flake aber auch so, wie er sich wirklich gab, geprägt durch seine schlechten Erfahrungen im Leben, wie sie beide, nur dass er noch auf der Suche nach Anschluss war oder vielleicht wollte er auch alleine bleiben. Hagen wusste schon lange genau, was er ihm antworten wollte, wenn er wirklich fragte, ob sie zusammen weiterziehen wollten. Er hatte sich die Worte schon vor einer Weile zurechtgelegt, denn er wollte nicht mit Flake an seiner Seite durch die Lande streifen. Auch wenn sie sich ganz gut verstanden, war es mehr eine oberflächliche Angelegenheit, keine Freundschaft im tieferen Sinn. Nein, er wollte mit Henry die Stadt verlassen, eventuell mit Fay im Schlepptau. Hagen setzte sich auf das Bett. „Ich komme gut mit ihm aus und bin ihm gegenüber in gewisser Weise dankbar. Als ich krank war, hat er nicht gezögert, sondern ist arbeiten gegangen, damit er den Doktor bezahlen kann, hat Fay gebeten, bei mir zu bleiben, und ich finde, das ist wahre Freundschaft. Er ist so, wie er ist, und wenn man ihn so nimmt, dann kann ich kaum etwas Negatives über ihn sagen.“

„Wenn du das so siehst“, sagte Flake, man konnte deutlich heraushören, wie dumm er das alles fand. „Du bist vielleicht zu lange auf dich gestellt gewesen“, mutmaßte Hagen und schob auf diese Vermutung auch die Tatsache, dass Flake sich gegenüber anderen Menschen oft seltsam verhielt, es fast gänzlich verlernt hatte, sich auf andere einzustellen. „Da ist sicher etwas Wahres dran. Aber ich kam alleine immer am besten zurecht. Ich bin mit Gesellschaft eine Zeit lang zufrieden, aber eine Freundschaft, so wie ihr sie habt, wäre nicht mein Ding, ich bin lieber unabhängig.“ Er sagte es aus voller Überzeugung, senkte den Blick auf seine Schuhe, steckte die Hände in die Hosentaschen. Hagen brauchte nicht darauf zu warten, dass Flake ihn fragen könnte, ob sie sich zusammentun wollten, denn mit seinen letzten Worten hatte er klargemacht, dass er alleine weiterzöge.

„Ich gehe mal davon aus, dass du dich nicht bei Henry entschuldigen wirst …“

„Nein. Ich wüsste nicht warum, ich meinte alles so, wie ich es gesagt habe“, gab Flake zurück, wollte dann wissen, wann sie weiterziehen wollten, und Hagen sagte ihm, dass sie noch zwei oder drei Tage blieben. Worauf er meinte, dass er noch länger bleiben würde. Dann lud er Hagen auf ein Bier ein und dieser nahm die Einladung an. Henry saß nicht unten an einem der Tische. Es war später Nachmittag und Hagen glaubte ihn bei Fay, sodass es ihn verwunderte, als dieser mit einem Buch unter dem Arm an ihnen vorbei und nach oben aufs Zimmer ging. Er würde sich in ein neu erstandenes Buch vertiefen, denn Hagen wusste, dass es seine Art war, abzuschalten und den Kopf freizukriegen.

Zwei Abende später fragte Henry Fay, ob sie mit ihnen kommen wolle und sie willigte ein, hatte sie doch der Madame schon Andeutungen gemacht und nur auf diesen Moment gewartet. Es hatte sie einige Mühe gekostet, ihre überschwängliche Freude zu unterdrücken und nun verabschiedete er sich von ihr mit einem Kuss, sagte, er wolle am nächsten Morgen kommen, um sie abzuholen. Sie wollte es sogleich Claire erzählen, die ihre Hoffnungen ständig mit ihrer Lebenserfahrung zu zerstreuen suchte. Und sie musste ihre Habe aufteilen, es würde nicht alles in die kleine Reisetasche passen, die sie besaß. Die anderen Mädchen sollten sie beerben, bevor sie der Stadt endgültig den Rücken kehren konnte. Fay stand für Sekunden unweit des Bordells, sah Henry noch nach, wie er in der Nacht verschwand. Es drängte sie, zu ihm zu laufen, um ihn zu bitten, bei ihr zu bleiben, aber es würden noch mehr Nächte folgen. Sie hatte sich so lange in Geduld geübt, da würde sie die paar Stunden auch noch aushalten können. Fay seufzte, wandte sich ab und lief Flake fast direkt in die Arme. Er wischte sich die Hände an seiner Hose ab, schenkte ihr ein schiefes Lächeln. „Ich dachte, du spielst um diese Zeit noch Karten mit Hagen?“, meinte sie, nur um etwas zu sagen, setzte ihren Weg langsam fort, doch er folgte, ging dicht neben ihr. „Mir reicht es für heute. Und ehrlich gesagt, ich hätte Lust auf etwas anderes“, gab er offen zu, und da sie wusste, worauf er hinauswollte, winkte sie schnell mit der Hand ab. „Tut mir leid, anschreiben is’ nich' und ich habe heute frei!" Er zog einige Scheine aus seiner Tasche, hielt sie ihr hin. „Ich habe Geld."

„Da sind noch andere Mädchen im Haus."

„Ich will aber dich, und soweit ich weiß, kann man sich seine Lady aussuchen." Seine Größe und sein Aussehen an sich schreckten sie ab. Doch er war nicht der Erste, den sie abstoßend fand, und er hatte einige Scheine in der Hand, sie konnte ihn auch ruhig etwas „überpreisig" abfertigen. Aber heute Abend hatte sie selbst für sich den Entschluss gefasst, diesen Teil ihres Lebens hinter sich zu lassen. „Kennst du schon meine Freundin Claire? Sie wird dir gefallen", lächelte sie, wollte weitergehen, doch er blieb beharrlich. „Nein, ich will dich. Komm schon! Ich weiß, dass ihr morgen weggeht. Tue mir den Gefallen, es dauert auch nicht lange und ich will es nicht umsonst."

„Ich mache das nicht mehr!", warf sie mit Nachdruck ein. Dann seufzte sie hörbar, schüttelte den Kopf, machte einen Schritt in Richtung des Bordells, doch er nahm ihre Hand in seine, wollte sie in die Gasse zwischen die Häuser ziehen. Fay versuchte sich aus seinem Griff zu befreien, doch er umfasste sie mit beiden Armen, legte die Hand auf ihren Mund und schob sie vor sich her. Fay fühlte die Unruhe in sich aufsteigen ob der Dunkelheit, die sie beide nun umschloss, aber er schob sie unbarmherzig weiter. „Es ist nicht weit. Du brauchst keine Angst zu haben", flüsterte er in ihr Ohr. Es klang wenig vertrauenserweckend und sie konnte den Alkohol in seinem Atem riechen, die Erregung in seiner Stimme war unüberhörbar. Er schob sie bis zu einem kleinen Stall, in dem einige Pferde standen, entzündete eine Petroleumlampe, zeigte ihr einen Bereich in einer Ecke des Stalls, wo ein Sattel, ein Kissen, ein Haufen Stroh und eine Decke lagen. Neben dem Sattel lag ein großer lederner Beutel, der von einem Lederband zusammengehalten wurde. „Dein Reich?", fragte sie, versuchte ruhig zu bleiben, deutete auf das Stroh und er breitete die Decke aus, wies sie an sich daraufzusetzen. Sie sah die Pferde in den Ställen friedlich im Stehen dösen, der Geruch der Tiere und des Strohs erinnerten sie irgendwie an ihre Kindheit. Zuerst blieb sie im Raum stehen, verunsichert, aber nicht verängstigt. Es verwunderte sie selbst. Sie hätte schreien können, versuchen wegzulaufen, aber er war so viel größer als sie und sie bemühte sich Stärke zu zeigen, in der Hoffnung, dass es dann langweilig für ihn wäre. Fay hatte darin eine gewisse Übung, sie konnte geschickt wechseln – Angst spielen oder sich gelassen geben, jedenfalls äußerlich. „Hör mal, du musst nicht denken, dass ich das nur mache, um deinen Freund … also Henry … Du gefällst mir nun einmal“, erklärte Flake, kam nun auf sie zu, hockte sich vor sie hin und legte die Hände auf ihre Schultern. „Würde es dir etwas ausmachen, es … na ja, etwas abzuwandeln?“

„Du bist der Kunde“, gab sie leicht schnippisch zurück. „Aber ich habe dir eigentlich gesagt, dass ich nicht mehr ...“

„Zieh dich aus!“, forderte er sie auf, es klang nicht so fordernd, dass sie gleich darauf reagierte, doch als er seine Worte wiederholte, lauter, aggressiver, tat sie wie geheißen. Aus den Augenwinkeln nahm sie wahr, wie er sie beim Entkleiden musterte, bis sie nackt war und ihre Kleidung auf einem Haufen auf dem Boden lag. Sie sah zur großen Stalltür und registrierte, dass er den Holzriegel davorgeschoben hatte. Fay schluckte, doch sie hoffte, dass wenn sie auf seine Forderungen einging, sich fügte, es ihm vielleicht reichte. Flake stellte sich vor sie, zog lässig seinen Gürtel aus der Hose, deutete ihr die Hände zu heben und band die Handgelenke zusammen. Dann flüsterte er in ihr Ohr, dass sie sich hinknien solle, sie tat es, nachdem er ihr einen unsanften Stoß in den Rücken verpasste. Er hob ihre Hände wieder an, als sie sie sinken ließ, sodass sie dasaß, als würde sie beten. Sie hörte seinen schweren Atem, spürte ihn auf ihrem Rücken, dem Nacken und es versetzte ihr eine Gänsehaut, ließ sie zittern. Er roch nach Bier, Whiskey und Zigaretten, dies alles vermischte sich zu einer absonderlich abstoßenden Nuance, doch sie versuchte sich zu beherrschen. Flake verband ihr die Augen mit einem schwarzen Tuch, sie hörte ihn in dem Beutel wühlen, dann war er wieder vor ihr, sagte ihr, sie solle den Mund öffnen und sie spürte schon die Übelkeit in sich aufsteigen, weil sie ahnte, was käme. Doch stattdessen drückte er etwas in ihren Mund – es war kalt, schmeckte metallen. Es dauerte eine Weile, bis sie begriff, dass es eine Waffe war, und sie fuhr erschrocken zurück, doch er hielt ihren Kopf im Nacken fest. Sein Gesicht kam ihrem wieder näher. Sie musste an die Waffe in ihrem Nachttisch denken und an Madames oberstes Gebot, dass

Intimitäten nur innerhalb des Bordells ausgetauscht würden. Selten verschwand ein Mädchen mit einem Freier in der Stadt, wenn, dann gingen sie zu zweit. „Hab keine Angst. Bitte tue mir den Gefallen!“, raunte er in ihr Ohr und seine Stimme hatte etwas Sanftes, Beruhigendes, so wie man mit einem kleinen Kind spricht. Sie nahm sich zusammen, hoffte, er wäre bald fertig, doch langsam kroch eine Angst in ihr auf, die sie zuletzt als kleines Mädchen gefühlt hatte. Es war eine Angst, die einem das Atmen erschwert, einen taumeln und das Herz so schnell schlagen lässt, dass man fürchtet, es könne einem in der Brust zerspringen. Es war da gewesen, als der alte Mann sich zu ihr ins Bett legte, ihr ins Ohr raunte, sie solle ein braves, kleines Mädchen sein und es kroch nun wieder empor, da er ihr den Lauf einer Waffe zwischen die Zähne presste – es war Todesangst. Er entsicherte die Waffe, sie hörte ihn den Hahn spannen, doch er war noch an ihrer Seite, ein Arm umfasste sie sanft, sie spürte seine Wange an ihrer, die feinen Bartstoppeln kratzten auf ihrer Haut. Sie schnappte nach Luft, hustete, bemerkte, wie ihre Augen feucht wurden, sich die Tränen lösten, kleine Bäche über ihre Wangen rannen, die er nun mit seinen Lippen auffing. Es klickte. Fay erwartete den Knall des Schusses, der ihren Kopf in tausend Teile zerfetzen würde, sie zuckte zusammen, doch es passierte nichts. Er zog den Lauf aus ihrem Mund, sie japste nach Luft. Flake lachte, seufzte dann genüsslich, hockte sich hinter sie. Fay fühlte seine Knie, die er an ihren Rücken drückte, dann wieder das Metall, diesmal in ihrem Nacken. Er wiederholte sein seltsames Spiel, spannte wieder den Hahn, wartete einige Sekunden, drückte ab. Bevor sie es zurückhalten konnte, fühlte sie die warme Flüssigkeit an ihren Beinen hinablaufen. „Bitte …“, jammerte sie. „Das passiert den meisten“, sagte er. „Ich habe schon gesehen, wie sich gestandene Männer, harte Kerle, die Hosen vollgemacht haben. Wenn du die Nummer dreimal durchziehst, winseln sie nachher und betteln dich an, endlich abtreten zu dürfen. Aber gleichzeitig ist es das beste Vorspiel, das ich kenne.“

„Du bist ein Mörder …“, sagte sie, es klang mehr wie eine beiläufige Feststellung in einem Ratespiel, so sehr verängstigte und schockierte sie sein Verhalten. „Kopfgeldjäger!“, gab er zurück. „Und ich verwette mein Leben darauf, dass deine beiden Freunde keine harmlosen Einwanderer sind. Weißt du, wie viel Geld man dafür bekommt, wenn man entlaufene Sträflinge zurückbringt, egal ob tot oder lebendig? Sozusagen in den Schoß des Gesetzes zurückführt? Da können wir beide eine Weile schön von leben."

„Wie kommst du darauf? Sie sind …"

„Ja, man kann sich so nette Geschichten ausdenken", unterbrach er sie. „Und Frauen glauben so vieles. Ich kannte mal einen, der hat einige Kolonisten ausgeraubt und dann seine Familie damit unterstützt. Vier niedliche kleine Kinder, eine hübsche Frau, die von alledem nichts wusste. Und was macht der Idiot, als man ihn aufspürt? Verschanzt sich mit allen in der Hütte und knallt die nacheinander ab! Und zum Schluss gibt er sich selbst die Kugel."

„Warum erzählst du mir das?", wollte sie wissen, versuchte die Hände aus dem Gürtel zu lösen, doch er zurrte sie wieder fest. „Weil dein Freund dich angelogen hat, Schätzchen, so wie er es wahrscheinlich bei jeder macht."

„Du lügst!", protestierte sie. „Und jetzt lass mich gehen!" Sie versuchte gefasst zu klingen, stark, doch ihre Stimme zitterte. Die Angst wuchs in ihr, obwohl sie nun davon ausging, dass er sie nur quälte, sie benutzte, um die Wahrheit zu erfahren. Aber sie glaubte Henry und Hagen, das waren keine rohen, derben Sträflinge, sondern zwei Männer, die alles aufgegeben hatten, um hier ihr Glück zu finden – wagemutige Männer, denn sie hatten alles zurückgelassen für ihren Traum. Sie hörte ihn einige Schritte machen, dann traf sie der Lauf der Waffe am Kopf. Fay spürte einen dumpfen Schlag, es ließ sie zur Seite kippen, wo sie gekrümmt liegen blieb, sich den Kopf halten wollte, aber ihre Hände waren immer noch zusammengebunden, sie konnte sie nur bis an ihr Gesicht heben. Flake zog sie wieder empor, verpasste ihr noch einen Schlag mit dem Lauf, diesmal an die andere Seite, doch bevor sie wieder zur Seite kippen konnte, packte er sie an den Händen, zerrte sie über den Boden, schleuderte sie unsanft in die Ecke des Raumes. Ihr Rücken schlug gegen die hölzerne Wand, sie wollte einen Schmerzensschrei ausstoßen, aber sie konnte nicht. Die Schmerzen in ihrem Kopf waren so stark, dass es ihre Zunge lähmte. Sie konnte das Blut in ihrem Mund schmecken, wollte ihren Kopf oben halten, doch er war plötzlich schwer wie Blei, sank immer wieder nach vorne. „Wirst du jetzt endlich reden?“, forderte er sie auf. „Überleg doch mal, dein Leben gegen ihres. Und du kriegst einen schönen Batzen Geld von mir.“ Er löste die Binde, nahm sie von ihren Augen, sah sie an. Fay hob mit letzter Kraft den Kopf, zwang sich, ihm tief in die Augen zu sehen und rang sich ein zaghaftes Kopfschütteln ab. Bevor sie die Augen schloss, sah sie ihn sich erheben, hörte ihn seufzen, gleichzeitig ahnte sie, dass sie damit ihr Todesurteil besiegelt hatte. Der nächste Morgen würde sich über das Land legen, die Sonne wie an jedem Tag aufgehen, doch sie stünde nicht vor dem Hotel mit der kleinen Tasche in der Hand, könnte nicht mit ihnen gehen. Nein, sie musste sich ihre Gesichter ins Gedächtnis rufen, sich daran klammern. Und gleichzeitig war ihr klar, wie unreif sie noch war, ein naives, kleines Dummchen, das sich wirklich der Illusion hingab, einmal ein besseres Leben zu führen. Sie hätte weglaufen müssen, entweder ins Hotel oder ins Bordell. Aber sie war nur ein dummes kleines Mädchen … In ihrem Kopf verschwammen die Bilder zu einem grauen Mischmasch, verwoben sich die Stimmen in ihrer Erinnerung zu etwas Undefinierbarem. Ihre Augen starrten an die Decke, versuchten sich an einem Punkt festzuhalten, sie sah das flackernde Licht der Petroleumlampe gleich einer Laterna magica Figuren an die Decke werfen, die über das Holz tanzten. Er löste die Fesseln und ihre Hände klatschten auf den Boden, sie war unfähig die Arme zu heben, ihr wurde schlecht. Er packte sie an den Beinen, zog sie auf den Boden zurück, strich mit dem Lauf der Waffe über ihren Körper. Fay mühte sich nun, die Augen spaltbreit offen zu halten, sah sich um, suchte ihn im Raum, ihre Augen huschten unruhig umher, doch sie fanden ihn nicht und für einen Atemzug lang glaubte sie, er habe sie allein gelassen, wollte sie sich aufrappeln, als er über ihr auftauchte, sich dann auf ihre Brust setzte, das Tuch um ihren Hals legte und es zuzog. Er hatte die Kraft von Schraubzwingen, das Gewicht seines Körpers lastete schwer auf ihrer Brust, sie konnte ihm nichts entgegensetzen. Ihre Beine gehorchten ihr nicht mehr, als sie ihn treten wollte, und ihre Hände krallten sich in das Stroh um sie herum auf dem Boden. Ihr kam ein rettender Gedanke – sie musste sich totstellen. Dann würde er sicher von ihr ablassen. Fay schloss langsam ihre Augen, versuchte ihm Bewusstlosigkeit vorzuspielen, ließ ihren Kopf zur Seite sinken, hielt die Luft an. Es verlangte sie danach, nach Luft zu schnappen, als er von ihr abließ, aufstand, die Decke über ihr ausbreitete. Flake nahm sich seinen Beutel mit Tabak, öffnete die Scheunentür, trat in die kühle Nachtluft und drehte sich eine Zigarette. Fay wagte nicht, sich zu rühren, bis sie ihn nicht mehr hörte. Sie sog die Luft tief ein unter der modrigen Decke, sie musste sich überwinden, schnell sein. Doch sie konnte kaum einen klaren Gedanken fassen. Sie wollte sich aufrappeln, aber kaum hatte sie den Kopf ein Stück weit angehoben, wurde ihr schwindelig, und bevor sie es realisieren konnte, sank sie hinab in eine tiefe, ehrliche Bewusstlosigkeit. Flake kehrte in die Scheune zurück, wickelte ihren Körper in die Decke ein, verstaute ihre Kleider in seinem Lederbeutel, schulterte ihn, dann hob er sie auf seine Arme, trat wieder hinaus in die Nacht, vergewisserte sich, dass ihn keiner sah, und pirschte sich vorsichtig im Schatten der Dunkelheit bis zum See vor. Er ging nicht davon aus, dass sie tot war und es interessierte ihn auch nicht wirklich. Die Zeit würde für ihn arbeiten. Er warf Fays Körper unsanft ins Wasser, hörte, wie er auf einigen Steinen im flachen Wasser aufschlug, kramte dann ihre Kleider hervor, warf sie an das Ufer. Er brauchte sich nicht die Mühe zu machen, sie zu verstecken. Sie war nur eine Hure und kein Hahn würde nach ihr krähen. Man würde sie kurz betrauern und dann vergessen. Er sah, wie ihr Körper auf den Steinen lag, der Kopf leicht im Wasser, die seichten Wellen und der leichte aufkommende Wind umspielten ihre Gestalt und er fragte sich, wie lange es wohl dauerte, bis das Wasser sie umschloss, wenn auch nicht vollständig. Flake band sich seine Waffen um, die Gurte überkreuzten sich, er hatte zwei Waffen und konnte diese auch überkreuz ziehen. Darin konnte ihm keiner so schnell das Wasser reichen. Er war eigentlich in die Stadt gekommen, um zwei Männer zu fassen, die einige Farmer getötet hatten, und wenn er es recht betrachtete, war es ihm egal, was aus Hagen und Henry wurde. Die beiden anderen Männer hatte er in der Stadt längst ausgemacht, er wartete nur auf den rechten Zeitpunkt, würde ihnen vielleicht noch folgen, wenn sie weiterzögen. Außerhalb der Stadt, in der weiten Landschaft böten sich bessere Gelegenheiten sie zur Strecke zu bringen. Er beugte sich hinunter, sah die Kette zwischen den Kieselsteinchen am

Ufer liegen. Sie war gerissen, aber daran war ein Medaillon, ein kleines, silbernes und er fragte sich, wer einer Hure wohl ein solches Schmuckstück schenkte. Doch er öffnete es nicht, weil es ihn nicht wirklich interessierte, wessen Bilder sie bei sich trug. Flake ließ es in seiner Hand verschwinden, machte sich dann auf den Weg zurück zum Stall, um sein Pferd zu holen.

Hagen hatte eine Weile in dem Schaukelstuhl auf der Veranda vor dem Hotel gesessen und auf Flakes Rückkehr gewartet, doch als dieser nicht wiederkam, erhob er sich, ging die Straße hinunter bis zum Bordell. Er meinte, dass Henry längst schliefe, doch er war noch nicht müde. Oben auf dem Balkon des Hotels standen einige Frauen, versuchten die Männer, die unten auf der Straße vorbeigingen, ins Haus zu locken. Bei dem einen oder anderen hatten sie Erfolg. Eine sehr junge Frau beugte sich über die Brüstung, warf ihm eine Kusshand zu. Er fand ihr Verhalten mehr als albern, überzogen, aber er wollte sie ja auch nicht heiraten. Mit einem kurzen Wink mit dem Finger zu ihr hinauf betrat er das Haus.

„In a colonial hotel we fucked up the sun,
and then we fucked it down again,
Well the sun comes up and the sun goes down,
going round and round to nowhere.
O wake up, my love, my lover wake up …“

Nick Cave

Henry lag auf dem Bett, er hatte lustlos in einem Buch herumgeblättert, welches er schon zweimal gelesen hatte, und war schließlich darüber eingenickt. Er träumte von seinem Elternhaus, fand sich in seinem Zimmer wieder, das auch als er schon längst erwachsen war, immer noch wie sein Kinderzimmer aussah. Die Tapete hatte sich geändert, aber in den Regalen standen immer noch die gleichen Spielzeuge, die aufgereihten Zinnsoldaten, an denen er stundenlang die Uniformen gemalt hatte. Das Schaukelpferd stand noch in der Ecke, sein Schreibtisch, alles war sauber geordnet, so als würde er sich gleich wieder an den Tisch setzen, an dem hölzernen, kleinen Globus drehen, um sich in andere Länder fortzuschleichen, er stellte sich selbst als vermögender Kosmopolit vor, dem die Damenwelt mit staunendem Blick gebannt zuhörte, wenn er von seinen Reisen erzählte, von den Tieren, die er gesehen, ja, die *er* sogar entdeckt hatte. Und da waren seine Bücher, geordnet nach den Erscheinungsjahren standen sie im Regal. Er lag auf seinem Bett in einem weißen Nachthemd, überall standen Kerzen, auf dem Nachttisch neben ihm, auf der Truhe, die am Fußende des Bettes stand … Es tauchte den Raum in ein seltsames Halbdunkel. Es beunruhigte ihn, aber er hatte keine Angst im eigentlichen Sinn. Etwas drückte ihn auf das Bett, er konnte nicht aufstehen. Sein Blick glitt durch den Raum, dann sah er Fay. Sie saß in einem langen weißen Nachthemd, einem Überrock und nackten Füßen oben auf seinem Regal. „Fay, was ist los?“, wollte er wissen und merkte, wie bleischwer sich seine Zunge anfühlte, er konnte kaum sprechen. „Was mache ich hier?“ Sie lächelte, ließ die Beine baumeln, sah zur Tür. „Sag du es ihm, Hagen!“ Henrys Blick folgte ihrem und er sah Hagen bei der Tür stehen, er trug einen Anzug, einen Cut, einen Zylinder und weiße Handschuhe, die er nun langsam von seinen Fingern abstreifte. Seine Aufmachung passte irgendwie nicht zu ihm, er fühlte sich sichtlich unwohl darin, kam zu Henry hinüber, ließ die Handschuhe achtlos zu Boden fallen, blieb neben seinem Bett stehen. Er lächelte, nahm den Zylinder ab, beugte sich tief zu ihm hinunter, sein Gesicht kam seinem ganz nahe. Henry hörte Fay kichern, als Hagens Lippen seine streiften und er flüsterte: „Die Familie kommt doch immer zusammen, wenn jemand stirbt.“

Henry schreckte auf. Er befand sich immer noch im Hotelzimmer, es war noch Nacht. Er fühlte den Schweiß auf seiner Stirn, berührte instinktiv mit den Fingerspitzen seine Lippen, meinte, er könne Hagens Lippen noch auf seinen fühlen, so real war der Traum gewesen. Und Fay … Er ertappte sich dabei, wie er unentwegt an sie denken musste, nicht mal auf das geschriebene Wort konnte er sich konzentrieren. Er hatte ihr Gesicht ständig vor Augen. Dabei waren seine Gesten ihr gegenüber für ihn anfangs unverfänglich gewesen.

Eine Art rein platonische Liebelei und nun musste er sich eingestehen, dass er nun wirklich dabei war, mehr für sie zu empfinden. Er sah sich selbst zwar mehr als ihr Beschützer oder ein großer Bruder und dann war da seine Krankheit … Manchmal ließ sie ihn in Ruhe, schwebte nur über ihm wie ein Damoklesschwert, eine drohende Gefahr, der er sich stets und ständig bewusst war. Aber erst vor zwei Wochen hatte er wieder den unheilvollen Ausschlag an seinem Bein bemerkt. Es juckte, war kaum auszuhalten, doch er versuchte sich nichts anmerken zu lassen, und als er sicher sein konnte, dass er unbeobachtet war, kratzte er sich so lange, bis die Stellen bluteten. Im Gefängnis hatte er es im Gesicht gehabt, sodass er sich tagelang mit seiner zerlumpten Decke in die dunkelste Ecke der Zelle zurückzog, doch seine Mithäftlinge wussten Bescheid. Er hatte nur eine kleine Narbe zurückbehalten, doch die auf seiner Seele waren weitaus schwerer zu ertragen. Manchmal wünschte er sich, er könne einfach alles abwerfen, spontan sein, innerlich befreit. Doch er konnte nicht aufhören zu grübeln, bevor er etwas tat. Er musste alles abwägen. Und jetzt dieser seltsame Traum … Henry stand auf, ging einige Schritte, blieb dann stehen, sah aus dem Fenster hinauf in den Nachthimmel. Dort oben würde er auch keine Antworten auf seine Grübeleien finden. Er erinnerte sich an den Tag, den sie zusammen auf dem Zimmer verbracht hatten. Sie waren nur zum Essen hinuntergegangen. Leise war sie auf nackten Füßen näher gekommen, doch er hatte sich nicht umgedreht. „Kannst du nicht schlafen?“, hatte sie ihn gefragt, als sich die Nacht über das Land senkte, trat von hinten an ihn heran, legte ihre Arme um seine Hüften, den Kopf auf seinen Rücken. Instinktiv schloss er für einen Moment die Augen, seufzte, legte seine Hände auf ihre. „Nein. Ich weiß auch nicht ...“

„Was ist in deinem Kopf? Du kannst es mir sagen ...“ Er wollte ihr sagen, dass er nicht so wortgewandt war, dahin gehend, frei alles auszusprechen, was ihn bewegte, aber er befürchtete, sie verstünde nicht, worauf er hinauswollte und so meinte er nur leise, dass sie sich keine Sorgen machen solle. Es enttäuschte sie sichtlich, dass er nicht offen mit ihr war, ihr angebotenes Vertrauen ablehnte. Fay ließ von ihm ab. Henry drehte sich zu ihr um, sie hatte den Blick auf den Boden gesenkt. Dann hob sie den Kopf, sah ihn an. „Ich kann gehen, wenn du willst ...“, meinte sie ernst, doch es klang wie ein trotziges, gekränktes Kind. „Ich kann selbst für mich sorgen.“

„Habe ich gesagt, dass du gehen sollst? Nein! Dann hätten wir uns schon lange trennen können“, warf er ein, legte seine Hände auf ihre Schultern, doch sie war seiner Berührung ausgewichen.

„Was ist es dann?“, drängte sie. Es kostete ihn viel Überwindung, doch sie würde nicht eher Ruhe geben, bis er sich ihr offenbart hatte, das wusste er. „Ich habe Angst, dich zu enttäuschen …“

„Oh, warte, ich kenne diese Worte!“, unterbrach sie ihn, hob abwehrend die Hände, zählte dann an ihren Fingern auf: „Es ist wegen meines Berufes, …“

„Nein!“, meinte er entschieden. „Ich ... Ich habe einfach ein ungutes Gefühl dabei, ich würde es nicht Angst nennen, nicht direkt. Aber es ist nicht deinetwegen, es liegt an mir. Nichts liegt mir ferner, als dir wehzutun, und ich weiß, dass du ..., also ich merke es an der Art, wenn du ... wenn wir zusammen sind ...“ Er wartete ihre Reaktion ab, ihrem Blick und ihrer Miene entnahm er, dass sie seine Worte im Geiste wiederholte und erst, als sie ihn zweifelnd ansah, war er sicher, dass sie nicht alles verstanden hatte und seine Worte für einen reinen Vorwand hielt, um sie auf eine unschöne Art und Weise auf gewissem körperlichen Abstand zu halten. Wieder einmal kam er sich wie der größte Trottel auf Erden vor. „Dann sag mir endlich, was es ist!“, verlangte sie mit sanftem Nachdruck. „Eine Blutgeschichte“, log er. „Ich habe es schon als Kind gehabt …“ Sie hob die Hand. „Ich werde mich um dich kümmern, wenn es dir schlecht geht“, meinte sie sogleich voller Ernst. „Das weißt du! Du machst dir immer Sorgen! Wenn dich das Körperliche so sehr stört, ist es mir gleich. Wir waren schon miteinander im Bett. Es wäre mir alles egal, glaube mir, wenn ich nur bei dir sein kann – neben dir liegen, an deiner Seite sein.“ Sie sah ihm tief in die Augen. Er bereute seine Lüge so sehr, dass sich ein unheilvoller Druck auf seinen Magen legte, aber sie konnte unfruchtbar werden, wenn er sie angesteckt hatte, und es war nun sowieso zu spät es ihr zu gestehen. Natürlich hatte er daran gedacht, dass sie sicher etliche Männer vor ihm gehabt hatte, schließlich war sie nun einmal eine Prostituierte. Sie nahm seine Hand, setzte sich auf das Bett und zog ihn zu sich herunter, umschloss ihn mit ihren Armen wie einen braven kleinen Jungen, küsste ihn und er erwiderte ihre Bemühungen, denn er fühlte sich ihr plötzlich mehr als vorher verbunden. Zwischen ihnen gab es etwas, was er schon lange nicht mehr gefühlt hatte. Vielleicht war es ein Anflug von Liebe, vielleicht war er einfach zu dumm gewesen, hatte es nicht deuten können. Er hatte sich in ihre Arme gelegt, sich so geborgen gefühlt, wie schon lange nicht mehr. Doch er war so unbeholfen in derartigen Dingen, es beschämte ihn. Er holte tief Luft, schwieg aber dann doch, wollte sich nicht hinreißen lassen, etwas zu sagen, was er später, wenn er darüber nachdachte, nicht so meinte. Das Wort Liebe an sich war ihm zu bedeutungsschwer. Und für eine tiefe, hingebungsvolle Liebe fand er sich zu alt, die Zeit dafür längst verloren, den rechten Zeitpunkt verpasst.

Er brauchte frische Luft und ging nach unten. Während er auf den Tresen zuging, sah er sich um, doch Hagen war nicht dort. Als er den Tresen erreichte, machten zwei Männer Platz, sodass er sich in ihre Mitte stellen konnten. Sein Blick glitt über die Flaschen in dem Regal und er wählte Gin. Der Barkeeper schenkte ihm ein Glas ein, er leerte es in einem Zug, verlangte ein zweites Glas. Henry legte einen Schein auf den Tresen, drehte sich eine Zigarette und gab dem Mann zu seiner Linken, der wesentlich älter war als er, auch einen Drink aus. Der Alte hatte ihm die ganze Zeit über ein freundliches, wenn auch durch den Alkohol verzerrtes Lächeln geschenkt, ihm höflich zugeprostet. Nun nahm er Henrys Großzügigkeit zum Anlass, ihn anzusprechen. „Ich habe dich und deine Freunde hier schon öfter gesehen. Deine kleine Frau ist sehr hübsch. Sie ist ein leichtes Mädchen, oder?“, fragte er, tippte sich an den Hut, nickte ihm freundlich zu. „Ja, aber damit ist Schluss. Morgen ziehen wir weiter, dann nehme ich sie mit“, meinte Henry leise. Der Alte starrte auf den Tresen. „Du hast Glück“, stellte er fest, schien doch nicht so betrunken zu sein, wie Henry zuerst vermutet hatte, wandte ihm dann den Kopf zu: „Aber sie ist, was sie ist.“

„Wie meinst du das?“, hakte Henry nach. „Sie wird nie eine Lady sein“, erklärte er. „Na, ich habe schon eine Menge Mädchen kennengelernt. Und manche waren zuckersüß.“

„Bist du viel rumgekommen?“, wollte Henry wissen, drängte sich näher an den Mann. „Ich meine, gibt es in diesem gottverdammten Land einen Platz, wo man sich niederlassen kann?“ Er griff sich ein

Glas, wartete, bis der Barkeeper ihm nachschenkte, trank es in einem Zug aus, hämmerte das Glas fast zu heftig auf den Tresen. Der Alte legte seine Hand auf Henrys Schulter. „Ich bin so viel herumgekommen, aber ich rate dir vom Goldschürfen ab. Da herrschen raue Sitten. Und das ist nichts für Frauen da und kein Platz für Kinder. Meine Frau hat das Meer geliebt und wir hatten ein hübsches kleines Häuschen auf dem Land." Er wurde nachdenklich, seufzte dann: „Emily ist am Fieber gestorben und mein kleiner Junge auch. Aber das ist schon lange her. Wir hatten ein schönes Leben, kamen gut mit den Abos aus und da gibt es einen Berg, wenn die Sonne untergeht, leuchtet er in Tausenden von Rottönen – das war fast magisch." Der Alte schien zu überlegen, leckte sich die Lippen, hielt Henry sein leeres Glas hin und dieser bat den Wirt, es ihm wieder zu füllen. Nachdem er ausgetrunken hatte, nickte er kurz. „Vielleicht habt ihr genauso viel Glück, wie ich es hatte." Henry nickte, legte dem Alten einen Geldschein auf den Tresen, den dieser dankend annahm, und dann verließ er die Bar. Draußen prallte die Nachtluft kühl auf ihn ein, ließ ihn den eilig getrunkenen Alkohol stärker spüren, sodass er einen Moment stehen blieb, nach vorne auf das Bordell blickte. Er sah sich um, machte sich auf den Weg dorthin.

Fay erwachte, musste husten, keuchte, als sie bemerkte, dass um sie herum Wasser war, hangelte sich mit ihren Händen in die Steine verkrallt vorwärts, schaffte es bis ans Ufer, wollte sich auf die Knie setzen, doch es gelang ihr erst beim zweiten Mal. Sie krümmte sich, erbrach Wasser in den Sand, dann sammelte sie ihre letzte Kraft zusammen, denn in ihr war nur ein Gedanke, so schnell wie möglich zu Henry zu kommen. Ihr Kopf war leer, jede Bewegung instinktiv. Ihr Körper schien ein einziger stechender Schmerz zu sein, doch sie versuchte sich aufzurichten. Im Schein des Mondlichts sah sie ihr Kleid im Schilf liegen, langte danach, legte es sich um die Hüften, rappelte sich auf, taumelte mit zitternden Knien über den Sand, spürte die Steinchen, die sich in ihre Fußsohlen bohrten, quittierte die feinen Pikser mit einem verzogenen Grunzen. Ab und an musste sie sich irgendwo festhalten, doch der einzige Gedanke in ihrem Kopf trieb sie voran. So erreichte sie die breite Straße, kämpfte sich vorwärts, ihre Arme schlenkerten an ihrer Seite, wie die einer Marionette. Sie sah die Lichter der Häuser, das Bordell, aber es schien alles so weit weg zu sein. Irgendwas riss ihr die Füße weg und sie schlug der Länge nach hin. Ihre Hände griffen in den Staub, doch sie konnte nicht mehr aufstehen, ließ ihren Kopf in den Dreck sinken und verlor wieder das Bewusstsein.

Henry hatte vor dem Bordell Claire getroffen, doch diese wusste auch nicht, wo Fay war. Dafür hatte sie Hagen gesehen. Henry nahm es mit einem Grinsen hin, sagte, er wolle seinen Freund nicht stören. Er trat wieder auf die Hauptstraße, wollte sich eine Zigarette drehen, ging ein Stück weit, bis er die Gestalt am Boden liegen sah. Zuerst meinte er, es handele sich um einen Betrunkenen, doch als er näher kam, erkannte er die lockigen Haare, das Kleid, das über der Person lag. Er kniete sich neben sie, berührte mit den Fingerspitzen den Stoff des Kleides, der nass war, bemerkte ihre Nacktheit, strich die Haare aus ihrem Gesicht und wich für einige Sekunden zurück, als er das Blut an ihrer Nase, dem Mundwinkel sah, die blauen Flecke an den Wangen, der Schläfe und die Striemen an ihrem Hals. Im hellen Schein des Mondlichts offenbarte sich ihm schonungslos ihre Zerschundenheit. Ihr Name kam über seine Lippen und er hob ihren Kopf behutsam an, drehte sie auf den Rücken, lauschte, ob sie atmete, legte eine Hand auf ihre Brust. Er war erleichtert, dass sie lebte. Henry hob sie auf seine Arme, ließ das Kleid einfach am Rand der Straße liegen, trug sie zum Bordell. Es war nur ein Mädchen oben auf dem Balkon, die die Situation nicht erfasste, doch im Eingangsbereich saß Claire auf einem Stuhl an der Wand, ordnete ihre Sachen. Als sie Henry mit der scheinbar leblosen Fay auf dem Arm sah, sprang sie auf, rief nach der Madame, die auch sogleich angelaufen kam. Sie sah Henry mit diesem misstrauischen Blick an, dem er auswich. Er fand es völlig abwegig, dass sie eventuell davon ausging, dass er das gewesen war und sie nun zurückbrachte, wie ein Spielzeug, welches man kaputtgemacht hatte. „Claire, hol den Doktor!“, meinte sie dann, wandte sich an Henry: „Kommen Sie, wir bringen sie oben in ihr Zimmer!“ Sie ging vor, sah sich mehrmals um, nach rechts und links, damit die anderen Mädchen und ihre

Kunden nichts mitbekamen, glaubte Henry. Denn sie achtete auch darauf, ob die Türen der Zimmer alle geschlossen waren. Sie erreichten Fays Zimmer und die Madame öffnete die Tür, ließ Henry in den Raum, wo er Fay vorsichtig auf das Bett legte. „Es ist nicht das erste Mal, dass so etwas passiert", sagte sie leise, seufzte: „Manche Menschen sind so abartig in ihren Wünschen. Manchmal schicke ich meinen Sohn hinterher, damit er aufpasst, dass den Mädchen nichts passiert. Aber ich hatte Fay heute freigegeben, sie wollte doch fortgehen mit ihnen und ihrem Freund. Das arme Mädchen …" Henry hörte ihre Worte, aber er ging nicht darauf ein, stattdessen ging er zu der Kommode am Fenster, füllte die Waschschüssel mit Wasser und legte ein Handtuch, das in der Nähe lag, in das Wasser, trug die Schüssel zum Bett, stellte sie dort auf dem Boden ab und begann mit dem feuchten Handtuch Fay das Blut aus dem Gesicht zu wischen, so sachte wie möglich. Er wollte nicht sprechen, nicht mutmaßen, wer das getan hatte, auch wenn er eine Vermutung hatte. Da war kein Gefühl in ihm, keine Wut, nur Angst, dass sie nicht wieder aufwachen könne. Die Madame ging wieder, er hörte sie die Treppe hinuntergehen. Er zog die Decke über Fays Körper, damit sie nicht fror. Irgendwann erschien Claire mit dem Doktor, sie nahm Henrys Arm, zog ihn sanft aus dem Zimmer, platzierte ihn auf einem Stuhl vor dem Raum, schloss die Tür. Sie blieb neben ihm stehen, legte eine Hand auf seine Schulter. Als sie ihn aus dem Zimmer zog, war in seinen Augen eine Enttäuschung gewesen, eine tiefe, wie bei einem Kind, das seinen besten Spielkameraden verlassen musste und wusste, dass es nie wieder mit ihm spielen dürfe. Diesen Blick hatten auch Menschen, denen man jegliche Hoffnung geraubt hatte, es tat Claire weh, ihn so zu sehen, ebenso wie es ihr um Fay leidtat.

„I m well aware I m a danger to myself,
Are you aware I m a danger to others?
There s a crack in my soul
that you thought was a smile …"

Marilyn Manson

Hagen lag auf dem Bett, fühlte den Körper des Mädchens in seinem Arm, ihr Kopf ruhte auf seiner Brust. Sein Blick glitt zum geöffneten Fenster, aus der Bar gegenüber drangen Musik und Stimmen, selbst zu mitternächtlicher Zeit war noch viel Leben in der Stadt. Sie hatte ihm Scotch eingeschenkt. Das erste Glas leerte er in einem Zug, das zweite teilte er mit ihr, wobei sie ihm ihren Namen, Lucy, nannte. Seine Lippen berührten ihre und der Duft ihres aufdringlichen Parfums stieg ihm in die Nase. Ja, er hatte ein Faible für diese Mädchen. Ihr laszives Aussehen und ihre Routine gefielen ihm auf eine gewisse Art und Weise. Es war ein rein geschäftlicher Akt, der zu nichts verpflichtete. Er war nur einmal ein Narr gewesen und hatte wahre, tiefe Gefühle an eines dieser Mädchen verschenkt. Aus den Augenwinkeln besah er ihr Gesicht, ihre Nase war ein wenig schief. Jemand hatte ihr anscheinend einmal die Nase gebrochen, ein besoffener Freier oder die Hausdame des Bordells. Es war ihm vorher gar nicht aufgefallen. Hagen setzte sich im Bett auf, Lucy öffnete die Augen, schob ihre Hand unter die Bettdecke, ließ sie vorsichtig über seinen Bauch wandern, sie lächelte. Ihr Körper war schmal, kleine Brüste, er fühlte die hervorstehenden Beckenknochen. Sie war höchstens siebzehn. Ihr Gesicht war noch unverbraucht, die Augen noch voller Leben, nicht ausgelaugt und leer von der eigentlich monotonen Tätigkeit. Er wusste nicht, ob er mit ihr reden sollte, geschweige denn worüber. Lucy schien auch keine hochgeistigen Gespräche zu erwarten. Sie verschwand mit dem Kopf unter der Bettdecke, er schloss die Augen, griff in ihre blonden Locken, wühlte darin herum, sie schrie leise auf, als er an einer Strähne zog. Danach streckte sie sich leicht überzogen, griff ihren Morgenmantel vom Stuhl, hüllte sich darin ein, ging zum Fenster. Ihr blondes Haar umspielte ihre Schultern, mit einer Hand fuhr sie hindurch, drehte sich kurz zu ihm um, sah ihn fragend an. „Bleibst du bis zum Morgen?" Er beugte sich ein Stück weit über den Rand des Bettes, griff in die Tasche seiner Hose, die auf dem Boden neben dem Bett lag, fand noch einige Scheine, legte ihr drei davon auf das Kopfkissen. Sie lächelte, sah wieder aus dem Fenster. „Lucy, komm wieder ins Bett!", forderte er sie auf, klopfte sanft mit der Hand auf die Matratze. Sie nickte, wollte vom Fenster weggehen, drehte sich dann aber wieder um, beugte sich etwas weiter hinaus. Er stand auf, ging zu ihr, legte die Arme um sie, küsste ihr Haar, sah nach draußen. „Komm wieder ins Bett!“, forderte er sie sanft auf. Es klopfte an der Tür, sie löste sich aus seiner Umarmung, machte einen Schritt auf die Tür zu, rief durch das Holz. „Ich habe Kundschaft!“ Eine dünne Männerstimme bat sie zu öffnen. Sie meinte kurz zu Hagen, dass es der Sohn der Madame war, schloss die Tür auf, öffnete nur spaltbreit. Dann schloss sie sie wieder, drehte den Schlüssel um, kam wieder zu Hagen, küsste ihn. „Was war denn?“, wollte er wissen. „Ach, da ist wohl einer durchgedreht und hat Fay zusammengeschlagen. Sie arbeitet hier, hat so Locken und …“

„Ich kenne Fay!“, unterbrach Hagen. „Sie wollte morgen mit uns weiterziehen. Mein Freund und sie … Na, sie sind ein Paar!“

„Die Glückliche!“, seufzte Lucy. „Aber da kann sie wohl jetzt erstmal nicht mit oder dein Freund ist durchgedreht!“

„Bist du verrückt! Henry ist der Letzte, der …“

„Ja, aber der Alkohol verändert euch manchmal. Und dann wird selbst aus dem zahmsten Lamm ein Wolf!“, meinte sie nur. Er winkte ab, fragte sie, wo Fay sei, und sie antwortete, dass ihr Zimmer auf dem Flur sei, was Hagen schon wusste. „Ich bin gleich wieder da“, sagte er, zog sich an, öffnete die Tür, trat auf den Flur hinaus, sah sich um und erblickte Claire und Henry, machte sich auf den Weg zu ihnen. Lucy legte sich auf das Bett, nahm die Scheine vom Kissen, betrachtete sie. „Männer!“, meinte sie abwertend.

Henry sah Hagen kommen, doch er sagte nichts. Claire schenkte ihm einen kurzen Blick, ihre Hand lag immer noch auf Henrys Schulter. „Was ist passiert?“, wollte Hagen wissen, doch Claire erklärte, dass der Doktor gerade bei Fay sei. So standen sie schweigend da, keiner wusste, was er sagen sollte. Irgendwann öffnete sich die Tür von Fays Zimmer, der Doktor sah von einem zum anderen, fragte dann: „Wer von Ihnen ist Henry?“ Dieser reagierte zuerst nicht, erst als Hagen seinen Arm anstupste. „Er heißt Henry!“, erklärte Hagen, schob seinen Freund unsanft ein Stück weit vor. „Sie will Sie sehen“, sagte der Doktor und Henry nickte, seufzte, stand einige Sekunden lang unsicher da, setzte sich dann in Bewegung und betrat Fays Zimmer. Der Doktor blieb im Flur stehen, schloss die Tür für ihn und setzte sich auf einen Stuhl auf dem Gang. Claire wollte wissen, wie es um ihre Freundin stand, doch der Doktor schüttelte den Kopf, ohne ihnen beiden einen weiteren Blick zu schenken. Daraufhin begann Claire zu weinen, es überkam sie mit solcher Macht, dass sie sich an Hagen lehnen musste, der seine Arme um sie legte, ihren Rücken zu streicheln begann. Er selbst war unfähig, eine Reaktion zu zeigen, so sehr erschütterte ihn das alles.

Henry hatte sich zu Fay auf das Bett gesetzt, vorsichtig, um ihr nicht unnötige Schmerzen zuzufügen. Sie hatte die Augen gerade so weit geöffnet, um ihn zu erkennen, wollte etwas sagen, aber sie hatte nicht mehr die Kraft, einen Laut hervorzubringen. Er wollte etwas sagen, wie „Ruh dich aus, schlaf', mein Engel, ich bleibe bei dir, alles wird wieder gut" und diesen ganzen Mist, der ihm im Kopf herumging und dennoch reiner Blödsinn war. Es verletzte ihn so tief in seiner Seele, Fay in diesem Zustand zu sehen, dass er am liebsten alles kurz und klein geschlagen hätte, was ihm nur in die Finger kam. Ihm war klar, was sie vielleicht erhoffte von ihm zu hören, es war gewissermaßen wie ein letzter Wunsch, den er ihr nicht abschlagen konnte. Nicht, dass es ihm schwerfiel, es zu sagen oder es sich selbst einzugestehen, aber er hätte es ihr vorher sagen sollen, oft, immer und immer wieder, nicht erst jetzt, da sie ihn verlassen musste. Ihre Augen ruhten auf ihm, ihr Blick hatte etwas Gütiges, sie schien keine Angst zu haben. Henry nahm ihre Hände in seine, hielt sie fest umschlossen. „Du musst dich jetzt etwas ausruhen …", sagte er, zwängte den Kloß, der sich in seinem Hals bildete, hinunter, räusperte sich und versuchte so gelassen wie möglich zu klingen, aber seine Stimme zitterte, wollten sich doch die Tränen ihren Weg an die Oberfläche bahnen, und als er weitersprach, war es nicht wirklich er, der die Worte formte. Es geschah mehr aus dem Verlangen seines Gehirns heraus, zu sprechen, um sich nicht mit der ganzen Tragweite der Situation schlagartig konfrontiert zu sehen. „Wir warten noch ein oder zwei Tage, bis es dir wieder besser geht. Dann reiten wir los und suchen uns irgendwo ein schönes Plätzchen, wo wir leben können. Nur wir drei, wir werden Farmer werden, hörst du …" Sie schloss die Augen und öffnete sie wieder, als wolle sie ihm damit ihre Zustimmung signalisieren. Diese Geste und der Ausdruck auf ihrem Gesicht so voller Zuneigung für ihn, machten ihm schmerzlich bewusst, dass er einen großen Fehler begangen hatte, denn offenbarte es ihm doch, dass sie seelenverwandt waren, zusammengehörten. Und sie war etwas Besonderes, denn sie hätte alles an ihm akzeptiert, nur um bei ihm zu sein. Sie war zu jung, aber dennoch lebenserfahren genug, um zu wissen, was sie wollte. Plötzlich veränderte sich ihr Blick und er sah, wie er sich verklärte, sich von allem entfremdete, so beugte er sich vor und sagte ihr, dass er sie liebe, nur sie, tief und aufrichtig und meinte, sie quittiere es mit einem erleichterten Seufzen, welches aber vielleicht auch nur der letzte Hauch war, mit dem ihre Seele ihren geschundenen Körper verließ. In jenem Moment, da er realisierte, dass sie ihn verlassen hatte, bereute er bitter, dass er nicht mit ihr sterben konnte, blieb still neben ihr sitzen, ihre Hände noch in seinen und fühlte den salzigen Geschmack von Tränen auf seinen Lippen. Er bemerkte nicht, wie Hagen das Zimmer betrat, ihm eine Hand auf die Schulter legte, neben ihm stehen blieb, Fays Gesicht betrachtete. Und es ließ Hagen schaudern, denn er konnte sich beim besten Willen nicht vorstellen, wie es war, einer Frau so etwas anzutun. Einem Mann einen Kinnhaken zu verpassen, das war etwas anderes, aber eine Frau zu schlagen … Auch wenn er sah, dass Henry weinte, wollte er ihn nicht damit konfrontieren, denn er verstand, wie sehr es ihn traf. Claire kam leise ins Zimmer, sie warf nur auf Zehenspitzen einen kurzen Blick auf Fay, verharrte dann bei der Tür. Henry ließ Fays Hände los, er erhob sich langsam vom Bett, sah Hagen kurz in die Augen und meinte kurz mit einem Blick auf Fay: „Ich kann das nicht … Na, ihr wisst schon …“ Damit schob er Claire sanft zur Seite und verließ das Zimmer. „Ich werde Madames Sohn bitten uns zu helfen“, sagte Claire leise. „Vielleicht solltest du ihm nachgehen, Hagen?“

„Nein, es ist besser, wenn er jetzt alleine ist. Ich glaube nicht, dass er groß darüber reden will oder so was.“ Claire nickte, öffnete die Tür. „Dann hole ich Madames Sohn.“ Hagen wollte nicht darüber nachdenken, wer Fay so zugerichtet hatte. Auch er hatte eine Ahnung, aber er konnte sich nicht vorstellen, dass Flake so etwas tat, scheinbar grundlos, denn er und Henry hatten nicht wirklich einen handfesten Streit miteinander gehabt, und wenn er es nur getan hatte, um seinen Freund zu verletzen, dann war Flake gefährlicher als sie beide glaubten.

„It's one thing to hold the hammer in your hand,
but do you have it in you to pound the nail?"

Henry Rollins

Hagen träumte, er wäre wieder in einer dieser schmierigen Spelunken im East End in einer Ecke im hinteren Bereich, neben ihm sein Freund Stewart, ein ewig gut gelaunter Ire, und zwei andere Männer, mit denen sie um Geld würfelten. Es war nicht unbedingt Hagens Spiel, aber heute hatte er Glück. Es erfüllte ihn mit einer gewissen Vorfreude, die Geldscheine, die noch vor ihnen auf dem Boden lagen, an sich nehmen zu können. Ein großer Teil des Geldes wäre für seinen Vater und seine Geschwister. Die Würfel lagen in seiner Hand, er wollte gerade ausholen, um sie zu werfen, doch dann spürte er jemanden hinter sich, sah sich um. „Das auf dich!", sagte eine Männerstimme. Dann trat er etwas vor, beugte sich über die Männer, hielt einige Geldscheine hoch, ließ sie auf die anderen fallen. Er warf Hagen einen auffordernden Blick zu und dieser wunderte sich über die Aufmachung des Mannes, denn seiner Kleidung nach zu urteilen, stammte er aus einem besseren Viertel. „Sie setzen so viel Geld auf meinen Freund?", meinte Stewart sichtlich überrascht, versetzte Hagen einen kleinen Stoß in die Rippen, flüsterte: „Er kennt dich doch gar nicht!" Der andere grinste, lehnte sich mit seinem Glas Bier in der Hand ihnen gegenüber an die Wand, nickte auch den beiden anderen zu, die sein Verhalten ebenso verwirrte. Als Hagen den Mann ansah, überkam ihn ein seltsames Déjà-vu-Gefühl, obwohl er im kargen Licht der Kerzen nicht viel von seinem Gesicht erkennen konnte. Er warf einen kurzen Blick auf die Scheine, schüttelte die Würfel in seiner Hand, holte aus, und als er seine Hand öffnete, haftete sein Blick mehr als sonst auf ihnen. Sie trafen die gegenüberliegende Wand, rollten dann zurück – er hatte verloren. Stewart tätschelte ihm die Schulter, doch tief in seinem Innern fühlte er sich wie der größte Versager. Es ging ihm dabei nicht um den anderen Mann, sondern um seine eigene Familie. Er stand auf, Stewart wollte noch weiterspielen, also ging er einige Schritte zu einem Tisch, setzte sich daran. Der Mann kam auf ihn zu, reichte ihm eine Zigarette und hielt ihm die Kerze zum Anzünden hin. Hagen lehnte sich zurück. „Davon geht ein Seemann unter", sagte er leise, nur um etwas zu sagen, nahm einen tiefen Zug von der Zigarette. „Das Meer ist rau wie das Leben", stellte der andere fest, leerte sein Bierglas in einem Zug, brachte es zurück an die Theke, kam wieder an den Tisch, doch blieb stehen, holte ein silbernes Zigarettenetui hervor, auf dem ein Monogramm prangte, welches Hagen aber nicht erkennen konnte. Der andere nahm eine Zigarette heraus, das Silber des Etuis funkelte so majestätisch im Schein der Kerze, dass Hagen sich dabei ertappte, wie er sich wünschte, es einmal anfassen zu können. Als dieser die Kerze an sein Gesicht hob, um die Zigarette anzuzünden, erhellte das Licht seine Züge. Sein Haar war dunkel, schwarz wie die Nacht, es reichte ihm fast bis an die Schultern, wirkte ungekämmt und seine Augen waren von einem faszinierenden hellen Blau, dennoch schienen sie teilnahmslos in die Welt zu blicken. Hagen räusperte sich. „Es tut mir leid, dass ich Ihr Geld verloren habe. Würfeln ist nicht so mein Spiel, ich bin besser mit Karten", bekannte er. „Du hast auch dein Geld verloren!", korrigierte ihn der andere, holte aus seiner Manteltasche ein Bündel Scheine hervor, warf es auf den Tisch, direkt vor seine Nase, meinte mit einem Fingerzeig: „Nimm es dir wieder. Du brauchst es sicher mehr als ich." Es klang weder hochnäsig noch herablassend, sondern ehrlich und überzeugend, doch Hagen zögerte, denn es waren Almosen aus einer Sicht, die er nicht verdient hatte, zudem konnte er das nicht von einem Fremden annehmen. Der andere beugte sich herunter, nahm das Bündel, löste die Klammer daran und zählte einige Scheine ab, legte sie wieder vor ihm auf die Tischplatte. Seine Augen überschlugen schnell die Summe – es war immer noch mehr als vorher. „Du hast sicher Familie, oder?", mutmaßte er. Hagen nickte zustimmend, obwohl der andere wahrscheinlich eine Frau und Kinder meinte. „Ja."

„Dann nimm es und kauf ihnen allen was Schönes. Ich kann es nicht mehr gebrauchen."

„Ist das schmutziges Geld?", fragte Hagen ohne Umschweife.

Der andere atmete hörbar aus, schüttelte den Kopf, lächelte fast überzogen. „Nein, wenn man so will nicht. Es ist das Geld, das ich für das Haus meiner Eltern noch bekommen habe ... abzüglich aller Schulden und es reicht nicht einmal“, erklärte er und es schien wohl am Alkohol zu liegen, dass er so frei darüber sprach. „Ich brauche es nicht mehr, wie gesagt. Mein Leben ist schon den Bach runtergegangen!“ Das war mehr, als Hagen hören wollte, denn er hatte selbst genug Probleme, auch wenn ihm der andere leidtat, allerdings nicht wie ein Freund, denn er kannte ihn nicht. Also nahm er die Scheine, steckte sie in seine Hosentasche. Dann wollte er wieder zu Stewart zurück, erhob sich von dem Stuhl und blieb vor dem anderen stehen, der etwas größer war als er. Er konnte nicht einfach so gehen, also hob er die Hand, reichte sie dem anderen. „Vielleicht sieht man sich mal wieder.“ Sein Gegenüber erwiderte den Handschlag, jedoch nur sachte, fast zu vorsichtig. „Nein, ich glaube nicht“, grinste er, wartete, bis Hagen seine Hand freigab und verließ den Pub. Er vergaß die Begegnung über den restlichen Abend. Als er weit nach Mitternacht den Pub verließ, war er allein, denn Stewart hatte eines der leichten Mädchen angesprochen und ging mit zu ihr. Mercy war beschäftigt, sie hatten Streit gehabt, denn seine Träumereien von einer Flucht aus London, einem besseren Leben, waren für sie Spinnereien, auch wenn sie immer wieder betonte, wie sehr sie ihn liebte. Die Träumereien, die sie als albern abtat, waren jedoch seine Möglichkeit, mit dem Leben fertig zu werden, diesem tristen Alltag zu entfliehen, auch wenn es Seifenblasen waren. Manchmal, wenn sie stritten, fragte er sich hinterher, ob er sie wirklich liebte, aufrichtig und stark genug, um sie davon überzeugen zu können, London zu verlassen. Der Alkohol ließ ihn leicht schwanken, ab und an musste er stehen bleiben, die Hände in den Hosentaschen vergraben, einige Sekunden warten, dann konnte er weitergehen. In einer Gasse sah er den Mann aus dem Pub wieder. Er stand mit gesenktem Kopf an die Hauswand gelehnt, rauchte eine Zigarette. „N`abend!“, grüßte Hagen überschwänglich, bemerkte, dass seine Stimme vom Alkohol verzerrt klang. Der andere hob den Kopf, starrte ihn zuerst etwas verwirrt an, setzte ein breites Grinsen auf. „Der Spieler!“, meinte er, es klang freundlich, er holte das Zigarettenetui wieder hervor, öffnete es, hielt es Hagen hin, damit dieser sich eine Zigarette nehmen konnte. „Das ist ein sehr schönes … Etui“, bemerkte Hagen lallend, fingerte nach einer Zigarette, doch es gelang ihm erst beim dritten Versuch eine zu greifen, was der andere aber gelassen hinnahm, ihm dann Feuer gab. Ohne ein weiteres Wort drehte der andere das Etui in seiner Hand, hielt es ihm dann auffordernd hin, nickte. „Wenn es dir so gut gefällt …“

„Das kann ich nicht annehmen“, wandte er ein, „es ist sicher viel Geld wert.“

„Nimm schon!“, lachte der andere. „Wenn du es nicht nimmst, muss ich es verkaufen oder jemand anderes nimmt es mir ab.“ Sein Verhalten war mehr als verwirrend, denn erstens wirkte er in diesem Teil der Stadt völlig deplatziert, zweitens gab es wohl niemanden sonst aus der feinen Gesellschaft, der freiwillig seine Reichtümer einem Armen geschenkt hätte, den man nicht bedrohen musste, geschweige denn ausrauben und drittens tat er ihm irgendwie leid, denn er machte nicht den Eindruck eines wirklich glücklichen Menschen, sondern eher wie jemand, der sich in die Höhle des Löwen vorwagte, um von diesem getötet zu werden. Dem die Gefahr vertraut war und ihn dennoch nicht berührte. In dieser Gegend war er abends Freiwild in seiner Aufmachung, zudem machte er keinen Hehl aus dem vielen Geld in seiner Tasche. „Ich verstehe das nicht“, gestand Hagen, nahm das Etui aus der Hand des anderen, der es sanft in seine gleiten ließ, strich mit einem Finger über das Monogramm, das Silber, wollte wissen: „Was ist das für eine Abkürzung?“

„Es gehörte meinem Großvater“, sagte der andere gelassen und ohne jede Regung. „Er gab es meinem Vater, dieser gab es mir und ich gebe es dir!“

„Keine Kinder?“

„Nein, keine Frau, keine Kinder. Da ist niemand, außer meiner Mutter“, gestand er, lächelte dann, ein sehr ehrliches Lächeln. „Wenn es dir Freude macht, behalte es. Du kannst deinen Freunden ja erzählen, du hättest es mir gestohlen.“ Hagen wünschte sich nichts sehnlicher, als das Geschenk zu behalten, aber andererseits konnte er es auch zu Wills bringen, es bei dem Hehler in Geld umtauschen und brauchte dann einige Tage nicht in die Weberei arbeiten gehen. Er könnte bei Wills gleich etwas Schönes für seine Schwester oder Mercy kaufen. Der andere schien zu ahnen, was ihn beschäftigte, fügte hinzu: „Es ist mir egal, was du damit machst." Auf irgendeine Art und Weise musste er sich erkenntlich zeigen, dachte Hagen, fuhr vor, um dem Mann die Hand zu geben, doch dieser machte keine Anstalten seine zu heben, stattdessen trat er vor, wollte gehen. Etwas zu stürmisch umfasste er seinen Arm, hielt ihn zurück und der andere blieb stehen, verwundert, seine Augen trafen Hagens, jetzt wirkten sie wieder völlig teilnahmslos. „Vielen Dank!", sagte er artig. „Ich werde es in Ehren halten!" Und obwohl sie beide wussten, dass es gelogen war, schenkte ihm der andere noch ein zartes Lächeln, senkte den Blick auf seinen Arm, gab Hagen zu verstehen, dass er ihn loslassen solle und dieser gab ihn frei, sah den anderen die Straße hinunterschlendern. Er verschwand in einer Gasse. Noch in der Nacht ging Hagen zu dem alten Wills und brachte ihm das Etui. Für das Geld kaufte er Lebensmittel für den Vater, die Geschwister, Haarspangen für die älteste Schwester, lud Mercy zum Essen ein, dann seinen Freund Stewart und verspielte den Großteil des Geldes in den folgenden zwei Tagen. Und als seine Taschen wieder leer waren, fiel ihm ein, dass er seinen Gönner nicht einmal nach dem Namen gefragt hatte.

Und dann war da Henry in einem Traum, der an einem Abend mit ihm am Feuer gesessen hatte, hineinstarrte mit diesem ebenso teilnahmslosen Blick, sodass es Hagen an etwas erinnerte, aber er wusste nicht mehr genau an was. Er wollte etwas sagen, diesen Ausdruck aus seinen Augen vertreiben, legte ihm die Hand auf die Schulter, tröstend. Und Henry wandte den Kopf zu ihm, dass sich ihre Blicke trafen. Es waren nur einige Sekunden, zwei, höchstens drei Atemzüge, in denen in ihm wirklich das Verlangen aufkam, seinen Freund in den Arm zu nehmen, ihm die Wange zu streicheln, wie bei einem kleinen Kind, wenn es traurig ist … Er fand es seltsam, unergründlich, denn in Henrys Augen lag ein Flackern gleich einer Aufforderung und es war dieser, der seinen Blick wieder auf das Feuer richtete, ein belangloses Gespräch begann, um die Situation zwischen ihnen zu entspannen …

Hagen riss die Augen auf. Sein Herz raste in seiner Brust und es dauerte einige Sekunden, bis er begriff, dass er nur geträumt hatte. Es war dunkel, nur wenig Mondlicht fiel in den Raum. Er fühlte sich zurückversetzt in seine Kindheit, wenn in heißen Sommernächten das Fenster im Schlafraum geöffnet war, der Wind leise mit den Vorhängen spielte und er den Körper seines Bruders neben sich fühlen konnte. Henry lag neben ihm im Bett. Er hatte ihm das Gesicht zugewandt, seine Augen bewegten sich hinter den Lidern, wahrscheinlich träumte er von Fay oder hatte wirre Träume wie er selbst. Ganz langsam verarbeitete er alles, was vor seinem geistigen Auge abgelaufen war. Ja, er war sich sicher, dass er Henry wirklich in dieser Kneipe zum ersten Mal getroffen hatte – ein reiner Zufall im Grunde genommen. Vielleicht spielte ihm seine Erinnerung aber auch einen Streich und der Mann, der ihm das Geld gab, war ein anderer gewesen, sein Gehirn ergänzte nur die Gegebenheiten, damit es passte.

Er erinnerte sich daran, wie er ins Hotelzimmer zurückgekehrt war. Sie wollten Fay am nächsten Morgen beerdigen, die Mädchen im Bordell, Madame, ihr Sohn – sie nahmen noch Abschied von ihr. Henry hatte auf dem Bett gesessen, mit dem Rücken am Kopfende angelehnt, in seinem Schoß lag eine leere Flasche Wein, die er noch mit einer Hand am Hals umschlossen hielt. Als Hagen in das Zimmer kam, hob er kurz den Kopf, sein Blick wirkte sichtlich entrückt, getrübt vom Alkohol. „Ich fürchte, dass ich … heute nicht mehr in der Lage bin … hochgeistige Gespräche zu führen …“, lallte er. Hagen verwunderte es zuerst, dass er von einer einzigen Flasche derart betrunken war, aber dann traf sein Blick auf die leere Flasche, die an Henrys Seite des Bettes auf dem Boden herumkullerte. Mit einem Seufzen bückte er sich, hob sie auf und blieb mit der Flasche in der Hand neben Henry stehen, deutete auf die in seinem Schoß. „Sind das alle oder soll ich noch mal unterm Bett nachsehen?“, wollte er wissen. „Wieso? Haben wir da einen Vorrat?“, meinte Henry bierernst, beugte sich vor, um unter das Bett zu schauen und wäre fast vornübergefallen, doch Hagen fuhr beherzt vor, stützte ihn. Mit einem Arm hielt er nun seinen Freund umfasst, mit der anderen Hand stellte er die leere Flasche auf dem Tisch ab, umfasste Henrys Oberkörper, zog ihn wieder auf das Bett, sodass dieser ausgestreckt vor ihm lag. „Kannst du dich alleine ausziehen? Oder willst du in deinen

Sachen schlafen?", fragte Hagen, zog seinem Freund die Schuhe aus, dann die Socken. Dieser drehte sich auf die Seite, legte einen Arm über seinen Kopf und antwortete nicht. Hagen breitete die Decke über ihm aus und legte sich selbst ins Bett. Zuerst hatte er keinen Schlaf finden können, dann kamen die Albträume, und als er nun erwachte, war er völlig durcheinander. Er rüttelte mit einer Hand an Henrys Schulter, damit dieses schreckliche Geräusch aus seinen Ohren verschwand. Es dauerte eine Weile, bis dieser erwachte. Sie sahen sich sekundenlang in die Augen und in dieser Zeit beschlich ihn das seltsame Gefühl, dass sie nebeneinander lagen wie ein altes Ehepaar. „Hast du mich hierher gebracht? Ins Bett?", wollte Henry wissen. Seine Stimme klang brüchig und gequält, denn als er den Kopf heben wollte, wurde ihm schlecht und schlagartig übermannte ihn ein heftiger, dumpfer Schmerz im Nacken. „Du hast ein wenig zu viel getrunken", erklärte ihm Hagen. Henry richtete sich auf, setzte sich mühevoll auf den Rand des Bettes. Das Licht fiel auf seinen hageren Körper, als er aufstand, schwankend sein Hemd auszog, die Hose. Er seufzte, ging hinüber zur Waschschüssel, legte ein Tuch kurz ins Wasser. Hagen beobachtete ihn, wie er es auswrang, zum Bett zurückkam. „Das hätte ich auch machen können", stellte Hagen fest. Henry antwortete nicht, sondern setzte sich wieder auf die Bettkante, saß dort leicht vornübergebeugt, den Kopf nach vorne gesunken, presste er den Lappen gegen die Stirn. „Scheiße."

„Wir wollen sie morgen früh begraben. Wenn du mitkommen willst …", meinte Hagen nun leise. „Ich muss das erst begreifen und ich kann den Gedanken nicht ertragen, … Nein, ich kann nicht mitkommen", meinte er, kämpfte sichtlich um Fassung, seine Stimme begann zu zittern, doch er fing sich wieder, schluckte. „Ich will nicht mehr." Er streckte den Zeigefinger aus, tat mit dem Daumen so, als hielte er eine Waffe in der Hand, zielte auf seine Schläfe und drückte ab. „So was darfst du nicht sagen! Und dann bin ich allein!" Hagen hörte sich die Worte sagen, gleich darauf fiel ihm auf, wie dumm das alles klang. Henry blieb ihm zuerst eine Antwort schuldig, dann sah er, wie er einmal zusammenzuckte, sich weiter nach vorne beugte, die Hände vor das Gesicht legte. Tief aus seinem Innern löste sich ein kurzes Schluchzen wie ein Aufschrei seiner Seele. Hagen hob seine linke Hand ein Stück an, wollte ihn berühren, doch er erreichte ihn nicht. „Ich weiß das alles“, sagte Henry dann leise, „du bist mein Freund, aber ehrlich gesagt, momentan wäre ich lieber tot. Es tut mir leid, es tut mir so leid, dass ich sie gehen ließ … Ich bin ein dummer, alter Mann und meine Fehler holen mich ständig ein. Wenn ich dich nicht kennengelernt hätte, wäre mein Leben schon längst beendet. Und das wäre besser so ...“

„Ich weiß, dass du dich mies fühlst, aber ...“ Hagen wollte ihm etwas Trostvolles sagen, doch wenn er ehrlich war, wusste er nicht, was er sagen sollte. „Du kannst nicht wissen, wie ich mich fühle, mies reicht dafür nicht aus“, sagte er ruhig und gelassen. „Das ist auch besser so. Ich war so dumm. Im Leben gibt es nie eine zweite Chance, merk dir das als guten Rat. Wenn du deine Mercy noch mal mit ihrem Zuhälter im Bett überraschtest, würdest du genauso handeln wie beim ersten Mal, glaube es mir. Du würdest nicht erst nachdenken, mit einem Grinsen den Raum verlassen und dir denken, was du alles mit dieser miesen Schickse anstellen möchtest.“

„Ich weiß, was zwischen euch war, na ja, ich habe schon gemerkt, dass sie dich mochte.“ Henry nickte. „Ich weiß, dass sie mich mochte“, gab er mit energischer Stimme zurück, stand auf, zog sich seine Sachen an, schwieg kurz, um sich wieder zu fassen. „Ich schaue mal unten, ob ich noch etwas zu trinken kriege. Brauchst du irgendwas?“

„Nein, danke. Ich wollte nicht ...“ Henry hob abwehrend die Hand, versuchte zu lächeln, doch es wirkte nicht ehrlich. Er beugte sich über den Tisch vor dem Fenster, suchte etwas Geld zusammen, sah dann aus dem Fenster. „Ich habe sie gehen lassen, dabei hätte ich nur sagen sollen, dass ich will, dass sie bei mir bleibt ... in der Nacht. Ich war so ein Narr! Es ist meine Schuld … Verstehst du? Sicher, sie war auf ihre Art kindlich naiv, aber ich war so stur.“

„Du konntest das doch nicht ahnen …“, wandte Hagen ein. „Ich fühle mich ... Ach, ich weiß nicht. Scheiße, Hagen, ich kann das nicht wieder gutmachen …“ Hagen bemerkte aus den Augenwinkeln den Revolver auf dem Nachttisch neben seiner Seite des Bettes, langte mit der linken Hand danach, nahm ihn an sich und legte ihn neben sich unter die Decke. Er fürchtete wirklich, dass sein Freund ihn mitnehmen würde, um seinem Leben irgendwo draußen ein Ende zu setzen. Henry ließ tatsächlich seinen Blick durch das Zimmer wandern, bevor er den Raum verließ. Einerseits war er ein erwachsener Mann, Hagen konnte ihn nicht täuschen, aber nach der Zeit, die sie miteinander verbracht hatten, war er ihm ein Freund geworden, den er aus voller Überzeugung nicht verlieren wollte, auch wenn es schwer war, mit seinem dauernden Pessimismus und der ständigen Melancholie auszukommen, es zu akzeptieren. Er schloss die Augen, versuchte wieder einzuschlafen.

Irgendwann fühlte er etwas neben sich unter der Decke, an seiner linken Schulter, öffnete die Augen spaltbreit. Es war mittlerweile hell im Zimmer. Henry hatte sich über ihn gebeugt, richtete sich nun auf, der Revolver war in seiner linken Hand, er ließ die Finger der anderen Hand an Hagens Stirn und Wange hinabgleiten, lächelte fast gütig, ging zurück zum Tisch, auf dem Hagen eine Flasche ausmachte, etwas Hochprozentiges. Und die Art und Weise, wie sein Freund mit hängenden Schultern beim Gehen schwankte, ließ ihn vermuten, dass dieser schon mehr getrunken hatte. „Henry!", meinte er verwirrt über die Berührung, setzte sich im Bett auf. Dieser setzte sich auf den Stuhl am Tisch, legte den Revolver vor sich auf die Tischplatte, nahm einen Schluck aus der Flasche, behielt sie in der Hand. „Du bist ein wahrer Freund!", meinte er gedehnt. „Da versuchst du die Waffe vor mir zu verstecken ... Ich denke mal, damit ich mir nicht eine Kugel verpasse, oder hast du Angst, dass ich abhaue?"

„Ersteres", gab Hagen offen zu. „Und als ich ihn sah, fiel ich zu seinen Füßen nieder, wie tot. Und er legte seine rechte Hand auf meine Stirn und sprach: *Fürchte dich nicht, ich bin der Anfang und das Ende. Ich bin der lebendige Geist, war tot und bin auferstanden und nun habe ich das ewige Leben, amen, und habe die Schlüssel zur Hölle und zum Tod*", zitierte er, warf Hagen einen ausdruckslosen Blick zu, erklärte dann: „Die Offenbarung des Heiligen Johannes!" *Jetzt setzt er sich die Waffe an die Schläfe und drückt ab*, fuhr es Hagen durch den Kopf, es erschrak ihn innerlich, denn vor seinem geistigen Auge sah er schon das Blut an die Wand spritzen. Er zuckte unmerklich zusammen. „Wo sind eigentlich meine Sachen hin?", wollte er wissen. „In der Ecke, wo du sie ausgezogen hast!", gab Henry zurück, deutete mit der Flasche auf den anderen Stuhl, der in der Ecke des Raumes stand. Erst jetzt sah Hagen die Kleidungsstücke über der Lehne, auf der Sitzfläche, aber jemand hatte in seinen Sachen gewühlt, denn er legte alles immer über die Lehne und die Taschen seiner Hose waren nach außen gekrempelt. Er mutmaßte, dass sein Freund Geld gesucht hatte. Mühsam hangelte er sich vom Bett hoch, die Decke um seine Hüften geschlungen. Als er den Stuhl erreichte, setzte er sich darauf, zog sich seine Unterhose an, die Hose, warf die Decke auf das Bett, ging zu Henry hinüber, der auf die Tischplatte starrte, ab und an einen Schluck aus der Flasche nahm, nach dem letzten schob er sie von sich. Er senkte den Kopf, betrachtete seine Hände in seinem Schoß. Hagen wollte seine Hose richten, griff in eine der Taschen und holte die Haarschleife hervor, das Band, das Fay auf der Frisierkommode liegen ließ. „Mist ...“, murmelte er. Henry sah nicht auf, doch er wiederholte das Wort, nickte zustimmend. Zuerst überkam es Hagen, seinem Freund die Schleife zu geben, aber dann ließ er sie wieder in seiner Tasche verschwinden. Er stellte sich neben Henry, sah aus dem Fenster auf die Straße, auf der die ersten Menschen vorbeigingen oder in Kutschen vorbeifuhren, geschäftig wie an jedem Tag. Aber es war nichts mehr normal für sie beide, schon lange nicht mehr. Es gab Menschen, die sich darüber beschwerten, dass ihr Leben eintönig sei, jeder Tag dem anderen gliche, doch er sehnte sich jetzt nach dieser Eintönigkeit. Noch vor ein paar Stunden hatte er in den Armen einer ihm fremden Frau gelegen, sich gehen lassen. Jetzt war alles anders. Sein Leben war nie besonders geradlinig verlaufen, daher war er im Grunde genommen an unvorhergesehene Ereignisse gewöhnt. Dennoch fiel es ihm schwer, mit dem Geschehenen umzugehen. „Alles, was sie wollte, war ich“, meinte Henry leise. „Und es war ihr alles egal, die verdammte Syphilis, oder sie wollte es, weil es für sie etwas ganz Alltägliches war. Ich habe mir nie Gedanken über so etwas für mich Nebensächliches gemacht, es war mir nie wichtig. Ich meine, ich bin ein Mann, sicher, und ich sehe auch mal eine Frau und denke, die würdest du auch gerne mal näher kennenlernen. Aber ich weiß selbst, dass ich nicht gerade gut darin bin, eine Frau anzusprechen, geschweige denn ein großartiger Verführer.“

„Ich denke, sie hat dich sehr gern gehabt. Du hättest sie sehen sollen, als du ihr dieses Kleid gekauft hast ...", flüsterte Hagen, legte seine Hand auf Henrys Schulter, und als seine Worte verklungen waren, wurde ihm klar, dass er es nicht hätte sagen sollen. Er stocherte damit nur in der Wunde, also fügte er hinzu: „Und du machst dir immer so viele Gedanken! Du merkst oft gar nicht, dass die Frauen dich bewundern, wenn du Klavier spielst – ich wünschte, ich könnte das. Aber ich kann nicht mal pfeifen. Und du bist belesen ..."

„Danke", sagte sein Freund nur, es klang mehr als ironisch. Dann stand er so schnell auf, dass Hagen zurückwich. Mit einer Hand hielt er sich am Tisch fest, er wollte Henry festhalten, aber dieser machte einen Schritt zurück gegen die Wand. Ihre Blicke trafen sich bei der Waffe auf dem Tisch, doch bevor Henry vorspringen, danach greifen konnte, hatte sie Hagen schon in der Hand, nahm die Patronen raus, warf sie aus dem Fenster, hielt ihm die Waffe hin. „So, jetzt kannst du hinterherspringen!", meinte Hagen ernst, schmiss ihm den Revolver vor die Füße. „Aber egal, was du tust, so sehr du dich bemitleidest – davon kommt sie nicht zurück."

„Schöne Worte! Aber leider dreht die Welt sich weiter für dich, für alle, aber für mich nicht ...!" Damit ließ er sich an der Wand herabsinken, blieb dort sitzen, den Kopf in den Armen vergraben. Hagen nahm sein Hemd vom Stuhl, fand noch Geld in der Hemdtasche, verließ das Zimmer. Er hatte tiefes Mitgefühl für seinen Freund, aber er konnte dessen halbtrunkenes Gejammere nicht ertragen, stand er diesem doch hilflos gegenüber. Draußen vor dem Hotel entschloss er sich kurzerhand, vor die Stadt zu gehen, sich die Beine zu vertreten, dann wollte er nach den Pferden sehen, etwas essen, alles mit dem festen Vorsatz, möglichst lange zu brauchen, um nicht so schnell wieder ins Zimmer zurückzumüssen. Gegen zehn Uhr ging er zum Bordell, half mit, Fays Sarg ein Stück weit vom Bordell wegzutragen, dort, wo einige Bäume standen und Madame schon vor Jahren eine Freundin von sich begraben ließ. Claire wollte einige Worte sagen, doch dann war es Madame, die diese Aufgabe übernahm. Niemand schien Notiz davon zu nehmen, dass Henry nicht anwesend war.

Am Nachmittag stand er wieder etwas unsicher vor der Zimmertür, klopfte einmal kurz an, wartete, doch es kam keine Antwort und so trat er ein. Die Vorhänge am Fenster waren zugezogen, das Bett war leer, als er einen Schritt weiter ins Zimmer machte, stieß sein Fuß gegen eine leere Flasche und er sah nach unten, dann in die Ecke. Henry saß immer noch dort mit angezogenen Knien, eine halb volle Flasche in der Hand, den Kopf an die Wand gelehnt. Seine Augen waren offen, doch er sah an Hagen vorbei in den Raum. Zielstrebig hob dieser wieder die leere Flasche auf, stellte sie zu der anderen auf den Tisch, blieb vor Henry stehen, forderte ihn mit einem Fingerzeig auf, ihm die halb volle zu geben, was er bereitwillig tat. An seinem Verhalten erkannte Hagen, dass er mehr als betrunken war. „Woher hast du nur die neuen Flaschen?“, wollte er wissen. „Warst du unten?“ Aufgrund des Alkohols in seinem Blut dauerte es etwas, bis Henry antwortete, und dann murmelte er die Worte so undeutlich, dass Hagen nur etwas von einer Frau verstand, die er gerufen und die die Flaschen gebracht hatte. Die Rechnung hatte er wohl anschreiben lassen. Sie hatten nicht mehr viel Geld und er musste auf Henry aufpassen, damit der nicht alles in Alkohol investierte in seinem Kummer. Mit einem Seufzen fasste er diesen unter den Armen, zog ihn auf die Beine, so gut es ging, zerrte ihn zum Bett und ließ ihn dort los. Wie ein nasser Sack fiel er der Länge nach darauf. Seine Augen folgten Hagens Bewegungen, der die Decke über ihm ausbreitete, ihm die Schuhe auszog, ihm dann sagte, er solle versuchen zu schlafen. Doch als er sich von ihm abwenden wollte, schnellte Henry empor, umfasste seinen Oberkörper mit beiden Armen, nicht roh und gewaltsam, nein, es kam Hagen eher vor wie früher, wenn sein kleiner Bruder sich ängstlich an ihn klammerte. „Lass mich nicht allein!“, jammerte Henry mit verzerrter Stimme, schniefte lautstark: „Ich bin ein alter Narr, den niemand wirklich braucht, aber du hast mich mitgenommen ...“ Hagen verdrehte die Augen, stand unsicher da, wusste nicht, ob er die Umarmung erwidern sollte oder seinem Freund zwei Ohrfeigen verpassen musste, um diesen wieder auf den Boden der Tatsachen zurückzuholen. Er wollte ihn leicht unsanft von sich fortschieben, doch dann legte er seine Hand auf Henrys Kopf, die andere auf seinen Rücken. „Du weißt nicht, was du redest“, sagte er mit ruhiger Stimme ohne Vorwurf. „Jetzt schläfst du deinen Rausch aus und dann hauen wir hier ab! Ich zeige dir noch ihr Grab, wenn du willst, und dann reiten wir weiter." Henry hob den Kopf, sah ihn an und nickte brav. Dann legte er sich hin und Hagen drehte ihn vorsichtshalber auf die Seite, als er eingeschlafen war. Er hatte von Betrunkenen gehört, die im Schlaf an ihrem Erbrochenem erstickt waren. Den Nachmittag über lag Hagen neben Henry im Bett, auf dem Rücken, den Kopf auf einem Arm lauschte er den Geräuschen, die von unten heraufdrangen. Das Restaurant im Hotel füllte sich langsam mit Menschen. Bald würde er nach unten gehen, sobald die meisten nur noch ihr Vergnügen suchten, die Tische zum Karten spielen genutzt wurden, statt zum Essen. Es war immer noch warm – er hasste die ewige Wärme, den andauernden Sonnenschein, es raubte ihm seine ganze Energie. Wenn er ehrlich war, sehnte er sich nach dem Herbst in London, den nebligen Morgen, dem Regen und dem Geruch nach Schnee im Winter. Dieses Land war auf eine Art geheimnisvoll, denn wenn er mit anderen Menschen sprach und sie von Orten berichteten, die neu gegründet waren, unendlichen Weiten, durch die man reiten konnte, tückisch endlosen Wüsten, einen Berg, der im Schein der untergehenden Sonne rot funkelt, von dem auch Yindi gesprochen hatte, das Meer ... Aber dennoch vermisste er seine Heimat. Manchmal ertappte er sich dabei, wenn Henry Klavier spielte, alte Lieder aus England, dass ihm so seltsam flau wurde im Magen, seine Augen wurden feucht und ein Schauer lief über seinen Rücken – er deutete es als Heimweh. Er beneidete ihn darum, dass er die Noten in seinem Gedächtnis hatte, sie wiedergeben konnte, ein kleines Stück mehr der alten Welt. Sein Blick fiel auf Henry, der tief und fest schlief, dennoch nicht wirklich entspannt aussah. Was sich in seinem Kopf abspielte, wusste nur er selbst, aber sicher waren es keine guten Erinnerungen. Hagen dachte an einen Abend im Hotel, an dem Fay mit ihnen an einem Tisch saß, sich mit den anderen leichten Mädchen unterhielt. Da waren Männer mit an ihrem Tisch, die von anderen Orten erzählten, von Gold, das man finden konnte, Tieren, die wie Kaninchen durch die Landschaft hüpften mit einem langen Schwanz so groß wie ein Kleinkind. Sie waren ausgelassen, lachten viel, Fay, Henry, der irgendwann mit seinem Bier in der Hand aufstand, sich neben das Klavier stellte. Eines der Mädchen trat zu ihm, ihre feuerroten Locken umspielten ihre Schultern fließend, sie war groß und dennoch zierlich, fast zu fragil, trug ein zartgrünes Samtkleid, ihre Füße waren nackt, für Sekunden schien es Hagen, als schwebte sie über den Boden, so geschmeidig waren ihre Bewegungen. Fay bemerkte es nicht, wie er sich zurücklehnte auf seinem Stuhl, sein Blick auf dem Mädchen haftete. Er hatte sie vorher nicht bemerkt und den anderen Männern am Tisch schien es ebenso zu gehen. Sie erreichte Henry, der nun den Platz des Klavierspielers einnahm, um diesen eine Weile abzulösen. Als er sich gesetzt hatte, seine Finger kurz betrachtete, dann die Noten, beugte sich das Mädchen zu ihm herunter, blätterte in den Noten vor ihm, zog ein Blatt hervor und reichte es ihm. „Was für ein Glückspilz!“, zischte einer der Männer am Tisch Hagen zu und er nickte aus voller Überzeugung. In jenem Moment hatte er sich wahrlich gewünscht, dort am Klavier zu sitzen, spielen zu können, mit der gleichen Perfektion wie sein Freund. Umso mehr, als die Rothaarige dann nach einem Fächer auf einem Tisch hinter ihr griff, sich neben dem Klavier platzierte, den Kopf senkte, während Henry anzählte. Sie brauchten nicht um Ruhe zu bitten. Als er zu spielen begann und die Stimme des Mädchens sich über alle Menschen im Raum erhob, herrschte schlagartig andächtige Stille.

„Mother, my lover is here,
please leave the light on.
Do a dance girl.
And when I dance for him,
leave the light on,
just in case
he likes the dancing...“

Sie sang mit einer derart zerbrechlichen Stimme, dass nicht nur er, sondern alle im Raum davon ergriffen waren. Er kannte das Lied nicht, aber dennoch durchfuhr es ihn auf eine ungewohnte Art und Weise. Nach einer Weile dachte er an Fay, dass sie gekränkt sein könnte, doch sie saß da, den Kopf auf die Hände gestützt mit diesem schwärmerischen Ausdruck auf ihrem Gesicht. Es war alles in Ordnung. Irgendwann endete die Musik, die Menschen klatschten, das

Mädchen verneigte sich so tief, dass ihre roten Locken fast den Boden erreichten. Sie forderte auch Henry auf, sich kurz zu erheben, aber er drehte sich nur kurz um, winkte lachend ab, es war nicht seine Sache, im Mittelpunkt zu stehen. Es gab Momente im Leben, denen eine gewisse Kostbarkeit anhaftet und so wollte er diesen Moment festhalten, auskosten, den Abend, doch es war nur eine Erinnerung. Er war fest davon ausgegangen, dass Henry sich auf einen Flirt mit dem Mädchen einließe, solange bis Fay dazwischen ginge oder vielleicht wäre es ihr auch egal, es wäre nur ein Flirt. Doch stattdessen nahm er nach zwei weiteren Liedern das Mädchen an der Hand, führte sie zum Tisch neben Hagen. „Das ist Cherry-Pie", stellte er sie vor, „und ich habe ihr gesagt, dass du heute Nacht allein bist." Sein Angebot überraschte Hagen zuerst und er fand ihre Namen nicht lustig, aber diese Mädchen gaben sich gerne solche Decknamen. „Ich möchte mal in der Stadt singen, vor großem Publikum", kicherte sie, fing sich dann, weil sie merkte, dass die Geste zu übertrieben gewirkt hatte, streckte ihre Hand aus, lächelte: „Komm mit nach oben!" Er zögerte zuerst, denn er hatte zwar Interesse an ihr, aber eigentlich wollte er noch dort sitzen bleiben und sich unterhalten. Aber dann ging er doch mit ihr und er bereute es nicht. Jetzt, wo er an sie dachte, wurde ihm wieder schmerzlich bewusst, wie gern er sie wiedergesehen hätte.

Henry öffnete die Augen, hustete, hangelte sich zum Bettrand vor, griff nach dem Nachttopf und übergab sich. Das holte Hagen auf den Boden der Tatsachen zurück, zurück in die Gegenwart.

„Everyday I crucify myself
And my heart is sick of being in chains ..."

Tori Amos

Er hatte geschlafen, unruhig, Henry, der sich ständig hin und her drehte auf dem Bett hatte ihn keine Ruhe finden lassen. Zudem träumte er wirres Zeug. Hagen öffnete die Augen, es waren mittlerweile fünf Tage vergangen. Im Zimmer roch es seltsam nach Schweiß und anderen Dingen, die ihn an das Gefängnis und die Zeit auf dem Schiff erinnerten. Er stand auf, musste die abgestandene Luft aus dem Zimmer verdrängen, ging zum Fenster, öffnete es. Ein zarter Streifen bleiches Licht des Halbmonds am Himmel drang herein, Hagen folgte ihm mit den Augen, zum Bett hinüber, auf seinen Freund. Dieser lag auf dem Rücken, die Hände auf der Brust gefaltet, die Augen geschlossen, seine helle Haut wirkte noch blasser. Hagen musste an den Anblick seiner toten Mutter denken, wie diese sonst so strebsame, fleißige kleine Frau so still auf dem Bett gelegen hatte – ihre Haut war so kalt gewesen, fühlte sich an wie Leder, als sein Vater ihn drängte, ihr einen letzten Kuss auf die Wange zu geben, bevor man sie in einen schäbigen billigen Holzsarg legte. Mit einer Handbewegung wischte er die Erinnerungen fort, blieb am Fenster stehen, atmete die kühle Nachtluft ein, sog sie tief in seine Lungen. Er wollte fort von hier, nur weiter, diesen unheiligen Ort so schnell wie möglich verlassen. Er musste ehrlich zu sich selbst sein – sich vorzustellen, dass sein Freund nicht mehr am Leben war, versetzte ihm einen Stich. Vor seinem geistigen Auge sah er sich zum Bett hinübergehen, das mittlerweile schmutzige Laken über Henry ziehen und einfach gehen. Dann griff seine Hand nach der Kanne neben der Waschschüssel und er verließ den Raum, um unten neues Wasser zu holen. Er kehrte nicht gleich wieder ins Zimmer zurück, stattdessen ließ er sich auf zwei Runden Poker ein, gewann ein bisschen Geld, investierte einen Teil in etwas Essen und bezahlte Henrys Schulden sowie die Miete für das Zimmer für einen weiteren Tag. Dann füllte er den Krug mit Wasser, ging wieder auf das Zimmer, wo Henry noch genauso dalag. Im ersten Moment wollte er ihm etwas von dem Wasser ins Gesicht schütten, doch dann stellte er den Krug auf den Boden, setzte sich neben Henry auf das Bett, legte seine Hand auf seine, rüttelte sanft daran, sagte seinen Namen. Er hörte ihn atmen, aber durch den Alkohol schien er sehr tief zu schlafen, vielleicht war er sogar bewusstlos. Also versuchte er es noch einmal, wartete einige Sekunden, versuchte es wieder. Henry ließ die Augen geschlossen, sprach so leise, dass er es kaum verstehen konnte. „Lass mich einfach hier liegen. Nimm die Waffe mit ...“

„Warum sollte ich alleine weiterreiten? Rede nicht so einen Unsinn! Natürlich kommst du mit!“

„Ich bin ein lebender Fluch ...“

„Nun, in manchen Dingen bist du sehr seltsam“, lachte Hagen, um der Situation die Spannung zu nehmen, „aber ich kann nicht mit ansehen, wie du dich in deinem Selbstmitleid ergehst!“

„Ich habe sie sehr gern gehabt, vielleicht sogar geliebt und ich hätte es ihr öfter sagen sollen. Ich weiß nicht, ob ich darüber hinwegkommen kann ... irgendwann“, gestand Henry. „Das verstehe ich alles, aber wir mussten beide schon viel durchmachen und es geht immer weiter. Wenn du hier liegst und dich selbst, sie betrauerst, wird es nicht besser werden …“ Jetzt öffnete Henry die Augen, das Blau wirkte noch heller, fast verblasst, fand Hagen. „Es ist nicht nur das. Ich habe wieder diesen Ausschlag auf dem Rücken, ich glaube, es ist überall und es brennt.“ Er deutete auf seinen linken Unterarm, auf dem sich zwei kleine Flecken abzeichneten, die wie Windpocken, nur etwas größer, aussahen. „Kommt das von der ...?“

„Ja. Sie haben mir gesagt, dass es irgendwann nicht mehr wiederkommen kann oder nie wieder weggeht. Wahrscheinlich liegt es an meiner Verfassung, je mieser ich mich fühle, umso schneller ist es wieder da.“

„Soll ich einen Doktor holen?“, fragte er. „Erstens kannst du das nicht bezahlen und zweitens schmiert er wahrscheinlich auch nur diese Paste aus Quecksilber drauf. Die Nebenwirkungen sind schlimmer zu ertragen, als das hier. Das hatte ich schon im Gefängnis.“ Sie schwiegen einige Atemzüge lang, sahen sich in die Augen, dann nahm Hagen die Kanne. „Willst du etwas Wasser? Ich kann dir auch etwas zu essen holen. Und dann werde ich hier Ordnung machen – du schläfst noch eine Weile, ruhst dich aus. Morgen früh reiten wir weiter.“

„Du hörst dich an wie eine Hausfrau!“, meinte Henry mit einem verzogenen Grinsen, sagte dann fast in zu strengem Ton: „Aber lass mich einfach in Ruhe! Du bist noch jung, also geh deiner Wege!“ Hagen seufzte, flüsterte etwas wie „Dir ist nicht zu helfen!“, stand auf, stellte die Kanne mit dem Wasser auf den Tisch, begann etwas Ordnung im Zimmer zu machen, wusch sich, packte ihre wenige Habe zusammen, steckte die Waffe in seinen Hosenbund, legte einige Münzen auf den Tisch und warf keinen Blick mehr zurück, als er nach unten in den Stall ging, um sein Pferd zu satteln. Er ritt los, als die Sonne aufging.

„Der Herr züchtigt mich schwer;
aber er gibt mich dem Tode nicht preis ...“

Psalm 118,18

Hagen war nicht weit gekommen. Vier Tage war er zuerst durch die Ödnis, dann an einigen kleinen Ansiedlungen vorbeigeritten, bis er zu einer Stadt kam, die größer war als die anderen, durch die sie bisher gekommen waren – Canberra. Er wollte sich dort etwas länger aufhalten und vielleicht auch Arbeit finden, ehrliche Arbeit. Ihm gefiel die Stadt und er genoss die vielen Menschen in den Straßen, ihr emsiges Geschiebe und Gedrängel. Man konnte in ihnen untertauchen, sich in ihrem Strom treiben lassen. Er hielt sich drei Tage dort auf. Als er einen Kolonialwarenladen betrat, fiel sein Blick auf einige Bücher in einem Regal an der Wand. Es wäre an Henry gewesen, auf das Regal zuzugehen, um die Titel zu studieren. Stattdessen fand sich Hagen nun davor wieder, ließ seine Augen über die Buchrücken wandern. An einem Gedichtband blieb sein Blick hängen, er nahm das Buch, blätterte darin herum, zu lustlos, als dass es den Besitzer des Ladens interessiert hätte. Dieser machte keine Anstalten, ihn zu fragen, ob er das Buch kaufen wollte. Hagen war sich sicher, dass es seinem Freund gefallen hätte, er seufzte. Eine ältere Frau betrat den Laden, verwickelte den Besitzer in ein Gespräch über belanglose Nichtigkeiten. „Verdammt!“, flüsterte Hagen, nahm das Buch, drängelte sich vor die Frau, gab vor, es eilig zu haben und bezahlte es. Draußen stieg er wieder auf sein Pferd und ritt aus der Stadt hinaus, den Weg zurück, den er gekommen war. Er fühlte sich irgendwie in der Pflicht, auch wenn er vielleicht zu spät kam ...

An einem kleinen See machte er unterwegs Halt, um seinen Vorrat aufzufüllen und das Pferd zu tränken. Er kniete sich ans Wasser, betrachtete sein Spiegelbild auf der Oberfläche, fand, dass ihm sein neu gewachsener Bart sehr gut stand, auch wenn seine Haare auf dem Kopf heller waren als die in seinem Gesicht. Das helle Blond seiner

Kindheit war zu einem matten nachgedunkelt, aber immer noch zu hell für einen erwachsenen Mann. Langsam ließ er seine Flasche mit Wasser volllaufen, sah aus den Augenwinkeln, das Pferd den Kopf senken, trinken, dann hob es ihn wieder, witterte, trank weiter. Es war nicht so, dass er sich alleine fühlte. Eigentlich fand er es durchaus angenehm, einmal eine Weile alleine zu sein, nur auf sich selbst gestellt, aber irgendwie war da doch eine Lücke, es fehlte etwas. Es tat ihm leid, dass er gegangen war, aber Menschen, die sich in ihrem Weltschmerz ergingen, sich in ihrer Trauer vergruben – er hatte das nie kennengelernt. Das Leben ging weiter, ob es nun die Mutter war, die gestorben war, oder ein Geschwisterchen. Natürlich verstand er Henry auch und ihm war Fays Tod auch nahegegangen, aber es war nicht mehr zu ändern. Hagen zuckte zusammen, als er jemanden husten hörte. Dann erhob er sich so schnell, dass das Pferd einige Schritte zur Seite machte, doch er griff sofort nach dem Zügel, tätschelte seinen Hals. Er sah sich um, hörte ein erneutes Husten, bellend, rau. Langsam glitt sein Blick über die Landschaft, an einer Erhebung hielt sein Blick fest, als er vorwärtsging, das Pferd hinter sich, so langsam wie möglich, um nicht zu viel Lärm zu verursachen. Dann band er es an einem Baum fest, zog den Revolver aus der Satteltasche, die Patronen, steckte drei Stück in die Trommel und entsicherte ihn. Man konnte nie wissen, wer in der Wildnis auf einen lauerte. Er ging auf die Erhebung zu, pirschte sich vorsichtig an die Steine, versuchte jemanden zu erkennen, doch er musste sich sehr weit herumbeugen, sodass er fast das Gleichgewicht verlor. Nur mühsam konnte er sich wieder fangen, hielt den Revolver fest mit der rechten Hand umklammert. An die Steine gelehnt saß ein Mann mit ausgestreckten Beinen, er trug einen breiten Hut, hatte den Kopf gesenkt, dass man sein Gesicht nicht erkennen konnte, und hielt eine Kette in seiner linken Hand, die er nun langsam in die Handfläche seiner Rechten gleiten ließ. Dann wiederholte er das Spiel mit der anderen Hand. Hagen sah das Kreuz an der Kette aufblitzen, es funkelte golden in der Sonne. Zuerst ignorierte er die Kette, doch da der andere nun den Kopf hob, den Hut ein Stück anhob und für einen kurzen Moment mit dieser Geste den Blick auf sein Gesicht freigab, überlegte Hagen einen Atemzug lang, spürte, wie ihm flau im Magen wurde. Es war Flake, der da saß und offensichtlich Fays Kette in seinen Händen hielt, mit ihr spielte. Sicher, es konnte auch die Kette einer anderen Frau sein, doch es war sicher nicht Flakes und Hagen kam es vor wie ein Déjà-vu, als er sie sah, denn tief in ihm schlummerte die Ahnung, dass Flake Fay das angetan hatte. Die beiden Revolver an dessen Hüften erinnerten Hagen aber auch daran, dass er gefährlich war, schnell, denn er hatte ihm einmal gezeigt, wie gut er mit beiden umgehen konnte. Sowohl mit der linken als auch mit der rechten Hand war er in der Lage, schnell zu ziehen und ebenso schnell abzudrücken. Und in ihm waren keine Skrupel, dies auch zu tun, wenn er sich bedroht fühlte. Hagen konnte nicht direkt davon ausgehen, dass er Fay getötet hatte, vielleicht hatte er nur ihre Kette gefunden. Aber es war ihm durchaus ohne jeden Zweifel zuzutrauen. Er zermarterte sich das Gehirn, was er tun sollte. Freundlich auf Flake zugehen, mit einem lockeren Spruch auf den Lippen bemerken, welch seltsamer Zufall es sei, dass sie sich hier wiedertrafen? Dann musste er nur schnell mit einem breiten Grinsen den Revolver verschwinden lassen. Oder er sprang aus seiner Deckung hervor, drückte einfach ab – da er nur drei Kugeln hatte, würde es auch keine große Sache werden und konnte darauf hoffen, dass Flake so abgelenkt war, dass er nicht so schnell ziehen konnte. Andererseits sah er sich aber auch schon im Sprung von Kugeln durchsiebt werden, denn dieser Mann konnte fast schneller ziehen als sein Schatten. Da konnte er auch gleich hervorspringen und „Triff mich!“ schreien. Wenn er aber so tat, als wisse er nichts von Fays Tod, sondern log, er sei schon länger aus der Stadt weg, weil Henry bei Fay bleiben wollte und sie einen Streit gehabt hatten, dann konnte er sich vielleicht Flakes Vertrauen erkämpfen, denn er schien ihn nicht grundweg abzulehnen. Jetzt musste ihm nur noch einfallen, wie er die Deckung verließ, ohne Flake zu erschrecken. Er wählte die einfache Geste eines Hüstelns, das mehr als gestellt klang, trat langsam aus seinem Schutz hervor, hörte sich selbst übertrieben Verwunderung heucheln, verfluchte im selben Moment sein Gehirn und seine Zunge für diesen Alleingang. Dass er nicht mit weit ausgebreiteten Armen auf ihn zuging, war nur der Tatsache zu verdanken, dass er die Waffe bei sich trug, die er nun sicherte und in seinen Hosenbund steckte. „Was für ein Zufall! Flake!", sagte er zu laut. „Ich hätte nicht erwartet, dich hier zu treffen." Flake reagierte nicht so, wie er es erwartet hatte. Er rang sich nicht einmal ein Lächeln, geschweige denn ein Grinsen ab, stattdessen sah er auf, umschloss die Kette mit seiner Faust, lüftete den Hut und sah Hagen skeptisch an. „Was willst du hier?", fragte er in gereiztem Tonfall und Hagen ahnte sofort, dass er nicht willkommen war. So blieb er abwartend stehen, versuchte seine Unsicherheit zu verbergen. „Ich war in Canberra und ziehe so durch die Gegend."

„Und? Gefällt dir die Stadt?", wollte Flake wissen. „Ja, ich meine, sie ist ziemlich groß. Ist mir zu viel Hektik da."

„Ja, ja", sagte Flake gedehnt, stand auf und Hagen schluckte, denn ihm wurde schmerzlich bewusst, dass er nicht den Hauch einer Chance gegen ihn hatte. Flake war größer als er, aber kräftiger als Henry, trotz seines schlanken Körpers konnte man die Sehnen und Muskeln deutlich sehen. Es verlangte ihn, einige Schritte zur Seite zu machen und er konnte Flakes Pferd an einem Baum auf der anderen Seite neben der Erhebung stehen sehen. Sein Herz schien sekundenlang auszusetzen, als er den Mann entdeckte, der an dem Baum gefesselt saß. Er hockte in seitlicher Pose dort, die Hände mit einem Strick zusammengebunden, dessen Ende um einen hohen Ast lief, sodass der Mann seine Arme emporhielt, als würde er beten. Sein Kopf lehnte an dem Stamm, Hagen sah das getrocknete Blut auf seiner Hose, dem Hemd, am Hals. Schlagartig tat ihm der Mann leid, der da bei der drückenden Hitze in dieser schrecklichen Pose verharren musste. Zuerst glaubte er, er sei tot, doch er sah, wie er den Kopf ab und an gegen den Stamm fallen ließ. Hagens Gesichtsausdruck musste das Entsetzen über den Anblick preisgeben, denn Flake blickte in die Richtung des Mannes, dann zu ihm und in seinem Blick lag so viel Kälte, dass es Hagen schauderte, denn er glaubte zuerst darin zu lesen, dass er der Nächste sei. „Wie du siehst, habe ich jemanden gefunden, der mit mir reist", grinste er nun. „Ich muss gestehen, dass ich das seltsam finde … Und ich bin froh …"

„… dass du nicht mit mir kommen wolltest?", ergänzte Flake, lachte nun auf. „Bitte, ich mache hier nur meine Arbeit. Und du hast doch nichts zu befürchten!" Er sagte es in einem Tonfall, der ausdrückte, was er vermutete, doch Hagen verstand nicht sofort. „Deine Arbeit?“, fragte er zweifelnd, deutete unbewusst mit einer Hand anklagend auf den Mann an dem Baum. „Hagen, Hagen, Hagen … Du hast immer noch nicht verstanden“, witzelte er kopfschüttelnd, ging mit langen Schritten zu dem Baum, griff die Wasserflasche, die am Sattelknauf des Pferdes hing, öffnete sie und der Mann zu seinen Füssen hob den Kopf. Doch da Flake hinter ihm stand, versuchte er umständlich den Kopf nach hinten zu verrenken, was ihm nicht gelang, sodass er ihn wieder sinken ließ. Hagen hörte ihn um Wasser flehen, hatte für einige Sekunden sein Gesicht gesehen, die Nase, dunkelblau verfärbt auf dem Rücken, seinen verzweifelten Blick. Flake nahm genießerisch einen großen Schluck aus der Flasche, wartete, trank dann weiter. Dann verpasste er dem Mann einen Tritt in den Rücken. Er tat dies alles, ohne seinen Blick von Hagen zu nehmen. „Nun, gib ihm wenigstens einen kleinen Schluck!“, protestierte Hagen. „Es ist furchtbar heiß!“ Die Situation war so bizarr, dass er für sich wirklich nicht erschloss, was Flake meinte. „Ich will dir mal etwas erklären“, sagte dieser in dem Tonfall, in dem ein Vater seinen Sohn belehrt. „Das ist William. Er ist nicht viel älter als du, aber er hat eine Bank ausgeraubt mit seinem Bruder und zwei Angestellte erschossen. Sein Bruder hat sich dummerweise mehr geweigert als er, mit mir mitzukommen. Und unser guter Freund William hier ist kein Narr, aber er weiß, dass er mich damit um eine ganze Menge Geld gebracht hat. Aber weil William in einigen Tagen an einem Strick baumeln wird und ein wenig Angst davor hat, versucht er öfter mal abzuhauen, deshalb hockt er jetzt hier. Und er wird so lange kein Wasser von mir bekommen, bis er friedlich ist.“

„Du bist ein Kopfgeldjäger?“, ging es Hagen wie ein Licht auf. „Jetzt hat er es! Du hättest mir helfen können, aber du wolltest ja nicht mit mir kommen. Man kann gut davon leben. Was ist eigentlich aus deinem Freund geworden?“

„Ich weiß nicht“, log Hagen schulterzuckend. „Er wollte bei Fay bleiben, mich zog es weiter und nach einem Streit bin ich alleine weg.“

„Dann könntest du immer noch bei mir einsteigen.“

„Nein. Das ist nichts für mich.“

„Und was willst du dann tun? Farmer werden? Abhängig von Wind und Wetter? So ein Unsinn!“, winkte er ab, spuckte in den Staub. „Dieses Land wird dich auffressen.“ Entweder spielte er seine Rolle sehr überzeugend, war geübt darin, oder er hatte wirklich nichts mit Fays Tod zu tun. „Es gibt auch erfolgreiche Farmer“, wandte er ein. „Ja, oh sicher“, grinste Flake. „Und es gibt auch so verrückte Siedler, die einen Zaun um ihre windschiefe Hütte bauen, ein paar Blümchen pflanzen, deren Samen von Übersee kommen. Wusstest du, dass es keine Pferde hier gab? Kommen auch aus Übersee. Aber bist du schon mal durch das Land geritten, hast dich richtig umgeschaut? Ich habe nicht nur einmal einen toten Farmer gesehen. Manchmal hängen sie anklagend an einem Baum vor ihrem Haus, ein anderes Mal liegt die ganze Familie erschlagen in ihrem Haus.“

„Worauf willst du hinaus?“

„Du hast das Land nicht in deinem Blut, Mann! Ich bin hier geboren, unser guter Freund William, aber du bist hierher gekommen mit Idealen und Träumen, die du schnell vergessen solltest.“ Er beugte sich zu dem Mann am Baum hinunter, doch dieser nickte nur schwach, sodass sich Flake wieder an Hagen wandte: „Oder bist du aus anderen Gründen ausgewandert?“ Hagen sah ihn das Gesicht zu einem breiten Grinsen verziehen, welches ihn verunsicherte, denn es drückte aus, dass er mehr wusste, als er sagte, oder es verursachte lediglich ein gewisses Unbehagen in ihm. Eigentlich war ihr Gespräch vollkommen überflüssig, denn es lief auf nichts hinaus. Es wäre besser gewesen, wenn er Flakes Aufmerksamkeit nicht erregt hätte. Mit jeder Sekunde, die er schwieg, bestärkte es Flake nur in seiner Vermutung, dessen war er sich sicher. Aber er konnte ihn nicht zur Seite nehmen und einfach sagen „Hey Mann, kann es sein, dass du Fay verletzt hast? Und du weißt, warum ich hier bin? Du möchtest mich am liebsten so behandeln wie William da an dem Baum, oder?“ Hagen wusste nicht einmal, ob man überhaupt eine Belohnung auf sie ausgesetzt hatte, denn immerhin waren sie in den Fluss gegangen und ein Schuss hatte Henry verletzt, vielleicht ging man davon aus, dass sie beide tot waren, was er hoffte, aber er konnte sich nicht sicher sein. Zudem waren sie nicht aufgefallen, sie hatten sich nichts zuschulden kommen lassen, niemanden überfallen. Vielleicht hatte man sie vergessen. Flake riss ihn aus seinen Gedanken. „Haben dich meine Worte so beeindruckt?“, wollte er wissen, hob spielerisch eine Hand, wedelte damit vor Hagens Augen herum, dieser fuhr erschreckt zurück, als er bemerkte, wie nahe ihm Flake wieder gekommen war. „Ja, vielleicht“, gestand er. „Ich habe es mir anders vorgestellt.“

„Ach Gottchen, da rede ich so daher und du bist der Erste, der angestrengt darüber nachdenkt, was ich gesagt habe.“ Er konnte seine Rolle geschickt spielen, denn jetzt wechselte er in die des kumpelhaften Freundes, lächelte, klopfte Hagen auf die Schulter, gleich einer versöhnlichen Geste. Sie schwiegen eine Weile, Flake setzte sich wieder, holte aus seiner Hosentasche Tabak hervor, begann sich eine Zigarette zu drehen. „Und wenn ich dich bitte, William etwas Wasser zu geben?“, nahm er allen Mut zusammen, wich Flakes Blick aber aus, richtete ihn auf den Mann am Baum. „Warum willst du mich darum bitten?“, fragte er überrascht, zündete seine Zigarette an, nahm einen tiefen Zug und blies ihn in kleinen Kreisen wieder aus. „Er tut mir leid, du hast ihn schon übel genug zugerichtet und er muss die ganze Zeit da in dieser Haltung …“

„Hat er sich beschwert?“, unterbrach ihn Flake erneut, griente. „Ich habe nichts gehört.“

„Okay.“ Mehr fiel Hagen nicht ein, es ärgerte ihn, dass er eigentlich einfach nur gehen wollte, aber immer noch dastand, irgendwie das Gespräch beenden wollte und doch nicht fortkam, sich stattdessen nur in immer tiefere Abgründe hinabgleiten sah. Die Art und Weise, mit der ihn Flake fixierte, obwohl es den Anschein hatte, als täte er es nicht, beunruhigte Hagen. Er verstand, Henrys Menschenkenntnis war wieder einmal untrüglich gewesen. Flake war durchtrieben, gerissen, jede seiner Handlungen, seine Mimik, Gestik, alles war wohlüberlegt und perfekt einstudiert, um sein Gegenüber zu täuschen. Plötzlich erhob er sich, so ruckartig, dass Hagen zusammenzuckte. Fast unmerklich legte er seine Hand auf den Revolver in seinem Hosenbund, starrte auf Flakes Hände, doch dieser fasste nur in seine andere Hosentasche, holte die Kette hervor, hielt sie kurz ins Sonnenlicht, betrachtete das funkelnde Kreuz, warf einen kurzen Blick auf Hagen, reichte sie ihm. Und als dieser sie nicht sofort nahm, deutete er ihm mit der freien Hand, sie anzunehmen. „Nimm sie schon!“, sagte er fordernd, jedoch ohne jegliche Emotion. „Gib` sie ihr zurück! Sie hat sie verloren, als sie bei mir war.“ Zögernd nahm Hagen die Kette in seine Hand, betrachtete sie kurz. In ihm regte sich ein gesundes Misstrauen, denn seine Worte konnten eine Falle sein, sodass er schnell seine Zunge im Zaum hielt. Entweder war Flake wirklich nicht der Schuldige, er konnte auch mit ihr davor zusammen gewesen sein, aber sie hätte ihm nie die Kette freiwillig gegeben oder sie verloren, ohne sie zu suchen. „Henry hat ihr die Kette geschenkt“, bemerkte er fast zu leise. „Ich denke nicht, dass sie sie freiwillig abgelegt hätte. Und ich kann mir auch nicht vorstellen, dass sie mit dir …“

„Dann haben wir jetzt ein Problem“, fiel ihm Flake ins Wort, kam ihm näher, grinste. „Komm schon, Hagen, wir brauchen doch keine weiteren Worte darüber zu verlieren. Ich habe sie etwas zu hart rangenommen, aber sie kam freiwillig mit mir mit. Und hinterher ist sie weggelaufen. Wenn du aber auf der Suche nach mir warst, um da irgendetwas mit mir klarzustellen, dann haben wir nur zwei Möglichkeiten. Entweder, du verschwindest jetzt, dann nutze diese Chance, denn wenn wir uns wieder über den Weg laufen, verliere ich keine Worte mehr, bevor ich ziehe, oder du möchtest das jetzt direkt ausfechten …“ In seinen Augen lag zuerst ein Schimmer, der nur für einige Sekunden wahrnehmbar war, eine Nuance, die die Lüge verrät, dann wechselte der Ausdruck, die Farbe von einem warmen Blau zu einem kalten, hasserfüllten. In seinem Kopf hörte Hagen schon das Klicken eines der Revolver, konnte fast schon fühlen, wie ihn eine Kugel durchbohrte. Er wollte etwas sagen, aber es entfuhr ihm nur ein Geräusch, das fast dem resignierten Seufzen eines gebrochenen Mannes glich. Es war seinem Vater entglitten, als er realisierte, dass seine Frau tot war. Einen Atemzug lang fraß sich das Wort „tot“ in seinen Kopf, er hörte das Pferd wiehern, sah aus den Augenwinkeln, wie es einen kleinen Sprung am Baum machte, der aber von solcher Wucht war, dass der Zügel riss, mit dem es festgezurrt war, beobachtete, wie William von der Hitze und dem Durst schier wahnsinnig sich verrenkt hatte, um das Pferd zu treten, wobei er vom Boden aus nur die Beine erwischt hatte, oder eines, aber so schnell, dass das Tier erschreckte. Es rannte jedoch nicht sofort weg, sondern trabte nur ein Stück vom Baum weg, blieb stehen. „Verdammt noch mal!“, schrie Flake, riss eine seiner Waffen hoch, schoss auf William. Es war nur ein kurzer Moment, eine winzige Chance und das Blut in Hagens Kopf begann gegen seine Stirn zu pochen, sein Herz schlug schneller, er spürte kalten Schweiß auf seinem Rücken, die Hände wurden feucht – wie damals, als er bei dem Obsthändler Äpfel gestohlen hatte. Das Gefühl, etwas Verbotenes zu tun, verbunden mit der Angst erwischt zu werden. Er ließ sich davon leiten, zog mit der rechten Hand die Waffe aus dem Hosenbund, entsicherte sie sekundenschnell. Das feine Klicken ließ Flake den Kopf zu ihm wenden, dann rammte er Flake die Waffe in die Magengegend, drückte ab – einmal, zweimal. Sein Körper zitterte vor Anspannung, er wagte kaum zu atmen, obwohl ihm fast schwindelig wurde. In Flakes Augen stand eine Überraschung, die ausdrückte, dass er damit nicht gerechnet hatte. Er blieb seltsamerweise stehen, sah auf das dunkle Blut, das sich sogleich auf seinem Hemd ausbreitete, seine Waffe fiel in den Staub. Dann machte er zwei torkelnde Schritte zurück, krümmte sich und sank auf die Knie. Mit gesenktem Kopf saß er so da, die Hände auf den Bauch gepresst. „Das war nicht schlecht. Respekt!“, bemerkte er schwer atmend. „Ich habe dich unterschätzt.“ Hagen wusste, dass noch genug Kraft in ihm war, und so überhörte er die Worte, hob seine Waffe, verschwendete die dritte Kugel an Flake. Sie traf ihn an der Brust, er wollte den Kopf heben, zuckte zusammen und sank in den Staub. Langsam trat Hagen an ihn heran, er brauchte sich nicht herunterbeugen, um Flake die zweite Waffe abzunehmen, die noch in seinem Holster steckte, stattdessen hob er seine, hielt sie auf ihn gerichtet, entsicherte sie, um ihn glauben zu machen, dass noch eine Kugel im Lauf war. Er musste sich bemühen Haltung zu bewahren, Stärke zu zeigen, aber es fiel ihm schwer, denn sein Herz raste so schnell. Er befürchtete jeden Moment bewusstlos zu werden. Flake hustete, ein kleines Rinnsal Blut lief an seinem Mundwinkel herab, doch er konnte die Hände nicht mehr heben, um es fortzuwischen. Obwohl er nach Luft rang, gelang es ihm die Schmerzen zu verbergen, immer noch lag mehr Erstaunen auf seinem Gesicht. „Warum hast du das mit Fay gemacht?“, fragte

Hagen. „Wie kann man einer Frau so etwas antun?“ Flake rang sich ein verzerrtes Lachen ab. „Sie war nur eine … kleine … naive … Hure …“ Es genügte Hagen, obwohl er eigentlich keine Bestätigung mehr brauchte. Er hörte Flake noch irgendetwas über Henry murmeln, seine Worte erstarben in einem Husten, einem letzten Aufbäumen, dann löste sich die Anspannung aus seinen Gliedern und sein Kopf sank zur Seite. Hagen starrte auf den leblosen Körper, sah dann zu William hinüber, der alles verfolgt hatte. „Kannst du mich bitte losmachen?“, fragte er wie ein quengeliges kleines Kind, wobei seine Stimme völlig kraftlos klang. Wie eine Marionette an unsichtbaren Fäden ging er zu William hinüber, zog ein kleines Taschenmesser aus seiner Hose hervor, begann an dem Strick herumzuschneiden und zu zerren, bis dieser sich löste, Williams Hände gleich totem Fleisch auf den Boden klatschten. „Da hinten ist ein See. Du kannst deine Hände darin kühlen. Kannst du aufstehen?“ Er blieb ihm eine Antwort schuldig, wollte stattdessen wissen, ob Flake tot sei, und als Hagen es bejahte, nickte er erleichtert, versuchte sich am Baumstamm hochzuhangeln, schrie auf vor Schmerzen, als seine Hände das Holz berührten, sodass Hagen vorfuhr, um ihm zu helfen. Flakes Pferd war in Richtung des Sees gelaufen, stand dort am Ufer und es lief nicht fort, als sie beide endlich den See erreichten. William ließ sich auf die Knie sinken, fiel fast vornüber in das Wasser, begann zu trinken, indem er den Kopf hineinhielt wie ein Tier. „Nicht so schnell, sonst wird dir noch schlecht“, sagte Hagen, tätschelte ihm den Rücken, griff dann den Rest des Zügels des Pferdes, band es neben seinem eigenen fest. Dann setzte er sich ans Ufer, starrte auf das Wasser. Die innerliche Aufgewühltheit wich einer gewissen Desinteressiertheit und einem tiefen Heimweh, einer Sehnsucht, die ihn seufzen ließ, sodass William innehielt, ihn ansah. „Fehlt dir deine Familie?“, wollte er wissen. „Ich meine, ich weiß ja nicht, was du für eine Rechnung mit ihm offen hattest ...“ Hagen erinnerte sich an Flakes Schuss auf William, er schien diesen verfehlt zu haben, glaubte er, doch dann fiel ihm die Wunde am Oberarm auf. Dort war ein Fleck Blut. Er ging nicht weiter darauf ein. „Er hat die Freundin meines Freundes getötet. Ich habe sonst keine Familie mehr.“ Er entschied sich dafür, nicht zu viel von sich preiszugeben. Ihm war auch nicht groß nach

Reden zumute. „Ich will nur zurück zu meiner Frau und meinen beiden Kindern. Mein Bruder und ich wussten schon eine Weile, dass er uns verfolgt. Du musst mir das nicht glauben, aber ich habe mit der ganzen Sache nichts zu tun gehabt. Nicht, dass ich von nichts wusste. Doch ich war nicht bei dem Überfall dabei, das war ein Freund meines Bruders. Aber dieser Kerl hat uns nicht geglaubt." Er wandte den Kopf zu Hagen und in seinem Blick konnte man ersehen, dass er nicht log. „Er hat meinen Bruder hingerichtet, ihm einfach so in den Kopf geschossen."

„Ich kann es mir vorstellen."

„Nimm es mir nicht übel, aber ich nehme sein Pferd, wenn du nichts dagegen hast, und dann verschwinde ich von hier. Ich muss auch dringend etwas essen." Er erhob sich, schwankte leicht, hielt sich kurz den Kopf. „Aber ich würde nicht in die Nähe der Stadt reiten", sagte Hagen. Jetzt, da William sich das Blut vom Gesicht gewaschen hatte, sah man ihm an, dass er höchstens Mitte zwanzig war, vielleicht ein oder zwei Jahre jünger als Hagen selbst. „Warum bist du mit deinem Bruder geflohen, wenn du unschuldig bist?", wollte er nun doch wissen. „Ich wollte ihm helfen unterzutauchen." Er sah zu Flakes Leiche hinüber. „Dieser Kerl … Ich habe gesehen, wie er die Freundin meines Bruders … Er war ein abgrundtief schlechter Mensch, obwohl ich meinen Bruder nicht verteidigen will. Es war nicht recht, die Bank auszurauben …" Hagen nickte. Es war das zweite Mal in seinem Leben, dass er einen Menschen tötete, aber diesmal war es aus Rache geschehen, nicht aus Enttäuschung. Und er empfand es als recht, fühlte sich nicht schuldig. „Wo musst du denn hin?"

„In die Nähe von Coober Pedy. Da gibt es Opale und eine ganze Menge andere Sachen zu finden, verrückte Typen", erklärte William, meinte einladend: „Du solltest es dir einmal ansehen."

„Klingt gut, aber ich will zurück zu meinem Freund, wir wollen weiterziehen, vielleicht kommen wir ja mal vorbei."

„Ihr seid jederzeit willkommen." William holte die Wasserflasche von Flakes Sattel, füllte sie mit Wasser. Bevor er losritt, deutete er mit dem Kopf auf Flakes Leiche. „Und was machen wir damit?"

„Ich kümmere mich darum. Du solltest dir aber noch eine Waffe von ihm mitnehmen", schlug Hagen vor. William führte das Pferd zu der Leiche, griff sich Flakes Hut, der neben ihm im Staub lag, einen der Revolver und einen Patronengurt, etwas Geld. Dann stieg er auf das Pferd, ritt an Hagen vorbei, hob noch einmal kurz die Hand.

Hagen erwiderte den Gruß, saß noch eine Weile am Wasser, sah William nach, bis er aus seiner Sichtweite verschwunden war. Dann stand er auf, fledderte nun seinerseits Flakes Leichnam, indem er ihm die andere Waffe abnahm, den anderen Gurt, seine Hosentaschen durchsuchte. In der Brusttasche seines Hemdes fand er eine goldende Taschenuhr, auf deren Rückseite *Von Elaine für Benjamin, Mai 1834* eingraviert war. Die Uhr war schon alt, aber es stimmte ihn traurig bei dem Gedanken daran, dass Flake sie vielleicht jemandem gestohlen hatte. Vielleicht jemandem, den er tötete. Kurzerhand nahm er alles an sich, zerrte die Leiche dann zum Baum, schichtete Steine darauf, bis sie vollständig bedeckt war. Am liebsten hätte er ihn einfach liegen gelassen, aber in ihm war so viel Respekt vor den Menschen, egal, was sie getan hatten, dass er sich dazu verpflichtet fühlte.

Es war später Nachmittag, als er auf sein Pferd stieg und weiterritt. Er hoffte, irgendwo noch eine Stelle zum Schlafen und einen Platz zu finden, wo er etwas zu essen bekam.

„I used to hold your heart to neck
I know I'll miss you if I close my eyes.
And I'll love you, if you let me,
And I'll love you, if you won't make me starve …"

Marilyn Manson

Henry saß auf einem Stein, ein gutes Stück weit außerhalb der Stadt. Zu seinen Füßen stand eine leere Flasche, in einer Hand hielt er locker eine Zigarette, eine Flasche Wein, die noch fast voll war. Ab und an bewegten sich seine Lippen, doch es kam kein Laut darüber. Er redete im Geist mit ihr, meinte zeitweise, der seichte Wind wäre ein Flüstern von ihr, eine Antwort auf sein Bedauern. Natürlich war ihm klar, dass es so nicht weitergehen konnte, aber er war einfach zu müde, sein Leben wurde ihm zu viel. Doch er fand nicht den Mut, es selbst zu beenden. Als ihn die Kugel des Soldaten getroffen hatte, war das gewissermaßen unvorbereitet geschehen und wahrscheinlich wäre es vorbei gewesen, ehe er es richtig realisiert hätte. Vor kurzer Zeit war eine Kutsche an ihm vorbeigefahren mit einer jungen Frau darin, die ihn mitleidsvoll angesehen hatte. Sie ließ den Kutscher halten, winkte Henry zu sich herüber, holte etwas Kleingeld aus ihrem Stoffbeutel und reichte es ihm. Dabei ließ sie es mehr in seine Hand fallen, um ihn nicht zu berühren, hielt sich ein Stofftaschentuch vor die Nase. „Diese vielen Krankheiten und diese Hitze! Das Land bekommt uns Europäern nicht“, sagte sie mit einem Blick auf seinen leicht verwahrlosten Zustand. „Ja“, meinte er leise, während er an sich herabsah und feststellte, dass er schrecklich aussehen musste, unrasiert, ungewaschen und seine Kleidung stank vor Schmutz. „Ich komme aus London.“

„Oh. Ich bin aus Schottland, aber mein Mann kommt auch aus London. Das Land, gottlob, hat es mit uns bisher gut gemeint. Es werden auch für Sie wieder bessere Zeiten kommen, wer weiß, vielleicht finden Sie eine Goldader. Ich habe schon von vielen Männern gehört, die es reich gemacht hat.“ Sie lächelte ihn höflich an, senkte kurz das Taschentuch, doch er hob nur die Hand, langte nach hinten, griff sich eine der Flaschen mit dem Wein, nahm einen Schluck.

Ihr Lächeln verschwand und sie wies den Kutscher an weiterzufahren. „Ihr großkotzigen Schotten! Nicht mal hier ist man vor euch sicher!“, rief er der Kutsche nach, besah das Geld in seiner Hand, steckte es in seine Hosentasche. Dann setzte er sich wieder auf den Stein.

Mittlerweile musste es Mittag sein, die Sonne stand hoch am Himmel und brannte auf seinem Kopf. Es machte ihn noch trunkener, aber es betäubte auch seine Gedanken auf eine fast angenehme Art und Weise. Die Sonne spiegelte sich auf der Landschaft. Er erinnerte sich nicht mehr genau daran, was im Hotel vorgefallen war, irgendwie wollte er sich nur noch etwas zu trinken holen, als er sich plötzlich inmitten einer Auseinandersetzung mit einem untersetzten Kerl wiederfand, der ihn mit der Faust nur einmal antippte. Es hatte ihn auf die Knie sinken lassen, seine Wange schmerzte und er wollte auf allen vieren aus dem Hotel herauskriechen, doch jemand hatte Erbarmen mit ihm. Zwei oder drei Männer beförderten ihn unsanft aus dem Etablissement. Sie platzierten ihn neben dem Gebäude zwischen einigen Kisten und Fässern. Gegen Abend war Claire dort vorbeigekommen, und als sie ihn sah, verdrehte sie die Augen, schickte einen tiefen Stoßseufzer zum Himmel und bat ihn, mit ihr zu kommen. Willenlos ließ er sich von ihr an die Hand nehmen, gleich eines folgsamen Hündchens. Sie zeigte ihm Fays Grab, wollte ihm helfen, sich unten an der Pumpe zu waschen. „Nimm mich mit in dein Bettchen", bettelte er, doch sie winkte ab und meinte, nur wenn er sauber sei, dürfe er mit zu ihr hinauf. Also legte er sich auf Fays Grab, nächtigte dort. Seine Glieder schmerzten so sehr nach einer Weile auf der harten, kalten Erde, dass er nach Claire rief. Doch sie reagierte erst, nachdem er so laut unter ihrem Fenster ihren Namen gerufen hatte, dass die Madame erwachte, ihm Wasser aus einem Porzellankrug aus ihrem Fenster heraus über den Kopf schüttete. „Claire, ich bin sauber!", quittierte er den Vorfall und Claire kam zu ihm in den Hof, half ihm, sich an der Pumpe zu waschen, führte ihn in ihr Zimmer, wusch seine Wäsche, wies ihn an, sich in ihr Bett zu legen, da er nun nackt war. Er tat, was sie ihm sagte, legte sich unter die Decke, drehte sich auf die Seite, schwieg. „Du siehst aus wie ein russischer Dichter", meinte sie, deutete auf seinen Bart. „Er ist etwas zu lang und ungepflegt." Henry hob den Kopf, starrte sie an. „Woher kennst du denn einen russischen Dichter?" Sein Tonfall drückte völligen Zweifel aus und die Art, wie er es sagte, verärgerte sie, denn sie konnte ihn ebenso gut wieder vor die Tür setzen. Sie entschied sich in einem ebenso patzigen Tonfall zu antworten. „Ich habe etwas über ihn in einer Zeitung gesehen! Es war ein Name mit T… Da war ein Bild von ihm abgedruckt."

„Tolstoi?", fragte er, zitierte: „Einmal stirbst du und dann ist alles Fragen zu Ende. Und wenn du stirbst, wirst du entweder alles erfahren oder du wirst nicht mehr die Möglichkeit haben, zu fragen."

„Ist das von diesem Tolstoi?" Schon nachdem sie die Frage gestellt hatte, biss sie sich auf die Lippe, weil die Worte überflüssig gewesen waren, und sie war doch gerade so stolz darauf gewesen, auch einmal gebildet zu erscheinen. Im Geist wiederholte sie das Zitat, sah Henry an, ihre Blicke trafen sich für einen Moment, sie war froh, dass er weder mit einer Bemerkung noch mit einer Geste oder Mimik auf ihre Frage reagierte, stattdessen grinste er. „Ich dachte, ihr Frauen interessiert euch nur für die Mode, den neuesten Pariser Chic!“ Es klang versöhnlich, nicht hämisch. Claire ging zum Bett, setzte sich neben ihn auf die Bettkante, sah zu Boden. „Sie hat dich wirklich gern gehabt, Henry. Ich habe sie nie so gesehen vorher … so glücklich … Sie war wie ausgewechselt. Weißt du, sie konnte wieder an etwas glauben, sich daran festhalten. Unser Beruf ist nicht leicht und jede von uns träumt natürlich davon hier wegzugehen.“

„Das kann sein, aber ich bin nicht der Messias und auch nicht Erretter oder Erlöser irgendwelcher Huren!“, meinte er scharf. „Ich habe zu spät erkannt, wie sehr sie mich mochte, oder wenn du es Liebe nennen willst … Aber ich hätte ihr auch kein Traumleben bieten können!“ Sie legte die Handflächen auf ihre Beine, betrachtete die Finger, wandte ihren Blick nicht zu ihm. „Du sagst selbst, dass du zu spät gemerkt hast, dass sie dich wirklich liebte“, seufzte Claire, schwieg einen Atemzug lang, begann zu erzählen. „Es ist schon lange her, aber ich habe mal einen Mann kennengelernt, der mir die Welt zu Füßen legen wollte. Er hat in mir nur die Frau gesehen, aber ich war zu dumm, ich habe nicht gemerkt, wie gut er es mit mir meinte. Ich habe zu lange gezweifelt. Er hat auf mich gewartet, weißt du, er kam wieder in die Stadt, nur um mich zu sehen. Geduldig wartete er auf meine Antwort, aber ich wich ihm wieder aus, bedrängte ihn mit meinen Zweifeln, diesen lächerlichen Fragen, ob er mich auch wirklich liebt, ob er sich mit mir in der Öffentlichkeit zeigen will, denn er war nicht arm. Gott, ich habe ihn so sehr verletzt damit. Und ich ließ ihn abreisen.“ Sie konnte die Tränen kaum zurückhalten, sie bahnten sich von ganz alleine einen Weg ihre Wangen hinab, tropften wie kleine salzige Perlen auf ihre Handflächen. Henry wollte sie berühren, ihr Trost spenden, da die Erinnerung sie zu überwältigen schien, aber er war sich nicht sicher, ob sie es ihm gestattete. Und so stellte er nur leise die Frage, was aus dem Mann geworden war. „Irgendwann kam ein Telegramm aus seiner Heimatstadt, dass er an einer Lungenentzündung erkrankt sei. Seine Schwester schrieb es mir, vielleicht hatte er ihr nicht erzählt, welchen Beruf ich ausübe.

Aber ich konnte nicht zu ihm reisen, weil mir das Geld dafür fehlte, und ich wollte Madame nicht darum bitten. Nur zwei Tage später kam das Telegramm, indem man mir mitteilte, dass er gestorben sei. Und das war es dann. Jetzt bin ich zu alt, zu sehr verwurzelt in meinem Beruf, dieser Stadt …" Ihn überkam wirklich kurz das Verlangen, sie zu fragen, ob sie nicht mitkommen wolle, aber da er nichts für sie empfand außer einer freundschaftlichen Zuneigung, die auch nicht besonders tief verwurzelt war, verwarf er die Worte, die ihm auf der Zunge lagen, hob nun doch seine rechte Hand, tätschelte ihr den Rücken. Claire wusste, dass es nichts zwischen ihnen gab, sie hatte auch nie einen Gedanken daran verschwendet, mit ihm zu gehen. Aus ihrer Sicht war er zu gebrochen vom Leben, während sie zwar ihre Geschichte mit ihrer Seele verwoben trug, aber sich dennoch nicht davon unterkriegen ließ. Es war zu viel Melancholie an ihm, zu viel Resigniertheit, sie würden nicht miteinander harmonieren. Aber genau dies an ihm schien die junge, naive Fay fasziniert zu haben. Dabei war sie wie Claire ein Mensch gewesen, der Bäume umarmen konnte und sie fehlte ihr, weil ihre Unbefangenheit, die sie sich bewahrt hatte, trotz ihrer schlechten Erfahrungen und ihr Kampfgeist auch ihr Kraft gaben. Nun war sie wieder auf sich allein gestellt, denn mit den anderen Mädchen verstand sie sich nicht so gut, es war keine tiefe Freundschaft zwischen ihnen gewachsen.

Für die jungen Hühner war Claire die alte Frau, zu der sich bald nur noch reife Freier trauen würden. Sie wandte den Kopf zu Henry, bemerkte, dass er eingeschlafen war, und legte sich auf die andere Seite des Bettes, vermied aber jeglichen Körperkontakt, nahm sich nur ein Stück von der Decke, rollte sich wie eine Katze zusammen. Ihre Augen waren noch feucht, doch es war ihr egal. Sie schloss sie, versuchte sich an Caleb zu erinnern, rief sich sein Bild ins Gedächtnis zurück, was ein Lächeln auf ihr Gesicht zauberte, bis auch sie einschlief.

Henry spürte, wie sich etwas zu ihm ins Bett schlich, sich an seinen Körper schmiegen wollte, die Decke anhob. Er hörte das Rascheln des Stoffes, verheißungsvoll, konnte das Gewicht erahnen, die zierliche Figur, bevor ihr Körper seinen berührte. Doch als sie ihn gegen seinen presste, war ihrer kalt und es durchfuhr ihn wie tausend Nadeln, brannte sich auf seine Haut, sodass er starr vor Schreck liegen blieb, die Hände zwischen die Beine gepresst. Ihr Atem drang ebenso kalt an sein Ohr, es schauderte ihn, ließ sein Herz rasen, nahm ihm die Luft. Tief in seinem Unterbewusstsein ahnte er, dass er träumt, obwohl das alles so real erschien, wollte er daraus hervortauchen, aufwachen. Es strengte ihn an, alles abzuschütteln, er hörte sie etwas flüstern und riss die Augen auf. Er wagte nicht, sich zu bewegen, sah nur Claires Körper im Bett. Sein Körper war schweißgebadet, die Angst steckte ihm noch in den Knochen, das Entsetzen über die Greifbarkeit des Traumes. Er lauschte in die Dunkelheit, da war nichts zu hören, außer Claires tiefen Atemzügen. Henry setzte sich langsam im Bett auf – es war nur ein Traum gewesen. Aber Fays Nähe war ihm so real vorgekommen. „Warum verfolgst du mich?", fragte er im Flüsterton in den Raum, mehr an sich selbst gerichtet. Langsam stand er auf, um Claire nicht zu wecken, öffnete das Nachtschränkchen neben ihrem Bett, dann die Kommode beim Fenster. Durch die Vorhänge konnte man bereits die Dämmerung heraufziehen sehen. In einer Schublade lag ein halb voller Flachmann. Er drehte ungeduldig an dem Verschluss, trank den gesamten Inhalt zu hastig auf dem Weg zurück zum Bett aus. Es war irgendein billiger Moonshine, der sich in seine Eingeweide brannte – er brauchte etwas zum Nachspülen. Doch seine Kleidung war feucht, seine Sachen hingen über einer improvisierten Leine, die Claire an einer Seite des Zimmers gespannt hatte, so konnte er nicht vor die Tür. Er entschied sich dafür, den Raum weiter abzusuchen, fand aber nur eine Flasche Branntwein, die immerhin noch gut gefüllt war, setzte sich auf den Stuhl in der Ecke des Raumes, über dessen Lehne ihr Kleid lag, trank die Flasche langsam Zug für Zug aus. Es überkam ihn ein seltsames Gefühl der Erleichterung, denn obgleich er wusste, dass ihm das Zeug schaden könne, war es ihm egal. Die Flasche zu leeren war nur ein weiterer kleiner Schritt auf seinem Weg nach unten. Während er trank, betrachtete er Claires Körper unter der Decke, sah, wie sich die feine Linie ihres Körpers unter dem Stoff abzeichnete, fuhr diese mit den Augen entlang, ihr Haar breitete sich auf dem Kissen aus, es funkelte fast majestätisch in seinem sich allmählich verklärenden Blick, rötlich-braun wie das Herbstlaub in den Straßen Londons. Fast war ihm, als könne er es wieder riechen, diese Mischung aus herannahendem Winter, kalter Luft, dem Duft aus den Geschäften, wenn er an der Hand seiner Mutter an den Auslagen vorbeispazierte, sie ihm im Feuer geröstete Kastanien kaufte … Sein Magen begann zu schmerzen, voller Heimweh, Erinnerung und vom Branntwein, er ließ seinen Kopf sinken, schniefte wie ein kleines Kind, feuerte dann die leere Flasche durch den Raum, sodass sie mit einem Knall an der Wand in tausend Scherben zersprang. Für ihn funkelten sie wie kleine Diamanten, als er den Kopf hob – zu schnell. Ihm wurde schwindelig, so schlecht, dass er die Augen zusammenkniff. Claire war aufgeschreckt von dem Knall, setzte sich im Bett auf, suchte verschlafen mit ihren Augen den Raum ab. Sie sah Henry auf dem Stuhl sitzen, den Kopf im Nacken, die Hände im Schoß gefaltet. „Was war das?“, wollte sie wissen. „Da war nichts …“, flüsterte er, „schlaf weiter.“ Sein Tonfall machte ihr zum einen bewusst, dass er betrunken war, andererseits verwunderte es sie, wie gütig er dennoch klang, so als spräche er mit einem kleinen Mädchen, das einen Albtraum gehabt hatte und sich nun fürchtete wieder einzuschlafen. Sie stand vom Bett auf, durchschritt dann langsam den Raum und fand die Scherben der Flasche auf dem Boden. Zuerst wollte sie es nicht recht glauben, dann schaute sie wieder hinunter auf das zerrissene bläuliche Etikett, drehte sich zu Henry um, der nun vornübergebeugt dasaß, den Kopf hängen ließ wie ein begossener Pudel. „Du weißt, dass man das Zeug nicht trinken sollte“, sagte sie vorwurfsvoll. „Das ist Medizin. Ich brauche es für meinen Rücken zum Einreiben.“ Er kicherte über ihre Bemerkung, machte irgendeinen dummen Witz darüber, sie verstand seine Worte aber nicht, ignorierte es. Dann änderte sich sein Tonfall, wurde süßlich, für einige Sekunden schwang etwas darin mit, was sie irritierte und zugleich in gewisser Weise betörte, denn es klang wie ein aufrichtiges Liebesbekenntnis, auch wenn er nicht von Liebe sprach. „Ich zelebriere meinen eigenen Untergang, Belle!“ Es war lange her, zu lange, dass jemand sie mit Kosenamen belegt hatte, mit schönen, nicht mit diesen widerlichen, schmutzigen, zweideutigen. So achtete sie nicht wirklich auf die Bedeutung seiner Worte, zuerst nicht und dann, da sie sie erfasste, fand sie es fast überzogen. Sie hatte irgendwie das Verlangen, rüde zu ihm zu sein, denn aus ihrer

Sicht erging er sich in zu viel Selbstmitleid. Doch es fiel ihr schwer, denn er war eine durch und durch zerschlagene Persönlichkeit. Jemand, der sich aufgegeben hatte. Gerade wollte sie etwas sagen, um ihn etwas aufzumuntern, doch sie kam nicht mehr dazu. Henry kippte bewusstlos nach vorne, mit einem dumpfen Geräusch schlug sein Körper auf dem Boden auf. In einem Wald fand er sich wieder, das Laub unter seinen Füßen raschelte geheimnisvoll bei jedem seiner vorsichtigen Schritte, unter den Sohlen seiner nackten Füße knirschten die Blätter, zerbröselten zu Staub. Über ihm war der blaue Himmel, die Kronen der fast kahlen Bäume, die sich sanft im Wind wiegten. Er empfand die Szenerie als fast zu kitschig, wollte es fast mit einem ungläubigen Lachen quittieren, bis er ihren Körper an seinem spürte. „Dreh dich nicht um", bat sie leise, „behalte mich so in Erinnerung, wie ich davor war …" Sie brauchte den Satz nicht vollenden, denn er wusste, worauf sie hinauswollte. Fay schmiegte sich an seinen Rücken, legte die Arme um ihn, ihre Hände fuhren über seine Brust, bis er sie ergriff, mit seinen umschloss. Er legte ihre Hände auf sein Herz. „Nimm mich mit."

„Das kann ich nicht", wandte sie ein, „aber ich werde auf dich warten."

„Es tut mir leid. Es tut mir leid, dass ich dir nicht sagen konnte, dass ich dich … liebe."

„Pst", machte sie leise, „ich weiß das alles und ich habe dir längst vergeben." Es erregte ihn, wie sie ihren Körper an seinen presste, zu lange hatte er es nicht mehr wirklich gefühlt, es vergessen oder verdrängt und nun überkam es ihn mit einer solchen Macht, dass es ihn innerlich fast zerriss, es machte ihn trunkener als jeder Alkohol auf der Welt es konnte, ließ ihn schwanken und er umfasste ihre Hände fester, um sich an ihnen festzuhalten. Sie hielt ihn, als er auf die Knie sank, ihr Ohr war nahe seinem, er konnte ihre warme Haut fühlen, ihren Geruch einatmen. Er fühlte sich gut, so gut wie schon lange nicht mehr, obwohl er ahnte, dass dies alles nicht real war, aber er musste diese Illusion voll auskosten. Fay zog ihre Hände aus seinen, löste sich langsam von ihm. „Ich warte auf dich", versicherte sie ihm noch einmal, dann war sie fort. Der Wald verschwand vor seinen Augen, es zog ihn fort, obwohl er sich dem widersetzen wollte. Er stürzte in ein Gewirr aus Stimmen, hörte Claire neben sich, zwei männliche Stimmen, jemand zerrte an seinem Oberkörper, hielt ihn fest umfasst, versuchte ihm etwas einzuflößen. Es roch nach Butter, er schmeckte warmes Wasser auf seinen Lippen. Er öffnete die Augen ein Stückchen, bemerkte, dass sie feucht waren, er musste geweint haben. Claire sagte seinen Namen fast zu laut, forderte ihn energisch auf, die Flüssigkeit zu trinken. Henry erkannte den Sohn der Madame neben sich, den Doktor neben Claire. Jetzt, wo er wieder zu sich kam, war ihm noch elender. Er überwand sich, einen Schluck zu nehmen, wollte sich dann aus ihrem Griff winden, Madames Sohn wegschieben, doch dieser hatte mehr Kraft als Henry vermutete, drückte ihn wieder auf das Bett, hielt ihn aufrecht, während der Doktor und Claire ihm die Flüssigkeit einflößten. Einen Teil spuckte er wieder aus, den anderen musste er schlucken. Es war warmes Wasser vermischt mit Butter, er kannte es noch aus seiner Kindheit. Seine Mutter hatte es ihn trinken lassen, als er von dem Kirschlikör probierte, den sie zum Kaffeekranz mit ihren Freundinnen trank. Heimlich stahl er die Flasche aus der Küche, trank den Rest daraus. Ihre Bemühungen waren damals eigentlich überflüssig gewesen, denn er musste sich sowieso vom Alkohol übergeben. Nun tat er es nicht auf das seidene Kleid seiner Mutter, dessen malvenfarbene Stickereien er so sehr geliebt hatte, sondern über Claires Bettdecke, da Madames Sohn nicht schnell genug mit einer Schüssel war, schrie vor Schmerzen auf, als sich seine Innereien verkrampften, schlug um sich, bis ihm der junge Mann einen kräftigen Schlag ins Gesicht verpasste, um ihn ruhigzustellen, sehr zum Missfallen des Doktors. Er rief Fays Namen, spie ihn heraus, jemand drückte seinen Arm auf das Bett, er fühlte den Einstich einer Nadel. Es dauerte nicht lange, bis sich eine wohlige Entspannung über seinen Körper und seinen Geist senkte. Seine Augen wurden schwer, er gab nach, ließ sie zufallen, sich in die Dunkelheit hinabziehen. Als er wieder erwachte, gab ihm Claire auf Anraten des Doktors Salpetergeist vermischt mit Zuckerwasser, damit er wieder nüchtern wurde. Er hatte Kopfschmerzen, doch zeigte sich brav und fügsam, tat, was sie von ihm verlangte. Sie saß an der Seite des Bettes, legte ihre Hand auf seine, doch nur kurz, dann stand sie auf, berührte seine Kleidung mit den Fingerspitzen, die Sachen waren noch nicht ganz trocken, aber sobald sie es sein würden, sollte er gehen, entschied sie. Denn da sie nun im Licht des Tages seinen desolaten Zustand in seiner ganzen schonungslosen Offenheit präsentiert wahrnahm, bereute sie es, ihn mit nach oben genommen zu haben. Die letzten Stunden mit ihm hatten sie ausgelaugt. Claire fragte sich wirklich, wie Fay überhaupt mit ihm ausgekommen war. Seine selbstzerstörerische Seite schreckte sie ab. „Deine Sachen sind trocken!“, meinte sie knapp am späten Nachmittag, riss sie von der Leine, warf sie vor seine Seite des Bettes. Er machte keine Anstalten sie anzuziehen, blickte auf den Haufen, dann zu ihr und wieder auf den Haufen. „Was?“, fragte er völlig verstört. „Wenn ich Kundschaft kriege, musst du hier raus sein. Du hast mich sowieso schon eine Nacht gekostet!“, gab sie barsch zurück. Murrend hangelte er sich aus dem Bett hoch, ließ die Decke auf der Matratze liegen, stand etwas unsicher da. Claire gefiel nicht, was sie sah, sie fand ihn zu hager, so drehte sie den Kopf weg, als sie ihm Stück für Stück die Kleidung vom Boden reichte, bis er sich angezogen hatte. Sie half ihm lediglich sein Hemd richtig zuzuknöpfen, denn seine Hände zitterten zu sehr, um dies selbst zu tun. Auch ließ sie sich dazu herab, vor ihm niederzuknien, um ihm die Schuhe anzuziehen und zuzubinden. Einen Kamm lehnte er ab, fuhr sich lediglich mit einer Hand durch die Haare. „Kannst du mir noch etwas Geld geben?“, fragte er leicht unsicher. „Und … hast du vielleicht eine Zigarette für mich, etwas Tabak?“ Mit einem Seufzen hielt sie ihm ihr geöffnetes Zigarettenetui hin, wartete, bis er eine Zigarette herausgefischt hatte, wozu er zwei Versuche brauchte, dann entzündete sie ein Streichholz, gab ihm Feuer, betrachtete ihn kurz, als er den Rauch tief inhalierte, ihn dann durch die Nase wieder ausblies. Er hielt die Zigarette zwischen Daumen und Zeigefinger vorsichtig fest, wich ihrem Blick aus, wartete geduldig, bis sie ihm aus ihrer Tasche zwei Geldscheine reichte. Henry nahm sie aus ihrer Hand, nickte brav, als sie meinte, er solle es nicht in Alkohol investieren, doch sie beide wussten, dass die Bemerkung nicht fruchten würde. Claire hoffte nur, dass er ihr nicht wieder über den Weg liefe, wenn er betrunken war. „Danke“, sagte er, verstaute das Geld in seiner Hosentasche. „Ja dann …“, begann sie, machte einen Schritt nach vorne, knuffte ihn mit der geballten Faust kumpelhaft auf den Oberarm, eine Geste, die sie unter den Männern oft beobachtet hatte, doch er blickte so erstaunt, dass sie es schon wieder übertrieben fand, fügte hinzu: „Alles Gute!“ Er schwieg, verzog das Gesicht zu einem gequälten Lächeln, drehte sich um und ging. Nur drei Stunden später fand ihn Claire an einem Klavier einer Bar sitzen, in der sie öfter auf Kundenfang ging, wenn die Nacht hereinbrach. Sie suchte sich einen Mann aus, flirtete mit ihm und er informierte sie darüber, dass Henry eine Wette abgeschlossen hatte mit einigen anderen Kerlen. Sie wollten wissen, wie viel er trinken konnte, bis er die Noten nicht mehr erkannte – eine fast schon kindische Wette. Bisher schlug er sich tapfer, neben dem Klavierhocker stand eine fast leere Flasche Whiskey und Claire vermutete, dass er die meisten der Lieder auswendig spielen konnte, denn er sah nur selten auf die Notenblätter, ließ sich aber von einem der Kerle jedes Mal neue heraussuchen, vor die Nase setzen. „Ich habe etwas Geld auf ihn gesetzt“, erklärte der Mann Claire, umfasste ihre Hüfte, deutete mit einem Nicken auf Henry. „Sehen wir noch ein Weilchen zu und dann zeigst du mir mal deine Qualitäten.“ Sie rang sich ein süßliches Lächeln ab, doch innerlich wäre sie am liebsten zu Henry gelaufen, hätte die Kerle aufgefordert, es zu beenden, aber sie war nur eine Frau, alle würden über sie lachen und Henry war ein erwachsener Mann, der selber sagen konnte, wenn es ihm reichte. Wie egal musste er sich mittlerweile sein, dass er sich so demütigen ließ? So wandte sie den Kopf ab, setzte sich auf einen Stuhl, begann ein belangloses Gespräch mit einem anderen Mädchen, das auf dem Tisch Patiencen legte und auf den richtigen Moment wartete, um einen Mann anzusprechen. „Er ist gut“, bekannte das Mädchen nebenbei, ohne den Blick von den Karten zu nehmen, zeigte mit einem Finger auf Henry. „Er hat schon eine ganze Menge geschafft.“

„Heute Nachmittag lag er noch bei mir im Bett, nachdem er sich mit Branntwein zugeschüttet hatte“, erklärte Claire. „Ich glaube nicht, dass ihm das gut tut.“ Das Mädchen lachte auf, schüttelte den Kopf. „Wenn er trotz des Alkohols noch bei dir war – Respekt!“, sagte sie anerkennend. Sie hatte Claire falsch verstanden, verwechselte den medizinischen Branntwein wahrscheinlich mit Rum und diese nahm es mit einem Seufzen hin, verfolgte dann wieder die Szenerie. Henry leerte gerade die Flasche neben seinem Hocker, reichte sie dem Wirt. Dann stand er auf und hatte sich scheinbar völlig unter Kontrolle, denn er schwankte nicht einmal, ging nach draußen, einer der Kerle folgte ihm. Während er an allen vorbeiging, sagte er, dass er nach Henry sehen wolle, er war sichtlich beeindruckt von dessen Trinkfestigkeit. Claire hielt es nicht länger auf ihrem Stuhl, sie sagte ihrem potenziellen Freier, er solle auf sie warten, sie müsse *für kleine Mädchen*. Er versprach, auf sie zu warten, setzte sich auf den freien Stuhl, gab ihr noch einen Klaps auf den Hintern. Claire trat nach draußen, ging suchend um die Bar herum, fand Henry an dem Bretterzaun dahinter, der den kleinen Hof umschloss, in dem der Wirt seine leeren Fässer und Kisten lagerte. Sie wandte sich ab, als sie bemerkte, dass er gerade dabei war, sich an dem Zaun zu erleichtern. Mit der freien Hand stützte er sich am Zaun ab, eine Zigarette in seinem Mundwinkel. Er bemerkte sie zuerst nicht, knöpfte seine Hose zu, machte einen Schritt zur Seite, lehnte sich mit dem Rücken an den Zaun. „Henry …“, sprach sie ihn leise an, verharrte jedoch etwas abseits von ihm. „So sieht man sich wieder“, meinte er fast zu überschwänglich, nur leicht lallend. „Warum lässt du sie das mit dir machen?“, warf sie ihm vor. „Diese Kindsköpfe weiden sich daran und du führst dich auf wie ein Schuljunge!“

„Du hast mir zu wenig Geld gegeben, Belle! Sie bezahlen mir meine Drinks dafür“, konterte er, aber mit einem Lachen, sodass es sie verärgerte, wie wenig es ihn interessierte, ob ihm jemand helfen wollte. Seine Worte waren kaum verklungen, als er die Geldscheine aus seiner Hosentasche hervorkramte, sie ihr hinhielt. Doch sie lehnte ab. „Behalte es.“ Er drehte sich zu ihr um, schnippte den Rest der Zigarette in den Staub, lehnte sich an den Zaun, ließ den Kopf dagegenfallen. In seinem Blick lag diese Resigniertheit, die sie verabscheute, aber auch etwas, das Mitleid in ihr auslöste, wenn auch nur eine Spur, eine feine Prise, es reichte nicht aus, um sich durchzuringen, ihm wieder ein Dach über dem Kopf für die Nacht anzubieten. „Ich weiß, dass du Fay Geld gegeben hast, damit sie das Zimmer im Hotel bezahlen konnte, den Doktor, als Hagen krank war. Du hättest es nicht tun sollen, obwohl ich dir dafür danke. Und dann hast du mich aufgelesen wie einen Streuner. Magnus manum lavat, sagt man – also du tust etwas für mich und ich für dich. Nun, ich habe nichts mehr, was ich dir geben kann, also nimm dein Geld wieder … bitte … Und dann lass mich alleine.“ Er sagte es mit sanftem Nachdruck, sah dann hinauf in den Himmel, verschränkte die Arme hinter dem Rücken. „Da ist niemand mehr, zu dem ich gehen könnte, niemand, den es stört, wenn ich mich vollllaufen lasse. Warum sollte es mich also stören? Und du bist mir nichts schuldig.“

„Wenn ein erwachsener Mann einen Affen aus sich macht, dann kann ich das nur schwer mit ansehen“, gestand sie, „und dummerweise kenne ich dich.“ Er löste sich vom Zaun, kam auf sie zu, Claire, die plötzlich befürchtete, er wolle sie anfassen, wich ihm aus, was er nicht wahrnahm, denn er ging an ihr vorbei, zischte ihr zu, dass sie ihn nicht wirklich kenne und sie solle ihrer Arbeit nachgehen. Ihre Hände berührten sich kurz, als er ihr die Geldscheine in ihre schob, ihre Hand kurz drückte, dann wieder in die Bar ging. Sie betrachtete das Geld, steckte es seufzend in ihre Handtasche. Hinter sich hörte sie den Mann aus der Bar fragen, ob sie nun noch Zeit für ihn habe. Sie atmete tief ein, setzte wieder ein zuckersüßes Lächeln auf, schenkte ihm einen betörenden Augenaufschlag, schmiegte sich katzengleich an ihn und führte ihn zum Bordell. Hinter sich hörte sie die Geräusche aus der Bar, das Gejohle, die Musik des Klaviers und sie versuchte mit einem Augenzwinkern Henrys Bild vor ihren Augen fortzuwischen, damit sie sich auf ihre Arbeit konzentrieren konnte. Es sollte ihr nicht vollends gelingen.

Henry wurde irgendwann am nächsten Morgen von der Frau des Kolonialwarenhändlers gefunden, die ihn nicht unweit ihres Ladens im Staub liegend fand. Sie stupste ihn zuerst mit der Spitze ihres Fußes an, denn sie fürchtete, dass er das Opfer einer Auseinandersetzung geworden sein könnte, sie hatte bereits einmal einen Mann mit einem Loch im Kopf gefunden – den Anblick wollte sie sich diesmal ersparen. Beim zweiten Stupser reagierte er, öffnete die Augen etwas. „Stehen Sie auf! Ich möchte nicht, dass Sie hier in der Nähe unseres Geschäftes herumliegen.“ Sie sagte es in einem vorsichtig formulierten freundlichen Ton, denn sie wusste nicht, wie er sich verhalten würde, doch es erleichterte sie zu sehen, dass er sich aufraffte, etwas wackelig auf den Beinen stand, den Staub von seiner Kleidung klopfte. Die Sonne stand noch nicht hoch am Himmel, dennoch brannte das Licht in seinen Augen. Er wusste, dass er es am Abend übertrieben hatte, denn er konnte keine Farben erkennen, es war alles schwarz-weiß. Ein Phänomen, welches er nur aus Erzählungen kannte und welches er als reine Spinnerei abtat, doch nun musste er es akzeptieren, blickte wohl etwas zu überrascht drein, denn die Frau vor ihm, die ihn nicht kannte oder sich nicht an ihn erinnerte, ging nun davon aus, dass er sich nur einen Abend hatte gehen lassen. „Verzeihen Sie, Madame!“, meinte er höflich. „Ich kann mir das gar nicht erklären, wie ich hierher …“

„Ja, ja“, winkte sie lächelnd ab, „es geht mich auch gar nichts an. Da steht ein Wasserfass hinter dem Haus, dort können Sie sich etwas frisch machen.“

„Ich danke Ihnen“, meinte er, wartete, bis sie die Ladentür aufschloss, dann hineinging, suchte das Wasserfass. Nachdem er sich das Gesicht und die Haare mit dem Wasser gewaschen hatte, kam sie aus der Hintertür, reichte ihm einen Becher mit Kaffee. „Mein Mann kommt gleich in den Laden. Es ist besser, wenn sie dann weg sind.“

„Natürlich.“ Henry mühte sich ab, die Hände ruhig zu halten, damit ihr nicht auffiel, dass er fast schon gewohnheitsmäßig trank, doch es gelang ihm nicht vollständig und sie übersah es aus reiner Höflichkeit. Nachdem er den Becher geleert hatte, gab er ihn ihr mit einem kurzen Dank zurück, nahm noch einen Apfel an, den sie aus ihrer Schürzentasche hervorzog, verabschiedete sich. Da er nicht wusste, wohin er gehen sollte, lief er ziellos durch die Stadt, bis er in einem Pferdestall ein Plätzchen fand, wo er unbeobachtet war. Er verfütterte den Apfel an eines der Pferde, legte sich in das Heu und versuchte noch etwas Schlaf zu bekommen. Kaum hatte er die Augen geschlossen, überwältigte ihn auch schon die Erschöpfung, entfloh er den Kopfschmerzen, die der Alkohol ihm jedes Mal wie einen stillen Gruß hinterließ, und schlief ein. Er erwachte gegen Abend, richtete seine Kleidung, tauchte in das beginnende Nachtleben der Stadt ein, bot einem Wirt an, bei ihm Klavier zu spielen, um die Gäste zu unterhalten und dieser willigte ein, denn er verlangte nur etwas zu essen und etwas zu trinken dafür. Den Teller mit Eintopf teilte er mit einem der leichten Mädchen, als er merkte, dass ihm davon schlecht wurde, und widmete sich stattdessen dem Alkohol. Sie nannte ihm ihren Namen, doch er vergaß ihn, erfand einen neuen für sie, wann immer er sie ansprach, kicherte sie wie ein Schulmädchen darüber, schließlich nahm sie ihn mit auf ihr Zimmer. Es war das erste Mal, dass sie etwas mit einem so viel älteren Mann hatte, gestand sie ihm. Er wollte nicht mit ihr intim werden, überhörte ihre Bemerkung, bis er sein Abbild im Spiegel auf ihrer Kommode wahrnahm, ungläubig davor stehen blieb, genauer hinsah. Es verleitete ihn, ihr zu sagen, er sei schon fast fünfzig, als sie ihn danach fragte. Und sie glaubte ihm, nannte ihn spielerisch kichernd „Daddy". Im Grunde genommen war es ihm völlig egal, warum sie ihn mitnahm, denn sie wusste, dass er kein Geld besaß, für ihn bot sich auf diese Weise nur ein warmer Schlafplatz in einem richtigen Bett. Daher überwand er sich, mit ihr zu schlafen, auch wenn es ihm nur wie Sekunden vorkam. Schon kurze Zeit danach, als sie nebeneinander lagen, erinnerte er sich nicht mehr wirklich an den eigentlichen Akt. Wenigstens konnte er wieder Farben erkennen, ging es ihm durch den Kopf, doch er fragte sich auch, wie lange er noch so weitermachen konnte – jeder Tag geprägt von der Ziellosigkeit, der Ungewissheit, wo er die Nacht verbringen würde, wie er an Alkohol kam. Er spielte mit den blonden Locken des Mädchens, flüsterte ihr zu, dass sie hübsch sei, obwohl ihn ein Stich im Herzen daran erinnerte, dass seine Worte ein Betrug an Fay waren. Es war ihr Zuhälter, der ihn am nächsten Morgen fortjagte. Seine Leber schmerzte, ihm war hundeelend und sein Kopf drohte mittlerweile fast zu zerspringen, so heftig klopfte es in seinem Schädel. Er konnte nicht bis zum Abend warten. Doch als er gerade in Erwägung gezogen hatte, Claire aufzusuchen, begegnete ihm die Frau des Kolonialwarenhändlers. Sie bot ihm wieder einen Kaffee an, welchen er dankend annahm, setzte sich draußen hinter dem Laden auf eine Kiste, trank Schluck für Schluck. Für kurze Zeit stand sie unweit von ihm, die Hände brav vor der Schürze gefaltet, sie trug ein schlichtes dunkles Kleid darunter, hochgeknöpft, ihre Haare waren dunkelblond, streng zu einem Knoten hochgesteckt und die kleinen, grauen Strähnen verrieten, dass sie nicht mehr die Jüngste war. Sie holte tief Luft, fragte dann fast beiläufig: „Haben Sie Familie?"

In seinem Innern hatte er damit gerechnet, dass sie ihn danach fragen würde, und so entschied er sich dazu, ihr eine akzeptable Lüge aufzutischen. „Ja, Ma`am. Eine Frau und zwei Kinder, sie sind in England geblieben. Ich wollte sie nachholen, wenn ich mir hier etwas aufgebaut habe."

„Ich bin nicht neugierig, Mister, aber ich habe Sie gesehen, als Sie im Sägewerk arbeiteten und mit einem der leichten Mädchen ..." Übertrieben schuldbewusst senkte er den Kopf. „Das ist richtig, ich bin vom geraden Weg abgekommen."

„Sind Sie gläubig?", fragte sie frei heraus und er antwortete ohne zu zögern, dass er Jude sei, aber dem Glauben abgeschworen hatte. „Nun, ich habe sechs Kinder, Sir, einen guten Mann, auch ich war schon oft in Versuchung, allerdings nicht in Bezug auf Männerbekanntschaften, andere Dinge, nach denen mein Herz verlangte oder ich meinte, ich müsse sie besitzen, um glücklich zu sein", sagte sie. „Kehren Sie auf den rechten Weg zurück, solange Sie noch können, denken Sie an Ihre Frau, Ihre Kinder." Er nickte, hob den Kopf und sah in ihre blaugrauen Augen, ließ den Blick auf ihrem Gesicht haften, sah die feinen Fältchen um ihre Mundwinkel, die zarten, dunklen Schatten unter den Augen. Man sah einer Frau an, ob sie hart arbeitete und er fragte sich, ob sie sich nicht manchmal wünschte, auch ganz woanders zu sein, in einem anderen Leben. Sie verließ ihn kurz, ging in den Laden, kam zurück mit einigen Münzen, hielt sie ihm hin. „Nehmen Sie es, aber versprechen Sie mir, dass Sie sich zusammenreißen werden von heute an. Ich werde für Sie beten." Zögerlich nahm er die Münzen aus ihrer Hand, trank den Kaffee aus, stand auf, gab ihr den leeren Becher zurück, dankte ihr. Er mochte es nicht, wenn Menschen den Ausspruch taten, dass sie für einen anderen beten würden, er empfand es als überflüssig. Nein, er konnte nicht wirklich an so etwas glauben – nicht mehr. Viel zu lange nicht mehr. Er hatte genug von der Stadt, von ihren Menschen, den Geräuschen, die sie machten, wenn sie feierten, arbeiteten, über die Straßen schlurften, Emsigkeit vortäuschten. Es drohte ihn zu erdrücken, so holte er sich beim Wirt eine Flasche Wein für die Münzen, schlenderte aus der Stadt heraus und setzte sich dort auf einen Stein, entkorkte die Flasche mit den Zähnen, begann genüsslich ihren Inhalt zu trinken.

Von weit hinten kam gegen Nachmittag ein Reiter. Henrys Augen waren zu müde, um ihn die ganze Zeit zu betrachten, seinen Weg zu verfolgen. Er kam langsam näher. Zuerst meinte Henry, seine Augen spielten ihm einen Streich, doch dann erkannte er Hagen, wandte seinen Blick zuerst ab, drehte den Kopf in die entgegengesetzte Richtung, doch dieser wirkte nicht überrascht, ihn so vorzufinden. Er hielt sein Pferd an, stieg ab, blieb nicht weit von ihm stehen, holte das Buch hervor, warf es ihm vor die Füße. „Du siehst nicht mehr aus wie jemand, der des Lesens mächtig ist, aber vielleicht vertreibst du dir besser damit die Zeit, statt zu trinken und hier herumzusitzen, bis du einen Sonnenstich bekommst!“, meinte Hagen sogleich vorwurfsvoll. Henry starrte auf das Buch, stellte die Flasche auf den Boden, rieb sich das Kinn, stützte dann den Kopf auf die Hand, machte aber keine Anstalten das Geschenk anzunehmen. „Du bist zurückgekommen, um mir das Buch zu bringen?“, fragte er, obwohl die Frage unnötig war. Hagen betrachtete ihn, schüttelte den Kopf. Mittlerweile sah er aus wie ein Herumtreiber, die Haare zu lang, der Bart – er trug nicht einmal mehr Schuhe. „Sie haben dich aus dem Hotel geworfen?“, mutmaßte Hagen. „Ja, es gab da eine kleine Meinungsverschiedenheit. Und die letzten Tage waren nicht gerade …“

„Schuhe?“, fragte Hagen, deutete auf die nackten Füße. „Muss ich gestern bei diesem Mädchen vergessen haben. Es gab da auch eine kleine Auseinandersetzung.“ Nun langte er nach vorne, griff sich das Buch, blätterte durch die ersten Seiten. „Danke.“ Hagen holte Tabak hervor, drehte jedem von ihnen eine Zigarette. Sie rauchten schweigend, bis er wieder das Wort ergriff. „Da gibt es eine größere Stadt. Dort habe ich in einem Laden auch das Buch gefunden. Wir könnten uns da eine Weile aufhalten“, schlug er vor. „Ich bin eigentlich ganz zufrieden ... hier.“

„Sicher. Du könntest dir ein paar Steine zusammenzusuchen und dir eine kleine Höhle bauen. Vielleicht fängst du auch die eine oder andere schmackhafte Echse“, meinte Hagen ironisch. „Ich bin müde“, bekannte Henry, wog das Buch in seiner Hand. „Sieh das ein. Es war umsonst, du hättest nicht zurückkommen müssen, nicht meinetwegen.“

„Weißt du“, begann Hagen und sah zum Horizont, sein Blick verlor sich in der Weite des Landes. „Als Kind habe ich mir immer gewünscht, ein aufregendes Leben zu führen ... Wie heißt das Wort dafür?“

„Spektakulär?“, überlegte Henry. „Ja, ich denke, das trifft es. Wir hatten nur ein Buch zu Hause, da war kein Geld für mehr. Meine Helden waren in der Bibel, auch wenn das blöd klingt.“

„Ich hatte viele Bücher, aber keine Helden. Natürlich hätte ich gerne mit einigen Figuren getauscht“, Henry räusperte sich. „Dein spektakuläres Leben hast du jetzt, oder? Auch wenn nicht in der Art und Weise, die dir als Kind vorschwebte.“ Er sagte es in vollem Ernst, ohne Vorwürfe. Hagen holte Luft, zögerte dann. Er wollte etwas sagen, etwas Gewichtiges und meist, wenn er zu viel in andere Menschen investierte, davon ausging, dass sie so etwas wie Seelenverwandte waren, diese Menschen ihm gegenüber das Gleiche fühlten, er sich überwand, es zu offenbaren, wurde er zumeist enttäuscht. Nach dem Tod seiner Mutter war eine Frau in ihrem Haus gewesen, die er sehr mochte. Sie kümmerte sich um seine Familie, besonders seinen kleinen Bruder, und er war so dumm zu glauben, dass sie sie wie ihre eigenen Kinder liebte. In seiner kindlichen Überschwänglichkeit umarmte er sie und sagte ihr, wie lieb er sie habe. Daraufhin schob sie ihn von sich und ihre Worte verletzen ihn sehr, zu sehr. „Ich habe dich auch gerne, Hagen, dich und deine Geschwister. Aber ich bin eine fromme Frau, und wenn du an Gott glaubst, wird er dir helfen. Der Herr ist der, den du brauchst, nicht mich.“ Er verstand nicht sofort, was sie meinte, aber es erfüllte ihn mit tiefer Wut, seine Enttäuschung war zu groß, er schämte sich, dass er sich ihr so weit geöffnet, ihr seine tiefsten Gefühle offenbart hatte. Als sie auf dem Hof Wäsche aufhängte, nahm er ihre Bibel und riss die hinteren Seiten ein, griff ein ganzes Bündel Seiten, zerteilte sie in der Mitte, sodass sie noch im Einband hielten, aber merklich zerstört waren. Sie musste es später bemerkt haben, aber sie verlor kein Wort darüber. Nun wollte er Henry etwas sagen, aber er fürchtete sich innerlich doch vor dessen Reaktion. „Hagen? Woran denkst du?“ Er wandte den Blick ab vom Horizont, sah in Henrys Augen. „Ich ... Ich möchte, dass du mit mir kommst“, gestand er. „Aber ich kann nicht betteln und ich muss respektieren, wenn du hier sitzen bleibst ... Ich bin zurückgekommen – mein Schritt auf dich zu.“ Sein Freund sah ihn an, dann senkte er den Kopf. Für einige Sekunden sagte er kein Wort, dann legte er die Hand auf sein Herz, holte tief Luft. „Also ich muss sagen, dass ich ... überrascht bin? Ja, das trifft es. Bisher hat mir niemand so etwas gesagt, ich meine, du bist meinetwegen zurückgekommen und ich verhalte mich wie immer, wie ein Volltrottel. Nimm es mir nicht übel, wenn ich manchmal Dinge nicht gleich begreife, die sich auf mich beziehen. Ich bin es einfach nicht gewohnt ...“, er stockte, fuhr dann fort, „aber vielleicht solltest du dich auf dich konzentrieren. Ich behindere dich nur.“ Hagen legte seine Hand auf Henrys. „Ich würde nichts sagen, was ich nicht so meine. Und jetzt komm!“ Er half ihm hoch. Hagen stieg auf das Pferd, sagte Henry, er solle sich hinter ihn setzen, doch dieser winkte ab, lief neben ihm her. Sie schwiegen, aus den Augenwinkeln sah Hagen, wie Henry beim Gehen in dem Buch blätterte, kurz einige Sätze las, dann wieder weiterblätterte. Er hatte etwas von Jesus. Seine nackten Füße, mit denen er über die heiße Erde lief, die abgetragenen, schmutzigen Sachen, die langen Haare, die auf seine Schultern fielen, ungekämmt und der Vollbart – es gab ihm einen leicht verwirrten Ausdruck. Hagen hatte von Männern gehört, die sich auf religiöse Wanderungen begaben, allem abschworen und wie Bettler durch die Lande zogen, um ihr Seelenheil zu finden. Seine Mutter hatte ihm davon erzählt.

Sie erreichten eine kleine Stadt, als die Nacht hereinbrach. Mit dem letzten Geld nahmen sie sich für eine Nacht ein billiges Hotelzimmer. Es reichte für ein wenig warmes Essen und ein heißes Bad für Henry. Seine Kleidung steckte er gleich mit in den Zuber. Dann legte er sich ins Bett, nahm wieder das Buch und las darin. Hagen sah, wie seine Hände Mühe hatten, das Buch zu halten, schließlich legte er es weg. Er war nicht dumm, ihm wurde klar, was sein Freund brauchte, denn schon stand ihm der Schweiß auf der Stirn. In diesem Moment fühlte Hagen sich schuldig, weil er ihn allein ließ. Henry war zwar ein erwachsener Mann, aber völlig haltlos, verlassen, den man in gewisser Weise führen musste und vielleicht des Lebens zu überdrüssig, um es alleine meistern zu wollen. „Vielleicht sollte ich versuchen, hier ein bisschen Geld aufzutreiben?“, meinte Hagen, doch er bekam keine Antwort. Er nahm es als stille Zustimmung, denn Henrys Kleidung war nass, er hatte die Sachen provisorisch im Zimmer aufgehängt, konnte somit nicht mit ihm mitgehen. Hagen ging hinunter auf die Straße. Spät in der Nacht kehrte er mit etwas Geld in der Tasche zurück, sein Freund schlief unruhig auf dem Bauch, ein Arm hing lässig über der Bettkante und er stellte ihm eine Flasche Wein auf den Nachttisch in seine unmittelbare Reichweite. Dann setzte er sich auf seine Seite des Bettes, zog seine Sachen aus und legte sich hin. Die Decke reichte gerade für sie beide, doch er musste ein Stück weit an Henry heranrücken, fand es aber nicht verfänglich. „Mir ist schlecht“, seufzte dieser. „Da steht eine Flasche für dich“, meinte Hagen, und als Henry den Kopf hob, deutete er auf den Nachttisch. Doch bevor sein Freund zu trinken begann, fügte er hinzu: „Kann ich dich um etwas bitten? Ich möchte, dass du nicht so viel trinkst. Es ist unter anderem, weil wir ansonsten nur Geld dafür heranschaffen müssen …“ Henry, der es sichtlich kaum erwarten konnte, endlich von dem Wein zu trinken, nickte heftig, nahm dann einen großen Schluck aus der Flasche, nachdem er sich im Bett aufgesetzt hatte. „Ich verspreche es“, sagte er voller Überzeugung. Hagen drehte sich auf die Seite, schloss die Augen. „Dafür habe ich Flake getötet“, gestand er völlig tonlos und hörte, wie Henry sich fast an dem Alkohol verschluckte. Doch bevor dieser nachhaken konnte, erzählte ihm Hagen, was vorgefallen war, dass er auch Fays Halskette habe, sie ihm geben würde. Nachdem er geendet hatte, herrschte eine Weile Schweigen zwischen ihnen. „Du bist ein wahrer Freund“, hörte er Henry bekennen, und auch wenn der Alkohol sich bereits langsam in dessen Blutbahn ausbreitete, seine Sinne sanft betäubte, so wusste Hagen doch, dass er die richtige Entscheidung traf, indem er sich dazu entschloss, wieder zu seinem Freund zurückzukehren.

Bald würden sie jemandem begegnen, der ihr Leben verändern und fortan bestimmen würde …

***

Hazel

****Etwa zwölf Jahr zuvor****

„Her feet were bare she'd undone her hair,
Sitting, fair, by the bowing reeds;
I who went by, thought a fairy was there,
And I said: Will you walk in the meads?

She looked at me with a haughty look
That beauty retains when we conquer,
And I said: Will you? It's the month of love,
Will a walk in the woods be your answer?

She dried her feet on the riverside grass;
She looked at me once again,
And the playful beauty then took thought.
Oh the birds that sang deep in the day!

The water caressed the shore so gently!
That joyous sweet girl, fearful and wild,
Among the green rushes she came to me,
Her hair in her eyes, and through it a smile."

Victor Hugo

Marilis saß mit angezogenen Beinen an die Wand gelehnt auf dem Bett. Sie nestelte unruhig mit einer Hand an den Hacken ihrer schwarzen Schuhe, deren breite Schnallen sie wie die Schuhe eines kleinen Mädchens wirken ließen. Die andere Hand hing lässig vom Bett herab, ab und an hob sie sie beiläufig, um einen Zug von ihrer Zigarette zu nehmen. Die Träger ihres mit Stickereien verzierten Oberhemdes waren ein Stück weit über ihre Schultern gerutscht. Jonathan kam hinter der Staffelei hervor, nahm den Pinsel in den Mund, stand einen Moment unschlüssig da, legte den Kopf schief, ging dann zu ihr. Er steckte sich den Pinsel mit den Borsten nach oben in den Hosenbund, nahm ihr die Zigarette ab, klemmte sie sich zwischen die Lippen, gab ihr dann unvermittelt einen Klaps auf den Po. Sie wandte den Kopf zu ihm herum, spielte mit den Fingern mit ihren roten Locken, lächelte. „Komm, zeig mehr von deinen Qualitäten!“, grinste er aufmunternd, ließ seinen Blick über ihr Korsett hinab zu den weißen hauchzarten Strümpfen wandern. „Puh, bitte“, bat sie, rekelte sich auf dem Bett, „genug für heute!“ Er legte den Pinsel beiseite, griff sich einen alten Lappen, um sich die Farbe von den Händen zu wischen, schleuderte ihn dann auf einen Stuhl. „Ja, vielleicht hast du recht – genug für heute! Ich wollte sowieso noch Holz holen!“ Jonathan beugte sich über sie, berührte mit den Fingerspitzen ihr Gesicht. Sie ließ ihn gewähren, dennoch lag eine leichte Spur Unmut auf ihren Zügen. Er ließ seine Finger hinab zu ihren Brüsten gleiten, zu ihren Schenkeln. „Warum willst du jetzt noch weggehen? Es wird bald dunkel!“ Sie schloss für Sekunden die Augen, schob ihn dann sachte fort und stand auf. Schnell streifte sie ihr Kleid über. „Die Mädchen haben sicher Hunger!“, sagte sie dann, öffnete die Vordertür, rief nach den Kindern. Draußen wiegten sich die Bäume leicht im Herbstwind, die Blätter wirbelten herum, tanzten zu einer imaginären Melodie. Sie spürte ihn hinter sich, sein Atem streifte ihren Nacken. Er küsste sie auf die Wange. „Du weißt doch, wie sehr sich Ruth ein neues Kleid wünscht. Ich will noch mal mit Rose sprechen, sie müsste jetzt zu Hause sein“, sagte er leise in ihr Ohr, drückte ihre Hand und ging dann an ihr vorbei nach draußen. „Dann gehst du jetzt runter ins Dorf und danach Holz holen?“, fragte Marilis. John nickte, schenkte ihr ein breites, beschwichtigendes Lächeln und bog dann auf den Feldweg ein, der durch den Wald und ins Dorf führte. Die Mädchen kamen angelaufen. Ruth, die Älteste, hatte den Zwillingen, Lola und Jane, Blumenkränze geflochten, auf den Kopf gesetzt. Sie erreichte den Vater als Erste, ließ sich von ihm die Wange tätscheln, rannte dann zu ihrer Mutter. Marilis winkte Jonathan nach, sah, wie er zwischen den Bäumen verschwand. „Schau, Mummy!“, riefen die beiden Kleinen, zeigten auf ihre Kränze, sausten an ihr vorbei ins Haus. „Kann ich uns warme Milch machen?“, bettelte Ruth nach dem Essen. Die Zwillinge jubelten. Marilis willigte ein, bestand aber darauf, es selbst zu machen, stand vom Tisch auf, ging zum Ofen. Sie nahm einen Topf, begutachtete kurz die Glut, stellte ihn auf die Flamme. Ruth reichte ihr die kleine Milchkanne. Marilis war nervös. Es war bereits dunkel draußen und Jonathan noch nicht zurück. „Guck, da!“, sagte Lola plötzlich, zeigte auf den Weg nach draußen. „Mum, da kommen zwei Männer!“, zischte Ruth ihrer Mutter zu. Marilis warf einen kurzen Blick hinaus, konzentrierte sich dann wieder auf die Milch. Es kam öfter vor, dass die Waldarbeiter noch im Schein des Mondlichts Überstunden machten. Von den Arbeitern ging keine Gefahr aus, aber sie hatte ihren Mann mit Einbruch der Dunkelheit dennoch lieber zu Hause. Es klopfte an der Tür. „Mama!“, rief Ruth neben ihr, riss sie aus ihren Gedanken. „Die Milch!“ Erst da reagierte Marilis, senkte den Blick ungläubig auf die überkochende Milch auf dem Ofen. „Verdammt!“, sagte sie leise, nahm den Topf von der Flamme, stellte ihn auf einen hölzernen Untersetzer auf den Tisch. Es klopfte erneut, energischer. Wortlos ging Marilis zur Tür, seufzte einmal kurz auf, öffnete sie dann. Die Männer, die vor ihr standen, waren keine Waldarbeiter. Das wurde ihr sofort bewusst, als sie den Revolver im Hosenbund des einen stecken sah, als er ins Licht trat. „Sieh mal einer an! Da wohnt so ein hübsches kleines Frauchen so weit ab von der Welt!“, sagte einer überzogen, warf seinem Nebenmann einen vielsagenden Blick zu. Der andere nickte nur, rieb sich das Kinn. Er war größer als der andere mit dunklen schulterlangen Haaren. Seinen Blick hielt er so weit gesenkt, dass er Marilis noch im Auge behalten konnte. Marilis unterdrückte ihre aufkommende Furcht, versuchte ihre Stimme ruhig klingen zu lassen. Sie hatte ein Gewehr hinter der Tür für alle Fälle, aber sie vergaß es in dem Augenblick der Verwirrung. „Kann ich Ihnen helfen, Mister? Mein Mann …“, begann sie. Der mit dem Revolver langte vor, legte seinen Arm um ihren Nacken, den Finger auf ihre Lippen. „Den haben wir, denke ich, schon kennengelernt!“, lachte er. „Und er uns! Ein wirklich höflicher Mensch!“ Der Hohn in seiner Stimme war unüberhörbar. Es ließ Marilis Herz fast in ihrer Brust zerspringen. „Bitte …“, flehte sie leise, merkte, wie ihr Körper gleich einer Marionette in seinem Griff erschlaffte. „Nehmen Sie mich, aber …“ Der Mann reagierte nicht darauf, warf dem größeren einen Blick zu, reichte ihm den Revolver. Er ließ Marilis los, sodass sie dem anderen in die Arme fiel. Der Kleinere verschwand aus ihrem Blickwinkel. Sie hob den Kopf, starrte in die blauen Augen des Mannes, sekundenlang trafen sich ihre Blicke, als er den Kopf hob. Dann schleuderte er sie mit einem Ruck auf das Sofa. Der Kleinere lehnte sich lässig in den Türrahmen, ein verzogenes Grinsen lag nun auf seinen Zügen, während er die Szenerie beobachtete. Ruths Augen starrten ebenfalls, wenn auch ungläubig, auf seinen Freund und ihre Mutter, aus deren Kehle sich kein Laut löste. Der Kerl schlug ihr ins Gesicht, zuerst mit der Hand, dann mit seinem Gürtel. Hart, unnachgiebig. Ihr zarter Körper wurde auf dem Sofa hin- und hergeworfen, sank schließlich wie eine leblose Puppe zu Boden. Der Kerl redete mit ihr, spie ihr Worte ins Gesicht. Worte, von solcher Rohheit, schmutzig. Worte, die Ruth niemanden vorher hatte sagen hören, doch deren Bedeutung sie erahnte. Der andere sprach vom Tod. Das Wort fraß sich in ihr Gehirn. Sie wandte sich ab, trat aus der Sichtweite in die Mitte der Küche, befahl ihren Schwestern stumm, keinen Mucks von sich zu geben. Ruth hatte plötzlich das Gefühl, mit einer traurigen Gewissheit konfrontiert zu werden. Mit ihren vierzehn Jahren spürte sie, dass diese Kerle ihren Vater bereits getötet hatten, betete, ihre Mutter wäre auch bereits von den Qualen erlöst, die man ihr antat. Und sie würde die Nächste sein. Der andere in der Tür hatte sie längst bemerkt, ihre Blicke hatten sich für Sekunden getroffen. Die Art, wie er sie angesehen hatte, ihren Körper, war eindeutig gewesen – du bist die Nächste! Aber er hatte ihre Schwestern nicht bemerkt. Während in ihr selber eine Angst emporkroch, die ihr fast die Luft nahm, heftete sie ihren Blick auf die zartbraunen Augen der Kleinen. Es gab nur eine Chance! Sie kam sich vor wie bei einem Versteckspiel. Man hört den Häscher näher kommen, weiß, dass er einen gleich hat, und hofft dennoch unentdeckt zu bleiben. Behutsam schob sie die beiden zur Hintertür, öffnete diese so leise, wie es ihr mit ihren zitternden Händen eben möglich war. Der Mond warf sein fahles Licht auf sie. Seltsam freundlich wirkte sein Antlitz. Ruth hatte das Gefühl, in etwas hineingestoßen worden zu sein, das gleichzeitig das Ende ihrer Kindheit und den Anfang ihres Erwachsenseins bedeutete. Ein Fingerschnipsen – so ist das wirkliche Leben, Ruthie! Es krabbelt nicht aus den Märchenbüchern, die du deinen Geschwistern abends bei heimeligem Licht vorliest, nein, es spielt sich direkt vor deinen Augen ab! Das Leben ist nicht fair, kein dahinkriechender ruhiger Fluss! Es ist hart, blutig, unnachgiebig, vernichtend! Die bebenden Augen ihrer kleinen Schwestern starrten sie wie dunkle Kohlen an.

„Lauft weg!“, zischte sie ihren Schwestern zu, ohne die Augen vom Geschehen abzuwenden. Langsam schob sie die kleinen Körper mit der Hand fort. Sie waren so verschieden, obwohl sie sich so ähnlich sahen. Jane, die Unbedarfte, Lola, die Schüchterne. So blieb Jane stehen, fragte im Flüsterton ihre Schwester, was mit der Mutter sei. Lola krallte sich in den Stoff von Ruths Kleid, fiepte wie ein verängstigtes Tier. Ruth fühlte ein seltsames Gefühl in sich aufwallen. Es krabbelte von ihren Zehen hinauf zu ihren Hüften. Sie kämpfte dagegen an, aber sie spürte, dass sie verlieren würde. So stieß sie die Kleinen energischer fort. „Lauft weg!“, meinte sie in fast heiterem Ton. „Es ist ein Spiel! Ihr müsst euch verstecken! Ein sehr gutes Versteck finden! Ich zähle jetzt bis 100 und dann komme ich euch suchen! Und wehe, ihr bleibt nicht im Versteck, bis ich euch gefunden habe! Dann spiele ich nie wieder mit euch!“ Ruth schloss die Augen, begann leise zu zählen, gegen das aufsteigende Gefühl anzuzählen. *1, 2, 3, 4, 5* ... Die Kleinen liefen los. Sie hörte die nackten Füßchen über das Laub huschen. Hoffte, betete, flehte … Aus dem Haus drang ein Laut wie von einem gequälten Tier. Ein tiefes Aufjaulen wie das eines getretenen Hundes. Ruth ahnte, dass es das letzte Aufbegehren ihrer Mutter war. Jemand umfasste ihren Körper fest von hinten. Das Gefühl ließ Ruth schwanken. Es kroch ihren Hals empor, legte sich auf ihre Lippen. Es war sinnlos, es unterdrücken zu wollen. „Hast versucht, uns auszutricksen!“, hörte sie eine Männerstimme an ihrem Ohr. „Fein, fein! Aber nicht gut genug!“ Ein Klicken dicht neben ihr. Es fiel ein Schuss. Für Sekunden schien ihr Herz auszusetzen. Er galt nicht ihr. Und dann riss sie die Augen auf, sah den hellen Stoff des Kleidchens nicht weit entfernt von ihr im Laub liegen. Und das Blut, das sich wie ein dunkelroter Kreis darauf ausbreitete. Sie öffnete den Mund, begann zu schreien: „Mörder! Mörder! ...“ Sie konnte nicht aufhören es hysterisch herauszukreischen. Es ratterte über ihre Lippen wie ein Stoßgebet. Er schlug ihr mit der Waffe gegen die Stirn, schüttelte sie. Ihr Kopf sackte nach vorne, das Schreien ging in ein verzerrtes Jammern über, als sie auf die Knie sank. Seine Hände umfassten ihren Hals, drückten sie auf den Waldboden in das feuchte, modrig riechende Laub. Für Sekunden drohte Ruth die Panik innerlich zu zerreißen und sie japste nach Luft wie ein Ertrinkender. Ihr Herz hämmerte in ihrer Brust den Takt dazu, doch alles, was sie einsog mit jedem verzweifelten Atemzug war der faulige Geruch des verdorrten Laubes. Der Druck seiner Hand auf ihrem Hinterkopf wurde stärker, tief versanken ihre Lippen im Erdboden. Sie verschluckte sich, fühlte seine freie Hand über ihre Kleider gleiten, unter den Stoff des Rockes fahren. Ruth wühlte mit ihren Fingern wie eine Wahnsinnige im Laub herum, suchte Halt, schluckte Erdbrocken um Erdbrocken. So als legte jemand einen Schleier um ihre Augen, vernebelte sich ihr Geist, bis sich in ihrem Innern eine bisher nie gekannte Wärme ausbreitete, deren Welle sie mit sich fortriss. Tiefer und tiefer zog es sie hinab, bis da nur noch ein leises Pochen war, das schließlich verstummte ...

Für Leroy Coons waren die letzten vier Wochen die wohl denkbar schlimmsten seines bisherigen Lebens gewesen. Nicht nur, dass seine Frau von irgendeinem seltsamen Fieber dahingerafft worden war. Der anhaltende Regen hatte auch noch die Pflanzen in seinem Garten ersaufen und faul werden lassen. Seine zwei Kühe weigerten sich Milch zu geben. Und der Hundewelpe, den er von einem herumfahrenden Händler als Hütehund gekauft hatte, ähnelte mittlerweile eher einem Dingo und riss regelmäßig aus. Leroy musste ihn suchen, bevor er sich an den Tieren der Farmer zu schaffen machte. Immer, wenn etwas Außergewöhnliches in der Gegend passierte, war Coons schuld. Mit den Jahren pfiff er darauf. Er hatte seine kleine Farm nahe des Waldes und musste nur selten ins Dorf. Das letzte Mal vor drei Monaten. In der Stadt war er zuletzt bei seiner Hochzeit gewesen. Das war Ewigkeiten her. Nun irrte er mit dem Gewehr in der Hand durch den Wald auf der Suche nach dem Köter. Mittlerweile hatte er den ihm bekannten Teil verlassen und war auf die andere Seite gelangt. Sein Hass auf das Tier schien bei jedem Schritt zu wachsen. „Vermaledeites Viech! Diesmal läufst du mir besser nicht mehr über den Weg!“, murmelte er, spuckte seinen Kautabak auf den

Trampelpfad. Dann hielt Coons inne. Vor ihm hatte sich etwas in einem Laubhaufen bewegt. Er nahm sein Gewehr in beide Hände, hob mit dem Lauf einen Ast an, beugte sich herunter und – ungläubig starrte er auf das kleine Wesen. Es hatte sich in einem Teil eines ehemaligen Fuchsbaus ein kleines Plätzchen gegraben. Mit angezogenen Beinchen hockte es da, die kleinen dreckverschmierten Finger schienen an seinem Mund zu kleben. Sein dünnes, kurzes rotblondes Haar stand in alle Richtungen ab, die hellbraunen Augen fixierten ihn unruhig. Ein Zittern fuhr in Intervallen über den kleinen Körper, so als würde ihm eine starke Hand harte Stöße verpassen. „Jesus!", kam es Coons über die Lippen, „Was machste denn hier so alleine?" Aus den Augenwinkeln sah es auf das Gewehr, öffnete den Mund. Aber es brachte anscheinend keinen Laut hervor. Er legte das Gewehr beiseite, hockte sich in Augenhöhe des Kindes. *Ausgesetzt!*, ging es ihm durch den Kopf. Aber dann verwarf er den Gedanken. So ein kleines Ding konnte man nicht wie ein Baby irgendwo abstellen. Es schien ihm eher wahrscheinlich, dass es weggelaufen war und sich im Wald verirrt hatte. „Ich heiße Leroy", meinte er freundlich, obwohl er nicht recht wusste, wie man mit einem so kleinen Kind sprach. „Weißt du, ich suche meinen Hund. Ist er vielleicht hier vorbeigekommen?" Ob das Kind überhaupt sprechen konnte? Es schien etwa zwei oder drei Jahre alt zu sein. Ein dünner Speichelfaden rann ihm über das Kinn. Coons Blick fiel auf den gelblich verfärbten Saum seines angeschmutzten Kleidchens, und als er es aus seiner Höhle herausheben wollte, kam ihm ein beißender Geruch von Kot und Urin entgegen. Schnell hielt er den Atem an, umfasste das Kind, hob es auf seinen Arm. Es wehrte sich nicht, aber es erwiderte die Umarmung auch nicht. Schlaff hing es da mit diesem eigenartigen leeren Blick, geschüttelt von Zuckungen. Coons legte es seufzend über seine Schulter, nahm sein Gewehr und machte sich in Richtung seiner Hütte auf. Er wunderte sich über seine Spontanität, aber noch ein paar kalte Herbstnächte würde das Kind sicher nicht überstehen. Leroy erhitzte Wasser auf dem Ofen, rückte den alten Zuber in die Mitte des Raumes und goss das Wasser hinein. Kaum hatte er das Kind in seiner Hütte auf den Boden gesetzt, war es auf allen vieren unter den Tisch gekrochen. Dort schlang es gleich wieder die Arme um die angezogenen Beinchen, beobachtete Coons aus großen Augen. Als der Zuber gefüllt war, hielt er dem Kind seine Hand entgegen. Stumm verharrte es in seiner Position, reagierte nicht. Da ließ er sich auf die Knie sinken, zog es sanft unter dem Tisch hervor. Er streifte das Kleidchen über seinen Kopf, stellte fest, dass das Kind seine Unterwäsche wohl verloren hatte. Es war ein Mädchen. Dann setzte er es in den Zuber. Er schnitt ein Stück Seife durch, warf sie vor dem Kind in das Wasser. Es senkte den Blick, verfolgte mit den Augen, wie die Seife auf den Boden des Zubers trudelte, starrte dann wieder Coons an. Dieser warf das Kleidchen in den Ofen, brachte das letzte bisschen Milch zum Kochen, das er noch im Hause hatte. Er machte dem Kind einen Brei aus Hirse und Milch. Als er fertig war, drehte er sich zu ihm um. Da es sich nicht rührte, fischte er mit einem Seufzer die Seife aus dem Wasser, begann das Kind vorsichtig damit abzureiben. Er machte kleine Schaumkrönchen auf dem Wasser, Seifenblasen, pustete sie der Kleinen zu, in der Hoffnung, sie würde versuchen diese zu fangen, lächeln oder wenigstens eine Gefühlsregung zeigen – nichts. Auch nicht, als er ihr die Dreckklumpen aus den Haaren wusch und dabei Wasser über ihren Kopf goss. Nachdem er die Kleine abgetrocknet hatte, durchwühlte er den alten Eichenschrank mit den Sachen seiner Frau. Er fand eine lange Unterhose, ein Nachthemd. Geschickt drapierte er die Kleidungsstücke um das Kind, knotete, krempelte, bis sie annähernd um den zierlichen Körper passten. „Wenigstens warm!“, grinste er, setzte das Kind auf einen Stuhl, stellte eine Schüssel mit dem Brei vor seine Nase, legte einen Löffel daneben. Abermals verkroch es sich wieder unter dem Tisch, nahm die gleiche Position wie vorher ein, wiegte sich sachte vor und zurück. Seine Lippen bewegten sich, flüsterten tonlos Silben, die Coons nicht deuten konnte. „Ich weiß nicht, was dir passiert ist, Kleine, aber wenn du nicht isst, wird es nicht besser werden!“, meinte er, beugte sich unter den Tisch, hielt ihr einen Löffel voll Brei unter die Nase, fügte hinzu: „Du musst keine Angst haben, hörste!“ Seine freie Hand berührte wie von selbst den Kopf des Kindes, tätschelte ihn vorsichtig. Da öffnete es den Mund ein wenig, leckte ein bisschen Brei vom Löffel. Obwohl er keinen Zucker mehr hatte und der Brei leicht bitter schmeckte, sperrte es nun wie ein

Vögelchen den Mund auf. Leroy fütterte es, bis die Schüssel leer war. Schweigend sahen sie einander an. Die Kleine gähnte. Krampfhaft versuchte sie ihre Augen offen zu halten. Leroy rührte sich nicht. Er wartete ab, bis sie eingeschlafen war, und trug sie dann zu seinem Bett, hüllte sie in eine Decke. Im Schlaf verschwand die Anspannung aus dem kleinen Körper. Sie streckte die Arme und Beine von sich. Leroy blieb auf der Bettkante sitzen. Sein Blick glitt zu dem Foto seiner Frau auf der kleinen Kommode. Es zeigte eine Frau von etwa dreißig Jahren mit zwei dicken Zöpfen, einem verhaltenen Lächeln. Das einzige Foto, das er von ihr besaß. Damals hatte es ihn erstaunt, dass diese zurückhaltende, ruhige Frau sich traute, mit ihm in diese Einsamkeit zu ziehen. Die Zeiten waren besser gewesen. Bis sie ihn in beim Sägewerk im Dorf nicht mehr brauchten. Coons fühlte sein Herz schwer werden. Mabel war eine gute Frau gewesen, strebsam, niemals ein Streit, nie ein Murren. Das Leben hier draußen hatte ihn hart gemacht. Als Mabel im Sterben lag, war er nach draußen gegangen, hatte sich auf die Stufen vor der Hütte gesetzt, gewartet. Den Kopf zwischen die Beine geklemmt hatte er sie seinen Namen schreien hören. Mit dieser verzerrten hohen Stimme wie ein waidwundes Tier. Ab und an hatte er durch das Fenster gesehen, ob sie sich noch regte. Irgendwann war es vorbei, wie eine Ewigkeit war es ihm vorgekommen. „Du hättest schon gewusst, was wir mit der Kleinen machen sollen“, sagte er leise zu dem Foto, „dann hättest du ein Kind gehabt.“ Leroy lehnte den Kopf an die Wand, schloss die Augen. Draußen war das Geheul eines Hundes zu hören, ein zaghaftes Winseln an der Tür. „Morgen früh puste ich dir das Schrot direkt in deine Schnauze!“, griente er.

Als Leroy am nächsten Morgen erwachte, lag die Kleine neben ihm. Ihre großen braunen Augen starrten ihn an. Sie lag steif da, Arme und Beine lang ausgestreckt, rührte sich nicht. Unter ihr hatte sich eine Lache Urin gebildet. Leroy sprang auf, kratzte sich am Kopf, betrachtete die kleine Gestalt in den viel zu weiten Sachen. „Steh auf“, sagte er sanft, beugte sich herunter, um sie anzufassen, doch da huschte die Kleine wie ein flinkes Wiesel vom Bett unter den Tisch. „Du hast dir in die Hosen gemacht!“, bemerkte er, zeigte auf den gelben Fleck. Sie blieb ohne Regung sitzen, ihre Augen stetig auf ihn gerichtet, folgte sie jeder seiner Bewegungen. Draußen bellte der Hund, kratzte an der Tür. Leroy murrte, langte unter das Bett nach seinem Gewehr, lud es durch. Mit schnellen Schritten ging er zur Tür. Aus den Augenwinkeln sah er, wie die Kleine ihre Knie anzog, die Arme darum legte, begann den Körper vor- und zurückzuschaukeln, immer schneller. Die großen Augen schienen fast aus dem Kopf hervorzuquellen. Seine Hand fasste nach dem Riegel an der Tür. Er stieß ihn mit dem Gewehrkolben fort. Scheppernd fiel das Holzstück zu Boden. Dann schob er die Tür mit dem Fuß auf. Sekundenlang trafen sich ihre Blicke. Der Hund wedelte mit dem Schwanz, setzte sich auf die Stufen vor dem Haus. Von drinnen drang ein leises Seufzen an Leroys Ohr, das anschwoll zu einem Schrei, der so hoch und spitz war, dass ihm fast das Gewehr aus der Hand gefallen wäre. Vor Schreck drückte er ab. Zuerst glaubte er, durch seine unruhige Hand das Tier verfehlt zu haben. Der Hund machte einen Satz zurück, trippelte jaulend ein kurzes Stück über den Hof, kippte dann zur Seite und blieb tot liegen. Verwundert blickte er ins Haus, unter den Tisch. Die Kleine saß genauso da wie eben, wiegte ihren Körper in ruckartigem Tempo. Ihre Augen waren zusammengepresst, der Mund weit geöffnet. Der Schrei einem heiseren Keuchen gewichen. Plötzlich verstummte sie, öffnete die Augen. Ihr Atem ging schwer, wie ein Fisch auf dem Trockenen schnappte sie nach Luft. Und dann löste sich ein Wort, rann wie eine kostbare Perle Wasser über ihre Lippen, versteckt in diesem eigenartigen Gurren. „Ruthie!“ Das Gewehr entglitt Leroys Händen, sank auf den Boden. Er stand da, betrachtete die Kleine, verwirrt und erstaunt. „Das wollte ... ich … nicht“, stammelte er, machte einen Schritt auf sie zu, streckte ihr seine Hand entgegen. Mit einem Sprung hechtete sie nach vorne, biss ihm in die Hand, rannte mit wackeligen Bewegungen nach draußen, vorbei an dem Hund, über das morastartige Gemüsebeet in Richtung Wald. Leroy ließ sie laufen. Es würde keinen Sinn machen, ihr nachzulaufen, sie gegen ihren Willen zu packen. Ihre kleinen Zähne hatten blau verfärbte Abdrücke auf seiner Hand hinterlassen. Er fragte sich, was sie wohl erlebt hatte. Was man ihr angetan hatte. Es musste etwas sehr Schlimmes gewesen sein, um eine kleine Seele so zu verletzen.

Den Tag über blieb sie verschwunden. Leroy vergrub den Hund neben dem Garten, setzte sich ab und an auf die Stufen vor dem Haus, wartete – aber sie kam nicht aus dem Wald hervor. Auch nicht, als er etwas zu essen auf den Stufen abstellte, von innen durch das Fenster schaute, auf sie wartete. Sie kam auch nicht in der Nacht zurück, obwohl er genau lauschte, ob ihre kleinen Fingerchen vielleicht am Holz der Tür kratzten, um Einlass bittend. Am folgenden Morgen gab er ihr eine letzte Chance. „Gottes Urteil!“, sagte er zu sich selbst, blieb vor der Tür stehen, die Hand am Knauf. „Entweder du hockst jetzt davor oder du kommst nicht und liegst irgendwo von Tieren zerfetzt im Wald! Aber ich muss jetzt ins Dorf!“ Er wartete noch zwei Sekunden, riss dann die Tür auf – nichts. Leroy bemerkte eine Spur Traurigkeit in sich aufsteigen, Enttäuschung. Doch er nahm sich zusammen, machte sich auf den Weg ins Dorf. Während er den Weg entlang des Waldes hinabschritt, fühlte er sich seltsam beobachtet. Es raschelte im Gebüsch. Leroy blieb stehen, drehte sich um. Es war das Kind! Nur mit dem mittlerweile völlig verdreckten Hemd bekleidet, stand es auf dem Weg, sah zum ihm hin, rührte sich nicht, abwartend ob seiner Reaktion. „Ich ... Ich muss ins Dorf, Kleine!“, rief er ihr zu. „Du kannst bei der Hütte auf mich warten!“ Damit drehte er sich wieder um, ging weiter. Hinter sich hörte er ihre schnellen Schritte, wie ein flinkes Mäuschen. Er blieb erneut stehen, wandte sich zu ihr um. Die Kleine tat es ihm gleich, rührte sich nicht weiter. Ein Weilchen sahen sie sich nur an, Leroy wusste nicht recht, was er davon halten sollte. Aber irgendwie gefiel ihm die Kleine, ihre kauzige Art, die seiner so ähnlich war. Und so machte er einen Schritt auf sie zu. Sie lief nicht weg. „Na gut, kommste halt mit ins Dorf!“, sagte er, ging zu ihr. Stumm streckte sie ihre Ärmchen nach ihm aus und Leroy hob sie auf seine Schultern, trug sie ins Dorf. Schweigend setzten sie ihren Weg fort.

Betsy Grable wunderte sich nicht schlecht, als Leroy mit dem Kind im Gefolge ihren kleinen Gemischtwarenladen betrat. Es schien ihr Ewigkeiten her zu sein, dass er ins Dorf gekommen war. Und dann noch mit einem Kind! Betsy machte keinen Hehl daraus, dass das Aussehen der beiden sie empfindlich störte, obwohl sie neugierig genug war, um es einfach zu ignorieren. Dennoch erwiderte sie Leroys Gruß nur mit einem kurzen Nicken, die Augen stets auf das Kind gerichtet, das sich an die Obstkisten drängte, den trotzigen Blick auf Betsy gerichtet, die stets die Finger der Kleinen im Auge hatte. Der Gedanke, dass diese dreckverschmierten kleinen Finger ihr appetitlich aussehendes Obst anfassen könnten, ließ eine gewisse Übelkeit in ihr aufsteigen. „Was kann ich für Sie tun, Mr Coons?“, fragte sie. Die Unruhe in ihrer Stimme entging Leroy nicht. Er überhörte es, weil er sich mit Betsy gutstellen musste. Schließlich hatte er keinen Pfennig Bares in der Tasche. „Ja,“, meinte er grüblerisch, rieb sich den gräulichen Bart. „Ich bräuchte da so einiges, Miss Grable, aber Sie wissen ja, in welch harten Zeiten wir leben ...“

„Anschreiben?“, seufzte sie, verdrehte die Augen. Innerlich war ihr im ersten Moment klar gewesen, dass er kein Geld dabei haben konnte und sein Schuldenzettel weiter anwachsen würde. Coons war der Einzige, der soweit abseits lebte und keine direkten Einnahmen hatte. In ihren Augen ein notorischer Faulpelz, der mit seiner Frau ein seltsam eigenbrötlerisches Leben führte. „Was brauchen Sie?“ Betsy kramte den Zettel mit den Schuldanschreibungen hervor, hielt abwartend den Stift in der Hand. Leroy nannte ihr einige Dinge. Betsy verschwand im Lager, kam dann mit einer gut gefüllten Papiertüte wieder nach vorne, reichte die Sachen Leroy über den Tresen. Er bedankte sich, wollte mit dem Kind gehen, als die Frau des Predigers, Mrs. Ward, den Laden betrat. Noch in der Tür zuckte sie beim Anblick Leroys und des Kindes zusammen, ein „Herr im Himmel!“ kam über ihre Lippen. Sie fing sich nach einigen Sekunden, schritt in weitem Bogen um die beiden herum zum Tresen, schenkte Betsy einen fragenden Blick, wandte sich dann an Leroy. „Wie geht es ihrer Frau, Mr. Coons?“, fragte sie, zog dabei langsam ihre Handschuhe aus. „Mabel is’ vor Kurzem gestorben. Ein Schlag hat sie gelähmt, wissen Se“, antwortete er. „Schrecklich“, meinte sie, ohne ihn anzusehen. „Und seit wann haben Sie beide ein Kind?“ Jetzt lehnte sich auch Betsy etwas über den Tresen, um nur ja kein Wort zu verpassen. „Die Kleine is’ nich meins! Vor’n paar Tagen habe ich sie im Wald gefunden. Hockte einfach da“, verkündete er. Mrs. Ward beugte sich zu dem Kind herunter, betrachtete es. Die Kleine nahm es gelassen, fing an, mit dem Finger in der Nase zu bohren, leckte dann ihren

Finger ab. Leroy musste ein Grinsen unterdrücken. „Pfui!“, meinte Mrs. Ward streng, drohte dem Kind mit dem Finger. „Das tut eine junge Dame aber nicht!“ Betsy schüttelte den Kopf, pflichtete ihr bei. Das Kind wiederholte es. Mrs. Ward drehte sich angewidert weg, sprach Leroy an, ohne ihn nun eines Blickes zu würdigen. „Sie sieht aus wie eines der Barker-Mädchen. Ich hatte die Mutter zweimal bei mir zu Besuch zum Kirchenkaffee. Eine sehr seltsame Familie. Sie haben die Älteste nur selten zur Schule geschickt und ab und an um eine Spende gebeten …“

„Die Barkers sind vor einiger Zeit weggezogen“, erklärte Betsy Leroy, strich mit einem Finger über das braune Packpapier vor ihr auf dem Tresen, lachte auf. „Von heute auf morgen, habe ich gehört! Der Mann war Maler.“ Mrs. Ward senkte die Stimme: „Mit mäßigem Erfolg. Wer kauft so was hier auch schon?“, sie lehnte sich etwas vor zu Betsy. „Er soll ein Verhältnis mit Vivienne Harper, der Frau des Polizisten, gehabt haben. Künstler halt.“

„Nein!“, meinte Betsy sichtlich verzückt über eine solche Enthüllung, dann wurde sie ernst, schaute die Kleine an: „Es ist nur so ein Gerede, aber Tony Fletchers Bengel hat erzählt, dass er und seine Freunde das verwüstete Haus im Wald vorgefunden hätten …“

„Was meinen Sie?“, hakte Leroy nach. Betsy räusperte sich. Ihr schien es nun sichtlich unangenehm zu sein, davon angefangen zu haben. „Nun, Mr. Coons, ich höre viel, auch wenn es mich natürlich nicht immer interessiert.“ Sie hob den Blick zu Leroy, dann zu Mrs. Ward. „Nun, Mr. Savage vom Sägewerk hat gesagt, vor Kurzem hätten sich bei ihm zwei Kerle vorgestellt als Aushilfen, aber er konnte sie nicht brauchen und der eine war betrunken. Sie haben ihm Prügel angedroht. Und er meinte, es war gut, dass er nicht alleine war. Ansonsten … na ja. Sie sind dann wohl den Weg hoch in den Wald, wollten in die Stadt. Was man so hört. Aber das geht den ganzen Tag so und jeder erzählt etwas anderes. Wahrscheinlich hat der Künstler einfach neue Inspiration gebraucht und da sind sie umgezogen. Und es wäre auch nicht das erste Mal, dass irgendwelche Siedler ihre Kinder einfach sich selbst überlassen. Was brauchen Sie, Mrs. Ward?“ Leroy wollte gehen, er hatte genug von den Spekulationen, nahm das Kind bei der Hand, blieb in der Tür stehen und überlegte einen Moment. Dann holte er tief Luft. Mrs. Ward ergriff die Initiative. „Mr. Coons, wenn Sie etwas zum Anziehen für die Kleine brauchen, warten Sie einen Moment. Ich gebe Ihnen einige abgelegte Kleidchen von Kindern der Gemeindemitglieder. Wir wollten sie eigentlich an das Waisenhaus geben, aber die Kleine hat es nötiger, denke ich – vorausgesetzt sie bringen die Kleine nicht lieber dorthin. Ich kann gerne …"

„Danke, Ma`am!", wehrte er ab. Es gefiel ihm nicht, auf diese Almosen angewiesen zu sein, aber er willigte wegen des Kindes ein. Und er hatte bisher keinen Gedanken daran verschwendet, das verängstigte Kind in ein Heim zu stecken.

Auf dem Weg nach Hause trippelte die Kleine barfüßig in einem der neuen Kleidchen über den steinigen Pfad, drehte sich hin und her, strich mit den Fingerchen immer wieder über den feinen Stoff. Es freute Leroy, sie so glücklich zu sehen. Mrs. Ward hatte ihm noch einmal nahegelegt, das Kind in das Waisenhaus zu geben, wo sie besser aufgehoben sei, aber das brachte er nicht über das Herz. Einoder zweimal kam ihm der Gedanke, in den Wald zu gehen, nach der Stelle zu suchen, wo die Barkers gewohnt hatten. Er verwarf es, weil er innerlich ahnte, dass dort nichts Gutes passiert sein konnte. Es war besser, sich aus allem rauszuhalten. Und die Kleine schien auch keinen Wert darauf zu legen. Dafür grübelte er, wie er das Kind nennen konnte. Immerhin schien sie ihren richtigen Namen vergessen zu haben. Kurz vor der Hütte blieb er stehen. Die Kleine, die ihm einige Schritte vorausgeeilt war, kam nun zu ihm gelaufen. Die braunen Augen schienen im Licht der untergehenden Sonne zu strahlen, von einem satten Hellbraun durchzogen. „Was hältst du von Hazel?", fragte Leroy. „Ich glaube, der Name würde zu dir passen." Das Kind nahm seine freie Hand, zog ihn ungerührt weiter. „Ja, ab jetzt heißt du Hazel! Der Name hätte Mabel auch gefallen!", sagte er zu sich selbst und ließ sich bereitwillig in Richtung Hütte ziehen.

Einige Tage später kam der Prediger den Weg entlanggeritten. Vor Leroys Hütte stoppte er sein Pferd. Hazel saß auf den Stufen vor der Hütte, spielte mit einer Blume. Leroy war gerade dabei, das Mittagessen zuzubereiten. Als das Kind den Prediger bemerkte, wie er auf sie mit einem freundlichen Nicken zuschritt, eilte sie ins Haus. „Lee!“, rief sie, zeigte auf den Prediger. Leroy trat aus der Hütte, Hazel drängte sich hinter ihn, verbarg ihr Gesicht scheu an seinem Rücken. „Mr. Coons, ich muss mit Ihnen reden!“, begann der Prediger und mit einem bedeutungsvollen Blick auf Hazel fuhr er fort: „Es geht um das Kind.“

„Wenn Sie die Kleine in ein Heim bringen wollen, können Sie gleich wieder gehen! Das arme Ding hat es gut bei mir!“, meinte Leroy sichtlich unerfreut über das Auftauchen des Predigers. „Nein, nein!“, winkte dieser ab. „Können wir alleine reden? Es geht um die Eltern der Kleinen.“ Leroy fürchtete nun noch mehr, dass man ihm das Kind nehmen würde. Aber im Gesicht des Predigers lag ein gewisses Mitgefühl und eine Besorgnis. So stimmte er zu, bat den Prediger ins Haus. Er bat das Kind, für einen Moment draußen zu warten. Hazel setzte sich wieder auf die Stufen, nachdem die beiden Männer in der Hütte verschwunden waren.

Leroy und der Prediger setzten sich an den kleinen Tisch. Mr. Ward fand die kleine beengende Hütte im Grunde völlig unpassend, um ein Kind großzuziehen und der Wald barg viele Gefahren, wie die wilden Tiere, oder es könne sich verlaufen. Coons war nicht mehr der Jüngste und allzu schnell konnte ihm die Kleine einfach mal aus Übermut davonlaufen. Zudem würde sie einen sehr weiten Weg zur Schule haben. Vor seinem geistigen Auge sah er ein hageres junges Mädchen mit verlaust abstehenden Haaren, fleckigen Kleidern, einem dummen Ausdruck in den Augen. Ferngehalten von der Zivilisation würde sie wie eine Pflanze verkümmern. Wenn sie fast erwachsen war, wäre es zu spät sie zu rehabilitieren. Dann würde sie ebenso eremitisch veranlagt wie Coons enden. Zwar war der Alte nicht dumm, aber eine Schule hatte er nie von innen gesehen. Zumal es die neue im Dorf noch nicht lange gab. Als Leroy ein Kind war, gab es noch keine in der Gegend. Der Vater des Predigers hatte damals im Dorf eine Gemeinde geleitet, als der junge Coons die Hütte im Wald für sich und seine Frau baute. Aus welchem Grund auch immer wählte er nicht einen Platz unter den Menschen, sondern abseits davon.

Mabel war sehr seltsam gewesen und zudem schwarz. Mr. Ward kannte niemanden, der sie je sprechen gehört hatte. Da sie kaffeebraune Haut hatte, vermuteten die Leute einen Mischling in ihr. Leroy bemerkte, dass der Prediger seine bescheidene Bleibe musterte. „Das Kind hat es gut bei mir!“, sagte er instinktiv. „Ja, ich glaube es Ihnen!“, meinte der Prediger beschwichtigend. „Aber deswegen bin ich nicht hier. Mr. Fletchers Sohn hat im Wald eine Leiche gefunden und Teile einer verbrannten Hütte. Zuerst hat dem Jungen natürlich keiner geglaubt, doch nachdem diese Männer bei Mr. Savages Sägemühle waren, haben wir uns in den Wald aufgemacht.“ Er wartete eine Weile, es fiel ihm sichtlich schwer zu beschreiben, was er dort vorgefunden hatte. „Die Eltern der Kleinen sind tot. Ermordet. Wir haben den Vater neben einem Waldweg gefunden, die Mutter und zwei Töchter verscharrt bei der abgebrannten Hütte. Die beiden Männer sind wahrscheinlich Strafgefangene. Mr. Read, der neue Polizeiassistent meinte, es werde nach einigen Männern gesucht und auf zwei träfe die Beschreibung, die Mr. Savage abgegeben hat. Leider war der Kontakt zu den Barkers nicht so gut was mich betrifft, aber als wir in den Trümmern des Hauses standen, fand ich dies …“ Mr. Ward griff in die Innentasche seiner Jacke, holte ein Foto hervor. Es war an den Enden leicht versengt, aber man konnte darauf einen Mann, eine Frau und drei Mädchen erkennen. Eine war fast so groß wie die Mutter, zwei standen vorne – Zwillinge. Leroys Finger zitterten, als er das Foto berührte, denn eines der kleinen Mädchen musste Hazel sein. „Ich habe damit gerechnet, dass sie jemand sehr schlecht behandelt hat, Mr. Ward! Aber ich hätte nie gedacht, dass dieses süße Ding etwas so Schreckliches durchmachen musste …“

„Sie ist wahrscheinlich weggelaufen und das hat ihr das Leben gerettet. Gott muss eine schützende Hand über sie gehalten haben. Und wenn sie sie nicht im Wald gefunden hätten ... Da will ich gar nicht dran denken.“

„Und ihr richtiger Name?“

„Leider weiß ich nur, dass das ältere Mädchen Ruth hieß. Sie hat ihre Mutter zweimal zum Kirchenkaffee begleitet.“ Leroy fiel in jenem Augenblick eine Geschichte seiner Frau ein. Mabel hatte einmal erzählt, dass Abos Zwillinge töten, weil sie sie von einem bösen Geist beseelt glauben. Es ist ihnen unbegreiflich, dass zwei Menschen gleich sein können. Bei dem Gedanken an die Geschichte schauderte es ihn, denn er hatte damals gebetet, dass sie nie Zwillinge bekommen würden. Mabel wäre mit Hazel nicht glücklich gewesen, dessen war er sich sicher. Voodoo und Aberglauben hatten Mabel Zeit ihres Lebens geleitet. Wie in ihrer Geschichte hätte sie das Kind wohl einfach sich selbst überlassen. Aber Leroy mochte Hazel und konnte ihr kein Leid tun. „Ich verstehe, warum die Kleine so viel Angst hat. Aber die Zeit wird ihre Seele heilen lassen."

„Vielleicht zeigen Sie Ihr einmal das Foto! Nicht heute, aber irgendwann, Mr. Coons." Der Prediger stand auf. „Danke, dass Sie es mir erzählt haben. Aber es erleichtert mich nicht!", gab Leroy zu, geleitete den Prediger hinaus. Er verabschiedete sich von ihm, das Foto noch in der Hand. Als Mr. Ward den Weg zum Dorf eingeschlagen hatte, knüllte er das Foto zusammen, legte seine Finger wie Schraubzwingen darum. Dann warf er es in den Ofen. „Lee, wer das?", wollte die Kleine wissen. „Nichts, mein Engel! Nichts!", meinte er, drückte sie an sich und widmete sich dann wieder den Töpfen. „Der Prediger wollte nur wissen, ob es dir bei mir gefällt."

„Gefällt!", lächelte Hazel.

Doch der Tag, an dem Leroy merkte, dass sein Gastspiel auf dieser Erde beendet sein würde, kam für ihn selbst überraschend schnell. Seit Hazel bei ihm lebte, hatte er eine Verantwortung zu tragen. Er war schon lange kein junger Mann mehr, aber er fühlte sich auch nicht wie ein alter. Und seine größte Sorge galt mittlerweile dem Kind. Sie hatten sich aneinander gewöhnt, drei Sommer und Winter in der Hütte überstanden. Wenn er ehrlich war, liebte er sie wie sein eigenes Kind, und wenn sie ihre kleinen Arme um seinen Hals schlang, sein Gesicht mit feuchten Schmatzern bedeckte, dankte er Gott dafür, sie gefunden zu haben. Das einstige scheue Kind war gediehen zu einem hübschen kleinen Mädchen. Ihre nun rotblonden Haare, mittlerweile rückenlang, umrankten ihren zierlichen Körper in großen, fließenden Locken. Leroy kam kaum mit dem Kämmen nach. Ihre großen Augen blickten aufmerksam in die Welt, wenngleich auch eine gewisse Spur Traurigkeit in ihnen lag. Ihm kam es fast so vor, als sei es ein unergründliches Fernweh, eine Unruhe, die das Kind nicht lange stillsitzen ließ. Vielmehr hatte er Mühe, ihre

Aktivität zu bremsen, sie zum Essen und Schlafen ins Haus zu bekommen. Der Wald war ihr Spielplatz, Leroy ihr Lehrer, was Tiere und Bäume betraf. Wie ein Schwamm sog das Kind alles in sich auf, hörte wissbegierig zu, wenn er ihr die Dinge erklärte. Das karge Leben in der Hütte schien sie nicht zu stören. Und Leroys Brust füllte sich mit einem Glücksgefühl jeden Abend, wenn sie sich mit ihrem kleinen Körper im Bett an seinen kuschelte.

Kurz nach dem Frühstück gingen er und Hazel in den Wald, um Feuerholz zu sammeln. Eigentlich war es wie immer. Das Kind rannte voraus, wie ein Hase von links nach rechts auf der Suche nach einem Baum. Die Luft war erfüllt vom Geruch des nahenden Frühlings. Leroy trug die Axt auf seiner Schulter. Sie kam ihm heute seltsam schwer vor und das Kind schien flink wie ein Wiesel zu sein. Er musste einen Moment lang stehen bleiben, seinen Atem unter Kontrolle bekommen. Also legte er die Axt zu Boden und lehnte sich mit dem Rücken an einen Baum. Über ihm rauschten die ersten zarten Blätter der Bäume im seichten Wind. Ein feines Säuseln drang an sein Ohr, so als würden die Bäume mit ihm sprechen. Er fühlte sich leicht wie eine Feder, presste seine Hände gegen den Baumstamm, das kühle Holz. Hazel erschien neben ihm. Ihr Gesicht drückte blankes Unverständnis aus. „Komm! Oder willst du hier Wurzeln schlagen?“, fragte sie, verzog das Gesicht zu einem Grinsen. Er sah in ihre braunen Augen, das sommersprossige Gesicht, die roten Locken. Wehmut überkam ihn ob ihres Anblicks. Und ein Druck legte sich auf seine Brust, so als wolle ihn etwas zerquetschen, nahm ihm die Luft. Vor seinem geistigen Auge war das Bild einer Kerze, deren Flamme immer schwächer wurde. Sein Herz schien zu stolpern, pochte unregelmäßig in seiner nun schmerzenden Brust. In jenem Moment, in dieser kurzen Spanne, in der ihm bewusst wurde, dass er nun sterben musste und der Verzweiflung darüber, das Kind alleine zu lassen, hielt er sich an ihrem Anblick fest, heftete seinen Blick auf ihre Augen, die ihm nun noch größer erschienen. Ein Anflug von Furcht lag auf ihren Zügen. Dumpf drang ihre helle Stimme an sein Ohr, war ihre Berührung seines Armes kaum mehr spürbar: „Was hast du, Leroy? Sag etwas!“ Er öffnete den Mund, wollte etwas sagen, aber es kam nur ein verzweifeltes Japsen nach Luft über seine

Lippen. Ein kurzes Zucken lief über seinen Körper, dann schloss er die Augen, sank an dem Baumstamm hinunter auf den Boden. Hazel schrie unvermittelt auf, ließ sich plump neben ihm auf die Knie fallen, umfasste seine Arme, schüttelte ihn. „Mein Mädchen ...“, er nahm seine ganze Kraft zusammen, „du musst wissen, was mit deinen Eltern geschehen ist. Ich wollte es dir sagen, aber …“

„Daddy!“, sagte sie laut, klammerte sich an ihn. „Hazel …“ Die Kerze in seinem Kopf verlosch mit einem zarten Hauch, eine dunkle Welle senkte sich über ihn. Ein tiefes Seufzen löste sich aus seinem Innern. Leroy öffnete die Augen – doch er wachte nicht mehr auf. Hazel wich auf allen vieren ein Stück zurück. Ihre Unterlippe begann zu zittern, ja, es erfasste ihren ganzen schmalen Körper. Und ein Gefühl, das sie nur zu gut kannte, folgte dem Zittern – blanke Angst! „Bitte steh auf!“, seufzte sie, begann zu weinen. Langsam näherte sie sich ihm, hielt eine Hand vor seine Augen, die glanzlos in den Wald zu starren schienen. Er rührte sich nicht und etwas in ihr sagte ihr, dass er nicht mehr aufstehen würde, dass ihr Name nie wieder über seine Lippen kommen würde. Irgendwo tief in ihrem Kopf flackerte eine Erinnerung auf, ein schemenhaftes Bild. Der Anblick eines Mädchens in einem weißen Kleidchen, eine Hand, die sich ihr entgegenstreckte. Der Geruch von Blumen, taufeuchtes Gras unter ihren Füßen, ein helles Lachen. Es hatte sie schon einmal erschreckt, als sie in den kleinen Spiegel, der auf der Kommode in der Hütte lag, gesehen hatte. Als hätte sie für Sekunden in ihre eigene Seele geblickt. Sie setzte sich neben Leroy, nahm seine Hand in ihre, legte den Kopf an seine Schulter. Leise begann sie zu singen. Ein Lied, von dem sie nicht wusste, woher sie es kannte. Es war auch plötzlich in ihrem Kopf gewesen. Am Nachmittag legte sie seinen Körper auf den Boden, bedeckte ihn mit Laub und Zweigen. Dann setzte sie sich auf die Stufen vor der Hütte, wartete ab, bis die Sonne sich glutrot über dem Horizont zu senken begann, nahm Leroys Taschenuhr vom Tisch und ging hinunter ins Dorf. Sie drehte sich nicht zur leeren Hütte um. Alle guten Erinnerungen waren in ihrem Kopf und ihrem Herzen.

Mr. Ward, der Prediger, stoppte sein Pferd kurz vor dem kleinen Mädchen, als er sie auf sich zukommen sah. „Na, eine kleine Dame wie du sollte aber so spät nicht mehr alleine unterwegs sein!“, bemerkte er. „Du wohnst doch bei dem alten Mr. Coons, oder?“ Hazel blieb in gebührendem Abstand zu dem Pferd stehen, sah auf zu Mr. Ward. Sein großer breitkrempiger Hut verdeckte sein Gesicht fast völlig. Nur sein breites Lächeln schien darunter hervor. „Leroy … ist … Er ist … nicht mehr am Leben!“, entgegnete sie mit zittriger Stimme. Sie kannte das Wort „tot“, aber sie konnte es nicht aussprechen, es nicht über ihre Lippen bringen. Mr. Ward schwieg für einige Sekunden, dann stieg er vom Pferd, beugte sich hinab zu Hazel. Sie konnte einen Ausdruck des Erstaunens in seinen blauen Augen sehen. Er hatte einen Schnauzbart und ein gewinnendes Lächeln. Behutsam legte er eine Hand auf ihre Schulter. Hazel senkte den Blick auf ihre nackten, schmutzigen Füße. „Wo ist Mr. Coons?“, wollte der Prediger wissen. „Er liegt im Wald und schläft unter dem Laub. Ich habe ihn damit zugedeckt“, meinte sie schniefend. Es wunderte ihn, wie ungezwungen sie darüber sprach. Doch er ging nicht weiter darauf ein. Die Lebenden vor den Toten, dachte er. Erstmal musste man sich um das Kind kümmern. Später würde er mit einem Mann aus dem Dorf zur Hütte gehen, Leroy würdevoll begraben. „Wie heißt du, Kind?“, fragte er. Sie nannte ihren Namen. „Das ist ein schöner, seltener Name“, gab der Prediger zu. „Magst du Muffins, Hazel?“ Sie zuckte mit den Schultern. Offensichtlich kannte sie es nicht. „Es sind so kleine Küchlein mit Früchten, Beeren! Sie schmecken sehr gut und meine Frau hat sicher noch einige vom Kirchenkaffee übrig. Und mit einer großen Tasse Kakao …“ Nun hob sie den Kopf. Tränen schimmerten in den Augen. „Ich weiß nicht“, meinte sie leise. Mr. Ward strich über ihren Kopf, hob sie auf seinen Arm. „Na komm! Jetzt darfst du wie eine Prinzessin mit mir auf dem Pferd reiten! Und stell dir vor, mein alter Copper hier möchte, dass du die Zügel hältst!“ Hazel reagierte nicht, ließ sich von ihm auf dem Pferd platzieren, doch nahm die Zügel nicht in die Hand. Mit gesenktem Kopf saß sie stumm da. Der Prediger verstand ihren Schmerz. Er stieg hinter ihr auf das Pferd, nahm die Zügel auf, schnalzte mit der Zunge. Das Pferd setzte sich in Bewegung. Obwohl sie so dicht aneinander saßen, spürte er, wie das Kind unbewusst vermied, ihren Körper an den seinen zu lehnen. Mrs. Ward machte keinen Hehl daraus, dass sie mit Kindern wenig anfangen konnte. Noch dazu, wenn sie noch klein waren wie Hazel. Zu Beginn ihrer Ehe hatte sie ihren Erstgeborenen eines Morgens tot in der Wiege vorgefunden. Es verhärtete ihr Herz und dennoch sah sie eine Art göttliche Fügung darin, denn sie hatte sich das Kind nicht wirklich gewünscht. Und jetzt stand Hazel vor ihr. Die leicht verfilzten, zottigen Haare, das angeschmutzte Kleidchen, dessen Saum an einer Stelle abgerissen herunterhing. So ging man also mit den Sachen um, die sie in der Gemeinde sammelte! Und die schmutzigen Füße hinterließen dunkle Abdrücke auf ihrem Läufer. Sie seufzte tief, ging auf das Kind zu, fuhr sogleich zurück. Es stank wie ein dahergelaufener Köter und an Flöhe oder gar Läuse wollte sie gar nicht erst denken, weil sie beim bloßen Anblick des Kindes der Ekel überkam. In ihrem Kopf sah sie bereits einen Badezuber vor sich. Ihr Mann berichtete, was geschehen war, legte seine Hände auf Hazels Schultern. Der angewiderte Blick in den Augen seiner Frau entging ihm keineswegs. So fügte er leise hinzu, dass er Hazel morgen in die Stadt bringen wolle. Das Wort „Kinderheim" vermied er. Als er seiner Frau die Kleine überließ, wusste er, dass es ihm leidtun würde. Er hatte das Kind schon ein Stück weit lieb gewonnen. So machte er sich daran, einen Mann im Dorf zu finden, der mit ihm in den Wald kommen sollte, um Leroy zu beerdigen. Das würde ihn ablenken. Währenddessen packte seine Frau Hazel am Arm, zog sie mit in die Küche. Wortlos stellte sie ihr einen Teller mit Keksen vor die Nase und ein Glas Milch. Dann setzte sie sie auf einen Stuhl, griff zur Schere. Ruppig begann sie, die langen Haare auf Kinnlänge zu stutzen. Mit einem Kamm entfilzte sie das Haar, wobei sie nicht darauf achtete, ob es ziepte. Selbst als sie Hazels Kopf einmal nach hinten zog, regte sich diese sich nicht. Kein Mucks kam über die schmalen Lippen. Erst als sie das Kind in den Zuber mit dem heißen Wasser drängte, seine vor Schmutz stakende Haut mit einer groben Bürste und Kernseife zu bearbeiten begann, löste sich ein zartes, protestierendes Weinen aus der kleinen Brust. Mrs. Ward reagierte nicht darauf. Sie ärgerte sich innerlich über die zusätzliche Arbeit, die sie nun hatte, musste doch das Abendessen noch gekocht werden. Daher wusste sie sich auch keinen anderen Rat. Sie verpasste dem Kind eine Ohrfeige. Hazel, die

Schläge nicht kannte, der Bestrafungen an sich fremd waren, verstummte schlagartig. Bis zu ihrer Abreise in die Stadt sollte sie ihre Peinigerin mit dieser Stummheit und totaler Nahrungsverweigerung strafen.

Früh am nächsten Morgen fuhr der Prediger mit einer hübsch gekleideten Hazel mit der Kutsche in Richtung Stadt. Seine Frau winkte nicht zum Abschied. Sogar einen Hut und ein paar Schuhe hatte sie dem Kind angezogen. Mr. Ward hatte einen Plan. Er kannte das Kinderheim in der Stadt. Man konnte nie wissen, in welche Hände das Kind gelangen würde. Die Schwestern des Heimes waren sicher nett zu den Kindern, schickten sie auch zur Schule, aber er wollte erstmal bei einem Ehepaar vorbeifahren, dessen kleine Farm in einem Dorf in sicherer Entfernung zur Stadt und seinem Heimatdorf lag. Seine Frau brauchte es nicht zu erfahren. Rachel und William Wydler wünschten sich schon lange ein Kind, nachdem ihre Tochter vor einiger Zeit verstorben war. Die Hoffnung, noch einmal ein eigenes Kind zu bekommen, hatten die beiden mit den Jahren aufgegeben – er würde ihnen Hazel vorstellen.

Rachel Wydler war eine kleine, zierliche Frau Ende dreißig. Die Sehnsucht nach einem Kind und der schreckliche Verlust der Tochter hatten sie die Lust am Essen, ja, am eigentlichen Leben verlieren lassen. Sie steigerte sich in die Hausarbeit, war überaus hilfsbereit in der Gemeinde, wenn es jemandem nicht gut ging und dennoch wurde ihr das Herz immer schwerer, je älter sie wurde. Mit zunehmendem Alter schwand ihre Chance, noch einmal Mutter zu werden. Das harte Leben auf dem Land tat sein Übriges. Sie war gerade dabei, die Wäsche neben dem Haus aufzuhängen, als die Kutsche des Predigers auf den kleinen Hof einbog. Rachel hielt inne, wischte sich mit einer Hand eine Strähne ihres dunklen Haars aus dem Gesicht. Es war mittlerweile von einigen grauen Stellen durchzogen. Mr. Ward stoppte das Pferd, stieg vom Wagen und begrüßte Rachel. Etwas unsicher stand diese da, erwiderte dann den Gruß, wartete jedoch, bis er auf sie zukam, vor ihr stehen blieb. „Wie geht es Ihnen, Rachel?“, wollte er wissen. Er nahm seinen schwarzen Hut ab, begann die Krempe in seinen Händen zu kneten. „Gut“, meinte sie knapp, „es muss.“ In ihrem Gesicht konnte man den Unmut über diese Frage sehen. In den letzten Jahren hatte man sie ihr zu oft gestellt. Aus Rachels Sicht war eine Antwort mittlerweile reine Verschwendung, doch sie blieb höflich. Ihr Blick glitt hinüber zu dem Kind, das mit gesenktem Kopf auf dem Kutschbock saß. „Ist Ihr Mann nicht da?“, fragte Mr. Ward. Er fand es besser, beiden sein Anliegen vorzutragen. „Auf dem Feld!“, sagte sie, deutete dann mit einem Finger auf Hazel. „Was ist mit dem Kind?“

„Rachel … Darum geht … es. Also …“ Ihm war nicht ganz klar, wie er beginnen sollte. „Wollen wir nicht besser ins Haus gehen? Ich würde auch gerne auf Ihren Mann warten …“

„Er kommt erst heute Abend wieder. Wenn er den Acker jetzt nicht bestellt, wo das Wetter noch so gut ist, kriegen wir eine schlechte Ernte“, erklärte sie, verschränkte die Arme vor der Brust, verzog das Gesicht zu einem missglückten Lächeln. „Ich habe Limonade im Haus! Also gut, kommen Sie bitte!“ Sie ging vor ins Haus. Der Prediger ging zur Kutsche, fragte Hazel, ob sie nicht Lust auf ein Glas der besten Limonade der Welt hätte. Aber sie schüttelte leicht den Kopf. „Bleib hier sitzen! Ich komme gleich wieder!“, bat er, folgte dann Rachel ins Haus. Ihm fiel sogleich auf, wie sauber es war. Nirgendwo stand etwas herum. Selbst gehäkelte Deckchen lagen mittig ausgerichtet auf dem Tisch, dem Regal, einer Kommode. Auf dieser stand ein Bild eines Mädchens mit hochgestecktem schwarzen Haar. Einige Strähnen umrahmten sanft das Gesicht, das von einer Ernsthaftigkeit durchzogen war, die dem Prediger immer an Marybeth Wydler aufgefallen war. So als hätte dieses Kind gewusst, dass es nicht lange leben würde. Für Sekunden tauchte das Bild vor seinem geistigen Auge auf, wie die herzzerreißend weinende Rachel sich über das tote Kind im offenen Sarg beugte und ihm eine Haarsträhne abschnitt. Noch Tage später hatte sie diese nicht losgelassen. Nun lag sie vor dem Foto sowie zwei silbern glänzende Haarspangen. Es fröstelte ihn ein wenig, als er sich an den Tisch setzte. Rachel brachte ihm ein Glas Limonade. Sie blieb ihm gegenüber hinter einem Stuhl stehen, umklammerte die Lehne mit ihren Fingern, so als suche sie Halt. Mr. Ward räusperte sich. „Nun, das kleine Mädchen auf dem Kutschbock heißt Hazel. Sie ist vor einiger Zeit von einem alten

Mann in unserer Gemeinde aufgenommen worden, der eine Hütte im Wald hatte. Was mit ihren leiblichen Eltern geschehen ist, weiß niemand genau. Auch nicht ihren richtigen Namen. Der alte Mann ist vor zwei Tagen gestorben und ich wollte das Kind in das Waisenhaus in der Stadt bringen, aber es ist ein so ruhiges, liebes Kind, so verlassen, dass ich an Sie beide dachte. Mir wäre wohler, wenn ich über den Verbleib der Kleinen Bescheid wüsste."

„Hm", machte Rachel, ihr Gesicht blieb ausdruckslos. „Wenn Sie das aber erst mit Ihrem Mann besprechen wollen …" Einen Moment herrschte ein unbehagliches Schweigen, dann drehte sich Rachel zu dem Foto auf der Kommode um, wandte dem Prediger den Rücken zu. „Kann sie sprechen?", fragte sie leise. „Ich meine nur, weil das Kind da so still sitzt … Ich glaube nicht, dass ich ein Kind mit einem Gebrechen …, den Verlust könnte ich nicht ertragen, verstehen Sie? Aber warum fragen Sie gerade mich? Im Waisenhaus wird sie es gut haben und sicher jüngere Eltern als mich und meinen Mann finden … Das Leben hier ist hart, wir sind nicht reich …"

„Aber Sie haben viel Liebe zu geben, Rachel! Und das Leben mit dem alten Mann im Wald war auch nicht leicht für das Kind. Darauf kommt es nicht an. Das Kind ist kerngesund und …", warf er ein. „Ich kann Ihnen einen Vorschlag machen. Lassen Sie das Kind zwei Tage bei uns! Wenn es nicht geht, bringen wir sie ins Waisenhaus! Damit ich wenigstens guten Willen zeige …", schlug sie vor, drehte sich wieder zu ihm um. „Ich will erst mal mit ihr sprechen!" Der Tränenschleier in ihren Augen entging ihm nicht. Doch er sagte nichts, sah ihr nach, wie sie das Haus verließ, zur Kutsche ging. Rachel verharrte für einige Sekunden auf dem Hof, setzte dann ihren Weg zur Kutsche fort. Kurz davor blieb sie stehen, wartete erst einige Sekunden ab, ob das Kind sich regen würde, doch Hazel saß still da, den Blick auf ihre Schuhe gesenkt. Rachel räusperte sich, stellte sich dann neben die Kutsche. „Ich bin Rachel Wydler! Dein Name ist Hazel, richtig?", fragte sie vorsichtig, beugte den Kopf zu dem Kind vor, reckte sich, sodass sie in das kleine Gesicht sehen konnte. Hazel hob den Blick, wich Rachels schnell aus, sah zum Horizont. „Weißt du, ich hatte mal ein Mädchen. Marybeth war ihr Name. Eines Tages ist sie sehr krank geworden, und bevor der Doktor kam, ist sie gestorben. Im Grunde genommen schmerzt mich ihr Verlust noch so sehr, dass ich nicht glaube, irgendetwas könne ihren Platz einnehmen. Der alte Mann, bei dem du gelebt hast, ist tot. Mr. Ward hat es mir erzählt. Bist du wütend darüber, dass er dich verlassen hat?“ Für einige Sekunden schien das Kind nachzudenken, dann nickte es zaghaft. „Ich bin auch wütend, dass Marybeth fort ist. So wütend, dass ich schreien möchte! Und du?“

„Ich bin so wütend …“, begann die Kleine leise, dann energischer, „ich möchte etwas kaputtmachen! Alles kaputtmachen! Die doofe Frau von Mr. Ward hat mich gehauen! Ich wollte nicht zu ihr!“ Hazel ballte die Fäuste, der ganze kleine Körper verkrampfte sich. Diesen Moment nutzte Rachel, umfasste das Kind behutsam, hob es vom Kutschbock. Sie setzte Hazel ab, zeigte auf einen alten verbeulten Eimer vor dem Haus. „Da, tritt den Eimer! Stell dir vor, er wäre an allem schuld!“, forderte sie laut und Hazel stürmte wutentbrannt auf ihn zu, trat mit voller Wucht dagegen. Der Eimer prallte gegen die Holzwand des Hauses. Dann blickte sie Rachel erwartungsvoll an, die nun ihrerseits gegen den Eimer trat. „Du dummer Eimer!“, sagte sie laut. „Blödes Mistding!“, kreischte Hazel. Abwechselnd kickten sie den Eimer nun über den ganzen Hof, was der Pfarrer erstaunt hinter dem Fenster beobachtete. Erst als er auf den Gesichtern der beiden so etwas wie ein zaghaftes Lächeln bemerkte, war er erleichtert. „Ich mag diesen dummen Hut nicht!“, rief Hazel. „Dann gib ihn mir!“, lachte Rachel. Auf diese Weise entledigte sich das Kind der feinen Sachen und wirbelte schließlich mit ausgestreckten Armen in Unterwäsche und barfuß über den Hof. Hazel kicherte. Ihre ungezwungene Fröhlichkeit übertrug sich auf Rachel. Eine längst vergessene Wärme erfüllte ihren Körper. „Fang mich!“, rief ihr das Kind zu. Sie folgte, und als sie die Kleine erwischte, drückte sie sie fest an sich. „Du siehst wunderschön aus, wenn du lächelst! Meinst du, du könntest bei mir bleiben und jeden Tag so für mich lächeln? Möchtest du es einmal versuchen?“ Hazel legte ihre kleinen Arme um Rachel. „Und jetzt Limonade!“

„Limonade“, meinte Rachel, wollte das Kind ins Haus führen. Der Prediger kam heraus. „Ich sehe mit Freuden, dass Sie es sich überlegen werden, Rachel! Leider muss ich weiter in die Stadt. Aber ich komme in zwei Tagen wieder und dann können Sie mir berichten, ob Sie die Kleine bei sich aufnehmen möchten!" Er verabschiedete sich und Hazel und Rachel winkten ihm nach, bis die Kutsche auf der Landstraße verschwunden war. Dann gingen sie ins Haus. Es war das erste Mal, dass Hazel selbst gemachte Limonade und Plätzchen vorgesetzt bekam. Sie verschlang beides gierig.

Als William am Abend heimkam, staunte er nicht schlecht über das Kind. Nachdem seine Frau ihm alles erklärt hatte und das Kind ihm sein dampfendes Abendessen vor die Nase setzte, schüttelte er zwar den Kopf über die Aufmachung in Unterwäsche, schenkte der Kleinen aber ein scheues Lächeln. Seine Frau sang am Herd ein Kinderlied. Sie war so ausgelassen, so fröhlich, dass er verstand. Hazel würde den Kummer aus der Seele seiner Frau fortwischen und das Haus wieder mit Leben füllen. Mit einem wehleidigen Blick sah er zu dem Foto seiner Tochter hinüber, dann zu Hazel, die ihn wortlos beim Essen beobachtete. In ihren großen braunen Augen lag ein feiner Glanz. Bei allem, was das Kind erlebt haben sollte, schien doch noch ein Funken Hoffnung auf ein besseres Leben in ihnen zu liegen, eine Art Urvertrauen. Seine Hand berührte ihr feines, weiches Haar, tätschelte den Kopf. Sie kicherte über die Berührung. Die Sommersprossen auf ihrer Nase schienen zu tanzen. Es erinnerte ihn an einen geprügelten Hund, dem man ein neues Obdach gab, der sein Schicksal demütig und hoffnungsvoll in die Hände seines neuen Herrn legt.

Rachel brachte Hazel zu Bett. Sie stieg mit ihr die kleine Treppe zur Kammer hinauf. Es war Marybeths Zimmer gewesen. Umständlich hielt sie den Schlüssel in der Hand, atmete tief ein, öffnete dann die Tür. Sachte schob sie das Kind in den Raum. Das Mondlicht fiel auf das wenige Mobiliar – den Tisch mit dem Stuhl davor, das hölzerne Bett, an dessen Ende sich kunstvoll geschnitzte kleine Feen vergnügten, den großen Schrank und die Truhe mit dem dicken Schloss. „Warte!", sagte Rachel, setzte das Kind auf das Bett. Hazel bestaunte die Schnitzereien, ließ einen Zeigefinger darüber fahren. „Schön", meinte sie mit dünner Stimme. „Das hat William gemacht", erklärte Rachel, entzündete das Licht auf dem Tisch. Dann ging sie zum Schrank, schloss auch ihn auf. Zielstrebig griff ihre Hand zu einem der sauber gefalteten weißen Nachthemden. Sie reichte es

Hazel. In jenem Moment, als ihr Blick über die vielen bunten, karierten, mit feinen Spitzen besetzten Kleider glitt, tauchte ein Bild vor ihr auf. Marybeth, die unruhig neben der Nähmaschine stand, vor Aufregung zappelte, das fast fertige Kleid anprobieren wollte. Wie viele Nächte hatte sie an den Kleidern genäht, bis sie ihrer Tochter gefielen? Wie oft hatte William geschimpft, weil die Stoffe teuer waren. Ein Blick aus Marybeths Augen reichte aus und er war wieder gut. „Einmal nähst du mir mein Hochzeitskleid!“, hatte Marybeth gewitzelt, Rachel hatte es versprochen. Und dann saß sie am Bett ihrer Tochter, sah in deren flackernde Augen, spürte den schwachen Druck der kleinen fiebrigen Hand in ihrer. „Mummy, das Kleid mit den kleinen aufgesetzten Röschen …“, waren die letzten Worte gewesen und Rachel hatte es versprochen. Am Totenbett hatte sie das Kleid fertig genäht, ihrem leblosen Kind angezogen. Ein letzter Gruß … Rachel schwankte, als die Erinnerungen bitter auf sie einstürmten. Sie ließ sich neben Hazel auf das Bett sinken, wollte es nicht zulassen, doch die Tränen rannen ihr in Sturzbächen über die Wangen, schmeckten salzig auf den Lippen. „Es tut mir leid“, entschuldigte sie sich bei dem Kind. Auch wenn Hazel erst sechs Jahre alt war, ahnte sie, warum Rachel weinte. Sie lehnte sich einfach stumm an Rachel, spürte das konvulsivische Zucken der Schultern bei jedem tiefen Schluchzer und schwieg. Sie würde abwarten. Als Rachel sich nach einer Weile beruhigt hatte, half sie Hazel in das Nachthemd, deckte sie mit der Bettdecke zu. *Twinkle, twinkle, little star* ... sang sie mit einer derart ergreifenden Stimme, dass das Kind ihr bis zum Schluss lauschte und erst bei der dritten Wiederholung einschlief.

In der Nacht stürmte die Erinnerung bitter auf Hazel ein. Sie lief über knisterndes Laub auf die Bäume zu, hörte hinter sich Stimmen, die sie nicht einordnen konnte. Aber ihr kleines Herz war voller Angst, und obwohl ihre Füße schmerzten, lief sie weiter und weiter. Ein Knall ließ die Vögel aus den Bäumen aufstieben. Sie hielt an einem Baum inne, ihr Blick glitt durch die Bäume, die Sträucher. „Jane …“, rief sie dem anderen Mädchen zu, das auf das Waldstück zulief. Doch es taumelte, sackte auf die Knie und schlug dann der Länge nach auf den Boden. Hazels Augen starrten ungläubig auf die rote Flüssigkeit, die sich auf dem weißen Stoff des Kleidchens ausbreitete. Etwas in ihr drängte sie weiterzulaufen und so stürzte sie los. Ziellos bahnte sie sich ihren Weg, spürte die Dornen der Büsche an ihren Beinen, den Armen, die Äste, die gegen die nackte Haut klatschten. Doch sie lief weiter, immer weiter. Vor einem Fuchsbau stolperte sie, kroch dann auf allen vieren hinein. Sie drängte sich tief hinein, höhlte ihn mit bloßen Händen so weit aus, dass sie sich wie ein Embryo hineinzwängen konnte. Ihr Herz pochte, trieb ihr das Blut in den Kopf. Sie presste die Hände auf die Ohren. Und dann lösten sich die Tränen, rannen über ihre Wangen …

Hazel schreckte auf. Ihre Hände fuhren ruckartig durch die Dunkelheit, fanden keinen Halt. Unter ihr war es feucht, das Laken nass. Die Angst nahm ihr fast die Luft, sie wollte schreien, aber sie brachte keinen Laut hervor. Sie ertastete das Bettende, kletterte hinaus, krabbelte über den Boden. Es war so dunkel und ihre Augen konnten nichts ausmachen. Sie fand eine Ecke, presste ihren zitternden Körper gegen das Holz. „Mummy!", rief sie zuerst zaghaft, dann lauter, „Mummyyyyy!" Niemand kam. Die Schatten schienen nach ihr zu greifen. Es war ihr, als gleite ein eisiger Hauch über ihre Schultern. Sie begann es herauszukreischen, konnte es nicht unterdrücken. In ihrem Kopf waren so viele Eindrücke, die Angst so erdrückend, dass sie auch noch schrie, als Rachel längst mit einem Licht ins Zimmer getreten war, Hazel umarmte, den zitternden kleinen Körper an sich presste und beruhigend auf sie einredete.

Zwei Tage später besuchte Mr. Ward die Wydlers wieder. Als er vom Kutschbock stieg, staunte er nicht schlecht über die ausgelassene Hazel, die in einem Kleidchen mit Schürze neben dem Hühnerstall hockte und sich mit einer Henne unterhielt. Das Tier schien dem Kind andächtig zu lauschen. Mr. Ward musste lächeln. Er freute sich, dass es ihr anscheinend gut ging. Vorsichtig trat er zu dem Kind, beugte sich ein Stück weit zu ihr hinunter. „Na, Hazel? Wie geht es dir?", wollte er wissen. Das Huhn, erschreckt über den fremden Mann, eilte schnellen Schrittes gackernd davon. Hazel sah ihm nach, erhob sich. Auf ihr Gesicht legte sich ein seltsames Misstrauen. Sie wich dem Blick des Predigers aus, nickte kurz. Offensichtlich fürchtete sie, er könne sie wieder mitnehmen. Deshalb bemühte sich Mr. Ward schnell, ihre Zweifel fortzuwischen. „Wenn es dir hier gefällt, freut mich das sehr", gab er zu, ließ den Blick über den Hof schweifen. „Wo ist Mrs Wydler?" Das Kind blickte ihn fragend an. „Rachel?", hakte er nach. „Im Haus. Sie kocht, Sir!", antwortete Hazel, deutete auf das Haus. „Gut, dann werde ich ...", begann er, schlug sich dann kurz vor die Stirn, fischte ein kleines braunes Tütchen aus seiner Jackentasche, reichte es dem Kind. „Meine Frau hat dir Bonbons gemacht. Teile sie dir gut ein." Damit ging er zum Haus, klopfte zweimal an die Tür. Kaum hatte ihm Rachel geöffnet, ihn ins Haus gebeten, schlossen sich Hazels Finger krampfartig um das Tütchen. Sie erinnerte sich an Mrs. Ward, und je stärker diese Erinnerung wurde, umso fester drückte sie zu. Es knackte in der Tüte. Wie ein innerer Zwang überkam sie der Wunsch, hinter das Haus zu rennen und die Bonbons dort zu vergraben. Die groben Worte der Predigersfrau hallten durch ihren Kopf. Mit bloßen Händen machte sie hinter dem Haus ein kleines Loch in die Erde, warf die Tüte hinein, schüttete es wieder zu. Nach einem tiefen Atemzug begann sie so lange auf der Erde herumzuspringen, bis sie völlig außer Atem war. Dann widmete sie sich wieder den Hühnern.

„Ich sehe, der Kleinen gefällt es sehr gut bei Ihnen!", stellte der Prediger fest, leerte sein Glas mit Limonade in einem Zug. Rachel sah sich nur kurz von den Töpfen um. „Sie ist ein liebes Kind." Es war nicht die Antwort, die er erwartete. „Vielleicht erübrigt sich meine Frage, aber soll ich sie hier lassen?"

„Diese kleine Seele hat so sehr gelitten, dass es meinem Leid fast gleichkommt. In der ersten Nacht hat sie ins Bett gemacht und ist nachts hochgeschreckt. Da war so viel Angst in ihrem Blick. So viel Angst davor, wieder verlassen zu werden. Es würde sie zerbrechen, denke ich. Aber ich möchte nicht, dass Sie denken, ich behielte sie aus Mitleid. In diesen zwei Tagen ist sie mir schon ein Stück weit ans Herz gewachsen. Was ist das für eine Frage?" Erst als ihre letzten Worte verklungen waren, wandte sie sich von den Töpfen ab, wischte sich den Schweiß von der Stirn und schenkte dem Prediger ein scheues Lächeln. „Sie haben recht, Rachel! Ich bin sehr froh über ihre Entscheidung", lächelte er zurück. „Sie ist ungefähr sechs Jahre alt. Sie sollten sie auch bald zur Schule und Sonntagsschule schicken!"

„Ja, wenn sie sich besser eingelebt hat, werde ich mit Mrs. Hendricks, der Lehrerin, sprechen. Aber das wäre jetzt zu viel für das Kind. Man sollte ihr noch zwei Wochen Zeit geben."

„Gut", meinte Mr. Ward, stand auf. „Aber ich würde mich auch freuen, Sie am Sonntag in der Kirche zu sehen!" Seine kleine Anspielung auf die Abstinenz vom Gottesdienst der Wydlers seit Marybeths Tod prallte an Rachel fast ungehört ab. „Wir werden sehen", gab sie zurück, begleitete den Prediger hinaus auf den Hof.

Rachel schickte Hazel zur Schule, doch das Mädchen war keine gute Schülerin. In Hazel lag eine Unruhe, die sie oftmals daran hinderte, die Schule überhaupt zu erreichen. Zu schnell ließ sie sich ablenken, wenn sie auf dem kleinen Pfad zum Schulhaus ging, zwischen den Bäumen hindurch, die Vögel am Himmel sah. Ohne es wirklich zu bemerken, kam sie vom Weg ab, verlor sich in ihren Gedanken, ersponn sich eine eigene kleine Welt. Sie dachte sich Fantasienamen aus, nannte sich selbst Feelala oder Malorina, irgendetwas, was ihr gerade durch den Kopf ging, kreierte eine neue Sprache, die nur sie verstand. Sie betitelte die Bäume, Pflanzen und Tiere mit Worten aus dieser und stellte sich vor, wie spannend es wäre, jemandem zu begegnen, den sie nicht kannte, ihm vorzugaukeln, sie käme aus einem fremden Land, ihn mit ihrer erdachten Sprache zu beeindrucken. Ganze Dialoge spielte sie im Geiste durch, während sie weiter vom Weg abkam. Irgendwann hielt sie inne, blieb stehen, wunderte sich, wie weit sie gekommen war, suchte sich ein schönes Plätzchen, aß die Brote, die ihr Rachel vorbereitet hatte. Von Weitem hörte sie die Schulglocke zum Unterrichtsbeginn, dann zur ersten Pause, zur Mittagspause und dann zum Schluss, doch Hazel spielte, kochte aus den Dingen, die sie fand, wie Stöcken, Sand, Steinchen, Fantasiemahlzeiten für vorbeihuschende Echsen, kleine Käfer. Meist fing sie sich irgendwann wieder, machte sich auf den Nachhauseweg, wenn die Schulglocke zum Unterrichtsschluss klingelte. Sie log Rachel dann nicht direkt an, denn wenn diese sie fragte, wie es in der Schule gewesen sei, wich das Kind dieser Frage geschickt aus.

Doch irgendwann erfuhren Rachel und William von ihren Ausflügen, versuchten ihr klarzumachen, dass es wichtig sei, zur Schule zu gehen, zum anderen befürchteten sie, es könne ihr etwas passieren, denn man konnte nie wissen, wer dem kleinen Mädchen begegnete. So sehr sich Hazel auch bemühte, regelmäßig zur Schule zu gehen, dort aufmerksam dem Unterricht zu folgen, schweiften ihre Gedanken immer wieder ab, es verleitete sie manchmal dumme Bemerkungen von sich zu geben, völlig unbewusst, ihre Lippen und ihre Zunge waren einfach schneller. In Mathematik verschwammen die Zahlen auf ihrer Schiefertafel zu kleinen tanzenden Strichmännchen, die sich ineinander verwoben, umherwirbelten, so schnell, dass Hazel sie laut auffordern musste, doch langsamer zu tanzen, sie könne nichts erkennen. Solche Vorfälle verleiteten die anderen Kinder dazu, Hazel aus dem Weg zu gehen, Mrs. Hendricks sah sich bald völlig überfordert. Denn jede Strafe, die sie für Hazels Unachtsamkeit verhängte, ertrug diese geduldig, stellte sich in die Ecke des Raumes, verfing sich wieder in ihren Träumereien und lachte manchmal so laut über ihre Gedanken, dass es sinnlos war, sie dort stehen zu lassen. „Du kannst nach Hause gehen“, entfuhr es Mrs. Hendricks irgendwann seufzend. Das Kind packte wie selbstverständlich mit einer stoischen Gelassenheit seine Sachen zusammen, wünschte allen einen schönen Tag und ging nach Hause. Nach diesem Vorfall unterrichtete Rachel Hazel selbst, damit sie wenigstens Lesen und Schreiben lernte. Rachel verstand, warum Hazel sich so verhielt, auch wenn sie sich wünschte, dass man das Kind etwas ändern könne oder sich alles mit den Jahren geben würde. Auch der Unterricht zu Hause war nicht einfach, Rachel musste Brücken bauen für das Kind, sodass beide zumeist in der Natur umherwanderten, sie auf zwei Bäume deutete und Hazel fragte, wie viele Bäume da noch wären, wenn man einen umhaute. Und das Kind verstand. Dafür war es verwunderlich, wie viel sie über die Natur wusste, sie konnte viele Pflanzen benennen, wusste, was man aus ihnen machen konnte, kannte die Namen der Bäume und Tiere und sie verrichtete brav ihre Hausarbeiten. Doch sie blieb die meiste Zeit des Tages über bei ihrer Ziehmutter und ihrem Ziehvater. Mehrmals versuchte Rachel, sie mit Nachbarskindern bekannt zu machen, um eine Freundschaft aufzubauen, aber so lange Hazel weiterhin ihre Fantasiewelten ersponn, sich völlig darin verlor, wollte keines der Kinder mitspielen. Zu verworren waren ihre

Gedankengänge, es fiel den Kindern zu schwer, diesen zu folgen. Und Hazel lehnte die üblichen Kinderspiele ab – sie wollte sich nicht verstecken müssen, nicht im Kreis herumrennen, die altbekannten Lieder singen und vor allem wollte sie nicht Räuber oder Polizist sein. Es schien ihr aber auch nichts auszumachen, oftmals allein zu sein oder nur Rachel oder William als Spielkameraden zu haben. Dabei war sie nicht schüchtern, aber ihre Herzlichkeit war zu überschwänglich, wenn sie auf fremde Menschen traf. Diese hielten es für übertrieben und gekünstelt. Auch mit den Jahren änderte sich ihr Verhalten nicht. Sie wuchs zu einem hübschen jungen Mädchen heran mit rotbraunen, welligen Haaren, die sie zu zwei Zöpfen geflochten trug, bis sie 15 Jahre alt war. Dann bat sie Rachel ihr Haar offen tragen zu dürfen, wie es eigentlich nur kleine Mädchen tun. Aber ihre Haare reichten ihr bis zu den Hüften, und wenn die Sonne sich in ihnen verfing, wirkte sie etwas älter, reifer. Doch ihre Ziehmutter bat sie, ihre Haare hochzustecken, sie solle sich die anderen Mädchen anschauen, die lange darauf gewartet hatten, es endlich ihren Müttern gleichtun zu dürfen. Sie redete Hazel gut zu, meinte, es sei unschicklich, gezieme sich nicht, die Haare offen zu tragen, aber das Mädchen ließ sich nur einmal von ihr die Haare hochstecken, gestand mit gelangweiltem Gesichtsausdruck, dass ihr diese Frisiererei zu aufwendig sei, und befreite ihre Haare wieder aus den Nadeln, die es oben hielten.

Normalerweise hielten sich die Wydlers fern von Festen in ihrem Dorf, aber in jenem Jahr fand Rachel, es sei nun an der Zeit, dass Hazel in die Gesellschaft eingeführt wurde. William und sie fuhren mit dem Mädchen in die Stadt, kauften Stoff und Rachel begann, ein Kleid für sich und eines für Hazel nach deren Vorstellungen zu nähen. Die Haare kunstvoll zu Korkenzieherlocken gedreht, im Nacken von einem weißen Band zusammengehalten, in einem hübschen zartrosa Kleid mit Spitze betrat Hazel die Scheune, in der die Feier stattfand, an der Hand ihres Vaters. William entging nicht, wie die Jungen sein Mädchen musterten, ihr Anblick entlockte ihnen ein anerkennendes leises Pfeifen durch die Zähne, ihre Blicke verfolgten sie bis zu einem Tisch, an den sie sich setzten. Hazel war es völlig egal, sie achtete nicht darauf, plauderte stattdessen mit ihrem Vater und ihrer Mutter über die vielen Menschen, die anwesend waren, jedes kleine Detail, das ihr auffiel am Buffet, die Eindrücke prasselten auf sie ein, sie musste diese einfach kommentieren. Sie schien aufzublühen, doch als sie der erste junge Mann um einen Tanz bat, winkte sie ab, ohne ihn auch nur eines Blickes zu würdigen. „Sei nicht so unhöflich“, ermahnte sie Rachel lächelnd. „Er scheint doch ein netter Junge zu sein.“

„Ich habe aber keine Lust zum Tanzen“, entgegnete Hazel gelassen. „Wozu soll das gut sein, mit einem Jungen zu tanzen?“

„Nun“, begann William, wandte sich an seine Tochter. „In ein oder zwei Jahren wirst du heiraten und du könntest schon einmal eine Vorauswahl treffen“, schmunzelte er aufmunternd. Hazel starrte ihn mit ihren großen, braunen Augen an. In ihrem Blick lag blankes Entsetzen, es erschreckte William, wie sie auf seine Worte reagierte. Denn nun senkte sie den Kopf. „Ich dachte, ich könne bei euch bleiben“, meinte sie leise. Rachel seufzte, legte eine Hand auf Hazels Schulter. „Niemand will, dass du uns verlässt. Aber so ist es nun einmal im Leben. Wir sind doch trotzdem für dich da. Aber du musst irgendwann dein eigenes Leben leben, mein Engel und …“ Hazel sprang so abrupt von ihrem Stuhl auf, dass dieser umkippte, mit einem Knall auf dem Boden landete, sodass die Leute innehielten, sie anstarrten. Sie hatte unbewusst die Hände zu Fäusten geballt, blickte verärgert auf William, dann auf Rachel. „Ihr seid genauso wie alle anderen auch!“, spie sie ihnen ins Gesicht, dann wandte sich an die Menschen um sie herum: „Immer sollte ich so sein wie ihr. Aber ich bin ich und ich will nicht so sein wir ihr alle!“ Sie hämmerte eine ihrer Fäuste auf den Tisch, registrierte, dass ihre Zieheltern über den ungewohnten Wutausbruch zusammenzuckten, stürmte dann nach draußen, lief zu dem kleinen Weiher hinunter, blieb auf dem Steg am Wasser stehen, unter dem ein kleines Ruderboot herumdümpelte. Sie hörte im seichten Abendwind die Wellen eine sanfte, fast versöhnliche Melodie säuseln. Ihr liefen die Tränen über die Wangen, es tat ihr plötzlich leid, wie sie reagiert hatte, aber die Jungs interessierten sie nicht, zu oft hatten die anderen Kinder sie gemieden. Nun, da sie fein herausgeputzt in der Gesellschaft ihrer Zieheltern auftauchte, behandelten sie sie mit Respekt. Immer musste sie jeden Verlust, jeden Einschnitt in ihrer Seele unterdrücken, die Kerben tief in ihrem Innern verbergen, sich in andere Welten flüchten, in denen sie sein konnte, wie sie wollte, die Rolle tauschen, der Wirklichkeit entkommen. Sie schämte sich für ihr Verhalten, sie hatten sie alle wieder so angestarrt wie eine Verrückte. Wenn sie nun wieder in die Scheune ging, dann müsste sie Stärke zeigen, so tun, als sei nichts vorgefallen, aber obwohl ihr das nichts ausmachte, hielten sie nun doch erst recht alle für eine Irre.

Jemand betrat den Steg, Hazel hörte die Schritte hinter sich, aber sie drehte sich nicht um. Es waren leichte Schritte von Frauenstiefeletten. Sie fürchtete, dass eines der Mädchen zu ihr kam, sie nun noch mehr aufziehen oder ihr vorgaukeln wollte, dass sie es gut mit ihr meinte. Einen Atemzug lang wartete sie, lauschte auf die Schritte, die Person blieb stehen. In ihr war noch so viel Wut, dass sie sich ruckartig umdrehte, mit der Hand der anderen einen festen Schubser versetzte. „Lasst mich in Ruhe!“, keifte sie, wollte fortrennen, als sie aus den Augenwinkeln Rachels überraschten Blick sah, die nun taumelte, mit ausgestreckten Armen nach hintenüber ins Wasser fiel. Hazel stand da, wartete auf den Platscher, wenn ihr Körper ins Wasser eintauchte, aber diesem ging ein dumpfes Geräusch voran, dass sie stutzen ließ. Sogleich hastete sie zum Rand des Steges, kniete sich hin, beugte sich über das Wasser. Es war nicht sehr tief. Rachel hielt sich mit einer Hand am Boot fest, ruderte mit der anderen, wischte sich dann die nassen Haare aus dem Gesicht. Sie wich Hazels Blick aus, nahm auch ihre Hand nicht an, als diese sie ihr hinhielt, sagte nur, sie würde selber zum Ufer waten. Dort stieg sie aus dem Wasser, besah sich ihr Kleid, war sichtlich erschüttert, wie der schöne Stoff nun aussah. „Nun komm schon mit mir nach Hause!“, forderte sie Hazel barsch auf. „William ist schon vorgegangen! Er mag solche Ausbrüche überhaupt nicht!“

„Bitte, es tut mir leid, bitte!“, flehte sie nun, rannte an die Seite ihrer Ziehmutter, wollte diese stützen, doch sie wehrte ab, sodass sie nur neben ihr herging und wartete, bis diese wieder das Wort an sie richtete. „Vielleicht sollten wir einmal mit dir zum Doktor gehen. Es kann an deinen Hormonen liegen, du bist ja kein kleines Kind mehr.

Manche Frauen haben diese Stimmungsschwankungen", stellte Rachel fest, in ihrer Stimme schwang immer noch ein seltsamer Unterton mit, der ausdrückte, wie enttäuscht sie von Hazel war. „Aber mir geht es gut", protestierte sie. „Das ist ja auch nichts, wofür man sich schämen muss. Genauso wie Madame Beckers Besuche." Hazel wusste, was sie meinte, denn sie hatte es ihr vor einiger Zeit erklärt, doch es hörte sich so schrecklich an, alles, was damit verbunden war, dass sie froh war, wenn die Madame noch nicht so schnell kam. Sie war nicht dumm, ihr war aufgefallen, wie sehr sich einige der anderen Mädchen veränderten, sie bekamen Brüste, frauliche Hüften. Sie hatte immer noch die gleiche kantige Figur wie früher, war flach wie ein Brett, knabenhaft nannte es Rachel, versicherte ihr aber immer, dass sie sich auch noch verändern würde. Wenn das Verändern aber bedeutete, sich fortan an Jungen zu binden, ihren dummen Schwärmereien lauschen zu müssen, sich von ihnen umgarnen zu lassen oder gar zu heiraten, so war sie erleichtert über ihre langsame Entwicklung. Als sie das Haus betraten, ließ sich Rachel auf einen Stuhl fallen, sie stöhnte leise, hielt sich dann die Seite. „Und zu allem Übel stößt du mich auch noch ins Wasser. Ich habe mir bestimmt eine Rippe gebrochen, als ich an das Boot gestoßen bin", sagte sie, winkte das Mädchen herbei, um ihr das Kleid hinten zu öffnen. Sie nickte brav, trat vor, half ihr. William kam nach Hause, sichtlich genervt starrte er auf seine nasse Frau, dann auf seine Ziehtochter. Er verdrehte die Augen, winkte ab, bevor die Frauen erklären konnten, sagte er nur, er habe noch einigen Farmern erklären müssen, dass Hazel etwas verrückt war. Dann ging er ins Schlafzimmer. Hazel kam nicht mehr dazu, ihm zu sagen, wie leid es ihr tat, stattdessen besah sie den blauen Fleck an Rachels Oberkörper, biss sich schuldvoll auf die Lippen. Sie wollte ihr noch helfen, doch Rachel sagte ihr, sie solle ins Bett gehen, sie könnten morgen darüber sprechen, für diesen Tag hatte sie genug. Mit hängendem Kopf ging Hazel in ihr Zimmer, zog sich aus, warf ihre Sachen auf den Boden vor dem Bett, kroch unter der Decke und begann hemmungslos zu weinen, bis sie darüber irgendwann einschlief.

William weckte sie am nächsten Morgen, sagte ihr, er müsse den Doktor holen, da es Rachel nicht so gut ging. Hazel fühlte sofort ein ungutes Gefühl in sich aufsteigen, das sich wie ein dicker, klebriger Klumpen in ihrem Magen ausbreitete. Sie stand auf, zog sich an. In dem kleinen Spiegel auf ihrem Tischchen sah sie ihr Gesicht, die immer noch vom Weinen geröteten Augen, ihre Haare, die nun unordentlich von ihrem Kopf abstanden, verfilzt aussahen. Schnell griff sie sich dic Bürste neben dem Spiegel, riss am Haar herum, bis sie die Strähnen durchkämmen konnte. Es ziepte, doch sie biss die Zähne aufeinander, sah mit einer gewissen Genugtuung auf die Haare in der Bürste, entfernte diese jedoch nicht, sondern kletterte stattdessen die Leiter nach unten in die Wohnstube, beschloss zu Rachel ins Schlafzimmer zu gehen. Vorsichtig öffnete sie die Tür. Ihre Ziehmutter schlief. Sie lag mit geschlossenen Augen und halb offenem Mund im Bett, ein Arm hing über die Bettkante, der andere lag neben ihrem Körper. Ihr Gesicht war bleich, sie hatte Schweiß auf der Stirn. In jenem Moment sah die ansonsten so jugendlich wirkende Rachel aus, als sei sie über Nacht um dreißig Jahre gealtert, von einer Frau mittleren Alters zu einer Greisin. Hazels Knie begannen zu zittern, denn noch nie zuvor hatte sie gesehen, dass sich ihre Ziehmutter ins Bett legte, wenn es ihr nicht gut ging. Sie war eine zähe Frau, die zwar ab und an ein Wehwehchen erwähnte, aber dennoch immer ihr Tagwerk verrichtete. Es musste ihr also wirklich sehr schlecht gehen, wenn sie nun vormittags im Bett lag. „Mama …", flüsterte Hazel, trat neben das Bett, berührte Rachels Hand, die wie die einer leblosen Puppe über der Bettkante hing, umfasste sie und legte sie dann auf die Matratze. Sie hörte sie leise atmen, nicht tief, sondern stoßweise, so als strenge es sie sehr an und es machte ihr Angst. Noch vor einigen Jahren durfte sie an den Wochenenden zwischen Rachel und William schlafen, eingekuschelt zwischen den beiden, manchmal in Rachels Arm, versuchte sie zu einzuschlafen, indem sie den Atemzügen der beiden lauschte, versuchte ihren Rhythmus auf den eigenen zu übertragen. Wenn William dann zu schnarchen begann, ab und an nicht gleich wieder Luft holte, drängte sie sich an Rachels Körper, denn sie fürchtete sich vor diesen Geräuschen. Der Gedanke, dass er einmal nicht mehr atmen könne, machte ihr so viel Angst, dass sie es lähmte, und es schien nur zu helfen, dass ihre Ziehmutter direkt neben ihr lag. Sie liebte beide, wusste selbst, wie schwer sie es oftmals mit ihr hatten und mit welcher Geduld sie dennoch all das akzeptierten. Unbeweglich saß sie neben Rachel, bis William und der Doktor kamen. William nahm sie mit in die Wohnstube, fragte sie, ob sie etwas essen wolle, doch sie schüttelte den Kopf, setzte sich an den Tisch, hob den Blick nicht von seiner Oberfläche. „Sie ist gestern Abend auf dieses Boot gefallen", stellte er fest, entfachte das Feuer im Ofen, setzte Wasser auf. „Ja …", gab Hazel zurück, die fürchtete, ihm sogleich alles erklären zu müssen. „Hast du nicht mitbekommen, wie sie gestolpert ist?" Er wandte ihr den Rücken zu und dennoch war es ihr, als starre er sie an. Anscheinend hatte ihre Mutter nicht die ganze Wahrheit erzählt. Oder er wollte es von ihr selbst hören … „Ich … Ich habe mich umgedreht, weil ich Schritte hinter mir auf dem Steg gehört habe, aber ich wusste nicht, dass sie es war, und dann fiel sie …" Er machte ein gedehntes „Hmmm", so als nehme er die Worte zwar in sich auf, schien aber nicht überzeugt davon. „Was ist denn nun mit ihr?", drängte sie zu erfahren. William, dieser stets wortkarge Mann, der selbst in dieser Situation innerlich völlig ruhig bleiben konnte, setzte sich ihr gegenüber an den Tisch, doch sein Blick galt nicht ihr, sondern dem Foto seiner toten Tochter auf der Kommode. „Zuerst war ihr schlecht in der Nacht, dann schwindelig und sie wollte auf das Häuschen. Als sie nicht zurückkam, bin ich hinter ihr her. Sie lag dicht daneben im Gras, meinte, sie habe schlimme Schmerzen. Also habe ich sie wieder ins Haus getragen und dann hat sie das Bewusstsein verloren. Seitdem liegt sie so da …" Das Pfeifen des Kessels ließ Hazel zusammenzucken. William stand wieder auf, zog den Kessel vom Feuer, aber er goss das Wasser nicht in die Teekanne, in die er bereits Tee getan hatte. Stattdessen blieb er seufzend über den Spülstein gelehnt stehen. Es verunsicherte sie, da er schwieg, denn sie spürte, wie sehr es ihn traf, seine Frau in diesem Zustand zu sehen. Sie holte Luft, wollte etwas sagen, doch er ergriff wieder das Wort. „Weißt du, ich kenne sie so nicht. Rachel hat nie gejammert, auch wenn der Kummer um unser kleines Mädchen sie damals beinahe zerbrochen hat. Wir haben versucht, wieder ein Kind zu bekommen, aber es sollte nicht sein. Und dann kamst du und du weißt, dass wir beide dich sehr lieb haben … Doch manchmal bist du so undankbar, Hazel. Ich kann nicht verstehen, warum du dich gestern so aufgeführt hast? Glaubst du allen Ernstes, wir sind da mit der Absicht hingegangen, um dich mit dem Erstbesten zu verkuppeln? Du solltest dich amüsieren, wir wollten uns amüsieren, uns mit dir zeigen! Und Rachel hat dir dieses Kleid genäht …“ Sie senkte schuldbewusst den Kopf, denn sie begann sich für ihre Dummheit zu hassen. Manchmal wusste sie selbst nicht, was da in sie fuhr, wer sie führte, wenn sie sich so benahm. Vielleicht lag es am Erwachsenwerden, vielleicht fürchtete sie sich zu sehr vor den Veränderungen. William drehte sich zu ihr um, hörte sie schniefen. Er sah sie an, ließ den Blick über sie gleiten. Ihre Haare verdeckten ihr Gesicht, aber er wusste, wie ihre braunen Augen funkeln konnten, wie die Sommersprossen auf ihrer Nase tanzten, wenn man ihr eine Freude machte, und sei es auch nur eine kleine. Vor seinem geistigen Auge sah er wieder das kleine Mädchen neben sich im Stall stehen, die so geduldig darauf wartete, bis er das Holzpferdchen für sie fertiggeschnitzt hatte. Wie sie ihn umarmt hatte, draußen herumgehüpft war vor Freude – innerlich hatte er gewusst, dass es gut für sie alle war, zueinandergefunden zu haben. Dann wurde sein Herz schwer, wenn er daran dachte, wie schnell sie erwachsen würde … Nun kam ihm erstmals der Gedanke, dass sie diese Bindung vielleicht nie lösen wollte. Sie hatte sich früher nach jeglicher noch so kleinen körperlichen Geste gesehnt, jede Umarmung, jedes Streicheln sichtlich genossen. Es lag sicher an ihrer Vorgeschichte. Der Doktor betrat das Zimmer, sah auf Hazel. William und er tauschten einen kurzen Blick. Dann nickte ihm William auffordernd zu. Hazel hob den Kopf, strich sich die Haare hinter die Ohren, senkte ihre Augen wieder auf die Tischplatte. In ihrem Kopf rauschte das Blut, ließ sie nur Wortfetzen heraushören, als der Doktor sprach. Er sagte etwas von einer inneren Verletzung, verursacht wahrscheinlich durch den Sturz, einer Operation, die er aber nicht vornehmen könne, dass man Rachel in ihrem Zustand aber auch nicht nach Melbourne ins Hospital bringen konnte. Sie hatte Morphium bekommen. William fragte, wann sie wieder aufwachte, aber der Doktor blieb ihm die Antwort schuldig. Hazel hielt es nicht aus, sie erhob sich vom Stuhl, fühlte, wie ihr die Kälte in die Glieder kroch, es Schauer über ihren Rücken jagte, die sie taumeln ließen. Doch sie schaffte es irgendwie bis zur Leiter zu gelangen, stieg hinauf in ihre Kammer. Sie hob das Kleid vom Boden auf, fühlte den feinen Stoff zwischen ihren Fingern, drückte es an sich.

Rachel wachte nicht mehr auf. William und Hazel saßen abwechselnd an ihrem Bett, hofften, sie könne sie hören, ihre Anwesenheit fühlen. Da es ihr immer schlechter ging, wuchs in Hazel die Schuld, mit jedem Tag wurde die Bürde größer, die sie zu tragen hatte. Denn sie konnte nicht leugnen, dass sie Rachel erschreckt hatte, diese deshalb gefallen war. Aber am Schlimmsten wog die Tatsache, dass sie ihr beide zuletzt böse gewesen waren. Auch wenn Williams Wut über ihren Ausbruch augenscheinlich mittlerweile verflogen war, so würde sie nie erfahren, ob ihre Ziehmutter ihr auch vergeben hatte. Es schmerzte Hazel so sehr, dass sie an jenem Abend, da Rachel ihren letzten Atemzug tat, mit der Schere in der Hand nach draußen ging, im untergehenden Schein der Sonne ihre Haarpracht so weit kürzte, bis nur noch ein stoppeliger Flaum auf ihrem Kopf zurückblieb. William fand ihre Haare, zeigte sich entsetzt über ihr neues Aussehen, nahm eine Strähne, legte sie in die Hand seiner toten Frau und fand sich nicht mehr in der Lage, viele Worte zu verlieren. Er verrichtete kurz nach Rachels Beerdigung wieder die Arbeiten auf dem Hof, half bei Freunden und Nachbarn, überließ Hazel die Hausarbeit. Einige Wochen lebten sie so nebeneinander her, bis Hazel, die sein Schweigen als stumme Anklage empfand, es nicht mehr aushielt, sich jeden Tag mit ihrer Schuld konfrontiert zu sehen. Mit der Kleidung, die sie am Leib trug, lief sie fort, getrieben zuerst von der Hoffnung, sie könne irgendwo in der Wildnis verhungern, von wilden Tieren zerrissen werden – nur um einer gerechten Strafe nicht zu entgehen. Doch je weiter sie kam, umso mehr wurde ihr klar, dass sie einen Fehler begangen hatte, dennoch kehrte sie nicht um …

„Another time, when the Lord Jesus
was coming home in the evening with Joseph,

he met a boy, who ran so hard against him,
that he threw him down;
To whom the Lord Jesus said, As thou hast
thrown me down, so shalt thou fall, nor ever rise.
And that moment the boy fell down and died …"

Lost Books of the Bible, Infancy, 22-24

Ein bleicher Halbmond starrte Hazel vom Himmel herab an. Sie sah hinauf, fast wehleidig, denn Heimweh und Abenteuerlust rangen mittlerweile miteinander in ihr – sie war müde. Hier in der Stadt würde sie niemand finden und William hatte sicher nicht mehr die Kraft sie zu suchen. Vielleicht hatte sie sich selbst nur beweisen wollen, dass sie kein kleines dummes Mädchen mehr war, sondern eine junge Frau. Aber ihre Schuld wog schwer. Ihr Magen knurrte, der Hunger brannte sich in ihre Eingeweide. Es machte sie fast taumelig. Sie stieß hier und da gegen die Menschen, atmete die verschiedenen Gerüche ein, hörte die Musik aus den Bars und landete schließlich in einer Gasse, an deren Ende ein hoher Bretterzaun war. „Verdammt!", zischte sie, stützte sich mit den Händen auf den Knien ab, rang nach Luft. Jemand legte ihr die Hand auf die Schulter und Hazel drehte sich ruckartig um. Es war eine ältere Frau in einem eleganten Kleid, mit einem großen Hut, eine Federboa rekelte sich um ihren Hals. Hinter ihr stand ein Mann in einem Anzug mit Zylinder. „Was machst du hier? Solltest du nicht längst im Bett sein?", fragte die Frau freundlich. „Stella, bitte! Lass uns nach Hause gehen!", meinte der Mann genervt. „Ich ... habe mich verlaufen!", stammelte Hazel. „Die Stadt ist so groß ...!"

„Also nur zu Besuch", lächelte die Frau, nahm ihre Hand. „Wo wohnst du denn?"

„Ich bin gerade erst hierher gezogen. Aber ..."

„Man sollte dir die Ohren lang ziehen, weil du weggelaufen bist!", sagte der Mann. „Herman!", ermahnte ihn die Frau, doch bevor sie reagieren konnte, wand sich das Mädchen aus ihrem Griff und rannte weg. Hazel hörte den Mann schimpfen, aber sie kamen nicht hinter ihr her. Als sie sie weit hinter sich glaubte, verlangsamte sie ihren

Schritt. Sie schwebte wie auf Wolken, weidete sich an den Geräuschen, obwohl sie wusste, dass sie noch zu jung war, um alleine herumzulaufen wie ein Streuner, nicht einmal zu wissen, wo sie die Nacht verbringen konnte. Doch ihr Blick glitt gefesselt von den neuen Eindrücken abwechselnd nach rechts und links, sodass sie den Mann vor sich nicht sah, in dessen Arme sie direkt hineinlief. Es war Henry. Er streckte instinktiv die Arme aus, fing das Mädchen mit den Händen ab, legte sie auf ihre Schultern. Hazel erschrak, hob ihren Kopf, starrte ihn verwirrt an. Sie schätzte ihn auf einen guten Meter neunzig, schlank, aber dennoch mit Kraft. Er war so viel größer als sie, dass sie sich schlagartig wie ein kleines Mädchen fühlte, ihr gerade erwachendes Selbstbewusstsein wich einer unangenehmen Unsicherheit. Seine blauen Augen fixierten sie, dann verzog er das Gesicht zu einem schiefen Grinsen. „Entschuldigung, Sir!“, sagte Hazel und senkte den Kopf. Er wiederholte das Wort „Sir“, ließ es scheinbar genussvoll über seine Lippen gleiten. Für eine Weile standen sie so da, inmitten der vorbeigehenden Menschen, bis Henry seine Hände von ihren Schultern nahm und zu einem Polizisten hinübersah, der auf sie beide zukam. Er verschränkte die Arme auf dem Rücken, trat an sie beide heran, blieb stehen und wünschte ihnen einen „Guten Abend“, wandte sich dann an Henry. „Verzeihen Sie, aber ist das ihre Tochter?“ Hazel hielt die Luft an, doch Henry legte den Arm um sie, zog sie zu sich heran, wobei er mit dem Arm ihren Körper sanft, aber mit Nachdruck gegen seinen Oberkörper presste, sodass sie sich nicht befreien konnte. „Ja, das ist meine Kleine!“, meinte Henry völlig selbstverständlich, ohne auch nur einen Moment zu zögern. „Seit ihre Mum uns verlassen hat, reißt sie mir ab und an mal aus.“

„Es geht mich ja auch nichts an, aber sie hat um diese Zeit wirklich nichts mehr hier draußen verloren“, meinte der Polizist, trat dichter an sie heran, schenkte ihr einen auffordernden Blick. „Wie ist denn dein Name?“ Hazel zögerte und bevor sie sich etwas überlegen konnte, sprach Henry für sie. „Lucy! Sie soll nicht mit jedem reden, daher ist sie vielleicht etwas schüchtern.“ Er wartete einige Sekunden, bevor er fortfuhr: „Vielleicht sollte ich sie ins Waisenhaus bringen. Dort werden ihr diese Flausen ausgetrieben.“

„Ja, wenn sie mit ihr alleine nicht zurechtkommen.“ Der Polizist klang nun völlig verständnisvoll, nicht mehr so argwöhnisch. „Es ist nicht weit von hier und die Schwestern dort können sehr gut mit jungen Damen umgehen.“ Er zeigte Henry den Weg mit dem Finger, tippte sich an die Mütze und entfernte sich dann langsam. „Könnten Sie mich bitte loslassen?“, fragte Hazel vorsichtig. „Er beobachtet uns noch.“ In Hazel war eine feine Spur Furcht vor Henry, denn es schien ewig zu dauern, bis er sie losließ. „Danke. Hoffentlich kommt er nicht zurück“, sagte sie, mehr um überhaupt etwas zu sagen und das unbehagliche Schweigen zwischen ihnen zu durchbrechen. Henry ging nicht weiter darauf ein. „Geh wieder nach Hause, Mädchen!“, meinte er nur, doch es ärgerte sie, dass er sie ein Mädchen nannte. Der Unmut darüber stand ihr ins Gesicht geschrieben. „Ich bin fast sechzehn!“

„Kann sein. Aber wenn du hier weiter stehen bleibst, bist du gleich Freiwild für jeden besoffenen, geilen Farmer, der hier vorbeikommt!“ Erst jetzt verstand sie. Der Polizist hatte sie für eines dieser leichten Mädchen gehalten, nun erfüllte es sie mit Angst, denn sie war zu dumm gewesen, das zu realisieren. Sie schluckte, senkte verschämt den Kopf und wollte sich am liebsten irgendwo verkriechen. Aus einer Bar trat ein Mann heraus, winkte Henry zu. „He, wo bleibst du denn?“, fragte er. Ohne sie eines weiteren Blickes zu würdigen, ließ er sie stehen und ging zu dem anderen hinüber. Hazel wartete ab, dann ging sie in gebührendem Abstand hinter ihm her. Sie nannte ihm ihren Namen, da sie nun auch seinen kannte. Er drehte sich kurz um, nickte. „Schöner Name!“ Hazel ließ sich nicht beirren und folgte Henry in die Bar, bis zu einem Tisch, an dem einige Männer beim Kartenspiel saßen. Es war laut, neblig vom Rauch der Zigaretten und aus den Augenwinkeln sah sie die anzüglich gekleideten Frauen bei der Treppe stehen oder mit den Männern flirten – Animierdamen. Henry setzte sich auf einen Stuhl, etwas abseits der anderen, die sich nun wieder den Karten zuwandten. „Wer ist das?“, meinte ein blonder Mann zu Henry, dann warf er Hazel einen Blick zu. Sie war verunsichert. „Habe ich dir nicht gesagt, du sollst nach Hause gehen?“, fragte Henry, während er sich eine Zigarette drehte. In seiner Stimme schwang ob seiner Worte eine gewisse Gleichgültigkeit mit. „Ich ...“, Hazel zögerte, nahm dann all ihren Mut zusammen. „Ich habe kein Zuhause mehr.“ Die Männer hielten im Kartenspiel inne, starrten sie an wie eine Aussätzige. Der Blonde fing sich als Erster wieder. „Na, dann warten sie sicher im Waisenhaus auf dich.“ Sie schwieg, zuckte mit den Schultern. „Also, ich habe gerade eine Glückssträhne, und wenn du mir etwas Gesellschaft leistest, kriegste auch was dafür!“, meinte dann einer der Männer am Tisch. Er sprach in demselben Ton wie die Menschen in ihrem Dorf. Farmer waren anständige Menschen, bodenständig und gottgläubig. Henry blickte sie an, fast verlor sie sich in den hellen blauen Augen. Zuerst ging sie davon aus, dass er aufstehen würde, damit sie auf dem Stuhl Platz nehmen konnte, aber er zündete sich nur die Zigarette an, deutete mit einer fast unscheinbaren Handbewegung neben sich. Langsam ging Hazel zu ihm hinüber, lehnte sich an sein Bein. Er klemmte sich die Zigarette zwischen die Lippen, umfasste mit der freien Hand behutsam ihren Oberkörper, hob sie auf seinen Schoß wie ein kleines Kind. Die anderen lachten. Dann deutete er in die Runde. „Das sind Tom, Maynard und Hagen“, stellte er die anderen vor, dann zeigte er auf eine Frau, die die Treppe hinunterkam, lächelte und sich hinter Maynard stellte. „Das ist Jill, Maynards Glücksbringer, und du bist jetzt meiner und Hagens!“

„Ja, und dann gehe ich mal wieder leer aus“, witzelte Tom, der sie eigentlich an den Tisch gebeten hatte. Henry drückte ihr einen Schein in die Hand, den sie umklammert hielt, ohne einen Blick darauf zu werfen. Dann legte er eine Hand locker auf ihr Bein. Es schien ihm nicht zu missfallen, dass Hazel sich an ihn lehnte, seine Nähe suchte. Eine lauwarme Welle umspülte ihren Körper. Ihr kleines Herz klopfte so heftig in ihrer Brust, sie fürchtete, er könne es bemerken. Sie saß still da, als die Männer Karten spielten. Hazel kannte die Regeln nicht und sie spielten um Geld. Ihr war von Kindesbeinen an eingebläut worden, dass Gott Glücksspiel nicht guthieß. Doch sie fühlte sich seltsam frei, frei von allen Zwängen, die die Erwachsenen ihr aufbürden wollten. Hagen fragte sie nach ihrem Namen, und als sie ihn nannte, pfiffen Tom und Maynard anerkennend durch die Zähne. Sie tranken Bier und Tom ließ sie ab und zu an seinem nippen, aber es schmeckte bitter und so lehnte sie bald dankend ab. Nach einer Weile begann Henrys Hand unablässig über ihren Rücken zu wandern, er spielte mit den Fingern mit ihren Locken. Wie ein braves kleines Mädchen schenkte sie ihm ihr schönstes Lächeln, drückte sich an ihn. Sie flüsterte ihm zu, dass sie Hunger habe, und er ließ ihr etwas kommen. Henry trank kein Bier. Vor ihm standen eine Flasche Whiskey und ein Glas. Hazel bemerkte, dass sich die Flasche schnell leerte, er aber dennoch sehr nüchtern wirkte, während Tom nach einigen Bieren nur noch am Verlieren war. Er konnte sich offensichtlich nicht mehr auf das Spiel konzentrieren. Es war Maynards Nacht, denn er gewann einige Male. „Gib mir einen Kuss!", grinste Tom scherzhaft und sie beugte sich vor und verpasste ihm einen dicken Schmatzer auf die Wange, was er mit den Worten quittierte: „Pech im Spiel, Glück in der Liebe!" Damit erhob er sich und verabschiedete sich. „Tja, das war es dann wohl", meinte Maynard, steckte das Geld in seine Taschen und verließ die Runde mit Jill an seiner Seite. Sie stiegen die Treppe hinauf. Hazel versuchte ein Gähnen zu unterdrücken. „Das Mädchen gehört ins Bett", sagte Hagen, holte ein Bündel Geld hervor und zählte es leise. „Lief nicht so heute", bemerkte Henry trocken und Hagen nickte zustimmend. Hazels Augen wurden schwer, sie stand auf, doch die verrauchte Luft tat ihr Übriges. Henry hielt ihre Hand fest, sah sie an. „Jetzt rede schon. Bist du aus dem Waisenhaus abgehauen? Oder deinen Eltern weggelaufen?"

„Ich ... Ich komme aus dem Waisenhaus. Man hat mich dort hingebracht, weil meine Eltern ...", sie wartete einige Sekunden, tat so, als wisse sie nicht genau, wie sie es formulieren sollte. „Meine Zieheltern sind tot. Und da niemand sich um mich kümmern kann, wurde ich ins Waisenhaus gebracht. Aber ich will nicht zu einer neuen Familie ... Und die Nonnen sind sehr streng im Waisenhaus ..." Hagen, der sich mit etwas konfrontiert sah, dass nur Ballast für ihn war, unnötiger Ballast, schüttelte den Kopf. „Dann bringen wir dich jetzt zurück ins Waisenhaus!"

„Und was willst du denen da erzählen, wo sie so lange war?", fragte Henry. „Mit zwei erwachsenen Männern?"

„Dann ist sie uns eben gerade erst über den Weg gelaufen." Hazel resignierte. Einmal mehr fühlte sie sich verlassen, fehl am Platz. Henry sah sie an, rieb sich nachdenklich das Kinn. Er konnte sich nur schwer dazu überwinden, jedem ihrer Worte Glauben zu schenken.

Da war etwas an ihr, das ihn faszinierte, denn sie war zweifellos ein hübsches Mädchen, aber eben ein Mädchen. Und als ihre Blicke sich trafen, meinte er in Hagens Augen die gleichen Gedanken zu lesen. Dann hob sie unvermittelt den Kopf nur ein Stück weit an, ließ ihren Blick von einem der Männer zum anderen wandern, sah sie von unten herauf an mit einem flehenden Ausdruck und einem Augenaufschlag, der Henry dazu veranlasste sich abzuwenden. „Entscheide du", reichte er die Bürde an Hagen weiter, der seufzte, dann nickte. „Gut, aber morgen bringen wir dich zurück", meinte er, grinste schief, verpasste Henry einen sanften Knuff an die Schulter. „Bis dahin sagst du, sie sei deine Tochter."

„Erzähl mir was anderes!", gab dieser gespielt genervt zurück, machte auf dem Absatz kehrt und ging vor auf ihr Zimmer. Hazel, die die Ironie seiner Worte nicht zu deuten verstand, ließ den Kopf sinken, rieb ihre Handflächen aneinander. Hagens ausgestreckte Hand erschien vor ihrem Gesicht, sie zögerte, bis er eine auffordernde Bewegung machte, legte dann ihre in seine und ließ sich von ihm auf das Zimmer führen. Sie löste die Hand aus seiner, als sie den Raum betraten, blieb unsicher neben der Tür stehen. In diesem Moment kam sie sich so dumm und naiv vor, dass sie am liebsten weggelaufen wäre. Ihre Zieheltern hatten sie mit einer gewissen Prüderie erzogen, denn sie hatte selbst ihren Ziehvater nie in Unterwäsche gesehen, geschweige denn unbekleidet. Rachel hatte sie bruchstückhaft aufgeklärt, aber es hatte damit geendet, dass sie ihr sagte, wenn sie einmal verheiratet sei und zum ersten Mal das Bett mit ihrem Mann teilte, würde ihr dieser schon zeigen, wie man sich näher kam. Hazel fühlte ihre Handflächen feucht werden, dennoch hatte sie keine Angst im eigentlichen Sinn. Beide Männer wirkten auf sie nicht wie Vergewaltiger, auch wenn sie mit dem Begriff nicht wirklich etwas anfangen konnte. Rachel hatte ihr einmal von einem Mädchen erzählt, dass ein Mann vergewaltigt hatte, aber da sie nicht wusste, wie ein Mann und eine Frau überhaupt zusammen kamen, konnte sie sich darunter nur etwas Schlimmes vorstellen, aber nichts wirklich Greifbares.

Es war ihr peinlich, wenn sie daran dachte, wie sie das erste Mal Besuch von Madame Becker bekommen hatte. Sie hatte starke

Bauchschmerzen gehabt, schon einige Wochen und ihre Ziehmutter glaubte, es sei eine Blinddarmentzündung. Es machte ihr Angst, wenn sie von einer Operation erzählte, denn nur wenige Menschen überlebten diese. Ein Junge im Dorf war aus der Narkose nicht erwacht. Es ängstigte Hazel, doch dann irgendwann in einer Nacht waren die Schmerzen schlimmer geworden, ihr wurde schlecht und sie musste aufstehen, wollte im Zimmer umherwandern, als sie es fühlte. Mit Schrecken sah sie die Flecken auf ihrem Nachthemd, war zu Rachel und William gestürmt, weckte sie in panischer Angst auf, denn sie glaubte, dass sie verbluten müsse. Sie schämte sich noch heute für ihr Unwissen. Sicher hätte ihre Ziehmutter es ihr sagen sollen, sie darauf vorbereiten, doch dafür war diese zu prüde.

Nun stand sie da, starrte die beiden Männer an wie zwei Aussätzige, als diese ihre Kleidung auszogen, sich in ihrer Unterwäsche ins Bett legten, der eine rechts, der andere links, und ihr einen Platz in der Mitte ließen. „Also, offengestanden ist keiner von uns gewillt, nicht im Bett zu schlafen, und da du dich so gesehen selbst eingeladen hast, musst du in der Mitte schlafen“, sagte Hagen, klopfte mit der Hand auf den freien Platz für sie. „Keine Angst.“ Henry drehte sich auf die Seite, murmelte, dass es ihm nicht im Traum einfiele, sie anzufassen, doch Hazel fühlte keinen Mut mehr in sich, nur blanke Unsicherheit. Sie machte einen Schritt vorwärts, einen zweiten, ging zum Bett, setzte sich auf das Ende, zog ihre Schuhe aus. Dann rutschte sie auf das Bett, legte sich steif auf den Rücken, die Hände gefaltet auf dem Bauch, behielt ihr Kleid an. Sie sah Hagen aus den Augenwinkeln lächeln, dann drehte auch er sich auf die Seite. Er hielt sie sicher für verrückt, für ein kleines Mädchen, das mal die Frau spielen wollte. Innerlich betete sie, dass die Nacht schnell vorbei sein möge, doch sie wollte auch nicht fortlaufen wie ein feiges Huhn. Irgendwann fielen ihr die Augen zu.

Am nächsten Morgen fand sie sich eingekeilt von beiden Männern wieder. Henrys Gesicht war nahe bei ihrem und Hagens Hand lag auf ihren Fingern. Ihr Blick wanderte zur Decke des Raumes, sie sah die ersten Sonnenstrahlen bizarre Muster daran tanzen lassen, durch die geschlossenen Vorhänge am Fenster fiel nur wenig Licht. Sie vermutete, dass es etwa acht Uhr morgens sein musste. Beide Männer schienen tief und fest zu schlafen, denn sie räusperte sich zweimal kurz hintereinander, deutete ein Strecken ihres Körpers an, aber sie reagierten nicht darauf. Wenn ihre Ziehmutter sie so sehen könnte. Fast musste sie grinsen, als sie daran dachte, was Rachel wohl sagen würde. Aber dann wurde sie auch sofort wieder traurig, versuchte die aufsteigende Trauer zu unterdrücken, drehte den Kopf zur Seite, betrachtete Hagens Gesicht. Er wirkte noch jung, jünger als Henry, der aus ihrer Sicht in Williams Alter sein musste. Sie betrachtete Hagens blondes Haar, den feinen Flaum auf seiner Oberlippe, dem Kinn. Sachte hob sie einen Finger, berührte den Bart mit der Spitze, dann ließ sie den Finger über seine Wange gleiten. Seine Haut war weich, zumindest dort, wo kein Bart wuchs. Seine Augen bewegten sich hinter den Lidern, sie fragte sich, was er wohl träumte. Sie berührte seine Hand, die immer noch auf ihrem Bauch lag, ließ ihre Finger in seine gleiten, umschloss die Hand mit ihren beiden Händen, malte sich aus, wie es sich wohl anfühlen musste, wenn ein Mann sie berührte und zog ihre beiden Hände fast unmerklich zu ihren Brüsten hinauf, doch war enttäuscht, denn sie fühlte nichts. Etwas betrübt stellte sie fest, dass sie wohl doch immer noch mehr ein kleines Mädchen war, wollte seine Hand loslassen, sich auf die Seite drehen, als sie bemerkte, dass Henrys Augen ein Stück weit geöffnet waren. Sie fühlte sich ertappt, obwohl sie eigentlich nichts getan hatte, doch sie wurde rot, starrte wieder an die Decke. Sie fühlte seine Hand auf ihrem Kopf, als er darüber strich in der Art und Weise wie man kleine, unleidliche Kinder besänftigt und sie quittierte es, indem sie das Gesicht verzog. Ein kleiner Schauder durchfuhr sie, als er näher an sie heranrückte, seine Lippen dicht an ihrem Ohr waren. „Du solltest ihn schon dafür wecken“, flüsterte er, man konnte deutlich heraushören, dass es ihn belustigte. Vielleicht gefiel es ihm auch, wie sehr sie sich schämte, und ihr kindliches Aussehen stachelte ihn nur noch mehr an, sich über sie lustig zu machen. Doch als Henry bemerkte, dass sie diese Art von Humor nicht verstand, ihm nicht gewachsen war, kein Paroli bieten konnte, bereute er seine Worte nicht, denn er meinte zu wissen, was sie dachte und fühlte in diesem Moment, aber er wollte sie wieder versöhnlich stimmen. So überwand er sich etwas zu sagen, das ihm an sich zu kitschig vorkam. „Ich kann mir beim besten Willen nicht vorstellen, dass irgendjemand so ein hübsches Mädchen wie dich sich selbst überlässt." Seine Worte verfehlten ihre Wirkung bei ihr nicht. Ihr Gesicht entspannte sich, sie ließ Hagens Hand los, schob sie an seinen Körper, drehte sich auf die Seite, sodass sie Henry ins Gesicht sehen konnte. Für Sekunden sah sie in seine blauen Augen, fand ihre Farbe gliche fast dem tiefen Blau von Tinte oder mehr einem See, dem Meer, auch wenn sie dort noch nie gewesen war. Sie sagte ihm leise, dass sein Bart ihr nicht gefiele und seine Haare seien zu lang. Aber sie versuchte es freundlich klingen zu lassen, nicht allzu kritisierend. „Findest du wirklich?", ging er auf ihre Worte ein, kratzte sich den Bart übertrieben. „Ja, vielleicht sollte ich ihn abrasieren."

„Ich kann das. Bei meinem Ziehvater habe ich das auch immer gemacht", sagte sie vorschnell. Er winkte sogleich ab. „Das mache ich lieber selbst. Es ist ein komisches Gefühl, wenn es andere machen. Immerhin ist so eine Klinge doch recht scharf."

„Ich käme nie auf den Gedanken dir wehzutun." Sie sagte es, biss sich sogleich auf die Lippen, denn sie hatte ihn unwillkürlich geduzt und ihre Worte waren zu vertraut gewesen. Dabei kannten sie sich erst ein paar Stunden, aber er überhörte es, verzog das Gesicht zu einem breiten Grinsen. „Ich gehe nicht davon aus, dass du mich absichtlich verletzen willst, aber ein Zögern oder Zittern beim Rasieren würde mir schon reichen." Dieses Mal verstand sie seinen Witz, kicherte hinter vorgehaltener Hand darüber. Hagen rekelte sich hinter ihr, nörgelte über die frühe Uhrzeit, wollte sich wieder umdrehen, um weiterzuschlafen, als er Hazels Körper berührte, sich schnell im Bett aufsetzte, denn er hatte ganz vergessen, dass das Mädchen mit ihnen dort lag. Sie drehte sich zu ihm um, lächelte. Ihre braunen Augen hatten etwas an sich, das ihn durchfuhr, einen kleinen nicht unangenehmen Schauder über seinen Rücken krabbeln ließ und es kam ihm seltsam vor, da sie doch noch ein halbes Kind war. Aber sie wirkte nicht wie diese kleinen lebensunerfahrenen Mädchen, nein, er glaubte in ihren Augen zu lesen, dass sie schon schlimme Dinge hatten sehen müssen. Vielleicht lag es aber auch einfach an der Geschichte, die sie ihnen auftischte. Hagen war sich nicht wirklich sicher, ob sie die Wahrheit erzählte. Henry stand auf, zog sich seine Hose an, goss etwas Wasser aus einer Kanne in die Waschschüssel, die auf einem Tisch beim Fenster stand, zog die Vorhänge zurück, sodass sich das Morgenlicht ungehindert seinen Weg ins Zimmer bahnen konnte. Es ließ Hazels rotbraune Locken aufleuchten, für Sekunden konnte Hagen seinen Blick nicht davon abwenden, betrachtete fasziniert das Farbenspiel und fühlte sich zurückversetzt in eine Zeit, in der er so morgens mit Mercy im Bett gelegen hatte. Seine Hand wanderte von alleine zu ihrem Kopf, berührte die Locken, so als seien sie etwas Magisches, eine Rarität. Doch sie war noch zu jung und unberührt, denn sie konnte diese Geste nicht deuten, schenkte ihm einen verwirrten Blick. „Es ist furchtbar, sie zu bändigen“, meinte sie, streckte sich dann und entwand sich so seiner Berührung. Sie bemerkte nicht, dass Henry, der gerade dabei war, das Rasiermesser am Lederriemen zu schärfen, Hagen mit dem Messer mit einer kleinen Geste zu verstehen gab, dass er sich im Zaum halten sollte. Und dieser, sichtlich erschrocken darüber, dass sein Freund es bemerkte, schüttelte kurz den Kopf, setzte sich auf die Bettkante, schien kurz nachzudenken, dann zog er sich an. „Steh auf!“, sagte er etwas zu schroff zu ihr, doch sie tat es gleich einem folgsamen Kind, schlüpfte in ihre Schuhe, strich ihr Kleid glatt, stand abwartend da, sah von einem zum anderen. „Du kannst noch mit uns frühstücken, dann bringen wir dich zum Waisenhaus zurück“, meinte Henry in fast väterlichem Ton und begann sich den Bart abzurasieren. Es schien sie sichtlich zu freuen, dass er ihren Ratschlag beherzigte und sie wollte ihm helfen, die Haare zu schneiden. Er bremste ihre Euphorie, sagte, sie solle nicht so zappelig sein, da sie die Handflächen in übertriebener Weise aneinandergeschlagen hatte. Sogleich hielt sie inne, blieb artig neben dem Tisch stehen. Hagen verließ das Zimmer, wollte unten auf sie warten. „Habe ich ihn verärgert?“, fragte sie an Henry gewandt, ließ einen Finger über die Tischplatte gleiten, vor und wieder zurück, versuchte mit der Spitze der Maserung des Holzes zu folgen. Henry unterdrückte ein Schmunzeln, denn sie hatte wirklich keinen blassen Schimmer. Seine Zunge wollte sie aufklären, doch er wusste nicht, ob es gut war, sie darauf hinzuweisen, so winkte er ab. „Nein“, antwortete er. „Es ist einfach noch zu früh am Morgen für ihn.“ Sie bemerkte, dass er sich nicht richtig im Spiegel sehen konnte, denn es war nur ein kleiner, den er gegen die Waschschüssel gelehnt hatte, und so nahm sie ihn auf, hielt ihn für ihn hoch.

„Was macht ihr hier in der Stadt?“, wollte sie wissen. „Das hast du gestern Abend doch gesehen.“

„Aber ihr geht doch auch arbeiten?“

„Bis jetzt haben wir noch nichts gefunden.“

„Dann zieht ihr durch das Land?“

„Wenn man es so sagen will, ja.“

„Und von wo kommt ihr?“

„England.“

„Das ist ziemlich weit weg“, bemerkte sie, wurde nachdenklich. „Dann habt ihr das Meer gesehen … Ich würde gerne mal ans Meer.“

„Das ist auch nur Wasser.“ Sie nickte, doch war mit ihren Gedanken nicht bei der Sache, ließ den Spiegel sinken, stellte ihn wieder auf den Tisch an die Waschschüssel, ging zum Fenster, sah hinaus. „Ich wünschte, ich könnte so frei sein wie ihr. Wenn ich keine Lust mehr habe, an einem Ort zu sein, gehe ich einfach woanders hin.“ Henry schüttelte den Kopf, er war fertig, wusch sich das Gesicht, betrachtete sich kurz im Spiegel und fand nicht wirklich, dass es ihn jünger machte. „Na komm, wir gehen zu Hagen“, meinte er, griff ihre Hand, zog sie vom Fenster fort, und um sie aufzuheitern, fügte er hinzu: „Du weißt nicht, was das Leben noch für dich bereithält. Für dich ist doch noch alles offen.“ Sie nickte, aber er sah, dass die Worte nicht wirklich so auf sie wirkten, wie sie sollten.

Als sie am Tisch beieinander saßen, sie ihr im Restaurant bestellten, was sie wollte, sich redlich abmühten sie aufzuheitern, entging beiden nicht, dass sie immer stiller wurde, je näher der Zeitpunkt rückte, da sie sie zum Waisenhaus zurückbringen wollten. So entschieden sich beide dazu, sie noch eine Weile bei sich zu behalten, doch es heiterte sie nur zeitweilig auf. Henry ertappte sich sogar dabei, wie er daran dachte, dass er im Waisenhaus fragen könne, ob er sie adoptieren konnte, aber er teilte es Hagen nicht mit, denn sie konnten ihr kein Zuhause bieten. Er hatte nichts vorzuweisen, was jemanden davon überzeugte, ihm ein junges Mädchen anzuvertrauen. Alleine die Vorstellung, vor einer der Schwestern zu stehen, darum zu bitten, war schon lächerlich. Andererseits schien sie aber auch niemand wirklich zu suchen oder man war dort einfach froh, wenn eine Person weniger am Tisch saß beim Essen. Den Nachmittag über hielten sie sich im Zimmer auf, spielten gemeinsam Karten, redeten über Belanglosigkeiten. Gegen Abend entschieden beide Männer, dass es nun an der Zeit sei, sie zurückzubringen. Wie ein Lamm, das man zur Schlachtbank führt, folgte sie beiden mit hängenden Schultern und gesenktem Kopf. Da sie schwieg, ihm nicht antwortete, fragte Hagen einen Polizisten nach dem Waisenhaus und dieser erklärte ihnen den Weg. Kurz vor dem Haus blieb sie stehen, meinte tapfer, dass sie alleine hineingehen wollte. Es sei besser, wenn es so aussah, als käme sie reumütig wieder zurück, als in Gesellschaft beider Männer. Ihre Vorstellung war perfekt und es wunderte sie selbst, wie gekonnt sie log, ohne rot zu werden, ohne ein Zögern, ja, sie konnte sogar beiden in die Augen sehen, trat erst an Henry heran, hob die Arme ein Stück weit an. Er verstand, beugte sich hinunter, legte seine Arme um sie, flüsterte ihr zu, sie solle tapfer sein. Sie versprach es ihm, legte dann ihre Arme um Hagen, der diese Geste zögerlich erwiderte. „Sie tut mir leid. Verdammt, sie tut mir wirklich leid“, gestand er, als sie auf das Haus zuging, ihnen noch einmal zuwinkte. „Mir auch“, meinte Henry. „Aber sie ist noch ein halbes Kind. Sie wird sich schon durchbeißen.“Damit legte er seinem Freund eine Hand auf die Schulter, schob ihn mit sanftem Druck voran und sie wandten sich ab, gingen zurück zum Hotel.

Hazel wartete, bis sie ein Stück weit weg waren, rannte dann los, an dem Haus vorbei, hinter ein anderes, an einem Stall mit einigen Pferden vorbei, versteckte sich in einem kleinen Verschlag dahinter. Sie setzte sich auf den Boden, zog die Knie an und dachte nach. Dann kam ihr die Idee, sich eine der Gerten aus dem Stall zu holen. In der Ecke des Verschlags blieb sie stehen, hob ihr Kleid so weit an, dass ihre Beine fast nackt waren, presste sich den Stoff zwischen die Zähne, um ihn hoch zu halten, ließ die Gerte in ihrer Hand einmal auf den Boden knallen. Sie schloss die Augen, holte aus, hieb sich mit der Gerte auf die Beine, zählte im Kopf jeden Schlag mit.

Vorgenommen hatte sie sich zwanzig, sie schaffte zehn, indem sie abwechselnd auf die Vorder- und Rückseite ihrer Unterschenkel hieb.

Die Striemen brannten wie Feuer. Hazel entließ den Stoff aus ihrem Mund, stöhnte auf vor Schmerzen, als sie einen Schritt machen wollte, riss sich zusammen, ließ die Gerte noch ein letztes Mal wippen, schlug sich dann damit, so fest sie konnte, auf eine ausgestreckte Hand. Sie feuerte das Ding in die andere Ecke, presste die Augen so fest aufeinander, bis die Lider schmerzten, erinnerte sich an Rachel, William, rieb sich die Augen, fühlte die Tränen heiß und brennend. Sie wischte sie nicht fort, als sie an ihren Wangen herabrannen, dann verließ sie den Verschlag. Es wurde langsam dunkel, und bevor sie zurück zu Henry und Hagens Zimmer lief, riss sie sich mit einer Hand noch zwei Büschel Haare aus, zersauste es.

Das Restaurant in dem Hotel füllte sich gerade mit Menschen, als Hazel an ihnen vorbeistürmte, die Treppe hinaufhastete und schließlich mit den Fäusten an die Tür der beiden Männer hämmerte, wobei sie sie um Hilfe bat, dabei jammerte und flehte wie ein geschundenes Tier. Es war Hagen, der ihr öffnete, dem sie in die Arme fiel, sich an ihn klammerte. Er schob sie kurz von sich, starrte entsetzt auf ihre Beine, da sie ihren Rock anhob, ihre verweintes Gesicht, drückte sie an sich, legte beschützend eine Hand auf ihren Kopf, die andere an ihren Rücken, schloss mit dem Fuß die Tür. Und Hazel presste ihren Körper an seinen, beobachtete aus den Augenwinkeln, wie Henry das Bett für sie herrichtete. „Waren das die Nonnen?“, wollte er von Hazel wissen, sie nickte zögerlich. „Bitte, ich will da nicht mehr hin, bitte! Ich werde euch auch nicht zur Last fallen!“

„Hagen, sie ist da einfach abgehauen! Aus Sicht der Nonnen hat sie eine Strafe verdient. Sie haben sich sicher große Sorgen um dich gemacht, Hazel!“, warf Henry ein. „Aber das ist kein Grund, jemanden so hart zu bestrafen!“, verteidigte Hagen sie. Er war dabei so energisch, dass Henry nur seufzte, es akzeptierte, auch wenn er es tief in seinem Inneren nicht richtig fand, sie da zu behalten. Aber er wollte keinen Streit. Hagen versorgte Hazels Wunden, sie versuchte tapfer zu sein, aber sie sah auf ihre Beine, die aufgeplatzte Haut an den Striemen und bereute, dass sie sich nicht einfach nur eine Weidenrute oder etwas Ähnliches gesucht hatte. „Es werden sicher Narben bleiben“, meinte sie leise und schniefte lautstark. „Das könnte sein, aber sie werden irgendwann verblassen.“ Hagen lächelte, sah sie an, streichelte ihre Wange. „Und niemand schaut auf deine Beine … ehrlich gesagt. Zudem tragt ihr Frauen doch lange Röcke.“ Hazel fühlte einen zarten Anflug von unbeschreiblicher Freude in sich aufflammen, denn indirekt hatte er ihr bestätigt, dass sie hübsch sei. So erwiderte sie sein Lächeln. „Wo ist Henry hingegangen?“, fragte sie dann, denn in ihrem Magen grummelte auch ein Anflug von schlechtem Gewissen, ein unangenehmes Gefühl. Sie befürchtete, er könne zum Waisenhaus gehen und dort erfahren, dass sie eine Lügnerin war. „Er ist unten im Restaurant und spielt Klavier, denke ich. Der Wirt bezahlt es ihm oder wir können umsonst etwas essen und trinken“, antwortete Hagen. „Wieso fragst du?“

„Nun“, begann sie, „ich wusste nicht, dass er Klavier spielen kann.“ Sie suchte nach den richtigen Worten, wollte sichergehen, dass beide Männer nichts unternahmen, um sie zu entlarven, aber sie musste vorsichtig sein, damit es nicht zu auffällig war. Hagen sah sie abwartend an, es verunsicherte sie noch mehr, so sehr, dass sie ihren Blick senkte, auf ihre Hände hinabsah, mit den Fingern spielte. „Weißt du, ich möchte nicht, dass ihr zum Waisenhaus geht und euch dort vielleicht für mich einsetzt. Das ist natürlich löblich von euch, aber ich …“

„Ich denke, es wäre sinnlos, wenn wir uns dort beschwerten, denn die Nonnen tun nur ihre Arbeit und Henry hat nicht ganz unrecht gehabt. Du bist einfach fortgelaufen, das ist nie eine Lösung. Diese Frauen haben aber die Verantwortung für dich. Erzähl mir doch mal genau, was passiert ist.“ Er setzte sich zu ihr auf das Bett, streckte die Beine aus, sodass sie dicht an ihren lagen, deren Unterschenkel mit kühlenden Tüchern umwickelt waren. Sie sah aus den Augenwinkeln, wie er seine Hände ineinander faltete, sie locker im Schoß hielt. In ihrem Kopf malte sie sich aus, wie es wäre, ihm einfach um den Hals zu fallen, aber das fand sie bei genauerem Nachdenken dann doch zu kindisch, so blieb sie neben ihm sitzen, begann zu erzählen. Es war nicht das erste Mal, dass sie sich spontan eine ergreifende Geschichte ausdachte, inklusive der Dialoge, diese gekonnt darbrachte. Dennoch wirkte es nicht übertrieben. Sie sei ins Waisenhaus gekommen, habe sich bei der Mutter Oberin, die es leitete, entschuldigen wollen, doch eine ältere Nonne schob sie in eines der

Zimmer, sagte ihr, sie solle dort warten. Und als sie zurückkehrte, folgte ihr die Oberin und wies die andere Nonne an, sie mit einem Stock zu schlagen, weil sie einfach fortgelaufen war. In einer Ecke des Raumes musste sie ihren Rock anheben, die Schläge mitzählen, doch nach zehn Schlägen wollte sie es abwehren und dabei traf die Nonne ihre Hand. Danach sollte sie sich bei der Oberin entschuldigen, alleine in einem Abstellraum schlafen, man bürdete ihr noch eine Strafarbeit auf, indem sie am nächsten Morgen im Schlafraum der Mädchen den Boden schrubben sollte. Die Nonne kam zu ihr zurück, meinte, es sei eine Familie an ihr interessiert. Die Frau sei krank und zwei kleine Kinder müssten versorgt werden. Da sah sie nur noch die Möglichkeit, schnell wieder zu entwischen, stieß die Nonne unsanft zur Seite, sodass diese hinfiel, flüchtete durch die hintere Tür des Hauses. Hazel begann zu weinen, presste die Hände an die Augen, verbarg das Gesicht in den Händen, sodass Hagen sie zu sich in seine Arme zog.

Als ihr Kopf an seiner Brust lag, sie sein Kinn auf ihrem Kopf spürte, seine Hände sie hielten, fragte sie mit kindlicher Stimme: „Werdet ihr mich nun wieder fortschicken?“ Er machte ein verneinendes Geräusch.

Und Hazel fühlte, wie die Erleichterung über sie hinwegflutete, ließ sich davon forttragen, schloss fast genießerisch die Augen, lauschte auf seinen gleichmäßigen Herzschlag, hauchte ein leises „Danke“.

„If you want a lover,
I'll do anything you ask me to.
And if you want another
kind of lover,
I'll wear a mask for you,
If you want a partner,
take my hand.

If you want to
step me down in anger,

here I stand
I'm your man …"

Leonard Cohen

Eine Frau stand vor der Bar, den Oberkörper locker über das Holz gelehnt, an dem die vorbeikommenden Reiter ihre Pferde festmachen konnten. Henry beobachtete sie von der anderen Straßenseite aus, sah zu, wie sie ihre Handflächen drehte, sich mit den Fingern der linken Hand über die der rechten Hand fuhr, ein Gähnen unterdrückte. Er warf einen Blick in den Laden, Hagen redete mit dem Besitzer. Hazel saß auf einem Fass bei der Tür, aß einen Apfel. Aus den Augenwinkeln warf sie Henry einen Blick zu, lächelte. Ihre braunen Augen funkelten wie bei einem kleinen Mädchen. Henry wich dem Blick aus, weil er sich in gewisser Weise zu ihr hingezogen fühlte, aber anders als Hagen. Ihm kam ein Satz seines Vaters in den Kopf, dass man das begehrt, was man täglich sieht. Es war reine Begierde, ihre Anwesenheit, die Gesten reichten ihm aus, denn er kam sich unendlich alt vor, wenn er sie betrachtete, zu alt für sie. Und die Syphilis war ein Makel, der an ihm haften würde bis in alle Ewigkeit. Es verdammte ihn zu einer selbst verhängten Keuschheit, die er weitgehend unter Kontrolle zu haben glaubte, doch bereits einmal hatte er gegen seine Prinzipien verstoßen, um Fays willen mit ihnen gebrochen. Und da waren kleine feine Momente, in denen er sich nicht dagegen wehren konnte. Die seltsame Dreiecksbeziehung, die sie führten, riss ihn hin und her zwischen seinen Gefühlen für Hazel und Hagen je länger sie zusammen waren. Das „H-Triplett", wie Hazel es scherzhaft nannte, die „H-Drillinge". Er war ein alter, wirklich kranker Mann im doppelten Sinne! Und zusehends wurde er zu ihrem Spielball, mal war er der unparteiische Streitschlichter, mal mehr Freund, dann Vertrauter … Er war nur froh, dass nicht einer von beiden auf die Idee kam, ihm eine Meinung zu dem jeweils anderen abzuringen. Sätze wie „Meinst du, Hagen liebt mich?", nein, er würde eine Antwort schuldig bleiben. Ein Gefühl sagte ihm, dass er zu der Frau auf der anderen Straßenseite gehen musste, ein fast vergessenes Gefühl, das doch ständig in ihm schwelte. Und er musste seine Gefühle irgendwie kompensieren. Henry machte einen Schritt in den Laden, wobei er fast einen Sack mit Mehl neben dem Eingang übersehen hätte, rief Hagen zu, dass er kurz in die Bar gehen wollte. Hagen drehte sich zu ihm um und grinste unvermittelt. Als Henry ihn verwundert ansah, sich dann umdrehte, stand sie direkt hinter ihm. Ihr Haar hatte die Farbe von Schokolade, die Sonne ließ es an einigen Stellen heller schimmern und auf ihrem Gesicht bemerkte er Sommersprossen, die sich wie kleine Stempelabdrücke ungleichmäßig auf der Stirn und über der Nase verteilten. Es war windstill, die Hitze hing über ihnen, doch er meinte, der Wind triebe ihren Geruch in seine Nase, nach Blumen. Er schloss sekundenlang die Augen, wollte den Geruch ergründen. Es war Lavendel. Sie schien es zu bemerken, lächelte leicht verschämt, strich mit ihren Händen über ihr Kleid – eine unbedachte Geste, mit der sie nur den Schweiß von den Handflächen abstreifte, doch Henry folgte jeder Bewegung ihrer Finger mit den Augen. Er hatte sich geschworen, nie wieder mit einer Frau intim zu werden, aber er hatte sich auf ihrer Reise so oft beherrscht und er war nun einmal ein Mann. Wenn er nur einmal ... Vielleicht würde es helfen und sie hatte ständig neue Männer, wahrscheinlich hatte sie sich sowieso schon etwas eingefangen. Und er dachte an Fay, ihren Körper … Er spürte den Schmerz in seiner Seele aufwallen und er musste etwas dagegen tun, denn er konnte die Erinnerung an sie nicht auslöschen, wollte es auch nicht, nur Abstand davon nehmen können, ihnen für einige Minuten entfliehen. Er hörte sich selbst etwas wie „Okay“ flüstern. „Es ist doch nicht dein erstes Mal, oder?“, witzelte sie, nahm seine Hand in ihre, zog ihn sanft voran zur Bar hinüber. „Nein“, gab er zielstrebig zurück, ließ sich von ihr über die Straße zur Bar führen. „Ich meinte, na ja, es gibt auch Männer, die das erste Mal zu einer ...“

„Nein, auch das nicht. Aber es ist schon eine Weile her“, gab er offen zu. Sie betraten die Bar, die um diese Zeit des Tages so gut wie leer war, bis auf zwei notorische Trinker, die gerade die ersten Drinks des Tages einnahmen. Der Wirt nickte ihnen beiden zu und sie führte ihn eine Treppe hinauf zu einem Flur mit drei Türen. Dann holte sie einen Schlüssel hervor, schloss auf und ließ ihn ins Zimmer. Der Raum war klein, mit einer Frisierkommode an der Wand, einem

Stuhl davor, einem Schrank und einem Doppelbett. Sie verschloss die Tür, lehnte sich dagegen. „Willst du etwas trinken?“, fragte sie, öffnete eine Schublade an der Kommode und holte einen Flachmann hervor. Eigentlich war er nicht durstig gewesen, aber jetzt fühlte sich seine Zunge staubtrocken an. Er musste sich räuspern. Sie wollte ihm die Flasche reichen, aber er deutete auf ihren Hals, ihr Dekolleté und sie erwies sich als echter Profi, denn sie nahm etwas von dem Alkohol auf ihre Fingerspitzen, tupfte es sich auf den Hals, den Nacken, den Ansatz ihrer Brüste. Dann wartete sie, bis Henry aufstand, zur ihr herüberkam, nahm einen Schluck aus der Flasche, behielt ihn im Mund. Er legte seine Lippen auf ihre und sie öffnete den Mund, ließ ihn den Alkohol trinken. Seine Lippen wanderten weiter über ihren Hals, hinab zu ihren Brüsten und sie stöhnte leise, als er sie hochhob, auf das Bett legte ... Sie ließ ihren neuen Liebhaber gewähren, der sich mit einer gewissen Routine, wie sie, seiner Kleider entledigte, dann stumm auf ihr lag, begann ihren Körper zu liebkosen, etwas zu ruppig, etwas zu ungeschickt, übereifrig vielleicht. Für eine Weile hörte sie ihn schneller atmen, wobei er seinen Kopf gesenkt hielt und jeglichen Blickkontakt mit ihr vermied, dann ebbte sein Atem ab. Aus seinem Innern löste sich ein tiefes Seufzen. Sie hatte nichts gespürt, schwieg, denn sie ahnte, was geschehen war. Es passierte ihr nicht zum ersten Mal. Manche ihrer Liebhaber waren zu stürmisch, manche zu betrunken. Henry ließ sich neben sie sinken. „Es ist okay“, sagte sie leise, berührte mit den Fingerspitzen sanft sein Haar. Es kränkte die Männer, das wusste sie, sie fühlten sich dann als Versager. Man musste behutsam mit ihnen sein. Einer hatte ihr die Schuld gegeben, und hätte sie nicht einen geladenen Revolver zur Sicherheit in ihrem Nachttisch verwahrt, würde sie nicht mehr auf dem Angesicht der Erde wandeln. Henrys Stimme klang zerbrechlich, sie schien von weit her an ihr Ohr zu dringen. „Ich war sehr krank und seitdem ...“

„Nein“, meinte sie fast mütterlich, „du brauchst nichts zu sagen.“ Sie hob einen Arm und er legte den Kopf auf ihre Brust, die Hand auf ihren Bauch, fühlte ihre warme Haut. Sie war keine Schönheit, eine Frau mittleren Alters, etwas älter als er, eigentlich gewöhnlich, aber dennoch war da etwas an ihr, das ihn faszinierte. Vielleicht lag es daran, dass sie ihn trotz allem mit einer gewissen Hingabe bedient hatte. Um diese Zeit des Tages hatte sie kaum Kunden. Es gefiel ihm, dass sie schwieg, keine unnötigen Worte verschwendete. Ihre Hände lagen immer noch auf seinem Kopf, spielten mit seinen Haaren. Irgendwann hörte sie auf. „Dein Freund wartet sicher schon auf dich“, meinte sie leise, schob ihn sanft fort. „Und ich habe Hunger. Es ist fast Mittag!“ Er verstand, stand vom Bett auf, zog sich an. „Ich könnte dich zum Essen einladen“, meinte er, legte ihr einige Scheine auf den Bauch. „Danke. Mein Mann isst immer mit mir.“

„Dein Mann?“, wiederholte Henry verwirrt. „Sweetheart, der Wirt ist mein Mann. Und wir können nur jetzt zusammen essen, mittags“, lächelte sie, berührte mit der Hand seinen Arm, strich sanft darüber. „Ich gebe zu, dass mich das überrascht.“

„Wenn du morgen noch in der Stadt bist, komm wieder vorbei.“ Es klang fast versöhnlich. „Wir brauchen nicht ... du weißt schon. Und es geht mir nicht ums Geld.“

„Ich weiß noch nicht. Ich muss erst meinen Freund fragen, ob wir weiter wollen ...“

„Ich verstehe“, gab sie offen zu. „Sonst frag einfach nach mir – ich bin Keely!“

„Henry.“ Er stand auf, zog sich an und verließ das Zimmer. Als er die Treppe hinunterkam, stand Hazel bei der Theke, vor sich ein Glas Milch. Der Wirt nickte Henry zu, dennoch blieb sein Gesicht ausdruckslos. Er schien die Arbeit seiner Frau voll und ganz zu tolerieren. Es beeindruckte Henry wirklich, wenn man angesichts dieses Gewerbes Beruf und Privates dermaßen trennen konnte. „Hazel ...“, begann Henry leicht verwirrt. „Was willst du hier?“

„Ich habe Ihrer Tochter ein Glas Milch spendiert“, erklärte der Wirt, „sie hat Sie gesucht.“ Keely kam die Treppe hinunter, legte Henry lächelnd die Hände auf die Schultern. „So, du hast also eine Tochter? Sie sieht dir gar nicht ähnlich.“ Henry machte einige schnelle Schritte nach vorne, packte Hazel am Arm und zog sie etwas unsanft nach draußen. „Sie hat das Aussehen und die Neugier ihrer Mutter geerbt!“, sagte er zu Keely und ihrem Mann, bedankte sich für die Milch. Als sie auf der Straße standen, ließ er Hazel los. „Was sollte das?“ Sie rieb sich den Arm. „Ich habe doch nur auf dich gewartet!", gab sie zurück. „Du hast mir nachspioniert!", er machte eine abwehrende Handbewegung. „Du bist ein kleines Mädchen, das seine Nase überall hineinstecken muss! Du solltest mir dankbar sein!" Hagen kam auf sie zu, er hatte eine Papptüte auf dem Arm mit Einkäufen. Hazel wandte sich von Henry ab, drückte sich an Hagen, der sichtlich überrascht war. Sie begann zu schluchzen. „Was ist los?", wollte Hagen wissen, reichte Henry die Papptüte. „Ich habe Henry gesucht und bin ihm in die Bar nachgegangen. Dann habe ich nur auf ihn gewartet ... Aber er hat mich beschimpft, weil ich dort war!" Sie legte ihre Fäuste gleich eines kleinen Kindes an die Augen, rieb sie sich, schluchzte fast zu theatralisch. Henry erinnerte sich an eine Kindergeschichte in einem Bilderbuch. Ein kleiner gezeichneter Hase stand in der der gleichen Haltung vor seiner Hasenmutter, weil er fortgelaufen war und sich dafür schämte. Vielleicht tat sie es unbewusst, flüchtete sich in kindliche Verhaltensweisen, wenn sie mit Situationen konfrontiert wurde, die sie nicht anders meistern konnte. Sie tat ihm und Henry durchaus leid, denn sie kannten ihre Vergangenheit, und beide bezweifelten, dass Hazel es sich ausgedacht hatte. Und obwohl sie eigentlich fast eine Frau war, blieb sie dennoch emotional auf kindlichen Verhaltensweisen hängen. Manchmal dachte Henry, es gäbe zwei Persönlichkeiten in ihr, ein kleines Kind und die Hazel, die erwachsen werden wollte, mit aller Macht, aber dennoch an ihren Gefühlen und Erinnerungen scheiterte. Im Stillen begehrte er sie auf eine besondere Art und Weise, die er ihr nie offenbaren wollte – väterlich und dennoch beeindruckte sie ihn durch ihr Aussehen, ihre Schutzlosigkeit, die Verletzlichkeit ... Doch er ahnte, dass sie mehr für ihn empfand. Er würde mit Hagen reden, denn es schien ihm, dass er sie ebenfalls sehr gern hatte, vielleicht sogar liebte. Henry brauchte Gewissheit. Die einzig erträgliche Möglichkeit wäre für ihn, wenn Hagen Hazel als Partnerin annähme. Ihm würde die Nähe zu beiden reichen, denn er war zu müde, um sich ein Leben alleine aufzubauen. „Henry? Worüber denkst du nach?", wollte Hagen wissen. Er hielt Hazel nun in seinem Arm, klopfte behutsam auf ihren Rücken. „Es tut mir leid, Hazel!", meinte Henry. Sie quittierte seine Entschuldigung mit einem scheuen Lächeln. „Vielleicht war ich einfach eifersüchtig", gestand sie, und obwohl Henry nicht weiter darauf einging, traf ihr Geständnis ihn mitten ins Herz. Es bestätigte ihn in seinem Verdacht, dass sie etwas für sie beide empfand, für ihn und Hagen, mehr als Freundschaft, vielleicht verrannte sie sich auch in einer naiven Schwärmerei. „Na, dann vergessen wir das jetzt und gehen etwas essen. Unsere Wirtin hat mir schon von ihrem berühmten Eintopf vorgeschwärmt!", sagte Hagen, ging mit Hazel im Arm voran. Henry folgte ihnen stumm, senkte den Blick in den Staub der Straße. Er musste den richtigen Moment abwarten, um mit Hagen zu sprechen.

„But, says the girl,
if you will entrust me
with your private grievance,
perhaps I may find you a remedy for it …"

Lost Books of the Bible, Infancy, Chapter VI, Verse 22

Es war noch dunkel draußen, als Henry Hagen weckte. Sie hatten sich dazu entschlossen, möglichst früh am Morgen aufzubrechen, bevor sich die Hitze des Tages auf alles legte. Hagen öffnete die Augen, drehte den Kopf zum Fenster. „Die Sonne geht noch nicht einmal auf!", meinte er verschlafen. „Ich weiß, aber ich muss etwas mit dir besprechen", entgegnete Henry, warf einen kurzen Blick auf Hazel, die zusammengerollt unter der Decke lag. Sie schlief tief und fest. Henry verließ den Raum leise, winkte Hagen noch zu, ihm zu folgen. Manchmal schien ihm Henry so vertraut und dann wieder so fremd in seinem Verhalten. Ihm war es schon vorher aufgefallen, dass er die simpelsten Dinge nicht in aller Öffentlichkeit ausdiskutieren konnte oder wollte, sondern immer einen gewissen Aufwand darum betrieb. Zweifelsohne mochte er Henry auf eine tiefe, freundschaftliche Art, dennoch war er ein komischer Kauz, aus dem man oft nicht recht schlau wurde. Hagen dachte nie lange über etwas nach, er tat es einfach oder vergaß vieles, Dinge, die er gesagt hatte. Zumindest wenn er sie für beiläufig hielt. Doch seinen Freund schienen viele Dinge lange zu beschäftigen. Oft ritt er neben ihm her, den Blick nach vorne auf den Horizont gerichtet, in Gedanken versunken.

Wie eine schüchterne junge Dame kaute er auf seiner Unterlippe herum und es dauerte eine Weile, bis er reagierte, wenn man ihn ansprach. Er konnte sich völlig von der Welt abkapseln. Das kleine Buch, welches er bei sich trug, seit er es in einem Kolonialwarenladen gestohlen hatte, war mittlerweile völlig zerlesen. Hagen interessierte sich nicht besonders für Literatur, er konnte sich nicht in die Geschichten in den Büchern hineinversetzen – es waren nur Worte. Er beneidete seinen Freund nicht um diese Gabe und es erstaunte ihn dennoch, wenn Henry unvermittelt irgendwelche Passagen oder Gedichte rezitierte, gekonnt, textsicher und eindringlich, so, dass man still zuhörte. Manchmal fragte Hagen ihn hinterher, von welchem Autor der Text stammte, aber mehr aus einer Gefälligkeit heraus, um Interesse zu zeigen. Hagen sah Hazel im Bett liegen. Sie hatte die Beine angezogen, wirkte noch kleiner. Er schätzte sie auf etwa 1,55 Meter, nicht mehr. Ihre rotbraunen Locken verteilten sich auf dem Kissen. Hagen entgingen die Blicke der anderen Männer nicht, wenn sie durch die Orte ritten oder gingen. Manche pfiffen anerkennend, was Hazel rot werden ließ. Eine zuckersüße Geste, wie er fand. Wenn sie und Henry schliefen, ertappte er sich manchmal dabei, wie seine rechte Hand vorfuhr und in der Luft über ihre Haare fuhr, ihren Körper unter der Decke. Es kam vor, dass es ihn innerlich ärgerte, wenn sie sich so an seinen Freund klammerte. Wie sie an Henrys Lippen gehangen hatte, als er an einem See Gedichte aus dem Buch gelesen hatte. Er hatte sich ans Wasser gesetzt, Steine hineingeworfen, sich gesagt, es sei doch nichts zwischen ihnen allen, eine reine Zweckgemeinschaft, Freundschaft vielleicht, aber nicht mehr. Und dann war Henry zu ihm ans Wasser gekommen, hatte sich eine Zigarette angezündet. „Sie ist so ein liebes, kleines Ding!" Das waren seine Worte gewesen, nicht hämisch, aber dennoch hatte es wie ein Onkel geklungen, der über seine Nichte spricht. Er hatte dabei gelächelt und in jenem Augenblick war Hagen klar geworden, dass er nicht eifersüchtig sein brauchte.

Er zog sich seine Sachen über, fragte sich, was Henry wollte. Er wartete draußen vor dem Hotel auf ihn, saß auf einer der hölzernen Stufen, rauchte eine Zigarette. Hagen ging zu dem Fass mit Wasser hinüber, das ein Stück weit neben der Tür stand, schöpfte mit den

Händen Wasser daraus, wusch sich den Schlaf aus den Augen. Dann setzte er sich neben Henry. „Worum geht's?“ Für Sekunden spekulierte er darüber, ob sie sich trennen sollten, ob Henry alleine weiterziehen wollte. Er zog eine gedrehte Zigarette hinter dem Ohr hervor, reichte sie Hagen, doch dieser lehnte dankend ab. „Nicht vor dem Frühstück“, grinste er, wartete ab, bis Henry sich räusperte. „Es geht um Hazel ...“ Hagen schluckte hörbar. *So, jetzt gesteht er dir, dass er sie liebt! Und wenn du sie haben willst, musst du um sie kämpfen!*, dachte er. Henry senkte den Blick, schnippte den Rest der Zigarette vor sich in den Staub, legte die Handflächen aneinander, schien nach den passenden Worten zu suchen. „Du weißt, es liegt mir nicht, viel zu reden oder viele Worte über etwas zu verlieren. Aber ich muss dich um etwas bitten.“ Er machte eine kurze Pause, hielt den Blick gesenkt. „Irgendwie hat sie einen Narren an mir gefressen, aber ich bin zu alt, verstehst du? Ich könnte ihr Vater sein! Zudem kann ich ihr nicht das geben, was sie will.“

„Meinst du wegen deiner Krankheit? Also, das körper...“

„Ja, ja! Auch das!“, versuchte Henry das ihm sichtlich unangenehme Thema zu umgehen. „Sie wird wie jede Frau eine Familie wollen. Auch wenn sie jetzt nur schwärmerisch davon träumt oder fantasiert. Ich muss zu meiner eigenen Schande gestehen, dass ich es erst nicht bemerkt habe, wie sehr sie mich mag oder was sie für mich empfindet. Mein Problem halt. Mir fällt das immer erst auf, wenn ich andere verletze. Der Punkt ist, ich weiß, dass du sie liebst oder magst – was auch immer – und sie auch etwas für dich empfindet.“

„Moment mal, willst du mich bitten ...?“

„Nein, ich will dich fragen, ob du sie liebst. Und ich will, dass ihr beide zusammenkommt, wenn das so sein sollte. Sie braucht jemanden, der immer für sie da ist, einen stabilen Partner. Und du bist nicht so viel älter als sie.“

„Ich mag sie, zugegeben. Aber wenn sie das gar nicht will? Hast du daran gedacht?“, warf Hagen ein. „Da ist noch etwas ... Wir sollten irgendwo sesshaft werden.“ Hagen wiederholte die Worte in seinem Kopf und es wurde ihm klar, worauf sein Freund hinauswollte. Denn er hatte nicht „ihr“ gesagt. Sie würden sich irgendwo niederlassen, Hazel und er eine Familie gründen, mit Henry als ... Als was eigentlich? Ihm fiel das Wort „Hausfreund“ ein. Seine Mutter hatte es abwertend für eine Nachbarsfrau benutzt, die ein Verhältnis mit dem Untermieter angefangen hatte. Henry wollte etwas anderes, kein Dreiecksverhältnis, sondern eine rein platonische und freundschaftliche Beziehung. Es war für Hagen eine völlig neue Verbindung, aber jetzt lebten sie schon in gewisser Weise so. Er wollte seinen Freund nicht loswerden, denn ihm gefiel sein stilles Wesen. Er fiel nicht weiter auf, wie man so landläufig sagte. Sicher, manchmal machte ihn diese Schweigsamkeit ärgerlich, aber niemand auf der Welt hatte nur gute Seiten. Und von Henry ging eine Spur Traurigkeit aus, eine Resigniertheit. Man fühlte sich ihm dadurch irgendwie verbunden. Er war sich sicher, dass er für sich den Entschluss gefasst hatte, sein Leben zu beenden, wenn Hazel und Hagen nicht da wären oder ihn alleine ließen. Er würde es ihnen nicht verübeln, aber es entrisse ihm den einzigen Halt, der ihn noch mit dem Leben verband. „Ich habe niemals jemanden getroffen, der so selbstlos ist“, gestand Hagen. „Auch wenn das dumm klingt. Und ich will ehrlich zu dir sein, ich empfinde etwas für Hazel. Ich könnte mir vorstellen, mit ihr zusammenzuleben. Aber du kannst nicht über sie hinweg entscheiden. Ich kenne jetzt deinen Standpunkt. Lass uns abwarten. Wir suchen uns ein schönes Plätzchen. Dann sehen wir weiter.“

Henry nickte.

„Goodbye, my almost lover
Goodbye, my hopeless dream
I'm trying not to think about you
Can't you just let me be?“

A fine frenzy

Hazel sah, wie Hagen aufstand, auf die Tür zukam und so lief sie so schnell sie konnte wieder nach oben, legte sich wieder ins Bett, zog die Decke bis über ihre Füße. Im Raum roch es nach Schweiß und dem Rauch der Zigaretten. Ein seltsames Gemisch. Sie berührte mit den Fingerspitzen ihre Knie, fühlte den Schweiß in den Beugen, streckte instinktiv die Beine aus. Gestern Nachmittag hatte sie vor dem Laden eine halb volle Flasche Saft in ihren Händen gehalten, sie vor die Augen gehoben, Henrys Profil durch das Glas beobachtet, verzerrt wie ein Kaleidoskop. Sie erinnerte sich daran, wie er ihr die Flasche abgenommen, sie mit zwei Fingern lässig an den Mund gehoben hatte. Da war etwas Magisches an dieser banalen Geste und sie sah ihm zu, wie er dic Flasche leerte, weidete sich an dem lockeren Griff. Sie kicherte, als er die Flasche mit der Öffnung nach unten hielt, die letzten Tropfen ausschütteln wollte. Spritzcr trafen ihre nackten Füße. Oft heftete sie ihren Blick auf seine Gestalt, ließ die Augen auf- und abwandern, von den dunklen Haaren, seinem Gesicht mit der kleinen Narbe auf der Wange, seinem Hemd, das meist wie eine zweite Haut an ihm klebte. Hagen hatte einem Mann eine schwarze Weste und eine Taschenuhr abgenommen, die Weste trug Henry über dem Hemd, die Taschenuhr teilten sie sich, mal trug sie der eine für ein paar Tage, dann der andere. Und sie mochte Hagens Gesicht, das noch so jungenhaft wirkte, seine hellen, blonden Haare, die fast seine Schultern berührten und die er morgens mit einer lässigen Handbewegung durchwuselte, sodass sie nicht platt an seinem Kopf anlagen. Seine Augen waren blau wie Henrys, aber es war ein helleres Blau, warm wie das eines Babys. Hazel waren auch die Blicke der beiden nicht entgangen. Wie beiläufig fielen sie auf ihre kleinen Brüste, den Stoff des Kleides, ihr Gesicht. Sie gaben vor, sich vorzubeugen, wenn sie neben ihnen saß, um einen näheren Blick auf ihren Körper zu erhaschen. Es gefiel ihr. Sie genoss diese spezielle Form der Aufmerksamkeit. Einmal hatte Hagens Atem ihr Gesicht gestreift. Es war nur eine zufällige Bewegung gewesen, als er sich vorbeugte, um ihr ein Sandwich zu reichen. Dabei war er, wie sie überzeugt war, nicht ganz unabsichtlich mit seinem Gesicht ihrem so nahe gekommen, dass sie seinen warmen Atem auf ihrer Haut spüren konnte. Schlagartig hatte ihr Herz einen Sprung gemacht, einen Stromstoß durch ihre Glieder gejagt, der sie erröten ließ. Als sie den Blick schamvoll gesenkt hatte, war es Henry gewesen, der mit der Hand über ihren Kopf gestrichen hatte wie bei einem Kleinkind. Jede Bewegung von beiden brannte sich in ihr Gehirn. Sie war innerlich so zerrissen, unsicher. „Woran denkst du?“, hatte Henry einmal unvermittelt gefragt, sie aus ihren süßen Gedanken gerissen. Sie saßen in einer Bar an einem Klavier. Es war Mittag, eine Handvoll Menschen waren an den Tischen, um zu essen. Und es war das erste Mal gewesen, dass er sich auf ihr Bitten hin an ein Klavier gesetzt hatte, um etwas zu spielen. Zuerst spielte er mit einer Hand, klimperte auf den Tasten herum, dann begann er beidhändig zu spielen, und auch wenn sie das Lied nicht kannte, welches er auswendig spielte, konnte sie den Blick nicht von seinen Händen wenden, die so sanft über die Tasten strichen, ihnen Töne entlockten. Im Stillen bewunderte sie ihn für sein Können, schloss die Augen, lauschte der Musik, bis er aufhörte zu spielen, die Frage stellte. Er hatte die Hand auf ihr Bein gelegt. Sie spürte den sanften Druck, starrte dann auf seine Finger, die sachte über ihren Oberschenkel strichen, den Stoff des Kleides ein gutes Stück emporschoben. Als sich ihre Blicke trafen, zog er schnell die Hand fort, legte sie wieder auf die Tasten. „Wie du spielst ...“, lächelte sie, verbarg ihre Freude über seine Berührung nicht. Ihr fiel auf, wie kindlich ihre Stimme klang, wenn sie mit ihm sprach. Oder ließ sie sie mit Absicht so klingen? Um sich Gewissheit zu verschaffen, wiederholte sie ihre Worte. Es erschrak sie in jenem Moment festzustellen, dass ihr Körper sich zwar veränderte, ihr Geist – nicht mehr Kind, aber auch noch keine Frau –, ihre Stimme aber immer noch diesen zerbrechlichen quietschigen Unterton hatte. Sie tat es, meinte sie, unbewusst, denn ebenso reagierte sie in manchen Situationen zu unbeherrscht, so als ergreife etwas von ihrem Körper Besitz, nur für einen Moment. In der Nacht schliefen sie immer alle zusammen in einem Raum. Die Zimmer in den Hotels waren immer gleich. Es gab nur ein Bett, einen Stuhl, einen wackligen Tisch, eine Kommode und eine Kerze, manchmal einen Schrank. Sie lag immer im Bett zwischen beiden Männern, mal kuschelte sie sich unverfänglich an den einen, dann an den anderen. Henry schlief manchmal auf dem Stuhl. Seine Beine legte er auf dem Tisch ab, Hagen hatte immer die Waffe unter dem Kopfkissen. Ab und an kam es vor, dass Henry im Stall schlief, manchmal kehrte Hagen erst gegen Morgen zurück, wenn er noch lange Karten gespielt hatte. Einmal war er einfach quer über dem Fußende des Bettes eingeschlafen. Wenn sie sich kein Zimmer leisten konnten, schliefen sie im Freien, doch Henry fand dann meist keine Ruhe, er hasste es, sein „Bett“ mit Insekten und anderem Getier zu teilen. Sie ließen sie nie allein am Tage oder in der Nacht, behüteten sie wie einen kostbaren Schatz, ihren Schatz. Sie machten ihr Geschenke und dennoch hatte sie immer gedacht, irgendwann würden beide um sie kämpfen. Einer musste sie mehr lieben als der andere. Und sie war nicht sicher, wen sie mehr liebte. Wenn sie schwieg, glaubten beide, sie ahne nichts von ihrem Gespräch. Sie konnte sich selbst oder einen der beiden nicht vor die Wahl stellen. Gleichzeitig kam sie sich aber auch vor wie ein Gegenstand, den man beliebig von einem zum anderen weiterreichen konnte. Sie fühlte, wie ihre Augen feucht wurden, schloss sie, um nicht zu weinen, den Drang zu unterdrücken. Hazel versuchte an etwas anderes zu denken. Darüber schlief sie ein.

Sie fand sich im Traum nachts auf einem Feld vor der Stadt wieder. Ihr Blick glitt über die Sterne am Himmel, den Mond, hinüber zu den wenigen erleuchteten Fenstern der Häuser, als ein Schatten ihr Kleid hochschob, ihre Oberschenkel mit Küssen bedeckte. Es kitzelte, als seine Lippen ihren Bauch berührten, seine Fingerkuppen ihre Rippen entlangfuhren. Seine Hände huschten über ihre kleinen Brüste, das Gesicht. Er hielt kurz inne, abwartend. Da war dieses Funkeln in seinen Augen, geheimnisvoll, begehrend. Und sie fühlte ihr Herz schneller schlagen, griff mit den Fingern in seine blonden Haare. Doch da war noch ein anderes Gefühl tief in ihrem Bauch. Ein seltsames undefinierbares Gefühl. Nicht wie Hunger oder Völle, ein Grummeln. Ein Gefühl, geprägt von einer Gier nach mehr. „Ja“, flüsterte sie, strich mit ihren Fingern durch seine Haare, spürte ihre Handflächen feucht werden, drehte ihren Kopf zur Seite, sah Henry dort stehen. Sein Blick brannte sich in ihr Herz, denn er wirkte so verletzt, doch sie wollte sich treiben lassen, das neue Gefühl auskosten … Sie riss die Augen auf, starrte in den Raum, spürte ihren schnellen Atem. Ihr Körper war schweißgebadet, der Stoff des Kleides klebte an ihr. Schnell schloss sie ihren Mund, presste die Lippen aufeinander, versuchte ruhiger durch die Nase zu atmen, richtete sich auf. Sie war allein. Ihr wurde schlecht. Hazel kroch aus dem Bett, ging zur Tür, dann die Treppe hinunter. Unten saß Hagen an einem der Tische, frühstückte. „Wir wollten dich noch etwas schlafen lassen“, meinte er freundlich. „Komm, iss etwas, wir wollen bald losreiten. Die Sonne geht gerade auf.“ Sie hob die Hand an den Kopf, hielt die andere abwehrend empor und stolperte nach draußen. „Später ...“, sagte sie leise, „mir ist nicht gut. Ich brauche nur etwas frische Luft.“ Ihre Eingeweide schmerzten, krampften sich zusammen und die Schmerzen steigerten die Übelkeit. Sie fror und gleichzeitig war ihr heiß. Und ihr Kopf schien zu zerbersten. Eine unsichtbare Kraft umklammerte ihn, ließ sie beinahe taumeln, trieb aber ihre Füße zum Gehen an. Aus den Augenwinkeln sah sie Henry mit den Pferden aus dem Stall kommen, hörte nicht auf seine Worte, sie verschwammen zu einem undefinierbaren Mischmasch. Hazel begann zu rennen, aus der Stadt hinaus, entlang der staubigen Straße, dann ziellos ins Nichts, vorbei an kargen Büschen und Bäumen. Vor ihr tauchte ein kleiner Abhang auf. Sie stolperte über einige Äste, rutschte aus, versuchte sich zu halten. Für einige Atemzüge hielt sie inne, senkte den Blick hinab zu ihren Beinen. Ein dünner roter Faden wickelte sich um ihr linkes Bein, verlor sich in Tropfen auf dem Fuß, den Boden unter ihr. Ihre Hand fuhr vor, um es zu berühren, doch dann scheute sie sich. Sie blutete! Es erschreckte sie so sehr, dass sie die Hände vorstreckte, sich irgendwo festhalten wollte, doch sie griff in die Luft, tat noch einen Schritt ins Leere und fiel. Sie spürte, wie sich kleine, spitze Steinchen in ihren Rücken bohrten, trockene Erde ihre Haut zerkratzte. Dann tat es einen tiefen dumpfen Schlag. Ihr wurde einen Moment lang schwarz vor Augen. In ihrem Kopf breitete sich eine seltsame Stille aus. Da war kein Vogelgezwitscher, kein Wind – nichts. Vorsichtig öffnete sie die Augen. Kleine Blitze zuckten an ihr vorbei, schemenhaft nahm sie zwei Gestalten über ihr am Abhang wahr. Mit dem Erwachen kamen die Schmerzen in ihrer Schulter, jeder Atemzug löste ein Fegefeuer in ihrem Brustkorb aus. Wie ein Fisch japste sie nach Luft, doch ihre Lungen schienen sich nicht damit füllen zu wollen. Sie fühlte eine Hand unter ihrem Kopf, versuchte etwas zu sagen, doch es kam nur ein kleiner Quietscher über ihre Lippen. Die Magensäure schoss ihren Hals empor. Sie musste sich übergeben. Es floss einfach so aus ihr heraus. Jemand hob sie hoch. Sie schloss ihre Augen wieder, fühlte einen warmen Körper, die Kraft der Arme, hörte seine Stimme dicht an ihrem Ohr. „Mädchen, was machst du nur für einen Unsinn?“, fragte er. Es war Hagens Stimme. Er schien sehr besorgt. Dennoch ärgerte es sie, dass er sie *Mädchen* nannte. Ihre Glieder waren schwer, regungslos wie ein nasser Sack verharrte sie. Behutsam trug er sie fort. Immer noch fiel ihr das Atmen schwer, sie sog nur kleine Salven der noch kühlen Morgenluft ein. Selbst ihrem Herzen schien das unermüdliche Pochen schwerzufallen. In ihr breitete sich ein beängstigendes Gefühl aus. Es fiel ihr zuerst schwer es einzuordnen, drohend lag es auf ihrer Brust wie ein schweres Gewicht. Ihre Augen fixierten nun Hagens Gesicht, doch es war alles hinter einem nebligen Schleier verborgen. Dann übermannte sie eine schreckliche Gewissheit. Hazel hatte plötzlich Angst zu sterben, obwohl sie die Schmerzen nur dumpf wahrnahm. „Helft mir …", presste sie mit einem Ausatmen hervor, fürchtete auf einmal, von seinen Armen zu fallen, riss die Hände hoch, krallte die Finger Halt suchend in seine Arme. Ihr wurde kalt, etwas drückte ihren Oberkörper zusammen, ließ ihren Atem ins Stocken geraten. Sie spürte, wie sie der Welt entglitt, ihr schwacher Herzschlag trug sie fort an einen dunklen Ort. Hazel sah nicht die Angst auf den Gesichtern der beiden Männer, von denen der größere sie nun aus den Armen des anderen nahm, sie wie ein kleines, müdes Mädchen mit beiden Armen hielt und in die Stadt zurücktrug.

Hazels Geist dämmerte dahin, sie versank in albtraumartige Zustände. Es war ihr, als wäre sie kurz vor dem Einschlafen, doch kurz bevor sie in einen Tiefschlaf fallen konnte, schreckte sie jedes Mal wieder schweißgebadet auf. Kaum riss sie unter Aufbietung aller Kräfte die Augen auf, zog es sie sogleich wieder zurück. Ihr Gehör kehrte allmählich wieder. Sie nahm die Stimme einer Frau an ihrem Ohr wahr. Eine Hand auf ihrer Stirn. „Wie kannst du so nachlässig mit ihr sein? Sie ist schließlich deine Tochter!", schalt ihn die Frauenstimme. „Ich verstehe das nicht! Wie alt ist sie denn? Vierzehn?" Die Frau schob ihre Hand in Hazels, drückte sie einmal fest. Da war ein dicker Klumpen in Hazels Mund, der einmal ihre Zunge gewesen sein musste. Auf ihr lag ein ekliger metallischer Geschmack. Ihre rechte Schulter schmerzte. Langsam öffnete sie die Augen spaltbreit, drehte den Kopf ein wenig zur Seite. Neben ihr saß eine Frau auf dem Bett, die sie nach kurzem Überlegen als jene identifizierte, mit der Henry auf das Zimmer gegangen war. „Das sind Frauendinge!", gab Henry zurück. „Und kein Grund wegzulaufen!“ Er saß am Tisch, hatte die Arme darauf abgestützt, den Blick auf die Tischplatte gesenkt. Seine Haare verdeckten sein Gesicht, und obwohl Hazel seine Miene nicht sehen konnte, ging sie davon aus, dass er wütend auf sie war. Zudem machte er keine Anstalten, die Frau darüber aufzuklären, dass Hazel *nicht* seine Tochter war. „Hast du mit ihr nie darüber geredet? Und dein Freund ... Hast du keine Angst, dass er und deine Tochter ...?“

„Es reicht!“, sagte Henry, schlug mit der flachen Hand auf den Tisch. „Ich muss mir nicht von einer Dirne Lebensratschläge geben lassen!“Die Frau bemerkte, dass Hazel aufgewacht war, lächelte sie an. „Ich bin Keely“, stellte sie sich vor. „Weißt du, was passiert ist?“ Sie nickte kurz, wollte etwas sagen, doch sie brachte keinen Ton hervor. Ihr Mund war ausgetrocknet, sie fuhr sich mit der Zunge über die Lippen, aber es half nichts. Keely griff ein Glas Wasser vom Nachttisch neben dem Bett, hob Hazels Kopf an, gab ihr zu trinken. Dann strich sie ihr über die Wange, mütterlich. „Du hast Besuch von Madame Becker bekommen. Hat dich das so erschreckt?“, wollte sie wissen. Henry lachte auf, begann sich eine Zigarette zu drehen. „Madame Becker? Ich dachte, das heißt bei euch ‚der Fluch‘!“ Keely fauchte ihn an, still zu sein und hinauszugehen. Mit einem Murren folgte er der Aufforderung. „Du wirst das jetzt jeden Monat bekommen. Es macht dich zur Frau. Aber du kannst jetzt auch schwanger werden.“

„Ich weiß“, meinte Hazel mit schwacher Stimme. „Ich habe es schon mal gehabt.“

„Ich zeige dir, was du tun musst, wenn du es hast. Und wenn du Schmerzen hast, gibt es Tropfen dagegen.“ Sie wurde ernst: „Du hast dir den rechten Arm ausgekugelt bei dem Sturz, Schrammen und Prellungen geholt. Es wird eine Weile dauern, bis es dir wieder besser geht.“

„Es war wegen Dads Freund“, log Hazel, „deswegen bin ich weggelaufen.“

„Hat er dich angefasst?“

„Nein, aber ich liebe ihn und er mich, glaube ich. Wenn ich ihn heirate, was wird dann aus meinem Vater?“ Ihre Worte verfehlten ihre

Wirkung nicht. Keely wirkte beeindruckt über die Fürsorglichkeit, zeigte sich aber dennoch leicht entsetzt über das Geständnis. „Es hat dir solche Sorgen bereitet? Armes Mädchen. Und du bist für so etwas auch noch zu jung." Sie drückte Hazels Kopf an sich. Es fühlte sich gut an, auch wenn sie gelogen hatte. „Willst du, dass ich mit den beiden spreche?", bot Keely an, doch Hazel schüttelte den Kopf. „Ich mache das selbst. Das ist besser." Sie merkte, wie ihre Augen wieder schwer wurden, schloss sie, gab der Müdigkeit nach. „Ruh dich aus! Der Arzt hat gesagt, du musst dich noch ein paar Tage schonen."

Ihr schien es, als könne sie fliegen. Sich erheben von dem Bett, zum Fenster hinaus. Mit ausgebreiteten Armen flog sie getragen vom Wind über die Stadt, den Wald. War leicht wie eine Feder. Immer weiter glitt sie dahin, über Seen, Wege, ihr Heimatdorf. Die Menschen, die Häuser, alles war klein wie Spielzeugfiguren. Dann tauchte unter ihr eine kleine Hütte inmitten des Waldes auf. Vor ihr stand ein alter Mann. Er streckte die Arme nach ihr aus, rief ihren Namen. Fast hatte sie ihn über die Jahre vergessen, nun fiel ihr sein Name wieder ein – Leroy. In ihr war der unwiderstehliche Drang, sich in seine Arme fallen zu lassen. Dennoch konnte sie nicht zu ihm hinunter, denn da war noch eine andere Stimme, die sanft beruhigend auf sie einredete. Ihr Ziehvater flehte sie als gesichtsloses Wesen neben ihr an, doch zu ihm zurückzukommen. Plötzlich fand sie sich in einem Maisfeld wieder. Die Sonne brannte vom Himmel herab und sie wühlte sich mit den Händen durch die mannshohen dicken Stängel, bahnte sich den Weg. Kaum hatte sie zwei Stängel niedergebogen, richteten sie sich sogleich wieder hinter ihr auf, scheinbar unversehrt. Sie fand keinen Ausweg. Dann hörte sie etwas auf sich zukommen. Es huschte durch den Mais, flink, auf allen vieren, vermutete sie. Schnell drehte sich Hazel um die eigene Achse, ließ den Blick umherwandern, auch über den Boden. Nichts. Das Geräusch kam näher. Und als sie nach links sah, blickte sie direkt in das Gesicht eines Mädchens. Es ließ sie schaudern, denn ihr war, als sähe sie in einen Spiegel. Der Anblick war gruselig. Das Mädchen reichte ihr die Hand. „Komm, Lola!", lächelte sie. Die kleine Hand fuhr empor, streifte Hazels linken Arm. Die Berührung ließ eine scharfe Kälte in ihr zurück. Sie schreckte aus dem Schlaf. Ihre Hände griffen in die

Luft, krallten sich in das Bettlaken. Schweißgebadet starrte sie in die Augen eines weißhaarigen Mannes, der sich über sie beugte. In seiner Hand blitzte eine Spritze auf. Kleine Perlen einer farblosen Flüssigkeit rannen an ihrer Spitze herab. Mit der anderen Hand drückte er ihren Arm auf das Bett, er versuchte es, aber sie wand sich gleich einer Schlange. Hagen tauchte neben ihr auf. Er schob den alten Mann zur Seite, setzte sich vorsichtig auf die Bettkante. Sein Arm glitt unter ihren Oberkörper, er legte sich ein Stück weit auf das Bett, hielt sie wie ein kleines Kind. Die Strähnen seines Haars kitzelten ihre Stirn. Mit einer Hand übte er sanften Druck auf ihren Arm aus, redete beruhigend auf sie ein, sagte der Doktor wolle ihr nur helfen. Und so ließ sie ihn gewähren, sodass er ihr die Spritze geben konnte. „Es ist gleich gut", flüsterte Hagen, „du hattest nur einen Albtraum." Die Flüssigkeit vermischte sich überraschend schnell mit ihrem Blut, nahm ihr die Angst, die Schmerzen und es zog sie fort in einen diesmal traumlosen Schlaf.

Als sie erwachte, war es heller Tag. Die Sonnenstrahlen fielen durch das kleine Fenster in das Zimmer, auf das Bett, auf ihr Gesicht. Sie hob eine Hand, legte sie schützend an ihre Augen, ließ den Blick durch das Zimmer gleiten. Es war noch dasselbe, in dem sie zusammen untergekommen waren. Sie war allein. Sachte ließ sie ihre Finger unter die dünne Bettdecke gleiten, spürte den Druck auf ihrer Blase. Als sie sich aufsetzen wollte, wurde ihr schwindlig und sie musste erst eine Weile aufrecht sitzen, eine Hand an ihre Stirn gepresst, um sich dann auf die Bettkante zu setzen. Jemand hatte ihr ein Nachthemd angezogen, das etwas zu lang war. Der weiße Stoff ging ihr bis zu den Knöcheln. Sie hörte Schritte vor der Tür, Stimmen. Eine Frau und ein Mann. Ihre Fäuste stemmten sich auf die Matratze, sie stand auf, schwankte unsicher vor und zurück, hangelte sich bis zum Stuhl vor. Hinter ihrer Stirn fing es an zu pulsieren. Die Zimmertür öffnete sich. Henry betrat den Raum, blickte zum Bett, dann zu ihr. Unter seinem Arm hatte er eine Zeitung. „Du solltest dich lieber wieder hinlegen!", meinte er, kam zu ihr herüber, umfasste sanft ihren Oberarm. „Ich … Ich muss mal!", entgegnete sie zögerlich. Sein Gesicht verzog sich zu einem seltsam gütigen Lächeln. „Ach so. Bis nach draußen zum Häuschen wirst du es noch nicht schaffen, denke ich.“ Er ließ sie los, langte unter das Bett, hielt ihr einen Nachttopf hin: „Da, bitte!“ Sie nahm das gute Stück in die Hand, bis sich auf die Lippe. Es ärgerte sie, dass sie rot wurde. „Wo soll ich denn …?“

„Na hier!“, grinste Henry. „Ich gucke auch nicht, keine Angst!“ Mit diesen Worten setzte er sich an den Tisch, beugte sich über die Zeitung. Sie stellte den Topf in die Ecke des Zimmers, hockte sich darüber. Ihre Augen versuchten die Wand zu ergründen. Henry drehte sich nicht zu ihr um. Das Plätschern überspielte er mit einem Pfeifen. In der Stoffeinlage, die in ihrer Unterhose lag, war etwas Blut, doch sie wollte Henry nicht fragen, ob Keely mehr Einlagen dagelassen hatte. Und sie musste sie mit der Hand auswaschen, dafür fühlte sie sich jetzt noch zu schwach. Ihr war noch zu schwindelig. Also legte sie sich wieder ins Bett, drehte sich auf die Seite, dass sie ihm beim Lesen der Zeitung zusehen konnte. „Habe ich lange geschlafen?“, wollte sie wissen. „Einen Tag und eine Nacht.“ Er sah nicht von der Zeitung auf, während er sprach. „Der Doktor hat dir eine große Portion Morphium verabreicht, damit du nicht das ganze Haus zusammenschreist.“ Es klang nicht vorwurfsvoll, dennoch war es ihr peinlich. „Ich habe geschrien?“

„Yep. Musst schlimme Dinge geträumt haben.“

„Das kann man wohl sagen“, gab sie zu. „Ich verstehe allerdings immer noch nicht, weshalb du weggelaufen bist. Die Sache hat dir nur Schmerzen eingebracht.“ Wenn sie in diesem Moment an ihr Fortlaufen dachte, wusste sie auch nicht mehr recht, warum sie es getan hatte. Vielleicht hatten sie ihre Gefühle erschreckt, diese neuen Gefühle, die ihr noch nicht vertraut waren. Er sah sie immer noch nicht an, begann mit einem Bleistift Notizen zu machen. „Es tut mir leid“, meinte sie leise, fügte hinzu: „Henry, ich muss ... Ich weiß auch nicht.“

„Schon gut.“ Jetzt legte er den Stift beiseite, drehte sich zu ihr um. Abwartend blickte er sie an. Seine Augen funkelten wie dunkelblaue Seen, seine Gesichtszüge waren eben, nur auf seiner Stirn bildete sich eine tiefe Falte. Er hatte noch kein kantiges Gesicht wie ihr Ziehvater, nicht geprägt von harter Arbeit auf dem Feld bei Wind und Wetter. Es verriet seine Herkunft. Seine filigranen Hände. Wahrscheinlich kam er wirklich aus einem gut behüteten Hause, hatte nie hart arbeiten müssen. Sie räusperte sich, senkte den Blick auf die Decke, nahm einen Zipfel zwischen Daumen und Zeigefinger, knetete ihn, während sie sprach. „Ich habe von meiner Vergangenheit geträumt, denke ich. Wer meine wirklichen Eltern sind, weiß ich nicht, man hat sie ermordet, ebenso wie meine Schwestern. Ein alter Mann fand mich im Wald. Ich lebte eine Weile mit ihm in seiner Hütte. Irgendwann ist er gestorben und ich ging ins Dorf. Dort nahm mich der Pfarrer Mr. Ward unter seine Fittiche, brachte mich bei den Wydlers unter. Ihre Tochter Marybeth war gestorben und sie nahmen mich liebevoll auf." Sie spürte, wie ihre Stimme brüchig wurde, wenn sie sich erinnerte. „Meine ... Mama hat mir nur erzählt, was vorher war. Bevor ich zu ihnen kam. Ich kann mich nicht an vieles erinnern. Die Wydlers waren sehr gut zu mir, adoptierten mich. Sie hatten nicht viel Geld, schickten mich aber dennoch zur Schule. Meine Mama … Sie ist vor einiger Zeit gestorben …" Sie merkte, dass sie die Tränen kaum unterdrücken konnte, doch sie mühte sich redlich ab, weiterzusprechen, um sich zu erleichtern. „Wir hatten einen Streit und ich habe sie gestoßen. Es war an einem See, sie ist vom Steg gefallen, auf ein darunterliegendes Boot. Ich wollte es nicht, es tut mir so leid, denn sie hat sich innerlich verletzt und ist daran gestorben. Es ist meine Schuld, obwohl sie mir noch gesagt hat, dass sie mich lieb hat. Nach ihrem Tod übernahm ich alle Hausarbeiten, half meinem Vater. Ich bin fünfzehn Jahre alt, fast sechzehn. Durchaus im heiratsfähigen Alter. Ich sollte bald heiraten. Da bin ich fortgelaufen …" Henry schwieg, sah zwei Atemzüge lang aus dem Fenster. „Warum hast du uns nicht gleich die volle Wahrheit erzählt?", wollte er nach einer Weile wissen. „Und wieso bist du dann auch vor uns weggelaufen? Du kannst nicht dein ganzes Leben lang flüchten, wenn dir etwas missfällt. Und was ist mit dem Waisenhaus? Wie bist du da gelandet?" Sie überlegte, ob es besser sei, nun einfach ein Puzzlestück einzuweben, ein spontaner Einfall, wie William sie ins Waisenhaus gebracht hatte, doch sie entschied sich dafür, nicht mehr zu lügen, jedenfalls nicht so viel wie vorher. „Gar nicht. Es tut mir leid … Aber ich war nie im Waisenhaus."

„Dann willst du mir erzählen, dass dein Ziehvater jetzt irgendwo in seinem Haus sitzt und vor Sorge umkommt? Er hat dich bei sich aufgenommen und das ist dein Dank?“ Henry war sichtlich aufgebracht über ihr Verhalten. „Und wie ist das dann mit den Striemen an deinen Beinen passiert?“ Vielleicht hatte sie von ihm mehr Mitgefühl erwartet. Doch er ritt auf dem von ihr kunstvoll errichteten Lügengebilde herum, statt ihr auch nur einen Funken Bedauern zu schenken. „Und dann läufst du ausgerechnet mir in die Arme und Hagen tut es als Schicksal ab!“ Er stand auf, steckte die Hände in die Hosentaschen, verharrte in dieser Haltung, sah auf seine Füße. Seine Schultern zuckten. „Bitte!“, sagte sie, kroch vor zum Bettrand, suchte seinen Blick, flehte: „Bitte verzeih mir! Behalte es für dich! Oder setz mich einfach irgendwo aus!“

„Wo denn? Im Dirnenviertel?“ Der scharfe Klang seiner Stimme durchschnitt den Raum, ließ sie zusammenfahren. Er war mehr als wütend. Nun sah er auf, ihre Blicke trafen sich. Sein Gesicht war nun kein makelloses, vielmehr wirkte es auf sie wie das eines strengen Vaters. Zwischen ihnen machte sich ein fast bedrohliches Schweigen breit. Dann machte er ein abwertendes Geräusch und verließ fast fluchtartig das Zimmer. Seine schnellen Schritte verhallten auf der Treppe. Sie blieb erstaunt sitzen, lehnte sich dann an das Holz am Bettende und begann zu weinen. Unendlich verlassen fühlte sie sich. Niemals war sie irgendwo richtig. Alles, was sie tat, war falsch. Sie war schlichtweg in ihrem Denken und Handeln noch zu kindlich naiv, sie hasste sich selbst dafür, denn er hatte mit seinen Vorwürfen nicht ganz unrecht. *Erkenntnis ist der erste Weg zur Besserung*, sagte sie sich. Sie verstand sich selber nicht. Wie sollte sie da Verständnis für andere aufbringen? Ihr war nur bewusst, dass sie sich zu den beiden Männern auf eine bisher nie gekannte Weise hingezogen fühlte. Vielleicht war sie wirklich verliebt in Henry. Oder in Hagen? Die erste große Liebe. Sein Unverständnis tat ihr weh. Sie stand auf, ging zum Fenster, blickte auf die Straße. Henry stand unten, unterhielt sich mit Hagen. Die Wirtin ihres Hotels trat zu ihnen. Sie lächelte die beiden an, zu überzogen, wie Hazel fand. Sie schätzte ihr Alter auf Anfang vierzig. Ihre blonden Haare waren locker am Hinterkopf hochgesteckt. Ihr Kleid war schlicht. Sie trug eine Schürze. Einige Flecken waren darauf zu erkennen. Es ärgerte sie, wie sie so mit ihr dastanden. Dann legte Hagen seine Hand auf ihren Arm, flüsterte etwas in das Ohr der Wirtin, die daraufhin zu lachen begann. Hazel öffnete das Fenster, rief wie ein forderndes, unartiges Kind nach unten: „Ich habe Hunger!“ Doch Hagen wandte den Blick nicht von der Wirtin, winkte kurz mit der Hand. Henry sah zu Hazel hinauf. „Ich bringe dir gleich etwas!“, erklärte er, deutete auf die Wirtin. „Sue wird dir sicher gerne etwas machen! Sie kocht wirklich gut!“ Die Wangen der Wirtin überzog ein feines Rot ob seines Kompliments, sie senkte verschämt den Blick. Dann ging sie ins Haus. Beide Männer sahen ihr nach. Hagen stützte die Hände in die Hüften, hob den Blick zu Hazel. „Marsch, zurück ins Bett!“, meinte er grinsend. Anscheinend hatte Henry ihm noch nichts von ihrem Geständnis erzählt. Doch sie hatte genug gesehen. Sie verkroch sich wieder ins Bett, zog die Decke über ihren Kopf. Das Nachthemd, das sie trug, stammte bestimmt von der Wirtin oder von Keely! Sicher konnte sie nicht verlangen, dass sie beide sich nur um sie kümmerten, aber sie dachte, sie gefiele ihnen. Irgendwie jedenfalls. Nach einer Weile hörte sie die Tür, Schritte. Henrys Stimme, Geklimper. „Hazel? Bist du wach? Hier ist was zu essen für dich“, meinte er mit sanfter Stimme, stellte etwas auf dem Tisch ab. Sie lugte unter der Decke hervor. Eigentlich hatte sie keinen richtigen echten Hunger, hatte beide Männer nur ärgern wollen, damit sie nicht mehr mit der Frau sprachen. Jetzt stand auf dem Tisch ein Tablett mit dampfender Suppe, einer Tasse Tee. Er beugte sich vor, sah sie abwartend an. Dann setzte er sich auf den Stuhl. Sie kam zu ihm herüber, blieb kurz vor dem Tisch stehen, sog den Duft der warmen Suppe in ihrer Nase auf. Unschlüssig stand sie da, sah zu, wie er sich eine Zigarette drehte. Also lehnte sie sich an den Tisch. „Willst du nicht im Bett essen?“

„Nein“, sagte sie, „ich habe genug gelegen.“ Er umfasste mit der freien Hand behutsam ihren Oberkörper, hob sie wieder auf seinen Schoß wie ein kleines Kind. Schweigend aß sie die Suppe, nahm einen Schluck vom Tee. Auch er rauchte schweigend seine Zigarette, den Blick starr aus dem Fenster gerichtet. Es schien ihm nicht zu missfallen, dass sie immerzu seine Nähe suchte. Sie hielt die Tasse in ihrer Hand, wärmte ihre Finger daran, obgleich eine lauwarme Welle ihren Körper zu umspülen schien. Ihr kleines Herz klopfte so heftig in ihrer Brust, sie fürchtete, er könne es bemerken. „Henry?“, fragte sie leise, wunderte sich dann über die Worte, die auf ihren Lippen brannten, ihr förmlich aus dem Mund purzelten: „Gefällt dir diese Frau … Sue?“ Er nahm es gelassen, mit einem zögerlichen Lächeln. „Nein.“

„Und Keely?“

„Ich wäre ja wohl kaum mit ihr auf ein Zimmer gegangen, wenn ich sie abstoßend fände“, grinste er. „Liebst du sie?“, wollte sie wissen, versuchte aber es nicht zu beharrlich klingen zu lassen und fügte schnell hinzu: „Du musst nicht antworten, wenn du nicht willst.“

„Gute Frage …“, antwortete er, stützte den Kopf lässig auf eine Hand, sie spürte seine Blicke auf ihrem Gesicht. „Es ist manchmal von Vorteil, sich mit Leuten gutzustellen und sie ist nett, hübsch, aber Liebe ist es nicht. Für bestimmte Dinge muss man aber auch nicht verliebt sein, zumindest nicht als Mann.“ Sie ahnte, worauf er hinauswollte, gab sich aber unwissend. „Was meinst du?“

„Du bist ganz schön forsch für dein Alter, weißt du. Sei ehrlich, du weißt genau, was ich meine!“ Er hatte sie wieder einmal durchschaut. „Ich habe darüber gelesen … Liebesromane.“ Henry lachte lauthals auf. „Liebesromane? Oh Gott! Oh Gott! Schwülstige kitschige Schmachtfetzen!“ Ihr Kopf verfärbte sich puterrot, sie fühlte es an der Wärme, die in ihr aufstieg. Es war ihr peinlich, wie er darüber urteilte, dass sie sich in solchen Dingen verfing. Seine Worte schienen ihm nicht besonders leidzutun. „Das ist nicht die Realität. Aber Mädchen in deinem Alter brauchen so etwas vielleicht. Selbst meine Mutter hat die Bücher noch verschlungen.“

„Du bist gemein!“, sagte sie beleidigt. „Wie ist es dann, häh?“

„Das wirst du selbst noch früh genug herausfinden.“ Sein Tonfall änderte sich dahin gehend, dass er wie einer dieser Jungs aus ihrem alten Dorf klang, wenn sie von ihren ersten Erfahrungen erzählten, mit dieser Überheblichkeit, dieser Erhabenheit über das Unwissen der anderen. „Erzähl mir, wie es war, als du das erste Mal verliebt warst, bitte!“

„Warum willst du das wissen?“

„Mein Vater hat mir erzählt, wie er damals meine Mutter getroffen hat und sie ihn. Es war fast wie in diesen Romanen. Junge trifft

Mädchen … und so weiter. Er musste sich gegen zwei andere Jungen behaupten, die sie mochten …" Für Sekunden dachte Henry nach, schnippte den Rest der Zigarette aus dem Fenster, legte seine Hände auf ihre Hüften, wie selbstverständlich, völlig unverfänglich von seiner Seite aus. Aber sie genoss es. Sein Körper war jetzt ganz dicht an ihrem. Sie lehnte sich gegen seine Brust, sehr vorsichtig, fast unauffällig. Es prickelte in ihren Adern, auf ihrer Haut. „Warte mal, es gab da mal eine Kundin in unserem Schuhgeschäft, die immer mit ihrer Tochter kam. Sie hieß Feodora und war eine echte Prinzessin und ab und an zu Besuch in London. Ihr deutscher Akzent war hörbar, aber nicht lächerlich. Es gefiel mir. Und sie hatte braune Haare, war ziemlich groß. Sie konnte Klavier spielen und sie hat Lieder in ihrer Muttersprache gesungen, die klangen wie … na ja … Das ließ einen das Heimweh schmecken. Meine Eltern und ich waren zu einer Teegesellschaft geladen. Wahrscheinlich klingt das alles ziemlich dumm für dich …"

„Nein, bitte erzähl weiter!", drängte sie. Ihr entging nicht dieser genießerische Ausdruck, der sich auf sein Gesicht legte und mit dem er die Augen schloss, fast träumerisch. „Wir trafen uns nur einmal im Park. Meine Mutter lud sie und ihre Mutter zu uns ein. Aber meine Eltern fanden sie unpassend. Irgendwann hat sie angefangen zu singen, ich habe sie auf dem Klavier begleitet. Kennst du dieses Schaudern, wenn man sich an etwas sehr Schönes erinnert, mit dem man etwas verbindet, meine ich?" Sie überlegte, schüttelte dann den Kopf. „Jedenfalls hat sie mir ihr Taschentuch geschenkt zum Abschied. Na, und dann …", er atmete aus, schien für ein Weilchen nach den richtigen Worten zu suchen, seufzte: „… war es das auch schon. Ich bin nicht der Richtige, um dich über die Liebe aufzuklären." In ihrer Vorstellung sah sie Henry und stellte sich das Mädchen vor, aber sie geriet zu sehr in ihre schwärmerischen Gedankenbilder von eng umschlungenen Pärchen mit schmachtenden Blicken. „Was ist aus ihr geworden?" Er zuckte mit den Schultern. „Wie lange ist das her?"

„Zu lange, ich war damals nicht so viel älter als du."

„Hattest du schon viele Frauen?"

„Dutzende!", lachte er, schob sie dann von seinem Schoß, vertiefte sich augenscheinlich wieder in die Zeitung. Sie legte sich in das Bett, kuschelte sich in der Decke ein. Ihr brannte noch eine Frage auf den Lippen, ob sie ihm gefiele, ob er sie hübsch fand, aber dann verkniff sie es sich, die Fragen zu stellen. Vielleicht fürchtete sie zu sehr eine negative Antwort im Hinblick auf ihr Alter. „Und?", fragte sie dann scheu. Er sah nicht von der Zeitung auf, wusste, was sie meinte, sagte mit gewissem Nachdruck. „Ich werde es Hagen nicht erzählen, aber ich verlange von dir, dass du deinem Ziehvater wenigstens einen Brief schreibst, damit er weiß, dass es dir gut geht. Und ich möchte nicht noch einmal erleben, dass du mich oder Hagen anlügst, ansonsten erzähle ich ihm die Wahrheit über dich."

„Dass mit meinen Beinen …", begann sie, doch er winkte ab. „Ich will es nicht wissen, okay? Und jetzt kein Wort mehr über diese unleidliche Geschichte."

„Gut", meinte sie, „ich danke dir."

Henry gab vor, die Zeitung zu lesen, hörte ihr beiläufig zu, dennoch war er mit seinen Gedanken ganz woanders. Ihm war schon öfter bewusst geworden, dass er eigentlich nie eine richtige Freundin gehabt hatte. Nie war ein Mädchen seinen Eltern, besonders der Mutter, gut genug gewesen. Sie zog Erkundigungen über die Mädchen ein, die ihm gefielen, schenkte Gerüchten Glauben und versuchte ihr Bestes, ihm das jeweilige Mädchen so unschmackhaft wie möglich zu machen. Sie hatte ihn damit an sich gekettet, bewusst oder unbewusst. Mit den Jahren hatte es seinen Hass auf sie nur noch mehr gesteigert. In ihren Augen blieb er immer ein dummer, unfähiger Junge, den man immer und überall zurechtweisen musste. Unmündig und nicht in der Lage, eigene Entscheidungen zu treffen. Wenn er ehrlich war, waren die Prostituierten da in Whitechapel, diesem heruntergekommenen Londoner Viertel, in der Nacht, als er seine Mutter getötet und sich von ihr so endlich gelöst hatte, die ersten richtigen Frauen in seinem Leben gewesen. Eine traurige Tatsache, fand er.

Einige Tage später ging es Hazel besser, bald wollten sie weiterreiten, also vertrieb sie sich die Zeit. Wenn Hagen und Henry nicht im Zimmer waren, langweilte sie sich jedoch unendlich. Sie versuchte, die Bücher zu lesen, die Henry ihr mitbrachte, aber ihr fehlte jegliches Interesse am Lesen an sich. Es war schöner, fand sie, wenn er vorlas. So gab sie meist nur vor, die Bücher zu lesen, kitzelte danach geschickt Informationen über das jeweilige aus ihm heraus und konnte dann vorgeben, es gelesen zu haben. Manchmal war sie vielleicht zu überschwänglich in der Beschreibung der Handlungsstränge, die sie beeindruckt hatten. Es war dann fast so, als wüsste er, dass sie log, doch er ging nicht weiter darauf ein.

Sie konnte wieder aufstehen und ab und an tat sie es auch, ging nach unten auf die Straße, schlenderte durch die kleine Stadt, setzte sich unten in das Restaurant, unterhielt sich mit Henry und Hagen. Nur ab und zu kamen Jugendliche in der Stadt an. Hazel legte nicht wirklich viel Wert auf Kommunikation mit ihnen, dennoch folgte sie der Aufforderung, wenn Hagen meinte, sie solle doch mal zu diesem oder jenem Mädchen hinübergehen, mit ihr reden. Es war nur oberflächliches Geplänkel, denn Hazel war ihnen überlegen. Nur allzu bereitwillig bezeichnete sie Henry als ihren Vater vor den Mädchen und Hagen als ihren zukünftigen Ehemann oder Liebhaber. Dabei achtete sie stets pedantisch genau auf den Gesichtsausdruck der Mädchen, die Reaktion auf ihre Worte, die sie beiläufig fallen ließ, um sich dann an ihrer verwunderten Miene zu weiden. Es war für jeden ersichtlich, dass sie gern im Mittelpunkt stand und sie genoss es unendlich. Wenn sie Jungen begegnete, fand sie deren Annäherungsversuche meist zu plump und kindlich. Ihnen das zu gestehen, angesichts von Henry und Hagen, fiel ihr sehr leicht. Und wenn die Jungen dann Henry sahen, wie er durch die Straßen schritt auf der Suche nach ihr, verabschiedeten sie sich sehr schnell wieder. Dennoch wurde er nie handgreiflich, Henry nahm es gelassen, wenn sie mit Jungen ihres Alters sprach, es war für ihn normal und ärgerte sie doch umso mehr, dass er sich nicht daran störte, während Hagen sie einmal von einem Jungen weggezogen hatte, weil dieser sie allzu stürmisch küsste, seine Finger unter ihre Bluse glitten. Und Hazel setzte ihren unschuldigen, verletzlichen Blick auf, tat so, als bedränge sie der Junge wirklich, dabei hatte sie ihn aufgefordert, sie zu küssen. Alles, was der Junge später gegen sie sagte, wie er versuchte, die Schuld auf sie zu schieben, war sinnlos. Hagen glaubte ihr und hörte nicht auf seine Unschuldsbeteuerungen.

Hazel blätterte in dem Buch, befeuchtete lustlos ihre Fingerspitze, sah zu, wie ihre Spucke kleine Abdrücke auf der Seite hinterließ. Plötzlich fiel ein Zettel aus dem Buch. Sie nahm ihn in die Hand, legte das Buch beiseite und entfaltete das Papier. Es war unzweifelhaft Henrys sehr schnörkelige Schrift:

„Aufwallt mein Herz, gedenk ich der
Liebe, die von Urzeiten her.
Aussprechen kanns das Wort nicht mehr.
Wie Kohlenfeuer brennt sie sehr.
Sturm weht durch mich der Leidenschaft:
stark wie der Tod ist Liebeskraft."

Sie las es noch einmal, langsamer. Hazel war sich nicht sicher, ob er es irgendwo abgeschrieben hatte, denn dafür kannte sie zu wenige Gedichte. In diesem Moment betrat er das Zimmer. Sie erschrak, denn sie war so vertieft in die Zeilen gewesen, dass sie nicht auf Schritte auf der Treppe gelauscht hatte. Henry hatte die Zeitung unter dem Arm, ging zum Tisch, legte sie dort ab, sah sie an. „Ist irgendwas?"

„Nun ...", sie stand auf, hielt den Zettel an ihre Brust gepresst, „da war etwas in dem Buch und ..." Er streckte die Hand aus, sie senkte den Blick, gab ihm den Zettel. Innerlich betete sie, dass die Zeilen für sie seien, geschrieben von seiner Hand. Henry starrte auf den Zettel und Hazel konnte es nicht länger zurückhalten, denn sie wollte Gewissheit. „Du hast es geschrieben, oder?", drängte sie. Er schüttelte stumm den Kopf. Doch sie faltete die Hände theatralisch, hob sie an ihr Gesicht, denn sie glaubte, er wolle es nicht offenbaren. „Es ist wunderschön!", meinte sie mit einem Seufzen. „Nur Worte", gab er zurück, „und es fiel mir irgendwann wieder ein." Es machte sie rasend, dass er es nicht eingestand, so hakte sie nach, gab das kleine, erwartungsvolle Mädchen. „Ist es für mich?" Er wich ihrem Blick aus. „Es handelt vielleicht auch ein Stück weit von dir, aber es ist nur ein kitschiges Gedicht, das mir nachts wieder eingefallen ist! Und eigentlich habe ich an jemand anderen gedacht", gab er offen zu, wollte das Papier zerknüllen, aber Hazel nahm es an sich, machte einen Satz auf ihn zu, legte ihre Arme um seine Hüften, presste ihren Kopf an seine Brust. „Ich liebe dich auch!“, hauchte sie leise und er schob sie von sich. Einen Atemzug lang standen sie sich gegenüber. Unvermittelt holte er aus, schlug ihr mit der flachen Hand ins Gesicht. Es klatschte, als seine Handfläche auf ihre Wange traf, und die Wucht seines Schlages ließ sie gegen die Wand fallen. Sie sank daran herunter, blieb mit angezogenen Beinen sitzen, rieb sich mit einer Hand die Wange. Dann schenkte sie ihm ihr schönstes Lächeln. „Wie ein Kuss!“, kommentierte sie sein Verhalten und fixierte ihn mit den Augen. „Du bist komplett verrückt!“, sagte er laut, stand unsicher da, schien sein Verhalten zu bereuen, konnte sich dennoch nicht zu einer Entschuldigung herablassen, meinte streng: „Hazel, das Gedicht ist von Jehuda Ha-Levi, einem jüdischen Dichter, der vor vielen Hundert Jahren gelebt hat!“

„Meine Antwort ist Ja!“, meinte sie in versöhnlichem Ton, ignorierte seine Erklärung, doch sie war fast zu überschwänglich. „Was?“ Er ging zum Fenster, sah hinaus, kam dann wieder zu ihr zurück, blieb vor ihr stehen, hielt ihr eine Hand hin. Sie ergriff sie, ließ sich aufhelfen. „Na, ich habe gehört, wie ihr über mich geredet habt. Es wäre unfair, euch beide in dem Glauben zu lassen, dass ich nicht durch Zufall alles mitbekommen hätte. Zudem könnt ihr mich nicht ungefragt lassen und deshalb sage ich dir, dass meine Antwort ein ‚Ja‘ ist.“ Sie hielt inne, jetzt schien er völlig verwirrt und erstaunt über ihr Geständnis. „Ich liebe euch auf eine gewisse Art und Weise beide. Ihr habt mich aufgenommen, mir geholfen, ich möchte bei euch bleiben. Verzeih mir, was ich dir jetzt sage, meine Ehrlichkeit, aber ich bin vielleicht ein dummes kleines Mädchen, das eine Familie haben möchte, Kinder, auch wenn das kindliche Träumereien sind. Ich sehne mich danach, weil ich selbst dieses Glück nie wirklich hatte oder nur für einige Jahre. Du musst das verstehen. Wenn du also keine Familie gründen möchtest mit mir, dann wähle ich Hagen. Es wird keine Zweckgemeinschaft sein, denn ich liebe ihn ebenso wie dich ...“ Er hob die Hand, bat sie kurz zu schweigen, dann setzte er sich auf den Stuhl am Tisch. „Das ... Das geht mir alles zu schnell ...“, flüsterte er, wiederholte dann: „Ich habe es geahnt. Ich habe es geahnt.“ Henry wurde klar, dass er sie aufgrund ihres jugendlichen

Alters unterschätzt hatte. Sie hatte in ihrem kurzen Leben durch die Erfahrungen einen geschulten Verstand, wusste, was sie wollte. Er schloss die Augen, dachte kurz nach, was er antworten sollte, aber ihm fielen keine passenden Worte ein. Er hörte, wie sie zum Stuhl kam, sich neben ihn stellte, sehr dicht, dann legte sie beide Arme um ihn, ihren Kopf an seine Schulter. Wenn er das alles so hinnahm, sich darauf einließ, jetzt, wo er um ihre wahren Gefühle für in wusste, war das für ihn fast so etwas wie ein Verrat an Hagen. Also räusperte er sich, wollte es ihr erklären, doch er musste zweimal ansetzen, um sich zu überwinden. „Hazel, ich bin über 20 Jahre älter als du. Und auch wenn es dich jetzt nicht stört, so wird es dich vielleicht in ein paar Jahren stören. Auch kann ich deine Wünsche verstehen, dass du eine Familie haben möchtest, aber ich kann dir das nicht geben ... weil, ich ... ich bin krank. Ich habe Syphilis. Irgendwann werde ich schwachsinnig werden, ein sabbernder Greis, der sich selbst nicht mehr kennt, geschweige denn seine Umwelt. Und ich kann keine Kinder mehr zeugen ... Ich habe mich selbst dazu verdammt, in stetiger Enthaltsamkeit zu leben ...“

„Warum bist du dann zu Keely gegangen?“ Sie stellte die Frage nicht vorwurfsvoll, sondern behutsam, fast zu leise. Ihr war die Tragweite seiner Worte nicht bewusst, obwohl sie von dieser und anderen Krankheiten gehört hatte. Doch sie hatte genug Taktgefühl, ihn nicht zu fragen, wie er es bekommen hatte oder woher, was genau mit einem geschah, der es hatte. „Ich bin zu ihr gegangen, weil ich nun einmal ein Mann bin. Die ganze Zeit mit dir, die Frauen in den Bars ... Es war ein sinnloser Versuch, mir etwas zu beweisen. Ich will nicht mehr darüber reden. Ich habe schon einmal eine Frau verletzt, leider kann ich es nicht mehr wiedergutmachen, aber ich fühle, dass ich sie nicht wirklich vergessen kann ... Sie fehlt mir.“ Hazel sah Tränen in seinen Augen schimmern, sie hatte noch niemals vorher einen Mann weinen sehen. Er drehte sich ein wenig zur Seite, legte seinen Kopf an ihre Brust, die Arme um ihre Hüften. Sie drückte ihn sanft an sich, spürte eine Art Wehmut in sich aufsteigen, doch verdrängte das Gefühl. „Ich verstehe“, meinte sie sanft. Als Hagen das Zimmer betrat, ließen sie schlagartig voneinander ab. Hazel stürmte auf ihn zu, umarmte ihn lächelnd. „Ich muss mit dir reden!“, sagte sie, nahm seine Hand und zog ihn aus dem Zimmer. Hagen sah Henry an, der den Kopf schnell wieder zum Fenster wandte, sagte ihm noch, dass sie bald losreiten sollten, folgte Hazel.

Henry sah sie unten auf der Straße, Hand in Hand gingen sie zu dem kleinen Laden hinüber. Sie deutete mit einem Finger auf etwas im Schaufenster, Hagen lachte. Dann standen sie sich gegenüber und schienen zu reden. Nein, er bereute seine Offenheit ihr gegenüber nicht, aber dennoch schmerzte es ihn wie ein Stich ins Herz, die beiden zusammen zu sehen, so eng miteinander vertraut. Er fühlte sich wie ein abgehalfterter Märtyrer, doch er musste sich zusammenreißen. Er hatte sich an so vieles in seinem Leben gewöhnen müssen, das wäre ein Kinderspiel dagegen. Und es würde ihm genügen, von beiden geduldet zu werden. Hagen konnte sich sicher sein, dass er ihm nicht in die Quere käme. „Scheiße ...", entfuhr es Henry. Unten auf der Straße hob Hagen Hazel ein Stück weit hoch, küsste sie. Sie schienen so glücklich miteinander. Er gönnte es ihnen, aber er würde eine Weile brauchen, damit fertig zu werden. So packte er die wenigen Sachen zusammen, die ihnen gehörten, stopfte alles in einen großen braunen Lederbeutel, setzte sich auf das Bett und wartete, bis sie ihn nach unten riefen.

Sie zogen durch einige kleine Städte, Ansiedlungen, doch langsam wurde auch Hagen es leid, sich so ziellos jeden Tag treiben zu lassen. Beide Männer kamen überein, es in Hazels Hände zu legen, einen Platz zu finden, an dem sie mit ihnen leben wollte. Und sie gab sich redlich Mühe, Gefallen an einem Ort zu entwickeln, doch da sie sich selbst versorgen mussten, konnte sie gewisse Dinge, wie Wasser in der Nähe, nicht außer Acht lassen. Zudem wollte sie nicht in die Stadt, auch nicht zu dicht mit anderen Menschen zusammenleben. Sie stellte es sich schön vor, nur die beiden Männer um sich zu haben. Jedenfalls die meiste Zeit. Es gefiel ihr so, wie es war. Sie saß entweder hinter Hagen oder Henry auf dem Pferd, legte ihre Arme um sie, ihren Kopf gegen ihre Rücken, manchmal träumte sie, sank aber nicht in tiefen Schlaf, dann malte sie sich ihr gemeinsames Leben in den schönsten Farben aus.

Irgendwann machten sie an einem See Rast. Er lag nicht weit von einigen kleinen Hütten, es gab einen kleinen Steg, ein Boot und sie fragte Henry, ob er mit ihr auf dem See eine kleine Fahrt machen wollte. Mittlerweile war sie geübt darin, mal den einen, dann den anderen um einen Gefallen zu bitten, aber es im Gleichgewicht zu halten. Dabei war sie nie fordernd, schenkte ihnen ein Lächeln, fragte mit sanfter Stimme. Manchmal verschränkte sie ihre Hände in kindlicher Manier hinter dem Rücken, senkte den Kopf, um ihnen von unten herauf einen Blick zuzuwerfen, der beide dazu trieb, ihr jeden Wunsch zu erfüllen. Hazel war sich dessen voll und ganz bewusst, es erfüllte sie mit Stolz, wie sehr sie beide in der Hand hatte, sie beeinflussen konnte. Zwar war sie nicht mit besonderen fraulichen Reizen oder Vorzügen gesegnet, aber sie wusste, wie sie dies ausgleichen konnte. Henry zögerte, mit ihr Boot zu fahren, denn er erinnerte sich schlagartig an eine Fahrt mit seiner Mutter, sah wieder deren Gesicht vor sich, während er ruderte, ihr Lächeln, wie sie den Griff des Sonnenschirms in ihrer Hand drehte, den Kopf zur Seite legte. Er hörte wieder das sanfte Platschen, wenn die Ruder das Wasser berührten, fühlte wieder die warme Julisonne auf seinem Körper – ein sanfter Schauer lief seinen Rücken hinab. Und dann war da wieder die Stimme seiner Mutter, die ihm mit einem süßen Lächeln auf den Lippen sagte, dass er ihr Ein und Alles war, nun da sein Vater tot sei, und er hatte ohne zu zögern erwidert, wie sehr er sie liebte. Er hatte es damals, als er das gut florierende Geschäft seines Vaters gerade übernahm, sein Name nun in breiten Lettern über der Eingangstür stand, er nicht mehr unter „and Son" lief, ehrlich mit ihr gemeint. Allerdings eben wie ein Sohn seine Mutter verehrt, ein kleiner Junge, für den sie das Maß aller Dinge ist, so wie für ein kleines Mädchen kein Mann an den Vater heranreicht. An jenem Tag war ihm aber auch der dunkle Gedanke gekommen, sich endlich von ihr lösen zu müssen, doch er wusste, dass es ihr das Herz breche, daher verdrängte er es. Hazel rüttelte an seinem Arm, da er sich nicht rührte, sondern mit halb geöffnetem Mund dastand, auf den See starrte. Er reagierte nur langsam, konnte die Erinnerung nur mühevoll abschütteln. „Ich musste nur gerade an etwas denken …", begann er, hielt dann aber inne, nahm ihre Hand, führte sie zum Steg. Er stieg in das Boot, half ihr dann hinein, setzte sich ihr gegenüber, griff die

Ruder. Sie kicherte, als das Boot beim Anrudern leicht schaukelte. „Wir hätten erst fragen sollen, ob wir es uns nehmen dürfen“, meinte sie. „Ach, wir machen doch nur eine kleine Fahrt.“ Es klang teilnahmslos und Hazel fand plötzlich, dass es dumm war, ihn darum zu bitten, mit ihr zu fahren, wenn er eigentlich keine Lust dazu hatte. Daher fragte sie, ob es ihn langweile, doch er schüttelte den Kopf, zeigte aber auch keine Regung auf seinem Gesicht, es machte sie unsicher. So sah sie zu Hagen, der ihnen zuwinkte, sich gerade unter einen Baum setzte. „Du bist immer so nachdenklich“, stellte sie fest. „Findest du?“, fragte er, wobei in seinem Tonfall eine gewisse Ironie mitschwang, er unterstrich es durch ein kurzes Grinsen. „Ja, finde ich“, gab sie zurück, verdrehte die Augen. „Vielleicht solltest du über gewisse Dinge einfach mal reden.“

„Oh ja. Sicher“, zog er sie auf. „Wir sollten absolut keine Geheimnisse voreinander haben. Da bist du ja sozusagen die Expertin.“

„Das meinte ich“, sagte sie entrüstet, beugte sich etwas vor, sah ihn an: „Du hast es ihm doch nicht erzählt, oder? Du hast es mir versprochen.“ Ihr Blick suchte seinen, doch er beugte sich stattdessen zur Seite, begutachtete das Wasser eingehend, wandte sich an sie. „Sag mal, kannst du eigentlich schwimmen?“ Hazel verstand nicht sofort, worauf er hinauswollte, wieder einmal spielte ihr sein ungewöhnlicher, bissiger Humor einen Streich, so glaubte sie, er wolle Schwimmen mit ihr gehen. „Nein, ich kann nicht schwimmen. Ist es tief?“ Ängstlich legte sie beide Hände auf den Rand des Bootes, umklammerte diesen, als sie sich etwas darüber hinweglehnte, um ebenfalls auf das Wasser zu sehen. „Ich schätze, es ist nicht sehr tief, nein. Und in mir war auch nur gerade das Verlangen danach, die Ruder hinzulegen, ins Wasser zu springen, dich also quasi nicht gerade gentlemanlike sich selbst zu überlassen“, sagte er voller Ernst, grinste wieder. „Denn ich kann schwimmen.“ Hazel musste seine Worte einen Moment verdauen, dann begriff sie. Sie war zu weit gegangen mit ihrer Fragerei und so schwieg sie, denn sie wusste nun nicht mehr, was sie noch sagen sollte. Er nahm es mit einem erleichterten Seufzen hin, murmelte etwas wie „Endlich“, ließ seinen Blick an ihr vorbei über den See gleiten, vermied den direkten Blickkontakt. „Es tut mir leid“, flüsterte sie. „Das muss es nicht. Aber es gibt Dinge, die ich nicht ausbreiten will wie ein Laken. Akzeptiere es einfach."

„Ja", sie wollte die negative Stimmung zwischen ihnen wieder beseitigen, lenkte ab. „Ich muss gerade an so eine alte Geschichte denken, von einer Prinzessin, die sie in einem Boot auf dem See treiben lassen, als sie jung stirbt. Ich musste mich immer fragen, wie lange sie wohl so dahintreibt."

„Das ist die Lady von Shalott, die Mutter von Galahad, dem Gralssucher. Aber ich bin mir nicht sicher, ob du da nicht etwas verwechselst." Sie zeigte sich sichtlich erstaunt und begeistert über sein Wissen. „Woher weißt du nur immer solche Sachen?"

„Ich bin Engländer!", warf er ein. „Diese Legenden gehören zu unserer Geschichte. Allerdings frage ich mich, wie du daran gekommen bist und ich meine das ohne jeglichen Vorwurf."

„Ich habe es vergessen. Aber ich habe dieses Bild noch im Kopf. Manchmal habe ich Angst, wenn ich daran denke, aber ich stelle es mir besser vor, als in der Erde zu liegen." Ihre Leichtigkeit verflog, ihre Augen blickten ausdruckslos, düster. Henry legte die Ruder ins Boot, faltete die Hände in seinem Schoß. „Du bist wirklich noch zu jung, um dir solche Gedanken zu machen." Sie verspürte den Drang, zu ihm in seine Arme zu kriechen, hangelte sich vorsichtig vor, ergriff seine Hände, öffnete seine Arme, umfasste seine Hüften, legte den Kopf in seinen Schoß. Er sagte leise ihren Namen, wollte sie sanft fortschieben, nahm ihre Zuneigung dann jedoch an, um sie nicht zurückzuweisen, zog sie ein Stück weit zu sich empor, wollte nicht, dass ihr Kopf in seinem Schoß lag, empfand es als zu bedrängend. Er umfasste sie, doch sie weigerte sich ihre Position zu verlassen. Und da er zuerst davon ausgegangen war, sie täte dies mit Absicht, um ihn so auf eine sanfte Art zu verführen, verwunderte es ihn, als sie nun mit weinerlicher Stimme erklärte: „Hagen hat mir erklärt, was deine Krankheit mit dir macht. Seitdem … kann ich … Ich will nicht, dass du stirbst. Es soll alles so bleiben, wie es jetzt ist. Denn ich will nie mehr jemanden verlieren, den ich gern habe, verstehst du?" Zu Beginn ihrer Worte war ihre Stimme wieder die eines kleinen Mädchens gewesen, das sich über die Ungerechtigkeit des Lebens erboste, doch sie wandelte sich in die überzeugenden einer Erwachsenen. Ihre Worte beeindruckten ihn, obwohl er es nicht gut fand, dass Hagen ihr so viel über ihn offenbarte, ohne ihn vorher zu fragen. Vielleicht hatte er es Hazel aber auch im Vertrauen gesagt, doch sie war die Letzte, die etwas für sich behalten konnte, wenn es sie bewegte. So war es nur natürlich, dass sie irgendwann die Sprache darauf brachte. „Ich lebe schon eine Weile damit und ich kann auch noch einige Jahre damit leben. Es ist ja meine eigene Schuld. Und ich musste lernen, damit umzugehen. Du hast auch noch Hagen, vergiss das nicht."

„Es muss schrecklich für dich sein und ich bin so gedankenlos manchmal", gestand sie. „Es ist, wie es ist", bemerkte er tonlos. Sie hangelte sich an ihm hoch, das Boot schaukelte leicht hin und her und er umfasste instinktiv mit einer Hand den Rand. Diesen kurzen Moment nutzte sie aus, und als er ihr das Gesicht wieder zuwenden wollte, war ihres vor seinem. Ihre braunen Augen funkelten ihn an, da war ein kleines Aufflackern, bis sie die Lider senkte, ihre Lippen sanft auf seine drückte. Es überraschte ihn so sehr, dass er unfähig war, dem etwas entgegenzusetzen, geschweige denn ihren Kuss zu erwidern. Stattdessen saß er stocksteif da, mit offenen Augen, fühlte ihre kleine Hand an der Innenseite seines Oberschenkels hinaufwandern, zuckte zusammen, als ihre Finger wie beiläufig sein Geschlecht streiften. Doch es hielt sie nicht davon ab, mit der anderen Hand an den Knöpfen seines Hemdes zu spielen. Sie schaffte es, einen zu öffnen, machte sich an dem nächsten zu schaffen und dann fuhren die Finger unter sein Hemd. „Hör auf!", flüsterte er, aber es lag so wenig Nachdruck in seiner Stimme, dass sie darüber nur lächelte. „Nur einen Kuss …", hauchte sie. Er konnte die Initiative ergreifen, denn sie hatte offenbar noch nie vorher einen Mann wirklich mit Hingabe geküsst, die Führung übernehmen, aber er wollte es nicht weitergehen lassen, versuchte sie wegzurücken, damit sie ihre Hand aus seinem Schoß nahm. Als sie sich nicht rührte, ergriff er sie selbst, zog sie fort, legte seine Finger um ihre, die so viel kleiner und zierlicher waren, legte die andere auf ihre Wange, beugte sich vor und küsste sie. Es war ein sehr misslungener Kuss, da sie so unerfahren war, doch er fand es in Ordnung, da er sich selbst auch nicht für den besten Küsser hielt, zog sie zu sich heran, wiederholte es und diesmal ließ sie sich auf seine Bemühungen ein. Während sie sich küssten, dachte er an alles Mögliche, belanglose Dinge, um sich nicht in Gefühlen zu verrennen, die ihn zu etwas verleiten konnten, was er auf keinen Fall wollte. Er löste seine Lippen von ihren, auf ihrem Gesicht lag ein süßlicher, fast verträumter Ausdruck, sie hielt die Augen noch einige Sekunden geschlossen, öffnete sie dann langsam, leckte sich die Lippen. „Das war schön", sagte sie voller Ernst. „Ja", nickte er, fügte streng hinzu: „Aber mach das nicht noch mal."

„Was denn?", wollte sie wissen. Henry nahm die Ruder wieder auf, sie hockte sich auf den Boden zu seinen Füßen und ihm wurde bewusst, dass sie keinen blassen Schimmer davon hatte, was sich in einem Mann tat, wenn sie sich derart verhielt. Sie war völlig unerfahren, sich keiner Schuld bewusst. Aber er wollte ihr nicht in allen Einzelheiten erklären, was falsch war, sagte stattdessen nur, es sei in Ordnung, sich einmal zu küssen, aber weiter würde er nicht gehen. Hazel schwieg, schien es zu akzeptieren. „Dann warte ich, bis du schläfst!", kicherte sie schulmädchenhaft, legte die Hände an den Mund. „Ich schlafe nicht besonders tief. Da wäre ich vorsichtig", gab er zurück, rang sich ein Grinsen ab. „Aber vielleicht falle ich ja mal in Ohnmacht, dann kannst du machen, was du willst!"

„Vielleicht nehme ich dich beim Wort", konterte sie, gab offen zu, wie neu das aber alles für sie sei. Und als sie ihm ein Lächeln schenkte, musste er sich einmal mehr wieder eingestehen, wie sinnlos es war, ihr böse zu sein, da sie doch ein kleines unerfahrenes Wesen war, nicht mehr Kind, aber auch noch nicht wirklich eine Frau. Sie handelte aus einer reinen Intuition heraus, wie es für sie richtig erschien, da sie derartige Dinge nur aus Romanen kannte.

Hazel ließ sich neben Hagen an den Baum sinken, griff seinen Arm, legte ihn um sich, ihren Kopf an seine Schulter. Sie hatte wohl das Gefühl, dass sie nun wieder der Gerechtigkeit halber mit Hagen Zeit verbringen müsse, mutmaßte Henry, holte sich sein Buch aus dem Lederbeutel, der an einem Ast des Baumes hing, überlegte kurz, entschloss sich dann, sich etwas weiter abseits in den Schatten eines anderen Baumes zu setzen, streckte seine Beine aus, schlug sie lässig übereinander, begann zu lesen. Aus den Augenwinkeln bekam er mit, wie Hagen und Hazel aufstanden, Hand in Hand. „Wir wollen uns hier mal etwas umsehen", rief Hagen ihm zu. Er sah nicht von seinem Buch auf, machte ein kurzes Zeichen mit den Fingern. Sie gingen schweigend nebeneinander her, ab und an hüpfte Hazel über den einen oder anderen Stein wie ein ausgelassenes, kleines Mädchen, schenkte ihm ein Lächeln und er hob seinen Arm, zog sie leicht etwas nach oben, um ihre Ausgelassenheit zu unterstützen. Es war ihm nicht entgangen, was sich zwischen Henry und ihr auf dem Boot zugetragen hatte, doch für ihn sah es aus, als wäre sie die treibende Kraft gewesen, deshalb ging er nicht weiter darauf ein. Er verspürte auch nicht den Drang, denn er fühlte keine Eifersucht in sich aufkeimen, er konnte seinem Freund vertrauen. Hinter einer Baumgruppe stießen sie auf ein Haus, eine dieser Hütten, die man „Buschhütten" nannte, provisorische Behausungen von Siedlern. Hazel blieb stehen, zeigte auf die Hütte. Das einzige Fenster an der Seite war kaputt, die Tür hing windschief in den Angeln. An der Seite der Hütte hatte jemand so etwas wie einen Pferch errichtet, vielleicht um Tiere darin zu halten. Aber er war nicht sehr groß und auch nicht mehr heil, die Pfosten waren umgeknickt oder an einigen Stellen gebrochen. „Ob da noch jemand lebt?", fragte sie leise. „Das kann ich mir nicht vorstellen", antwortete Hagen, zog nun aber doch den Revolver aus seinem Hosenbund, entsicherte ihn, sagte ihr, sie solle dort stehen bleiben, da er erst mal alleine nachsehen wollte. „Sei vorsichtig", bat sie, blieb dicht neben einem der Bäume stehen, legte die Hände an den Mund, beobachtete, wie er die Tür der Hütte mit einer Hand wegschob, mit der gezogenen Waffe hineinging. Offensichtlich stand die Hütte schon längere Zeit leer, denn ein muffiger Geruch lag in der Luft. Es gab nur einen Raum, der durch das Licht, welches das einzige Fenster hineinließ, in eine mehr als gespenstische Szene getaucht wurde. An der Seite des Raumes stand ein Bett mit einer Matratze aus Stroh, einem zerschlissenen Laken, davor lagen einige Zettel, gelblich verfärbt, unlesbar. Im Kamin lagen noch einige Holzscheite, es gab einen großen gusseisernen Topf, den man über der Flamme befestigen konnte, etwas Geschirr auf einem kleinen Tisch, zwei Stühle. Und dann fiel Hagens Blick auf ein Kinderbuch. Er befreite es vom Staub, blätterte darin herum. Es war die Geschichte der drei kleinen Bären und Goldlöckchens. Er ließ den Blick über die Einrichtung wandern, bemerkte dann die Puppe unweit des Kamins.

Lumpenpuppen hatten sie sie als Kinder genannt, da man sie aus Stoffresten machte. Die Augen aus Knöpfen und der gestickte Mund verliehen diesen Puppen oft ein eher abschreckendes Aussehen. „Ihre Besitzerin liegt neben dem Haus begraben“, erklärte Hazel. Hagen fuhr zusammen, denn er hatte nicht damit gerechnet, dass sie zu ihm käme. Sie stand im Türrahmen, hatte eine Hand auf die Tür gelegt, lehnte den Kopf an das Holz des Rahmens. „Neben dem Haus?“, hakte er nach, drehte die Puppe in seinen Händen hin und her. Das Spielzeug erinnerte ihn an seine Schwestern, die auch nur derart einfaches Spielzeug besessen hatten. Eine Porzellanpuppe war ein unerfüllbarer Traum, und wenn sich Hagen vorstellte, dass hier ein kleines Mädchen mit diesen Lumpen spielte … Diese Menschen kamen voller Hoffnungen hierher und dann lebten sie doch noch erbärmlicher als in der Heimat. Und das neue Leben fraß zuerst ihre Kinder. „Ich bin einmal drum herum“, meinte Hazel, ahmte mit den Fingern ihrer rechten Hand die Schritte nach. „Da sind zwei Kreuze aus Holz, eines für Susan, ihre Mutter nehme ich an, die war dreißig Jahre alt und eines für Mary-Grace, fünf Jahre alt. Schrecklich.“

„Das stimmt“, gestand er nachdenklich. „Aber vielleicht waren sie krank.“ Er sicherte die Waffe wieder, steckte sie in seinen Hosenbund zurück, warf die Puppe dann achtlos zu Boden. Sein Blick ging zu Hazel, die sich nun mit dem Rücken an den Türrahmen lehnte, ihm den Kopf zuwandte, lächelte. „Wenn man alles neu baut, hat man sicher bald ein schönes Haus. Ich meine größer, nicht so klein.“

„Nun, ich denke mal, deine Vorstellung von einem richtigen Haus ist anders als meine. Ein richtiges Haus ist aus Stein, nicht aus Holz.“ Sie wusste, worauf er hinauswollte, auch wenn sie bisher nur wenige Gebäude aus Steinen gesehen hatte, wie ein Gefängnis oder eine Polizeistation, fast alle Menschen lebten in Holzhütten. Aber Hagen dachte an England, sah wieder die Straße vor sich, in der er aufgewachsen war, auf der das Leben nie stillstand und fast war ihm, als hörte er wieder die Stimme seiner Mutter nach ihm rufen, wenn sie das Abendessen zubereitet hatte. „Ich könnte mir gut vorstellen hier zu leben“, bemerkte sie. „Es gibt einige Menschen in der Nähe, ein kleines Dorf, einen See, Platz, um etwas anzubauen. Ich würde einen kleinen Garten anlegen.“ Er trat auf sie zu, schob sie leicht unsanft nach draußen. „Das wäre sehr viel Arbeit“, gab er zu bedenken, witzelte: „Und man kann dabei so enden wie Mary und ihre Mutter.“ Sie verschränkte die Arme vor der Brust, ihre braunen Augen fixierten seine. Das Sonnenlicht strich über ihr Haar, ließ es noch heller wirken, als es eigentlich war. Sein Blick glitt von ihrem Gesicht, über ihren Oberkörper hinunter zu den nackten, zierlichen Füßen. Ihre Zehen spielten mit der Erde. Nicht einmal für ein ordentliches Paar Schuhe hatten sie mehr Geld übrig, kein neues Kleid, obwohl bei ihrem schon der Saum abriss, den Blick freigab auf ihre Knie, womit es viel zu kurz war. Wenn sie aber nicht einmal in der Lage waren, diese kleinen Missstände zu beseitigen, wie sollten sie sich dann ein neues Leben aufbauen können? Sie machte einen Schritt auf ihn zu, strich mit der Hand über seine Wange, lächelte. „Stell es dir doch einmal vor“, bat sie leise. „Schließ die Augen und stelle es dir vor!“

„Ach, Hazel!“, wandte er sich ab, doch sie wiederholte ihre Bitte mit flehender Stimme, trat von hinten an ihn heran, umschlang ihn mit den Armen, faltete ihre Hände vor seinem Bauch, ihr Kopf lag auf seinem Rücken. Er seufzte, kam ihrer Bitte nach und sie begann ihm zu erzählen, wie sie es sich vorstellte. Ein etwas größeres Haus, einen kleinen Stall, ein Feld, ihren Garten, die Hausarbeiten, die sie verrichten würde, malte sich aus, wie sie auf die beiden mit dem Essen wartete, wenn sie von der Arbeit auf dem Feld nach Hause kamen und sie gab sich dabei so viel Mühe, es in allen erdenklichen Farben auszumalen, dass Hagen sich durchaus auf ihre Träumerei einließ, seine Gedanken von ihren inspirieren ließ. Dann hielt sie inne, wartete einige Sekunden, bevor sie ihn fragte, ob er wolle, dass sie seine kleine Frau sei. Er legte seine Hände auf ihre, öffnete die Augen. „Ja, das bist du.“

„Dann beweise es mir“, hauchte sie. Zuerst verstand er nicht genau, was sie wollte, meinte, sie wolle ein Versprechen, dass sie hier sesshaft werden würden, aber dann wurde ihm klar, wie er ihre sanfte Aufforderung deuten musste. Er fühlte sich zu ihr hingezogen, aber ihm kam das alles zu inszeniert vor. „Es hat doch noch Zeit.“

„Bitte. Ich will jetzt wissen, wie es ist. Zeig es mir!“ Hagen schluckte, hielt sie ihn doch für erfahrener als er in Wahrheit war. Schließlich war sein erstes Mal mit Mercy, einer Prostituierten, gewesen. Und er befürchtete, dass sie sich mehr davon versprach, nachher einsehen musste, dass es nicht wirklich etwas Großes, Weltbewegendes war, sondern nur ein einfacher Vorgang, etwas Banales, das ihm sicher mehr Vergnügen bereitete, da sie es zum ersten Mal tat. Er lachte kurz auf, denn er dachte daran, dass sie es auf dem Boot bei Henry versucht hatte – nun war er an der Reihe. Vielleicht war es ein Stück weit doch Eifersucht gewesen, als er ihr von seiner Krankheit erzählte, nur ein Funken davon. Er war sich nicht wirklich sicher, ob es nicht so war. Dabei konnte er davon ausgehen, dass Henry kein Mann war, der ihn betrügen würde. Manchmal verstand er sich selbst nicht. Und nun kam es ihm so absurd vor, da sie ihn fragte, ob er mit ihr schliefe. Noch nie vorher hatte eine Frau ihn darum gebeten. Sie rieb ihre Wange an seinem Rücken, presste ihren Körper gegen seinen. Er spürte ihre Wärme, genoss diese Art der Vertrautheit, denn es gab ihm eine gewisse Form der Macht über sie, sah er sich doch als ihr Beschützer. Langsam löste er sich aus ihrer Umklammerung, drehte sich zu ihr um und stellte fest, dass ihr Anblick bei ihm ein feines Kribbeln auslöste, ein sanftes Prickeln auf der Haut, welches er als reine Begierde deutete. Ihre Augen ruhten erwartungsvoll auf seinen, er senkte kurz den Blick, schloss die Augen, lauschte dem Rauschen der Blätter im seichten Wind, der aufkam. Das Vogelgezwitscher verstummte, er öffnete die Augen wieder, strich mit einer Hand über ihre Wange, sie erwiderte diese Berührung, indem sie sich an seine Hand schmiegte, doch nicht wagte, die Arme zu heben, bis er auf dem Absatz kehrtmachte, hinter die Hütte ging. Er drehte sich einmal kurz um, gab ihr mit der Hand ein Zeichen ihm zu folgen und sie tat es, obwohl sie zuerst stutzen musste über sein Verhalten, hatte sie doch gerade noch erwartet, dass er sie küssen würde. Innerlich war sie schon darauf vorbereitet gewesen. Nun lief sie hinter ihm her wie ein Hündchen, fand ihn hinter der Hütte, blieb dicht bei ihm stehen. Etwas umständlich legte er die Waffe auf den Boden, räusperte sich, nahm ihre Arme, zog sie zu sich heran. Plötzlich fand sie es gar nicht mehr romantisch, fühlte sich etwas unwohl, fehl am Platz. Doch als seine Lippen ihre berührten, machte ihr Herz einen Sprung, aber ihre Glieder versteiften sich, denn sie wusste nicht, was sie erwartete und von einem auf den anderen Moment machte es ihr Angst. Er schien es zu bemerken, denn er fragte sie, ob er aufhören solle, doch sie schüttelte energisch den Kopf. „Zieh dein Kleid aus“, meinte er mit sanftem Nachdruck, entledigte sich geschickt seines Hemdes. Sie öffnete die Knöpfe des Kleides, zog es etwas über ihre Schultern herab, ließ es dann zu Boden gleiten, schob den Stoff mit dem Fuß fort, wollte fortfahren mit der Unterwäsche, doch er ergriff die Initiative, löste die Bänder des Unterhemdes, zog es über ihren Kopf. Sogleich legte sie ihre Hände schützend über ihre kleinen Brüste, wurde rot. Es war ein warmer Tag, doch sie fröstelte. Hagen begann ihren Hals zu küssen, die Schultern, zog ihre Hände fort, seine Lippen streiften ihre kleinen Rundungen. Sie musste kichern, als er mit den Fingerspitzen über ihre Hüften fuhr. Sie wartete auf eine neuerliche Anweisung seinerseits, wartete, da sie nicht genau wusste, was sie tun sollte. Mit einer kurzen Bewegung zog er ihre Unterhose herunter, umfasste ihren Körper, drückte sie sanft auf den Boden. In ihre Nase drang der Geruch von Moos, modrigem Laub, sie sah auf zu ihm, da er nun über ihr stand, fühlte ihr Herz schneller schlagen, doch sie wagte nicht zu atmen, sodass sie leicht benommen wurde. Auf seinem Gesicht lag ein sanftes Lächeln, sein Blick glitt über ihren nackten Körper und sie zuckte zusammen, als er den Gürtel an seiner Hose öffnete, sie herabgleiten ließ. Da er ihr nun ein Stück weit seine Nacktheit offenbarte, hob sie die Augen zum Himmel, verfing sich in dem Blau, das ab und an von kleinen Wölkchen durchzogen wurde. *Jetzt macht er dich zur Frau – zu seiner Frau*!, ging es ihr durch den Kopf. Er legte sich auf sie, wobei er sich mit den Ellbogen abstützte, um nicht sein ganzes Gewicht auf sie zu drücken. Während sie ihr Herzklopfen, ihren schweren Atem unterdrücken musste, war seiner ganz ruhig. Sie schloss die Augen, um ihn nicht ansehen zu müssen, umfasste seine Schultern, strich über die Schulterblätter. Die Anspannung in ihr war so groß, dass sie zwar spürte, wie er ihren Körper liebkoste, aber es nicht wirklich begriff, was geschah. Hazel wusste nicht, was sie sagen sollte. Ob es richtig war, in diesem Moment Worte zu verschwenden und wenn ja, welche. Sie wollte ihm auf keinen Fall irgendwelche abgedroschenen, kindischen Liebeleien ins Ohr flüstern. Dann durchzuckte sie ein heftiger Schmerz, als er in sie eindrang. Es brannte wie Feuer. Unwillkürlich musste sie an unebene Hölzer denken, die aneinander reiben. Ein verhaltener, spitzer Aufschrei löste sich aus ihrer Kehle, sogleich presste sie die Hand vor ihren Mund, öffnete die Augen spaltbreit. „Soll ich aufhören?“, fragte er. Sie schüttelte schnell den Kopf, murmelte eine Entschuldigung. Es war ihr mehr als peinlich, gerade in diesem Augenblick alles zu vermasseln. Für ihn schien ihr Verhalten normal zu sein, denn er fuhr unbeirrt fort. Hazels Augen konzentrierten sich auf die Kronen der Bäume, die sich im stärker werdenden Wind hin- und herbewegten. Sie schienen ihr fast zuzuwinken. Seine Bewegungen wurden ruppiger, drängender. Sie presste die Lippen aufeinander, um den Schmerz nicht preiszugeben. Die Geräusche, die er machte, verwirrten sie. Denn es hörte sich an, als hebe er schwere Dinge oder mühe sich ab, diese von einem Platz zum anderen zu tragen. Seine Bewegungen ebbten abrupt ab, sekundenlang rührte er sich nicht. Mit einem Seufzer rutschte er dann von ihr runter, zog seine Hose ein Stück weit hoch, setzte sich an die Wand der Hütte. Ihr Innerstes fühlte sich heiß an. Etwas lief an ihren Beinen hinunter. Sie richtete sich auf, sah an sich herab. Ein dünner Faden Blut bahnte sich seinen Weg von ihrem Oberschenkel bis auf den Boden. Nicht viel, aber dennoch blickte sie Hagen verwundert an. „Das ist normal“, erklärte er. Und um sich selbst zu bestätigen, fügte er hinzu: „Jetzt bist du keine Jungfrau mehr.“ Natürlich hatte sie von anderen Mädchen gehört, dass es etwas Besonderes war – das berühmte erste Mal. Auch für einen Mann, wenn er eine Jungfrau vor sich hatte. Es gefiel ihr, auch wenn sie bei dem eigentlichen Akt nichts anderes außer den Schmerz gefühlt hatte. Doch sie war nun kein kleines unerfahrenes Mädchen mehr. Nun war sie seine Frau und Hagen ihr Mann. Während er aufstand, seine Hose und das Hemd wieder anzog, die Waffe in den Hosenbund steckte, streifte sie ihr Kleid über, huschte zum See, um das Blut fortzuwaschen. Er kam hinter ihr her, reichte ihr die Unterwäsche. Als sie sich erhob, umfasste er ihren Brustkorb, küsste ihre Wange. „Ich weiß, das klingt furchtbar dumm, aber liebst du mich, Hagen?“, wollte sie wissen. Zwei Atemzüge verstrichen, ehe er antwortete. Es machte sie etwas stutzig. „Ja, ich liebe dich“, sagte er dann, „aber vielleicht nicht so, wie du es gerne hättest.“ Sie befreite sich aus seiner Umarmung, machte trotzig einen Schritt fort von ihm. „Wie meinst du das?“, forderte sie eine Erklärung. Er schien die Erregung nicht zu verstehen. „Na, ich gehe mal davon aus, dass du etwas anderes unter Liebe verstehst als ich. Also jemanden, der dir Blumen bringt, so was Kitschig-Romantisches eben.“

„Und?“ Sie verschränkte die Arme vor der Brust. „Das ist nicht so meine Welt.“ Er trat vor, streichelte ihre Schulter. „Ich liebe dich, Hazel! Wirklich. Ich würde für dich …“

„Nicht wie eine richtige Frau! Das willst du doch sagen, oder? Und das eben? Weil du es gerade brauchtest?“, gab sie aufgebracht zurück. „Du verrennst dich da in etwas! Ich bin nicht der Märchenprinz aus den Kinderbüchern! Versteh doch!“

„Andere Frauen, was?“

„Nein. Aber ich will nicht, dass du hinterher enttäuscht bist.“

„Hah!“, machte sie, wollte gehen, doch er hielt ihren Arm fest. „Es ist nur, weil du noch so jung bist, nicht negativ, sondern du kennst noch nicht viel von der Welt. Heute kannst du dir nichts anderes vorstellen, als ein Leben mit mir. Und morgen kommt ein anderer, kann dir mehr bieten als ich und dann bist du weg.“ Sie blickte ihn an, wollte etwas dagegen erwidern, aber aus seinen Augen las sie, dass er es aus reinem Selbstschutz für sich meinte. Und ein Fünkchen Wahrheit schien in seinen Worten zu liegen. Ihr kam der Gedanke, ihn zu fragen, wer ihn so sehr verletzt hatte, dass er nicht viele Gefühle investieren wollte. Aber sie schob es auf. Es sollte ihm nicht wehtun, *sie* wollte ihm nicht wehtun. „Es tut mir leid“, gestand sie kleinlaut. „Mir auch. Ich hätte das nicht anschneiden sollen. Aber es geht mir gerade so im Kopf rum“, lächelte er, nahm ihre Hand und sie gingen zurück zu Henry, der immer noch vertieft in sein Buch unter dem Baum saß. Hazel ließ sich so überschwänglich neben ihn sinken, dass er vor Schreck fast das Buch fallen ließ, sie entgeistert anstarrte. „Da hinten ist eine Hütte im Wald, klein und vieles ist kaputt, aber man könnte etwas daraus machen“, sagte sie, senkte die Augen, begann mit den Knöpfen seines Hemdes zu spielen, fügte fast bettelnd hinzu. „Bitte sieh es dir einmal an! Wir könnten uns hier niederlassen.“ Hagen fand, dass sie geschickt im Umgang mit ihnen beiden war – sie wusste, wie sie mal ihn, dann Henry um den Finger wickeln konnte. Zudem schlüpfte sie dabei perfekt in bestimmte Rollen, so wie sie nun wie die Tochter wirkte, die ihren Vater um ein neues Kleid bat und der man keinen Wunsch abschlagen konnte. Henry warf Hagen einen Blick zu. „Es ist viel Arbeit", erklärte dieser, „aber man könnte es durchaus versuchen."

„Gut. Ich sehe es mir gleich an", meinte Henry, legte beschwichtigend eine Hand kurz auf Hazels Arm, hob dann wieder das Buch vor die Nase. „Nur noch das eine Kapitel."

In jener Nacht schlief Henry mit der Waffe an seiner Seite vor der Hütte, Hagen breitete zwei Decken auf dem Boden in der Hütte aus, führte Hazel hinein. Sie wünschte Henry eine gute Nacht, als sie an ihm vorbeiging, er lächelte sie irgendwie wissend an, drehte sich dann auf die Seite. Hazel setzte sich auf die Decken, beobachtete, wie Hagen die Tür etwas weiter zuzog. Diesmal schlief sie nicht in ihrer Mitte, stellte es mit einer gewissen Spur Wehmut fest, fragte sich, ob sie nun noch darum bitten könne, irgendwann einmal. Sie erwartete, dass er seine Unterwäsche anbehielt, doch er zog sich vollständig aus, so tat sie es ihm nach. Er kroch zu ihr auf die Decke, legte sich auf die Seite, hob einen Arm an und sie schmiegte sich an ihn. In der Hütte war es noch warm und stickig von der Tageshitze, dennoch kuschelte sie sich in seine Arme, presste ihren Rücken an seine Haut, verschränkte die Beine in seinen. Wie von selbst zauberte sich ein scheues gewinnendes Lächeln auf ihre Lippen. Es war ein unglaublich schönes Gefühl, ihn so dicht an sich zu spüren. Am nächsten Morgen schlief er noch, als sie aufstehen wollte. So setzte sie sich auf, betrachtete ihn für eine Weile. Sie fühlte sich so unendlich glücklich, es kam ihr mehr als kitschig vor, dass sie denken musste, wie hübsch er war, wie sehr er ihr gefiel. Jeder ihrer Gedanken klang so albern, so schwärmerisch, aber sie war wirklich verliebt in ihn. Behutsam beugte sie sich vor, berührte seine Wange, die Schultern. Er murmelte ihren Namen, ergriff sanft ihre Hand, zog sie zu sich. „Ich muss Frühstück machen!", lachte sie. „Noch nicht", sagte er, „komm wieder zu mir, Babe!" Dass er sie „Babe" nannte, löste eine Welle der überschäumenden Begeisterung in ihr aus. Also kroch sie wieder zu ihm unter die Decke. Er küsste sie, umfasste ihre Hüften. Hazel ahnte, was er wollte, ließ ihn gewähren, versuchte sich ihm mehr hinzugeben als beim ersten Mal.

Sie verließen die Hütte erst, als die Sonne schon hoch am Himmel stand, es war fast Mittag. Hagen wollte ins Dorf reiten, etwas einkaufen, damit sie sich etwas zu essen machen konnten. Die Pferde standen noch bei der Hütte an dem Baum, an dem sie sie gestern festgemacht hatten. Aber Henry war nicht da. Hazel wollte zum See gehen, um sich zu waschen. Sie verabschiedete sich von Hagen, als dieser auf eines der Pferde stieg, losritt. Am Ufer des Sees sah sie sich um, sie war alleine, also zog sie ihr Kleid aus, kniete sich ans Ufer, begann sich zu waschen. An dieser Stelle war das Wasser flach, sie konnte darin stehen und so trat sie hinein, entledigte sich ihrer Unterwäsche, zog diese mit langen Bewegungen durch die kleinen Wellen. Sie tauchte unter, rubbelte sich mit den Händen durch die Haare. So bekam sie nicht mit, wie Henry auf sie zukam und seine Anwesenheit erschreckte sie fast zu Tode. Schnell presste sie die Arme vor die Brüste. Sein Name entfuhr ihr vorwurfsvoll, sie wollte ihre Unterwäsche aus dem Wasser fischen, doch griff daneben. Er hockte sich ans Ufer, fasste zielstrebig nach dem Hemd, der Unterhose, hielt beides ein Stück weit hoch, sah zu, wie das Wasser daran heruntertropfte. Seine blauen Augen wanderten von den Kleidungsstücken zu ihr, in ihnen lag etwas Aufforderndes, Neckisches, doch er blieb ernst. „Wir … Wir haben dich gesucht“, sagte sie, forderte mit einer Handbewegung ihre Sachen zurück. „Wo bist du gewesen?“

„Ich habe mich mal umgesehen.“ Er machte keine Anstalten, ihr die Sachen zu geben, saß da, betrachtete ihr Gesicht und es war ihr sichtlich unangenehm, in dieser Art und Weise von ihm gemustert zu werden, sodass sie scheu den Blick auf das Wasser senkte. Ihr wurde langsam kalt, da sie sich nicht mehr im Wasser bewegte, sie begann zu zittern. Henry reichte ihr die Sachen endlich, löste sich aus seiner Haltung, erhob sich. Einige Atemzüge lang wanderten seine Augen über den See, abwartend, bis sie aus dem Wasser gestiegen war, sich das Kleid übergezogen hatte. Sie wrang die Unterwäsche aus, hängte die Sachen in einen Busch, blieb neben ihm stehen. Manchmal wirkte er so geistesabwesend, schien in irgendwelchen Erinnerungen gefangen oder Gedankengängen, die er nicht preisgab. Es war befremdlich für andere. „Was beschäftigt dich jetzt schon wieder?“, wollte sie wissen, hatte es jedoch so forsch klingen lassen, dass sie bereute, nicht geschwiegen zu haben. Im Geiste antwortete er, dass es nichts sei, winkte lächelnd ab, aber in der Realität drehte er sich zu ihr hin, ließ die Finger seiner rechten Hand über ihre feuchten Locken gleiten, seufzte leise. „Du bist für dieses Leben hier nicht gemacht, Hazel!“, bemerkte er. „In London habe ich im Theater Schauspielerinnen gesehen, die hatten weitaus geringere Qualitäten als du. Sie waren nicht … so ... hübsch und ich frage mich, ob du nicht eher in die Stadt gehörst, ob du nicht hier zerbrechen könntest.“

„Aber ich bin auf dem Land aufgewachsen, als Tochter eines Farmers!“, warf sie sogleich ein, machte einen Schritt zurück von ihm. „Ich kann anpacken!“ Ihre Reaktion fand er durchaus nicht uncharmant, es hatte etwas Attraktives, wenn sie für sich selbst einstand, ihre braunen Augen diesen hellen Schein offenbarten, nicht Wut, sondern Entrüstung. Ein fast väterlich-stolzes Lächeln legte sich auf seine Lippen. „Ich meinte es auch nicht so“, entschuldigte er sich. „Tut mir leid.“ Ihr wurde bewusst, was in ihm wirklich vorging, es war wie eine Idee, ein leuchtender Einfall, der sie überkam. Sogleich fühlte sie sich angenehm berührt. Es war sicherlich nicht einfach für ihn, sie mit Hagen zusammen zu sehen, denn sie wusste, dass er sie mochte. Er versuchte Stärke zu zeigen, so als sei es ihm egal, doch sie ahnte, wie sehr es ihn verletzte, auch wenn er es ihnen beiden gönnte. Sie ging nicht von tiefer Liebe aus, eher einer tiefen Zuneigung und Bewunderung für sie. Langsam ging sie wieder zu ihm, lehnte sich an ihn. Als er sich nicht rührte, legte sie die Arme um seine Hüften, schmiegte sich kurz an ihn, bis er sie etwas unsanft fortschob, dann jedoch ihren Arm festhielt, sie kurz zu sich heranzog, sie in die Arme nahm, an sich drückte. „Du grübelst immer zu viel über alles“, meinte sie. „Wenn du so alt bist wie ich, wirst du das auch tun“, neckte er sie. Hazel sah Hagen zurückkommen, doch sie bewegte sich nicht, bis Henry sie losließ. „Endlich Frühstück!“, rief sie aus. „Ich habe einen Bärenhunger!“

In den folgenden Tagen begannen die beiden Männer damit, die Hütte umzubauen, Hazel kümmerte sich um den Garten, riss Sträucher und Unkraut aus, gab sich große Mühe, überall mit anzupacken, kochte für ihre Männer, übernahm haushaltliche Pflichten. In ihr war das Verlangen, von beiden zu hören, wie stolz sie auf sie waren. Wenn sie sie lobten, war sie glücklich. Sie wollten vor dem Herbst ein Dach über dem Kopf haben, doch sie schafften es nicht rechtzeitig. Die Hütte war beachtlich angewachsen, es gab eine Küche, einen neuen Kamin, ein kleines Schlafzimmer für Hazel und Hagen und eine Schlafecke für Henry. Neben dem Haus hatten sie einen Stall errichtet mit einem Auslauf, es reichte für die beiden Pferde, zwei Ziegen und ein Schwein. Hazels kleiner Garten war noch nicht fertig, doch Henry versprach ihr zu helfen, wollte ihr Samen besorgen. Viele Dinge waren sehr teuer, denn sie mussten aus England mit Schiffen gebracht werden, und so streunten sie bald beide zusammen durch den Wald und die Umgebung, hörten sich um bei den anderen Siedlern, was man essen könne, welche Pflanzen sich für einen Garten eigneten. Für beide Männer gab es keinen schöneren Anblick, als eine glückliche Hazel, die ihnen überschwänglich ihre Dankbarkeit zeigte, über das ganze Gesicht strahlte, als in ihrem Garten etwas zu wachsen begann, die Ziege trächtig war und sie schließlich bemerkte, dass auch etwas in ihr wuchs. Zuerst zeigte Hagen nur verhaltene Freude darüber, denn Hazel war noch sehr jung, er fühlte sich noch nicht zum Vater berufen und so ein Kind bedeutete viel Verantwortung in seinen Augen. Henry versteckte seine Freude nicht, versicherte seinem Freund, dass er es ehrlich meinte, sich für sie beide freute und sich schon als Onkel sah. Es half Hagens Zweifel etwas zu zerstreuen. Hazel begann Kleidung für das Kind zu nähen, bat beide Männer, eine Wiege für das Kind zu bauen, und schien die Schwangerschaft zu genießen. Bereitwillig nahm sie hin, dass Hagen darauf bestand, sie jeden Monat zu einem Doktor zu bringen, nur um sich bestätigen zu lassen, ob alles in Ordnung sei.

„I dreamed about you, baby,
It was just the other night.
Most of you was naked,
ah but some of you was light.
The sands of time were falling

from your fingers and your thumb,
and you were waiting
for the miracle,
for the miracle to come …"

Leonard Cohen

Hagen fiel auf, dass es Henry zusehends schlechter ging. Zwar gab er sich redlich Mühe, die täglichen Pflichten zu erfüllen, seinem Freund bei jeder noch so schweren Arbeit zu helfen, doch er wirkte müde, hatte an Gewicht verloren, was den ohnehin schon hageren, großen Mann noch ausgemergelter aussehen ließ. Und immer öfter erging er sich in einem Hustenanfall, der ihn durch und durch schüttelte. Es klang so bellend und keuchend, dass Hagen nicht nur um seinen Freund fürchtete, sondern auch um Hazel und das ungeborene Kind. In London hatte er nicht nur einmal einen Menschen an Tuberkulose sterben sehen, doch Henry meinte, er solle sich keine Sorgen machen, es läge an der Syphilis. Nun würde es ihm mal wieder eine Zeit schlecht gehen, dann, in ein paar Tagen, wieder besser. Das ständige Auf und Ab seiner Krankheit war ihm vertraut. Hazel forderte ihn auf, etwas zu essen, obwohl sie nicht besonders reichhaltig kochen konnte, denn es gab nicht viele Zutaten. Doch er schob meist nach zwei Bissen den Teller von sich. An einem der folgenden Tage stand er frühmorgens noch vor dem Sonnenaufgang auf, verzichtete ganz auf das Frühstück, verließ leise die Hütte, um Hagen und Hazel nicht zu wecken, und ging hinunter zum See. Der Weg kam ihm unendlich lang vor, denn er konnte nur langsam gehen, mühsam einen Fuß vor den anderen setzen. Am See angekommen setzte er sich auf einen Stein, beobachtete das Wasser, wie es still dalag, hörte die ersten Vögel den neuen Tag begrüßen und sah dann zum Horizont, wo sich langsam das erste zarte Rot des Morgens vom Dunkel der Nacht abzeichnete. Es hatte ihn hierher gezogen, wie an einer unsichtbaren Leine war er einem inneren Drang gefolgt. Die ganze Nacht über hatte er kaum Schlaf finden können, denn die Schmerzen in seiner Brust waren schlimmer geworden, so sehr er sich auch bemühte, hin- und herwälzte, jede Lage war unbequem. Und dann überkam ihn diese Furcht, keine ausgewachsene Panik, nur der Hauch einer Furcht, dass dies sein letzter Tag auf Erden sein könne. Er kannte dieses Gefühl, es war ihm ebenso vertraut wie jedes andere. Zuletzt hatte es sich gemeldet, als er in die Polizeiwache gestolpert war und dem völlig verdutzten Bobby sagte, dass er einen Abend vorher seine Mutter erschlagen hatte. Zugegeben, so wie er ausgesehen hatte, mit ungekämmten Haaren, verkatert, ungewaschen, mit der zerknitterten Kleidung am Leibe, musste man ihn für einen spinnerten Säufer halten. Es sei denn, jemand erinnerte sich noch an den Laden seines Vaters und war zufällig dort Kunde gewesen, so wie der Kommissar. Und dann war das Gefühl stärker geworden. In dem Moment, da er diesem Mann gegenübersaß, die Hände in Handschellen und mit zitternden Händen das Geständnis unterschreiben musste, welches er zuvor dem Bobby detailgenau diktiert hatte. „Ich erinnere mich sehr gut an ihren Vater", sagte der Kommissar. „Er war ein wahrer Geschäftsmann. Meiner Frau fiel es sehr schwer, ein so ausgezeichnetes Schuhgeschäft zu finden, nachdem der Laden geschlossen wurde." Henry quittierte es mit einem Nicken, aber wenn er heute daran zurückdachte, war die Bemerkung nur ein weiterer Dolchstoß auf seinem Weg nach unten gewesen. Er glaubte an einen bevorstehenden Prozess, auf den ihn der Strick erwarten würde – absehbar. Stattdessen sperrten sie ihn nach dem Prozess ins Gefängnis, in eine Zelle mit fünf anderen Kerlen, deren Augen ihn wie die rot glühenden stechenden Augen eines wilden Tieres in der Nacht anstarrten und er wusste, was ihn erwartete. So begrüßte er sie mit einem ironischen „Ich bin zu Hause, Schatz!" Es fühlte sich sekundenlang gut an, einmal schlagfertig zu sein, bis er mit den Kerlen alleine war. Er dachte an Hazel, das ungeborene Kind, welches er gerne gesehen hätte. Bisher war ihm sein weiterer Lebensweg egal gewesen, doch nun fühlte er sich seinem Freund und ihr verbunden, wollte sie nicht verlassen.

Hagen erwachte, stellte fest, dass Hazel noch tief schlief, aber sein Freund nicht da war und so zog er sich an, trat vor die Tür. Er wollte Hazel nicht wecken, denn wenn das Kind erst einmal da war, würde sie nur selten ausschlafen können. Er schloss leise die Tür hinter sich, sah sich um. Nach einer Weile entdeckte er seinen Freund am

See, wunderte sich, was er so früh auf den Beinen machte, ging zu ihm. „Warum bist du schon so früh auf?“, fragte er, als er ihn erreichte, blieb neben ihm stehen. „Ich konnte nicht mehr schlafen, weil … na ja …“, begann er, stockte dann, musste husten, krümmte sich so sehr, dass Hagen sich neben ihn hockte, eine Hand auf seinen Arm legte, die andere auf seinen Rücken, ihn sanft klopfte. Henry schenkte ihm einen fast zu dankbaren Blick, versuchte zu sprechen, doch es war kaum zu verstehen. „Mein dauerndes Gehuste stört euch sicher schon die ganze Zeit.“

„Nein“, meinte Hagen schnell. „Du kannst nichts dafür. Es ist viel schlimmer, dass du es nicht loswirst.“ Henry wollte etwas sagen, aber seine Stimme versagte, seine Hand krallte sich in Hagens Schulter, als er versuchte aufzustehen, seinen Blick auf das durchbrechende Rot am Horizont gerichtet, das nun die Dunkelheit in ein sanftes, beruhigendes Zartblau verwandelte, während er merkte, wie seine Glieder taub wurden, ihm nicht mehr gehorchen wollten und sich in seinem Kopf eine fast angenehme Stille ausbreitete, sich wie ein zartes Tuch auf seinen Geist legte. Hagen hörte ihn nach Luft ringen, zeigte sich alsbald erstaunt darüber, wie sich trotz dieser Tatsache bald eine völlige Gelassenheit auf die Züge seines Freundes legte, dieser dann so plötzlich das Bewusstsein verlor, dass es Hagen nicht möglich war, ihn zu halten und so kippte Henry zur Seite in den Sand. Es erschreckte ihn so sehr und so schrie er Henrys Namen heraus, fiel neben ihm auf die Knie, zog seinen Oberkörper hoch, war erleichtert, als er ihn atmen hörte. Seine Finger berührten die Stirn, sie war heiß. Er konnte ihn nicht zum Haus zurücktragen, dazu war er zu groß und in diesem Zustand nun auch zu schwer, so umfasste er mit seinen Armen Henrys Oberkörper, zog ihn zum Haus zurück. Hazel war inzwischen erwacht, stand im Eingang der Hütte, beobachtete erstaunt, wie Hagen Henry über die Schwelle bis zu seinem Bett schleifte, ihn dann auf diesem ablegte. Sie machte einige zögerliche Schritte auf ihn zu, hielt sich eine Hand an den Mund, als sie Henrys blasses Gesicht sah. „Was ist passiert?“, wollte sie wissen. „Setz dich an den Tisch und mache dir etwas zu essen. Ich kümmere mich schon um ihn. Du musst dich schonen“, sagte Hagen streng zu ihr. Sie zuckte zusammen, da er sie so harsch anfuhr, machte keine

Anstalten, seiner Aufforderung nachzukommen. Stattdessen holte sie eine Schüssel, füllte sie mit Wasser aus dem Eimer, nahm ein Tuch und blieb mit den Sachen in den Händen demonstrativ neben Hagen stehen. „Ich habe gesagt, ich mache das schon!“, meinte er noch einmal. „Na dann mach!“, gab sie barsch zurück, hielt ihm die Schüssel auffordernd hin, wartete, bis er sie ihr abnahm, zu Boden stellte, den Lappen hineintauchte, Henrys Gesicht damit abtupfte, dann fuhr sie fort: „Du gehst jetzt ins Dorf nach Preachers Brooke und holst den Doktor!“

„Mach du dir jetzt etwas zu essen. Ich gehe gleich los!“ Sie verschränkte die Arme vor der Brust. „Ich werde für uns beide etwas machen, während du weg bist, und mich um ihn kümmern. Hol ihm noch ein Kissen aus unserem Bett, dann liegt er höher und bekommt besser Luft“, befahl sie ihm, schenkte ihm einen mehr als überheblichen Blick und Hagen, der keinen Streit mit ihr wollte, angesichts ihres Zustandes und angesichts der Tatsache, dass er sich große Sorgen um seinen Freund machte, stellte ihr den Stuhl ans Bett, machte sich seufzend auf den Weg nach draußen, um eines der Pferde zu satteln. Hagen konnte seinen Anblick kaum ertragen, er fürchtete, dass Henry nun am Ende seines Weges angekommen war, fühlte, wie sich die Angst um ihn auf seine Brust legte, ihn ebenso schwer atmen ließ. Dennoch hatte er Hazel noch zugeflüstert, sie solle nicht zu nah an ihn herangehen. Sie hatte genickt, sich an das Bett auf den Stuhl gesetzt und hielt Henrys Hand. „Bitte, hol den Doktor!“, bat sie Hagen nochmals und ihm war nicht entgangen, dass in ihren Augen Tränen schimmerten, wie ihre Stimme zitterte, da sie ihm den Kopf zuwandte. Henry blieb bewusstlos. Hazel bekam es mit der Angst, denn sie erinnerte sich an ihre Ziehmutter Rachel, die tagelang so dagelegen hatte, ohne Hoffnung auf eine Besserung ihres Zustandes oder der Möglichkeit, dass sie wieder aufwachen könnte, um ihr zu vergeben. Sie beäugte mit kritischem Blick, wie der Doktor ihn untersuchte, sah aus den Augenwinkeln, wie Hagen Kaffee und Tee für Hazel machte, ihr Porridge kochte, sie dann zweimal bat, sich an den Tisch zu setzen, etwas zu essen. Da sie nicht kam, ging er zu ihr, zog sie sanft an der Hand zum Tisch, platzierte sie auf dem Stuhl, schob ihr die Schüssel mit dem dampfenden Porridge vor die Nase, reichte ihr einen Löffel. Sie ergriff ihn, versuchte zu lächeln, tauchte ihn in den Brei, aber konnte sich nicht überwinden, es zu probieren. „Gleich“, meinte sie leise, „es ist noch zu heiß …“ Der Doktor schloss seine Tasche, kam zu ihnen herüber. Hagen bot ihm einen Stuhl an, eine Tasse Kaffee, dankend nahm der Doktor an. Als er bemerkte, wie sie ihn beide abwartend ansahen, begann er zu sprechen: „Es ist eine Form von Schwindsucht. Aber es ist nicht ansteckend. Die Syphilis kann zu Schäden an den Organen führen, zu einer Bronchitis, Lungenentzündung, Nierenversagen … Im Prinzip ist es für andere überhaupt nicht mehr ansteckend, da er sich in einer fortgeschrittenen Phase der Krankheit befindet.“ Er betonte es ausdrücklich, denn er wusste, dass darin Hagens größte Furcht lag, gepaart mit der um das Leben seines Freundes. „Vielleicht überlebt er dies jetzt. Ich kann es nicht sagen.“

„Was können wir tun?“, fragte Hazel, schniefte, und obwohl sie es zurückhalten wollte, löste sich eine kleine Träne aus ihrem linken Auge, kroch an ihrer Wange hinab. Hagen konnte sie nicht so sehen, trat hinter sie, legte die Hände auf ihre Schultern, wiederholte ihre Frage an den Doktor. Dieser dachte einen Moment nach. „Ich weiß, dass die Abos die Sarsaparilla, Stechwinde, einsammeln und daraus einen Tee machen. Sie behandeln die Krankheit damit, sodass es dem Kranken durchaus eine Zeit lang sehr gut geht. Ansonsten lasse ich etwas Morphium da, damit er zur Ruhe kommt, etwas gegen den Schleim in der Lunge. Wenn er es überlebt, dann glaube ich nicht, dass er wieder hart arbeiten kann. Er braucht viel Ruhe, vor allem muss er wieder zu Kräften kommen.“

„Ich werde diese Pflanze sammeln!“, meinte Hazel sogleich überschwänglich. „Ich habe schon von ihr gehört!“ Hagen bremste sie, sagte ihr, sie solle erst mal etwas essen, dann könne sie losgehen, aber sie solle sich nicht zu weit vom Haus entfernen. Sie schenkte ihm einen bösen Blick, da er sie in Gegenwart des Doktors wie ein kleines Kind behandelte, erhob sich vom Tisch, griff sich ihren kleinen Korb, ein Messer, wünschte dem Doktor noch einen guten Tag, verschwand nach draußen. „Frauen!“, grinste Hagen. „Ja, da sagen Sie was“, seufzte der Doktor. „Ich bin seit über 30 Jahren verheiratet. Und es ist nur allzu offensichtlich, wer bei uns zu Hause wirklich die

Hosen anhat."

Als der Doktor gegangen war, setzte sich Hagen auf den Stuhl neben dem Bett, betrachtete seinen Freund. Behutsam legte er ihm eine Hand auf die Stirn, das Fieber war gestiegen und er tupfte ihm mit dem feuchten Tuch das Gesicht ab, doch Henry zeigte keine Reaktion. Sein Atem ging schwerer, dennoch beruhigte es Hagen irgendwie, dass er bewusstlos war, denn so schien er keine Schmerzen zu haben. Er setzte sich vorsichtig auf das Bett, nahm seine Hand, strich mit den Fingern darüber. Ihm lagen viele Worte auf der Zunge, aber er konnte es nicht aussprechen. Hazel stürmte in die Hütte, präsentierte ihm stolz den kleinen Korb voller Stechwinde, machte sich daran einen Tee daraus vorzubereiten. „Du weißt doch gar nicht, wie viel du nehmen musst", bemerkte er in derart resigniertem Tonfall, dass ihr ein gereiztes Stöhnen entfuhr. „Es wird ihm helfen und ich mache nicht das erste Mal einen Aufguss aus Kräutern!"

„Nur müssen wir ihn erst mal wach bekommen, damit er das überhaupt trinken kann." Sie entgegnete nichts, schwieg, widmete sich ihrer Arbeit. Hagen erhob sich vom Bett, ging nach draußen, um die Tiere zu versorgen. Bevor er die Hütte verließ, küsste er sie sanft auf die Wange, strich mit einer Hand über die Wölbung ihres Bauches. „Er hätte es sicher gerne kennengelernt", flüsterte er ihr zu. Hazel nickte, doch sie sah nicht zu ihm auf. Kurze Zeit später setzte sie sich mit einer Tasse des Tees an Henrys Seite, versuchte ihn zu wecken, doch da sie sich bemühte und er nicht reagierte, wartete sie, bis Hagen wieder die Hütte betrat, bat ihn ihr zu helfen. Er trat an das Bett, umfasste Henrys Oberkörper, richtete ihn auf, dass sein Kopf an seiner Schulter lag, und setzte sich als Stütze hinter ihn auf die Matratze. Wie bei einer Marionette, der man die Fäden abgeschnitten hat, sackte Henrys Kopf nach vorne, sodass Hagen ihn sofort anhob, ihn leicht schüttelte, aufforderte aufzuwachen. Hazel legte ihre freie Hand auf Henrys Arm, versuchte nochmals ihn zu wecken und beide atmeten erleichtert auf, als sich aus seinem Innern ein Gemurmel löste, das zwar ohne jeglichen Sinn war, aber er schien sich aus seiner Bewusstlosigkeit zu lösen. Hagen wusste, wie schwer es war, die Augen zu öffnen, wenn man sich schwach und elend fühlte. Sein Freund hatte nicht die Kraft dazu. „Ich habe hier Tee für dich! Er wird dir guttun", sagte Hazel, hielt die Tasse an seine Lippen, forderte ihn sanft, aber mit Nachdruck auf, es zu trinken. „Ich kann nicht …", seine Stimme klang dünn, war kaum zu hören. „Du wirst das jetzt trinken, weil Hazel extra losgegangen ist, um das Kraut für dich zu suchen!", sagte Hagen streng, bemerkte, wie Henry sich bemühte, den Kopf selbst oben zu halten, ihn etwas vorstreckte, um zu trinken. Beim ersten Schluck verzog er angewidert das Gesicht, wollte die Flüssigkeit nicht schlucken. „Trink das jetzt!", sagte er barsch, nahm die Tasse aus ihrer Hand, flößte ihm den Tee etwas zu schnell ein, denn Henry verschluckte sich, musste derart stark husten, dass sein ganzer Körper erbebte, es Hagen augenblicklich leidtat und er es ihm sofort sagte. Hazel holte sogleich noch eine Tasse voll Tee, gab sie wieder an Hagen. Diesmal öffnete Henry seine Augen gerade so weit, um einen Blick auf die Flüssigkeit werfen zu können, trank alles aus. Als erwarte er ein Lob, sah er sie beide abwartend an, doch seine Augen waren so schwer, dass sie ihm gleich wieder zufielen. Hagen legte ihn wieder auf das Kissen. „Lass uns etwas essen", meinte er, wärmte das Porridge für sie beide wieder auf. Hazel setzte sich artig an den Tisch, so langsam hatte sie wirklich Hunger bekommen, denn trotz aller Sorge musste sie an das Kind in ihrem Leib denken.

Henry schlief bis zum nächsten Vormittag. Hagen kümmerte sich draußen um das Feld, welches sie bepflanzen wollten, hackte Holz für den Kamin und versuchte sich abzulenken. Hazel saß auf dem Stuhl an Henrys Seite, strickte etwas für das Baby. Sie war so darauf konzentriert, dass sie kurz zusammenzuckte, als er mit ihr sprach. „Was wird das?", wollte er wissen. Seine Stimme klang rau, er räusperte sich, hustete, doch es verschwand nicht. „Ich weiß noch nicht, was es wird, vielleicht ein Kleidchen", sie hob ihre Handarbeit ein Stück weit an, drehte es einmal hin- und her, damit er es begutachten konnte. „Obwohl ich lieber einen kleinen Jungen hätte. Ich weiß nicht, ob dieses Leben hier gut für ein Mädchen wäre."

„Hauptsache, es ist gesund", stellte er fest. „Und es geht alles gut bei der Geburt." Sie ließ die Handarbeit sinken, sah in seine blauen Augen, die vom Fieber glänzten. „Ich habe etwas Angst vor der Geburt …", meinte sie leise. „Da kann ich dir keine Ratschläge geben", versuchte er mit einem schwachen Grinsen zu witzeln, sie schenkte ihm dafür ein Lächeln, dann fügte er hinzu: „Hagen wird aber bei dir sein. Und wenn es erst mal da ist, das Kind, ist alles bestimmt schnell vergessen."

„Du wirst auch da sein", bemerkte sie, nahm seine Hand, legte sie auf ihren Bauch, fuhr die Rundung damit ab, hielt sie fest, sodass er die Bewegungen des Kindes spüren konnte. Er fand es, wie jeder, eine beeindruckende Tatsache, dass ein Mensch in einer Frau heranwachsen konnte, dennoch war es nicht seins und so fühlte er sich unwohl dabei, ihren Bauch zu berühren. Dies war eigentlich nur seinem Freund vorbehalten, es machte ihn verlegen, aber da sie seine Hand nicht gleich wieder freigab, nahm er es hin, denn es freute sie, als er auf das Spiel einging, sich sichtlich angetan und erstaunt über die Kraft der Bewegungen zeigte. „Ich bin müde", gestand er, damit sie seine Hand losließ, doch sie behielt sie in ihrer, tätschelte sie. „Du musst noch von dem Tee trinken", forderte sie ihn auf wach zu bleiben. Obwohl ihm die Augen immer wieder zufielen, bemühte er sich, sie so lange offen zu halten, bis sie den Tee erwärmt hatte, ihm diesen einflößte. Dann sank er auf das Kissen zurück, schloss die Augen. Er hörte das Geräusch der Nadeln, da sie ihre Handarbeit wieder aufnahm, fühlte einen stechenden Schmerz in der Lunge, doch wollte sie nicht beunruhigen, hielt kurz die Luft an, bis es vorüber war, und versuchte wieder Schlaf zu finden.

Erst nach fünf Tagen klang das Fieber allmählich ab. Henry konnte für einige Zeit wieder aufrecht im Bett sitzen, aber er war noch zu schwach, um aufzustehen, obwohl der Doktor meinte, es sei besser, eine oder zwei Stunden am Tag das Bett zu verlassen, sonst konnte die Lunge nicht kräftiger werden. Hazel päppelte ihn mit Essen wieder auf, lobte ihn, wenn er einige Löffel Porridge aß oder seinen Tee trank, für den sie immer noch weiterhin fleißig die Stechwinde sammelte, leistete ihm die meiste Zeit des Tages über Gesellschaft. Als er kurz darauf einen Rückfall erlitt, das Fieber über mehrere Stunden so hoch war, dass kaum noch Hoffnung bestand, fürchtete Hagen, die Situation könne bei Hazel zu einer Fehlgeburt führen, und er versuchte sie in jeder erdenklichen Form zu beruhigen, denn sie war völlig aufgelöst, sagte ihm, sie würde sich ebenso verhalten, wenn *er* so krank wäre. Irgendwann übermannten sie jedoch der Schlaf und die Erschöpfung. Hagen setzte sich zu Henry auf das Bett, hielt seine Hand und fühlte sich auf einmal so alt, ausgezehrt, denn er war hilflos, konnte nur dasitzen, hoffen, dass eine Besserung seines Zustandes eintrat. Er wusste, wie sehr sich sein Freund zusammenriss, seine Schmerzen für sich behielt, tapfer ertrug, sich nur ab und an darüber beklagte. In den letzten zwei Wochen hatte er jedoch die meiste Zeit über geschlafen. Manchmal war er einfach im Gespräch eingenickt. Genauso wie er jetzt hatte Henry an seiner Seite gesessen, als er krank war, doch er war jünger als sein Freund und mit einer deutlich größeren Portion Lebensmut gesegnet. Da war dieses Gefühl zwischen ihnen, dass man vom anderen genau wusste, dass er durch das Feuer ginge, nur um dem anderen zu helfen. Und das machte es für Hagen nur noch umso schwerer loszulassen, denn niemals vorher war ihm jemand begegnet, der bereit war, so weit zu gehen, jeglichen Egoismus abzulegen. Und so hörte er sich zu ihm leise sagen: „Ich will, dass du kämpfst, hörst du? Und wenn nicht für dich, dann für mich und Hazel!“ Er wartete einige Sekunden, hatte eigentlich auf keine Reaktion gebaut, so überraschte es ihn umso mehr, als er spürte, wie Henry seine Hand drückte, nicht sehr kraftvoll, aber es war wie eine Zustimmung. Diese Geste erleichterte ihn, ihm fiel fast ein Stein vom Herzen, denn es gab ihm wieder Hoffnung. Er sah, wie Henrys Lippen sich bewegten, aber er hatte kaum Kraft, um zu sprechen und Hagen lehnte sich weit vor, doch er konnte ihn nicht verstehen. „Schon dich. Es ist in Ordnung“, sagte er beruhigend, dachte an den alten Harris, der ihm das Klavier seiner verstorbenen Frau angeboten hatte, als sie sich im Dorf begegnet waren, doch es sollte eigentlich eine Überraschung für Henry sein. Aber vielleicht war dies jetzt der beste Zeitpunkt es ihm zu sagen, so fuhr er fort. „Ich kann ein Klavier bekommen, geschenkt. Der alte Harris macht sonst Feuerholz daraus. Wenn es dir besser geht, holen wir es ab und dann kannst du wieder spielen.“

„Vielleicht …“, hörte er ihn leise antworten, es klang nicht wirklich überzeugend. Unvermittelt hob Henry seine andere Hand, öffnete die Augen ein Stückchen, legte die Finger um Hagens Arm und dieser zuckte innerlich zusammen, weil er sekundenlang der festen

Überzeugung war, dass sein Freund nun sterben würde, dies sein letztes Aufbäumen war. Seine blauen Augen fixierten Hagens, als er sich ein scheues Lächeln abrang, dann schloss er die Lider, ließ seine Hand wieder sinken. Die Geste verwirrte Hagen. Und es lagen ihm Worte auf der Zunge, die er dann doch zu kitschig fand, sich scheute sie auszusprechen. *Ich kann mir nicht vorstellen, wie es sein wird, wenn du nicht mehr da bist ... Etwas würde fehlen ...*, dachte er. Sicher, er hatte Hazel, aber das, was zwischen ihnen existierte, war anders. Er liebte sie, nicht so tief wie er Mercy damals geliebt hatte. Aber damals war er jünger gewesen, ein schwärmerischer Kindskopf, unerfahren – in einem anderen Leben. So wie Hazel jetzt. Sie war so unbeschwert, naiv auf eine gewisse Art und Weise. Und wie sie an ihren Lippen hing, wenn sie beide, Henry und er, ihr etwas erklärten, so als sei jedes Wort von ihnen eine Offenbarung. Es lag ihm fern, dieses uneingeschränkte Vertrauen, welches sie ihnen entgegenbrachte, auszunutzen, doch irgendwie fühlte er sich auch schuldig. Sie war noch so jung, gerade mal sechzehn Jahre alt, sie würde sein Kind bekommen. Eigentlich hatte er keinen Gedanken an Kinder verschwendet, obwohl er wusste, dass es darauf hinausliefe, wenn er mit ihr schlief. Aber ihre anhängliche, manchmal übertriebene Schwärmerei beeindruckte ihn auch so sehr, ließ ihn alles andere vergessen und dann fühlte er sich wie ihr Beschützer und Liebhaber zugleich, es gab ihm ein gewisses Stück Macht über sie. Versunken in seine Gedanken hatte er nicht bemerkt, dass Henry ihn ansah, und als ihre Blicke sich trafen, senkte er seinen instinktiv. „Es wird schon alles gut werden …“, hörte er Henry leise sagen. Wieder einmal beeindruckte ihn die Tatsache, dass Henry genau wusste, was ihn beschäftigte, und er ahnte, wie wenig dieser seine Worte auf seinen eigenen Zustand bezog. „Ich … hoffe es“, flüsterte er. „Es ist nicht nur wegen Hazel und dem Baby …“

„So läuft das aber … Einer kommt, der andere geht“, stellte Henry fest, und obwohl ihn das Sprechen sichtlich anstrengte, fuhr er fort: „Mach nicht immer meine Sorgen zu deinen, weil …, ich keine Angst habe, das weißt du … Für mich … ist es nur schwer, euch loszulassen …“ Seine Worte trafen Hagen, die Situation wurde ihm zu schwer, er wollte sich dem nicht stellen, es nicht aussprechen. Es imponierte ihm, wie sein Freund sein Schicksal akzeptiert hatte, dennoch drängte es ihn, sich den dunklen Gedanken zu entziehen. „Aber du willst doch auch das Kind kennenlernen?“, bemerkte er, lächelte, um das Bedrückende des Moments zu nehmen. „Du wirst so was wie sein Onkel sein.“ Er antwortete nicht, musste husten und Hagen half ihm sich wieder etwas aufzurichten, dann blieb er so neben ihm auf dem Bett sitzen, hielt ihn in seinem Arm. „Bleib bei mir, bis ich eingeschlafen bin …“, bat Henry. „Ja, natürlich.“

„Weißt du, was ich mich frage? Manchmal hat man einen Traum, in dem man fällt und fällt, aber man schlägt nicht auf dem Boden auf. Meinst du, wenn man im Schlaf stirbt, schlägt man auf dem Boden auf?“

„Wie kommst du darauf?“

„Weil ich oft träume, dass ich falle. Und mein Vater hat damals auch gesagt, er falle, bevor er starb. Es ist nur so eine Überlegung.“ Hagen lehnte sich mit dem Rücken gegen das Kopfende des Bettes, spürte die Müdigkeit in sich aufwallen, machte ein zustimmendes Geräusch, doch wollte nicht weiter auf diese düsteren Gedanken eingehen, und als er die tiefen Atemzüge seines Freundes hörte, schloss er auch die Augen.

Hazel erwachte am nächsten Morgen, stellte erstaunt fest, dass Hagen nicht neben ihr im Bett lag, und sah sich in der Hütte um. Durch das Fenster fiel ein Streifen Sonnenlicht in den Raum, sie entdeckte Hagen am Bett von Henry. Leise stand sie auf, ging zu den beiden hinüber, blieb stehen, besah sich das Ganze etwas ungläubig. Ihr Mann schlief halb aufrecht am Kopfende des Bettes, hatte seine Beine auf der Decke ausgestreckt, an seiner Brust schlief Henry. Zuerst wunderte sie sich nur darüber, wie sie die beiden vorfand. Sie fand es auch nicht unter Freunden verfänglich, aber die Art, wie Hagen seinen Arm um Henry gelegt hatte, rief etwas anderes in ihr hervor. Ihr sollte diese Vertrautheit vorbehalten sein, ihr allein! Und nun überkam sie die dunkle Ahnung, dass sie niemals den ersten Platz in Hagens Lebens einnehmen könne. Es war keine Gewissheit, aber es nur zu begreifen schmerzte, versetzte ihr einen Stich im Herzen und sie wünschte sich, dass das Kind aufhörte, so sehr in ihr zu strampeln, denn es schien zu rebellieren gegen das Verhalten seines Vaters. Und sie wollte plötzlich wieder weglaufen, aus dem Haus stürmen, sich in die Wälder flüchten, die ihr so vertraut waren. In ihrem Kopf flehte sie, dass das Kind ihre Stellung gegenüber Hagen stärken möge. Bevor sie die beiden Männer wecken konnte, durchfuhr sie ein heftiger Schmerz in der Wirbelsäule, so als verpasse ihr jemand einen kräftigen Tritt. Der Schmerz war von solcher Intensität, dass sie zurückwich, sich am Stuhl festhielt, der beim Bett stand, die Lehne mit beiden Händen umklammerte. Die Schmerzen ebbten ab, doch nur für einen Moment, dann kehrten sie zurück und Hazel stieß einen Schmerzensschrei aus, der an ein sterbendes Tier erinnerte. Es riss die beiden Männer aus dem Schlaf. Hagen, dessen Blick sofort auf Hazel fiel, erfasste die Situation blitzschnell, sprang aus dem Bett, stellte sich neben sie, strich mit den Fingern über ihren Rücken. Sie krümmte sich, machte einen Katzenbuckel, seufzte wieder unter den Schmerzen. Ein Schwall Flüssigkeit löste sich aus ihrem Innern, platschte auf den Boden. Henry drehte sich auf die Seite, sein Kopf schmerzte vom Fieber, er war eigentlich nicht in der Lage aufzustehen, aber er versuchte es, sammelte seine ganze Kraft zusammen. „Hagen…, du musst den Doktor holen!“, sagte er. „Das ist sicher Fruchtwasser!“

„Aber es sind noch fünf Wochen bis zur Geburt!“, wandte dieser ein, zuckte zurück, als Hazel ihn unsanft fortschubste. Ihre Augen funkelten ihn fast böse an, was er den Schmerzen zuschrieb, als sie ihm zuzischte, er solle auf Henry hören, sich beeilen. Verwirrt beobachtete er, wie seine Frau gleich einem schwankenden Fass auf ihr Bett zuwatschelte, unterwegs kurz stehen blieb, da eine erneute Welle des Schmerzes sich über ihr ausbreitete, sie Verwünschungen ausstoßen ließ, die er bisher nie vorher aus ihrem Mund gehört hatte. Aus den Augenwinkeln sah er Henry nach seiner Kleidung suchen, da er nur eine Unterhose trug. Hagen reichte ihm seine Hose. „Verdammt noch mal!“, fuhr dieser ihn unwirsch an. „Jetzt hilf mir hoch und in diese Hose! Dann bringst du mir den Stuhl an ihr Bett, damit ich bei ihr bleiben kann, bis du wieder da bist!“

„Okay“, hörte Hagen sich antworten, half seinem Freund, führte ihn zu ihrem Bett, wartete ab, bis er auf dem Stuhl saß, machte sich dann auf, den Doktor zu holen. Hazel saß auf dem Bett, hielt sich mit den Händen den Bauch, langte dann nach Henrys Hand, umschloss sie mit ihren Fingern, drückte sie so fest, dass er Mühe hatte, es sich nicht anmerken zu lassen. „Warst du schon einmal bei einer Geburt dabei?“, presste sie hervor. „Die eigene ausgenommen – nein“, schüttelte er den Kopf. Sein Versuch sie aufzuheitern, schlug fehl, denn offensichtlich waren ihre Schmerzen schlimmer als alles, was man ertragen konnte. Vielleicht lag es aber auch an ihrer Jugend, ihrer Unerfahrenheit oder einfach an der Tatsache, dass es ihr während der Schwangerschaft so gut gegangen war. Die Schmerzen trafen sie gewissermaßen unvorbereitet, was ihn dazu verleitete anzumerken, dass so eine Geburt sehr lange dauern könne. Und ihr Blick verriet ihm, wie wenig sie damit rechnete, die Schmerzen für eine längere Zeit ertragen zu müssen. „Vielleicht ist es auch gut, wenn du alles nur vom Hörensagen weißt …“, sie rang sich ein schiefes, leicht missglücktes Lächeln ab. „Es ist nett von dir, dass du aufgestanden bist.“

„Du hast diese Pflanzen für mich gesammelt“, gab er zurück. „Was machen wir eigentlich, wenn es jetzt kommt, bevor der Doktor da ist?“, wollte sie beunruhigt wissen. „Ich glaube, ich muss mich wieder hinlegen …“, witzelte er, fasste sich übertrieben scherzhaft mit der Handfläche an die Stirn und sie lachte auf, bevor die nächste Wehe sie wieder auf das Bett drückte.

Henry sollte recht behalten. Sie lag den ganzen Tag und die Nacht über in den Wehen. Der Doktor meinte, es läge daran, dass es ihr erstes Kind war und sie so zierlich sei, abgesehen von dem Babybauch. Gegen Morgen war sie nur noch ein Schatten ihrer selbst, nichts konnte ihr Erleichterung verschaffen, sie wand sich in den Kissen, hatte keine Kraft mehr, um zu schreien, stattdessen begann sie bitterlich zu weinen vor Angst und Pein, klammerte sich mal an Hagen, dann an Henry, je nachdem, welcher der beiden Männer neben ihr saß. Die Herztöne des Kindes wurden schwächer, Hazel begann zu bluten, mit jedem Tropfen schienen ihre letzten Kräfte Stück für Stück zu schwinden. Der Doktor drückte auf ihren Bauch, wies sie an, zu pressen und sie bäumte sich auf, entließ das Baby in einem Schwall Blut auf das Bett, verlor das Bewusstsein. Henry hielt sie fest in seinen Armen, streichelte ihren Kopf, die verschwitzten Haare, flüsterte ihr ins Ohr, dass alles gut würde. Hagen betrachtete das Häuflein Mensch auf dem Laken, welches der Doktor nun von Hazel trennte, indem er die Nabelschnur durchschnitt, die sich um den Hals des Kindes gewickelt hatte. Sein erster Gedanke war erschreckend, denn er glaubte, dass es tot sei und Hazel ihm folgen könne. So suchte er im Gesicht des Doktors nach einer Hoffnung, doch dieser blickte zuerst wenig zuversichtlich drein, hielt das Kind an den Beinen mit dem Kopf nach unten fest, verpasste ihm einen sanften Klaps auf den Po, dann noch einen. Eine helle Flüssigkeit tropfte aus seiner Nase und dem Mund, dann zuckte es, ballte die kleinen Fäustchen und schrie. Erleichterung machte sich auf den Gesichtern der Männer breit. „Es ist ein Junge“, stellte der Doktor fest, wickelte ihn in ein Tuch, reichte ihn Hagen, der seinen kleinen Sohn etwas ungeschickt in seine Arme nahm, sogleich fuhr die Hand des Doktors vor, um ihm zu zeigen, wie er das Köpfchen abstützen musste. „Er ist zwar etwas zu früh dran, aber recht kräftig, so wie es aussieht. Das wird er schon aufholen. Jetzt kümmere ich mich erst mal um die Mutter. Schließlich hat der Kleine bald Hunger.“ Hagen trat mit dem Kind im Arm zur Seite, setzte sich auf einen Stuhl, legte einen Finger in die Hand des Kleinen, der diesen sofort umschloss. Henry half dem Doktor, das Bettzeug zu wechseln, verbrannte die blutigen Laken im Kamin. Der Doktor verabschiedete sich, nachdem er Hazel versorgt hatte, wollte am Abend wiederkommen. Sie solle sich erstmal von der Geburt erholen. Henry ging zu seinem Bett, setzte sich darauf, lehnte sich an das Kopfende. Hagen stand vorsichtig vom Stuhl auf, kam zu ihm hinüber, setzte sich dicht neben ihn, hielt ihm das Kind hin. Schweigend nahm er das Kind in seine Arme, war geübter darin es zu halten, behutsamer. Er zeigte keine Scheu, mit dem Kleinen zu sprechen, flüsterte leise mit ihm, so als sei es das Natürlichste auf der Welt für ihn, ein Kind zu haben. Hagen wusste, dass er selbst mehr Zeit brauchte, um sich auf das neue Leben einzustellen.

„Let me lay beside you, Darling.
Let me be your man.

And let our bodies intertwine,
but always understand.
That everything, everything ends …“

Death Cab for Cutie

Hagen musste Hazel unsanft wecken, denn sie wachte auch nach zwei Stunden nicht auf und das Baby begann zu schreien. Es musste etwas essen. Um die Tiere zu versorgen, hatte er es in Henrys Obhut gegeben, der auf dem Bett lag und es in seinem Arm hielt, aber er war schließlich vor Erschöpfung eingeschlafen. Nicht einmal das Geschrei des Kindes konnte ihn wecken. Hagen fand es völlig gerechtfertigt, dass er schlief, denn schließlich hatte er sich trotz seines schlechten Gesundheitszustands um Hazel gekümmert, ihr ebenso beigestanden bei der Geburt wie er. Hazel öffnete die Augen, sie begriff, dass es ihr Baby war, was schrie, und hangelte sich etwas im Bett hoch, setzte sich auf, wartete, bis er ihr das Kind in den Arm legte. Ein Lächeln lag auf ihrem Gesicht, als sie Hagen sagte, der Kleine solle David heißen, dann versuchte sie das Kind zu stillen. Es dauerte eine Weile, bis es ihr gelang. Hagen sah ihr nicht dabei zu, er wollte sie nicht stören, auch wenn sie ihn nicht dazu aufforderte, sie allein zu lassen. Obwohl die Geburt sehr anstrengend für Hazel gewesen war, bestand sie darauf, sich schon bald selbst um ihr Kind zu kümmern. Sie fand eine gute Unterstützung in Henry, der zwar selbst noch geschwächt war, aber sich schier danach verzehrte, sich um das Baby kümmern zu dürfen. Hagen liebte seinen Sohn, da dieser aber noch klein war, sich nicht groß mitteilen konnte, fiel es ihm schwer, Zugang zu ihm zu finden. Er war froh, dass Hazel es hinnahm, ihn nicht damit konfrontierte.

Henry konnte erst nach weiteren drei Wochen wieder auf der Farm mithelfen. Oftmals war er schnell außer Atem, doch anstatt sich für einen Moment hinzusetzen, hielt er sich aufrecht, versuchte keine Schwäche zu zeigen. Selbst als Hagen ihm sagte, es sei in Ordnung, wenn er nicht mehr könne, mal eine Pause zu machen, winkte er energisch ab.

David gedieh. Mit seinen fast weizenblonden Haaren und den klaren, blauen Augen war er ein hübscher, kleiner Junge, der durch die Pflege von Hazel und Henry recht schnell laufen und sprechen lernte. Er besaß eine gute Auffassungsgabe, konnte geduldig zuhören, wenn Henry ihm etwas erklärte, ließ sich von ihm an der Hand spazieren führen, nannte ihn bald „Onkel Henry", was dieser akzeptierte, aber dennoch witzelnd meinte, nun fühle er sich endgültig alt. Hagen fand, dass es ein bewegender Moment war, wenn sein Freund, groß gewachsen wie er war, den kleinen David an der Hand führte. Er war nicht eifersüchtig, sondern fand es in Ordnung, denn der Junge nannte *ihn* „Daddy". Zudem würde er mal ein sehr cleverer Bursche werden, wenn sich alle so sehr um ihn bemühten. David hatte schnell herausgefunden, wie er die Erwachsenen um seinen Finger wickeln konnte, und er brauchte nur einen Mucks von sich zu geben, schon genoss er wieder die volle Aufmerksamkeit.

Als David drei Jahre alt war, wurde Hazel wieder schwanger. Sie freute sich auf das Kind, wünschte sich einen zweiten Jungen, denn so meinte sie, diese seien pflegeleichter und könnten auf dem Hof helfen. Doch als sie nach einer wieder sehr anstrengenden Geburt ihr kleines Mädchen in die Arme gelegt bekam, wirkte sie sichtlich enttäuscht, zumal der Doktor ihr sagte, sie solle keine weiteren Kinder mehr bekommen. Hagen versicherte ihr, dass ein Mädchen ihr mehr helfen konnte im Haushalt und zudem sei es ein hübsches Baby, genauso wie David eines gewesen war. Sie blieb beharrlich, schmollte, überließ es Henry, als er anmerkte, dass „Frances" ein schöner Name für das Baby sei – sie stimmte wortlos mit einem kurzen Nicken zu. Kurz vor ihrem zweiten Geburtstag erkrankte die Kleine an einer Mittelohrenentzündung. Da sie ein kräftiges, kleines Mädchen war, überstand sie die Krankheit recht schnell, aber sie verlor auf dem rechten Ohr ihr Gehör, büßte ihre Fähigkeit zu sprechen ein. Vielleicht war es nur eine vorübergehende Stummheit, mutmaßte der Doktor, da sie auf dem linken Ohr noch hören konnte und reagierte, wenn man sie ansprach. Es machte Frances zu einem noch stilleren Kind, die ohnehin schon charakterlich eher schüchtern war, und als sie älter wurde, konnte man sie mit einem Spielzeug einfach irgendwo hinsetzen und sie spielte alleine. Oftmals völlig selbstvergessen, lange, sodass Hazel zu ihr ging, sie ablenken wollte, aber das Kind begann zu weinen, wenn man sie aus ihrem Spiel reißen wollte, war sich selbst Gesellschaft genug. Henry, der sich selbst in dem Kind wiedersah, denn auch er war als Junge gerne allein gewesen, beruhigte Hazel, versicherte ihr, dass dieses Verhalten normal sei. Während David auf jeden zugehen konnte, voller Selbstvertrauen war, brauchte Frances einfach nur mehr Zeit, um Kontakte zu knüpfen, ihre Scheu zu überwinden. Doch Hazel glaubte, ihr Kind liebe sie nicht wirklich, fand keinen rechten Zugang zu ihr, so konzentrierte sie sich mehr auf David, verwöhnte den Jungen, ließ ihm oftmals kleine Streiche und Neckereien durchgehen, auch wenn er seine kleine Schwester ärgerte. So wandte sich Frances bald mehr ihrem Vater und Henry zu. Hagen glaubte, Hazel konnte ihr kleines Mädchen nicht so sehr lieben, weil diese nicht ihren Vorstellungen entsprach, war das Kind nicht nur mit der Behinderung, sondern auch mit karottenroten, leicht welligen Haaren, grünen, funkelnden Katzenaugen und einer zu rundlichen Statur geschlagen. Ihr pausbäckiges Gesichtchen war durchaus liebenswert, fanden die beiden Männer, aber Hazel wies sie an, mit dem Mädchen viel rauszugehen, damit sie sich den „Speck ablaufen" konnte. Ihr Plan sollte nicht aufgehen. So sehr David seine kleine Schwester auch über Stock und Stein jagte beim Spielen, Henry mit den Kindern längere Spaziergänge machte – Frannie behielt ihre etwas rundliche Figur, zudem zeigten sich bald noch Sommersprossen auf ihrem Gesicht, sodass Hazel ihr kleines Mädchen noch hässlicher fand. Sie fiel in die Spötteleien von David mit ein, wenn er Frannie eine „dicke, alte Lokomotive" nannte. Und diese ertrug es stillschweigend, flüchtete dann meist zu Henry, der sie tröstete. Ihm und seinen unermüdlichen Bemühungen war es auch zu verdanken, dass Frances bald wenigstens einige Worte sprechen konnte, wenn sie auch in einem telegrammhaften Stil redete. Sie lernte durch Gesten, auf Dinge aufmerksam zu machen und lernte eifrig zu schreiben. Mit der Schiefertafel und einem Stück Kreide in der Hand notierte sie nun ihre Gedanken, um sich mitzuteilen. Dadurch, dass sie ihn ständig bevorzugte, machte Hazel aus David unbewusst einen verwöhnten Jungen, der seine Eltern und Henry ge-

geneinander auszuspielen wusste und der mit einem Augenaufschlag seine Mutter um den kleinen Finger wickeln konnte. Sie verzieh ihm sofort jeden Fehltritt, schalt ihn nur halbherzig, befreite ihn von Pflichten, die ihm Hagen in ihren Augen aufbürdete, damit er spielen konnte. „Er soll auch Kind sein dürfen!", sagte sie zu Hagen, wenn dieser anmerkte, dass es auch wichtig sei für den Jungen, kleine Pflichten auf dem Hof und im Haushalt zu übernehmen. „Mische dich da nicht ein!" Und Hagen nahm es mit einem Seufzen hin, denn er wusste schon, was geschah, wenn er den Jungen zu einer Arbeit zwang, die er nicht verrichten wollte. David würde die Arme vor der Brust verschränken und darauf hinweisen, dass seine Mutter meinte, er brauche die Arbeit nicht zu machen und solle lieber spielen oder für die Schule lernen. Auf eine gewisse Art und Weise ärgerte es seinen Vater, dann zu sehen, wie leicht ihm das Lernen fiel, er sich zu seiner Mutter schlich, diese umarmte, sich an sie drückte, um eine Süßigkeit von ihr zugesteckt zu bekommen. Frances musste mit großen, traurigen Augen zusehen, wie ihr Bruder vor ihren Augen seinen Bonbon genüsslich im Mund zergehen ließ. „Mama, bitte!", bettelte die Kleine dann, streckte ihre Hände aus, lief auf Hazel zu, griff nach ihrem Rocksaum oder ihrer Schürze, doch diese blieb hart, sagte dem Kind mit strenger Miene, dass es doch einmal eine schöne, schlanke Frau werden wolle und keine dicke Tonne, so kugelrund wie das Wasserfass auf dem Hof. David lachte über den Vergleich, seine Mutter fiel mit ein, doch fasste sich schnell, als sie Henrys Blick auffing, der sichtlich erzürnt über ihr Verhalten war. Schnell nahm sie das Mädchen auf den Arm, strich ihr über den Kopf, ging ins Haus. Als Frances wieder nach draußen kam, starrte sie mit erstauntem Blick auf einen Apfel, den sie ein Stück weit von sich hielt. Auch Hagen war die Szene an jenem Tag nicht entgangen. Henry wollte zu Frances gehen, doch er deutete ihm mit der Hand stehen zu bleiben. David begann wieder zu lachen, deutete mit dem Finger auf seine Schwester. „Du guckst so dumm drein wie ein Schwein!", gackerte er, wiederholte seine Worte, hüpfte von einem Bein auf das andere, machte einen verächtlichen Sing-Sang daraus. „Hör auf damit!", forderte ihn Hagen auf. Der Junge überhörte den strengen Unterton in seiner Stimme, erging sich weiter in seinen Neckereien.

Henry rief Frannie zu, dass sie zu ihm kommen solle, und sie rannte auf ihn zu, wobei sie den Apfel fallen ließ. Aus den Augenwinkeln sah er, wie Hagen schnell auf den Jungen zuging, ihn an den Schultern packte, zu sich herumzog und ihm zwei Ohrfeigen verpasste, eine rechts, eine links auf die Wange. „Hör endlich auf mit deiner Neckerei!“, schrie er den Jungen an. David, der Schläge nicht kannte, seinen Vater nie so wütend erlebt hatte, blieb stocksteif stehen, starrte Hagen mit weit aufgerissenen Augen an. Er hob eine zitternde Hand an seine Wange, begann dann zu schluchzen. „Das war schon lange einmal fällig!“, stellte sein Vater fest. Hazel musste vom Fenster aus alles gesehen haben, denn nun preschte sie aus dem Haus, um ihrem Sohn zu Hilfe zu eilen, der sogleich nach ihr rief. „Mein armer Liebling!“, rief sie übertrieben, so als sei dem Kind ein schlimmes Unglück zugestoßen, erreichte ihren Sohn, presste ihn an sich, wandte sich dann an Hagen: „Wie kannst du es wagen?“

„Er hat sich aufgeführt wie ein Idiot!“, warf dieser ein. „Er hat einen diebischen Spaß daran, Frances zu ärgern, weil du ihn dazu anstachelst! Ich hasse es! Er wird jetzt mit mir mitkommen und den Stall ausmisten helfen!“

„Nein!“, gab sie energisch zurück. „In diesem Zustand kann er nicht arbeiten! Der Junge ist völlig verstört!“

„Dann wird ihn die Arbeit ablenken! Und vielleicht ist es ihm eine Lehre!“ Er wollte den Jungen am Arm fassen, doch sie drehte sich mit dem Kind weg, der ihre Arme fest umklammerte, so als wolle man ihn auf ewig von ihr trennen. Hagen versuchte es ein zweites Mal, sie wich ihm aus, machte sich auf den Weg zurück ins Haus. „Er bleibt jetzt bei mir!“, verkündete sie, bemerkte den Apfel im Staub, hob ihn auf, drehte sich kurz zu Henry um, der Frances an der Hand hielt. „So gehst du also mit kostbarem Essen um! Kein Abendbrot für dich, Frannie!“

„Das werden wir noch sehen!“, rief Hagen ihr nach. Die Kleine drängte sich an Henrys Bein, er beugte sich zu ihr herunter, bot ihr an, zum Trost gleich auf seinen Schultern zu reiten und sie nickte mit einem verhaltenen Lächeln. „War David sehr böse?“, wollte sie wissen, hielt die Tafel mit den krakeligen Lettern ihrem Vater hin. „Er hat dich doch geärgert!", meinte Hagen, verwundert über ihre Frage. „Oder nicht?"

„Ja", gestand sie leise. „Aber … Mama … erlaubt."

„Niemand darf einen anderen Menschen ständig ärgern, nur weil er zu klein, zu dick oder etwas anderes ist", erklärte er. „Euch nicht", stellte sie fest und sogleich hob Henry abwehrend eine Hand. „Ich war den anderen Kindern immer zu groß!"

„Und ich hatte einen zu seltsamen Namen!", merkte Hagen an. „Jeder hat Fehler. Auch deine Mutter und David."

„Du bist Frances! Und wir haben dich so lieb, wie du bist!", versicherte ihr Henry. Hagen drehte sich um, meinte, er müsse weiter arbeiten. Und als er seinen Freund ansah, wusste er, dass dieser sein Verhalten für richtig hielt, dann sagte er ihm, er würde gleich helfen kommen. Er wollte noch etwas mit Frances spielen. „Wenn du nicht eingreifst, wird es kein gutes Ende mit ihm nehmen", meinte er noch und Hagen nickte, obwohl er in jenem Moment nicht ahnen konnte, welches Gewicht diese Worte noch haben sollten.

Hagen fasste seinen Sohn nie wieder hart an, er sah seine Bemühungen ständig von Hazel untergraben und gab es alsbald auf, den Jungen um einen Gefallen zu bitten. Sein Verhältnis war nicht wirklich väterlich zu ihm, David zollte ihm Respekt, aber er zeigte keinerlei Vertraulichkeiten ihm gegenüber, wählte seine Worte überlegt und mit Bedacht, verrichtete einige Arbeiten, die er ihm auftrug, aber strafte ihn dabei mit eisigem Schweigen. Wenn er dann wieder zu seiner Mutter ging, plapperte er drauflos. Er verbrachte Zeit mit Henry, doch da er ein guter Schüler war, sah er sich bald in der Rolle eines allwissenden Menschen, belehrte Henry, wenn dieser ihm etwas erklärte, neckte ihn nie direkt, aber zeigte auch keinerlei Interesse an den Dingen, die seine Schwester mit Henry teilte. Sie hörte Henry beim Klavierspielen zu, David saß gelangweilt daneben, wollte es auch nicht lernen, gähnte übertrieben, tat jedes Buch, welches sie gemeinsam lasen, als langweilig ab. Wenn sie draußen spielten, fügte er sich, ließ seine Schwester ein Spiel wählen, nahm daran unter Seufzen teil und scheute sich nicht davor, sich ausgelassen zu geben, wenn er ein Spiel wählen durfte. Frances hatte ihm etwas voraus, denn sie wusste von Henrys Krankheit, nicht in allen Einzelheiten, aber sie wusste, dass es ihn oft einschränkte, er nicht wieder gesund würde. Sie liebte ihn ebenso wie ihren Vater und freute sich, Zeit mit ihnen verbringen zu können, auch wenn dies bedeutete, im Stall zu helfen oder im Garten, auf dem Feld. Das Lernen fiel ihr nicht leicht. Doch da Hazel sie alsbald mit dem Lernen zu sehr unter Druck setzte, übernahmen es die beiden Männer, vornehmlich Henry, ihr zu helfen. Frances gab sich redlich Mühe, dem Unterricht in der Schule zu folgen, aber zumeist, wenn die anderen Kinder schwatzten, konnte sie der Lehrerin nicht zuhören. In dem Gewirr der Stimmen wurde alles zu einem unverständlichen Mischmasch. Sie meldete sich nicht aus Angst, die Kinder könnten über ihre Stimme lachen, ihre seltsame Art Worte zu formen, so wie sie sie nach der Schule oftmals aufzogen oder auf dem Weg dorthin. Dann war es erstaunlicherweise David, der sie verteidigte, ihr half, denn wenn sie scherzten, dass Frances ein Bastard sein könnte, weil sie nichts von ihrer Erkrankung als Kleinkind wussten, beleidigten sie vor allem damit seine Mutter und das konnte er nicht kommentarlos hinnehmen. Zudem fand er es bedrückend zu sehen, wie Frances mit offenem Mund dastand, die anderen um sie herum sie neckten, sie an den Zöpfen zogen und sie Worte hervorbringen wollte. Doch alles, was sich aus ihrer Kehle löste, klang wie das Grunzen eines Schweines, stachelte die Kinder noch mehr an. David wollte dann immer zu ihr gehen, ihr mit der Hand auf den Rücken klopfen, damit die Worte aus ihr herauspurzeln konnten, aber dann zog er es doch vor, ihr zuerst zu sagen, dass sie still sein sollte, damit sie sich nicht noch lächerlicher machte, bevor er ihr half, sie vor den anderen verteidigte. Doch irgendwann wollte sie nicht mehr zur Schule gehen, weigerte sich, auch nur einen Fuß in die Richtung dieser zu setzen und es war nun an David, seine Eltern und Henry darüber aufzuklären, wie gemein die anderen Kinder oftmals zu seiner Schwester waren. Frannie selbst wollte es nicht sagen, denn sie befürchtete, dass ihr ihre Mutter nicht glauben würde. Henry erklärte sich sogleich bereit, mit den Kindern zur Schule zu gehen. Seine Anwesenheit genügte, damit die anderen Frances in Ruhe ließen. Aber er konnte nicht den ganzen Tag dort vor der Schule sitzen und aufpassen, so ging er fort, kehrte in der Pause zurück, griff sich einen Jungen, der Frances gerade ärgerte, machte diesem und allen anderen unmissverständlich klar, was passieren würde, wenn sie Frannie nicht in Ruhe ließen. Er brachte sie nun jeden Morgen zur Schule hin und holte sie nachmittags auch wieder dort ab.

„But somewhere, somehow, we lost the message,
along the way,
and when we got home, we bought ourselves a house.
And we bought a cage, and two singing birds.
And at night we'd sit and listen to the canary song.
But I remember a message,
in a demon's hand,
'Dread the passage of Jesus, for he does not return.'"

Dirty Three

Kurz vor Davids 14. Geburtstag ging Henry mit ihm und Frances in den Wald, um Beeren zu sammeln. Der Junge sah seiner Mutter mittlerweile wie aus dem Gesicht geschnitten aus, nur seine blonden Haare und die blauen Augen hatte er von seinem Vater geerbt. Er war nicht so groß wie Hagen, schmaler, aber obwohl ihn seine Mutter weiterhin von harter Arbeit möglichst fernhielt, hatte er doch recht viel Kraft im Laufe der Jahre entwickelt. Er konnte sehr gut klettern, sich wieselflink an den Ästen der Bäume emporhangeln. Und Dingen, die ihm Spaß machten, einen gewissen Reiz auf ihn ausübten, konnte er sich voll und ganz hingeben, dann arbeitete er auch mit. Als Hagen eine Hundehütte mit ihm bauen wollte, stürzte er sich förmlich auf jede noch so kleine Tätigkeit, unterhielt sich sogar während der Arbeit angeregt mit seinem Vater. Ansonsten waren ihre Gespräche eher einseitig, denn Hagen verstand oftmals nicht, wie sein Sohn sich in für ihn irrelevanten Dingen dermaßen ausufernd ergehen konnte, sodass die Worte gleich einem Wasserfall aus ihm hervorsprudelten, dabei gestikulierte, als wolle er Fliegen verscheuchen. Dann versuchte er den Ausführungen seines Sohnes zu folgen, sah ihn an und hörte ihm nur wenige Minuten aufmerksam zu, bevor er ihn schalt, dass er nicht so wild herumfuchteln solle.

Und er solle erst überlegen, die Worte sammeln in seinem Kopf, dann sprechen. Natürlich erreichte er damit nur, dass David enttäuscht innehielt, wieder zu seiner Mutter flüchtete, die ihm sofort ihre volle Aufmerksamkeit schenkte, wenn er ihr etwas erzählen wollte, immer wieder interessiert nachfragte, es im Ganzen einfach besser beherrschte, denn sie und David bildeten eine Einheit. Hagen bemerkte, dass sie nicht immer zusammensitzen sollten wie Freundinnen, die sich Geheimnisse zuflüsterten, Hazel den Jungen verzärtelte, wenn er immer noch zu seiner Mutter in den Arm kroch, den Schoß in ihren Kopf legte wie ein kleines Kind. Er machte seinem Unmut darüber vor Henry Luft, der sich an sein eigenes Verhältnis zu seiner Mutter erinnert fühlte, aber sich nicht einmischen wollte. So sagte er seinem Freund, dass David sich ändern würde, sobald er ein Mädchen kennenlernt. Hazel musste dann lernen in den Hintergrund zu treten. Hagen konnte es nur mit einem Seufzer quittieren, denn er ahnte, wie sehr es seine Frau träfe. Wenn sie sich nicht nur so eng an den Jungen bände, ihn an sich …

Nun war es Sommer und im September hatten sie Henrys 51. Geburtstag gefeiert, obwohl er nicht besonders angetan davon gewesen war. Schon ein Jahr zuvor hatte er heftig protestiert, wollte ab dem Tag seinen Geburtstag nicht mehr feiern. Seine Gesundheit hatte nachgelassen, er konnte immer weniger auf dem Hof helfen, war mittlerweile auf eine Brille angewiesen, da er zusehends kurzsichtig wurde, aber er kümmerte sich immer noch rührend um Frances, bemühte sich um David, begleitete Hagen und ihn auf den Markt, in die nächste Stadt, nach Melbourne, um dort etwas zu verkaufen oder einzukaufen, freute sich geradezu überschwänglich, als sie ihm Noten für das Klavier besorgten. Sogar David hatte sich in diesem Jahr herabgelassen, seinen „Onkel“ wirklich herzlich an dessen Ehrentag zu umarmen, schenkte ihm sogar ein Buch, welches er im kleinen Laden des Dorfes besorgte.

Hazel hatte sie gebeten, Beeren zu sammeln, damit sie für David zum Geburtstag einen Kuchen backen konnte, und so schritten sie nun durch den Wald, Frances an Henrys Seite, ihre eine Hand in seiner, in der anderen hielt sie den Korb. David lief voraus. Er wusste, dass es Henry schwerfiel, seinen schnellen Schritten zu folgen, doch es war ihm gleichgültig. Der Junge freute sich auf seinen Geburtstag, denn seine Mutter hatte ihm einen Hund versprochen, damit er ein eigenes Tier hatte, denn ansonsten teilte er sich ein kleines Pony mit seiner Schwester. Während er sich vorstellte, wie er seinem Hund Tricks beibrachte, um das Tier dann seinen Freunden vorzuführen, kam er vom Wege ab, hörte Frannie nach ihm rufen, doch er hing seinen Gedanken nach und blieb erst stehen, als seine Augen einen kleinen Teich ausmachten, der kaum zu erkennen war, so sehr wucherten die Algen auf ihm, gleich einer Decke. Daneben waren einige Bäume und ihm kam die Idee, sich dort zu verstecken. David wollte schnell hinter einen der Bäume huschen, doch als er dem Teich näher kam, war der Boden rutschig, und bevor seine Hände einen Halt ausmachen konnten, fiel er nach vorne kopfüber in das Wasser. Er konnte nicht sehr gut schwimmen, schnappte nach Luft, war beruhigt, als seine Füße den Boden des Teiches berührten. Das Wasser stank, es war trübe und er schmeckte den brackigen Gestank förmlich auf der Zunge, spuckte es aus, merkte, wie ihm schlecht wurde davon, wollte aus dem Teich klettern, griff nach einem Ast, der dicht darüber hing, umklammerte ihn, rutschte ab und tauchte erneut in das Wasser ein. Hustend spuckte er Wasser aus, rief nach Henry und Frances. Es schien eine Ewigkeit zu dauern, bis Henry nicht weit vom See zu sehen war. Frances Blick traf auf ihren Bruder in dem Teich, in dessen Haaren sich einige Algenstränge verfangen hatten, und so begann sie instinktiv zu lachen. Henry erfasste die Situation erst, als David ihm barsch zurief, er solle ihm gefälligst heraushelfen. Irgendwie vermutete er immer einen Trick in dem Verhalten des Jungen und glaubte zuerst, dieser wolle ihn necken, um ihn dann in den Teich zu ziehen, wenn er ihm helfen wollte. Fast fand er es unmöglich von sich selbst, etwas Derartiges zu vermuten, aber es lag in der Art des Jungen. „Was machst du nur für einen Unsinn?“, schimpfte er, schüttelte den Kopf, gab Frances mit einer Geste zu verstehen, dass sie aufhören sollte zu lachen, ging zum Teich, suchte nach einem Ast, hielt ihn David hin. Der Junge konnte ihn nicht gleich ergreifen, erst beim zweiten Versuch, er schalt Henry:

„Jetzt halte endlich den verdammten Ast so, dass ich ihn greifen kann!“

„Ich kann ihn dir auch auf den Kopf hauen!“, gab dieser barsch zurück. „Du sitzt da fest, nicht ich!“ Davids Augen funkelten ihn böse an und er brauchte den nächsten Satz gar nicht erst zu sagen, denn Henry kannte die Worte schon, seufzte. „Das sage ich alles Mum!“

„Mach … doch!“, stammelte Frances nun, kam zu ihnen, half mit, ihren Bruder an dem Ast aus dem See zu ziehen, und als er wieder auf festem Boden stand, kam kein Dank über seine Lippen. Stattdessen zog er sich die Algen vom Kopf, den Kleidern, stapfte wütend mit geballten Fäusten nach Hause. Henry und Frances sahen ihm nach, sie hob den Korb auf, den sie auf dem Waldboden nahe des Sees abgestellt hatte, ergriff wieder Henrys Hand. Immer noch hatte er den Ast in der anderen, ließ ihn auf- und abwippen, warf ihn dann lässig zur Seite. Sie holte aus dem Korb ihre Schiefertafel hervor, die Kreide. *Er wird Mum sicher etwas anderes erzählen. Nicht wie es wirklich war. Damit sie nicht böse ist, weil er seine Sachen so schmutzig sind*, schrieb sie, sah Henry empört an. „Jepp!“, meinte er ohne Regung, nachdem er die Worte gelesen hatte. Sie wischte mit einem Zipfel ihres Rockes die Kreide von der Tafel, schrieb weiter: *Viele Beeren sammeln, damit sie nicht mit uns schimpft.* „So viele gibt es leider auf der ganzen Welt nicht, fürchte ich“, witzelte er. „Ihre Wutausbrüche sind legendär!“ Damit machte er einen Schritt vorwärts, zog sie sanft hinter sich her und hörte sie noch einige Worte hervorstoßen, die ausdrückten, wie ungerecht sie es fände, wenn er nun Schelte bekäme, weil er nicht auf David geachtet habe, wobei dieser doch alt genug dafür sei. Es verblüffte Henry, wie verständig sie war, Situationen erfasste, wie besorgt sie um andere sein konnte. Natürlich traf Hazels Wut beide gleich eines Blitzschlags, als sie den Hof erreichten. Mit in die Hüften gestemmten Händen stand sie vor dem Haus, gab sofort Davids Version des Ganzen wieder. In seiner Version hatte Henry auch über ihn gelacht, über seine Dummheit gescherzt und ihm erst geholfen, nachdem er und Frances sich an dem Anblick des hilflosen Jungen in dem Teich lustig machten. Zudem war der Teich nun erheblich tiefer gewesen. Hazel strich ihrer Tochter das Abendbrot, sagte ihr, sie solle ins Haus gehen und dort bleiben. Doch Henry ließ ihre Hand nicht los, ging mit ihr auf Hazel zu, blieb dann dicht vor ihr stehen, nahm den Korb mit den Beeren aus Frances Hand, drückte ihn Hazel unsanft vor die Brust. „Da hast du deine Beeren!“, sagte er in strengem Ton. Als er vor ihr stand, groß, wie er war, sichtlich wütend, wich sie unbewusst einige Schritte zurück, verspürte einen leichten Anflug von Furcht in sich, aber sie wollte es nicht offenbaren, versuchte gefasst zu wirken, riss den Korb an sich, deutete ihrer Tochter mit einem Blick, ihrer Anordnung Folge zu leisten. Wortlos zog Henry das Mädchen hinter sich. David beobachtete den Machtkampf zwischen seiner Mutter und dem Onkel, fühlte sich auf einmal klein und nicht mehr so schlau, denn er bekam ein schlechtes Gewissen. Wenn Henry nun alles richtigstellte mit Frances als Rückendeckung, und wenn sein Vater davon erfuhr, der auch seinem Freund glaubte, dann wäre es Essig mit dem Hund zum Geburtstag. Nur selten regte sich in dem Jungen ein schlechtes Gewissen, aber nun ahnte er, dass es besser wäre, alles aufzuklären. Er löste sich aus seinem Versteck hinter einem Busch neben dem Haus, lief auf seine Mutter zu. „Mummy!“ Henry fand es irgendwie mehr als befremdlich, dass ein so großer Junge seine Mutter noch mit einem derartigen Kosenamen belegte, den sonst nur Kleinkinder benutzten. Sobald David sie erreichte, legte er die Arme von hinten um sie, den Kopf auf ihre Schulter. „Was ist, mein Engel?“, wollte sie wissen. „Mum, bitte verzeihe mir …“, er musste sich schnell Worte einfallen lassen, die eindrucksvoll untermalten, warum er gelogen hatte, es nicht offensichtlich machten, die Lüge verdeckten. So wartete er einige Sekunden, fuhr dann in süßlichem Ton fort: „Ich war so aufgeregt und hatte Angst, du könntest sehr böse mit mir werden, weil ich die Sachen schmutzig gemacht habe. Henry hat mir geholfen und er hat nicht gelacht, ich dachte erst, er hätte es getan, aber er hat es nicht …“ Sie schien ihrem Sohn keines seiner vorherigen Worte übel zu nehmen, verzieh ihm sofort, sagte stattdessen provozierend: „Zuerst dachte ich, du wolltest mir nicht sagen, dass er oder Frances dich in den Teich gestoßen haben!“ In Henrys Augen blitzte für Sekunden etwas auf, das dem Jungen signalisierte, schnell etwas sagen zu müssen, damit der Konflikt zwischen ihm und seiner Mutter nicht eskalierte. „Das würde er niemals tun, Mummy!“

„Es hätte ja im Spiel passiert sein können!“, meinte sie noch, wollte sich abwenden und ins Haus gehen, als sie Henrys festen Griff an ihrem Arm spürte, seine Stimme dicht an ihrem Ohr, da er sich zu ihr hinunterbeugte, in der Wut mitschwang, die sie erzittern ließ. „Wage es niemals wieder, etwas Derartiges zu behaupten! Geschweige denn von mir zu denken!“

„Ich habe nur so dahergeredet“, stellte sie fest, lächelte, legte sanft ihre Hand auf seine, tätschelte diese, bis er sie losließ. Und bevor sie mit ihrem Sohn wieder ins Haus ging, meinte Henry, in ihren Augen zu lesen, dass er unerwünscht war, ein störenderes Individuum in dem Leben, welches sie mit Hagen hier führte, stillschweigend geduldet, aber mittlerweile überflüssig. In all den Jahren hatte er es vielleicht verdrängt, geglaubt, zwischen ihnen sei so etwas wie eine Freundschaft und sie akzeptiere ihn als Freund. Aber da er sie damals ablehnte, war er uninteressant für sie geworden, konnte sich der Duldung nur sicher sein, weil Hagen darauf bestand. Es konnte sein, dass er sich irrte, das alles falsch interpretierte, da sie gerade eine Auseinandersetzung miteinander gehabt hatten. Tief in seinem Innern wollte er seine Sachen packen, sie einfach in der Nacht verlassen, aber er fühlte sich ihnen allen verbunden, waren sie doch auch wie seine Familie. „Henry?“, riss ihn Frannies Stimme aus seinen Gedanken. „David … hat … Wahrheit gesagt!“ Und sie schrieb *ausgleichende Gerechtigkeit* auf ihre Tafel. Er erinnerte sich daran, dass er ihr davon erzählt hatte. Er beugte den Kopf runter, betrachtete sie, wusste, dass er sich um ihrer Willen fassen musste, versuchte zu lächeln, etwas schief, nickte zustimmend, fragte sie dann, ob sie noch etwas Verstecken spielen wollten, und sie bejahte es begeistert. Henry versuchte sich von ihrer Fröhlichkeit anstecken zu lassen, denn er hatte sie wirklich gern.

Henry sprach nicht mit Hagen darüber, er wollte den geeigneten Zeitpunkt abwarten, um einen Entschluss zu fassen – zu bleiben oder sich einfach klammheimlich aus dem Staub zu machen. Sie feierten Davids Geburtstag, er bekam von Hazel den Hundewelpen geschenkt, den er sich wünschte, Frances hatte eine kleine Decke genäht, auf der der Hund liegen konnte, und Henry und sein Vater hatten die Hundehütte gemeinsam vollendet. Die Tage vergingen, zwischen Hazel und Henry entwickelte sich ein höflich-formeller Umgang, der auch Hagen nicht entging. Vorerst schwieg er jedoch, denn er wusste nichts von dem Vorfall mit dem Teich, von Henrys Vermutungen. An einem Morgen, fast eine Woche nach seinem Geburtstag, wachte David auf und klagte über Halsschmerzen, sein Nacken und sein Kopf schmerzten, er hatte Fieber. Hazel glaubte, er wolle sie necken, nicht zur Schule gehen, da die Prüfungen anstanden. So wollte sie ihm aufhelfen, doch der Junge begann zu schreien vor Schmerzen. „Meine Beine tun weh! Ich kann sie nicht bewegen!“, jammerte er lautstark, sodass sie ihn sofort in ihre Arme nehmen wollte, als sich der Junge aufbäumte, sie bat, ihn nicht anzufassen. Da er ihre mütterliche Zuneigung niemals ablehnte, ahnte sie, dass er wirklich krank sein musste, und so lief sie sofort nach draußen zum Stall, wo Hagen die Tiere fütterte, forderte ihn auf, schnell den Doktor zu holen. Er wollte sich jedoch den Jungen vorher selbst ansehen, betrat das Haus, an sein Bett in der kleinen Kammer, hörte ihn wimmern, schlug die Bettdecke von seinen Beinen zurück, fuhr zurück, da er sah, wie verdreht sie dalagen, die Zehen seltsam steif abstanden. Schnell sattelte er sein Pferd und ritt ins Dorf. „Was … David?“, wollte Frances wissen, die jeden Morgen mit ihrem Bruder zur Schule ins Dorf ging, gerade ihren Haferbrei am Tisch essen wollte, aber nun ins Davids Kammer kam, da sein Weinen nicht zu überhören war. „Hoffentlich keine Diphterie“, bemerkte Henry, der gerade aufgewacht war, nun ebenfalls im Raum erschien, noch in seiner Unterwäsche, seine Brille mit einem Tuch putzte, auf jedes der Gläser einmal hauchte, sie aufsetzte, besorgt aussah. „Diphterie?“, wiederholte Hazel entsetzt. „Woher denn nur?“

„Es ist nur eine Vermutung“, meinte er leise. „Vielleicht hat er sich bei einem anderen Kind in der Schule angesteckt.“ Frannie holte schnell ihre Tafel, hielt sie ihrer Mutter hin. *Gestern tat sein Kopf auch schon weh. Er dachte, es käme vom Lernen, weil er so viel lesen muss. Dad meint, vielleicht braucht er eine Brille.* „Mein Sohn braucht keine Brille!“, schüttelte Hazel energisch den Kopf, nachdem sie die Worte gelesen hatte. „Er kann sehen wie ein Luchs. Und er war immer gesund wie ein Fisch im Wasser!“ Sie beugte sich über den Jungen, streichelte seine Stirn, flüsterte beruhigend mit ihm, während er sie mit ängstlichen, großen Augen anstarrte. Aus den Augenwinkeln bemerkte Hazel, dass Henry und ihre Tochter immer noch halb im Türrahmen standen, und es machte sie wütend, weil sie herumstanden, ohne etwas zu tun. „Verdammt noch mal!“, fauchte sie böse, drehte sich ruckartig zu den beiden um. „Frances muss zur Schule, Henry! Würdest du dir bitte etwas anziehen und zusehen, dass sie auch fertig wird?“ Er zeigte zuerst keine Regung, nahm den Blick nicht von David, der sich nun wieder vor Schmerzen in den Kissen wand. Jetzt tat ihm der Junge wirklich leid. Auch wenn er ein Muttersöhnchen war, mitunter gehässig, bisweilen linkisch, war er doch ein Kind und es lag klar auf der Hand, dass Hazel ihn gleich eines Klumpen Tons geformt hatte. Im Grunde genommen konnte der Junge nichts für seinen Charakter. Da er nun nach seinem Hund rief, der in der Küche neben dem Ofen schlief, setzte sich Henry in Bewegung, holte den Welpen aus seinem Korb hervor, in den ihn Hazel immer setzte. Das Tier winselte über die Störung, kuschelte sich sogleich in Henrys Arme, der Hunde nicht wirklich mochte. Ihre demütige Unterwürfigkeit missfiel ihm und er war Katzen wesentlich mehr zugetan, die unabhängig waren, sich nur Schmuseeinheiten abholten, wenn sie es wollten. Vielleicht bevorzugte er Hunde aber auch nicht, weil er selbst unterwürfig mit Hagen und seiner Familie beisammen lebte. Rief man nach ihm, kam er treudoof sofort angelaufen. „Joy!“, rief der Junge mit krächzender Stimme, „Joy!“

„Ich weiß nicht, ob es gut ist, wenn du nun den Hund bei dir hast!“, stellte Hazel fest, warf Henry einen vorwurfsvollen Blick zu, weil er das Tier ihrem Sohn in die Arme legte. Sogleich fuhr ihre Hand an die Schnauze des Hundes, stieß sie unsanft vom Gesicht des Jungen weg, was das Tier mit einem Piepser quittierte. „Nicht ablecken! Solange wir nicht wissen, was es ist …!“

„Aber Mum!“, maulte David. „Du könntest auch den Hund anstecken!“, warf Henry ein. „Ich weiß, dass bei einer Grippe …“

„Spare dir diesmal bitte deine schulmeisterliche Ansprache! Kümmere dich endlich um Frances!“, forderte Hazel nun, zeigte mit der Hand in Richtung der Tür, eine unmissverständliche Geste. Schweigend ging Henry in sein Zimmer, zog sich an, stellte bei seiner Rückkehr in die Küche fest, dass Frances schon brav aufgegessen hatte. Sie schenkte ihm einen liebevollen Blick und er tätschelte ihr den Kopf, machte ihr dann ihre Schulbrote, wartete, bis sie mit ihrer Schiefertafel, den mit einem Ledergurt umwickelten Büchern neben ihm erschien, reichte ihr die Blechdose mit dem Henkel, in der sie immer ihre Schulbrote mitnahm. Dann geleitete er sie zur Tür, sie hob den Kopf. Für Sekunden trafen sich ihre Blicke, dann verstand er, beugte sich etwas zu ihr herunter, küsste sie auf die Stirn und wünschte ihr einen schönen Tag in der Schule. Mittlerweile ging er nicht mehr jeden Tag mit ihr mit, nur noch jeden zweiten oder dritten, doch nur um sie hinzubringen oder nachmittags wieder abzuholen. „Vielleicht … David … Nachmittag … besser!“, sagte sie noch, bevor sie auf die Hauptstraße einbog. Er blieb vor dem Haus stehen, bis sie hinter den Bäumen verschwunden war, sah dann Hagen und den Doktor auf die Farm zureiten. Langsam löste er sich von der Tür, nahm sich eine Tasse von dem Kaffee, welchen Hazel morgens immer brühte, setzte sich dann in der Küche an den Tisch. Hagen nickte ihm im Vorbeigehen kurz zu, der Doktor tippte sich an seinen Hut, dann verschwanden beide in Davids kleiner Kammer. Kurz darauf stieß der Junge einen dermaßen schrillen Schmerzensschrei aus, dass Henry sich fast an seinem Kaffee verschluckte. Der Hund rannte an ihm vorbei, blieb zitternd neben dem Korb sitzen. Draußen vor dem Haus hatte das Tier eine schöne, selbst gebaute Hundehütte, aber stattdessen schlief es meist bei David mit im Bett oder in dem Korb, denn Hazel und der Junge glaubten beide, dass ein noch so kleiner Hund viel Zuneigung brauchte. Sie hatten kein Essen im Überfluss, es reichte aus, um satt zu werden, doch wenn Hagen es nicht bemerkte, bekam der Hund immer eine Extraportion zugesteckt, ebenso wie sie oft David etwas zusteckte. Auch ein paar Pennys, die sie sich mühevoll nebenbei verdiente, wenn sie für andere die Wäsche flickte, etwas nähte oder strickte. Frances musste sich jeden Penny hart erarbeiten, indem sie eine gute Note schrieb oder im Haushalt half. Doch Henry war es leid geworden, diese unfaire Behandlung anzuprangern, ebenso wie Hagen. Der Doktor kam wieder aus dem Zimmer, fragte Henry, wie es ihm ginge, und er sagte ihm, dass alles in Ordnung sei. Hazel folgte ihm langsam, wartete, bis er das Haus verlassen hatte, blieb unweit des Tisches stehen, die Arme verschränkt vor der Brust beobachtete sie Henry, wie er seinen Kaffee trank, bis dieser ihren Blick auffangen wollte. Doch sie wich ihm aus, griff sich einen Eimer, um an der Pumpe Wasser zu holen. Ihr Schweigen war bedrohlich, das wusste er. Es bedeutete zumeist nichts Gutes. Jede ihrer Schimpftiraden war angenehmer zu ertragen. Murrend machte sie sich draußen an der Pumpe zu schaffen. Hagen betrat den Raum, ließ sich seufzend auf den Stuhl gegenüber Henry fallen. Er legte die Hände vor sich auf die Tischplatte, faltete sie, öffnete sie wieder, senkte den Kopf. Henry räusperte sich, stand auf, holte ihm eine Tasse Kaffee, stellte sie ihm vor die Nase, setzte sich wieder, wartete. Sein Freund starrte auf die schwarze Flüssigkeit in der Blechtasse. „Wir können nur hoffen, dass es keine Kinderlähmung ist“, sagte er leise. „Aber so wie es aussieht …“ Henry hörte seine Worte, dachte sogleich an ein Mädchen, dass sie einmal zu Hause besuchte, irgendeine Cousine, die mit ihren knapp sechzehn Jahren zwar ausnehmend hübsch war mit ihren langen, kastanienbraunen Haaren, dem zierlichen Gesicht, aber selbst ihr schönes Kleid aus weißer Seide konnte die verkrüppelten Beine nicht wettmachen, die von einer Decke versteckt wurden, als sie neben ihm auf dem Sofa saß. Ihr Vater hatte sie aus dem Rollstuhl gehoben, aber Henry hatte den Raum erst später betreten, sodass er den Stuhl erst bemerkte, da sie in ihrem Gespräch immer wieder betonte, wie eingeschränkt doch ihr Leben sei. Und ohne jegliche Scheu hatte er die Decke unter ihrem billigenden Blick angehoben. Er fand es irgendwie erregend, eine Freundin zu haben, die nicht von selbst weglaufen konnte, die man umsorgen musste. Eine Verbindung zwischen ihnen erschien ihm schnell als sehr positiv, denn sie konnte reden, hatte Selbstvertrauen, war gebildet, musikalisch – ein perfektes Pedant zu ihm, der er lieber schwieg, in sich gekehrt war, aber sie würde ihn daraus befreien. Und er stellte sich vor, wie er mit ihr durch die Straßen ging, sie vor sich im Rollstuhl herschob, sie mit Geschenken überhäufte und sie schien ihm nicht abgeneigt zu sein. Es überkam ihn das Verlangen, ihre Beine zu berühren, denn er wollte wissen, ob sie warm waren oder kalt wie totes Fleisch. Seine Bitte erzielte bei ihr aufgrund seiner Wortwahl nicht die gewünschte Resonanz, stattdessen gab sie ihm eine Ohrfeige. Und er hatte sich daraufhin vom

Sofa erhoben, langsam, damit sie genau bemerkte, wie man das machte, wenn man dazu in der Lage war, und ihr charmant offenbart, dass er sich geirrt habe. Es war keine Zuneigung in ihm erwacht für sie, sondern eher ein bizarres Mitgefühl. Darauf ließe sich keine Partnerschaft aufbauen. Seine Mutter hatte nichts von alldem mitbekommen, denn die jungen Leute waren sich selbst überlassen gewesen, doch sie sagte ihm nur, dass sie es nicht wünsche, wenn er einen Krüppel in die Familie brächte. Hagen stieß Henry an, hörte ihn den Namen eines Mädchens flüstern, es klang wie „Daisy". In seinem Kopf waren die Bilder von Arbeiterkindern an selbst gebauten Krücken, einigen, die irgendwo in einer Ecke saßen oder über den Boden krochen wie Tiere, die verkrüppelten Beine hinter sich herziehend wie einen Ballast. Es schauderte ihn bei dem Gedanken daran. „Vielleicht ist es ja auch nicht so schlimm", meinte Henry aufmunternd. „Er war bisher nicht oft krank und ihn wird das nicht so schnell umhauen." Hazel kam wieder ins Haus, würdigte ihn keines Blicks, stellte den Eimer mit dem Wasser etwas unsanft auf dem Tisch ab, sodass kleine Tropfen umherspritzten. Dann holte sie die Waschschüssel, füllte etwas hinein, legte sich ein Tuch locker über eine Schulter, trug das Wasser zu ihrem Sohn, der schon nach ihr rief. Hagen fuhr mit einem Finger entlang der Maserung auf der Tischplatte. „Der Doktor meinte, dass er es sich durch Keime geholt habe", erklärte er, schien seine Worte mit Bedacht wählen zu wollen, denn er machte eine kleine Pause, überlegte kurz, fuhr dann fort: „Hazel fiel ein, dass er in diesen Teich gefallen ist, und er hat etwas von dem Wasser geschluckt …" Henry ließ sich auf dem Stuhl zurücksinken, zog sofort seine Schlüsse aus den Worten. „Dann meint sie, dass ich schuld bin an seinem Zustand, oder? Sag es doch frei heraus!"

„Sie ist halt besorgt um den Jungen und hat sich gleich wieder aufgeregt, dass ihr da im Wald wart, er in den Teich gefallen ist … Sie meint es nicht so", verteidigte er Hazel, meinte dann beschwichtigend: „Und ich würde dir nie die Schuld an etwas geben, was der Junge ganz allein zu verantworten hat. Er ist in den Teich gefallen, es ist halt passiert. Es träfe mich nur schwer, wenn er zum Krüppel würde durch das alles. Aber da trägt niemand Schuld dran, weder du noch der Junge." Henry hörte Hagens Worte, aber auch wenn er wusste, dass sein Freund es ehrlich meinte, konnte er es nicht akzeptieren. Der Junge war Hazels Ein und Alles. Henrys Schweigen verriet seine Gedanken und Hagen, der sich zwar um den Jungen sorgte, aber davon ausging, dass er sich wieder erholte, wollte um keinen Preis mit seinem Freund brechen. Er hielt Hazels Verhalten für eine erste Überreaktion, die reine Sorge einer Mutter um ihr Kind. Sicher würde sie sich bald wieder fassen.

Auch am Abend fand David keine Ruhe. Seine Kopfschmerzen ließen ihn unablässig weinen, ihm war übel, sodass er jede leckere Kleinigkeit, die Hazel ihm vorsetzte, ablehnte, er wollte nicht berührt werden und sie konnte nur sachte seine Hand halten. Die Krämpfe in seinen Beinen ließen nicht nach, bald zog er sie an, aber der rechte Fuß drehte sich nach innen. Sie hoffte, die Starre würde sich wieder lösen, der Doktor hatte gemeint, es gäbe solche Fälle. In der Nacht stieg das Fieber. Frances bat ihre Mutter, sie ins Bett zu bringen, und erst nachdem Hagen sie sanft dazu aufforderte, sich auch um ihr anderes Kind zu kümmern, schleppte sie sich zu Frannie. Er stand allein vor Davids Bett, fühlte sich dann versucht, die Beine vielleicht wieder herunterzudrücken auf die Matratze, damit sie gerade waren, aber er wollte dem Jungen nicht noch weitere Schmerzen bereiten. Dieser öffnete die Augen ein Stück weit, erblickte seinen Vater. „Dad, erzähl mir von England, bitte." Seine Stimme klang rau, zerbrechlich, seine rechte Hand fuhr unruhig über die Bettdecke, bis Hagen sie ergriff, sich vorsichtig zu ihm auf die Bettkante setzte. Plötzlich überkamen ihn zum ersten Mal tiefe Gefühle für dieses Kind, vor ihm lag sein Sohn, hilflos und voller Angst, gepeinigt von Schmerzen. Sie mussten diesen Moment auskosten, um sich einmal wirklich nahe zu sein. Er bedauerte nur, dass es in dieser Situation geschah. „Du sollst dich ausruhen."

„Bitte, ich habe nie richtig zugehört, wenn du und Onkel Henry etwas erzählt habt", wandte er ein. Hagen besah Davids Hand in seiner, legte seine beiden um sie, begann leise zu erzählen, wie er aufgewachsen war mit den vielen Geschwistern und seinen Eltern. Ihm fielen zwei Ereignisse ein, die er vergessen glaubte, beide zauberten ein kleines, wenn auch verhaltenes Lächeln auf Davids Lippen. Er schlief ein, Hagen streichelte seine Wange. „Es ist egal, wie man zueinanderfindet“, stellte Henry fest, der leise den Raum betreten hatte. „Ich wusste, dass es so ist. Er wird älter und irgendwann braucht er dich auch.“ Hagen nickte, wollte etwas sagen, als Hazel in den Raum platzte, sich an Henry vorbei durch die Tür wand, Hagen sagte, dass sie sich jetzt wieder um den Jungen kümmerte. Kurzum verwies sie die beiden der Kammer. Hagen drehte sich noch einmal um, sah auf den Jungen, dann fing er Hazels Blick auf, die mit der Hand eine abwehrende Bewegung machte, und so verließ der den Raum, blieb dann unsicher davor stehen. „Komm, wir machen einen kleinen Spaziergang“, schlug Henry vor, doch Hagen fand das so abwegig, dass er ihn verwirrt anstarrte, so als hätte er gerade die größte Ungeheuerlichkeit der Welt von sich gegeben. Doch Henry fügte sofort hinzu, dass er meinte, man könne kurz zum See hinuntergehen, nur um etwas einen freien Kopf zu bekommen. Sich in Sorgen zu verkriechen, würde keinem helfen. Obwohl er sich auch um das Kind sorgte, hoffte, alles würde wieder gut werden. „Na gut“, willigte Hagen ein, folgte seinem Freund an den See. Sie schwiegen während des Weges. Natürlich hatte sein Freund recht, fand Hagen, denn er trug jeden Tag eine Bürde mit sich herum und aus seiner Sicht kamen wahrscheinlich nur ständig neue hinzu, die ihn jedoch nicht brechen konnten, denn er ertrug dies alles mittlerweile. Nicht nur die Krankheit, Fays Ableben, was er seiner Mutter angetan hatte und wahrscheinlich noch vieles mehr, von dem er nichts wusste. Hagen selbst wusste auch um seine Schuld, glaubte aber, dass dies hier seine zweite Chance war, alles wieder gutzumachen, so wie man Extrapunkte beim Kartenspielen sammelte, um auszugleichen. Er liebte Hazel, wenn auch nicht mehr mit der gleichen Intensität wie zu Anfang ihrer Beziehung. Im Laufe der Jahre hatte sich alles eingespielt, der Alltag, sie waren beide in Rollen gewachsen, dabei war das zwischen ihnen gewöhnlich geworden. Es langweilte ihn nicht, sie langweilte ihn nicht, war nicht wie ein Spielzeug, dem man überdrüssig wurde. Die Jahre waren so verflogen, oft waren da Seiten an ihr, die er nicht begreifen konnte, sie ihm entfremdeten. Es war auch für sie nicht leicht, Henrys ständige Anwesenheit zu akzeptieren. Aber wenn er nun so darüber nachdachte, war es fast erschreckend, denn er konnte sich durchaus vorstellen, wie es wäre, wenn Hazel ihn verließe, auf welche Art und Weise auch immer. Sie würde ihm fehlen, natürlich … Was für seltsame Gedanken ihm manchmal kamen … Wenn Henry nun nicht mehr bei ihnen wäre … Sie setzten sich an das Ufer des Sees. Die Sonne senkte sich langsam über den Horizont hinab, ihre Strahlen schienen sich noch einmal tiefrot glühend aufzubäumen, bevor die hereinbrechende Dunkelheit das Tageslicht verdrängte. Henry holte seinen kleinen Lederbeutel mit Tabak hervor, drehte eine Zigarette, gab sie Hagen, machte sich dann auch eine, entzündete ein Streichholz, schützte es mit einer Hand, als er es ihm hinhielt, bis er mit einem tiefen Atemzug seine Zigarette entflammte, den Rauch dann durch die Nase ausblies. Aus den Augenwinkeln beobachtete Hagen anerkennend, wie Henry mit dem Mund aus dem Rauch seiner kleine Kreise formen konnte. Frannie fand das immer lustig, denn er konnte es auch schneller hintereinander, sodass es wie der Rauch einer Lokomotive aussah. In Melbourne konnten sie einmal eine bestaunen, die zwischen dem Stadtzentrum und dem Hafen verkehrte. Für die Kinder war es eine völlige Neuheit, ebenso für Hazel, aber Hagen und Henry kannten Züge aus England, wenngleich auch nur kurze Strecken. Es klang unglaublich, dass man einmal im Zug durch ganz Australien reisen sollte. Frannie hatte Henry gefragt, wie lange es wohl dauerte, bis man die Strecke von einem Ende zum anderen des Landes fertig gebaut habe und er wandte sogleich ein, dass er es wohl nicht mehr erleben werde, aber für sie und ihre Kinder wäre das alles dann einmal völlig normal. Frances hätte etwas sagen können, was Kinder so sagten in diesen Momenten, protestieren, aber sie senkte nur nachdenklich den Kopf, ergriff seine Hand, schmiegte sich an ihn. „Manchmal frage ich mich ernsthaft, ob das alles so richtig war …“, begann Hagen, erklärte dann: „Ich meine damit, dass ich es mir mit Hazel anders vorgestellt habe, und nun wird auch noch der Junge krank … Alles ist so routiniert geworden zwischen uns. In Bezug auf jede Sache.“ Henry drehte den Kopf in seine Richtung, schenkte ihm ein wissendes Grinsen, dann wurde sein Blick wieder ernst. „Willst du darauf hinaus, dass du an andere Frauen denkst?“

„Um Gottes willen, nein!“, meinte Hagen schnell abwehrend. „Aber vielleicht war das alles zu schnell mit den Kindern. Und ich hätte früher etwas sagen sollen mit David. Manchmal denke ich, sie klammert sich so an den Jungen, weil sie unglücklich mit mir ist. Sie hat zu früh Verantwortung tragen müssen.“

„Ich glaube, dass sie das alles anders sieht und du dir zu viele Gedanken machst. Sie liebt dich und die Kinder. Es kann nicht alles so sein wie am ersten Tag, als wir sie trafen. Ehrlich gesagt, ich kann mich nicht erinnern, dass meine Eltern nach all den Jahren noch wie Turteltäubchen waren. Und meine Mutter war auch jünger als mein Vater, als sie ihn heiratete“, warf er ein, gab dann mit gesenkter Stimme zu bedenken, dass er und Hazel nicht verheiratet waren. „Für mich ist es so, als wären wir es“, gestand Hagen. „Fühlst du dich davon eingeengt?“

„Nein.“ Henry zuckte unwillkürlich mit den Schultern, eine instinktive Geste, denn er wusste nicht, wie er seinem Freund helfen sollte. Er war sowieso in einer schlechten Position, weil er zwischen den beiden stand, wenngleich Hazel seine Anwesenheit auch nur tolerierte. Zu Anfang war er wirklich dumm gewesen, sich selbst in der Illusion hinzugeben, dass sie ihn auch hier haben wollte. Und nun musste er als Sündenbock herhalten, weil David in diesen Teich gefallen war, ausgerechnet an jenem Tag, da er mit den beiden Kindern in den Wald ging. Doch er war zu müde, um etwas dagegen zu sagen, wollte sich nicht mit Hazel streiten. Er spürte, wie ihm sein Leben förmlich entglitt und akzeptierte die Absehbarkeit seiner Tage. Manchmal fühlte er sich morgens zu schwach, um auch nur einen Fuß vor den anderen zu setzen, aber er raffte sich jedes Mal auf. Allerdings nicht mehr um seiner selbst willen. Er schnippte den Rest der Zigarette ins Wasser. Hagen tat es ihm gleich, erhob sich und hielt ihm die Hand hin, um ihm aufzuhelfen, doch Henry ergriff sie nicht, sagte ihm, er solle schon ins Haus gehen, er wolle noch sitzen bleiben. „Nun komm schon!“, drängte er ihn sanft, streckte die Hand fast vor sein Gesicht, um ihn zu necken, bis er endlich seine hineinlegte, aufstand. Einige Sekunden lang standen sie einander wortlos gegenüber, die Hände noch ineinander, sahen sie sich tief in die Augen. *Ja, es wird mich schwer treffen, wenn du nicht mehr da bist,* dachte Hagen, spürte, wie sich ein Druck auf seine Brust legte, gleich einem schweren Stein. Unbewusst drückte er die Hand seines Freundes, der sich etwas vorbeugte, ihn dann spontan umarmte, so stehen blieb, den Kopf auf seiner Schulter. Hagen erwiderte die Umarmung, wunderte sich, wie spontan es ihn übermannte, es Henry gleichzutun. Es machte ihn traurig – alles machte ihn traurig, die Krankheit seines Sohnes, Henrys, Hazel, die ihn in ihrer Verzweiflung indirekt die Schuld für diese auf Henry schob, wie sie Frances behandelte …

Hazel hatte sich ein Stück weit vom Haus entfernt, die Dunkelheit breitete ihr samtenes Laken über allem aus, doch selbst in diesen ersten Schatten offenbarte sich ihr die Innigkeit der beiden Männer. Es war nicht überraschend für sie wie etwas Unerwartetes, aber es machte sie noch wütender als sie ohnehin schon war. Sie konnte nicht verstehen, warum Hagen sie nicht tröstend in den Arm nahm, sie brauchte doch nun seine Unterstützung, stattdessen hielt er seinen Freund im Arm! Sie spie seinen Namen förmlich in die hereinbrechende Dunkelheit, vorwurfsvoll, damit sie sich voneinander lösten. Und sie hatte Erfolg. Beide ließen sich los, wichen einen Schritt voneinander und Hagen machte sich sofort auf den Weg zu ihr. Henry folgte ihm zögerlich und Hazel wünschte sich inniglich, er würde sich in Luft auflösen. „Da drinnen liegt dein kranker Sohn und du spazierst hier herum!“, keifte sie und ihr Tonfall glich dem, wenn sie Frances schimpfte, was Hagen noch mehr verärgerte als ihr ganzes Auftreten. Er ging nicht weiter auf ihre Worte ein, hob nur kurz die Hand, setzte seinen Weg in Richtung Haus fort. Hazel verharrte an der Stelle, bis Henry sie passierte. „Warum kannst du ihn nicht einfach in Ruhe lassen?“, protestierte sie mit gesenkter Stimme. „Was ist los mit dir? Er hat nicht da mit dir am See herumzusitzen, wenn sein Sohn im Haus …“

„Ja, Hazel!“, unterbrach Henry sie mit sanfter Stimme, klang so ruhig und gelassen, dass es sie noch mehr in Wut versetzte. „Du hast uns doch aus dem Zimmer geschickt, oder nicht?“ Sie blickte ihm in die Augen, es ärgerte sie noch mehr, dass sie zu ihm aufsehen musste, und sie wunderte sich selbst, wie leicht es ihr fiel, sich zu wünschen, er wäre nicht mehr hier. Es lag nicht nur an der Tatsache, dass er nicht auf David aufgepasst hatte, seine Anwesenheit störte sie einfach permanent. Umso mehr ihn seine Krankheit einschränkte, sein Zustand sich verschlechterte, umso mehr klammerte er sich an Hagen und dieser an ihn. Natürlich hatten beide Männer ihr erzählt, wie sie hergekommen waren, aber bis zum heutigen Tag wusste sie nichts von der Gefangenschaft, glaubte einfach, dass die Abenteuerlust beide zusammengeschweißt hatte. Es interessierte sie aber auch nie wirklich, wenn beide aus der Heimat erzählten oder von den Dingen, die sie erlebten, bevor ihnen Hazel über den Weg lief. Dafür wussten sie alles von ihr, denn sie liebte es, von ihrer Kindheit zu erzählen, wobei sie aber oft Dinge verdrehte, beschönigte, allein schon, um ihre eigenen Kinder nicht zu verschrecken. Den Mord an ihren Eltern und ihre Zeit bei dem alten Mann im Wald verschwieg sie. „Geh mir einfach aus den Augen!“, sagte sie nun rüde zu Henry, ging wieder zum Haus zurück. Es war auf eine gewisse Art und Weise ein sehr gutes Gefühl, wenn er selbst eine barsche Behandlung stillschweigend hinnahm, denn er lebte in ihrem Leben mit und nun sollte er sich fügen, damit er bleiben durfte. Unbewusst zauberten diese Gedanken ein bizarres Lächeln auf Hazels Züge.

In den nächsten Tagen verschlechterte sich Davids Zustand zusehends. Hatte er zuerst noch über die Schmerzen geweint, gejammert, war seine Stimme mittlerweile ein noch kaum identifizierbares Krächzen geworden, die immer mehr einem Piepsen glich. Das Fieber trübte seine Wahrnehmung, ließ ihn nach Hazel rufen, dann nach Frannie, nach Hagen und irgendwann bettelte er solange, bis seine Mutter, wenn auch widerwillig, Henry an seine Seite holte. Keine Ablenkung konnte die Leiden des Jungen erträglich machen, der Doktor zeigte sich alsbald ratlos, bestätigte die Kinderlähmung, befürchtete eine daraus resultierende Hirnhautentzündung. Während Hazel an seiner Seite saß, seine Hand streichelte, ihm Mut machte, von Dingen erzählte, die er alle wieder machen könne, wenn er nur gesund würde, wanderten seine Augen zu Frances, die mit Hagen im Türrahmen stand, auf ihrem Arm fiepte der Hund, wollte zu seinem Herrchen. „Mummy, bring sie mir!“, flehte David mit seiner krächzenden Stimme, hob die Hand, fuchtelte damit vor Hazels Augen herum, wollte ihre Schulter berühren, krallte seine Hand dann in ihr Fleisch, sodass sie aufschrie, sie von ihrer Schulter nehmen wollte.

Doch plötzlich riss David seine Augen weit auf, krallte seine Hände in das Bettlaken, bäumte sich auf, versteifte sich völlig und begann hörbar zu würgen. Hazel fuhr vor, wollte ihn hochheben, aber er machte sich steif wie ein Brett. Sie wies Hagen an, eine Schüssel zu holen, falls der Junge sich übergeben müsse. „Mein Kopf! Mummy, mein Kopf!", piepste David, begann dann irgendwelche wirren Zahlenreihen von sich zu geben, bis seine Stimme versagte. „So tu doch etwas!", kreischte Hazel, drehte sich zu Hagen und Frances um, die nun angstvoll aus dem Haus lief, den Hund immer noch auf dem Arm. Hagen wollte seinem Sohn helfen, doch er wusste nicht wie, rief nach Henry, er solle mit anfassen, trat von der anderen Seite an das Bett heran, starrte voller Entsetzen auf Davids zuckenden Körper, der sich in Krämpfen wand, wobei er immer noch mit weit aufgerissenen Augen panisch in den Raum starrte. Fast glaubte Hagen, sie können aus seinem Kopf hervorquellen. Hazel presste ihre Hände vor den Mund, Tränen lösten sich aus ihren Augen, sie zitterte nun so sehr, dass sie sich nicht von ihrem Stuhl erheben konnte. Selbst als Henry ins Zimmer kam, schenkte sie ihm einen Hilfe suchenden Blick und er behielt als Einziger einen klaren Kopf. Der Doktor hatte ihnen gesagt, dass es zu diesen Krämpfen kommen könne, aber Hazel wollte das alles nicht hören. Aus Davids Kehle löste sich ein Gurgeln, Henry packte seinen Oberkörper, den Kopf, zog ihn hoch, Hagen versuchte seine Arme festzuhalten, die nun unkontrolliert emporfuhren, in die Luft griffen. Genauso abrupt, wie der Anfall begonnen hatte, schien er nun aufzuhören, denn die Glieder des Jungen entspannten sich, zuerst richtete er seinen Blick auf seine Mutter, ließ ihn zu seinem Vater wandern, der blanke Todesangst in den Augen seines Sohnes las. Kurz darauf verlor David das Bewusstsein, sackte in Henrys Armen zusammen, der ihn hielt, bis Hazel die Kissen wieder so aufschichtete, dass er bequem liegen konnte. Unter ihrem prüfenden Blick legte er ihn wieder darauf ab, wich dann fast demütig mit leicht gesenktem Kopf zurück, entfernte sich aus dem Raum. Hazel legte eine Hand auf Davids Kopf, die andere auf seinen rechten Arm, hob ihn an, damit er nicht mehr schlaff von der Bettkante hing. Aus dem Gesicht des Jungen war sämtliche Farbe gewichen, sein Gesicht wirkte schrecklich ausgezehrt und Hagen spürte ein flaues Gefühl in seinem Magen, wenn er an den Blick in den Augen des Jungen zurückdachte. Etwas in ihm machte ihm bewusst, dass sein Sohn sterben würde. Und er holte tief Luft, wollte es Hazel sagen, hielt aber dann doch inne, als er in ihrem Blick las, dass sie es schon wusste. Sie begann leise zu weinen, saß da, schniefte nicht, aber er bemerkte ihre feuchten Wangen. Behutsam legte er eine Hand auf ihre Schulter, verließ das Zimmer. Henry saß draußen mit Frances auf der Veranda, der Hund tollte vor dem Haus herum, die Sonne schien. Eigentlich war es ein schöner Tag, wie man so lapidar sagte. „Ich glaube, dein Vater will dir etwas sagen", meinte Henry zu Frances, wollte aufstehen, seinen Platz für Hagen frei machen, der ihm mit einem Fingerzeig zu verstehen gab, dass er sitzen bleiben sollte. Er setzte sich an die andere Seite neben Frannie, legte die Arme um seine Tochter, zog sie zu sich heran. Sie senkte den Blick, abwartend. „Dein Bruder ist sehr krank. Und ich weiß nicht, ob er wieder gesund wird", sagte er leise. „Es geht ihm sehr schlecht." Frannie nickte. „Ja, Daddy", erwiderte sie, schrieb auf die Tafel: *Es muss ihm alles sehr wehtun, weil er so weint. Ich wollte ihm einen neuen Trick zeigen, den ich Joy beigebracht habe. Sie hebt jetzt eine Pfote für ein Leckerli!* „Vielleicht kannst du es ihm später zeigen." Hagen brachte es nicht über sich es auszusprechen. Und Frances hatte mitbekommen, wie ihr Bruder vor Schmerzen schrie, sie sich manchmal die Ohren zuhalten musste, weil es einfach nicht zu ertragen war. Er bewunderte Hazel, wie sie es aushielt, Tag und Nacht neben dem Jungen zu sitzen, sein Weinen zu ertragen und doch immer wieder zu hoffen, dass es ihm bald besser ginge. Mittlerweile hätten sie beide alles akzeptiert, selbst wenn er nur an Krücken herumhumpeln konnte, sein weiteres Leben körperlichen Einschränkungen unterliegen würde, wenn er nur am Leben bliebe. Henry und er tauschten einen Blick aus, Henry verstand Hagen. Ihm wäre es auch nicht leicht gefallen Frances zu sagen, dass ihr Bruder sie verlassen könnte. Aber manchmal brauchte man Dinge nicht auszusprechen. Und dann löste sie sich aus Hagens Armen, senkte den Blick, wandte sich dann an Henry, schrieb: *Meinst du, er hat Angst*? „Ich glaube nicht. Wenn man solche Schmerzen ertragen muss wie dein Bruder, dann ist man vielleicht irgendwie erleichtert, wenn man keine mehr hat …“, mutmaßte er. Sie nickte heftig. Er schien aus ihrer Sicht wohl die am besten geeignetste Person für eine derart schwerwiegende Frage zu sein, denn sie wusste, dass er nicht hundert Jahre alt würde. *Du hast doch auch oft welche* …, schrieb sie nach kurzem Zögern, es war nicht direkt eine Feststellung, sondern eher eine traurige Gewissheit, mit der sie offenbarte, dass sie jegliche Tragweite erfasste. „Frances …“, wollte Hagen sie unterbrechen, aber es schien seinem Freund wie immer nichts auszumachen offen darüber zu reden. „Also, zuerst einmal habe ich mich daran gewöhnt“, gestand Henry. „Zudem bin ich ein alter Mann, dein Bruder aber ist noch ein Kind. Das ganze Leben liegt noch vor ihm und es ist ungerecht, was er erdulden muss. Ich bin ja nicht ganz unschuldig an meiner Krankheit. Nun muss ich damit leben. Aber dein Bruder kann nichts dafür.“ Frannie konnte sich zwar nicht genau vorstellen, wie man Henrys Krankheit bekam, aber ihre Mutter hatte es ihr erzählt, allerdings nur in einer Art und Weise, die sie auch verstehen konnte. Es gab Frauen, die unsauber waren, sich nicht richtig wuschen, ihre Kleidung nicht oft wechselten und diese gaben es an die Männer weiter, die sie küssten. Es lag ihr auf der Zunge, ihn zu fragen, warum er nicht gemerkt hatte, was mit der Frau nicht stimmte, die er geküsst hatte, aber sie schwieg, denn sie konnte es sich nicht einmal bildlich vorstellen. Ihre Mum sagte ihr auch, dass es irgendwann nicht mehr ansteckend war, aber sie solle trotzdem nicht zu inniglich mit ihm sein. Manchmal küsste er sie abends vor dem Schlafengehen auf die Stirn. Es war eigentlich ungerecht, das stimmte, und sie musste Henry beipflichten, aber sie hatte ihn sehr gern und es schauderte sie bei dem Gedanken daran, dass er auch eines Tages gehen musste. Tief in ihrem Innern hatte Frances gehofft, dass ihr Bruder sich änderte nach seiner Erkrankung, dass er vielleicht nicht mehr so feindselig ihr gegenüber sein könne, es ihm eine Lehre wäre. Seinen Tod wünschte sie sich nicht. „Zeig uns mal Joys Trick!“, schlug Hagen vor, um die Stimmung etwas anzuheben und sie sauste sogleich ins Haus, holte ein kleines Stück Wurst, lockte den Hund damit, der auf sie zukam, brav vor ihr sitzen blieb, seine linke Pfote anhob. Die Männer lobten sie beide anerkennend.

Hazel sprach leise mit ihrem Sohn, meinte, sie könne ein scheues Lächeln auf seinem Gesicht sehen, auch wenn er die Augen geschlossen hatte. Als er sie ein paar Stunden später wieder öffnete, konnte er nur noch etwas sehen, wenn er eines zukniff, doch er schien nicht mehr so voller Furcht wie vorher. Der Doktor gab ihm Morphium gegen die Schmerzen, es trübte seine Sinne, sein Körper entspannte sich. Er wollte sprechen, aber er hatte keine Kraft mehr, so kamen nur unverständliche Laute aus seinem Mund. Dennoch schien er bemüht, noch am Leben um ihn herum etwas teilzunehmen, verlangte mit einer Handbewegung nach seinem Hund. Frances brachte ihm das Tier, aber Joy wollte ihrem Herrchen das Gesicht ablecken, mit ihm toben und es bereitete ihm sichtliches Unbehagen, da er sie nicht mehr selbst unter Kontrolle bringen konnte. Also trug Frannie das Tier wieder nach draußen. Irgendwann schlief David wieder ein, er schlief so tief und fest, dass Hazel nach über zehn Stunden versuchte, ihn wieder zu wecken, indem sie ihn streichelte, ihm zuflüsterte, er müsse nun langsam wieder aufwachen. Da er nicht mehr nach ihr rufen konnte, eilte sie ständig in sein Zimmer, um nach ihm zu sehen. Und nun dauerte es fast eine Stunde, ihn zu wecken. Sie wollte ihm seine Medizin geben, aber konnte ihn nicht mehr ohne Hilfe aufrichten, seine rechte Körperhälfte war völlig gelähmt. Mit einem unbeteiligten Ausdruck in den Augen ließ er sich von seinem Vater ein Stück weit anheben, trank die Flüssigkeit nicht, die ihm Hazel an die Lippen hielt, stattdessen biss er in die Blechtasse. Hazel begann zu zittern, sie konnte es nicht mit ansehen. Behutsam versuchte sie es wieder und wieder, bis schließlich Hagen eingriff, seinen Sohn wieder auf das Bett legte, ihr die Tasse aus der Hand nahm. Er trat ans Fenster, öffnete es und schüttete die Medizin hinaus. Von draußen hörte er Henrys Stimme und Frances Lachen. „Das war ja wohl hoffentlich nur Wasser!" Er erschien am Fenster, rieb am Ärmel seines Hemdes herum. Frannie folgte ihm, blickte kurz in das Zimmer, hielt schnell inne, unterdrückte ein Kichern. „Das war Davids Medizin", erklärte Hagen, drehte sich kurz zu Hazel um. „Er braucht sie nicht mehr!"

„Das ist feinstes Morphium!", wandte Henry ein, denn er bemerkte, wie David den Kopf zum Fenster drehte, anscheinend die Situation verfolgte. Er begann zu lachen, wenn es ihm auch nicht inbrünstig möglich war, erhellte sich jedoch sein Gesicht. Sogleich schien auch Hazel wieder Mut zu schöpfen, sie rang sich ein Lächeln ab, als er sie ansah. So als brauche er diese Bestätigung seiner Mutter, schloss er wieder die Augen und schlief ein. In der Nacht erwachte er, deutete mit flackernden Augen auf ein Seil im Regal an der Wand gegenüber des Bettes. Es dauerte eine Weile, bis Hazel verstand, was er wollte. Dann brachte sie es ihm. „David, was willst du denn damit?“, fragte sie leise, legte es in seine Hand. „Da spiele ich gleich damit …“, hörte sie ihn unter Anstrengung hervorbringen, betrachtete seine steife Hand, die das Seil hielt, nun irgendwie verkrampft. Sie fragte sich, ob er sich an sein Leben vor der Erkrankung erinnern wollte, indem er nach dem Gegenstand verlangt hatte. Hazel war müde, obwohl sie sich zwischendurch hinlegte, fand sie keinen Schlaf, und sie war davon überzeugt, dass sie ständig bei ihrem Sohn sein musste. So fielen ihr ab und an die Augen zu, doch sie riss sie sogleich wieder auf, konnte sich keine Nachlässigkeit erlauben. Hagen und Henry boten ihr an, sich um David zu kümmern, aber sie lehnte es ab. Vorlesen konnte man ihm nicht mehr, er hatte Mühe, den Worten zu folgen, und die kurze Zeit, in der er noch wach war, wollte Hazel mit ihm verbringen. Er fragte nicht mehr nach dem Hund, schien das Tier vergessen zu haben. Nur einmal verlangte er nach Frannie, machte unverständliche Laute, deutete auf ein Buch, und als sie zu lesen begann, schlief er wieder ein. Als Henry ihn hochheben wollte, damit Hazel das Bettzeug wechseln konnte, ruderte der Junge wild mit den Armen und Beinen, die linke Seite, die er noch bewegen konnte, anscheinend hatte er keinen Gleichgewichtssinn mehr oder Schmerzen. Nach dem er wieder in seinem Bett lag, stand Henry und Hazel der Schweiß auf der Stirn. Jedes Mal wenn er den Jungen ansah, hoffte er inständig, dass er selbst niemals so enden würde, auch wenn er wusste, dass die Syphilis zu Lähmungen führen konnte. Hazel holte tief Luft, sie musste es ihrem Sohn sagen. „David, willst du denn gar nicht wissen, was genau mit dir los ist?“ Sie bereute sogleich ihre Worte, denn was sollte sie erwidern, wenn er nun antwortete, er wisse, dass er sterben müsse. Stattdessen fragte er aber, was mit ihm sei. Und so tischte sie ihm eine Lüge auf. „Du hast einen Virus, weil du in das schmutzige Wasser des Teiches gefallen bist. Du hättest es nicht schlucken dürfen. Aber es wird dir bald wieder besser gehen, denn der Doktor holt eine neue Medizin aus der Stadt, mein Engel." Er lächelte, nickte. Wahrscheinlich glaubte er ihr nicht, aber sie konnte die Wahrheit einfach nicht über sich bringen. Und dann wollte sie seinen Blick auffangen, aber seiner schien plötzlich durch sie hindurchzugehen. David schien ihre Stimme noch wahrzunehmen, denn er drehte den Kopf nicht weg. Ihre Hand berührte sein Handgelenk, fühlte den rasenden Puls. Sie lauschte auf seinen Atem, hörte ihn unregelmäßiger werden und begriff erst in jenem Moment, dass er sie nun verlassen musste. So bemerkte sie auch nicht, wie Hagen das Zimmer betrat, zuerst hinter ihr stehen blieb, seinen Sohn ansah, dessen Blick nun starr geradeaus ging. Aus seinen Augen schien der Glanz zu weichen, Hagen setzte sich vorsichtig auf das Bettende, legte eine Hand auf Davids Bein, verharrte so reglos, ließ seinen Blick aber nun auf Hazel haften, die die Finger ihres Sohnes mit beiden Händen knetete, an ihre Lippen hielt, küsste. Und da er aufhörte zu atmen, weinte sie: „David! Oh, David!" Hagen war völlig blockiert, er konnte sich nicht aus seiner Haltung lösen, seinen toten Sohn nicht ansehen. Aus den Augenwinkeln beobachtete er, wie Hazel ihm die Augen schloss, eine Hand auf seine Brust legte, sie seufzend zurückzog. Gleich einem berstenden Staudamm schien nun alles aus ihr herauszubrechen, sie fiel fast vornüber, schluchzte auf, riss dann das leblose Kind an sich, hielt ihn in ihren Armen und wiegte ihn sachte wie ein Baby, wobei sie unablässig seinen Namen sagte, so als könne sie ihn dadurch wieder aufwecken. Unsanft stieß sie Hagen fort, als er ihr helfen wollte, die Trauer zu teilen, denn David war auch sein Kind gewesen. Ihr Blick war jedoch so voller Argwohn, dass er beschloss, erst mal den Raum zu verlassen. Henry saß am Küchentisch, vor sich ein Glas und eine halb volle Flasche Moonshine. Er goss sich gerade ein neues Glas ein, ließ etwa zwei Fingerbreit von dem Alkohol hineinlaufen, trank es in einem Zug aus, füllte es erneut, schob es Hagen hin, der sich ihm gegenüber setzte. Schon lange hatte er nicht mehr getrunken, ab und an ein Bier mit Hagen im Dorf im Pub oder wenn sie in der Stadt waren, aber nicht zu Hause, vor allem keinen Schnaps. Vor den Kindern wollten sie keinen Alkohol trinken. Woher die Flasche mit dem Moonshine kam, war ihm deswegen schleierhaft. „David … er …“, seine Stimme versagte, bevor er überhaupt einen vollständigen Satz formulieren konnte. „Ich weiß“, nickte Henry, deutete auf das Glas, „trink!“

„War die Flasche nicht voller?“, wollte Hagen wissen, nahm einen kleinen Schluck, hustete. „Und woher hast du den Schnaps?“

„Ich brauche eine gute Grundlage“, gab er zurück, blieb ihm aber eine Erklärung schuldig. Da Hagen zu lange brauchte, um das Glas zu leeren, griff Henry lässig hinter sich, um sich ein neues aus dem Schrank neben dem Spülstein zu nehmen, füllte es dann. Er hob es kurz an, betrachtete die klare Flüssigkeit, trank aus. „Es wird für uns alle nicht leicht werden … ohne den Jungen“, sagte Hagen, denn er glaubte, sein Freund trank aus Trauer. Dies war aber nicht der einzige Grund, wie er ihm sogleich offenbarte. „Wenn deine kleine Frau aus seinem Zimmer kommt, habe ich keinen gnädigen Gott mehr!“ Er wollte sich noch etwas einschenken, aber Hagen ergriff die Flasche. „Es ist alles kein Grund sich zu betrinken! Und du bist nicht schuld an Davids Tod, wenn du darauf hinauswillst“, wandte er ein, schüttelte den Kopf über einen solch abwegigen Gedanken. „Was ist mit Frances?“

„Sie schläft. Du kannst es ihr morgen sagen. Es hilft niemandem mehr, das Kind nun zu wecken, nur um ihr zu sagen, dass ihr Bruder tot ist.“ Damit stand Henry auf, legte kurz beide Handflächen auf den Tisch, um sich abzustützen, wankte nach draußen. Hagen leerte sein Glas aus, verstaute die Flasche dann hinter den Einmachgläsern im Schrank, spülte die Gläser mit Wasser aus, ging wieder zu Hazel. Sie wollte den Jungen nicht loslassen, hielt ihn immer noch in ihren Armen. Hagen versuchte beruhigend auf sie einzureden, sie davon zu überzeugen, dass es besser sei, wenn die Totenfrau Emily Barley kam, um ihn zurechtzumachen, aber Hazel sagte ihm unwirsch, sie könne das schon gut selber. Es sei ihr Sohn und dies der letzte Dienst, dem sie ihn erweisen konnte. „Kümmere dich um den Sarg!“, forderte sie ihn auf. „Aber er bleibt so lange noch bei uns, bis Frances sich von ihm verabschieden konnte!“

„Lass mich dir doch helfen!“, meinte er, aber sie forderte ihn nun nochmals mit Nachdruck auf, erstmal den Raum zu verlassen, er könne wiederkehren, wenn sie alles zurechtgemacht habe. Unwillkürlich musste er daran denken, wie sie einmal, als sie noch innig ineinander verliebt waren, Blüten auf dem Bett verteilt hatte, weil sie glaubte, er fände das irgendwie erotisierend. Sie war mehr als enttäuscht gewesen, denn er meinte nur, dass eigentlich der Mann so etwas für eine Frau tat, er das aber nicht anregend fand. Vielleicht erwartete sie oftmals mehr Engagement von seiner Seite aus in dieser Hinsicht, aber es lag ihm nicht. Sicher, er brachte ihr Blumen mit, ein kleines Geschenk aus der Stadt und er liebte sie, wenn sie es wollte, sie gab sich ihm hin, wenn er danach verlangte, doch es war weniger geworden. Sie investierte mehr in all das als er. Und er war ein schlechter Liebhaber, indem er alle diese Versuche ihrerseits, Romantik in ihr Leben zurückzubringen, abschmetterte. Sie legte Davids Körper wieder auf dem Bett ab, streichelte seine Wange und hatte sie eben noch irgendwie gefasst gewirkt, veränderte sich ihr Wesen nun schlagartig. Zuerst sprang sie vom Stuhl auf, ging schnellen Schrittes in die Küche, um eine Schüssel mit frischem Wasser, Seife und ein Tuch zu holen, um ihren Sohn zu waschen. Doch da sie das Wasser von dem Eimer in die Schüssel füllen wollte, glitt ihr der Eimer aus der Hand, Wasser schwappte auf den Boden. Einige Spritzer trafen den Hund, der nun zu David ins Zimmer eilte, da die Tür offen stand. Hagen sah, wie sich das Tier bemühte, sein Herrchen zu wecken, sein Gesicht ableckte, auf seiner Brust herumhüpfte, dann innehielt, als David keinerlei Reaktion zeigte, und sich neben ihn auf das Bett legte. Aus den Augenwinkeln bemerkte Hagen, wie Hazel vor der Pfütze in der Küche auf die Knie sank. Sie legte die Hände auf den Boden, krümmte sich und begann von Neuem zu schluchzen. Er ging schnell zu ihr, wollte ihr wieder auf die Beine helfen, doch sie hob nur die Arme, legte sie um seine Hüften, presste den Kopf an seinen Bauch, blickte zu ihm auf, flehte mit bebenden Lippen: „Mach, dass er wieder aufwacht! Bitte, bitte! Er kann mir doch nicht meinen kleinen Engel nehmen!“ Aus irgendeinem Grund konnte er nicht weinen, war aber auch zu keiner anderen Regung fähig. Stumm legte er eine Hand auf ihren Kopf, sie verharrten so, bis Henry das Haus wieder betrat. Schlagartig veränderte sich Hazels Wesen wieder. Kaum, dass sie ihn entdeckte, war sie wieder auf den Beinen, sprang so schnell auf ihn zu, dass Hagen nicht dazukam, sie zurückzuhalten. Fast unwirklich kam es ihm vor, wie seine Frau in ihrem Kummer und dem Schmerz über sich hinauszuwachsen schien. „Das ist alles deine verdammte Schuld! Du hast nicht auf ihn aufgepasst!“, spie sie hervor, schubste ihn gegen die Wand, trommelte mit ihren zierlichen Fäusten auf ihn ein. „Ich hasse dich! Ich hasse dich dafür und ich werde nie wieder aufhören, dich dafür zu hassen!“ Henry stand da, die Augen auf sie gerichtet, doch er wehrte sich nicht, umfasste zwar ihre Oberarme, aber so sanft, dass es ihr keinen Einhalt gebieten konnte. Und dann schrie sie ihn an, er solle das Haus verlassen, drehte sich um zu Hagen, wartete kurz ab, ob er sie unterstützte, aber da er beschwichtigend die Hand hob, sie ermahnte, wiederholte sie ihre Aufforderung. Ihr Gekreische weckte Frances, die nun verschlafen im Zimmer erschien, sie rieb sich die Augen, wollte wissen, was los sei. „Dein Bruder ist tot! Er ist tot, weil dieser Mann hier nicht auf ihn aufgepasst hat! Sei froh, dass du noch lebst!“, meinte sie zu dem Mädchen und Hagen wollte augenblicklich vorfahren, sie mittels einer Ohrfeige wieder zur Ruhe bringen. Aber da hatte sie sich schon den Eimer gegriffen, holte aus, ließ ihn auf Henrys Rücken niedersausen, der sich gerade von ihr abwenden wollte. Frances begann zu weinen, wollte zu Henry laufen, doch ihre Mutter stieß sie unsanft zur Seite, sodass sie fiel, Hagen bekam seine Frau zu fassen, forderte seinen Freund auf, ihm zu helfen, doch dieser weigerte sich mit einem müden Kopfschütteln, wollte aus der Tür flüchten. „Du wirst nirgendwohin gehen!“, sagte Hagen mit Nachdruck. „Du bleibst hier!“ Hazel spie nun Gift und Galle. „Du kannst nicht zulassen, dass der Mörder deines Sohnes mit uns unter einem Dach lebt! Wenn du dieses Kind geliebt hast …!“

„Wenn er geht, gehe ich auch!“, schrie er sie an, forderte Henry noch mal auf, ihm zu helfen und dieser kam nun auf sie zu, umfasste Hazels Arme von hinten, presste sie an ihren Oberkörper, hielt sie fest, sodass sie nur noch den Kopf hin- und herwerfen, mit den Beinen treten konnte. Da er so viel größer war als sie, kostete es ihn kaum Mühe sie festzuhalten. Aber sie strampelte wie eine Irre, wollte sich aus seinem Griff befreien. „Hazel, bitte beruhige dich!“, meinte Hagen sanft, suchte nach Frances, die er an der Tür zu Davids Kammer stehen sah, wandte sich dann wieder an seine Frau. „Wenn du nicht sofort aufhörst, dich wie eine Irre aufzuführen, sperren wir dich oben im Schlafzimmer ein!“

„Ich will zu meinem Baby! Er wird fürchterlich weinen, wenn er aufwacht, und ich bin nicht bei ihm! Lasst mich zu ihm!“ Ihre Gegenwehr wurde schwächer, sie weinte, hing dann mit gesenktem Kopf in Henrys Griff wie eine Puppe. Dieser lockerte die Umklammerung, fing sie auf, bevor sie wieder auf die Knie sackte, denn sie zitterte so sehr, dass sie sich nicht auf den Beinen halten konnte. „Meinst du, du kannst auf sie aufpassen? Und auf Frances?“, fragte Hagen Henry. „Ich gehe schnell Emily und den Doktor holen!“

„Junge!“, meinte Henry vorwurfsvoll, verzog das Gesicht zu einem ironischen Grinsen, verdrehte die Augen, so als wolle ihn sein Freund mit einem tollwütigen Tier alleine lassen, fügte hinzu: „Ich hole den Doktor und Emily! Du bleibst bei *deiner* Frau und *deiner* Tochter!“ Hagen hörte, wie er die Worte betonte, bisher hatte er nie so deutlich Unterschiede gemacht, gehörte er doch wie selbstverständlich dazu. Er war ein Teil ihrer Familie, und was Hazel da so in ihrem Kummer von sich gab, sollte man nicht auf die Goldwaage legen, dachte er. Bald würden ihre Worte ihr sicher leidtun. Er nickte Henry zu und dieser machte auf dem Absatz kehrt, verließ das Haus. Hagen beugte sich hinunter, half Hazel auf einen Stuhl am Tisch, sagte ihr, sie solle dort sitzen bleiben, wartete kurz ab, doch sie schien seiner Anweisung Folge zu leisten, denn sie rührte sich nicht, legte nur die Hände in den Schoß, starrte geradeaus an die Wand.
Frances stand vor dem Bett ihres Bruders, in der einen Hand hielt sie ihre Puppe, mit der anderen wollte sie den Hund berühren, doch dieser schnappte nach ihr. Das verwirrte Tier meinte wohl, es müsse sein Herrchen beschützen. Hagen betrat den Raum, packte zielsicher den Hund, setzte das Tier vor die Tür, schloss diese, blieb dann neben seiner Tochter stehen. „Er … wacht nicht … wieder … auf“, stellte sie leise fest. „Wo … ist … er … jetzt, Daddy?“

„Ich weiß es nicht“, gestand er, denn er glaubte nicht an den Himmel oder Engel. „Vielleicht bleibt er irgendwie bei uns und passt auf uns alle auf.“

„Wie … Geist?“

„So in der Art. Aber ein guter Geist … eher …“ Sie weinte nicht, ihre Stimme war fest – gefasst. Es kam ihm so vor, als habe sie sich schon länger darauf vorbereitet als ihre Mutter. Wenn sie an Davids Bett gesessen hatte, ihn versuchte aufzuheitern, sich abmühte Worte zu formen und er darüber einfach einschlief, weil er zu schwach war, um die Augen offen zu halten, forderte sie ihn einige Male auf, ihr zuzuhören, aber mokierte sich alsbald nicht mehr darüber. Sie redete weiter, versuchte zu singen, selbst dann, da sie seine tiefen Atemzüge hörte. Das Kind konnte es akzeptieren, ihr fiel es leichter damit umzugehen, auch wenn ihr sicher nicht bewusst war, welche Tragweite sein Tod haben würde. Ebenso wie ihm. Der Junge hinterließ eine Lücke in ihrem Leben. Man stellt sich oft vor, wie es ist, wenn jemand nicht mehr da ist, aber es richtig zu begreifen, ist etwas anderes. Sein Sohn würde nicht mehr der Mittelpunkt ihres Lebens sein, er müsste nicht mehr mit ihm ausdiskutieren, welche Arbeiten er auf der Farm zu verrichten habe … Sein Blick fiel auf Frances, die Davids Platz in Hazels Augen sicher nie einnehmen konnte, sie konnte die Lücke nicht ausfüllen, selbst wenn sie sich anstrengte, sich bemühte. Er setzte sich an das Fußende des Bettes, seufzte. Sie stand etwas unsicher vor ihm, krabbelte dann auf seinen Schoß, schmiegte sich an ihn. „Wird … David … auf … Henry … warten?“, fragte sie dann. Für sie war er logischerweise der Nächste. Doch Hagen wollte nicht daran denken, er wollte an gar nichts mehr denken. So schwieg er.

Hazel bewegte sich nicht vom Küchentisch weg, als Henry mit dem Doktor und der Totenfrau zurückkam. Irgendwann schlief sie vor Erschöpfung einfach über dem Tisch ein, sodass Henry sie in ihr Bett trug. Frances wollte sich zu ihrer Mutter legen und so wartete er, bis sie zu ihr unter die Decke gekrochen war. Das Mädchen war ihrer Mutter nie so nahe gewesen wie in diesem Moment. Schon seit einigen Jahren durfte sie nicht mehr bei ihr im Bett schlafen, auch nicht, wenn sie nachts Angst bekam oder krank war. Heimlich schlich sie sich dann zu Henry, legte sich zu ihm, nahm seine Hand in ihre, spielte mit den Fingern oder seinen Haaren, bis sie dann wieder einschlief. Es störte ihn nicht, denn er hatte Frances wirklich gern, fühlte sich ihr verbunden, da sie ihm so ähnlich war in ihrer zurückhaltenden Art. Für einen Moment stand er am Bett, betrachtete beide, Hazel und Frannie, ging wieder nach unten. Er fragte Hagen, ob er etwas helfen könne, doch dieser winkte ab, lehnte im Rahmen der Haustür, starrte in die Nacht hinaus. „Ich werde Hazel nachher wecken, bevor die Fuller-Brüder den Sarg bringen. Emily gibt ihnen Bescheid, damit sie ihn morgen früh abholen."

„Du könntest ihn auch neben dem Haus begraben oder hier in der Nähe beim Wald", schlug Henry vor. „Es muss nicht auf dem Friedhof sein, weil er sicher nicht bei den anderen liegen darf …"

„Häh?" Er verstand nicht, worauf sein Freund hinauswollte. „Ich weiß nicht, wie der Prediger das hier sieht, aber David war nicht getauft. Normalerweise darf er dann nicht … Ich meine, ich bin da nicht so firm mit, denn ich bin kein Christ …"

„Ach so, ja", meinte Hagen verwirrt, denn er hatte sich darüber gar keine Gedanken gemacht, fügte dann hinzu: „Wenn wir ihn hier begraben, dann wird es für Hazel noch schwerer. Für mich auch, für uns alle. Auf dem Friedhof ist besser und das da drinnen ist nicht mehr mein Sohn, verstehst du?"

„Ich verstehe, was du meinst." Henry trat an ihm vorbei hinaus, bemerkte den Hund, den Hagen mit einem Strick an der Hütte festgemacht hatte, tätschelte dem Tier einmal kurz den Kopf, blieb stehen, ließ seinen Blick über ihre zwei Felder, die Bäume des angrenzenden Waldes gleiten, den See … Sekundenlang spürte er das Verlangen in sich, einfach fortzugehen, aber gerade jetzt konnte er seinen Freund und Frances nicht alleine lassen, für Hazel war er sicher momentan entbehrlich. Wann immer er gebraucht wurde, war er bereit zu helfen. Sie hatten ein recht ansehnliches Haus aus der einstigen kleinen windschiefen Hütte gemacht. Auch wenn es ihm schlecht ging, er sich matt fühlte, war er immer für sie alle da. Versuchte völlig selbstlos zu sein, aber irgendwie wünschte er sich auch einmal mehr Respekt, den er sich stets abmühte zu verdienen, doch nur Frances und Hagen gewährten ihm diesen. Für Hazel war er nur anwesend und er ertrug es schon so lange geduldig. Wann immer er andeutete zu gehen, versicherte ihm Hagen, dass es das Letzte sei, was er wollte, setzte sich für ihn ein, bis sich die Wogen wieder glätteten. Aber jetzt war es anders. Er ahnte, dass Hazel ihm nie vergeben konnte, auch wenn er unschuldig an dem Schicksal des Jungen war. Immer noch war er der gleiche willensschwache junge Mann aus England, der nicht in der Lage war, sein Leben selbstbestimmt in den Griff zu bekommen, und nun war es zu spät, denn die Zeit arbeitete gegen ihn, er fühlte es. Als er sich umdrehte, war Hagen wieder ins Haus gegangen, zu Emily, die die Totenwache hielt. Henry griff sich draußen eine leere Holzkiste, die neben dem Stall stand, überwand sich, zu ihnen zu gehen, betrat das Zimmer. Unter dem prüfenden Blick Emilys drehte er die Kiste um, platzierte sie in einer Ecke des Raumes, setzte sich darauf, senkte den Kopf. Er hatte den Jungen auf dem Bett liegen sehen, in seinen besten Hosen, seinem weißen Hemd und der Jacke, aus deren einer Tasche ein Stück weit seine Schleuder herausragte. Das Kerzenlicht neben dem Bett tauchte alles in eine dermaßen gespenstische Szene, dass ihm schlecht wurde, denn es erinnerte ihn zu sehr an sein eigenes bevorstehendes Ende. Zudem konnte er es nicht ertragen, den sonst so lebhaften Jungen so still und bleich da liegen zu sehen. „Warum nehmen Sie sich keinen Stuhl, Henry?", fragte Emily leise. „Es ist doch so unbequem auf der Kiste."

„Ich bin Jude. Wir sitzen auf den Kisten, damit wir einen schmerzhaften Gesichtsausdruck kriegen", erklärte er ohne aufzusehen. Hagen wusste nicht viel darüber, aber er nahm es als eine Art Ehrenbezeugung für seinen toten Sohn an, denn er hatte seinen Freund nach Fays Tod nicht auf einer Kiste hocken sehen. Es hatte leider etwas Belustigendes, wie er mit seinen langen Beinen etwas verrenkt dort saß und fast musste er darüber lächeln, was Emily sicher nicht gutgeheißen hätte. David sicher schon. Irgendwann weckte Emily Hazel vorsichtig, damit Frannie nicht wach wurde, und bat sie an der Totenwache teilzunehmen. Hazel ignorierte Henrys Anwesenheit in der Ecke, setzte sich auf das Bett zu ihrem Sohn, streichelte sachte sein Gesicht, legte ihre Hand auf seine und nahm den Blick nicht von ihm. Sie weinte nicht mehr, aber ihre Miene war versteinert, reglos, jeglicher Glanz aus ihren Augen gewichen. Hagen erschreckte es, sie so zu sehen und er hoffte, dass der Tod Davids ihr nicht auch alle Lebensenergie entzogen habe.

Am Morgen weckten sie Frances, damit sie ihrem Bruder Lebewohl sagen konnte, bevor die Fuller-Brüder den Sarg verschlossen. Hazel sagte, sie solle David noch einen letzten Kuss geben, aber Frannie weigerte sich. Es machte ihr sichtlich Angst, die mittlerweile kalte Haut ihres Bruders mit ihren Lippen zu berühren. Ihre Mutter zeigte sich unerbittlich, packte sie im Nacken, drängte sie auf die Knie neben den Sarg. „Frances!“, meinte sie streng mit aufforderndem Blick und das Mädchen tat wie geheißen, doch kaum ließ Hazel sie los, stürmte sie aus dem Haus. Henry folgte ihr, fand sie zitternd mit verschränkten Armen an die Hauswand gelehnt, zog sie zu sich heran, hielt sie fest und sagte ihr, alles werde wieder gut. Ihre Mutter sei nur so voll von Trauer, dass sie sich nicht anders verhalten konnte. Sie nickte, obwohl sie nicht recht verstand, denn sie liebte ihren Bruder auch. Heute würde er sie verlassen und nicht zurückkehren, niemals wieder. Das erschreckte sie auch, machte sie traurig, aber dennoch konnte niemand es ändern. Und da sie Henry nun in seinen Armen hielt, überkam sie die Angst, ihn auch zu verlieren, so heftig, dass sie zu weinen begann. Er deutete es anders, meinte, sie könne erst jetzt beginnen zu trauern – um ihren Bruder. Die Fuller-Brüder luden den Sarg auf den Pferdewagen, setzten sich auf den Kutschbock und warteten, bis Hazel und Hagen aus der Tür traten. Hazel warf Henry einen Blick zu, der ihm signalisierte, sich mit Frannie zu ihnen zu gesellen, um dem Sarg zu folgen. Er hob das Mädchen auf seinen Arm, folgte ihnen in einigen Schritten Entfernung, als die Fullers die Pferde antrieben und der Wagen anfuhr. Hagen drehte sich zu ihm um, sogleich verpasste ihm seine Frau einen unsanften Stoß in die Rippengegend, fauchte ihn an, er solle nach vorne schauen auf den Sarg seines Sohnes. Sie beerdigten David auf dem kleinen Friedhof neben dem Dorf, Emily erschien, um Hazel beizustehen, die auch dann nicht gehen wollte, als die Fullers begannen das Grab zuzuschaufeln. Emily hatte den Prediger gebeten, ein paar Worte zu sprechen und er tat es bereitwillig. Hagen, Henry und Frances ließen Hazel dort mit Emily zurück, machten sich auf den Heimweg. Keiner von ihnen sprach ein Wort. Wieder auf der Farm stellte Hagen mit einem Stoßseufzer fest, dass der Hund fortgelaufen war. Der Strick war gerissen. „Daddy, wird Joy wiederkommen?“, wollte Frannie wissen. „Wenn sie Hunger hat, wird sie wieder auftauchen, glaube mir“, versprach er, doch das Tier kam nicht zurück.

Einige Tage nach Davids Beerdigung wollte Hazel seine Kammer verschließen, um die Erinnerung an ihn in dem Raum zu konservieren. Hagen wies sie darauf hin, dass Frances das Zimmer doch übernehmen könne, da sie ein eigenes, größeres brauchte, als die kleine Schlafnische neben ihrem Schlafzimmer. Nach einer längeren Diskussion gab Hazel nach, räumte aber vorher alle Spielsachen ihres Sohnes in einen Karton und verstaute diesen wie ein kostbares Relikt unter dem Ehebett. Mit grimmiger Miene nahm sie es hin, dass Frances über das Zimmer jubelte, sich mit ausgebreiteten Armen hin- und herdrehte, herumwirbelte und sie blieb stocksteif stehen, als Frannie ihre Arme um sie legte, sich an sie schmiegen wollte, um ihr zu danken. Stattdessen schob sie das Mädchen von sich, drehte sich um, ohne sie eines weiteren Blickes zu würdigen.

Hazel verrichtete alle ihre haushaltlichen Pflichten, aber sie verzog dabei keine Miene. Wenn sie ins Dorf einkaufen ging, besuchte sie auch das Grab ihres Sohnes, verharrte dort in stummer Trauer für eine Stunde oder länger. Und es überkam sie in einem Moment, da sie die Vögel am Himmel kreisen sah, fühlte, wie die Sonnenstrahlen über ihre Haut krochen, sich ihr Blick in dem klaren, blauen Himmel verfing, dass sie sich sehnlichst wünschte, es wäre Henry, der dort läge. Sie horchte in sich hinein, ihre dunklen Gedanken erschreckten sie, aber es linderte ihre seelischen Schmerzen ein wenig, es sich vorzustellen. Mit geschlossenen Augen meinte sie Davids Hand in ihrer zu spüren, ihn wieder lachen zu hören. Ein Windhauch erfasste sie, zauberte eine Gänsehaut auf ihre Arme und sie riss die Augen auf, presste die Hände an die Brust. Ein Lächeln zeichnete sich auf ihren Lippen ab, denn sie glaubte, es sei ein Zeichen ihres Sohnes gewesen. Sie wollte es für sich behalten, aber nun hatte sie Gewissheit, dass er immer bei ihr war. Es bewog sie aber auch dazu, Hagen, Henry und Frances zu verkünden, dass sie von nun an jeden Sonntagmorgen in die Kirche gehen würden – alle zusammen, denn bisher war sie nur alleine zu den Kirchenkränzen und Nähstunden der Predigersfrau gegangen. „Jetzt habe ich nur noch Gott!“, sagte sie mit der Bibel in der Hand. „Und nur er kann mir helfen, damit zu leben, denn verwinden werde ich diesen Verlust nie.“ Ihre Worte trafen zuerst Henry, denn sie schenkte ihm einen vielsagenden Blick, erinnerte ihn an seine Schuld, von der er mittlerweile selbst überzeugt war, doch aus seiner Sicht war es nur eine weitere, die er stillschweigend mit sich herumtrug. Dennoch wich er ihrem Blick nicht aus, hielt ihm stand. „Ich gehe nicht in die Kirche!“, gab er mit fester Stimme zurück. „Ich bin kein Christ!“ Sie legte die Bibel etwas zu schwungvoll vor ihm auf dem Tisch ab, doch er schenkte dem Buch keinen Blick. „Lies das!“, forderte sie ihn auf. „Nein!“

„Auch du musst Jesus als deinen Erlöser anerkennen! Damit er dir deine Schuld vergeben kann!“, erklärte sie mit erhobener Stimme. „Das werde ich nicht tun! Und du wirst mich nicht dazu zwingen! Ich bin zwar schon lange nur noch so etwas wie ein Renommiergoy, aber du kannst mir nicht etwas aufzwingen, was du dir selbst erst gerade erst wirklich zu Gemüte führst!“ Hagen ertrug die ansteigende Spannung nicht, es brodelte zwischen ihnen und er musste beide wieder beruhigen. „Hazel, bitte beruhige dich!“, sagte er in sanftem Ton. „Lass ihn in Ruhe! Er braucht nicht den Glauben zu wechseln, nur weil du dich da gerade in etwas verrennst. Wenn du es unbedingt willst, gehe ich jeden Sonntag mit dir in die Kirche und Frances auch …“ Sein versöhnliches Angebot wurde von ihr mit einem Nicken begrüßt, dennoch reichte es ihr nicht. Hagen war es inzwischen fast leid, immer wieder den Streitschlichter zu spielen. Der Konflikt schwelte schon lange zwischen ihnen, wenn auch von Hazels Seite aus und ihre Abneigung Henry gegenüber war von ihr gleich einer Mauer jedes Jahr Stein um Stein mit viel Liebe zum Detail hochgezogen worden. Er hatte es nicht begriffen oder nicht angenommen, dass es so tief verwurzelt war. Und nun quälte sie ihn mit ihren ewigen Vorwürfen, belastete ihn mit einer Schuld, die er nicht auf sich zu nehmen brauchte. Doch da er nun für seinen Freund eintrat, mutierte er ebenfalls zum Sündenbock. „Du trauerst nicht wirklich um deinen Sohn! Weil du ihn nicht wirklich geliebt hast, so wie ich! Ich habe es geahnt!“, begann sie ihn anzuschreien, wies Frances an, sofort das Zimmer zu verlassen, wandte sich wieder an Hagen: „Wie kannst du es ertragen, dass er hier mit uns lebt?“ Bevor er etwas erwidern konnte, die Ungeheuerlichkeit ihrer scharfen Worte begriff, stand Henry auf. „Okay, das reicht! Ich haue ab!“ Sie hatte ihn so sehr gereizt, dass selbst der gutmütigste Mensch nun aus seiner Haut gefahren wäre. Er machte auf dem Absatz kehrt, wollte in sein Zimmer gehen, aber Hagen erhob sich von seinem Stuhl, hielt ihn am Arm fest. „Nein, nein! Du bleibst hier!“, sagte er, sah dann seine Frau an, drohte ihr mit einem Finger. „Ich habe dir schon einmal gesagt, dass ich auch gehe, wenn er geht! Es wäre auch kaum auszuhalten mit dir alleine! Du merkst schon gar nicht mehr, wie du dich in deinem Kummer vergräbst, in deiner Suche nach einem Schuldigen – aber es war Schicksal, Hazel! Vielleicht weil du dieses Kind zu sehr geliebt hast! Vielleicht hat Gott ihn dir deshalb genommen!“ Seine Worte trafen sie wie Speerspitzen, sie machte einen Schritt zurück, begann schwer zu atmen. „Wie kannst du so etwas sagen? Wenn du mir nur beistehen würdest …! Aber du verschließt dich vor mir …!“, jammerte sie nun. „Was soll ich denn noch tun? Und was redest du für einen Unsinn! Du solltest dich mal selbst hören …“

„Mummy,“, sagte Frannie leise, die immer noch im Raum stand. „Du … hast … auch … uns!“

„Still!“, zischte sie dem Kind zu. „Ich habe gesagt, du sollst auf dein Zimmer gehen! Sofort!“ Frannie sah zu ihrem Vater, der ihr sachte zunickte und folgte der Aufforderung. Henry machte plötzlich auf dem Absatz kehrt, ging nach draußen. „Ja, ziehe dich nur wieder einmal aus der Affäre!“, keifte Hazel hinter ihm her und Hagen war kurz davor, ihr eine Ohrfeige zu verpassen, doch er hob nur kurz die Hand, holte tief Luft, ließ sie wieder sinken. „Du musst endlich lernen, damit zu leben …“, meinte er leise. „Mit der Zeit wirst du das auch einsehen. Aber du kannst uns nicht alle dafür verantwortlich machen, dass du leidest …“

„Geh zu deinem Freund! Los, geh schon! Er braucht dich nötiger als ich!“, gab sie beleidigt zurück. Hagen wollte ihr nicht wehtun, aber sie hatte sich so sehr in ihrem Kummer vergraben, bestrafte andere für einen Verlust, den sie nur auf sich bezog. Um keinen Preis der Welt wollte er, dass sie einen Keil zwischen ihn und Henry trieb, wollte auch keinen zwischen sich und ihr, aber sie war so egoistisch, begriff nicht, wie sehr sie andere verletzte. Und so ließ er sie einfach stehen, ging aber nicht hinaus, sondern zu Frances, um ihr zu erklären, dass ihre Mutter sich so verhielt, weil der Verlust Davids sie zu zerbrechen drohte und sie den eigenen Schmerz nur lindern konnte, indem sie anderen wehtat. Jedenfalls kam es ihm so vor. Hazel widmete sich geräuschvoll dem Abwasch, schrubbte das Geschirr während ihre herabfallenden Tränen sich mit dem Seifenwasser vermischten.

In der Nacht fand Hazel keinen Schlaf. Sie fürchtete sich auch nach all diesen Wochen immer noch einzuschlafen, denn meist träumte sie von David, von ihren Zieheltern, begegnete selbst in ihren Träumen nur Verlusten. Es drohte ihr fast die Luft zu nehmen, sie konnte es nicht mehr aushalten. Die täglichen Streitereien, durch die sie sich immer kraftloser fühlte, die sie auszehrten, auch wenn sie die Gründe dafür nicht bei sich selbst suchte. Schien sie doch aus ihrer Sicht die Einzige zu sein, die David wirklich vermisste. Hazel erhob sich leise vom Bett, zog sich ihr Kleid über, die Schuhe. Fast war es ihr, als würde ihr Junge nach ihr rufen und so antwortete sie ihm im Geiste, dass sie zu ihm komme, er solle sich nicht fürchten. Sie verließ das Haus mit leisen Schritten, folgte dem Weg hinunter zum See. Der Mond war wolkenverhangen, doch ab und an löste sich sein heller Schein, glitt über das Wasser, ließ es sekundenlang an einigen Stellen aufleuchten. „Mummy kommt, mein Engel …“, flüsterte sie, machte vom Ufer aus einen Schritt in das Wasser, spürte die Kälte in sich aufsteigen, es durchfuhr ihren gesamten Körper, ließ sie erschaudern. Doch sie ging weiter hinein, bis sie bis zu ihren Hüften im Wasser stand. Hazel konnte nicht schwimmen, aber sie ahnte auch, dass, wenn sie sich zu ertränken versuchte, etwas in ihr versuchen konnte, zu strampeln, um zu überleben, der ureigene Instinkt in ihr würde nach Luft ringen. Sie musste weiter in das Wasser hinein, bis sie nicht mehr stehen konnte. So wagte sie sich langsam vorwärts, erschreckte, da sie keinen Boden mehr unter den Füßen fühlen konnte, presste die Arme seitlich an den Körper, ließ sich unter Wasser gleiten. Zuerst hielt sie die Luft an, fühlte, wie sie sank, vom Grund des Sees schien eine eisige Kälte an ihren Füßen zu ziehen, aber irgendwann verlangte es sie danach, Luft zu holen und der Schmerz um Davids Verlust wich einer unaussprechlichen Todesangst, die ihr Herz schneller schlagen ließ. Ihr Blick glitt nach oben, die Oberfläche des Wassers schien so unendlich weit entfernt, ihre Arme begannen wie von selbst fahrig hin- und herzugleiten auf der Suche nach einem Halt. Sie strampelte mit den Füßen, musste schließlich dem Drang nachgeben, riss den Mund auf und schluckte Wasser. Schlagartig kam sie sich so dumm vor, fand ihre Tat so dermaßen absurd, dass sie sich nichts sehnlicher wünschte, als wieder an die Oberfläche zu gelangen. Aber so sehr sie auch strampelte, sie kam nur langsam nach oben und mittlerweile füllte sich ihre Lunge mit Wasser, da sie panisch wie ein Karpfen an Land immer mehr Wasser einsog. Ihr wurde schwindelig, sie spürte, wie ihre Sinne sie verließen. Dann tauchte etwas über ihr auf, zuerst meinte sie, dass es David sei, eine Vision von ihm, die sie ergriff, bevor sie sterben musste, aber dann sah sie einen Arm, der ihren umfasste, sie emporzog. Es umfasste ihre Hüften, stieß sie aus dem Wasser, schob sie zum Ufer, hielt sie, als sie nach Luft japste. Sie erbrach Wasser, hustete, krümmte sich, war erleichtert, da sie wieder Luft einsog in ihre Lunge. Man ließ sie los und sie sank auf die Knie, beugte sich vornüber in den Sand am Ufer. Hazel sah zur Seite – es war Henry, der neben ihr stand, mit nackten Füßen, aber in seiner Kleidung. Sie vermied es zuerst, an ihm hoch zu sehen, wollte nicht, dass sich ihre Blicke trafen. So holte sie tief Luft, wollte den stechenden Schmerz aus ihrer Lunge vertreiben. Zweifelsohne hatte er ihr gerade das Leben gerettet, aber sie konnte sich zuerst nicht überwinden, ihm dankbar zu sein, denn war es auch eine Tat im reinen Affekt gewesen. So sagte sie sich, dass ihre Familie sicher besser dran wäre ohne sie, wo sie in ihren Augen doch nur noch allen die ganze Zeit über Vorwürfe machte und stritt. In gewisser Weise ärgerte es sie, dass ausgerechnet er ihr zu Hilfe gekommen war. Wahrscheinlich lag Hagen seelenruhig in ihrem Ehebett, bemerkte ihr Fehlen nicht einmal! Sie stellte sich vor, wie er am nächsten Morgen nach ihr gesucht hätte, um sie dann tot auf dem Wasser des Sees treiben zu sehen … Doch der Gedanke befriedigte sie nicht wirklich. „Man betrinkt sich eigentlich vorher oder betäubt sich auf eine andere Art und Weise, bevor man ins Wasser geht“, bemerkte Henry sachlich. Sie ahnte, dass er sie schon länger beobachtet haben musste. Zuerst wollte sie etwas sagen, wie *Du hast es gesehen und mir nicht geholfen*, aber er hätte sie nicht zurückhalten können. Das wusste sie und er scheinbar auch. „Warum hast du mir geholfen?“, wollte sie wissen, denn nach all ihren Streitereien war es nicht selbstverständlich und diese Tatsache ärgerte sie erneut, ganz einfach, weil er es dennoch getan hatte. „Ich will ehrlich sein – ich weiß es nicht. Zugegeben, ich habe erst kurz überlegt, ob ich es machen sollte, denn diese Schmonzette, die du selbst zurzeit aufführst, ist nur dein eigenes Drama. Wenn du dich darin ergehen möchtest, bitte sehr. Aber ich weiß auch, dass es Hagen sehr wehtäte … Weil er dich liebt. Auch wenn du das nicht merkst momentan. Und Frannie wäre auch sehr traurig gewesen …“, erklärte er, beugte sich zu ihr hinunter, half ihr behutsam auf die Beine. „Und was ist mit dir?“, bohrte sie weiter. Er wich ihrer Frage aus, indem er eingestand, wie unerträglich ihm die Situation selbst war. „Ich glaube, ich bin für dich ein zu großer Störenfried in eurem Leben geworden. Aber ich bin nicht glücklich über das, was du vorhattest, und vielleicht wolltest du mich auch indirekt damit bestrafen …“ Hazel sah in seine blauen Augen, wollte nicht weiterreden, denn es war in jenem Moment wieder wie früher, als sie sich erst begegnet waren – sie fühlte wieder eine gewisse Verbundenheit mit ihm, es verwirrte sie, denn zum einen war da dieser Zorn in ihr, der gerade dabei war zu verfliegen, zum anderen tat er ihr leid, weil sie wusste, wie feinfühlig er sein konnte. Fast schämte sie sich vor ihm. Sie war versucht, ihm zu sagen, dass es nicht stimmte, was er vermutete, aber sie war sich nicht wirklich sicher, ob er nicht recht hatte. Denn manchmal wünschte sie sich, er sei nicht da, andererseits bemühte er sich um die Kinder, half Hagen auf der Farm und war jemand, auf den man immer zählen konnte. Der da war, wenn man ihn brauchte, ohne ein Zögern. „Bitte sage es nicht Hagen“, bat sie ihn, senkte den Blick. „Ich muss akzeptieren, dass mein kleiner Junge nicht mehr zurückkommt zu mir und es war ein Unglück, solche Dinge passieren. Mein Kopf weiß es auch, aber mein Herz sagt etwas anderes …“ Er bewegte sich nicht, obwohl sie erwartete, dass er sie vielleicht tröstend in den Arm nähme, etwas Aufmunterndes erwiderte. „Meine Brille ist weg …“, stellte er mit einer gewissen Nüchternheit fest, sah etwas missmutig auf das Wasser, seufzte, wandte sich an Hazel: „Natürlich werde ich ihm nichts davon sagen." Damit drehte er sich um, ging auf dem Weg zurück zum Haus. Sie blickte ihm nach, verstand seine Zurückhaltung, denn ihr Verhalten in der letzten Zeit war die Ursache dafür. Und als sie ihm nun auf dem Weg zum Haus folgte, meinte sie zu spüren, wie ihr Hass auf ihn abnahm. Er verschwand nicht, doch das große Feuer in ihrer Seele verkam zu einer kleinen, wenngleich auch noch lodernden Flamme, die sie nicht mehr ständig nähren würde …

Henry hielt sein Wort. Hazels Tat blieb ein gut gehütetes Geheimnis zwischen ihnen. Zumal Henry davon ausging, dass sie einfach aus Verzweiflung gehandelt hatte, sie sich nicht wirklich umbringen wollte, denn dann hätte sie es anders angefangen. Aber dazu war sie nicht geschaffen, glaubte er. Sie wollte nicht wirklich sterben. Dazu war sie im Grunde genommen zu lebensfroh, auch wenn Davids Tod ihr ein Stück weit davon nahm. Natürlich hatte er dafür vollstes Verständnis, für ihre Trauer, ihre Wut über den Verlust, dass sie es nicht akzeptieren konnte. Und er hätte sein eigenes Leben für das des Jungen gegeben, wenn es sie, Hagen und Frannie wieder glücklich machen könnte …

Das Leben pendelte sich wieder ein, die Welt drehte sich ein Stück weiter, die Monate vergingen und Hagen sah mit einer gewissen Zufriedenheit, dass Hazel sich freundschaftlicher gegenüber Henry verhielt, fast war es so wie früher, obwohl da immer noch eine gewisse Distanz zwischen ihnen herrschte. Sie pflegten einen höflichen Umgangston miteinander, wie man so sagt, und die Zeit würde es schon richten, dachte er. Denn er hatte niemals einen Gedanken daran verschwendet, seinen Freund gehen zu lassen, nur weil seine Frau es aus ihrer Suche nach einem Schuldigen an Davids Tod so wollte. Obwohl er sein Schicksal kannte, traf es Henry selbst jedoch völlig unvorbereitet, als er eines Nachmittags mit Frannie am Tisch saß, sie Karten spielen wollten und ihm nicht nur die Regel für das einfache „Mau Mau" nicht mehr einfiel, sondern da er versuchte es zu überspielen, einige der Karten nicht mehr zuordnen konnte. Er legte eine ab, Frannie kicherte, meinte scherzhaft, er solle aufpassen, es sei die falsche Karte und sie wisse nun, dass er sie auf der Hand habe. Ungläubig starrte er auf die Karte, versuchte sie zuzuordnen, doch er konnte sie beim besten Willen nicht erkennen. Mit einem breiten Grinsen nahm er die Karte zurück, versuchte zu verbergen, wie die Angst in ihm emporstieg, eine Art dunkles Gefühl, das einen Klumpen in seinem Magen formte, ihn schwer atmen ließ. Das Gefühl kroch über ihn hinweg, verschwand wieder wie ein zärtliches Schaudern. „Henry, du musst eine neue Karte ablegen!", forderte ihn Frannie lachend auf. Sein Blick haftete auf den Karten in seiner Hand, er ging ihre Namen im Geiste durch – *eine Sieben bedeutete, zwei vom Stapel ziehen, das war ein Karo auf der Karte, ein Bube, wofür stand der noch mal? Er musste aussetzen, nein, das war bei einer Acht oder einem As? Das As war doch immer die höchste Karte! Und wofür standen Kreuz, Herz, Karo und ... Was war eine Straße? Nein, das war nicht dieses Spiel, aber welches dann? Jetzt denk schon nach! Sie sieht dich an und wartet, du musst etwas machen! Na, klasse, jetzt hast du komplett vergessen, was ihr hier eigentlich spielt! Mach endlich was! Noch besser, jetzt hast du die Regeln für Piquet im Kopf, du hast es mit Fay gespielt, ja, so hieß sie ...* Es war Hazel, die ihn aus ihren Gedanken riss, sanft an seiner Schulter rüttelte und er blickte sie verwirrt an, bemerkte dann Frannie, die sich über den Tisch gelehnt hatte. Offensichtlich versuchte sie schon länger zu ihm vorzudringen. Ihr Blick verriet eine gewisse Besorgnis und sie erzählte ihrer Mutter gerade, was vorgefallen war. Aber als Henry es hörte, schämte er sich, denn er konnte sich nicht mehr erinnern, worüber er zuerst nachdenken musste. Seine Karten lagen am Boden, er musste sie fallen gelassen haben. „Geht es dir gut?", wollte Hazel wissen und er nickte instinktiv, bückte sich, um die Karten einzusammeln, murmelte, dass es ihm leidtäte, er hatte sich irgendwie ablenken lassen. „Wollen wir wieder ein neues Spiel anfangen?", fragte Frannie zögerlich. „Oder hast du keine Lust mehr?" Sie lugte unter den Tisch, da er sich Zeit ließ, die Karten aufzuheben, um ihren Blicken auszuweichen, lächelte ihn an, bis er wieder aufrecht saß. Dann legte er die Karten ordentlich auf einen Stapel, schob ihn an die Seite. Hazel begann den Ofen anzuheizen, sagte, sie wolle Essen machen, sie brauchte den Tisch, um darauf alles vorzubereiten. „Spielen wir morgen weiter!", sagte Henry erleichtert. „Was gibt es denn zu essen?", wollte Frannie wissen, hüpfte vom Stuhl, legte die Karten zurück in den Schrank. „Es ist noch Eintopf da und ich koche noch einige Kartoffeln dazu", antwortete ihre Mutter, legte einen Scheit Holz in den Ofen, begutachtete die Flamme, schloss die Klappe, wandte sich an Henry: „Sagst du bitte Hagen, dass es bald Essen gibt? Er ist bei der Kuh im Stall, sie hat irgendwas am Bein."

„Ja", meinte er, erhob sich, ging zur Tür, stand einige Sekunden unschlüssig da, drehte sich dann zu ihr um: „Wie um alles in der Welt kommst du denn an Kartoffeln?"

„Was? Aus dem Garten natürlich!", lächelte sie, hielt es für einen Scherz, bis sie seinen Gesichtsausdruck bemerkte, der blanke Unwissenheit verriet. Verunsichert stellte sie die Schüssel mit den Kartoffeln auf den Tisch, deutete verhalten darauf. Er kam zum Tisch zurück, griff eine mit der Hand, besah sie sich von allen Seiten, legte sie dann zurück in die Schüssel, lachte gespielt auf, verdrehte die Augen. „Tut mir leid! Da habe ich doch glatt etwas verwechselt!"

„Womit …?", drängte Frannie. „Ach, ist doch egal. Dann hole ich mal Hagen!", sagte er schnell, machte auf dem Absatz kehrt und verließ etwas übereilt das Haus. Frances sah ihre Mutter mit ernstem Blick an. Diese fing ihren Blick auf, versuchte ihre Ahnung zu verbergen, reichte ihrer Tochter schnell ein Messer, trug ihr auf, die Kartoffeln zu schälen, dann versuchte sie sie abzulenken, fragte, ob sie ihre Hausaufgaben erledigt hatte.

Zwei Tage später schickte Hazel Henry raus, um etwas Holz zu holen, und als er nicht zurückkehrte, machte sie sich wütend selbst auf den Weg nach draußen. „Ein paar Scheite Holz holen ist nun wirklich nicht so schwer!", murmelte sie vor sich hin, stapfte zu den Scheiten, die an der Hauswand gestapelt waren, griff sich einige, wollte wieder ins Haus gehen, als sie Henry vor dem Stapel hocken sah. Verwundert darüber, wie er dort saß, vornübergebeugt, den Kopf gesenkt, die Arme vor dem Körper verschränkt, blieb sie neben ihm stehen. Sie hörte ihn leise schluchzen, und da er seinen Kopf hob, sie ansah, ging es ihr durch und durch, denn sein Blick war voller Furcht. Er wirkte wie der eines verschreckten kleinen Kindes. „Ich habe drinnen auf dich gewartet …", meinte sie leise, versuchte ihre Stimme fest klingen zu lassen, lächelte etwas schief. „Du wolltest mir doch Holz zum Kochen bringen."

„Holz …", wiederholte er langsam, ließ das Wort nochmals über seine Zunge gleiten, schniefte, nickte dankbar. „Ja, richtig. Aber ich habe es nicht gefunden."

„Aber hier ist es doch", wohlwollend deutete sie mit dem Kopf auf den Stapel, fügte aufmunternd hinzu: „Nun komm wieder mit ins Haus. Du kannst mir beim Kochen helfen." Henry erhob sich langsam, betrachtete die aufgestapelten Holzscheite an der Wand, berührte einige mit den Fingerspitzen, griff sich dann fünf Stück, hielt sie auf dem Arm. Sie fing seinen Blick auf, bemerkte, wie er versuchte ihrem auszuweichen, denn er schien sich für sein Verhalten zu schämen. Gleichzeitig war da eine Unruhe auf seinen Zügen gepaart mit einem Zweifeln. Er wirkte nicht wirklich überzeugt von dem, was er tat. Hazel machte einen Schritt auf ihn zu, umfasste behutsam seinen linken Arm, wollte ihn ins Haus geleiten, aber er rührte sich nicht. „Komm, wir gehen wieder hinein …", sagte sie leise, strich ihm die Haare aus dem Gesicht, ließ einen Finger an seiner Wange hinabgleiten, fühlte die Feuchtigkeit, bat dann: „Sag mir, was passiert ist."

„Ich weiß es nicht … Ich wollte Holz holen, sagst du. Aber irgendwie stand ich hier draußen und ich kann es nicht beschreiben, mein Kopf war so leer mit einem Mal, da war nichts … Es war schrecklich …" Seine Stimme war zittrig, als er versuchte es in Worte zu fassen. „Das kann jedem mal passieren", wollte sie ihn aufmuntern. „Ich bin auch schon raus gegangen, wollte die Wäsche ins Haus holen und stand da plötzlich rum, wusste nicht mehr, was ich wollte."

„Nein. Das war anders", wandte er ein, „der Wald machte mir Angst, das Haus, die Geräusche, weil es alles so fremd war …"

„Jetzt bin ich ja da. Und wenn es wieder passieren sollte, ruf doch nach mir oder nach Hagen oder Frances!", schlug sie vor, drängte ihn nun einen Schritt voran zu machen und er folgte, setzte sich in Bewegung. Er nickte zustimmend, aber auch wenn er versuchte zu lächeln, ahnte sie, dass es ihm unendlich schwerfiel. Und sie hätte nie damit gerechnet, wie viel er selbst noch davon mitbekäme, wenn der

Schleier des Vergessens sich über seinen Verstand legte. Diese Tatsache berührte sie und er tat ihr leid, aber sie fürchtete auch, nun immerzu anwesend sein zu müssen, wenn Frannie und Hagen nicht da waren, damit er sich nicht vielleicht doch im Wald verliefe. Zudem grauste es ihr davor, dass er sie alle vielleicht bald nicht mehr erkennen könnte. Zurück in der Küche entfachte er im Ofen das Feuer. Sie wusch das Gemüse, bat ihn, den Kohl zu schneiden, legte ihm ein Brettchen und ein Messer vor die Nase, da er am Tisch Platz nahm. Als sie ihm den Kohl reichte, ergriff er ihn, besah ihn von allen Seiten, begann die Blätter abzuziehen. Zuerst meinte sie noch, er täte es, um leicht welke zu entfernen, aber er hörte nicht damit auf. „Nein!“, fuhr sie ihn etwas zu streng an, drückte ihm das Messer in die Hand. „Du sollst ihn schneiden!“ Hazel seufzte, denn so würde es Stunden dauern das Essen zuzubereiten. Doch sie atmete erleichtert auf, als er tatsächlich begann die Kohlblätter zu zerschneiden. Unvermittelt fing er an von früher zu erzählen, als er ein kleiner Junge war und eine Köchin für seine Familie das Essen zubereitete. Er schwärmte von Speisen, deren Namen Hazel fremd waren, aber sie ließ sich auf das Ganze ein, fragte nach bestimmten Zutaten. Und er merkte an, dass er im Grunde genommen nicht alles essen dürfte, doch er hielt sich schon lange nicht mehr an diese Regeln. Zudem fielen ihm einige nicht mehr ein. Sie versprach ihm, einmal etwas zu kochen, was er sich wünsche, wenn sie die Zutaten besorgen konnten, und er schien darüber sehr erfreut, bezweifelte aber, dass gewisse Dinge für sie erschwinglich waren. Damit stand er vom Tisch auf, ging zum Klavier und begann darauf zu spielen. Hazel besah das Brettchen, den Tisch – die kleinen Schnipsel des Kohls waren überall verteilt, aber sie bemühte sich, es zu übersehen.

Das zweite Gefängnis

„And in the dark,
I can hear your heartbeat.
I tried to find the sound,
but then it stopped
and I was in the darkness,
so darkness I became…“

Florence and the Machine

“You were my friend.
There never was no other
on whom I could depend.
Then we came along this road …“

Nick Cave

Als der Herbst kam und Hagen für einige Tage in Melbourne Besorgungen machte, legte sich Henry eines Nachts vorsichtig zu Hazel ins Bett, um sie nicht zu wecken, so als schliefe er dort jede Nacht. Sie rutschte zu ihm herüber, drückte ihren Körper an seinen, fühlte seine warme Haut. Und er legte zärtlich seine Hand auf ihren Kopf, die andere auf ihren Bauch. Sie erwachte nicht wirklich aus dem Tiefschlaf, glaubte, Hagen sei früher zurückgekommen, lauschte, bis sie seinen tiefen Atem hörte, er eingeschlafen war. Darüber schlief auch sie wieder ein. Henrys Geist fiel in einen tiefen Schlaf, so tief, wie schon seit vielen Jahren nicht mehr. Hazel hatte die Signale übersehen, die Momente, in denen er sich so anders, fast kindlich benahm. Hagen hatte es geahnt und es war das erste Mal gewesen, dass er Henry nicht gebeten hatte, mit ihm in die Stadt zu kommen. Er würde sich dort nicht mehr zurechtfinden. Im Frühjahr, als sie sich auf der Messe für Farmer umsehen wollten, war er schon irgendwo zwischen den Ständen und Tieren verschwunden. Hagen hatte noch mit ihm geredet, und als er sich umdrehte, war er fort. Er hatte ihn lange suchen müssen, fragte die anderen Leute, ob sie ihn gesehen hatten, und fand ihn schließlich vor einem Restaurant. „Henry!“, sagte er vorwurfsvoll zu ihm, völlig außer Atem vom Laufen und der Suche. „Du musst mir Bescheid sagen, wenn du weggehst! Ich habe dich überall gesucht!“ Sein Freund stand da, betrachtete die vorbeigehenden Menschen, knetete unruhig den Hut in seiner Hand, wandte den Kopf dann Hagen zu. Sein Blick war so leer, er wirkte verzweifelt wie ein kleines Kind, das seine Eltern im Gedränge der Menschen verloren hat. Hagen nahm seine Hand, zog ihn sanft mit sich. „Es hat sich alles so verändert“, sagte Henry leise, „die ganze Stadt.“

„Melbourne war schon immer sehr groß“, erwiderte Hagen. „Melbourne? Ich dachte, ich wäre in London.“ Seine Worte waren kaum verklungen, als Hagen wirklich richtig bewusst wurde, was mit seinem Freund geschah, doch er blieb ruhig. „Nein, wir sind schon lange hier, nicht mehr in England.“

„Dann will ich nach Hause“, meinte Henry. „Die Reise ist sehr teuer und anstrengend. England ist weit weg.“

„Nein, nicht England“, wandte er ein. „Ich muss noch einige Sachen besorgen, dann fahren wir wieder nach Hause, zu Frances und Hazel nach Preachers Brook.“ Henry blieb stehen, löste seine Hand aus Hagens, besah seine, schien kurz zu überlegen, fasste dann das untere Ende von Hagens Jacke hinten an, wartete, bis Hagen wieder voranging, trottete hinter ihm her, so als sei es das normalste auf der Welt. „Nein, ich meinte nicht das Zuhause …“, hörte Hagen ihn sagen, und da er wusste, dass die Worte seines Freundes nie unbedacht gewählt waren, ahnte er, was dieser meinte, aber er ging darauf nicht weiter ein, denn es bedrückte ihn zu sehr. „Komm!“, meinte er stattdessen, versuchte sich nichts anmerken zu lassen, „du kannst mir helfen, Saatgut auszusuchen!“ Hazel wusste zwar, was mit Henry geschehen konnte, aber sie hatte jetzt noch nicht damit gerechnet. Sie glaubte, er verfiele allmählich, so, wie er schon kleine Dinge vergaß, mal etwas verwechselte. Sie bewegte sich unter der Decke, erwachte, es war noch Nacht. Sie spürte seine Hand auf ihrem Bauch, seinen Körper hinter ihrem und riss schlagartig die Augen auf. Es war nicht Hagen, der neben ihr lag! Erschreckt setzte sie sich im Bett auf, sah auf seinen nackten Oberkörper, hob mit einer Hand leicht die Bettdecke an, atmete erleichtert auf, als sie feststellte, dass er noch seine Unterhose trug. Sie sagte leise seinen Namen, berührte seine Schulter, rüttelte sanft daran. Er reagierte nicht, so wiederholte sie es noch einmal, lehnte sich dann zur Seite, entfachte die Petroleumlampe auf dem Nachttisch, drehte die Flamme höher, sodass sein Gesicht erleuchtet wurde. Wieder sprach sie ihn an. Langsam öffnete er die Augen, ließ seinen Blick zum Licht gleiten, dann über ihren Körper. Die Situation schien für ihn nicht verfänglich zu sein, denn mit einer gewissen Selbstverständlichkeit fragte er sie, warum sie ihn wecke. „Du liegst im falschen Bett", lächelte sie, hielt die Decke mit ihren Fingern etwas zu krampfhaft umklammert, zog sie ein Stück höher an ihren Oberkörper. „So?", fragte er, und als er sie fragte, wer sie sei und wo er sie in der Nacht aufgegabelt hatte, ahnte sie, dass er keine Ahnung hatte, wo er war. Hazel brauchte einige Sekunden, um den Schock zu verkraften, blickte in seine ausdruckslosen Augen, die sie teilnahmslos anstarrten, wollte zuerst aus dem Bett springen, den Raum verlassen, entschied sich aber, ihn nicht zu verärgern, denn sie befürchtete, er könne in seiner Verwirrung ihr Verhalten missdeuten. „Habe ich dir nicht genug Geld gegeben?", wollte er wissen, grinste, versuchte sie wieder zu sich heranzuziehen und sie gab ihm einen leichten Knuff an die Schulter. „Ich bin es. Hazel! Hagens Frau!", erklärte sie. „Erkennst du mich nicht?" Sein Blick glich dem eines dümmlichen Kindes, fast erheiterte es sie, denn nun verzog er den Mund, schien kurz zu überlegen, über seine Lippen kam ein zögerliches „Nein", dann kratzte er sich nachdenklich am Kopf. Sie hörte, wie er ihren Namen langsam über seine Zunge gleiten ließ, ein zweites Mal, fragender, dann richtete er den Blick wieder auf sie, seine Finger strichen über ihren rechten Arm. Er lächelte scheu. „Wenn du willst, nenne ich dich Hazel", flüsterte er, rückte näher an sie heran, sodass sein Kopf an ihrer Schulter war, sie seinen warmen Atem an ihrem Hals fühlen konnte. Sie begann zu zittern, hopste etwas ungeschickt zur Seite, fiel fast seitlich aus dem Bett, doch fing sich wieder, stand auf. „Kannst du dich denn an gar nichts erinnern?", fragte sie ihn vorwurfsvoll, senkte dann die Stimme. „Hagen? Frannie? Sagt dir das etwas?"

„Würdest du wieder zu mir ins Bett kommen, wenn ich Ja sage?“, grinste er, klopfte mit der Hand auffordernd auf die freie Seite der Matratze. „Weißt du wenigstens deinen Namen noch?“, hakte sie nun nach, seufzte, machte aber keine Anstalten, sich auch nur auf die Bettkante zu setzen. „Henry“, antwortete er schnell. „Habe ich vergessen ihn dir zu sagen?“

„Wo sind wir?“

„Was soll das?“, gab er gereizt zurück. „Na gut, in London! Hast du irgendetwas genommen?“

„Wir sind nicht in London. Das ist schon lange her. Du bist hierher gekommen, ausgewandert. Dies ist Australien, nicht England. Und wir leben alle zusammen in diesem Haus –dein Freund Hagen, unsere Tochter Frances und ich, Hazel, Hagens Frau“, erklärte sie, versuchte es so einfühlsam wie möglich zu tun. „Erinnere dich bitte! Denk nach!“ Man sah ihm deutlich an, dass ihre Worte ihn aus dem Konzept brachten und er sich anstrengte zu verstehen, was sie von ihm wollte, denn er schwieg einige Sekunden, schloss kurz die Augen, und als er sie wieder öffnete, kehrte das Leuchten in sie zurück, jedenfalls kam es Hazel so vor. „Mein Kopf tut weh …“, murmelte er, fügte hinzu: „Es stimmt etwas nicht mit mir. Ich kann es spüren, aber ich weiß nicht, was es ist … Da sind Namen, Gesichter, Ereignisse und ich will es zuordnen, aber …“

„Henry, du bist krank. Die Krankheit macht das mit dir“, sagte sie, log dann, weil sie den verzweifelten Unterton in seiner Stimme nicht ertrug. „Aber es wird wieder besser werden. Das meinte der Doktor auch.“ Er nickte, erhob sich dann vom Bett, bat sie, ihn zur Toilette zu begleiten, er wisse nicht, wo die sei, und Hazel nahm ihn wie ein Kind bei der Hand, führte ihn nach draußen zum Häuschen. Er entschuldigte sich, dass er sie verwechselt hatte, und grinste auch über die Tatsache, dass er in ihrem Bett gelegen hatte. Sie blieb vor dem Häuschen stehen, fragte, ob alles okay sei oder sie ihm helfen solle. „Wenn du mir unbedingt zur Hand gehen willst … Aber eigentlich ist mir jetzt nicht mehr danach!“, gackerte er, doch sie konnte über diesen anrüchigen Scherz nicht lachen. Auf dem Rückweg zum Haus wollte sie ihm nochmals erklären, wo sie waren, wer sie waren, aber plötzlich blieb er stehen, umklammerte ihre Hand so fest, dass es schmerzte, wollte sich an ihr festhalten, aber er war zu groß, zu schwer für sie und sackte auf die Knie. Fast riss er sie mit zu Boden, sie konnte sich gerade noch oben halten, wollte ihre Hand aus seiner befreien. Er sagte etwas, sie verstand es zuerst nicht, glaubte dann herauszuhören, dass er Schmerzen habe. Gerade wollte sie sich zu ihm hinabbeugen, als er sich in den Staub erbrach, wieder und wieder. Hazel sah ihm mit starrem Blick zu, konnte nicht fassen, wie viel es war, da er eigentlich nicht viel gegessen hatte am Tag. Unfähig zu einer Reaktion stand sie neben ihm, erschauderte, da er irgendwann ihre Beine umklammerte, sich an ihr hochzuziehen versuchte. *Jetzt stirbt er! Und du bist ganz allein mit ihm! Er krepiert vor deinen Augen wie ein Hund und du kannst ihm nicht helfen!*, dachte sie, ließ ihn gewähren, hob nur kurz einmal die Arme, strengte sich an, das Gleichgewicht zu halten. Gleich einem Äffchen zog er sich an ihr empor, blieb leicht gebückt neben ihr stehen, bis sie mechanisch einen Fuß vor den anderen setzte in Richtung Haus. Sie kamen irgendwie voran, auch wenn er neben ihr herstakste, sichtlich unsicher auf den Beinen, denn mit der rechten Hand wollte er sich ab und an abstützen, griff aber in die Luft. Aus den Augenwinkeln nahm sie wahr, wie seine Miene sich vor Schmerzen verzog, er die Zähne zusammenbiss bei jedem Schritt und sie dankte Gott, als sie endlich wieder im Haus waren. Sie kam alleine mit ihm die Treppe in sein Zimmer nicht hinauf, Hazel wollte ihn auf einem Stuhl beim Tisch in der Küche platzieren, aber er konnte nicht gerade sitzen, drohte zur Seite zu kippen. „Jetzt versuch kurz sitzen zu bleiben! Ich bin sofort wieder da!“, schalt sie ihn und es tat ihr unendlich leid, da sie sah, wie schwer es ihm fiel, sich halbwegs gerade zu halten. Sie weckte Frannie, die aus dem Tiefschlaf gerissen nicht recht verstand, was ihre Mutter von ihr wollte, aber dennoch hinter ihr hertrottete in die Küche. Gemeinsam mühten sie sich ab, zogen und schoben Henry die Treppe hinauf. Er schüttelte abwehrend den Kopf, als sie vor seinem Zimmer standen, so brachten sie ihn ins Schlafzimmer zurück, legten ihn dort wieder ins Bett. Schlaftrunken wanderte Frannie wieder in ihre Kammer nach unten. „Nicht allein lassen …“, flehte Henry leise. Hazel nickte, setzte sich auf die Matratze, rückte an das Kopfende. Er rutschte zu ihr, wartete geduldig, bis sie ein Kissen nahm, es in ihren Schoß legte, darauf deutete. Henry bettete seinen Kopf darauf. „Es wird alles wieder gut. Warte nur ab, was Hagen uns allen mitbringt, wenn er wiederkommt aus Melbourne. Vielleicht bringt er dir Noten mit“, sagte sie ihm, begann seinen Kopf zu streicheln, so wie sie es bei David immer getan hatte, ließ ihn gewähren, als er ihre freie Hand mit seiner ergriff, sie festhielt. „Ja“, flüsterte er zustimmend, wenngleich man deutlich heraushören konnte, wie zweifelnd es klang, und da sie annahm, er wisse im Moment nicht, was sie mit Noten meinte, fügte sie schnell hinzu, dass er doch immer welche für das Klavier haben wollte. „Dann kannst du für uns alle mal etwas Neues spielen.“ Während sie sprach, bemerkte sie, wie albern ihre Worte eigentlich klangen. Sie versuchte ihn aufzumuntern, fand sich selbst aber nicht besonders überzeugend dabei. „Und du tanzt wieder dazu …“, schwärmte er, und bevor sie sich daran erinnern konnte, wie sie mit Hagen tanzte, wenn er Klavier spielte oder Frannie mit ihrem Vater durch den Raum wirbelte, sagte er: „Wie du getanzt hast in dem Zimmer, die Sonnenstrahlen sich in deinen Locken verfangen haben und das Geräusch deiner nackten Füße auf dem Boden … Das war pure Magie, kleine Hazel …“ Er rief eine Erinnerung in ihr wach, die sie selbst längst vergessen hatte. Sie spürte den kalten Schauer über ihren Rücken laufen, nicht unangenehm, eher wie ein angenehmes Prickeln, das einhergeht mit dem Gedanken an einen Moment, der kostbar und dennoch viel zu schnell verflogen war. Und er hatte es nicht vergessen. Es verwunderte sie, aber gleichzeitig offenbarte es ihr, dass er etwas für sie empfand. Nicht Liebe, aber Zuneigung und sie hatte ihn oft genug wirklich wie Dreck behandelt, gleich einem nichtsnutzigen Hund mit Stiefeln getreten, doch er kroch immer wieder zu ihr zurück, unterwürfig. Sie kam sich unendlich schlecht vor, dachte zurück an den Moment in dem Hotelzimmer in irgendeiner Stadt, wo sie Rast machten. Hagen wollte noch Karten spielen, Henry war müde gewesen, sie war mit ihm aufs Zimmer gegangen. Er zog seine Schuhe aus, legte sich auf das Bett, eine Hand unter seinen Kopf, beobachtete sie, wie sie sich an der Waschschüssel begann mit den Händen Wasser in ihr Gesicht zu spritzen, ob der Kühle seufzte, dann ihre Arme mit dem Wasser benetzte. Irgendwann war da diese Melodie in ihrem Kopf gewesen, sie begann das Lied zu summen, er kannte es, pfiff leise mit, fragte sie, ob sie den Text kenne, was sie sogleich bejahte, zu singen begann und dann tanzte sie. Sie achtete nicht auf ihn, wusste aber genau, dass er sie beobachtete, sein Blick auf ihr haftete. Schließlich sang sie ein anderes Lied über Liebe, ein unglückliches Mädchen, das den Verlust ihres Liebhabers beweint, ihre Ziehmutter hatte es beim Kochen immer gesungen. Versunken in das Lied stieg sie auf das Bett, bezog ihn gestenreich in den Text ein, scherzte mit ihm, kniete sich neben ihm auf die Matratze. Immer noch lag er da, nahm seinen Blick nicht von ihr, bis sie aufhörte zu singen. Das Lied war zu Ende und sie plötzlich verunsichert, wollte sich seinem Blick entziehen, senkte die Augen, spürte seine Finger an ihrer Wange, in ihrem Haar. Sie fragte sich, ob er sie nun küsste, weitergehen wollte, fühlte sich zu unwissend, fürchtete, er könne über sie lachen. „Kleine Hazel …“, meinte er leise, sie lächelte zögerlich darüber, bis er hinzufügte: „Unsere kleine Hazel bringt einen alten Mann fast um den Verstand. Mach das nicht mit mir, mein kleines Mädchen.“ Sein seltsames Geständnis und seine Bitte waren aufrichtig gemeint, sie hörte es an seinem Tonfall, sah es in seinem Blick, da sie ihn nun auffing, nicht wirklich verstand, wie er es meinte, denn aus ihrer Sicht hatte sie nichts getan. Und dann legte sie sich neben ihn, wollte ihn fragen, schwieg aber, da er die Augen schloss, versuchte einzuschlafen. Sie war noch nicht müde, es war noch nicht dunkel draußen, die Sonne ging gerade erst unter. So drehte sie sich zur Seite, beobachtete ihn, wie er schlief, rückte näher, als sie seinen tiefen Atem hörte. Damals war sie ein junges, naives Mädchen gewesen. Aber wenn sie sich zurückerinnerte, hatte sie sich schon zu ihm hingezogen gefühlt, aber eher auf eine Art und Weise, mit der sich Backfische in ältere Männer vergucken. Sie würden von ihnen gerne in die Liebe eingewiesen werden, wissen aber im Grunde genommen nichts wirklich darüber. Und dann war da noch Hagen … Sie war damals hin- und hergerissen gewesen, aber wenn sie heute darüber nachdachte, war es für Henry nur eine Schwärmerei – sie liebte Hagen.

„Henry?“, fragte sie, stellte fest, dass er schlief, und versuchte auch noch etwas Schlaf zu bekommen. Frances erwachte am nächsten Morgen, bemerkte, dass ihre Mutter noch nicht aufgestanden war, um ihr das Frühstück zu machen. Sie musste zur Schule und war spät dran, so zog sie sich an, erinnerte sich an den Vorfall in der Nacht, ging die Treppe hinauf zum Schlafzimmer ihrer Eltern. Die Tür zu Henrys Zimmer stand weit offen, sein Bett war leer. Frannie klopfte an die Tür gegenüber, öffnete sie ein Stück, lugte in den Raum hinein, sah Henry und ihre Mutter gemeinsam im Bett liegen. Sie wusste, dass es ihm gestern nicht gut ging, und fand es nicht anstößig, wie sie die beiden vorfand. Leise trat sie an das Bett heran. „Mum?“, fragte sie leise, wiederholte ihre Frage lauter, doch es war nur Henry, der aufwachte. Seine Augen fixierten sie eindringlich wegen der Störung und er fuhr sie rüde an, fragte, was sie wolle. „Mum … verschlafen … Frühstück“, zischte sie ihm zu, „Ich … muss … selbst … machen, sonst … zu spät … Schule!“ Er richtete sich auf, setzte sich auf die Bettkante, hob eine Hand, wie um ihr zu drohen. Frances, die eine so rüde Behandlung von ihm nicht gewohnt war, zuckte unmerklich zusammen, versuchte gelassen zu wirken, doch es misslang. Schnell wich sie ihm aus, machte einen Schritt zurück, da sie fürchtete, er könne sie schlagen. Er registrierte es, blickte sie verwundert an. „Verdammt, Kind!“, sagte er laut zu ihr, sodass Hazel nun auch erwachte. „Denkst du, ich wolle dich schlagen? Geh runter und mach dir dein Frühstück!“ Hazel streckte sich, bemerkte, dass sie verschlafen hatte, fand aber auch, dass ihre Tochter nun langsam alt genug war, sich auch mal etwas zu essen selbst zuzubereiten. Es war keine große Kunst, Milch aufzusetzen und sich Porridge zu machen. Frannie stand etwas verunsichert vor den beiden, lief dann aus dem Zimmer. Sie rief sich das Bild in den Geist zurück, wie er vor einigen Tagen am Klavier gesessen hatte. Seine Hand berührte die Tasten, als säße er zum ersten Mal an dem Instrument. Er wollte etwas spielen, seufzte dann, versuchte es erneut, blickte auf das Notenblatt vor sich und ließ den Kopf sinken. Dann hob er die flache Hand, schlug sich damit an die Stirn, einmal, zweimal, dreimal. Sie wollte zu ihm gehen, doch war sich nicht wirklich sicher, was sie ihm sagen sollte. Unvermittelt stand er auf, ging mit schnellen Schritten nach draußen, begann die Holzscheite neben dem Haus aufzustapeln. Und dann fiel es ihr wie Schuppen von den Augen. Schon einige Tage lang legten ihm ihre Eltern kein Messer und keine

Gabel mehr neben seinen Teller beim Essen, sondern einen Löffel. Wenn sie ihre Hausaufgaben zusammen machten, meinte er oft mit einem Lächeln, dass sie doch wusste, wie die richtige Antwort war, oder bemängelte die neuartigen Rechenwege oder Schreibweisen. Er las schon lange keine Zeitung mehr oder ein Buch. Ihre Eltern hatten ihr erzählt, dass er krank war, etwas in ihm schlummerte, dass jederzeit erwachen könne. „Geht es dir wieder besser?", fragte ihn Hazel, krabbelte an ihm vorbei aus dem Bett, wollte nach unten gehen, aber er griff ihren Arm, hielt sie fest. Sie lächelte, meinte, sie müsse zu Frances. Etwas in seinen Augen verriet ihr, dass etwas zwischen ihnen schwelte, aber sie wollte nicht damit konfrontiert werden, denn es beunruhigte sie. Im Blau seiner Augen lag Begierde. Sie wich vor ihm zurück, schluckte und räusperte sich, hörte Frannie rufen, dass sie gleich zur Schule ginge. Es war, als könne sie gar nicht schnell genug aus dem Zimmer kommen. Frances setzte sich gerade an den Tisch, begann hastig ihr Porridge zu essen, sah ihre Mutter die Treppe hinuntereilen, mit schnellen Schritten kam sie zu ihr, wirkte fahrig und war dennoch um Haltung bemüht. „Hast du schon deine … Ach, deine Dings fertig?", fragte sie, strich sich eine Locke ihres Haars aus dem Gesicht, wobei Frannie nicht entging, wie sehr ihre Finger zitterten. „Dings?", hinterfragte sie, riet dann: „Schulbrote?" Sie machte ein abwehrendes Geräusch. „Dann mache ich das jetzt!" Hazels Stimme überschlug sich fast, gereizt fügte sie hinzu: „Ein Brot schmieren ist aber auch keine Sache, Frances!" Henry kam die Treppe runter, Frannie sah von ihrem Porridge auf, starrte ihn an, wie er Schritt für Schritt, Stufe um Stufe nahm, sich mit beiden Händen am Geländer abstützte. Sein linkes Bein schien ihm nicht ganz zu gehorchen, aber er verlor kein Wort darüber, zeigte keine Regung. Seine Augen streiften Frannies, dann sah er zu Hazel, die ihm den Rücken zuwandte, während sie am Tisch stand, die Brote schmierte, wobei sie die Scheiben ruppig mit dem Messer bearbeitete. Fast fürchtete Frannie, sie könne sich schneiden. Dennoch schien sie so versunken in ihre Tätigkeit, dass sie nur beiläufig auf Henrys Schritte hörte, aus den Augenwinkeln beobachtete, wie er den Tabak aus dem Schrank nahm, sich im Stehen eine Zigarette drehte, ein Streichholz am Spülstein entfachte, den Rauch inhalierte. Frances konnte nicht weiter essen, mit dem Löffel in der erhobenen Hand saß sie mit offenem Mund vor der Schüssel mit dem dampfenden Porridge. „Essen!“, forderte ihre Mutter sie auf. „Trödelliese!“

„Du … hast … verschlafen!“, protestierte Frannie, hörte Henry fragen, warum es keinen Kaffee gäbe, und Hazel verdrehte die Augen, was er mit einem breiten Grinsen quittierte. „Du solltest keinen Kaffee trinken“, sagte Hazel zu ihm bittersüß. „Gestern hast du dich übergeben, weißt du das nicht mehr? Ich mache dir gleich deinen Tee! Oder du könntest dir zur Abwechslung auch einmal selbst welchen machen.“ Er schien unvermittelt hinter ihr zu stehen, so dicht, dass sie zusammenfuhr, da ihr der Rauch der Zigarette in die Nase stieg, sie die nackte Haut seines Oberkörpers an ihrem Rücken spürte. „Henry, bitte erschreck mich nicht so! Ich muss erst dem Kind die Brote machen, dann kriegst du deinen Tee!“ Ihre Stimme war brüchig, sie hoffte, er würde einfach damit aufhören und sich nicht verhalten wie ein geiler Hund, schon gar nicht vor Frances. Vielleicht wollte er sie einfach nur provozieren, aber sie konnte sich nicht auf ein derartiges Spielchen einlassen. Er klemmte sich die Zigarette zwischen die Lippen, umfasste von hinten ihre Hüften, äffte sie mit hoher Stimme nach, sodass Frances darüber lachen musste und es sich schnell verkniff, da der böse Blick ihrer Mutter sie streifte. Sie glaubte, er habe einfach gute Laune, denn sie war ein junges Mädchen, unerfahren, amüsiert von seinem Verhalten, noch unfähig, die Gesten zu deuten. Sie schob seine Frotzeleien auf seine Krankheit, sie machte das mit ihm, ließ ihn sich wie einen Schuljungen benehmen und vor ihrem inneren Auge sah sie ihn fast schon die Unterhose ihrer Mutter herunterziehen, nur um diese zu necken. Sie ließ den Löffel sinken, schob die Schüssel von sich, stand auf und holte ihre Schulsachen, nahm dann die Brote aus Hazels Hand, die sich von Henry lösen wollte, aber er umfasste sie locker mit einem Arm, zog sie zu sich heran. „Viel Spaß in der Schule!“, wünschte er Frannie, als sie das Haus verließ. „Lass mich los! Du … Du machst mir Angst!“, gestand Hazel, wollte sich aus seinem Griff zwängen, doch er ließ sie zwar los, machte keine Anstalten ihr den Weg freizumachen, stattdessen packte er sie unvermittelt an den Armen, drückte sie auf ihren Rücken. Sie begann zu weinen, die Tränen rannen über ihr

Gesicht und sie wollte sich an ihn pressen, ihn mit ihren Armen versöhnlich umschlingen, aber er drückte ihre Arme weiter nach hinten, schnippte den Rest der Zigarette in die Spüle, begann ihren Hals zu küssen, ihre Schultern. Seine Rohheit war ihr so fremd, es erschreckte sie zu sehr. Reglos ließ sie ihn gewähren, schloss die Augen, überlegte, eine Ohnmacht vorzutäuschen. Mit einer ruckartigen Bewegung fegte er die Sachen vom Tisch, Geschirr zersprang auf dem Boden. Er hob sie unsanft auf die Tischplatte, umfasste ihre Handgelenke mit seinen Händen, drückte sie über ihren Kopf auf das Holz. Er hielt kurz inne, blickte sie an. Hazel hörte seinen schweren Atem, bemerkte die Erregung, das Funkeln in seinen Augen – es verhieß ihr nichts Gutes. Er war ihr körperlich überlegen. Das Gewicht seines Körpers zwang sie auf den Tisch. Sie versuchte einmal ihre Beine zu heben, ihn wegzutreten. Aber er nahm ihren Angriff völlig gelassen hin, lächelte sie völlig aufrichtig an, nicht hämisch oder verachtend. „Kleine Hazel … Was machst du nur mit mir?“ Sein Tonfall war liebevoll, stand in strengem Gegensatz zu seinem Verhalten. Er schien ihre Angst zu bemerken, denn nun änderte er seine Taktik, war behutsamer, wenngleich auch immer noch fordernd. Und in ihr waren immer noch die Gefühle für ihn, sie hatte ihn einmal geliebt, doch nun duldete sie ihn vielmehr als einen Freund. Es war nicht seine Schuld, denn normalerweise hätte er sie nie gegen ihren Willen angefasst, es war die Krankheit, die ihn dazu trieb. Hazel öffnete die Augen, biss sich auf die Lippen, sprach dann mit süßlicher Stimme. „Ich will das nicht so …“, sagte sie leise. „Bitte!“ Ihre Worte zeigten nicht die Wirkung, die sie sich vielleicht tief in ihrem Innern versprochen hatte – dass er von ihr abließe, weil er immer noch Henry war, denn er schwieg, nahm ihre Bemerkung mit einem fast gütigen Lächeln auf, hielt ihre Handgelenke immer noch auf den Tisch gedrückt, zerriss mit der freien Hand nun ihr Nachthemd. Die Knöpfe sprangen an ihr vorbei. Sie zermarterte sich das Gehirn, etwas zu finden, Worte, die sie sagen konnte, um ihn zurückzuholen, nur für ein paar Sekunden. Er berührte sie zu wild, zu ungestüm, überhörte ihr leises Flehen aufzuhören, zog sie nun hoch, zu sich heran, sodass sie vor ihm saß, ließ ihre Arme los, als ihre Blicke sich trafen. Und in ihr tat sich etwas. Plötzlich spürte sie, wie ihr ganzer Kummer, ihr

Hass von ihr abfallen wollte, es sich gleich einem Knoten lösen würde, gäbe sie sich ihm nur hin. Und da er merkte, wie ihr Widerstand schwand, lächelte er zögerlich gleich einem Schuljungen, senkte die Augenlider, um ihrem Blick auszuweichen und sie berührte mit ihren Fingern sein Gesicht, wollte, dass er sich wieder der Sache zuwandte, küsste es. Hatte sie zuerst noch „Nein!" geflüstert, so hörte sie sich nun leise „Ja!" sagen, fast zu bittend, fand sie, aber es übermannte sie schlichtweg. Er wirkte überrascht und erst da kam ihr der Gedanke, dass es wahrscheinlich gar nicht seine Absicht gewesen war, so weit zu gehen. Doch sie küsste ihn erneut, legte sanft, aber mit Nachdruck die Lippen auf seine und er erwiderte ihren Kuss. Erst nach einigen Sekunden ging er darauf ein, zog sie wieder zu sich heran, berührte ihren Rücken, legte dann die Hände auf ihre Hüften, beugte sich so weit vor, dass sein Kopf an ihrer Schulter lehnte. Sie fühlte nicht wirklich etwas, da er in sie eindrang, es ging auch zu schnell, als dass sie sich wirklich mit jeder Faser ihres Körpers darauf einlassen konnte, dennoch wirkte es so befreiend auf sie. Es schien ihr eine Ewigkeit her zu sein, seit Hagen sie zärtlich berührt hatte, sie sich nahe gewesen waren. Das Holz des Tisches ächzte unter seinen heftigen Bewegungen, die sie nun erwiderte, ihre Finger lagen auf seinen Schultern, sie presste ihre Nägel in sein Fleisch und er schien es gar nicht zu bemerken, ließ seinen Kopf noch an ihrem, sein Atem ging stoßweise, sie fühlte seine Wärme an ihrem Hals und dann übermannte es sie. Hazel weinte, es strömte aus ihr heraus, ohne dass sie etwas dagegen tun konnte. Sie wollte ihn festhalten, aber er löste sich von ihr. Durch die Tränen sah sie ihn vor sich stehen, den Kopf gesenkt, so als schäme er sich, versuchte er sie nicht anzusehen. Danach wich er sofort einige Schritte von ihr zurück, zog seine Unterhose hoch, ließ sich auf einen Stuhl fallen, schwieg. Sie glitt vom Tisch. Aus den Augenwinkeln bemerkte sie, wie er sie beobachtete, sah den Schweiß auf seinem Oberkörper, seine schwarzen, schulterlangen Haare, die blauen Augen, die scheu auf ihr ruhten – es versetzte ihr einen Stich im Herzen, als sie sich darüber klar wurde, dass er ihr immer noch gefiel. Es war keine tiefe Liebe, aber sie hatte noch Gefühle für ihn, die sie sich aber nicht erlauben durfte. Vor Jahren hatte sie eine Entscheidung getroffen und Hagen war ihr

Mann … Es brannte wie Feuer in ihrem Innern, denn nun übermannte sie sogleich das schlechte Gewissen. Hagen hatte sie mit ihm allein gelassen, er konnte nicht ahnen, was geschehen würde, und sie war die treibende Kraft gewesen. Sie hatte Henrys Verwirrtheit ausgenutzt. Einerseits war es irgendwie verführerisch, ihm irgendetwas vorzulügen, damit er sich so verhielt, wie man es wollte, aber andererseits war er immer noch Henry und hatte noch klare Momente. Auf was für sonderbare Gedanken sie kam … Manchmal fürchtete sie sich vor sich selbst. Ohne ein weiteres Wort lief sie die Treppe hinauf ins Schlafzimmer, zog ihr Nachthemd aus, bemerkte, dass ihre Unterhose noch unten in der Küche liegen musste. Hazel fühlte sich schmutzig, als hätte sie sich draußen im Schlamm gesuhlt und so begann sie sich an der Waschschüssel zu säubern, nahm einen Lappen und rubbelte so sehr an ihrer Haut herum, bis diese sich stellenweise rot verfärbte, brannte. Der Doktor hatte ihr versichert, dass Henry nur vergesslich werden würde, verwirrt. Das hier konnte sie nicht lange aushalten. Wie sehr sie es hasste, wenn andere krank waren! Kleine Kinder, denen man die Kotze vom Gesicht wischen musste, die jammerten, immer irgendetwas wollten, und wenn er nun auch noch zu einem großen Kind mutierte ... Bei David war es etwas anderes gewesen – sie hatte dieses Kind so sehr geliebt … Ein Dahinsiechen Henrys war grausam, sie musste sich eingestehen, wie erleichtert sie wäre, wenn er umfallen und einfach in Hagens Armen sterben würde. Dann könnten wieder andere Dinge in den Mittelpunkt rücken und dennoch war sie hin- und hergerissen, da sie es genossen hatte. Sie zog sich frische Sachen an, Unterwäsche, ein Kleid, legte sich ins Bett und wollte nur noch allein sein, zog die Decke zu sich heran, über ihren Körper, den Kopf. Nach einer Weile hörte sie ihn das Zimmer betreten, lugte unter der Decke hervor. Er blieb vor dem Bett stehen, hatte etwas in der Hand. „Hazel?“, fragte er mit seiner normalen Stimme, die ihr vertraut war. Sie verkroch sich wieder, sah seine Gestalt durch den dünnen Stoff der Decke hindurch im aufgehenden Sonnenlicht stehen, das den Raum erhellte. Vorsichtig hob sie die Decke wieder an. Er setzte sich auf das Bett, trug ein Hemd, eine Hose, Hosenträger, wie immer, hatte also seine Sachen selbst gefunden, die sie ihm immer abends auf den Stuhl legten, der am Fußende des Bettes stand, damit er sie morgens fand, um sich anzuziehen – allerdings in seinem Zimmer. In der einen Hand hatte er eine Tasse, in der anderen ein kleines braunes Fläschchen. Beides hielt er ihr hin. „Kaffee und deine Tropfen!“, erklärte er. „Oder geht es dir besser?“ Er war wieder der Alte. Doch sie fürchtete eine erneute Verwandlung zu sehr, als dass sie sich darüber freuen konnte. „Wieso Tropfen?“, meinte sie, wollte das eben Geschehene erwähnen, doch er war schneller. „Na gegen die Migräne. Es muss heute ja sehr schlimm sein, wenn du wieder weinen musst!“ Sie setzte sich auf, wischte sich die Tränen aus den Augen, nahm ihm den Kaffee aus der Hand, trank einen Schluck. „Henry, was hast ...“, sie suchte die passenden Worten, um sicherzugehen, dass er sich nicht an das soeben Geschehene erinnerte. „Was hast du eben gemacht? Bevor du hier zu mir gekommen bist?“ Vielleicht war es falsch, ihn zu fragen, denn sie brauchte eigentlich keine Bestätigung. Aber sie musste sich absichern, damit er nicht vielleicht zu Hagen ging und ihm alles erzählte. Er legte das Fläschchen auf das Bett neben sie, betrachtete kurz die Flüssigkeit darin, sah zum Fenster hinaus. Sein Schweigen deutete ihr, dass er keine Ahnung hatte, und so wiederholte sie ihre Frage. Immer noch blickte er aus dem Fenster. „Ich war in der ... Na, da wo wir essen mit unserer Tochter. Sie ist zur Schule gegangen ...“

„Woher weißt du, dass es mir nicht gut geht? Hat Frannie es dir gesagt?“

„Ich glaube schon“, meinte er gedehnt. Es war ihm deutlich anzusehen, dass er keinen blassen Schimmer davon hatte, was in der letzten halben Stunde überhaupt geschehen war. „Henry, der Raum, wo wir essen, heißt Küche, Frances ist nicht *unsere* Tochter und ...“, sie wollte ihn gar nicht mit diesen Tatsachen konfrontieren, aber ihre Zunge war schneller als ihr Verstand. „Und ich habe keine Migräne. Du hast mir eben sehr wehgetan ... und ich bin schwach geworden.“ Er drehte den Kopf zu ihr, seine Augen streiften ihre, ein Blick, in dem glattes Unverständnis lag, Zweifel und Resignation. Diesmal überspielte er es nicht, sondern erhob sich vom Bett, ging zur Tür, verharrte dort einige Sekunden. „Hazel, du warst schon immer jemand, der sich gern in ausgedachte Geschichtchen flüchtet. Ich weiß nicht, was du damit bezweckst, wenn du so einen Unsinn redest! Natürlich weiß ich, dass Frances nicht unsere Tochter ist ...", meinte er mit einem Lächeln und es löste einen Funken Hoffnung in ihr aus, bis er fortfuhr: „Wir haben sie damals aus dem Waisenhaus geholt, in dieser Stadt, wo sie mir eines Abends in die Arme lief." Damit ging er nach unten. Sie fühlte sich, als hätte man ihr einen Schlag in die Magengrube versetzt. Das war alles zu viel für sie. Jetzt verwechselte er Frannie mit ihr! Das Schlimmste aber war, dass sie bald keine Erinnerungen mehr mit ihm teilen konnte, alles, was sie zusammen erlebt hatten, wurde Stück für Stück ausgelöscht, bis nichts mehr davon übrig blieb. Der Moment, in dem er vielleicht nicht mehr wusste, wer er selbst war – nein, sie wollte nicht daran denken. Ihr fehlte jemand, der ihr die Bürde abnahm. Sie war egozentrisch, wenn es darum ging, ein gutes Leben zu führen, ein angenehmes, in dem man sie behandelte, wie sie es verdient hatte. Es lastete unendlich schwer auf ihr, ihn vielleicht bald wie ein kleines Kind versorgen zu müssen.

Frances lief zur Schule, sie rannte so schnell, dass ihre Lunge bald schmerzte. Die Bilder brannten sich in ihren Kopf ein, waren nicht abzuschütteln. Sie hatte am Fenster gestanden und gesehen, was ihre Mutter und Henry taten, und sie empfand nun blanke Abscheu, Scham, Übelkeit stieg in ihr auf. Sie liebte Henry, ihre Mutter, aber es war ein Verrat an ihrem Vater! Und es hatte nicht ausgesehen, als wäre es ihrer Mutter nicht recht gewesen. Sie konnte sie nicht damit konfrontieren und Henry auch nicht und sie wusste auch nicht wirklich, ob sie das wollte. Ihr Vater kam bald wieder zurück aus Melbourne, vielleicht war es besser, wenn er es nicht erfuhr. Kurz vor dem Schulgebäude flüchtete sie sich in einen Busch. Ihre Beine knickten ein und sie sank vornüber auf die Knie, erbrach sich so heftig, dass ihr Kopf bald vom Würgen schmerzte. Dann saß sie einige Sekunden mit angezogenen Knien da, hörte die Schulglocke läuten, aber sie konnte sich nicht bewegen. Sie presste die Hände auf die Ohren, wollte sich zusammenrollen wie ein Igel oder sich am besten auflösen, wie ein Staubkorn mit dem Wind davongetragen werden, vielleicht irgendwo, weit weg von hier vom Himmel fallen als eine andere Frances, die hübsch war, groß gewachsen, schmal, mit langen blonden Haaren, die richtig hören konnte und deren Mund richtige Worte und Sätze hervorbringen konnte. Manchmal verfluchte sie ihr gesundes Ohr, denn es zwang sie, diese schrecklichen Laute zu ertragen, die aus ihrer Kehle drangen, wenn sie sprach. Es schien alles auf einmal auf sie einzustürmen, sie niederzupressen … Frannie schlief über ihren Kummer ein, und als sie am Nachmittag erwachte, wartete sie, bis die anderen Kinder an ihr vorbei nach Hause gegangen waren, traute sich erst dann hervor, machte sich auch auf den Weg. Vielleicht war es das Beste, wenn sie gar nicht mehr sprach.

Drei Wochen später saß Henry am Klavier, seine Fingerspitzen berührten die Tasten, so sachte, dass er ihnen kaum einen Ton entlockte. Frannie saß neben ihm auf dem Hocker, bat ihn mit einem Fingerzeig etwas zu spielen, ordnete die Noten vor seiner Nase, doch er sah nur einmal auf die Blätter. Sie legte ihre Hand auf seine Schulter, hob einen Finger, sah ihn bittend an, sah sich um, ob ihre Mutter inzwischen das Zimmer betreten hatte, formte mit ihren Lippen das Wort „Bitte". Aber es gelang ihm nicht mehr besonders gut, die Noten den Tasten auf dem Klavier zuzuordnen. So klang sein Spiel schief, nicht melodisch und irgendwann hielt er einfach inne, starrte auf die Noten. In diesen Momenten wurde sein Blick so kalt, so teilnahmslos. Er schien seinen Gedanken nachzuhängen, doch man konnte ihn ansprechen, er reagierte nicht, musste sich von selbst aus diesem Zustand lösen und benahm sich dann, als sei nichts geschehen. Manchmal redete er mit gesenkter Stimme mit sich selbst oder mit den Gespenstern, den Gefährten seines Lebens, die längst nicht mehr da waren, aber für ihn schienen sie noch real zu sein. Man musste ihn oft bei der Hand nehmen oder behutsam am Arm fassen, ihm den Weg in die Küche zeigen, nach draußen – meistens ließ er sich stumm führen mit diesem geduldigen Blick eines folgsamen Hündchens. Frannie ängstigte sein Zustand, denn er aß kaum noch etwas, man musste ihm sagen, dass es gut für ihn war. Ihre Mutter ertrug es nicht, wenn er mit den Händen aß, denn er hatte bald auch vergessen, wie man einen Löffel benutzte. Und er weigerte sich, eher zu essen als Frannie. Erst wenn sie anfing, schien er beruhigt und aß auch etwas. Meist schnitt ihm Hagen das Essen klein oder Frannie machte ihm Häppchen, wie man sie für kleine Kinder zubereitet. Doch auch beim Essen entglitt sein Geist, irgendwann stand er mittendrin einfach auf, ging nach draußen oder machte einige Schritte im Raum, setzte sich dann wieder, als er bemerkte, dass sie beim Essen waren. Hagen kam bald auf die Idee, es sei das Beste, ihm ein gewisses kindliches Ritual wieder nahezubringen und so platzierte er ihn auf dem Stuhl, band ihm ein Tuch um den Hals als Serviette, begann ihn zu füttern, damit er auch einmal seinen Teller leer aß. „Du musst das aufessen, sonst kriegen wir morgen schlechtes Wetter", forderte er ihn gleich einer Mutter auf. Und Henry war brav, aß Löffel um Löffel. Mit den Händen in seinem Schoß reckte er den Kopf vor wie ein hungriges Vögelchen. Ab und an drehte er den Kopf weg, öffnete den Mund nicht. „Erst loben!", verlangte er dann. Also lobte Hagen ihn für jeden Löffel voll, den er aß. Es tat ihm meist hinterher leid, dass er ihn wie ein kleines Kind behandeln musste. Sonntags in der Kirche mussten sie ihn am Arm fassen, damit er aufstand oder sich hinsetzte, denn er folgte den Worten des Predigers schon lange nicht mehr. Doch sie mussten ihn mitnehmen, konnten ihn nicht alleine zu Hause lassen, auch wenn er sich als Jude immer gegen den Kirchgang gewehrt hatte. Manchmal blätterte er in dem Gesangbuch herum, legte es zu Boden, hob es wieder auf, blätterte weiter darin herum – so lange, bis Hazel es ihm mit einem wütenden Blick wegnahm. Er schäkerte mit Frances. Oder er führte Selbstgespräche, leise, aber es störte alle anderen in der Kirche. Dann stand Hagen auf, ging mit ihm nach draußen. Er hatte den meisten Nachbarn erzählt, was mit seinem Freund los war, dennoch quittierten sie die Störung oft mit sichtlichem Unbehagen. Ab und an begann er zu beten, auf Hebräisch, wie Hagen Frannie erklärte, vergaß seine Stimme zu senken, dann versuchte ihn Frannie abzulenken, damit er aufhörte, legte ihm die Hand auf die Schulter. Hagen fand es fast unerträglich, wenn sein Geist derart abschweifte, denn er hatte seinen Freund für dessen Wissen immer sehr bewundert. Es tat weh, ihn so zu sehen und es erschien ihm nur beruhigend, dass Henry offensichtlich nicht mehr viel davon mitbekam. Man musste ihn bald selbst daran erinnern, dass er sich waschen musste, ihm saubere Kleidung hinlegen, die Schuhe zubinden.

Manchmal nahm ihn Hagen mit ins Dorf. Henry ging neben ihm mit diesem seltsam Blick, starr geradeaus, manchmal blieb er abrupt stehen, drehte sich um und ging dann auf den Wald zu, verließ den Weg, sodass Hagen ihm wortlos nachging, seine Hand nahm oder ihn am Arm sanft umfasste, ihn zurück auf den Weg führte, erst wieder losließ, wenn das Dorf in Sichtweite war. Nach einer Weile meinte Hagen, sein Freund mache sich in gewisser Weise ein Spiel daraus, wenn er hinter ihm herging. Denn er begann ihm auszuweichen wie ein kleines Kind, das Fangen spielt, drehte sich einmal um sich selbst, machte einen Hüpfer, wobei sich sein Gesicht zu einem seltsam amüsierten Grinsen verzog. Einmal bemerkte der Prediger ihr Spiel, als er mit der Kutsche vorbeifuhr und Hagen blieb ruckartig stehen. Auf eine gewisse Art und Weise war es ihm peinlich, obwohl es auch ihn gleichzeitig belustigte, denn er konnte sich nur zu gut vorstellen, wie ihr Verhalten auf andere wirkte. Der Prediger holte Luft, doch schwieg. Eigentlich hatten sie viele Menschen eingeweiht und Hazel hatte dem Prediger beim Kirchenkaffee sicher alles erklärt. Dennoch schien dieser es sich nicht so vorgestellt zu haben. Sein Blick drückte ungläubiges Staunen aus. Und bevor beide reagieren konnten, machte Henry einen Satz auf Hagen zu, legte seine Arme um seinen Hals und wollte auf seinen Rücken springen. Sie fielen nach vorne ins Gras. Nun stieg der Prediger von seiner Kutsche, kam zu ihnen herüber, reichte beiden die Hand. Hagen ergriff sie mit einem kurzen Nicken, rappelte sich auf, rieb sich den schmerzenden Rücken. Henry saß auf allen vieren im Gras, strich mit seinen Fingern über die Spitzen der Grashalme, hielt den Kopf gesenkt. Zuerst wollte Hagen ihn ausschimpfen, aber er konnte es nicht. Er konnte sich nicht ausmalen, wie es war, langsam den Verstand zu verlieren. Und für wenige Augenblicke erfasste Hagen wieder dieses fast gemeine Gefühl, diese schmerzende Wehmut, wenn er daran dachte, wie sein Freund manchmal ein Wort benutzte, welches Hagen vorher noch nie gehört hatte, ein Fremdwort, und er übernahm es, vielleicht um ihm zu gefallen. Oder Hazel, die an den alten Spruch glaubte, dass Frauen ihren Ehemännern ab und an blanke Unwissenheit vorspielen sollten, um ihnen zu gefallen. Sie hatte Henry manchmal dumme Dinge gefragt und dieser erklärte es ihr beiläufig, was sie wiederum aufbrachte. „Soll ich euch ins Dorf mitnehmen?“, fragte der Prediger nun, nachdem er sich geräuspert hatte. „Ja, das geht wahrscheinlich schneller“, meinte Hagen, wandte sich an Henry: „Komm, wir wollen weiter.“ Der Prediger und Hagen stiegen in die Kutsche, Henry weigerte sich, stattdessen trat er vorne neben das Pferd, streichelte seine Nüstern, legte eine Hand locker auf den Zügel, ging neben dem Pferd her. Ab und an wandte er sich an das Tier, flüsterte ihm etwas zu, gestikulierte mit der freien Hand. „Er bräuchte eine Aufgabe“, sagte der Prediger. „Nein“, warf Hagen ein. „Er bringt nichts mehr zu Ende. Mittendrin vergisst er, was er tun wollte.“

„Vielleicht solltet ihr ihn nach Melbourne ins Sanatorium bringen.“

„Nie im Leben!“, gab Hagen sichtlich empört zurück. „Das würde er nie wollen! Und ich ... Ich könnte das nicht! Er ist nicht aggressiv, man muss nur auf ihn aufpassen wie auf ein kleines Kind, aber deswegen könnte ich ihn nicht wegbringen in so ein ... Heim!“ Der Prediger legte ihm beruhigend die Hand auf die Schulter. „Du bist ihm ein guter Freund. Nicht jeder hätte die Kraft dazu“, meinte er anerkennend. Sie schwiegen den Rest der Fahrt über, und als sie das Dorf erreichten, ließ sich Henry nur mit Mühe von dem Pferd losbringen. Er folgte Hagen in den kleinen Laden, wobei er auf ihn einredete, wie ein Wasserfall. „Weißt du eigentlich, dass das Pferd nicht sehr glücklich ist bei dem ...?“

„Prediger“, sagte Hagen. „Genau. Seine verzogene kleine Tochter ...“

„Betty.“

„Genau. Sie tritt es immer und manchmal gibt sie ihm kein ...“

„Wasser?“

„Nein. Anders.“

„Futter.“

„Genau.“ Sie betraten den Laden, Elsie Foster, die Inhaberin, stand bei den Mehlsäcken und füllte gerade etwas ab für Gertrude Field, eine alte Klatschbase, die sichtlich erfreut und neugierig zugleich einen Blick auf sie beide warf. Henry hob den Kopf, schenkte ihr einen fast zu freundlichen Blick zurück und sagte laut: „Wissen Sie, was das Pferd noch gesagt hat? Corinne hat ein Verhältnis mit dem Dorfschmied! Aber das wusste ich schon."

„Die Frau unseres Predigers?", fragte Elsie sichtlich unberührt. Hagen griff Henry am Arm, deutete ihm sofort zu schweigen und dieser legte etwas übertrieben die Hand auf den Mund. „Es tut mir leid, er weiß nicht, was er da so redet", erklärte Hagen. Gertrude winkte ab. „Corinne hat schon länger etwas mit fast jedem freien Mann im Ort und sei es auch nur eine Liebelei. Woher weißt du das, Henry?"

„Ich habe sie gesehen", murmelte er hinter der vorgehaltenen Hand und Hagen legte seine sanft darauf, sodass er sie senkte. „Ach", Gertrude versuchte ruhig zu wirken, doch diese Neuigkeit schien dennoch eine gewisse Freude in ihr auszulösen. „Und wo?"

„Unten am Weiher ... Irgendwann an dem Tag vor gestern", gab er brav zurück. Gertrude legte etwas Geld auf den Tresen. „Für das Mehl, Elsie, und gib Henry noch eine Tafel Schokolade dazu!" Damit griff sie ihre Tüte, schenkte ihnen noch ein Lächeln und verließ den Laden. Elsie legte Henry die Schokolade vor die Nase und sah ihn durchdringend an. „Du hast sie wirklich gesehen, Corinne und Dave? Am Weiher?"

„Ja, er hat sie nach allen Regeln der Kunst ..."

„Na, das reicht ja auch jetzt mal!", unterbrach Hagen, hielt Elsie den Einkaufszettel hin. „Ich wollte heute noch wieder nach Hause." Henry hatte die Schokolade an sich genommen und hielt sie auch auf dem Weg nach Hause vor sich in den Händen wie ein kostbares Juwel. Sie unterhielten sich fast wie früher, und als sie den Weg zum Haus einschlugen, kam ihnen Frances entgegen. Henry hielt ihr die Schokolade hin, schenkte ihr ein Lächeln. „Da, für dich, ich weiß nicht, was das ist!", sagte er. Frannie nahm die Tafel, stutzte. „Aber du hast doch immer gerne Schokolade gegessen. Wir können es uns teilen!" Sie wollte nicht alles für sich behalten, weil ihre Mutter wütend wurde, wenn sie bemerkte, dass Frances sich mit Süßigkeiten vollstopfte, wo sie doch sowieso schon pummelig an den Hüften war. Doch Henry winkte ab und ging ins Haus. Etwas geknickt stand Frances da, senkte den Kopf. „Dad", meinte sie leise, „wenn Mum Schokolade bei mir findet ..." Hagen legte den Arm um sie, schob sie voran. „Gib sie mir und wir teilen sie heute Abend nach dem Essen“, sagte er gütig. Doch plötzlich hielt Frannie inne, sah ihm tief in die Augen. „Henry verändert sich, oder? Er wird nicht mehr werden wie früher ...“

„Nein“, bestätigte Hagen ohne Umschweife. „Aber wir können ihm helfen, indem wir ihn so behandeln wie immer.“ Er wollte eigentlich noch etwas dazusetzen. Dass es für Henry am schlimmsten war und so weiter, aber dann schwieg er, weil Frannie so unendlich traurig wirkte. Gerade sie hing sehr an ihm.

Henry saß unruhig auf dem Stuhl, zappelte hin und her, verrenkte den Kopf, um aus dem Fenster sehen zu können, wie ein kleines Kind, das nur darauf wartet, endlich wieder nach draußen zum Spielen zu dürfen. Hagen trat zu ihm, legte ihm die Hand auf die Schulter. „Nicht so zappeln“, mahnte er ihn sanft. Sein Freund sah kurz zu ihm auf, legte dann die Hände in seinen Schoß, grinste. „Wir sind schon so zwei, was?“

„Ja“, gab Hagen gedehnt zurück und war froh, als der Doktor endlich in den Raum kam. Er reichte Hagen kurz die Hand, nickte Henry zu, der den Gruß nur halbherzig erwiderte. Zwei kleine Jungen, die im Garten des Hauses mit Murmeln spielten, schienen sein Interesse mehr zu wecken. Der Doktor setzte sich an seinen Schreibtisch, bot Hagen auch einen Platz an, doch dieser wollte lieber in Henrys Nähe stehen bleiben. Abwartend sah ihn der Doktor an und er überlegte kurz, wie er in Gegenwart seines Freundes anfangen sollte, betrachtete ihn sekundenlang aus den Augenwinkeln, holte tief Luft: „Also, er hat oft Probleme etwas zu erkennen, sowohl die Dinge, die weiter weg sind, als auch Dinge, die er vor der Nase hat. Wir haben ja die Brille, aber vielleicht braucht er eine stärkere.“ Auf dem Gesicht des Doktors war deutlich abzulesen, dass dieser so gut wie Hagen selbst wusste, dass im Grunde genommen keine Brille mehr helfen würde, doch er versuchte guten Willen zu zeigen. „Ja, ich verstehe. Nur ist das Problem, dass er etwas kurzsichtig ist, und wenn er nun aber auch Dinge in der Nähe nicht mehr erkennen kann, dann bietet eine Brille keine Hilfe mehr. Es gibt nur eine für das eine oder das andere. Setzt er sie denn überhaupt noch auf?“

„Manchmal, aber dann sagt er, dass sie ihm nicht hilft, etwas zu erkennen.“ Der Doktor erhob sich von seinem Stuhl, ging zu Henry, stellte sich vor ihm auf. Als dieser nicht reagierte, legte er seine Hand vorsichtig unter sein Kinn, drehte seinen Kopf sachte in seine Richtung, hob ihn ein Stück weit an. Dieser sperrte sich nicht dagegen, sah zu dem Doktor auf, der nun, da er seine volle Aufmerksamkeit genoss, sein Kinn losließ, stattdessen einen Finger hob, ihn Henry dicht vor die Augen hielt. „Kannst du das sehen?“, wollte er wissen. „Ja, aber es verschmiert, wenn ich lange gucken muss.“ *Verschwimmt* ..., wollte Hagen ihn korrigieren, doch er hielt sich zurück, beobachtete, wie der Doktor nun seinen Finger von Henrys Gesicht weg bewegte, diesen langsam in andere Richtungen, mal nach rechts, mal nach links gleiten ließ, jedes Mal nachfragte, ob er das noch erkennen könne, und Hagen musste unwillkürlich schlucken, als sein Freund viel zu oft verneinte. „Sind das ihre Mädchen?“, fragte Henry dann, deutete mit dem Kopf auf die Kinder im Garten. Der Doktor stutzte, lächelte dann, etwas zu huldvoll, fand Hagen. „Das sind meine Neffen. Ihre Mutter steckt sie zu gerne in diese weißen Matrosensachen“, seufzte er kopfschüttelnd. Henry blickte leicht verwirrt aus dem Fenster, sah genauer hin, beugte sich weit vor, dann saß er still da, starrte zu Boden. Weder der Doktor noch Hagen gingen weiter auf den Vorfall ein. „Es kann auch wieder besser werden“, erklärte der Doktor dann, doch es klang eher wie ein kläglicher Versuch, beiden Männern wieder etwas Hoffnung zu spenden. „Manchmal sagt er, dass sein Hals ihm wehtut.“ Hagen legte einen Finger kurz an seine Halsschlagader. „Kann das von den Nerven kommen?“ Der Doktor brummte etwas, schüttelte leicht den Kopf, tastete nun Henrys Hals ab, untersuchte ihn gründlich, hielt inne, als seine Finger über die linke Seite des Halses strichen. Henry quittierte die Berührung missmutig mit einem lauten „Aua“. „Da ist eine Verdickung oder ein Knoten“, sagte der Doktor nachdenklich, setzte sich dann an seinen Schreibtisch, seufzte, rang sich ein schiefes Lächeln ab, fragte Henry, ob er nicht nach draußen zu seinen Neffen gehen wolle. Es schien, als habe dieser nur darauf gewartet und sogleich verschwand er in den Garten. Durch das Fenster sah Hagen, wie er sich zu den Jungen auf das Gras kniete, ihre Murmeln bewundernd in die Sonne hielt, dann mit ihnen lachte. Hagen ließ sich auf den Stuhl sinken, wartete ab, bis der Doktor zu sprechen begann, hörte ihm dann aufmerksam zu. „Es kann vorkommen, dass die Erreger der Syphilis Knoten bilden, Verdickungen unter der Haut, an den Lymphknoten, manchmal werden es auch Geschwüre. So ein syphilitischer Knoten kann sich an der Halsschlagader bilden oder an einer anderen Hauptschlagader. Dann kann die Ader reißen, es ist eine sogenannte Spätkomplikation der Krankheit. Wenn dies eintrifft, also …"

„Verblutet man", ergänzte Hagen instinktiv. „Es kann passieren, es muss nicht."

„Ich will mir das gar nicht ausmalen", winkte er ab. „Es ist schlimmer zu sehen, wie er dahinsiecht, Stück für Stück, dass er mal etwas vergisst, nicht mehr Klavier spielen kann, nicht mehr liest, damit kann man gewissermaßen leben, aber wenn er nun blind wird, wir aufpassen müssen, dass er nicht fällt oder sich anderweitig stößt und dieses Ding in seinem Hals aufplatzt …"

„Du kannst ihn nicht halten", stellte der Doktor fest. „Er lebt schon lange damit, länger als manch anderer vielleicht." Hagen nickte schwach. „Ich weiß." Der Doktor gab ihm ein kleines braunes Fläschchen mit einer durchsichtigen Flüssigkeit. „Laudanum", erklärte er. „Wenn die Schmerzen schlimmer werden." Hagen steckte es beiläufig ein, legte einige Münzen auf den Schreibtisch des Doktors, ohne sie vorher abzuzählen, sodass dieser ihm einige wiedergeben wollte, doch er winkte ab. „Das wird noch nicht alles sein", meinte er leise, machte auf dem Absatz kehrt und ging zu Henry in den Garten. Dieser wurde gerade von den beiden Jungen überwältigt. „Wir haben den Dieb, Sir!", rief einer der beiden im Spiel dem anderen zu. „Los, bringen wir ihn ins Gefängnis!" Henry lachte, versuchte die Jungen abzuschütteln, die seine Arme festhielten, einer sprang auf seinen Rücken, sodass er in die Knie ging, vornübergebeugt auf dem Rasen sitzen blieb, sich dies alles bereitwillig gefallen ließ, spielerisch mit verstellter Stimme seine Unschuld beteuerte. Wieder einmal bewunderte ihn Hagen, wie er sich auf Kinder einlassen konnte, sich voll und ganz in ihre Spiele einließ, es sichtlich zu genießen schien. Wahrscheinlich war seine eigene Kindheit zu freudlos gewesen. Sicher war er nicht wie Hagen kicken im Hinterhof gewesen, hatte Fangen gespielt in den Hauseingängen – er fühlte wieder diesen Schauer über seinen Rücken gleiten, als er sich das Lachen ins Gedächtnis zurückrief, die Gesichter seiner Geschwister und Freunde, es war ein kaum greifbares Gefühl, wehmütig und es schmerzte leicht, denn es war alles viel zu schnell vorbei gewesen, die Jahre zu schnell verflogen. Nichts würde wieder zurückkommen, es war nur noch eine Erinnerung. Er fasste sich, dachte mit einem gewissen Erschrecken an diesen Knoten in Henrys Hals und preschte nun mit schnellen Schritten vor. „Nicht!“, sagte er viel zu laut und barsch zu den Jungen, sodass diese schlagartig innehielten im Spiel. „Ihr müsst aufpassen! Er darf sich nicht verletzen!“ Es klang so dämlich, als hätte er den beiden Jungen gerade eben verboten, mit einem kostbaren Gut zu spielen, denn in ihren Augen war ihr Spielkamerad ein erwachsener Mann. „Wir haben ihm nichts getan! Wirklich nicht!“, warf einer der Jungen ein, sein Gesicht war voller Angst. Hagen sah von einem zum anderen. Vor ihm standen zwei etwa achtjährige Jungen, ihre weiße Matrosenanzüge waren grün vom Rasen, die Knie ebenso, sie hatten dieselben Gesichter, etwas rundlich, mit wachen blauen Augen, Sommersprossen auf den Nasen – Zwillinge, nur dass der eine fast weizenblonde Haare hatte und der andere sehr dunkle, fast schwarz. „Es tut mir leid“, gestand Hagen voller Überzeugung, senkte den Kopf, reichte Henry eine Hand. Dieser kniete noch auf dem Rasen, sah von den Jungen zu seinem Freund und wieder zurück. Er ergriff Hagens Hand, erhob sich mühsam, einer der Jungen fuhr vor, klopfte ihm sanft den Dreck vom Rücken. Henry schenkte ihm ein warmes Lächeln, legte seine Hände auf die Schultern der Jungen. „Ich bin krank und mein Freund macht sich nur Sorgen um mich. Er hat das nicht so gemeint eben.“ Dann drehte er sich zu Hagen um: „Das sind Earl und Arthur. Sie sind nur zu Besuch hier, aber dürfen sie uns mal besuchen, bevor sie wieder abreisen?“ Er stellte ihm die Frage in der gleichen Art und Weise, wie ein Kind fragt, ob es sich einen Spielkameraden einladen darf. Hagen nickte heftig. „Natürlich dürfen sie kommen.“ Er verabschiedete sich von den Jungen, folgte dann Hagen, als dieser sich in Bewegung setzte, drehte sich noch einmal um und winkte den Jungen. „Wir sind in ein paar Wochen wieder hier!“, rief ihm einer der beiden noch nach. Fast gleichgültig drehte sich Henry um, sodass er rückwärts ging, hob noch einmal die Hand in Richtung der Jungen. „Aber ich vielleicht nicht mehr! Kommt lieber bald einmal zu uns." Er drehte sich wieder um, ging wieder vorwärts. „Und was hat der Doc noch gesagt?", wollte Henry beiläufig wissen. Hagen überlegte kurz, ob er ehrlich zu ihm sein sollte, entschied sich dann, dies einer umständlich erdachten Lüge vorzuziehen, die ihm sein Freund sowieso nur halbherzig abnähme. Er sprach jedoch, ohne Henry anzusehen. „Deine Augen werden nicht mehr besser. Aber vielleicht nimmst du die Brille doch ab und an, nur weil es dir vielleicht noch etwas hilft."

„Ja. Kann sein. Ich kenne mich auf dem Hof aus, im Haus, da ist es egal, aber wenn wir weggehen …", erklärte er, grinste breit, so als beträfe ihn das alles gar nicht wirklich. „Jetzt zum Beispiel weiß ich gar nicht, wo wir sind. Dafür fällt mir gerade wieder ein, in welcher Straße das Geschäft meines Vaters war und wie ich von unserem Haus dahingekommen bin. Da drüben der Weg und der Baum – kann ich nichts mit anfangen."

„Du erkennst den Baum, ich meine klar und deutlich?", hakte Hagen nach. „Nein. Aber es ist einer, oder? Rate ich jetzt mal …" Er wartete nicht ab, bis sein Freund etwas erwiderte, sondern stupste ihn sanft in die Seite, witzelte: „Stell dir mal vor, ich will Frannie einen Kuss auf die Wange geben und küsse das Pferd auf der Weide!" Hagen versuchte sich ein Lächeln abzuringen, aber ihm war nicht danach zumute. „Du … Du hast da so einen Knoten am Hals, hat der Doktor gesagt, und du musst aufpassen, denn er kann aufplatzen. Deshalb habe ich vorhin so reagiert, als du mit den Jungen gerangelt hast."

„Jetzt benutzt du schon wieder so ein komisches Wort … reagieren … Ich kenne das irgendwoher, aber dann kommt es mir gleich wieder so fremd vor. Deshalb habe ich auch keine Lust mehr, die Bücher zu lesen, die ihr mir gebt. Ich verstehe die nicht und ich weiß ja, dass ihr meint, ich sei schon recht klug, aber irgendwie überfordern müsst ihr mich auch nicht." Er hatte ihm anscheinend nicht richtig zugehört, also wiederholte Hagen die Sache mit dem Knoten. „Ja, ja", winkte Henry ab, „ich habe das schon verstanden – aufpassen soll ich." Fast wirkte er genervt und vielleicht war es besser, dass er nicht weiter darüber sprach. Während sie weitergingen, kam Hagen zu der stillen Überzeugung, dass es so gut war und eigentlich bleiben konnte, so wie jetzt. Vielleicht würde es doch noch alles länger dauern … Bis sein Freund stehen blieb, geradeaus starrte. „Wo kommt die Möwe her?“, fragte er leise, zweifelnd, legte den Kopf zur Seite. „Welche Möwe?“, wollte Hagen wissen, sah sich um, doch er konnte überhaupt keinen Vogel sehen. „Na da auf dem Baum“, er hob die Hand, zeigte auf einen Baum, meinte dann lauter, „da sind noch mehr!“ Hagen verstand nicht sofort, er schüttelte den Kopf, legte Henry beschwichtigend die Hand auf die Schulter. „Da sind wirklich keine Möwen“, wandte er ein, wollte weitergehen, doch sein Freund blieb stehen, sodass er ihn sanft dazu aufforderte. „Geh schon vor, ich möchte noch am Meer bleiben …“ Es klang beiläufig, dennoch lösten seine Worte etwas in Hagen aus, eine Art ungutes Gefühl, gleich einer Vorahnung, die sich schwer auf seinen Magen legte, und er stellte sich vor Henry, versuchte seinen Blick aufzufangen, doch seine Augen waren auf den Horizont gerichtet, fixierten ihn. Selbst als er weitersprach, löste sich sein Blick nicht davon. „Ich muss hier auf meine Mutter warten. Mama kann sehr ungehalten werden, wenn sie mich suchen muss.“ Nun sprach er in einem fast kindlichen Tonfall. In jenem Moment verstand Hagen, begriff, dass sein Freund glaubte, er sei wieder ein kleiner Junge, der mit seiner Mutter Urlaub an der englischen Küste machte. Zuerst wollte er darüber lächeln, doch dann wurde ihm auch wieder schmerzhaft bewusst, wie er sich zusehends von der gegenwärtigen Welt entfernte … Irgendwann würde Henry wahrscheinlich niemanden mehr erkennen. Langsam ergriff er seine Hand, machte einen Schritt vorwärts, einen zweiten, hörte sich sagen: „Ich bringe dich zu deiner Mutter. Sie sucht dich schon.“ Henry nickte, sein Blick löste sich von der Weite, er nickte stumm, ließ sich von ihm führen. Nach einigen Schritten war sein Geist wieder klar, denn er wollte wissen, was passiert sei und warum sie so lange für den Weg brauchten. „Du wolltest dir etwas ansehen, da sind wir stehen geblieben. Da waren einige Blumen, du wolltest Hazel und Frances welche mitbringen.“ Henry besah seine freie linke Hand. „Und wo habe ich sie gelassen?“

„Sie haben dir dann doch nicht mehr gefallen.“

„Ach so. Seltsam." Er blickte über die Schulter nach hinten, kratzte sich am Kopf. „Und wo gehen wir jetzt hin?"

„Nach Hause."

„Kensington Garden ist auch nicht mehr das, was es mal war. Ich habe das alles ganz anders in Erinnerung. Habe ich dir gesagt, wo wir hinmüssen? Nach Brompton, wir wohnen in einem großen Haus da …"

„Ja, ja", winkte Hagen ab, lächelte, obwohl es ihm schwerfiel, sah aber keine andere Möglichkeit als sich auf alles einzulassen. „Ihr habt einen Schuhladen."

„Bist du ein Kunde?", fragte er, korrigierte sich selbst aber sogleich wieder. „Nein, warte, ich kenne dich aus diesem Pub im East End, richtig?"

„Genau." Plötzlich blieb Henry stehen, immer noch hielt er Hagens Hand umschlossen, lockerte seinen Griff nicht, legte stattdessen die freie Hand an die Lippen, wirkte nun völlig entrückt. „Nein, nein, ich kann nicht nach Hause gehen!", protestierte er, weigerte sich auch nur einen Schritt weiterzugehen, schüttelte den Kopf, senkte dann schuldbewusst den Blick, gestand leise: „Ich habe meine Mama getötet … Sie liegt in ihrem Bett … Meine Mama schläft jetzt, damit sie sich nicht so für mich schämen muss …" Hagen begann zu befürchten, dass er dies alles Frannie und Hazel erzählen könnte, wenn es nun einfach so wieder in seiner Erinnerung auftauchte. Er schwieg einen Moment, suchte nach den passenden Worten, versuchte zu lächeln, tat so, als fiele ihm auf, dass sein Freund etwas durcheinanderbrachte. „Henry, deine Mama ist nicht tot. Ihr hattet einen Streit und du hast sie geschlagen, aber sie ist nur hingefallen und hat sich am Kopf verletzt. Sie schläft oben im Schlafzimmer, der Doktor war da und sie hat nur eine Gehirnerschütterung …"

„Aber unser Haus, der Laden, es ist alles verloren …", wandte er ein. „Nein, Verwandte deiner Mutter helfen euch und leihen euch Geld. Du hast sie darum gebeten."

„Ich?", fragte er verwundert und war sichtlich erstaunt über seinen angeblichen Mut. „Ja, du. Nachdem du mir alles erzählt hast, habe ich gesagt, es sei das Beste und habe dir gesagt, dass du etwas mehr Vertrauen in dich haben sollst." Auf Henrys Gesicht zeichnete sich ein verhaltenes Lächeln ab, als er den Kopf wieder hob, dann schien er kurz nachzudenken, schlussfolgerte dann, dass es zum Streit mit der Mutter gekommen war, weil sie es nicht gut fand, die Verwandten um Geld zu bitten und zum anderen, weil er Hagen mit nach Hause gebracht hatte. „Sie mag dich nicht, weil du kein Jude bist, oder?“, mutmaßte er. „Es liegt wohl mehr daran, dass ich arm bin“, meinte Hagen ohne zu zögern, fast fand er schon Gefallen an diesem Spiel, denn er konnte seinem Freund ein völlig neues Leben zusammenspinnen, eine reine Vergangenheit. Sie setzten ihren Weg fort. „Du hast eine Frau namens Mercy, richtig?“, stellte Henry nach einer Weile fest. „Aber sie war einmal ein leichtes Mädchen und du ihr Zuhälter …“

„Genau“, antwortete er und musste sich ein Lächeln verkneifen. „Aber sie heißt in Wirklichkeit Hazel! Aber wenn du ihr erzählst, dass du das von ihr weißt, dann …“

„Ich habe nichts gehört“, meinte Hagen gentlemanlike, schmunzelte.

Zwei Tage danach legte sich eine eiskalte Faust um Hagens Herz wie eine Schraubzwinge, nahm ihm die Luft und katapultierte ihn in die Realität zurück. Henry war mit ihm im Stall, gerade hatten sie noch die Pferde von der Weide reingeholt, sie gefüttert, gestriegelt und er meinte noch, dass er wieder einmal mit Hagen ausreiten wollte, als er plötzlich innehielt, einige Schritte vom Pferd zurücktrat, fast strauchelnd, sich an die Wand des Stalles lehnte. Er presste seine Handflächen gegen das Holz, starrte ins Leere, sog dann die Luft tief ein. „Hilf' mir!“, hauchte er und in seiner Stimme schwang so viel Panik mit, dass Hagen schnell zu ihm ging, ihn festhalten wollte, doch da sackte er schon an der Wand hinunter. Suchend hob er die Hände, fahrig wedelten sie herum, bis Hagen sie zu fassen bekam, sich neben ihn hockte. „Ich bin hier, direkt bei dir“, sagte er ruhig, doch innerlich hätte er es voller Panik am liebsten herausgeschrien. „Was ist?“

„Mein Rücken … Es tat auf einmal so weh und ich kann nichts mehr erkennen.“

„Komm! Ich helfe dir auf! Hier drinnen ist es auch sehr dunkel, wir gehen nach draußen in die Sonne!“ Er wollte ihm aufhelfen, umfasste seinen Oberkörper, doch sie brauchten zwei Versuche, bis er ihn auf den Beinen hatte. Eine Hand ausgestreckt, die andere umklammerte Hagens Arm, führte er ihn nach draußen, wo die Sonne sich langsam über den Horizont ausbreitete, die Hügel in ein zartes Rot tauchte. Es war schwer Henry zu halten, denn dieser schwankte wie ein Blatt im Wind, machte nur zaghafte Schritte. Hagen schob es darauf, dass er so schlecht sah, er betete inständig, dass er wenigstens noch etwas wahrnahm, Schatten vielleicht. „Und?“, fragte er zaghaft, blieb stehen. Henrys Augen huschten umher wie die Augen eines verschreckten Tieres. „Du hast gesagt, wir gehen in die Sonne. Sind wir schon aus dem Stall draußen?“

„Was siehst du denn?“ Seine Stimme überschlug sich fast, als er die Frage stellte, denn er konnte die Panik kaum noch unterdrücken, sie drängte hervor, wollte ihn überrollen gleich einer Welle. Henry senkte den Kopf wieder, sekundenlang stand er da wie ein dösendes Pferd, seine freie Hand fuhr vor, umschloss Hagens Handgelenk, dafür löste er die andere aus der Umklammerung, ließ sie sinken. „Führ mich ins Haus, bitte“, sagte er sehr sanft, gleich einer scheuen Bitte. „Mein Rücken tut furchtbar weh, ich will mich hinlegen.“ Es kam Hagen wie eine Ewigkeit vor, bis er mit Henry im Haus war. Sie stiegen die Treppe empor, obwohl sie Stufe für Stufe einzeln nehmen mussten, doch er wollte unbedingt in sein Zimmer, und als sie endlich den Raum betraten, fiel Hagen ein Stein vom Herzen. Er half seinem Freund sich auf das Bett zu legen, setzte sich an seine Seite. Henry umfasste seine Hand, hielt sie fest. Seine Augen glitten unruhig zur Decke, zur Wand und zu ihm, irgendwann atmete er erleichtert auf. „Ich glaube, ich kann wieder etwas sehen, aber es sind nur Schatten.“

„Warte …“, meinte Hagen, erhob sich kurz, um an dem kleinen Fenster im Raum die Vorhänge fortzuschieben, sodass das Licht der untergehenden Sonne in den Raum fiel. Dann setzte er sich wieder zu Henry, nahm aber seine Hand nicht wieder auf, denn er war sich nicht sicher, ob dieser es noch wollte. „Ist es jetzt vielleicht besser?“, fragte er hoffnungsvoll. Henry biss sich auf die Lippen, schien zu überlegen, ob er Hagen anlügen oder ehrlich sein sollte. Er entschied sich für das Letztere. „Ich … Ich kann nichts mehr sehen. Es ist alles dunkel. Vielleicht verwirrt es mich aber auch, denn in meinem Kopf sind die Bilder …"

„Ich weiß, was du meinst, du erinnerst dich an die Dinge." Henry nickte. Es war seltsam, dass er das alles so gelassen hinnahm, als beträfe es ihn nur beiläufig und Hagen ging davon aus, dass er sich diese Gefühle erst leistete, wenn er allein war. Oder in all den Jahren hatte er gelernt, dass sie sinnlos waren. Der Doktor hatte recht, denn *er* wusste die ganzen Jahre über, was ihn erwartete, war auch nie im Begriff gewesen, es zu verdrängen. „Es ist nicht in Ordnung so. Jetzt kann ich nicht mal mehr alleine nach draußen gehen, es tut mir leid …", meinte er, doch Hagen versicherte ihm sogleich, dass er sich auf sie verlassen könne, sie waren Freunde und nur das zählte.

Die Nerven in seinem Rücken schienen sich nochmals zu beruhigen, vielleicht erwachte auch wieder sein Geist, glaubte Hagen, denn einen Tag später konnte Henry wieder etwas wahrnehmen, wenn auch nur undeutlich wie durch einen Schleier, sagte er. Es hielt aber nur einige Tage an. Frances drehte ihm Zigaretten, brachte ihm zu trinken, ging mit ihm spazieren, als er wieder aufstehen konnte, versuchte seinen Geist wiederzubeleben. Auf eine perfide Art genoss sie seinen Zustand, sie konnte fürsorglich zu ihm sein, was er ab und an mit einem dankbaren Lächeln quittierte. Sie war seine Favoritin, die meiste Zeit ließ er sich nur von ihr anfassen. Er erkannte ihre Mutter nicht mehr, ab und an beschimpfte er sie auf unflätige Weise oder behandelte sie wie eine Dienerin. Und Frannie genoss es, ja, sie fiel in sein Verhalten mit ein, was ihre Mutter noch mehr ärgerte. Vor einigen Tagen hatte sie mit Henry noch vor dem Haus Fangen gespielt. Obwohl sie früher mit Hagen und David auch schon derartige Spiele gespielt hatte, auf eine zu kindliche Art, die Hazel unangebracht für erwachsene Männer hielt, war es diesmal anders. Während Frannie um die Bäume herumrannte, kicherte, verfolgte er sie ungestüm wie ein Gleichaltriger. Eigentlich war er ob seiner Größe viel schneller als sie, aber seine Motorik hatte nachgelassen und so fiel er mehr als einmal hin, rappelte sich wieder auf, lachte darüber. Irgendwann lief er nicht mehr ihr nach, sondern den Hühnern, die ihm ständig vor die Füße trippelten. Frances hatte das Gesicht ihrer Mut-

ter hinter dem Küchenfenster gesehen, sich an den Zaun des Auslaufs für die Pferde gelehnt. „Fang mir eins!“, rief sie ihm zu und Henry hielt inne, nickte, stürzte sich auf die Hühner, bekam eines zu fassen und brachte es ihr. Er hielt das Huhn in seinen Händen, sie sah den Schweiß auf seiner Stirn, sein Hemd klebte an ihm, aber da war dieses Leuchten in seinen Augen wie bei einem kleinen glücklichen Kind. „Zigarette!“, meinte er schwer atmend. Es fehlte nur noch, dass er sich brav wie ein Hund auf die Hinterpfoten setzte. Frannie sagte, er solle das Huhn loslassen, drehte ihm eine Zigarette. Mit einem Blick aus den Augenwinkeln vergewisserte sie sich, dass ihre Mutter sie beide noch beobachtete, bat ihn dann, ihr auch einen Zug von der Zigarette zu geben, und er reichte sie ihr wie selbstverständlich. Sie zog übertrieben genießerisch an der Zigarette, bemühte sich, den Rauch nicht zu tief zu inhalieren, damit sie nicht husten musste. Dann nahm sie seine Hand, hielt sie an ihre Wange, legte den Kopf dagegen, deutete auf den Weg zum Waldrand, formte mit ihren Lippen das Wort „spazieren“. Er antwortete nicht, legte die Zigarette auf dem Zaunpfahl ab, seine freie Hand umfasste ihre Hüfte und er zog sie sanft zu sich heran. Für Sekunden meinte sie, ihr Herz könne aufhören zu schlagen, denn sie bemerkte seinen seltsamen Blick, aus dem sie ein Verlangen las, welches ihr Angst machte. Sein Gesicht kam ihrem näher, er küsste sie auf die Lippen, vorsichtig, und sie erstarrte ob der Tatsache, dass dies der allererste Kuss ihres Lebens vonseiten eines Mannes war, der nicht aus väterlicher Zuneigung geschah. Sie wehrte sich nicht, aber wagte auch nicht sich zu rühren. Seine Hände legten sich auf ihre Schultern, ihre Bluse, fuhren über die Knöpfe. Plötzlich stürmte ihre Mutter aus dem Haus, schrie sie an, sie solle reinkommen und ihr beim Essenkochen helfen, die Wäsche musste auch noch aufgehängt werden. Hazel, die Henrys Wut fürchtete, jetzt, wo er es nicht mehr kontrollieren konnte, griff schnell den Arm ihrer Tochter, zog sie fort. Frannie gehorchte, streckte ihre Hand nach Henry aus, damit er mitkäme. Aber es lag nicht genug Nachdruck in ihrer Geste. Er nahm den Rest der Zigarette, setzte sich in den Schaukelstuhl auf der Veranda vor dem Haus.
Hazel drückte Frances in die hinterste Ecke der Küche, wo er sie beide von draußen durch das Fenster nicht sehen konnte, und ver-

passte ihr zwei kräftige Ohrfeigen. „Du benimmst dich wie eine Hure! Er ist ein verwirrter, alter Mann und du nutzt das schamlos aus!“ Frances unterdrückte die aufwallenden Tränen, rieb sich die Wange, trat vor zu Hazel, die sich am Ofen um das Essen kümmerte, hörte, wie sich die gutturalen tierähnlichen Laute aus ihrer Kehle lösten. „Du, Mum! David … tot … wegen … Henry! So denkst … du!“, überwand sie sich zu sprechen, zischte es ihrer Mutter zu, machte schnell wieder einen Schritt weg von ihr, bevor sie sie nochmals schlagen konnte. Aber Hazel sah nicht auf von den Töpfen, gab sich desinteressiert und sagte mit völliger Gleichgültigkeit: „Natürlich ist er schuld, dass dein Bruder nicht mehr lebt. Hätte er den Jungen nicht unbeobachtet gelassen. Aber damit muss er leben und er weiß, dass ich ihm nicht wirklich vergeben kann. Wie dumm ich war, damals, ihn in jugendlichen Schwärmereien anzuhimmeln! Er wollte gehen nach Davids Tod und dein Vater kann sich nicht von ihm trennen!“

„Dumme … Worte!“, protestierte Frances, schüttelte den Kopf. „Er … braucht … uns ...“

„Wenn du mir drohst, erzähle ich deinem Vater, dass da mehr war als ein Kuss!“, meinte Hazel, drehte sich zu ihrer Tochter um und schenkte ihr ein überhebliches Lächeln. „Und wem wird er glauben?“ Frances wollte nach oben in ihr Zimmer laufen, doch entschied sich dafür, Henry alles zu erzählen und so stolzierte sie an ihrer Mutter vorbei wieder nach draußen auf die Veranda, kniete sich neben den Schaukelstuhl, legte wie selbstverständlich und übertrieben genießerisch die Handflächen übereinander auf seinen Oberschenkel, ihren Kopf darauf. Er hob instinktiv die Hand, begann ihren Kopf zu streicheln. „Mum … mich … geschlagen.“ Sie ließ die Worte beiläufig fallen, hoffte, er würde sie aufnehmen und es dauerte nur wenige Sekunden, bis er sie bat, es zu wiederholen. „Wie?“, wollte er wissen. „Und warum? Machst du deine Aufgaben nicht?“

„Doch … ich … brav“, antwortete sie, benutzte mit Absicht den kindlichen Ausdruck „brav“, um ihren Worten mehr Nachdruck zu verleihen. „Sie … eifersüchtig, weil … du … dich … so viel … um mich kümmerst … nicht um … sie.“ Sie merkte, wie ihre Stimmlage sich dahin gehend veränderte, dass sie wieder wie ein kleines Mädchen klang, aber zu quietschend. „Ja, sie ist eine verbitterte Frau, mein Mädchen und das ist alles meine schuld“, sagte er leise zu ihr. „Sie gibt mir die Schuld an Davids Tod, es macht mir nichts aus. Ich kann es nicht ungeschehen machen.“ Frances konnte sich nicht vorstellen, wie es sein musste, wenn man daran schuld war, dass jemand gestorben war. Sie vermisste David, aber in ihren Augen war Henry nicht der Schuldige. Er hätte mit ihrem Dad unterwegs sein können, mit ihrer Mutter, aber ausgerechnet an jenem verfluchten Tag war es nun einmal an Henry gewesen. Doch Frannie fand, dass er durch seine Krankheit schon genug durchmachen musste.

Später am Abend saßen sie am Klavier und Frances ahnte, dass ihre gemeinsame Zeit ablief. Er schloss den Deckel des Klaviers, ohne dass seine Finger die Tasten berührt hätten. Sie verstand. Behutsam rückte sie näher, er legte den Arm um sie, sie ihren Kopf an seine Schulter. Sie hörte sein Herz schlagen. Ganz ruhig. Frannie verdrängte den Gedanken an das vor ihm Liegende. Versuchte mit einem Augenaufschlag die bösen Gedanken fortzufegen. Sie wollte ihn fühlen, Gewissheit, dass er noch da war. Henry seufzte leise, aber er sagte kein Wort. Wenn man die Zeit anhalten könnte, so hätte sie sie gerne in diesem Moment gestoppt, ins schier Unendliche gedehnt. Ihr Herz würde zu Stein werden, dessen war sie sich gewiss. Sie fühlte auch mit ihrer Mutter, aber deren Zuneigung war immer so begrenzt für sie gewesen ... David. Wie sie alle am Fluss geangelt hatten – eine glückliche kleine Familie. Der Verlust tat immer noch weh im Herzen. Und nun Henry …

„Now there's just no chance, for you and me, there'll never be
(No chance, you and me)
And don't it make you sad about it
Cry me a river
(Go on and just) ...“

Justin Timberlake

Hagen und Frannie stellten Henrys Bett wenige Tage später nach unten, sodass er in der Nähe der Küche, in der Nische neben Frannies Zimmer schlafen konnte. Er war nicht mehr in der Lage, die Treppe hinauf- oder herabzusteigen. Hagen lud die beiden Neffen des Doktors ein und die Jungen kamen bereitwillig. Henry saß aufrecht im Bett, freute sich sichtlich über den Besuch der Jungen, die ihrerseits keine Berührungsängste zeigten. Ihr Onkel hatte sie darüber aufgeklärt, was mit Henry war, zumindest soweit, dass sie sich vorsichtig auf das Bett setzen, ihm sagten, wie schade es sei, dass er nicht mit ihnen draußen spielen konnte. Frances holte Kekse und Saft für die Jungen. Hagen freute sich, als er Henry lachen sah, und so ging er in den Stall, um die Tiere zu versorgen. Earl schlug vor, ein Spiel zu spielen, bei dem jeder einen Satz begann und der andere etwas hinzufügen musste, denn Henry konnte kaum noch etwas sehen, er war nicht mehr in der Lage, andere Spiele zu spielen. Frannie wollte nicht mitspielen, sie schämte sich zu sehr für den Klang ihrer Stimme, obwohl sie die Jungen mehrmals aufforderten, dennoch mitzuspielen. Henry gab sich redlich Mühe, den Sätzen zu folgen, sie sich zu merken, doch meist bildete er, wenn er an der Reihe war, einfach neue Satzstränge. Vielleicht dachten die Jungen, er täte es mit Absicht, um sie zu necken, aber Frances ahnte, dass er nicht mehr so schnell folgen konnte, sein Gedächtnis nachließ. Irgendwann begann er von England zu erzählen, von der Zeit, als er ein kleiner Junge gewesen war. Es freute Frannie, denn zumeist musste man sehr lange betteln, bis er diese Dinge von sich aus erzählen wollte. Trotz allem strengte ihn der Besuch der Jungen sehr an. „Ich glaube, ich muss mich etwas ausruhen“, meinte er leise. „Es war sehr nett, dass ihr zu mir gekommen seid.“ Er hatte Mühe, die Augen offen zu halten, doch die beiden Jungen zeigten sich verständnisvoll. Earl drückte ihm nur kurz die Hand, sagte artig „Auf Wiedersehen“, doch Arthur umarmte ihn, versprach ihm noch mal wiederzukommen, bevor sie zwei Tage später wieder nach Hause führen. Arthur hielt sein Versprechen und kam noch einmal allein zu Besuch. Henry schlief, Frannie versuchte ihn sanft zu wecken, aber er reagierte nicht und Arthur verstand, setzte sich dennoch auf den Stuhl neben dem Bett, nahm Henrys Hand in seine beiden und streichelte sie. „Er merkt sicher, dass ich hier bin“, er sah Frannie mit großen Augen an, „wir fahren heute weg und es dauert viele Monate, bis wir wiederkommen. Vielleicht ist er dann nicht mehr da und dann habe ich ihn wenigstens noch mal besucht.“ *Das ist lieb von dir*, schrieb Frannie auf einen Zettel, hielt ihn dem Jungen hin. Als Arthur gegangen war, setzte sie sich neben das Bett auf den Stuhl. Während sie nun Henrys Hand in ihrer hielt, liefen ihr die Tränen über die Wangen.

Hazel machte es zusehends schier wahnsinnig, wenn er irgendetwas wollte, fuchtelnd in den Raum zeigte und sie raten musste, was es sei, weil ihm die Begriffe nicht mehr einfielen, er nun durch völlige Blindheit geschlagen wild herumfuchtelte, solange, bis er aggressiver in seiner Sprache wurde, sie beschimpfte. Dann rief sie nach Frannie. Hazel war keine gute Krankenpflegerin in Bezug auf ihn und zusehends schwand ihr letztes bisschen Zuneigung zu ihm. Für sie lag auf der Hand, dass Frances ihn bemutterte, nur um die eigene Mutter zu ärgern. Wenn sie ganz ehrlich zu sich selbst war, sah sie in ihrer Tochter eine gewisse Konkurrenz, aber die Tatsache, dass Frannie plump und dicklich war und Henry zusehends dem Schwachsinn anheimfiel, stärkte sie auf eine gewisse Art, denn so war es eigentlich der Mühe nicht wert, sich über die Vertrautheit der beiden aufzuregen. Hagen ließ den Doktor kommen, der ihm mitteilte, dass es nicht mehr besser werden würde. Er kam nicht umhin ihn zu fragen, wann es passieren könne, wie es passieren könne. Doch der Doktor meinte nur, dass Henry einfach dahindämmerte. Hazel malte sich sogleich Szenarien aus, die sie zum Schaudern brachten, und als er ihr einige Tütchen mit Morphium reichte gegen Henrys Schmerzen, ertappte sie sich dabei, wie sie sich vorstellte, ihm eine glatte Überdosis zu verpassen, wenn es wirklich so schlimm kommen sollte.

Nur drei Tage später konnte er nicht einmal mehr für den Weg zum Häuschen aus dem Bett aufstehen, sich auch nicht mehr alleine aufsetzen. Die schleichenden Lähmungserscheinungen hatten nun seinen ganzen Körper ergriffen und er konnte nur noch unter großer Anstrengung die Hand heben. Hagen wollte ihm aufhelfen, ihn aufsetzen, doch er bat leise: „Bitte nicht mehr aufstehen ...“ Und Hagen wurde seltsam mulmig, doch er wollte es nicht zeigen, versuchte seine Stimme ruhig klingen zu lassen. Henry verabschiedete sich Stück für Stück von ihnen. Zuerst klagte er über Kälte, dann über die

Schmerzen, Hazel gab ihm das Morphium, welches er anstandslos nahm. Wenn er dann einschlief, wirkte er so friedlich, dass sie fast wieder mehr als eine vage Zuneigung für ihn empfinden konnte. Frances legte sich zu ihm ins Bett. Wenn er wach war, lag sie bei ihm, damit er sie einfach nur fühlen konnte. Hagen las ihm vor, auch dann noch, als er nur noch mit geschlossenen Augen lauschte, nicht mehr antwortete, weil es ihm unendlich schwerfiel, noch ganze Sätze zu bilden. Wenn er etwas sagte, dauerte es lange, bis er die Worte fand, und sagte dann nur das eine Wort oder höchstens zwei. Dafür erkannte er Frannie und Hagen aber noch an ihren Stimmen. Seine zunehmende sprachliche Unfähigkeit machte ihn und Frances zu endgültig untrennbaren Seelenverwandten.

Hagen bemerkte, wie sehr Hazel es hasste, sich um Henry kümmern zu müssen und ab und an fürchtete er wirklich, sie könne ihm mit Absicht wehtun. Er saß auf dem Stuhl neben dem Bett, wachte über Henrys Schlaf. „Sie meint es nicht so. Hazel ist halt oft sehr egoistisch“, flüsterte er, betrachtete seinen Freund, dessen Gesicht fast durchsichtig wirkte im Schein der Kerze. Er hatte seit einigen Tagen nichts mehr gegessen, nicht, weil er es vergessen hatte, sondern weil er es nicht mehr bei sich behalten konnte. Als Frannie ihn mit Suppe gefüttert hatte, war ihm alles kurz danach wieder hochgekommen. Den Blick in Hazels Augen konnte Hagen nicht vergessen. Sie war ruckartig vom Esstisch aufgesprungen, und wäre er nicht schnell zu seinem Freund gegangen, um es sauber zu machen, sie hätte ihn ganz sicher angeschrien, ihm dafür vielleicht sogar eine Ohrfeige verpasst. In der folgenden Nacht hatte er einen klaren Moment gehabt, wollte sich im Bett aufsetzen, lehnte das Morphium ab, weil er keine Schmerzen mehr hätte. Er fragte sogar nach einem bestimmten Buch, aus dem ihm Hagen vorlesen sollte. Hazel bekam Angst, fürchtete, dieses letzte Aufleben deutete daraufhin, dass er die Nacht nicht überleben könnte, und bat Hagen und Frannie bei ihm zu bleiben, während sie das Haus verließ. Sie kannten dieses oftmals seltsame Verhalten nur zu genau und es wunderte sie daher auch nicht. Hazel würde Zerstreuung im Dorf oder bei einem nächtlichen Spaziergang suchen. Kurz nachdem sie gegangen war, verlor Henry das Bewusstsein. Frannie und Hagen wachten die ganze Nacht bei ihm. Obwohl ihnen beiden klar war, dass es eine Erlösung für ihn sein musste, beteten sie doch um sein Leben. Gegen Morgen kehrte Hazel wortlos zurück, warf einen Blick auf die beiden und Henry – als sie sah, dass er noch lebte, seufzte sie kurz, legte sich oben ins Schlafzimmer. „Du strafst sie alle Lügen!“, flüsterte Frannie ihm ins Ohr. In ihr lebte immer noch die Hoffnung, dass es ihm bald wieder besser ginge. Er war zwar zu einem kleinen Kind geworden, was die Pflege betraf, dennoch war er für sie immer noch der größte Halt neben ihrem Vater.

Hagen saß mit gefalteten Händen vornübergebeugt auf dem Sessel, zu seinen Füßen war Frances und versuchte zu häkeln. Hazel betrat den Raum, beobachtete ihre Tochter, deren dickliche Finger ungeschickt mit der Nadel und der Wolle umgingen und sie musste ihre Wut darüber unterdrücken. In Anbetracht der Tatsache, dass Hagen anwesend war und mit Frannie sprach, während sie häkelte, atmete Hazel tief durch, strich mit den Händen ihr schwarzes Kleid glatt. Dann setzte sie sich auf das Sofa, sagte mit mütterlich ruhiger Stimme: „Frances, Liebchen, was machst du da nur? So kannst du es nicht mit in die Schule nehmen.“ Frances starrte die Mutter an. Innerlich fürchtete sie sich vor Schelte, die allerdings erst über sie käme, wenn Hagen den Raum verlassen hatte. Er ahnte nicht, wie sehr sie sich danach sehnte, er und Henry könnten wie große Beschützer immer bei ihr sein. Hazel streckte eine Hand aus, klopfte mit der anderen auf den freien Platz neben sich auf dem Sofa und schenkte ihr und Hagen ein liebevolles Lächeln. Frances hatte von Haien gelesen, die, wenn ihre Mäuler nur leicht auf den Bildern geöffnet waren, trügerisch freundlich wirkten. Ihre Mutter hatte, wenn sie lächelte, etwas von einem Hai, fand sie. „Ich sehe mal nach Henry!“, meinte Hagen und stand dann auf. Das Mädchen schluckte, erhob sich zögerlich vom Boden und setzte sich neben die Mutter, die ihr sogleich das Häkelzeug aus der Hand nahm. „Er schläft. Vielleicht hätten wir ihn doch in ein Hospital bringen sollen“, meinte Hazel. „Der Doktor hat gesagt, dass er nicht mehr gesund wird, aber der Gedanke, ihn im Hospital zu wissen, so viele Meilen entfernt von uns und allein ... Das könnte ich nicht ertragen“, meinte Hagen, tätschelte Frances Kopf. Seine Worte schmerzten sie, zerstörten ihren letzten Funken

Hoffnung. Hazel ergriff sogleich seine Hand. „Du hast ihm aber noch nicht gesagt, dass er ...“ Ihre Stimme wurde brüchig und sie spürte Tränen in sich aufsteigen, für einen Atemzug schloss sie die Augen, fasste sich wieder, senkte den Blick, meinte fast zu theatralisch: „Gott, ich musste gerade an meinen kleinen Jungen denken.“

„Hazel, reiß dich zusammen. Ich kann mit ihm nicht darüber sprechen, er weiß es längst selbst. Soll ich zu ihm rübergehen und sagen, weißt du eigentlich schon, dass du sterben wirst?“ Damit wandte er sich kopfschüttelnd ab, öffnete die Tür und ging zu Henrys Bett. „So“, sagte Hazel mit gesenkter, aber strenger Stimme, hielt ihrer Tochter das Häkelzeug vor die Nase, „und jetzt ribbelst du das alles wieder auf, fängst von vorne an und ich bleibe neben dir sitzen, bis du dummes Ding wenigstens zehn Reihen geschafft hast!“ Frances Hände begannen zu zittern, sie konnte kaum die Nadel ruhig halten, so sehr fürchtete sie die Mutter. Sie wollte nicht vor ihr weinen, sich keine Blöße geben, denn das hätte nur zu mehr Strenge geführt, den Unmut der Mutter nur noch gesteigert, also schwieg sie. Doch als Hazel sich hinter sie setzte, ihre Hände beim Häkeln führte, wäre sie am liebsten in Ohnmacht gefallen oder einfach aufgesprungen, aus dem Zimmer gelaufen.

Henry lag auf der Seite, er hatte die Augen geöffnet, als Hagen an sein Bett trat. Der Doktor hatte gemeint, es sei gut, ihn zu drehen, damit er sich nicht wund lag. Henrys Augen wanderten zuerst unruhig durch den Raum, verwirrt über die Schritte, sein Blick kam erst zur Ruhe, als er Hagen wahrnahm und sein Gesichtsausdruck gab Hagen zu verstehen, dass er ihn erkannte. Sein Anblick brach Hagen fast das Herz. Er konnte es fast nicht mehr ertragen, seinen Freund so leiden zu sehen, dessen Gesicht so bleich war. Sein Atem ging schwer, ab und an unterbrochen von einem gequälten Husten, bei dem sich sein Gesicht vor Schmerzen verzog. Hagen hatte am Morgen versucht ihm noch einmal etwas Tee, einen Löffel Haferbrei einzuflößen, doch er wandte den Kopf ab. *Du hattest recht, du bist der Erste, der von uns gehen muss ...*, dachte Hagen. Er räusperte sich, wollte sich neben seinen Freund auf das Bett setzen, zog dann den Stuhl ans Bett und setzte sich darauf. „Danke“, kam es leise zurück. Henry wartete einige Sekunden, das Sprechen schien ihn viel

Kraft zu kosten. „Nicht Bett setzen ... Schmerzen." Er spielte damit auf Hazel an, die sich immer auf die Matratze setzte, wenn sie sich einmal herabließ, sich um ihn zu kümmern. Hagen hätte ihn am liebsten gepackt und all die Schmerzen auf sich genommen. Er kam sich so hilflos vor. „Der Doktor kommt erst morgen wieder. Brauchst du irgendetwas?" Henrys Lippen bewegten sich, doch die Worte, die er sprach, gingen in einem wirren Kauderwelsch unter, er schloss die Augen. Hagen beugte sich vor, berührte seinen Arm. Seine Gliedmaßen waren kalt, obwohl ihm der Schweiß auf der Stirn stand. Vorsichtig legte er seine Hand auf Henrys, dessen rechter Arm locker ausgestreckt auf dem Bett lag. Tief in seinem Innern wusste er, dass seinem Freund kein Arzt der Welt mehr helfen konnte, jeder Versuch, sein Leid nur verlängerte. Er ließ den Kopf sinken, lauschte auf Henrys schweren Atem, verfluchte Gott und die Welt innerlich, doch es war der letzte Dienst, den er seinem Freund noch erweisen konnte. Er war kein sehr gläubiger Mensch, aber er betete dennoch, dass Henry nicht mehr aufwachte, damit er keine Schmerzen mehr hätte. Als Henry in einer der folgenden Nächte nach Hagen rief, die dünne Stimme so voller Panik und Furcht, geschüttelt von einem Hustenanfall, ahnte Hagen, dass ihnen nicht mehr viel Zeit blieb. Bald verschlief sein Freund fast ganze Tage, reagierte kaum noch auf Ansprache.

Henrys Geburtstag verging in jenem Jahr, ohne dass einer von ihnen darauf eingegangen wäre. Die Tage danach brachen an, vergingen. Hagen kümmerte sich um den Hof, Hazel um den Haushalt und Frannie ging in die Schule. An einem späten Nachmittag setzte sich Hagen wieder zu seinem Freund, der seit über zehn Stunden nicht aufgewacht war. Erst jetzt öffnete er die Augen, seufzte. Es riss Hagen aus seinen Gedanken, seine Augen streiften Henrys, die glanzlos in den Raum starrten. „Nicht ... arbeiten ... heute", meinte Henry so leise, dass man es kaum verstehen konnte. Hagen glaubte zuerst, er meinte die Feldarbeit, wunderte sich, denn sein Freund konnte nichts mehr sehen. Vielleicht war sein Geist aber auch so eingetrübt, dass er meinte, er könne noch sehen. „Brauchst du auch nicht. Es ist bald Abend", erklärte er. „Und ich habe das Feld fertig. Willst du etwas trinken?“

„Soldaten ... schmutziges Wasser.“ Nun verstand er. Sein Freund meinte noch in Gefangenschaft zu sein. „Wir sind nicht mehr ... Wir sind schon lange frei. Und du bist hier bei uns, Hazel, Fra...“

„Frannie ...“

„Ja, sie ist nebenan und macht ihre Hausaufgaben. Hazel hat sich hingelegt, sie hat Kopfschmerzen. Du kennst das ja, einmal im Monat ...“ Er verzog das Gesicht kurz wie ein jammerndes, kleines Kind, stöhnte auf vor Schmerzen. Hagen fragte ihn, wo es ihm wehtäte, doch bevor Henry antworten konnte, übermannte ihn ein erneuter Hustenanfall, der schlimmer war als die vorherigen. Hagen griff schnell nach dem Glas mit Wasser auf dem Tisch, wollte ihm etwas zu trinken geben, doch Henry versuchte verzweifelt Luft in seine Lungen zu bekommen, wobei er sie wie ein Ertrinkender einsog, aber nicht ausatmete. Hagen setzte sich auf das Bett, riss ihn empor, richtete ihn so weit auf, dass er mit dem Rücken an ihm lehnte, mit einer Hand hielt er seinen Kopf unter dem Kinn oben, die andere hatte er um seinen Oberkörper gelegt. Er sah, wie sich Henrys Hände in das Bettzeug krallten. Mit einem bellenden Keuchen, das Hagen durch Mark und Bein fuhr, verteilte sein Freund kleine rote Sprenkel auf der Bettdecke. Und ehe er einen klaren Gedanken fassen konnte, erbrach Henry einen Schwall dunklen Blutes, sackte dann mit einem tiefen Seufzen in seinen Armen zusammen. Von einer Sekunde zur anderen überfiel Hagen wieder diese grauenvolle Panik, doch er hielt seinen Freund, stapelte die Kissen höher und war erleichtert, als er ihn leise atmen hörte, sein Herz schlagen fühlte, wenngleich auch schwächer und unregelmäßiger als sein eigenes. Das ganze Bettzeug konnte er später wechseln, jede unnötige Bewegung wäre nun nur noch eine zusätzliche Quälerei für seinen Freund. So nahm er nur die Decke mit dem Blut, warf sie an die Seite, holte eine neue, deckte Henry wieder zu. Dann setzte er sich vorsichtig wieder auf das Bett, hinter ihn, hielt seinen Freund in den Armen, seinen Kopf an seine Schulter gelehnt. „Ich bleibe hier bei dir“, flüsterte er in Henrys Ohr. „Ich lasse dich nicht allein ...“ Frannie, die ihre Hausaufgaben beendet hatte, kam bald darauf aus ihrem Zimmer, wortlos betrachtete sie Henry, dann fiel ihr Blick auf das blutige Bettzeug neben dem Bett, zuletzt auf ihren Vater. Sie nahm sich den Stuhl, der beim Bett stand, setzte sich und Hagen fuhr mit einer Hand vor, streichelte ihr Gesicht, fragte sie leise, ob sie wirklich dableiben wolle. Doch sie wusste, welche Frage er ihr stellen würde, und sie nickte zweimal kurz, bevor die Worte im Raum verhallt waren.

„I see dead people ..."

The Sixth Sense

Henry spürte Hagens Körper an seinem, wie dieser ihn hielt. Er sprach mit ihm, aber so leise, dass die Worte nicht zu verstehen waren, es schien alles so weit entfernt. Es drängte ihn, sich einfach fallen zu lassen, dennoch wünschte er sich, bei ihnen zu bleiben. Er verspürte keine Angst, keine richtig tief gehende Furcht, mehr ein flaues Gefühl. Es war ihm, als sage jemand seinen Namen, ein Zischen, keine Männerstimme. Er kannte sie, aber es war schon lange her, dass er diese Stimme gehört hatte. Sein Herz machte einen Sprung. *Er konnte sie sehen.* Sie stand am Fußende des Bettes, hatte ihre Finger über den Rand gelegt. Ein Lächeln umspielte ihre Züge, von dem so viel Wärme ausging, dass er am liebsten aufgesprungen wäre, sie umarmen wollte. Fay löste sich aus ihrer Haltung, kam langsam zu ihm, setzte sich auf die Bettkante. Sie trug ein schwarzes Kleid, einen dunklen, breitkrempigen Hut. Ein Schleier verdeckte ihr Gesicht, den sie nun behutsam mit behandschuhten Händen lüftete. Er erinnerte sich an ein Bild von Shachath, dem Todesengel, welchen er als Kind in einem jüdischen Buch gesehen hatte. Er wollte sie berühren, aber seine Gliedmaßen waren schwer wie Blei, gefühllos.

Mit ihren Fingerspitzen fuhr sie über seine Brust, ließ die Hand dort liegen, gleich einer Aufforderung. Ihm wurde klar, wie sehr er sie liebte, sie all die Jahre vermisst hatte. Stattdessen hörte er sich im Geiste sanft darum bitten, dass sie ihn erlöse.

Sie spannte ihre schwarzen Flügel aus, beugte sich zu ihm hinunter, küßte ihn sanft auf die Lippen und legte eine Hand auf seine Augen. Ihre Stimme war nur ein Hauchen, voller Zuneigung für ihn.

„Schlaf...“, flüsterte sie in sein Ohr.

Hagen bemerkte die Unruhe auf Henrys Gesicht. Er atmete kaum hörbar. Seine Augen waren geschlossen, doch er bewegte sie hinter den Lidern. Zu gern hätte Hagen gewusst, was er *sah*. Es tat weh, als er sich daran erinnerte, was zwischen ihnen gewesen war, die Gefangenschaft – und nun waren so viele Jahre vergangen, er ihm so sehr ans Herz gewachsen, mehr als ein Freund. Hazel kam ins Zimmer, fragte, was los sei, und als sie begriff, meinte sie nur leise: „Ich kann das nicht.“ Damit ging sie wieder nach oben. „Du musst ihr das nachsehen“, flüsterte ihm Hagen zu, überwand sich und fügte dann nach einigen Sekunden hinzu: „Es ist okay, wenn du nicht mehr kannst. Ruh dich aus ...“ In seinen Augen sammelte sich Feuchtigkeit, bevor er etwas dagegen tun konnte, rann ihm eine Träne über das Gesicht. Er schmeckte den salzigen Geschmack auf seinen Lippen. Für eine Weile starrte er einfach in den Raum, schloss die Augen, um die Tränen zu unterdrücken. Frannie saß still auf dem Stuhl, den Kopf leicht gesenkt hielt sie die Hände in ihrem Schoß gefaltet, so als spräche sie im Stillen ein Gebet. „Hagen“, er erschrak fast, als er Henrys Stimme vernahm, er wandte den Kopf zu seinem Freund, dieser hatte die Augen ein kleines Stück weit geöffnet, schien alle seine Kräfte zu sammeln, um zu sprechen. Sein Geist schien wieder klar. „Geld für ... Fährmann … Ich werde warten … auf dich …“ Frannie sagte etwas zu ihm, er schien ihre Stimme zu erkennen, als sie ihn beruhigen wollte, denn er flüsterte leise ihren Namen. Da war etwas wie ein Aufflackern auf seinen Zügen, auch wenn er nichts mehr sah, so hob er den Blick doch zu Hagen empor, der ihm leise versprach, seinen letzten Wunsch zu erfüllen. Es verlangte ihn genau in diesem Moment, nicht hier zu sein, irgendwo anders, nur woanders mit seinem Freund an seiner Seite. Auf Henrys Miene lag keine Furcht, aber es war so viel Zuneigung für seinen Freund und Frances darin, offenbarte diesem, wie tief ihre Freundschaft gefestigt war. Hagen überlegte, ob er Hazel holen sollte, doch bevor er ihn danach fragen konnte, flüsterte Henry: „Fay ... Shachath... “ Hagen wusste, dass *er* sie nicht sehen konnte, er griff in seine Hosentasche, fand zwei Geldstücke, legte sie in Henrys Hand, umschloss sie mit seinen Fingern. Einige Sekunden betrachtete er ihre Hände, hörte ihn husten, presste sanft seinen Kopf an seine Schulter, so als könne er ihm dadurch Halt geben. Jede Sehne in Henrys Körper schien sich anzuspannen, er hörte ihn ausatmen, und als er in sein Gesicht sah, bemerkte er den kleinen, dünnen Faden Blut, der aus seinem Mundwinkel lief. Die plötzliche Stille war schwer zu ertragen. Er konnte sich nicht rühren, wusste, dass sein Freund tot war, hoffte dennoch, dass sein Herz noch schlage. Aber seine Hand konnte nichts mehr ertasten. Hagen hob den Kopf, sah zum Fenster hinaus. Es war noch ein warmer Tag gewesen, obwohl man den bald einsetzenden Herbst schon erahnen konnte. Die Prüfungen vor den Ferien rückten für Frannie näher. Die kahlen Äste der Bäume reckten sich in die verblassenden Sonnenstrahlen und in ihm machte sich ein seltsames Abschiedsgefühl breit und er wusste, dass ein Teil von ihm mit ihm gestorben war. Frances hob den Kopf. Henry lag an der Brust ihres Vaters wie ein Kind, welches die Müdigkeit überwältigt hatte. Aber er sah nicht wirklich aus, als würde er schlafen. Seine Gesichtszüge wirkten fast wächsern, man sah ihm an, wie qualvoll die letzten Wochen gewesen waren. Sie holte ein Taschentuch aus ihrer Rocktasche hervor, wischte zaghaft das Blut von seinem Mundwinkel. Sie berührte Hagens Schulter, der unwillkürlich zusammenzuckte, deutete auf Henry, formte mit den Lippen das Wort „gut“, sah ihren Vater fragend an. Doch er schüttelte den Kopf. Sie hörte, wie er tief einatmete, seine Schultern sich ruckartig hoben und senkten, es ihm gelang, ein Aufschluchzen zu unterdrücken. Eine seltsame Form der Angst kroch Frannies Hals empor, legte sich wie ein dicker Kloß in ihre Luftröhre. „Ich weiß es nicht. Aber ich hoffe es“, sagte er tonlos. Sie wollte ihre Angst nicht offenbaren. Dennoch drückte ihr Blick einen gewissen Vorwurf an das Leben aus, ihre Enttäuschung. Frannies Fäuste ballten sich wie von selbst, sie unterdrückte die plötzlich aufsteigenden Tränen. „Aufwachen!“, drängte sie. Hazel erschien auf der Treppe, sie musste alles gehört haben, hielt sich den Kopf. Sie erfasste die Situation, versuchte Frannie zu beschwichtigen, doch wählte ihre Worte mit jener Gleichgültigkeit, mit der man eine Einkaufsliste im Lebensmittelladen vorträgt. Sie erklärte ihrer Tochter das Sterben an sich als einen der lapidarsten Vorgänge der Welt, auch wenn sie gar nicht dabei gewesen war. Frannie liefen mittlerweile die Tränen wie viele kleine Flüsse über die Wangen. „Und jetzt gehe ich mir etwas zu essen machen“, meinte Hazel. „Wenn ihr auch etwas wollt ...“ Sie hätte es ebenso gut wie ein fröhliches Liedchen trällern können! Hagens Hand strich wie von selbst immer wieder sanft über Henrys Kopf, bis er Frances Verzweiflung realisierte. Er erhob sich langsam vom Bett, legte Henrys auf das Lager aus Kissen. Frances verabscheute ihre Mutter für ihre Emotionslosigkeit, schloss die Tür zur Küche und setzte sich nun zu Hagen auf den Schoß, der auf dem Stuhl Platz genommen hatte, die Arme öffnete. Frannie zwängte sich in seine Arme, dann fuhren ihre Finger vor, sie nahm Henrys Hand in ihre, strich fast tröstend mit den Fingern der anderen über seine. Sie spürte kleine Schauer über ihren Rücken laufen. In ihrem Kopf waren Bilder von ihr, wie er sie auf den Hocker am Klavier setzte, hinter sie trat und seine Hände auf ihre legte. Henry wertete ihr Zögern als Scheu, lächelte sie aufmunternd an. Dann führten seine Finger ihre auf den Tasten. In jenem Moment hatte sie gespürt, dass sie etwas verband, als sei sie *seine* Tochter. All die Jahre hätte sie am liebsten nur mit Hagen und Henry zusammengelebt. Da war ihre Mutter auf dem Bett, versunken in irgendeinen Liebesschmöker, Tränen rannen über ihre Wangen angesichts der Qual, die die Hauptperson im Leben erlitt. Sie liebte diese theatralischen Liebesgeschichten, denn sie ähnelten in den Grundzügen der Theatralik ihres eigenen Lebens. Henry, der Frannie ansah und das alles mit einem Lächeln quittierte. Alles Gute lief vor ihrem geistigen Auge ab ... Und sie sah ihren Vater, der stumm aus dem Fenster starrte und auf dessen Wangen ebenfalls Tränen schimmerten. Als er es bemerkte, wandte er den Blick nicht vom Fenster, aber seine Worte waren wie Balsam für ihre Seele. „Dieser Mann war mein bester Freund, Frannie. Auch wenn wir grundverschieden waren, aber wir waren für ihn immer das Zentrum seiner Welt und ich hätte nie gedacht, dass ich so etwas bescheuert Kitschiges einmal über einen anderen Menschen sagen würde.“ Ihre Mutter rief nach ihr, doch sie antwortete nicht. Sie wollte nicht ans Essen denken, verspürte keinen Hunger. Die Zeit verstrich, während sie so dasaßen. Ohne es zu bemerken, hatte Frannie begonnen, leise in Gedanken mit ihm zu sprechen, es wurde ihr erst bewusst, als ihre Mutter ins Zimmer trat, die kleine Lampe auf dem Tisch anzündete. Dann verließ sie das Zimmer wieder, und als die Haustür zufiel, wusste Frannie, dass ihre Mutter sich mal wieder aus der Affäre zog. Hagen quittierte es mit einem Seufzen. „Ich muss den Doktor holen, Frances“, meinte er, stand auf, küsste sie auf die Stirn. „Kann ich dich mit ihm alleine lassen?“ Sie zögerte, hauchte dann ein „Ja“. „Ich bin gleich wieder da, mein Engel.“ Bevor er ging, seinen Mantel überzog, strich er durch ihr Haar. Und als sie den Kopf hob, ihre großen Augen so voller Trauer, fühlte er einen Stich im Herzen – es machte ihm kurz bewusst, dass sie empfindsamer war als ihre Mutter, zerbrechlicher, aber dennoch mit so viel Liebe für die Menschen, die sie liebte ... Sein kleines Mädchen musste so viel ertragen und nun würde sie nur mit ihm vorlieb nehmen müssen. Frances sah ihn verwundert an. „Dad?“ Er versuchte zu lächeln, warf sich den Mantel über und ging.

Frances war unendlich müde und schloss die Augen. Sie stellte sich vor, dass, wenn sie sie gleich wieder öffnete, Henry wieder aufwachte. Ihre Freundin Jenny Withers hatte ihr erzählt, dass ihr kleiner Bruder auch einmal wie tot gewesen war. Er hatte hohes Fieber gehabt, alle dachten, dass kein Leben mehr in ihm wäre, doch als die Totenfrau ihn herrichten wollte, öffnete er plötzlich die Augen. Aber als sie ihre Augen langsam öffnete, lag er noch genau so da wie vorher und sie musste einsehen, dass kein Leben mehr in ihm war. Sie erhob sich vom Stuhl, setzte sich auf die Bettkante, nahm seine Hand wieder in ihre, hob sie an ihre Brust und legte sich vorsichtig neben ihn, sodass ihr Kopf an seiner Schulter lag. Im Geiste sang sie ihm ein Kinderlied vor:

Twinkle, twinkle, little star,
How I wonder what you are.
Up above the world so high,
Like a diamond in the sky.

When the blazing sun is gone,
When he nothing shines upon,
Then you show your little light,
Twinkle, twinkle, all the night.

Sie sang das Lied, welches sie ihr immer als Kind vorgesungen hatten. Henry spielte die Melodie am Klavier, sie saß auf dem Schoß ihres Vaters und lauschte andächtig den Stimmen der beiden Männer. Frannie schreckte auf, bemerkte, dass sie eingeschlafen war, und erhob sich schnell, als sie Hagen mit dem Doktor ins Haus kommen hörte. Dem Doktor war der Anblick eines Toten vertraut, dennoch machte er sich die Mühe, wohl mehr wegen Francis, festzustellen, ob nicht vielleicht doch noch ein Lebenszeichen in Henry war. Das Mädchen tat ihm von Herzen leid, als er den Kopf schüttelte, sich daran machte, den Totenschein auszustellen, wozu er sich auf den Stuhl neben das Bett setzte, seine Tasche als Unterlage nahm. Frances Finger ertasteten die immer noch warme Haut, Henrys Wange. Nie wieder würde sie das ihr so vertraute Geräusch seines Herzschlags hören, wenn sie abends im Bett in seinen Armen gesessen hatte, wenn er ihr etwas vorlas. Es war so grotesk, so über alle Maßen erschreckend, diese Stille … Sie sagte in ihrem Geist seinen Namen, begriff, dass sie ihn nie wieder laut sagen würde, begann zu weinen, zu schluchzen. Es schüttelte sie von Kopf bis Fuß, Hagen trat zu ihr, drückte sie an sich und sie legte ihren Kopf auf seine Brust, sie umfasste seine Schultern, wollte ihn krampfhaft umklammert halten, nie mehr loslassen ... Sie nahm nicht wirklich wahr, wie Hagen sie auf seine Arme hob, in ihr Zimmer brachte, dort auf das Bett legte und solange in seinen Armen wiegte, bis die Totenfrau, Emily Barley, die der Doktor verständigt hatte, kam. Er übergab sie sanft in Emilys Arme, ging zum Doktor. „Frances, er hat so leiden müssen“, sagte Emily und legte ihre Hand auf den Kopf des Mädchens, streichelte ihn sanft. „Ist es nicht ein schöner Gedanke, dass er nun keine Schmerzen mehr hat?“ Frances rührte sich nicht. Ihre Augen wanderten zum Fenster, vor dem sich die Herbstsonne in kräftigem Rot mit dem Horizont verband und die Nacht den Tag ablöste. Sie konnte Henry durch den Türspalt sehen, über dessen Gesicht ein dünner Strahl des Lichts von draußen huschte wie ein scheues Lächeln. Am liebsten hätte sie Emilys Worten etwas entgegengesetzt, protestiert über die in ihren Augen ungerechtfertigten Wege des Schicksals. Doch sie spürte, dass Emily mit ihr fühlte. Sie hatte

Übung darin, andere Menschen zu trösten. Behutsam legte sie nun ihre Hände unter Frannies Arme, zog sie empor, und als sie keinen Widerstand spürte, drückte sie das Mädchen an sich, erhob sich mit ihr, um den Raum zu verlassen. Frances Augen waren leer geweint, es gab keine Tränen mehr, die sie hätte vergießen können. Sie schmerzten, dennoch blickte sie noch einmal zu Henry hinüber, als Emily sie an ihm vorbei in die Küche führte. Hagen hatte seinen Sonntagsanzug geholt, legte ihn an das Fußende des Bettes, nickte Emily zu. „Das ist nicht mehr Henry. Er ist jetzt bei deinem Bruder David, ...“, sagte diese, stockte, denn ihr wurde schlagartig bewusst, wie dieser unüberlegte Ausspruch das Mädchen nur noch mehr der Trauer hingab. Emily biss sich auf die Lippe, schob Frances in die Küche und platzierte sie am Esstisch. Dann machte sie sich an die Arbeit. Hagen setzte sich zu ihr, blickte stumm auf die Maserung des Holztisches. Er holte ein Röhrchen mit Tabletten hervor, legte es vor das Mädchen auf den Tisch. „Eine abends vor dem Schlafengehen ..., wenn du es brauchst. Der Doktor hat es mir gegeben.“

„Nicht … Anzug … anziehen!“, protestierte Frances und es überraschte Hagen, doch er überhörte ihre Worte zuerst. „Eigentlich wollte er draußen beerdigt werden ...“, er überlegte, begann dann von Neuem. „Also ich meine so, wie es die Abos machen, aber ich habe darüber nachgedacht ... Da draußen sind Dingos und ... Wir beerdigen ihn neben David. Es fällt mir schon schwer, mir vorzustellen, wie er da in der kalten Erde ...“ Sie merkte, *wie* schwer es ihm fiel, so legte sie sanft ihre Hand auf seinen Arm. Es war das erste Mal, dass sie ihn weinen sah. „Daddy, bitte … nicht … Anzug!“, protestierte Frances. „Er … will ... nicht.“ Er sah in die verweinten Augen seiner Tochter und verstand. „Ich hole gleich die anderen Sachen“, meinte er leise, fing Emilys Blick auf, der ihm Zustimmung versicherte, und er wollte Frannies Wunsch respektieren, denn sie hatte recht. Henry hätte ihm einen Vogel gezeigt, bei dem Gedanken daran, in so förmlicher Kleidung begraben zu werden. Wortlos stand Frances auf, ging auf die Veranda, setzte sich in den Schaukelstuhl.

„She sat in a wicker chair, her eyes they were downcast.
She breathed in the future, by breathing out the past.

The die is done, the die is shock, the die is duly cast.
There`s a dead man in my bed, she said."

Nick Cave

Als die Nacht sich herabsenkte, tauchte vor Frannie Davids Bild auf, wie er als bleiche Puppe im Bett gelegen hatte. Doch mit der Person, die dort lag, verband sie nichts mehr. Sie war ihrem Bruder so unähnlich. Hazel packte sie im Nacken, drängte sanft, aber fordernd, sie solle ihn küssen, da man ihn in den Sarg legte. Vielleicht ekelte es Frannie, weil seine Züge so gar nichts Friedliches an sich gehabt hatten. Vielmehr standen David seine Leiden noch ins Gesicht geschrieben. Danach übergab sie sich draußen in einen Busch. Henry kam hinter ihr her, hielt sie. In seinem Blick konnte sie lesen, dass er das Verhalten ihrer Mutter mehr als missbilligte. Ihr Vater hatte in seinem Kummer nichts davon mitbekommen. Die Erinnerung verursachte wieder Übelkeit in Frances. „Frannie", sagte Hagen, hielt ihr die Tabletten hin. „Nimm eine und dann bringe ich dich ins Bett. Ich bleibe bei dir." Ohne ihren Vater anzusehen, nickte Frances, öffnete das Röhrchen, nahm eine der Tabletten. Emily reichte ihr ein Glas Wasser. „Dad, darf … ich … in … sein … Zimmer?", fragte sie. „Natürlich." Frances ging zur Treppe, stieg langsam die Stufen empor. Oben blieb sie stehen. Es zog sie förmlich in sein Zimmer. Seine Papiere lagen ungeordnet auf dem Schreibtisch, die Gedichte, die Zeichnungen unter den aufgeschlagenen Büchern, seine Taschenuhr. Einige Kleider waren aus dem Schrank genommen, über den Stuhl gelegt worden. Fast konnte sie ihn noch im Zimmer spüren. Es war lange her, dass er am Schreibtisch gesessen hatte. Beim letzten Mal hatten ihn die Schmerzen gezwungen, sich auf das Bett zu legen. Er hörte ihr zu, als sie ihm von der Schule erzählte, dem Aufsatz, den sie schreiben sollte, und er versprach ihr zu helfen. Sie presste die Lippen aufeinander, um nicht loszuheulen, denn ein feiner Schleier legte sich nun wieder auf ihre Augen. Es gab so viele Dinge, die sie ihn gerne gefragt, ihm gerne erzählt hätte. Ab jetzt würde alles Vergangenheit sein, wenn sie an ihn dachte. Ihre Hand griff das Hemd über dem Stuhl. Sein Geruch lag noch darin. Wie einen kostbaren

Schatz umschlang sie es, nahm es mit nach unten in ihr Zimmer. Sie rollte sich auf dem Bett zusammen, versenkte den Kopf in dem Stoff, schloss die Augen. In der Nacht träumte sie, er würde noch auf dem Bett liegen, die Augen öffnen und in ihr Zimmer gewankt kommen. Er stand vor ihrem Bett mit diesem leeren Blick in den Augen, strich mit seiner eiskalten Hand über ihr Gesicht. „Meine kleine Frannie …“, flüsterte er dicht an ihrem Ohr. Sie wachte auf, presste das Gesicht in das Kissen, um einen Schrei zu unterdrücken.

Hagen wollte Emily helfen, Henry zurechtzumachen, aber er ertrug es nicht mitanzusehen, wie seine leblosen Glieder schlaff aus ihren Händen glitten, da sie ihn wusch und ankleidete. Er wollte am liebsten nach vorne springen, sie beiseite stoßen und Henry umarmen, ihn an sich drücken, wachrütteln, auch wenn es sinnlos wäre. Emily verstand, aber sie hätte ihm einen derartigen Ausbruch nicht übel genommen, da sie schon ganz andere emotionale Entgleisungen mitbekommen hatte. Sie erinnerte sich an Alexandra Chalke, deren Mutter nicht begreifen konnte, dass ihre Tochter sie verlassen hatte. Für die Frau war es aber auch eine allzu große Bürde gewesen – zuerst der Ehemann vom Fieber dahingerafft, ein Sohn und dann die einzige Tochter. Die sonst so stille und fromme Gloria Chalke hatte Emily unvermittelt angesprungen gleich einem tollwütigen Tier, sie gewürgt und geschüttelt. Zum Glück war der Doktor anwesend gewesen, befreite sie aus dem Griff der Frau. In Hagens Augen lag keinerlei Emotion, sie waren leer, was jedem sofort offenbarte, wie schwer ihn das traf. Sie kannte Henry und ihn nicht besonders gut, man sah sich im Dorf, wünschte sich einen guten Tag und mehr nicht. Die Familie lebte eher zurückgezogen, bis auf Hazel, die öfter einmal an Teekränzchen teilnahm, aber sie redete dabei meist über ihre Kinder, nicht über ihren Mann oder seinen Freund. Und sie plauderte auch nicht gerade wie ein Wasserfall. Nach dem Tod des Sohnes zog sie sich zurück und zumeist brachte sie nur die Näharbeiten ins Dorf, kaufte im Laden ein, brachte die Eier dort vorbei oder man sah sie spazieren gehen. Es schien für sie eine Art Verlustbewältigung zu sein. „Ich bin gleich fertig, dann kannst du in Ruhe Abschied nehmen“, meinte Emily nun sanft zu Hagen, legte eine Hand auf seinen Arm, woraufhin er stumm nickte, in die Küche ging. Er setzte sich an den Tisch, wartete, ob Hazel zurückkehren würde.

In ihm kam die Erinnerung hoch. Henry, der in seinem Zimmer auf der Bettkante saß, seine Sachen auszog. Er war gerade dabei, sein Hemd über das Bettende zu legen. Es erschrak ihn, wie stark er gealtert zu sein schien in den letzten Monaten. Er trug keinen Bart mehr, hatte Frannie gebeten, ihm diesen abzurasieren, da er die Klinge nicht mehr ruhig halten konnte. Nur als er sie bat, die Haare abzuschneiden, weigerte sich das Mädchen. So reichten sie ihm immer noch bis zu den Schultern, waren zwar mittlerweile durchzogen von grauen Strähnen, aber nicht schütter. Henry bemerkte ihn. „Tust du mir einen Gefallen? Ziehst du mir die Schuhe aus, ich kann mich so schlecht bücken“, bat er. „Klar.“ Hagen hockte sich vor ihm hin, löste die Schnürsenkel an seinen Schuhen, zog sie von seinen Füßen, ebenso die Socken, stellte sie neben das Bett. Aus den Augenwinkeln betrachtete er seinen Freund. Er war ein groß gewachsener, schlanker Mann. Nun schien ihn die Krankheit völlig aufzuzehren. Sein Gesicht war schmaler geworden, die Wangenknochen deutlich zu sehen. Bis vor Kurzem hatte er sich immer darüber gewundert, wie viel er essen konnte, ohne dicker zu werden. Wie ein Fass ohne Boden. Jetzt aß er wie ein Spatz. Doch seine Augen leuchteten immer noch in dem gleichen durchdringenden Blau. Er lachte leise auf und schüttelte den Kopf. „Was ist?“, fragte Hagen. „Frances will Autorin werden. Sie wird ihren Weg schon gehen.“ Hagen schwieg, verstand nicht, worauf er hinauswollte, setzte sich neben ihn auf das Bett. „Aber ich werde dann nicht mehr da sein“, vollendete Henry seinen Satz und diese dunklen Gedanken erschreckten Hagen. „Nein“, flüsterte er mehr zu sich selbst. „Weißt du, vielleicht ist es unfair euch gegenüber, hier zu bleiben“, meinte er ganz ruhig und sachlich. „Wenn man es genau betrachtet, ist es sowieso nur für die schlimm, die man zurücklässt.“ Hagen starrte ihn entsetzt an. Es wäre ihm nie in den Sinn gekommen, es auszusprechen. Doch anscheinend kümmerte es seinen Freund nicht so sehr, dass er fast an dem Gedanken zerbrach. Es war ihm schon länger klar, dass er bald sterben musste. Für Hagen wirkte diese Gelassenheit erschreckend und bewundernswert zugleich. Henry schien nicht resigniert oder verzweifelt darüber. „Dummerweise ist es das Einzige, was man nur alleine tun kann“, lächelte er, legte dann einen Arm um Hagen, grinste. „Komm schon, Kopf hoch!“ Es klang dennoch so, als wolle er sich selber Mut zusprechen. Dann sah er Hagen an, wollte etwas sagen, senkte aber dann den Kopf, betrachtete seine Hände in seinem Schoß und schwieg. Etwas in ihm sagte, dass er es nicht aussprechen brauchte, er verstand auch so. Er hätte Henry schon vor vielen Jahren allein lassen können, mehrmals. Und nun bereute er nicht, dass er es nicht getan hatte. Wenngleich sie auch völlig verschieden waren, so war da doch etwas zwischen ihnen, was sie verband. Er überlegte kurz, ob er ihn umarmen sollte, fuhr mit einer Hand vor, legte sie auf Henrys Rücken, lehnte sich an ihn, den Kopf an seine Schulter und es berührte ihn auf eine seltsame, zugleich aber auch verwirrende Art und Weise, als Henry seine freie Hand mit seinen umschloss, den Kopf an seinen legte. Der Gedanke daran, wie kostbar dieser Moment wahrscheinlich war, für sie beide, machte ihm Angst, doch er fürchtete sich nicht wirklich davor, dass Hazel den Raum betreten könne. Hagen wollte etwas sagen, aber jedes Wort war überflüssig, jede Silbe hätte den Moment zerstört und so schloss er die Augen, wagte nicht sich zu rühren. Es war Frannies Stimme, die ihn irgendwann rief. Sie lösten sich voneinander, ihre Blicke trafen sich. Und für Sekunden wirkten Henrys Augen klar und frisch wie die eines unschuldigen Kindes, das Blau leuchtete auf. Hagen wandte sich ab, sagte, er wolle Frannie nicht warten lassen, verließ den Raum, hörte, wie Henry sich auf das Bett legte. Regungslos stand er einige Atemzüge lang vor der Tür, wollte zurückgehen und wusste doch nicht, was er sagen oder tun sollte. Er durfte sich nicht an Henry klammern, denn das würde es diesem nur noch schwerer machen, loszulassen. Als Frannie die Treppe hochkam, wandte er sich ruckartig von der Tür ab, zog sich fast zu schuldbewusst zurück, sodass Frannie ihren Vater verdutzt ansah. „Henry … okay?“, wollte sie wissen. Er senkte kurz den Kopf, antwortete, dass Henry schliefe und hob den Blick, ließ ihn kurz auf seiner Tochter ruhen, die ihrer Mutter so unähnlich war mit ihren dicken, roten Haaren, dem Babyspeck, aber ihm und Henry so ähnlich in ihrer Feinfühligkeit, die sie mit dem Gespür segnete, jederzeit eine Stimmung erfassen zu können. Vielleicht hatte sie es entwickelt als eine Art Warnsystem, wenn sie auf ihre Mutter traf.

Hagen begriff in jenem Moment, dass er das Mädchen und Henry mehr liebte als Hazel, von der er sich in den letzten Monaten zusehends entfremdet hatte. Es war wie früher, nur an Hazels Stelle war Frances getreten, auch wenn er nur väterliche Liebe für sie empfand. Er hasste sich dafür, denn er wollte Hazel nicht verletzen. Ganz gleich, wie sehr sie ihn, Frances und Henry ständig verletzte.

Genau in diesem Moment hätte er gerne die Zeit zurückgedreht. Er hatte schon seit es Henry schlechter ging, angefangen ihn zu vermissen, den Menschen, den er kannte. Aber gleichzeitig war er auch dankbar dafür, dass sie sich Stück für Stück voneinander lösen konnten, und er war wirklich bis zum Schluss für ihn da gewesen. Die Haustür öffnete sich, zuerst spaltbreit, dann trat Hazel in das Licht, schloss die Tür hinter sich, lehnte sich etwas unsicher mit dem Rücken dagegen. „Und?", fragte sie, so als sei nichts weiter geschehen. Hagen schenkte ihr einen zweifelnden Blick. „Wo bist du gewesen?", wollte er wissen. Sie seufzte, setzte sich an den Tisch ihm gegenüber, nahm ihren Hut ab, behielt ihn in den Händen. „Ich kann so etwas einfach nicht, das habe ich dir gesagt", protestierte sie mit gesenkter Stimme, es klang ein bisschen wie ein bockiges Kind. „Er war so anders und seit der Sache mit David ..." Hagen lachte bitter auf. „Du weißt doch ebenso gut wie ich, dass es nicht seine Schuld war!", meinte er, schlug mit der flachen Hand auf den Tisch, sodass sie zusammenzuckte, aber den Blick nicht hob. „Es hätte David auch anders treffen können, Frannie oder mich. Es war Schicksal! Manchmal werde ich aus dir nicht schlau, Hazel!"

„Ja, du verstehst mich nicht. Du hast dieses Kind nicht so geliebt wie ich. Für dich gab es immer nur Henry, bei jeder Sache hast du dich mit ihm abgesprochen, ich bin erst immer danach gefragt worden. Und seit Frances auf der Welt ist, habt ihr beide sie umgarnt, immer Frances!"

„Was redest du für einen Unsinn?" Jetzt blickte sie ihn an, ihr Gesichtsausdruck wirkte gleichgültig und gereizt zugleich. Es war ihm vorher nicht wirklich aufgefallen, wie sehr sie mittlerweile auf sich selbst konzentriert war. „Du hast doch keine Ahnung", winkte sie ab. „Weißt du überhaupt, was passiert ist, als du in Melbourne warst?"

„Wann?"

„Du hast Saatgut geholt und warst auf dem Viehmarkt und hast mich mit ihm und Frances allein gelassen. Er hat mich vergewaltigt.“ Hagen wunderte sich über die Gleichgültigkeit, die in ihrer Stimme mitschwang, als sie es ihm offenbarte. Sie hätte ebenso gut sagen können, dass es im Winter schneit. Und so hielt er es für eine Lüge, eine schnell erfundene Behauptung, damit er Verständnis für sie aufbrachte. „Wie kannst du es wagen ...“

„Frag Frances! Er hat mich unten in der Küche einfach überwältigt. Und kurz danach war er wieder ganz normal. Du machst dir keine Begriffe, wie viel Angst ich vor ihm hatte! Er war nicht immer so, das habe ich nie behauptet, aber die Krankheit hat ihn verändert und ich ... Es war die Strafe, weil er mir David genommen hat. Die ausgleichende Gerechtigkeit ...“ Ihre Worte verklangen, in ihren Augen völlige Berechnung, ihr Blick war hart, ohne jegliche Trauer. Er fuhr vor, holte aus und verpasste ihr eine Ohrfeige. Ihr Kopf schleuderte herum, sie presste sogleich die Hand auf die Wange, fing sich schnell wieder, während er dastand, verwirrt und benommen von seiner Reaktion, denn es tat ihm sogleich leid. Sein ganzes Leben lang hatte er nie eine Frau geschlagen. Aber alles, was sie von sich gab, verletzte ihn, traf ihn wie tausend spitze Nadeln. Sie erhob sich, nahm den Hut in die Hand, würdigte ihn keines Blickes. „Es war klar, dass du mir nicht glauben würdest. Und ich habe dich wirklich einmal geliebt. Weißt du, wie es ist, jemanden immer teilen zu müssen und dann festzustellen, dass er dir immer wichtiger war als ich.“

„Das ist nicht wahr!“, warf er ein, wollte sie am Arm fassen, doch sie wendete sich von ihm ab, ging die Treppe hinauf und ließ ihn stehen. Hagen ließ sich auf den Stuhl sinken. Wenn Hazel recht hatte mit ihrer Behauptung, dann konnte er es nicht mehr ändern. Henry hatte es getan, weil er durch die Krankheit verwirrt war, dessen war er sich sicher. Er würde Frances nicht fragen, was an dem Tag geschehen war, nein, er wollte eigentlich an nichts mehr denken ...

In der Nacht setzte er sich auf den Stuhl neben dem Bett, an Henrys Seite, befand Frances Einwand bezüglich seiner Kleidung nun für gut, denn in seiner Alltagskleidung wirkte er fast wieder wie der Mann, mit dem Hagen so viele Jahre Seite an Seite gelebt hatte. Irgendwann ging er kurz nach oben, holte die Taschenuhr hervor, steckte sie seinem Freund in die Westentasche. Im Geist sprach er mit ihm, tauschte all die gemeinsamen Erinnerungen aus, rief sich den Klang seiner Stimme zurück, wollte alles irgendwie festhalten, nichts vergessen. Irgendwann legte er sich neben Henry auf das Bett, streckte sich lang aus, faltete die Hände auf dem Bauch und stellte sich vor, wie es wäre tot zu sein. Er schloss die Augen, lauschte in sich hinein, doch obwohl er seinen gleichmäßigen Herzschlag wahrnahm, atmete, war doch etwas in ihm gestorben. Henry hatte es mit sich genommen … Hazel fand ihn dort auf dem Bett schlafend und empfand es als abstoßend, sich so dermaßen in seiner Trauer zu versenken, wie Hagen es nun zelebrierte. Sie weckte ihn unsanft, fragte ihn sogleich vorwurfsvoll, ob er sich nicht schäme, sich neben einen Toten zu legen. Hagen öffnete die Augen, sah zur Seite, ließ den Blick über seinen Freund wandern, erinnerte sie dann barsch daran, wie sie Davids leblosen Körper nicht loslassen wollte, sie ihn ihren Armen entreißen mussten. Sie gab ein mürrisches Knurren von sich. Dann wollte sie ihn dort wegziehen, seine Hand ergreifen, doch er sprang so schnell auf, dass sie erschreckt zurückfuhr. „Ein Mann … neben einem Mann“, stellte sie fest. „Es ist unrecht, Hagen, es ist unrecht. Und er ist tot, du musst dich von ihm lösen, sonst wird sein Geist dich auf ewig verfolgen.“ Er starrte sie an, ihre Worte klangen so unsinnig, dass es ihn ärgerte. Was sie oftmals für einen Unsinn daherredete! Mit einer unmissverständlichen Geste gab er ihr zu verstehen, *wie* unsinnig ihre Worte für ihn klangen. „Lass mich in Ruhe!“ Mit diesen Worten schob er sie unsanft beiseite und sie spürte Tränen in sich aufwallen, schluckte, trat an das Bett. „Oh, Gott, wie sehr ich dich gehasst habe in den letzten Monaten! Wie sehr habe ich mir gewünscht, du würdest einfach fortgehen, tot umfallen oder was weiß ich! Und vergib mir, aber ich hasse dich noch immer“, sagte sie zu Henry. „Und ich bete zum Herrn, dass mit dir auch mein Hass aus diesem Haus getragen und in der Erde begraben wird!“

Die Fuller-Brüder begrüßten sie alle freundlich am Morgen, wünschten ein berufsmäßiges „Beileid“ und trugen den leeren Sarg an ihnen vorbei ins Haus. Frannie, die ihr dunkelblaues Kleid für die Beerdigung trug, blieb auf der Veranda sitzen, starrte in den Staub. Die Situation war seltsam bizarr. Es ging alles sehr schnell. Aus den

Augenwinkeln nahm sie wahr, wie die Fullers den Sarg wieder aus dem Haus trugen und erst da bekam Frannie wieder Angst. Einer der beiden hatte gewitzelt, irgendein nichtssagender, schnell wieder vergessener Bestatter-Scherz, und sie sprang auf, lief ihnen vor die Füße, klammerte sich an den Sarg. Hagen stürmte aus dem Haus, hatte Mühe, sie zu beruhigen. Frannie war wie ein Tintenfisch, dessen Tentakel sich einmal am Sarg und dann an den Fullers festsaugten. Schließlich gelang es ihnen, den Sarg hinten auf dem Wagen zu verfrachten. Ben Fuller umfasste Frances mit beiden Armen, brachte sie zurück zum Haus, wo Hagen sie entgegennahm. Sie schrie, zappelte, wand sich, wollte sich aus seinem Griff befreien und ihr „Nein!“, das sie immerzu wiederholte, war wie Dolchstöße in Hagens Herz, denn er konnte ihre Verzweiflung und Trauer nur schwer ertragen. Sein Mädchen so leiden zu sehen, war schlimmer als sein eigenes. Irgendwann gab sie auf, hing schlaff in seinen Armen und er drückte sie an sich, sagte ihr, dass er sie verstünde, wisse, wie sie sich fühle.

„I know I'll miss you if I close my eyes …“

Marilyn Manson

Die Beerdigung war schwer zu ertragen, Hagen weinte zuerst nicht, erst, als sie die Erde auf den Sarg warfen, sich Frannie an ihn presste, ein Weinkrampf sie schüttelte, strömte alles aus ihm heraus. Er weinte jedoch beherrschter, hob den Blick zum Himmel, folgte mit den Augen den vorbeiziehenden Vögeln, versuchte den Kummer hinunterzuschlucken. Es gelang ihm nicht wirklich. Hazel stand kopfschüttelnd da, sie weinte nicht, hatte sich völlig unter Kontrolle oder es war ihr irgendwie egal, was gerade geschah. Aber Hagen hielt sie nicht für so hartherzig und emotionslos. Aus seiner Sicht hatte sie einfach alle ihre Tränen beim Tod Davids vergossen. Zu Hause ging Frances in ihr Zimmer, Hagen ging nach oben ins Schlafzimmer, legte sich auf das Bett und ließ seine Gedanken schweifen. Er konnte sich im Moment beim besten Willen nicht vorstellen, dass er es irgendwann akzeptieren könnte. Jeder sagte einem, dass es besser würde mit der Zeit, aber er konnte sich das in diesem

Augenblick nur schwer vorstellen. Zu sehr schmerzten seine Glieder, sein Herz, zu erdrückend legte sich der Schmerz auf seine Seele. Und Frannie trauernd zu sehen, machte ihn noch unglücklicher. Sie hatte so viele Abende vor ihrem Bett gekniet, Gott gebeten, auf ihren Bruder im Himmel aufzupassen und Henry wieder gesund werden zu lassen, nur für einige Wochen oder Monate. Er hatte in der Tür gestanden, ihr dabei zugesehen, bevor er sie zu Bett brachte, ihr noch einen Kuss auf die Stirn gab und ihr eine „Gute Nacht" wünschte. Und es war so absurd, denn er wusste, dass ihre Gebete vergebens waren. Gott verweigerte diesem kleinen Mädchen, die sich abmühte, die Worte hervorzubringen, ihren Wunsch und er begann ihn dafür zu hassen. Und er empfand einen gewissen, kurz aufwallenden Hass Hazel gegenüber, weil sie anscheinend nicht trauerte. Sie rief ihn zum Essen, aber er konnte nichts herunterbringen, empfand es als Unding, nun an Essen zu denken. Ihn ergriff eine so erdrückende Todessehnsucht, dass es ihm für einen Augenblick die Luft nahm, ihn erschaudern ließ und es ihm unmöglich machte, sich vom Bett zu erheben.

Er schlief ein und träumte von einem See, dessen Wasser blau schimmerte, auf dessen sanften Wellen die ersten Sonnenstrahlen tanzten. Es war früh am Morgen, noch kühl, er konnte die Frische eines neu anbrechenden Tages auf den Lippen schmecken, sog die Luft tief ein, senkte den Blick und stellte fest, dass er am Ufer stand, von dem aus er den ganzen See überblicken konnte. Und während er seinen Blick darüber wandern ließ, schien dieser sich zu erweitern, lag auf seinen Lippen plötzlich der Geschmack von Salzwasser und der Horizont schien unendlich weit entfernt. Über ihm kreisten die Vögel über dem Wasser. Der Himmel war wolkenlos, hellblau, fast fühlte er das Verlangen, sich auf den Rücken zu legen, einfach in dieses zarte Blau zu starren und sich dahingleiten zu lassen. Da war ein Geräusch und er sah zur Seite, bemerkte das Ruderboot nicht weint entfernt neben sich im Wasser, die Ruder lagen lose in den Halterungen, bei jeder kleinen Welle hörte er ein verheißungsvolles Platschen, wenn sie gegen das Holz schlugen, das Boot sich auffordernd ganz leicht emporhob und wieder senkte. Es verlangte ihn, einfach einzusteigen, fortzurudern, doch als er dem inneren Drang nachkommen wollte, hielt ihn eine Hand zurück. „Nein, noch nicht", sagte jemand neben ihm mit sanftem Tonfall. Er erkannte die Stimme, es erfüllte ihn mit so viel Freude, dass er, da er sich in seine Richtung drehte, um ihn anzusehen, am liebsten vorgesprungen wäre. In ihm war der Drang ihn zu umarmen, einfach als Vergewisserung, dass er es wirklich war. Henry sah lebendig aus, er trug keine Brille, seine Haare waren noch nicht von grauen Strähnen durchzogen und seine Augen waren immer noch von diesem tiefen blauen Farbton durchzogen, den nur Babys haben. „Du siehst …", begann er, doch sein Freund hob die Hand, nickte. „Ich weiß. So wie du mich sehen willst", erklärte er, verzog das Gesicht zu einem schiefen Grinsen, sah an sich herab, witzelte: „Ich bin froh, dass du auf Frannie gehört hast."

„Ja", sagte Hagen, deutete auf die Taschenuhr in seiner Weste. „Ich habe sie dir gegeben, weil du sie mochtest." Henrys Augen glitten über das Meer, er schüttelte kurz den Kopf. „Du hättest die besser gebrauchen können. Ich habe doch jetzt alle Zeit der Welt. Aber was mir wirklich fehlt, sind Bücher. Die wären besser gewesen."

„Was meinst du?"

„Weil ich hier warten muss. Und ich könnte mir so die Zeit vertreiben", meinte er, deutete auf das Boot, hob dann die linke Hand, ließ sie über den Horizont wandern. „Da ist unser Boot, da hinten irgendwo England. Ich habe schon Rudern geübt, aber natürlich müssen wir uns auf der Strecke abwechseln – ich bin nicht mehr der Jüngste." Er lachte, knuffte Hagen leicht in die Seite, der in das Lachen mit einfiel, dann wurde ihm klar, dass dies nicht real war, und in ihm machte sich eine unaussprechliche Form der Enttäuschung breit. Dann stutzte er über die unlogischen Aspekte des Ganzen. „Wenn du hier bist, wo sind Fay, David … Ich meine all die anderen?", bemerkte er, verstand dann erst, was Henry mit dem Boot und dem Rudern gemeint hatte, starrte ihn ungläubig an, schlussfolgerte: „Moment mal. Du wartest hier … auf …"

„Dich. Genau! Deshalb sagte ich ja, dass Bücher sinnvoll gewesen wären, aber ich konnte das nicht ahnen, sonst hätte ich dich darum gebeten. Und dieser Schwachsinn mit dem Fährmann … Jetzt habe ich zwei Münzen in meiner Tasche und brauche sie gar nicht mehr, weil ich der Fährmann sein werde“, lachte er auf, wurde dann ernst: „David habe ich gesehen, nur einmal ganz kurz. Fay hat mich hierher gebracht und mehr weiß ich nicht. Sie wollte zurückkommen. Ich bin eingeschlafen, und als ich aufwachte, lag ich hier am Strand. Aber irgendwie wusste ich, was ich hier sollte …“

„Vielleicht liegt es daran, dass ich träume …“ Henry machte einen Schritt auf ihn zu, umarmte ihn und er erwiderte die Umarmung, wollte sich an ihm festhalten, als sich Henry wieder löste. Es kam ihm alles so real vor, dass die Trauer wiederkehrte. Seine Augen wurden feucht. Dieser Ort war so friedlich, er wollte ihn nicht verlassen. „Wach auf!“, meinte Henry mit Nachdruck. „Du musst jetzt wieder aufwachen!“

Als er die Augen öffnete, rüttelte Hazel an seiner Schulter, saß neben ihm auf dem Bett. „Wach auf! Du musst aufwachen!“, sagte sie mit Nachdruck, wollte dann wissen: „Du hast von ihm geträumt, oder?“ Sie schien darüber jedoch keineswegs verärgert zu sein. Verwirrt setzte sich Hagen im Bett auf, wischte sich mit der Hand die Tränen aus den Augen. „Warum fragst du?“

„Weil du im Schlaf gesprochen hast.“ Sie senkte den Blick, strich mit einem Finger über das Laken. „Ich träume manchmal auch von David und dann ist er wieder mein kleiner Junge … Ich bin nicht hartherzig, Hagen. Aber nach Davids Tod fühlte ich mich einfach nicht stark genug, um Henry beizustehen. Es war mir nicht möglich, seinen Anblick zu ertragen, wie er so leiden musste …“ Ihre Offenheit verwirrte ihn, weil sie es gerade in diesem Moment ansprach. Er legte versöhnlich eine Hand auf ihren Arm, doch ihr schien noch mehr auf der Seele zu liegen. Sie wich seinem Blick aus, seufzte dann. Man merkte, dass es ihr nicht leichtfiel, es auszusprechen, obwohl sie versuchte sich zu überwinden. Sie bewies Stärke, indem sie ihm in die Augen sah, während sie sprach. „Es stimmt, dass Henry mich an dem Tag, als du nicht hier warst, angefasst hat. In der Nacht hat er sich zu mir ins Bett gelegt, nicht weil er etwas von mir wollte, sondern weil er vergessen hatte, dass wir nicht mehr zu dritt herumzogen. Er sprach von früher, weißt du. Morgens hat er mich berührt, aber …“ Sie nahm seine Hand in ihre, drückte sie fest und sprach mit fester Stimme weiter: „Ich war die treibende Kraft. Henry wollte mich nicht vergewaltigen, sondern war einfach verwirrt, ich drängte ihn weiterzugehen, als er eigentlich bereit war, und das Schlimme ist, dass ich es genossen habe. Denn es ist zu lange her, dass du mich berührt hast. Es ist keine Entschuldigung dafür, dass ich dich betrogen habe, und ich erwarte nicht, dass du mir vergibst …“ Irgendwie wusste er, dass es nun eigentlich sein Part war durchzudrehen, da sie ihn gehörnt hatte. Er hätte aufspringen, ihr eine Ohrfeige verpassen sollen, Wut sollte in ihm aufwallen – und dennoch fühlte er nichts, fast verwirrte es ihn, wie gleichgültig es ihm war. Sicher, sie war seine Frau, er liebte sie, auch wenn er es ihr vielleicht in den letzten Monaten nicht mehr so gezeigt hatte, aber er fühlte sich nicht in der Lage, ihr nun Vorwürfe zu machen oder beleidigt zu sein. Und sein Schweigen deutete sie als eine stumme Anerkennung ihrer Schuld. „Vielleicht wäre es besser, wenn ich ginge“, meinte sie leise. „Warum sollte ich das wollen?“, wandte er nun ein. „Ich will nicht, dass du gehst. Du musst uns einfach etwas Zeit geben …“

„Ich würde dir das so gerne glauben. Aber …“ Er zog sie zu sich heran, da sie sich sträubte, energischer, legte die Arme um sie, flüsterte ihr ins Ohr, dass er sie liebe und Hazel lehnte sich an ihn, suchte mit ihrem Mund seine Lippen, wollte ihn küssen, doch er schüttelte leicht den Kopf. „Ich kann das jetzt nicht …“ Sie nickte, entzog sich seiner Umarmung, erhob sich vom Bett und zog ihr Kleid aus, das Nachthemd an. Dann legte sie sich neben ihn, drehte ihm den Rücken zu, wünschte ihm beiläufig eine gute Nacht. Hagen seufzte lautstark, entschied sich aber dafür, nicht weiter auf ihren Unmut einzugehen, sie versöhnlich zu stimmen, indem er ihr ein Verlangen vortäuschte. Einige Tage später setzte sie sich hinter ihn auf das Bett, legte die Arme um ihn, begann seinen Hals zu küssen. Zuerst drehte er sein Gesicht weg, hob nur die Hand, tätschelte ihre fast beschwichtigend. „Ich kann nicht, Hazel. Gib mir Zeit“, bat er. Sie fuhr zurück, war sichtlich enttäuscht. „Wie lange soll das noch so gehen? Ich hätte es dir nie erzählen dürfen, was mit Henry ...“, warf sie gereizt ein. „Das ist es nicht. Aber ich habe einfach keine Lust darauf.“ Sie ließ sich auf das Bett zurücksinken, lehnte sich mit dem Rücken an das Kopfende, seufzte tief. „Ich hatte das befürchtet – er war dir zu viel wert. Und ich war so blind und naiv zu glauben, dass du mich wirklich liebst. Dabei war das all die Jahre nur ein abgekarteter Deal zwischen euch."

„So ein Unsinn", murmelte er. Sie stand auf, stellte sich ans Fenster, verschränkte die Arme vor der Brust, ihre Stimme wurde weinerlich. „Ich war nur euer Spielzeug." Hagen blieb auf dem Bett sitzen, er schwieg mit gesenktem Kopf, es wirkte wie eine stumme Zustimmung, die sie nur noch mehr verletzte. Er wollte ihr nicht wehtun, aber er war müde. „Weißt du", begann sie sichtlich bemüht, ihre Stimme fest klingen zu lassen, „ich habe euch beide auf eine gewisse Art und Weise geliebt, dich mehr als ihn, das muss ich eingestehen. Aber wie du ihn jetzt zu etwas machst, was er nicht war ..."

„Du solltest dich selber reden hören ...", meinte er gedehnt, hob abwehrend die Hand, machte beiläufig eine Feststellung, die er sogleich bereute: „Ich habe erst gewusst, wie egoistisch du sein kannst, als er so schwer krank war. Es geht immer nur um dich, Hazel!" Hagen erhob sich langsam vom Bett, stand kurz im Raum, den Kopf zu ihr gewandt und sprach dann weiter, ohne ihre Reaktion abzuwarten, wollte eigentlich schweigen, aber sein Herz übernahm die Führung seiner Zunge. „Ich habe David ebenso wie du geliebt. Henry hat sich um ihn gekümmert und um Frannie, als wären die beiden seine eigenen Kinder. Ich habe dich nie aus vollem Herzen und aus Freude über sie mit beiden Kindern spielen sehen. Sicher, du hast David mehr geliebt als Frances. Das konnte man nicht übersehen. Er war auch mein Sohn, Haze! Es war nicht Henrys Schuld, es war niemandes Schuld. Ich bin nicht besonders gläubig, Hazel, Gott hat uns dieses Kind geschenkt, aber nur für eine bestimmte Zeit und diese Zeit hatte er, abgesehen von den letzten Tagen, ein wunderbares Leben! Dieses Kind war lebhaft, er hätte sich auch in deiner Gegenwart verletzen können oder ..."

„Das ist der ... der größte Blödsinn, den ich jemals gehört habe!", protestierte Hazel energisch. „Dann nimm es als Blödsinn an!", sagte er, stellte fest: „Ich habe geglaubt, wir könnten uns beide gerade jetzt Halt geben, aber ich habe mich wohl getäuscht ..." Damit ließ er sie stehen, preschte vor zur Tür, so schnell, dass Frannie nicht unentdeckt zurückweichen konnte. Für Sekunden standen sie sich gegenüber, doch er war nicht wütend darüber, dass sie gelauscht hatte. Er strich ihr kurz über die Wange, ging nach unten und dann nach draußen. Frannie warf noch einen kurzen Blick auf ihre Mutter, die sich in einer überzogenen Geste auf das Bett warf und zu schluchzen begann. Draußen vor dem Haus fand sie ihren Vater auf der Veranda sitzen. Er hatte geweint, wischte sich, da er ihre Anwesenheit bemerkte, schnell die Tränen aus dem Gesicht. „Oh, Frannie", meinte er gespielt überrascht. „Ich habe dich gar nicht kommen gehört." Sie setzte sich neben ihn. Zuerst überlegte sie, ob sie es ihm wirklich offenbaren sollte, was sie an jenem Morgen gesehen hatte, und rang mit sich, aber sie fand es besser, wenn er die Wahrheit kannte. Ganz gleich, in welches Licht es aus seiner Sicht heraus ihre Mum oder Henry rückte. Also nahm sie allen ihren Mut zusammen, tippte ihm an die Schulter. „Dad ...", sie wartete, bis er sie abwartend ansah, schrieb dann auf ihren Block: *Henry hat sie einfach gepackt, er hat gewusst, dass es Mum war. Aber sie hat mitgemacht ... Ich wollte nicht spionieren, aber ich stand am Fenster, weil ich spät dran war für die Schule ...* Immer noch ruhten seine Augen auf ihr, huschten nur kurz über die Zeilen, die sie ihm vor das Gesicht hielt, doch seines zeigte keine Regung. Stattdessen fragte er sie, warum sie ihm das alles erzähle. Frannie zuckte mit den Schultern. Irgendwie hatte sie eine andere Reaktion erwartet, denn wenn sie an die Bücher dachte, die sie las, und wenn darin ein Mann betrogen wurde, so war der Gehörnte nie glücklich darüber. Ihr Vater ließ den Blick über die Landschaft gleiten. „Was soll ich dazu sagen, Frannie?", meinte er leise. „Henry war verwirrt, er hätte es in klarem Zustand nie getan, denn dann wäre es schon viel früher passiert, wenn ich nicht da war. Als wir deine Mum kennenlernten, war sie ein junges Mädchen …" Sie nickte, hörte ihm aufmerksam zu, obwohl sie sie ihr einiges von früher erzählt hatten. „Sie hat zuerst mit Henry geflirtet und dann mit mir, weil sie einfach noch zu jung war, Liebe und diesen ganzen Kram entdecken wollte, so wie eine Schwärmerei. Aber Henry und ich kamen überein, dass ich mit ihr eine Partnerschaft eingehe, denn ich fühlte mich sehr zu ihr hingezogen und er nicht. Zudem war seine Krankheit ein Grund für ihn, einer Frau nicht näherzukommen.

Er hätte sie anstecken können." *Wer war Fay?*, wollte Frannie nun wissen, schrieb die Frage auf den Block. „Eine junge Frau, die wir in einer Stadt kennenlernten. Ich glaube, er fühlte sich ihr verbunden, aber mehr aus Zuneigung, nicht wirklich tiefer Liebe. Und sie mochte ihn sehr gern. Sie wollte mit uns kommen, aber sie wurde krank und starb“, log Hagen, denn er wollte sein kleines Mädchen nicht mit der Wahrheit konfrontieren. Vielleicht auch aus dem Grund, um die Achtung nicht vor ihr zu verlieren. Denn wenn sie erfuhr, dass er und Henry zu Prostituierten gegangen waren oder dass sie nicht freiwillig in dieses Land kamen … Nein, eines Tages könnte sie es erfahren, aber nun war es noch zu früh. Wenn sie Hazel und Henry zugesehen hatte …, allein das empfand er schon als schlimm. Und es hatte Spuren auf ihrer Seele hinterlassen, sonst hätte sie es nicht erwähnt. Sie schwiegen einen Moment. Irgendwie machte Frannie das Schicksal von Fay betroffen. Sie versuchte sich die junge Frau vorzustellen, wie sie an Henrys Seite durch die Stadt lief, wie sie sich küssten – es war schwer, ihn sich so vorzustellen. Denn das, was er mit ihrer Mum getan hatte, war nicht von Liebe beseelt gewesen, sondern emotionslos, fand sie. Aber sie war auch nur ein Mädchen auf dem Weg zur Pubertät, die schon rot wurde, wenn sie sich nur vorstellte, wie ein Junge sie auf die Wange küsste. Im Vergleich mit den anderen war sie eine Mimose mit zu roten Haaren, zu viel Babyspeck im Gesicht und auf den Hüften und meist diejenige, die in peinliche Situationen hineinstolperte. Jungen luden sie ein, um mit ihnen angeln zu gehen, oder sie neckten sie auf dem Schulhof, aber keiner schenkte ihr einen Blick, der mehr verriet oder irgendeine Form der Begierde ausdrückte – wie sich das alles schon anhörte! Bevor sie etwas sagen konnte, rissen die Worte ihres Vaters sie aus ihren Gedanken. „Weißt du, Frannie, ich habe Henry lange gekannt und ihr könnt mir Dinge erzählen über ihn, von denen ich sicher weiß, dass sie nicht so gewesen sein können. Wir haben viel zusammen durchgemacht, aber mir ist nie jemand begegnet, der selbstloser war als er und der für andere dermaßen einstehen konnte. Ich komme aus einem armen Viertel in London und ich weiß, wie es ist, wenn man beschuldigt wird, etwas geklaut zu haben, auch wenn alle es gemeinsam getan haben. Aber meist liefen alle weg und der, der übrig blieb, war der Schuldige. Ich habe mal einen Mann beim Pokern betrogen, es war nicht recht, aber wir brauchten das Geld, um zu überleben und leider hat der Kerl es bemerkt. Der war groß wie ein Schrank, nicht wirklich, aber sehr kräftig gebaut. Nun stand er vor mir, die Waffe gezogen, wollte mich erschießen. Ohne ein Zögern ist Henry aufgestanden, hat sich vor ihn gestellt und gesagt, er solle *ihn* erschießen, einfach so. Der Kerl wirkte verdutzt, denn das war mit Sicherheit das erste Mal, dass jemand sich ihm so entgegenstellte. Verstehst du, was ich meine? Ich hätte keinen besseren Freund finden können und es kann ihn mir keiner ersetzen, auch wenn es nun mal so läuft im Leben, niemand ewig lebt …" Sie verstand die Trauer ihres Vaters, wie sehr ihn der Verlust schmerzte, aber sie glaubte, er und ihre Mutter könnten sich auch gemeinsam da raushelfen. Es würde nie aufhören wehzutun, das wusste sie selber, wenn sie an Henry oder David dachte, aber irgendwann musste man lernen, damit zu leben, es annehmen.

Hazel ließ sich zunehmend gehen, da der Kummer sie ob der leeren Seite im Ehebett übermannte, meist schlief sie noch, wenn Frannie morgens das Haus verließ. Gegen Mittag stand sie auf, wanderte ziellos durch die Räume, den Garten. Oft vergaß sie sich zurechtzumachen, trug selbst am Tag noch ihr Nachthemd. Und als die Tage regnerisch wurden, lief sie barfuß mit strähnigen Haaren umher. Hagen schlief in Henrys Zimmer. Er hatte das Bett wieder nach oben gebracht. Eigentlich war er wie immer, nur dass er mit Hazel nur noch höfliche Floskeln austauschte. Je länger sie dieses Spiel hinzogen, sie sich weigerte, sich bei ihm zu entschuldigen, auch ihre Fehler einzusehen, um so perfider baute sie das Spiel auf, um ihn stillschweigend ihrerseits zur Einsicht zu bewegen. Vielleicht war es egoistisch von ihr, den Kummer über Hagens Verhalten nur auf sich zu beziehen, denn Frannie trauerte auch und ebenso Hagen. Frances dachte, die Zeit würde ihr helfen, ihre Sturheit zerbrechen, aber schnell wurde ihr und Hagen klar, dass sie nie wirklich gelernt hatte, mit Davids Verlust zu leben. Wenn sie mit ihr darüber reden wollten, wehrte sie jedes Gespräch noch im Ansatz ab.

Es war an Davids Geburtstag, als Frannie ihren Vater an die Hand nahm, sie gemeinsam zum Friedhof gingen. Sie hatte eine Kerze und

Streichhölzer mitgenommen, wollte sie dort anzünden. Der scharfe Wind blies in ihre Gesichter. Hazel ging mutwillig hinter ihnen. Sie hatte sich in ein schwarzes Kleid gehüllt, trug einen schwarzen Schleier vor dem Gesicht. Sie waren seit der Beerdigung Henrys nicht mehr auf dem Friedhof gewesen. Nun standen sie zuerst vor dem Grab mit dem schlichten Holzkreuz mit seinem Namen. Emily hatte die Fullers angewiesen es aufzustellen, nachdem Hagen ihr gesagt hatte, was darauf stehen sollte. Nicht weit davon entfernt stand Davids Kreuz, ragte wie ein hölzernes Mahnmal aus der Erde empor. Hazel schien plötzlich innerlich etwas zusammenzusacken, so lief Frannie schnell zu ihr, stützte sie so gut es ging. Sie blickte auf das Kreuz, schniefte hörbar. „Oh, Fran“, sagte sie. „Hier liegen sie – mein kleiner Engel und ... Henry! Fast mein ganzes Leben ...“ Ihre Stimme brach. Sie begann zu weinen und das Mädchen musste mit ihr weinen. Sie konnte es nicht zurückhalten. Schweigend standen sie beieinander, ließen den Tränen ihren Lauf. Dann hockte Frannie sich vor Davids Grab, steckte die Kerze in die Erde, entzündete ein Streichholz. Der Wind blies es aus. Erst beim dritten Versuch entflammte es, konnte sie die Kerze anzünden. „Wir hätten noch eine für Henry mitnehmen sollen“, stellte Hagen fest. „Ja, vielleicht“, entgegnete Hazel sanft. „Es wirkt so friedlich.“ Stumm blickte er dann mit gesenktem Kopf auf die Gräber, abwechselnd von Davids zu Henrys und zurück. Er ging nicht auf das Verhalten seiner Frau ein, ignorierte ihre plötzliche Wärme. Frannie fasste sich ein Herz, holte ihren Block hervor, den Stift und schrieb: *Mum, David hätte nicht gewollt, dass du dich so in deinem Kummer vergräbst. Er fehlt mir auch ...* „Kind, du redest wie alle daher!“, griff sie sie an. „Was soll ich denn deiner Meinung nach tun? Lachen, singend durch die Stadt laufen?“ *Ich bin noch da*, schrieb Frannie. „Frances, du bist ein pubertierendes Geschöpf, das nicht weiß, wovon es spricht! Du hast nicht mitgemacht, was ich in meinem Leben erdulden musste! Und als ich mich endlich glücklich glaubte, glücklich, bis ans Ende meiner Tage, wurde mir wieder alles genommen! Ich bin nicht mit euch hierhergekommen, um mir *euer* Gejammer anzuhören!“ Ihre Worte prallten in einem derart rüden Ton auf Frances ein. Auf sie, die ewig stille Frances, die stumm jede Demütigung und Zurechtweisung entgegennahm, die ihre Unfähigkeit richtig zu sprechen hinnahm, ohne sich darüber zu beklagen. Und sie hatte sich in den letzten Wochen bemüht, ihre Launen zu ertragen, wobei Hazel stets die Gefühle ihrer Tochter ignorierte. Langsam stand Frances auf, stellte sich vor ihre Mutter. Ihre Wut war so groß, dass sie sie am liebsten rechts und links geohrfeigt hätte! Stattdessen packte sie die Mutter an den Schultern, schüttelte sie wie von Sinnen, weinte. Mit den Lippen formte sie die Worte: „Ich hasse dich." Danach rang sie nach Luft, so sehr hatte sie der Ausbruch aufgeregt. Auf Hazels Gesicht zeichnete sich eine Unsicherheit darüber ab, wie sie mit diesem Aufbegehren umgehen sollte. Sie kannte solche Ausbrüche nicht von dem Kind. Ihre Lippen bewegten sich, aber formten keine Laute. Hagen hielt seine Tochter nicht zurückt, stattdessen legte er nur versöhnlich den Arm um sie. Beide ließen sie Hazel einfach dort stehen und gingen zum Haus zurück.

Sie verloren kein weiteres Wort darüber. Aber für eine Weile riss Hazel sich zusammen. Im Frühjahr brachte sie den Garten in Ordnung, pflanzte einige Blumen an. Ab und an besuchte sie den Kirchenkaffee, auch wenn sie mehr physisch als psychisch anwesend war. Zu Hause war es ebenso. Frances verbrachte die meiste Zeit alleine in ihrem Zimmer und las oder verrichtete ihre Pflichten im Haushalt. In dieser Zeit geschah es, dass Hazel einige Sachen sortierte. An einem Nachmittag, als Hagen nicht da war, präsentierte sie ihrer Tochter eine Kiste mit Habseligkeiten von Henry, aus denen sie sich ein Andenken aussuchen sollte. Vieles warf sie hinter Hagens Rücken fort, gab Sachen an Bedürftige, worüber Hagen sich dann nur wenig begeistert zeigte. Mit einem mürrischen Gesichtsausdruck schritt er durch Henrys ehemaliges Zimmer, welches nun eigentlich seines war, fand die Noten nicht mehr, die er sorgsam auf einem Stapel aufgeschichtet hatte, ebenso wie einige Bücher. Er wollte von Hazel wissen, wo die Sachen seien, und sie gab etwas gelangweilt zurück, dass sie sie im Dorf an den Lehrer verkauft habe, denn das Geld könnten sie gut gebrauchen, zudem würde dieser auch das Klavier abholen. „Du hättest mich vorher fragen können!", fuhr er sie scharf an. „Aber du spielst kein Klavier, Frannie auch nicht und ich erst recht nicht …", gab sie barsch zurück, „Wofür willst du den ganzen Plunder dann behalten?" Ihre Worte trafen ihn wie ein Dolchstoß, man sah, wie er innerlich erbebte. Schnell wandte Frannie ein, dass sie es auch nicht gut fand, mit welcher Emsigkeit ihre Mutter jede Erinnerung an Henry aus dem Haus verbannen wollte. Aber da stürmte Hagen schon an Hazel vorbei nach unten, zischte ihr noch zu, sie solle ihm aus den Augen gehen, verließ dann wortlos das Haus. Sie sah Frances an, zuckte nur mit den Schultern, wollte ihr etwas Geld zustecken, ein paar Pennys. Doch das Mädchen ahnte, dass es von dem Betrag war, den sie für Henrys Sachen bekommen hatte, und lehnte es ab, ließ sie stehen, verschwand in ihrem Zimmer. An ihrem vierzehnten Geburtstag wünschte sich Frances das erste Mal, dass nicht Henry oder David, sondern ihre Mum gestorben wäre.

„Don't make me sad, don't make me cry
Sometimes love is not enough and the road
gets tough
I don't know why..."

Lana del Rey

Eine Woche später wünschte Hazel Frances und Hagen eine gute Nacht und zog sich dann in das Schlafzimmer zurück. Hagen ging in sein Zimmer und Frannie in ihres, dort las sie in einem Buch. Doch sie konnte sich nicht wirklich darauf konzentrieren. Irgendwann schlief sie ein. Frances träumte von einem Bahnhof, den sie und ihre Mum im Eilschritt erreichten. Ihre Mutter setzte sie am Bahnsteig ab. Sie war wieder ein kleines Kind. Henry stand dort. Als er sie beide bemerkte, ging er in die Hocke, breitete die Arme aus. Frannie rief mit kindlich piepsiger Stimme seinen Namen, riss sich von der Mutter los und lief auf ihn zu. Fest presste sie sich an ihn, genoss das Gefühl in seinen starken Armen. Dann zog er eine Puppe hervor. Eine teure Puppe mit einem feinen Rüschenkleid in einem dieser großen Kartons, die sonst nur als Anschauungsmodelle im Schaufenster stehen. Hinter ihr fühlte sie ihren Vater, der seine Arme um sie legte, ihr einen Kuss auf die Wange gab und ihr Bruder winkte ihnen aus einem der Zugfenster zu ... Schweißgebadet schreckte sie hoch, bemerkte die Feuchte auf dem Kissen, in ihrem Gesicht, den salzigen Geschmack auf den Lippen. Sie hatte geweint. Im Haus war es still und so stand sie auf, schlich zum einstmals gemeinsamen Schlafzimmer der Eltern. Das Bett war gemacht, ihre Mum war nicht da. Die Uhr auf ihrem Nachttisch zeigte kurz nach vier Uhr morgens an. Verwundert betrat sie den Raum, bemerkte dann auf dem Bett ein kleines Päckchen und nahm es auf. „Für Frannie“ stand in Hazels schnörkeliger Schrift darauf. Es war nicht schwer, langsam öffnete sie das braune Packpapier. *Sie hat mir ein Buch gekauft*, glaubte sie zuerst, doch als sie das kleine in Leder gebundene Büchlein öffnete, waren die Zeilen darin mit der Hand geschrieben. Die Seiten waren sehr vergilbt und sie stieß auf einen kurzen Vermerk, der sie schlucken ließ, denn es handelte sich um Gedichte, die Henry geschrieben hatte. Sie waren ihrem Vater, der Mutter und dieser Fay gewidmet. Hinten im Buch lag eine Fotografie von Hagen, Henry und Hazel und im Päckchen fand sie noch ein Stückchen Stoff von Davids Babyhemdchen, einige seiner blonden Löckchen, die mit einem Faden zusammengebunden waren, kleine Ikonen, die sie an ihren Bruder erinnern sollten. Ihr Geschenk machte sie stutzig und sie wollte mit der Mutter darüber sprechen. Von unten drang ein Geräusch an ihr Ohr. Etwas zerbrach scheppernd auf dem Boden in der Küche. Schnell eilte sie nach unten, rief nach der Mutter. Auf dem Tisch in der Küche brannte noch die Petroleumlampe. Hagen lag mit dem Oberkörper auf dem Tisch. Vor ihm stand eine leere braune Flasche, in die Hazel immer die selbst gemachten Liköre füllte. Frances sah das Etikett darauf, in dieser nun fast leeren war Kirschlikör gewesen. Fast schien es, als hielte er sein Glas noch in der Hand. Eine andere Flasche lag zerbrochen auf dem Boden. Ein paar Sprenkel Likör zierten die Scherben. Unfähig etwas zu sagen, stieg sie vorsichtig über die Splitter der Flasche, berührte seine Schulter. Die Haut war warm. Erleichtert stellte sie fest, dass er atmete, bemerkte den Brief auf dem Boden neben dem Tisch, hob ihn auf, begann zu lesen. Er war von ihrer Mum, die Hagen darin mitteilte, dass sie nach Melbourne ginge. Sie verließ ihn, weil er ihr die Nähe verwehrte und sie nicht mehr liebte. Es war ihr alles schlichtweg zu viel, sie fand, sie sei noch jung genug, um ein neues Leben anzufangen. Er solle sich gut um Frances kümmern und sie nicht suchen, weil sie schon alleine zurechtkäme. Ganz unten stand noch ein Vermerk, dass am nächsten Tag der Lehrer käme, um mit Helfern und einem Gespann das Klavier abzuholen. „Sie hat uns verlassen, Frannie!“, nuschelte Hagen, hob den Kopf etwas an, richtete den Blick auf seine Tochter. „Die feine Dame geht nach Melbourne!“ Sekundenlang tauchte vor Frannies geistigem Auge die Erinnerung auf, wie sie damals bei dem Friseur waren, als ihre Mutter ihre Haare dort frisieren lassen konnte. Es war eine lange Fahrt bis in die große Stadt und die Menschen waren alle so vornehm in dem Geschäft. Hagen hatte ihr das Geld für den Besuch beim Friseur geschenkt. Und ihre Mum trug ihr bestes Kleid. Der Friseur schenkte ihr eine Süßigkeit. Sie sah ihm zu, wie er die Haare ihrer Mutter mit einer Schere bearbeitete, ließ sich von den anderen Kundinnen tätscheln. Und danach gingen sie an dem Spielwarengeschäft vorbei, in dessen Schaufenster die große Puppe stand. Schweigend hatte sie in die klaren blauen Augen geschaut, sich vorgestellt, das feine Porzellangesicht zu küssen, wie es wäre, mit der Puppe zu spielen. Sie wusste, dass sie nicht betteln durfte. Auf dem Zettel an der Puppe standen zwei Zahlen. Gleich würde ihre Mum sie an der Hand nehmen und fortziehen, aber sie ging neben ihr in die Hocke, zog sie zu sich heran. „Sie ist wunderschön, oder?“, fragte sie Frances mit einem gütigen Gesichtsausdruck, sodass sie die Wärme in sich aufwallen fühlte, eine liebevolle Wärme. „Sie … ist … eine Prinzessin“, hatte sie leise gestammelt. „Glaubst du, du könntest ihr eine gute Mutti sein?“ Schnell nickte sie heftig, obwohl sie über das Verhalten ihrer sonst so resoluten Mutter erstaunt war. „Welchen Namen würdest du ihr geben?“

„Emma.“ Ihre Mum stand auf, beugte sich etwas in Richtung Schaufenster vor. Dann legte sie eine Hand an den Mund und flüsterte der Puppe zu: „Also, Emma, neben mir steht deine neue Mama! In zwei Wochen ist ihr Geburtstag und ich möchte dich bitten, hier so lange auf uns zu warten!“ Sie musste kichern, auch ihre Mum lachte. Der Verkäufer betrat die Straße. Sein kaufmännisches Gespür ließ ihn erahnen, um was es ging. Er bot ihrer Mutter an, die Puppe anzuzahlen und sie reichte ihm die letzten zwei Scheine, die sie bei sich hatte. Offensichtlich war es ihm zu wenig, dennoch willigte er mit einem Blick auf Frannie ein. Dann waren sie mit der Kutsche nach Hause gefahren. Frances hätte diesen Tag am liebsten festgehalten, aber innerlich ahnte sie, wie sinnlos der Versuch wäre, denn es machte sie auch irgendwie traurig. Später hatte ihnen das Geld gefehlt, um die Puppe abzuholen. Ihr Dad hatte ihr eine andere geschenkt, aber sie war nicht aus Porzellan gewesen.

„Dad, … Bett! Komm!“, presste sie hervor, wollte ihm aufhelfen, aber er protestierte energisch dagegen. „Frannie, nein, nicht anfassen, dann wird mir schlecht!“

„Nicht … trinken!“, warf sie vorwurfsvoll ein, begann die Scherben auf dem Boden einzusammeln. „Das ist richtig. Wenn man nichts vertragen kann, sollte man nicht trinken! Aber ich habe auch nicht damit gerechnet, dass du dich noch hierher verirrst!“, lallte er, fügte hinzu: „Ich werde ihr nicht nachlaufen, Frances! Oder meinst du, ich solle ihr sofort hinterher und auf den Knien rutschen?“

„So du … nicht … Stadt … erreichen!“ Aus ihrem Zimmer holte sie eine Decke, legte sie über seine Schultern. Dann setzte sie sich auf den Stuhl ihm gegenüber. Sein Anblick und die Tatsache, dass sein Verhalten offenbarte, wie sehr er ihre Mutter doch liebte und sie sie beide einfach so allein gelassen hatte, ließen sie in einer Art emotionaler Starre verharren. In ihrem Kopf wirbelten tausend Dinge herum, vermischten sich zu einer unermesslichen Wut, die sie die Fäuste ballen ließ. Ihr Vater war wegen der Mutter sternhagelvoll! Doch er war zu schwer, sie konnte ihn nicht ins Bett bringen, musste ihn dort am Tisch sitzen lassen und beschloss, selbst wieder ins Bett zu gehen, fand aber keinen Schlaf mehr. Während sie da lag, wurde ihr klar, dass die kindliche Frances einer erwachsenen Frances weichen musste. Sie musste ihr Innerstes vor der Außenwelt verschließen, um ihre Seele zu schützen. Ansonsten fürchtete sie an alldem zu zerbrechen.

Hagen brauchte einige Tage, um wirklich zu realisieren, dass Hazel fortgegangen war, und er wollte verstehen, warum sie es getan hatte, aber dennoch verstand er es nicht. Er suchte die Schuld bei sich selbst, kam aber zu dem Schluss, dass sie ihm auch kein Verständnis entgegenbrachte. Die Trauer hatte sie beide entzweit, denn so, wie sie meinte, dass er nicht genug um den Sohn trauere, konnte er nicht akzeptieren, dass sie Henrys Verlust einfach so hinnahm. Aber sich einfach so aus dem Staub zu machen, fand er nicht in Ordnung. Seine Zerrissenheit war offensichtlich, denn er liebte Hazel immer noch, vermisste sie, war aber einfach müde und ausgelaugt. Er fand keine Kraft ihr nachzureisen, noch nicht. Ab und an wanderte sein Blick zur Tür, weil er ein Geräusch hörte, meinte, sie käme zurück. Eine Zeit lang bewirtschaftete er noch die Farm, lobte seine Tochter in ihrer neuen Hausfrauenrolle, denn nun musste sie für sie beide kochen und die anderen Pflichten im Haus übernehmen, was ihr aber auch großen Spaß bereitete. Ihre Mum war immer sehr sparsam mit einem Lob umgegangen, Hagen übertrieb es nicht, aber er gab ihr zu verstehen, wie sehr er ihre Hilfe schätzte. Schließlich überwand er sich, offenbarte Frances, dass sie in die Stadt reisen mussten, um Hazel zu suchen. Er konnte die Ungewissheit über ihren Verbleib nicht länger ertragen. „Ich muss wenigstens wissen, dass es ihr gut geht“, meinte er.

Der Sommer schickte seine ersten warmen Strahlen voraus, als Frances auf dem Kutschbock neben ihrem Vater saß. Auf dem Schoß hatte sie das Foto, welches ihn, Henry und ihre Mum zeigte. Ein junges Mädchen auf dem Weg zur Frau, das auf einem Sessel saß. Es blickte ernst in die Kamera, trug ein helles Kleid. Der Sesselbezug hatte das gleiche Muster wie die Tapeten an der Wand. Das lange Haar des Mädchens fiel in Locken über die Schultern, bedeckte die Brust. Eine Hand hatte es locker auf den Rand des Sessels gelegt. Henry lehnte lässig an dem Sessel, sein Blick ruhte auf ihr mit einer Art Neugierde. Seine dunklen schulterlangen Haare waren locker zurückgekämmt, er trug eine dunkle Hose, ein weißes Hemd und eine Weste. Auf der Sessellehne saß ihr Vater, er hatte einen Arm um das Mädchen gelegt, wandte ihr das Gesicht mit einem scheuen Lächeln zu. Es war das einzige Foto von Henry, Dad und ihrer Mum. Hagen hatte ihr erzählt, dass das Foto in einem Hotel aufgenommen wurde. Es war an den Ecken schon leicht geknickt und angegilbt. Was der Fotograf wohl gedacht hatte, als er es machte? Die beiden Männer mit dem jungen Mädchen ... Als er die Pferde antrieb, sich die Kutsche in Gang setzte und sie einen letzten Blick auf das Haus warf, bis sie auf die Hauptstraße einbogen, fürchtete sie tief im Herzen, dass sie ihr Geburtshaus und das Dorf Preachers Brooke nie wiedersehen würde. Es war nur eine dunkle Ahnung, die ihre Seele trübte, obwohl er ihr versicherte, dass sie bald wieder zurückkehrten und sie solle sich keine Sorgen machen. Er hatte jemanden aus dem Dorf gebeten, sich um alles zu kümmern, während sie fort waren. Sie nahmen sich ein Zimmer in einem Hotel und schon am ersten Tag nach ihrer Ankunft machte sich Hagen mit Frannie an seiner Hand auf der Suche nach Hazel. Er fragte in den Geschäften, den Restaurants, ging mit aufmerksamem Blick durch die Stadt. Als die Suche nach wenigen Tagen keinen Erfolg versprach, denn in der Stadt wimmelte es von Menschen, wurde Hagen zusehends niedergeschlagener. Es war ihm von vornherein klar gewesen, dass es nicht einfach werden würde, sie zu finden. Und vielleicht war sie schon gar nicht mehr in Melbourne. Doch er fühlte auch zusehends, wie er wütend darüber wurde, dass sie ihnen nicht einmal einen Brief geschrieben hatte, wie es ihr ging. Ihre Hitzköpfigkeit und Sturheit hatten ihr Ziel erreicht – er liebte sie, aber konnte nicht begreifen, wie sie ihn und ihre Tochter einfach so alleine lassen konnte. Was würde aus Frances werden, wenn er ebenso verantwortungslos handelte und einfach fortlief? Nie im Leben hätte er seine Tochter sich selbst überlassen. Hazel schien innerlich noch immer das unreife kleine Mädchen zu sein, welches ihnen damals über den Weg gelaufen war. Frances spürte, wie die Verzweiflung in ihrem Vater wuchs, doch sie stand dem hilflos gegenüber. Er war 43 Jahre alt, eigentlich noch jung, aber sein Blick war der eines alten Mannes, wirkte fast gebrochen. Wenn er im Zimmer saß, vornübergebeugt, den Kopf auf die Hände gestützt und darüber lamentierte, wie unvernünftig er das Verhalten ihrer Mutter fand, wie wenig er es akzeptierte, tolerierte, stand sie da, hörte ihm zu, sah ihn gestikulieren, den Kopf schütteln und konnte dennoch nicht mehr tun, als ihm beruhigend die Hand auf die Schulter zu legen. Sie wollte wieder nach Hause, brachte es aber nicht übers Herz, ihn darum zu bitten. So gab sie sich folgsam, als er sie bat, im Zimmer zu bleiben, während er in eine Bar ging, um Karten zu spielen. „Daddy …“, meinte sie leise und Hagen blieb im Türrahmen stehen, sah seinem Mädchen in die Augen, nahm ihre Traurigkeit wahr, verstand. „Gib mir noch zwei Tage, Frannie. Dann fahren wir wieder heim“, meinte er, versuchte zu lächeln. „Ich kaufe dir morgen noch das Kleid in dem Laden. Das eine, was dir so gut gefallen hat. Und schließe bitte die Tür ab, wenn ich weg bin!“ Ihre Lippen formten ein „Danke“, dann griff sie sich ein Buch, welches er ihr bereits geschenkt hatte, setzte sich auf das Bett, begann darin zu blättern. Hagen ging zu ihr, gab ihr einen Kuss auf die Stirn und verließ den Raum.

Es dunkelte bereits, als er auf die Straße trat. Lange war es her, seit er in einer Bar etwas getrunken und gespielt hatte. Dennoch glaubte er sich nicht aus der Übung, was das Spielen betraf. Er betrat die Bar nicht mit der Absicht, jemanden zu betrügen, heute nicht. Das Spiel würde ihn eine Weile ablenken, ihn auf andere Gedanken bringen, etwas Alkohol seinen Geist betäuben. So holte er sich ein Bier, stieg in ein Spiel an einem der Tische ein. Für Sekunden bemerkte er, wie anders es war, so als betrete er völliges Neuland, hatte aber auch das Bild vor Augen, wie er früher mit Henry an seiner Seite gepokert hatte, der alles wohlwollend betrachtete, selbst aber nie spielte. Es war wie ein feines Zwicken, schmerzte nur einen Atemzug lang, dann beteiligte er sich an den belanglosen Witzeleien der anderen Männer beim Spiel, nannte ihnen nur seinen Namen, gab aber nichts weiter über sich preis. Ein paar Runden später hatte er zwar Geld verloren, aber war auch nicht ins Grübeln gekommen, denn er merkte nicht, wie die Zeit verflog. Bald war es kurz vor Mitternacht. Er musste zu Frances zurück.

Hagen verabschiedete sich von seinen Mitspielern, steckte sein Geld wieder ein. Er hatte mehr verloren als gewonnen, aber es würde noch reichen, um Frances das Kleid zu kaufen oder wenigstens einen schönen Stoff, mit dem sie sich eines nähen konnte. Auf dem Weg zurück zum Hotel drehte er sich im Gehen eine Zigarette, zündete sie an und hielt inne. Er verschluckte sich fast an dem Rauch, da er sie auf der Straße stehen sah. Es war eindeutig Hazel, die mit einem Korb in der Hand Leute ansprach, ihnen Blumen anbot. Gerade blieb ein Mann bei ihr stehen, der offensichtlich angetrunken war, in seinem Arm hielt er eines der leichten Mädchen. Hagen beobachtete aus einiger Entfernung, wie er dem Mädchen eine Blume kaufte, dann gingen die beiden weiter. Hazel trug ein Kleid, das er noch nie an ihr gesehen hatte, ein hellblaues Tuch lag locker auf ihren Schultern. Ihr Haar hatte sie hochgesteckt, einige Strähnen fielen in ihr Gesicht, welches sie ihm nun zuwandte, da sie sich das Tuch über den Kopf legen wollte. Ihre Blicke trafen sich. In ihrem lag eine Furcht, die ihn erahnen ließ, was sie als Nächstes tun würde, und so ging er schnell auf sie zu, hob versöhnlich seine rechte Hand. „Hazel, bitte warte!“, meinte er in ruhigem Ton. „Was … Was machst du hier?“, wollte sie barsch wissen. „Du solltest mich nicht suchen!“ Je näher er kam, desto unruhiger wurde sie, machte einige Schritte zurück. Doch er verhielt sich anders, als sie befürchtete, denn als er sie erreichte, schnippte er die Zigarette fort, umarmte sie, legte die Arme um sie, drückte sie an sich. Eine Hand legte er auf ihren Kopf, drückte ihn an seine Schulter. „Ich bin so froh, dass ich dich gefunden habe!“, flüsterte er. „Warum bist du einfach so fortgegangen? Ich habe mir solche Sorgen gemacht!“ Seine Worte trafen sie direkt ins Herz, denn sie fühlte sich auf einmal wie ein dummes kleines Kind, das sich einfach von der Hand seiner Mutter fortgerissen hatte, im Gedränge der Menschen verschwunden war. Sie empfand plötzlich Scham und es tat ihr leid, doch konnte sie sich zuerst nicht überwinden es ihm zu gestehen, denn er roch nach Alkohol. Sogleich mutmaßte sie, dass er sich nur so liebevoll verhielt, weil er angetrunken war. Sie versuchte ihn sanft fortzuschieben, hatte ihren Korb fallen lassen, wollte ihn aufheben. Er ließ sie kurz los, kam ihr zuvor, reichte ihn ihr. „Du verkaufst also Blumen?“

„Ich muss von etwas leben“, gestand sie trocken. „Und es ist eine gute, wenn auch mühsame Arbeit.“

„Du müsstest das nicht tun, wenn du bei uns geblieben wärst …“, stellte er fest, wartete einen Atemzug lang, fügte dann hinzu: „Bitte, komm wieder mit uns nach Hause.“ Es klang fast wie ein Flehen und sein Gesichtsausdruck verriet ihr, dass er es ernst meinte, völlig aufrichtig zu ihr war, als er hinzufügte, dass er sie vermisse und liebe. Hazel wich seinem Blick aus, denn sie wusste, dass sie nun eigentlich keine andere Wahl hatte. Sie konnte ihm sagen, dass sie es vorzog hierzubleiben, aber auch sie war einsam gewesen, bereute ihr

Fortlaufen, denn sie wusste nun, wie sehr es ihn verletzt hatte. Wenn sie ihm nun sagte, sie wolle hierbleiben, darauf beharrte, würde sie ihn verlieren und es gäbe kein Zurück mehr. In jenem Moment kam sie sich wie der dümmste Mensch auf Erden vor. „Wo ist Frances?“, wollte sie wissen, ihn von einem Zugeständnis, welches er von ihr erwartete, ablenken. „Sie ist im Hotel.“ Er zeigte in die Richtung des Hotels. „Sie wird schon schlafen. Ich habe sie gebeten, dort auf mich zu warten. Ich musste einfach mal raus heute Abend und auf andere Gedanken kommen. Einige Runden Poker haben geholfen. Aber hätte ich gewusst, dass ich dich heute endlich finden würde, nachdem wir tagelang nach dir gesucht haben …“ Sie nickte nur, hielt den Griff des Korbes mit ihren Fingern fest umschlossen, so als könne sie sich daran festklammern. Hagen ergriff die Initiative, fragte sie, wo sie lebte, bat sie, ihre Sachen zu holen, damit sie mit ihm zu Frances käme. „Sie wird sich nicht freuen, mich zu sehen …“, schlussfolgerte Hazel, doch er wischte ihre Zweifel mit einer Handbewegung fort. „Wir vermissen dich! Das habe ich dir schon gesagt. Glaub mir einfach!“, drängte er. „Und jetzt gehen wir und holen deine Sachen!“ Seine ganze Art offenbarte ihr, dass er ihr vergab, und so ging sie voran zu dem Haus, indem sie ein kleines Zimmer bewohnte. Es war spärlich möbliert, sie konnte kaum die Miete dafür aufbringen und hätte es auch nicht mehr lange durchgehalten, dennoch wollte sie es ihm nicht gestehen, dass sie selber schon mit dem Gedanken gespielt hatte, heimzukehren, denn sie hatte befürchtet, von ihm abgewiesen zu werden. Doch er ging nicht weiter auf ihre kopflose Flucht ein, vergaß es einfach bei ihrem Aufeinandertreffen, so als sei nichts gewesen. Sie stellte den Korb auf dem Boden ab, nahm die zwei Kleider aus dem Schrank, die sie noch besaß, sagte ihm, dass es alles sei. Hagen betrachtete das Zimmer, nahm die Kargheit zur Kenntnis, in der sie lebte, schüttelte den Kopf. „Ich habe dir ein Haus gebaut und du wolltest hier leben …“, stellte er fest. „Das ist … ja unfassbar – ja, das trifft es.“

„Es war ein Fehler. Und es tut mir leid“, sagte sie nun, seufzte: „Ich verstehe mich manchmal selber nicht.“ In ihr stiegen Tränen auf, sie biss sich auf die Lippe, um sie zurückzuhalten, aber einige lösten sich doch, rannen ihre Wangen hinab. Hagen schloss die Tür, nahm die Kleider aus ihrer Hand, ließ sie zu Boden fallen. Dann nahm er ihr Gesicht in seine Hände, küsste ihre Wangen, so als könne er den Tränen damit Einhalt gebieten. Sie gab nach, ließ sich in seine Arme fallen, presste sich an ihn. „Danke, dass du mir verzeihst", flüsterte sie, fürchtete zuerst eine abwehrende Reaktion seinerseits, vielleicht ein Geständnis, dass er noch nicht dazu bereit war, aber er nahm ihr auch diese Zweifel, indem er ihren Hals küsste, sie mit seinen Händen berührte, wie er es schon lange nicht mehr getan hatte. Sie legte sich auf das Bett, denn sie hatte sich so lange nach seinen Berührungen gesehnt, entledigte sich des Tuchs, ihres Kleides, half ihm aus seinen Sachen. Einen Moment betrachtete er sie, bemerkte, wie schlank sie immer noch war, wie scheinbar folgenlos die beiden Geburten an ihrem Körper vorübergegangen waren, und bat sie, ihr Haar zu öffnen, was sie sogleich bereitwillig tat. „Komm …", meinte sie, breitete die Arme aus und er legte sich zu ihr. Er liebte sie mit einer Vorsicht, so als sei es das erste Mal zwischen ihnen, ging auf sie ein und es erleichterte sie so sehr, dass sie sich ihm hingab. So lange hatte sie auf diesen Moment gewartet, inniglich gehofft, er würde ihr seine Liebe noch einmal beweisen, und nun schien sie endlich dieses Ziel erreicht zu haben. So sagte sie ihm immer wieder, dass sie ihn liebe, bestätigte ihm ihre Zuneigung.

Danach lagen sie beieinander, er hielt sie in seinen Armen, sagte ihr, wie schön sie sei. Es zauberte ein Lächeln auf ihr Gesicht, sie wollte sich zu ihm umdrehen, es ihm zeigen, doch er war eingeschlafen. So beschränkte sie sich darauf, ihm beim Schlafen zuzusehen, betrachtete sein Gesicht, streichelte seine Wange, bis auch sie einschlief.

Als der Tag anbrach, weckte sie ihn, erinnerte ihn an Frances und er zog sich seine Sachen an, drängte sie sich auch anzuziehen.

„Dann können wir diesen unheilvollen Ort endlich verlassen", grinste er, wartete, bis sie soweit war, reichte ihr die zwei Kleider und ging voran. Sie waren auf dem Weg zum Hotel. Frances würde es ihm nicht übel nehmen, wenn er erst jetzt wieder auftauchte, denn er brachte ihr die Mutter wieder. Er war sich sicher, dass sich seine Tochter freuen würde. Er nahm Hazels Hand, hielt sie beim Gehen fest. Es kam ihr vor, als fürchte er immer noch, sie könne sich umwenden und wieder weglaufen. Aber sie quittierte es mit einem innerlichen Schmunzeln. Hagen atmete die Luft des anbrechenden Tages ein, doch plötzlich kam ihm das alles so unwirklich vor, denn er meinte Seeluft zu schmecken. Verwundert blieb er stehen, sah sich um, hörte Hazel fragen, was los sei. Ihn ergriff ein seltsames Gefühl, welches sich gleich einer Faust um sein Herz legte, es zusammenpresste, ihm die Luft nahm. Zuerst meinte er, es seien nur die Nachwehen des Alkohols, denn er trank eigentlich schon lange nicht mehr. Ihm wurde flau im Magen, da sein Herz zu rasen begann, ihm schwindelig wurde. Er presste kurz die Augenlider aufeinander, um sich wieder zu fangen, doch als er die Augen wieder öffnete, war in seinem Kopf nur ein Rauschen, dem alle anderen Geräusche wichen. Es klang wie Wellen, die am Strand brachen, und er sah zum Himmel, der sich zartblau über ihnen abzeichnete, wolkenlos. Hazel sagte etwas, doch er konnte ihr nicht antworten, ließ ihre Hand los, versuchte sich auf den Beinen zu halten, taumelte und sackte dann auf die Knie. Er schnappte nach Luft, aber er konnte nicht atmen, etwas schien ihm die Luft zu nehmen. So beugte er sich nach vorne in den Staub, legte die Hände auf den Boden, glaubte körnigen Sand zu fühlen. Sein Blick ging in Richtung des Hotels, er musste zu Frances! Doch da er den Kopf in die Richtung hob, nahm er eine Gestalt wahr, die klarer wurde, je näher sie kam. Sie erreichte ihn zuerst nicht. „Nein …“, stieß er mühsam hervor, „noch nicht jetzt …“ Henry stand einige Schritte entfernt von ihm, rührte sich nicht, doch hinter ihm wich das Hotel und die Stadt einem Meer. Und dann schien es ihm, als sei er dicht neben ihm, seine Lippen an seinem Ohr. „Es wird Zeit“, flüsterte er. „Die Flut kommt.“ Hazel beugte sich herunter zu Hagen, kniete sich in den Staub, legte einen Arm auf seinen Rücken und fragte mit angstvoller Stimme, was los sei, doch er hörte sie nicht. Er wusste, dass sie Henry nicht sehen konnte, es galt nur ihm. Hagen verspürte einen stechenden Schmerz in seinen Gliedern, fühlte, wie ihm alles entglitt, wollte sich weigern, aber es übermannte ihn gleich einer dunklen Welle, zog ihn zu Boden und er sackte nach vorne, fiel vornüber in den Staub. Seine Augen waren schwer, doch er mühte sich sie offen zu halten, bis er wieder Hazel wahrnahm, die auf ihn einschrie. Doch nur ihre Lippen bewegten sich, auf ihrem Gesicht lag Panik, aber aus ihrem Mund löste sich kein Ton. Der Schmerz ebbte ab und die Welle riss ihn mit sich fort, zog ihn in die Dunkelheit. Es waren nur wenige Menschen um diese Zeit auf der Straße, doch Hazel fand zwei Männer, die gerade auf ihren Pferden losreiten wollten, und bat diese ihr zu helfen. Einer umfasste Hagens Brustkorb, der andere seine Knöchel, dann trugen sie ihn in das Hotel. Sie wusste nicht, in welchem Zimmer Frances war, so suchte sie panisch nach dem Wirt, und als sie ihn fand, erklärte sie ihm so hastig, was geschehen war, dass er zuerst nicht verstand, was sie wollte. Sein Blick glitt über die wild gestikulierende, weinende Frau, die vor ihm stand hinweg zu den beiden Männern, die Hagen trugen. Er mutmaßte Trunkenheit als Ursache für dessen Zustand, seufzte lautstark, verdrehte dann die Augen, erkannte ihn aber. Mit schlurfenden Schritten, so als hätte er alle Zeit der Welt, ging er wieder in die Küche, deutete aber mit einem Fingerzeig auf die Treppe, murmelte „Zimmer acht". Hazel stürmte die Treppe hinauf, suchte die richtige Tür, klopfte dann mit Nachdruck an. „Frannie, ich bin es, Mum! Bitte öffne schnell die Tür!", forderte sie, doch da sie davon ausging, dass Frances ihr nicht so einfach öffnen würde, fügte sie hinzu: „Es ist was mit deinem Vater! Bitte, es geht ihm nicht gut!" Frannie, die zwar den Vater schon vor einer Ewigkeit zurückerwartet hatte, aber eingeschlafen war, setzte sich im Bett auf, reagierte zuerst nicht. Selbst wenn ihre Mum nun vor der Tür stand, so konnte sie auch nur versuchen, ins Zimmer zu gelangen. Aber Hazel wiederholte ihre Forderung und in dem Klang ihrer Stimme schwang Besorgnis mit, sodass das Mädchen zur Tür ging, aufschloss, sich dann aber sogleich in die Ecke des Raumes zurückzog, dort abwartend stehen blieb. Als die beiden Männer ihren scheinbar leblosen Vater ins Zimmer trugen, ihn auf dem Bett ablegten und ihre Mutter sich schnell bei ihnen bedankte, sogleich aber versuchte, Hagen wieder aufzuwecken, indem sie seine Hand tätschelte, seine Wangen streichelte, schlug Frannie die Hände vor den Mund, verharrte dort an der Stelle. Hazel wies sie an, ein Tuch mit Wasser zu tränken, aber sie konnte sich nicht rühren. Nun kam sie auf sie zu, fasste sie nicht an, sondern meinte nur sanft: „Bitte, Frances, er ist zusammengebrochen. Ich weiß, was du von mir denkst und wie seltsam das alles auf dich wirkt. Aber bitte, um deines Vaters willen, vergiss das jetzt alles einmal für einen Moment! Ich versuche einen Doktor zu holen und du bleibst so lange bei ihm!“ Frances öffnete den Mund, doch heraus kam nur ein eigentümlicher Laut, der wie das Rufen einer Kröte klang. Sie ließ ihre Hände sinken, nickte dann, aber wartete, bis Hazel den Raum verlassen hatte, bevor sie ein Tuch nahm, es mit Wasser aus der Waschschüssel benetzte, dann vorsichtig das Gesicht ihres Vaters damit abtupfte. Sie sah, wie sich seine Brut hob und senkte, war erleichtert, aber gleichzeitig keimte in ihr der Verdacht, es wäre vielleicht zu einem Streit zwischen ihm und der Mutter gekommen, in dessen Verlauf er sich derart ereifert hatte, dass er kollabiert war. Und dieser Verdacht ließ sie wütend werden. Noch wütender als sie sowieso schon über das plötzliche Auftauchen ihrer Mutter war. Ihr Vater stöhnte leise, öffnete dann ein Stück weit die Augen, traf auf ihre. „Daddy“, flüsterte Frannie, lächelte zaghaft. „Ich … warten …“

„Es tut mir leid, dass du auf mich warten musstest, meine Kleine“, begann er mit dünner Stimme zu sprechen. Es störte sie diesmal nicht, dass er sie „seine Kleine“ nannte, gestand dann: „Ich wollte zu dir zurück, aber ich traf Hazel durch Zufall auf der Straße und wir haben uns wieder versöhnt. Sie bereut es, wirklich, glaube mir. Wir haben den Rest der Nacht bei ihr verbracht. Dann wollten wir zu dir, sie will wieder mit uns nach Hause kommen. Aber ich … Mir war plötzlich so schwindelig … und … Ich bin wohl bewusstlos geworden.“ Da er die Angst in ihren Augen nicht übersehen konnte, verzichtete er darauf, ihr von Henry zu erzählen. Stattdessen versicherte er ihr, dass alles wieder gut werden würde, und bat sie, ihm zu vertrauen. Das Mädchen versprach es, auch wenn seine Worte ihre letzten Zweifel nicht wirklich beseitigten. Der Doktor stellte Herzrhythmusstörungen bei Hagen fest, verordnete ihm strenge Bettruhe, wogegen dieser energisch protestierte, denn er bestand darauf, wieder nach Hause zu fahren. Doch bei seinem ersten Versuch aufzustehen, wurde ihm wieder schwummrig und er sackte auf das Bett zurück. Sein Herz schmerzte, er hatte das Gefühl, es schlüge ihm bis zum Hals, auch wenn er sich gar nicht anstrengte. Der Doktor gab ihm Tyramin, doch die Injektion zeigte keine Wirkung. Er versuchte es mit Strychnin. Es sorgte dafür, dass Hagen zur Ruhe kam, einschlief. Hazel erzählte dem Doktor, dass sie viel durchgemacht hatten in der letzten Zeit, berichtete von Davids Tod, Henrys und ihrer kurzzeitigen Trennung. „Ja, da ist es kein Wunder, wenn er Kreislaufprobleme bekommt", stellte der Doktor sachlich fest, drückte Hazel ein Fläschchen mit Kampfer in die Hand und riet ihr nochmals, ihm noch einige Tage Ruhe zu gönnen.

Frances und sie sahen einander an, nachdem der Doktor gegangen war. Keine von beiden wagte das erste Wort zu sprechen, den Anfang zu machen und so wartete Hazel zuerst, ob das Mädchen sich zu seinem Vater auf das Bett setzen wollte. Doch da sie der Mutter mit einem Kopfnicken zu verstehen gab, dass sie ihr den Vortritt ließ, nahm diese es an, setzte sich auf das Bett, nahm Hagens Hand in ihre. Sie drehte ihrer Tochter den Rücken zu, hörte, wie Frannie sich den Stuhl zurechtrückte. „Geh ruhig etwas essen, wenn du Hunger hast", sagte sie immer noch mit sanftem Ton. „Ich bleibe bei ihm." Frances begann in ihrer kleinen Reisetasche zu kramen, holte den Lederbeutel mit den Münzen hervor, ging nach unten. Sie verspürte keinen großen Appetit, aber der Wirt, der den Doktor gesehen hatte, bereute sein vorschnelles Urteil von vorhin, stellte dem Mädchen einige Pfannkuchen mit Sirup vor die Nase, meinte aufmunternd, dass alles wieder gut werden würde. Er schob alles auf die Hitze der letzten Tage, die einigen Menschen nicht bekam. Frannie schenkte ihm ein Lächeln, obwohl ihr nicht danach war, und schwieg. Die meisten Menschen waren nur so lange nett zu ihr, bis sie zu sprechen begann, ihr Gestammel sie zu einem begehrten Witzobjekt machte. Manche schwiegen dann selbst, aber man sah das Erstaunen auf ihren Gesichtern, sie heuchelten Mitgefühl, wo keines war. Und wenn der Wirt sie hören würde, dann wäre seine Reaktion nicht anders, als die der anderen. Vielleicht dachte er auch sogleich, dass die armen Eltern mit so einem Kind geschlagen waren oder dergleichen. Es fiel ihr leicht zu schweigen und sie erinnerte sich an Henrys Worte, dass man davon ausgehen kann, jemanden ganz Besonderen vor sich zu haben, wenn man einfach auch mal den Mund halten, sich anschweigen kann. Wie oft hatte er gewusst, was sie dachte, ohne dass sie ein Wort darüber verlor. Sie stocherte in den Pfannkuchen herum, nahm dann einen Bissen, während der Wirt sie noch aus der Küche heraus beobachten konnte, kaute genüsslich, schluckte es hinunter. Doch sie zog es dann vor, den Teller und das Besteck mit nach oben ins Zimmer zu nehmen. Wortlos hielt sie ihn der Mutter hin, die mit der Gabel ein Stück nahm, dann aber ablehnte. Sie hatte keinen Hunger. Frances nahm ihr Buch wieder in die Hand, setzte sich auf den Stuhl am Fenster, gab vor zu lesen. So saßen sie dort bis zum späten Nachmittag, als Hagen wieder erwachte, sich kurz fing, dann meinte, sie sollen jetzt aufbrechen. Er hätte sich genug ausgeruht. Ihm fiel die Spannung zwischen Hazel und Frances durchaus auf, war es doch offensichtlich, wie sich beide selbst in dem kleinen Raum aus dem Weg gingen. Aber er war froh, Hazel wieder an seiner Seite zu haben, und obwohl er sich elend fühlte, wies er die beiden an, alles zusammenzupacken, machte sich auf, ihre Kutsche zu holen und die Pferde, wobei er während seines Weges immer wieder stehen bleiben musste, um zu verschnaufen. Frances stützte den Vater, half ihm die Pferde einzuspannen, kletterte dann hinten auf den Wagen. „Nein, nein …“, wandte er schwer atmend ein. „Deine Mutter muss die Zügel halten oder du. Ihr müsst beide auf den Kutschbock, ich gehe nach hinten.“ Frannie folgte den Worten des Vaters sofort, griff die Zügel. Hazel schien kurz nachzudenken, dann nahm sie neben ihrer Tochter Platz. Hagen hangelte sich mühsam auf die Fläche, konnte nicht aufrecht sitzen und legte sich auf die Seite. Er sagte, sie sollten losfahren. Frannie schnalzte mit der Zunge, die Kutsche setzte sich in Bewegung. Hazel reichte Hagen ihre Kleider, sodass er den Kopf darauflegen konnte. Sie sah, wie ihm wieder die Augen zufielen. Sie waren schon ein gutes Stück gefahren, als Hazel sich kurz nach hinten umschaute, ob Hagen noch schlief, dann ergriff sie das Wort. „Frances, ich kann mir denken, dass du mir das alles übel nimmst. Aber du musst mich auch verstehen, Kind. Es ist mir alles zu viel geworden …“ Sie sprach in ruhigem Ton, wagte aber nicht, ihre Tochter anzusehen, die ihrerseits stur geradeaus blickte. Es brodelte in ihr und sie war nicht weit davon entfernt, ihrer Mutter eine Ohrfeige zu verpassen. Einfach nur, um ihrem Ärger Luft zu machen. Aber stattdessen biss sie sich auf die Lippe, nickte nur, hoffte, ihre Mutter würde schweigen, aber Hazel redete weiter. „Ich kann es nicht rückgängig machen, wie ich dich behandelt habe. Aber du sollst wissen, dass ich dich immer geliebt habe. Du bist meine Tochter."

„Du …", knurrte Frances. „Immer … nur David!"

„Ja, ich habe ihn dir oft vorgezogen. Es war vielleicht ein Fehler. Wir können nicht alles einfach so vergessen, das weiß ich, aber wenn du dich überwinden könntest, mir wenigstens ein Stück weit entgegenzukommen …"

„Du … verlangst viel …"

„Bitte …", flehte Hazel nun, legte eine Hand auf die ihrer Tochter, doch diese zog ihre fort, schüttelte den Kopf, widmete sich wieder den Pferden. Ihre Mutter seufzte etwas überzogen lautstark, legte die Hände in den Schoß. Sie war bereit, ihre Fehler einzusehen, dem Mädchen nun mehr Aufmerksamkeit zu widmen. Doch sie konnte nicht mehr als um Verzeihung bitten, sich nicht weiter herablassen und da sie einsah, dass es momentan sinnlos war, bemühte sie sich nicht weiter. Auf dem weiteren Weg schwiegen sie. Doch Hazel hoffte, dass Hagen vielleicht mit Frannie reden könnte, damit sie wieder miteinander auskamen. Es lag ihr fern, sich als eine schlechte Mutter zu bezeichnen und sie sah auch nichts Verwerfliches daran, den Erstgeborenen zu bevorzugen. Viele Mütter taten dies. Ein Sohn war etwas anderes als eine Tochter. Und sie war so stolz auf den Jungen gewesen, der Schmerz über seinen Verlust würde in ihrem Innern nie ganz verlöschen. Frannie konnte ihn ihr nicht ersetzen, denn sie war so anders, Hazel oft so fremd von ihrem Charakter her.

Als sie wieder zu Hause waren, sie Hagen ins eheliche Bett gebracht hatten, die Tiere versorgt waren, betrat sie Frances Zimmer, unternahm einen aus ihrer Sicht letzten Versuch, indem sie dem Mädchen erzählte, dass sie sich hatte umbringen wollen nach Davids Tod und wie Henry sie gerettet hatte, bevor sie im See ertrunken war. Aber sie erreichte nicht den gewünschten Effekt, dass ihre Tochter Mitgefühl zeigte, stattdessen zeigte sie sich erbost darüber. Denn ebenso wie sie ihr keine Liebe zeigen konnte, hatte sie auch Henry bis zu seinem Tod abgewiesen, ihn wie einen Störenfried behandelt. Und obwohl Hazel nun zugab, dass dies ebenfalls ein Fehler gewesen sei, deutete Frannie mit einer lässigen Handbewegung nur zur Tür, verwies sie des Raumes, indem sie ihr im Bett liegend den Rücken zuwandte. Hazel wusste, dass sie sich Hagens Zuneigung noch sicher sein konnte. Es würde nicht einfach werden, wieder miteinander unter einem Dach zu leben. Sie ging nach oben ins Schlafzimmer, zog ihre Kleider aus, ein Nachthemd an und legte sich zu Hagen ins Bett. Er öffnete kurz die Augen, wartete, bis sie sich an ihn kuschelte, nahm ihre Hand in seine, hielt sie fest. Mit dem Kopf an seiner Schulter betrachtete sie seine blauen Augen, den blonden Bart, die schulterlangen Haare. Es war, als würde sie ihren Sohn in seinem Gesicht wiedererkennen. „Frances hasst mich", flüsterte sie voller Überzeugung in sein Ohr. „Nein", gab er zurück. „Sie ist nur verwirrt."

„Wirst du mit ihr reden?", wollte sie wissen, wandte aber sofort ein, dass er das Mädchen natürlich nicht bitten könne, sie zu lieben oder wenigstens ihr gegenüber Zuneigung zu zeigen. „Es würde schon reichen, wenn sie wenigstens meine Anwesenheit hinnimmt."

„Hazel, rede nicht so einen Unsinn", meinte er beschwichtigend. „Gib ihr etwas Zeit und dann wird schon alles wieder werden." Er ging nicht darauf ein, was er dachte, denn er wusste, wie sie das Mädchen behandelt hatte, aber er war zu müde, um darüber zu diskutieren, und es lag ihm fern, dieses Thema nun anzuschneiden, da sie alle wieder vereint waren. „Ich liebe dich", sagte sie. „Und ich bin wirklich froh, dass du mich gesucht hast. Du hast mir die Augen geöffnet."

„Schlaf jetzt", sagte er, küsste ihre Stirn und schloss seine Augen. Hazel versuchte Schlaf zu finden, aber sie war innerlich zu aufgewühlt, sodass sie schließlich aufstand, sich auf den Stuhl am Fenster setzte, in die Nacht hinaussah, um ihren Gedanken nachzuhängen. Es quälte sie die Frage, wie sie Frannie zeigen konnte, dass sie nun für sie da sein würde, wie sie ihr die Liebe zurückgeben konnte, der sie sie all die Jahre beraubt hatte.

Am nächsten Morgen machte sie Frannie Frühstück, weckte sie behutsam, doch sie kam erst, nachdem sie sie zweimal gebeten hatte, und setzte sich schweigend an den Tisch, begann zu essen, so als wäre Hazel nicht anwesend. Glücklicherweise kam ihre Mutter um den kläglichen Versuch eines Gespräches herum, denn Hagen rief nach ihr. So machte sie sich schnell auf den Weg nach oben, fand ihn halb über der Bettkante hängend vor. „Ich wollte aufstehen, aber mir ist so elend. Hilfst du mir? Ich will mich auf den Stuhl setzen“, bat er mit schwacher Stimme. „Natürlich“, meinte sie, fuhr vor, half ihm auf, aber er war zu schwer und so bettete sie ihn auf einige Kissen, die sie eilig heranholte, damit er aufrecht im Bett sitzen konnte. Sie fragte, ob es ihm nun besser ginge, aber er verneinte, wollte etwas essen, damit die Übelkeit verginge, denn er hatte schon eine Weile nichts mehr zu sich genommen, schob sein Unwohlsein auf den leeren Magen. Sie brachte ihm etwas von dem Frühstück, welches sie für Frances zubereitet hatte. Doch er aß nur wenig, wollte etwas trinken. Sie machte ihm Tee, flößte ihm einige Schlucke ein. Sein Zustand machte ihr Angst, aber sie wollte diese nicht zulassen, verdrängte sie. Bis zum Nachmittag, als er sich mit ihrer Hilfe kurz vom Bett erhob, dann in ihren Armen zusammensackte. Ihr Aufschrei lockte Frannie herbei, die ihr half, ihn wieder ins Bett zu bugsieren. Als er sagte, er fürchte zu sterben, ihnen erzählte, dass er Henry gesehen habe, unbewusst, denn er schwebte zwischen Wachsein und Bewusstlosigkeit, musste Hazel Frances Arm umgreifen, damit es ihr nicht selbst die Füße wegriss. Das Mädchen sah sie mit so angstgeweiteten Augen an, dass es sie erschreckte, und sie zog sie zu sich heran, drückte sie einmal an sich, was sie sich ohne jede Gegenwehr gefallen ließ. Und dann schwor sich Hazel, wenigstens einen Fehler wiedergutzumachen, sie würde ihren Mann nicht alleine lassen, ihm helfen, versuchen, seine Gesundheit wiederherzustellen, sich nicht zurückziehen wie bei Henry. Denn ihr wurde schlagartig bewusst, wie betrübt dieser darüber gewesen sein musste. Sie fing sich, beruhigte ihre Tochter, sprach Hagen Mut zu, sagte ihm, er solle sich um Frances willen aufrecht halten, kämpfen. Ihre Selbstlosigkeit beeindruckte Frannie, die davon ausgegangen war, dass ihre Mutter ihren Vater bitten würde, für sie selbst stark zu sein. Und bevor Hazel ins Dorf ging, um den Doktor zu holen, schenkte ihr Frances einen Blick, der einen Hauch von Zuneigung erahnen ließ. Auch der Doktor von Preachers Brooke verordnete Hagen Ruhe, stellte die gleiche Diagnose, aber er zeigte sich wesentlich besorgter als sein Kollege in Melbourne. Er meinte, es sei gut, wenn Hagen etwas aufstand, doch da er sich nun bemühte ihm aufzuhelfen, fühlte er alsbald kaum noch einen Puls, sodass er seinen Patienten schnell wieder ins Bett drängte. Es hatte Hagen so sehr angestrengt, dass ihm der Schweiß auf der Stirn stand und er nach Luft schnappte. Hazel und Frannie kam es wie eine Ewigkeit vor, bis er wieder ruhiger wurde. Der Doktor gab ihm Kampfer und Strychnin, wollte am nächsten Tag wieder nach ihm sehen. Diesmal schienen die Medikamente zu wirken, denn am Morgen ging es ihm besser, sein Gesicht hatte Farbe und er aß etwas. Mutter und Tochter umsorgten ihn, ließen ihn keine Sekunde aus den Augen. Sie teilten sich die Arbeiten auf dem Hof, um abwechselnd an seiner Seite sitzen zu können. Am Abend ging Hazel zu ihm ins Bett, setzte sich aufrecht ans Kopfende des Bettes und er legte den Kopf in ihren Schoß, spürte, wie ihre Fingerspitzen seinen Kopf sanft streichelten. „Ich habe dich so sehr verletzt, dass du darüber krank geworden bist …“, meinte sie leise mit weinerlicher Stimme. Hagen rührte sich zuerst nicht, ließ dann eine Hand über ihren Schenkel wandern. „Nein“, gab er leicht entrüstet zurück. „Es war wohl alles etwas viel in letzter Zeit. Und ich habe mich für stärker gehalten, als ich bin. Aber ich bin wohl nicht mehr so belastbar wie früher.“

„Du bist kein alter Mann!“, lachte sie auf. „Du redest daher wie ein Achtzigjähriger!“ Er schwieg einen Moment, fand dann, dass der rechte Zeitpunkt nun gekommen sei, um ihr die Wahrheit zu sagen, denn er wollte, dass sie es wusste. Erst war er sich nicht sicher gewesen, doch er konnte nicht länger mit der Lüge leben, viel zu lange trug er sie schon mit sich herum. „Hazel, wir waren nicht ehrlich zu dir, als wir uns begegneten.“ Er räusperte sich kurz, merkte, wie ihre Fingerspitzen nun auf seinem Kopf ruhten, fuhr dann fort: „Wir sind nicht als Siedler hierher gekommen, sondern als Sträflinge. Auf dem Schiff habe ich Henry kennengelernt. Als wir hier ankamen, mussten wir Strafarbeit verrichten und irgendwann bot sich uns die Möglichkeit zur Flucht. Er hat mir damals das Leben gerettet. Und irgendwie hat uns das Schicksal zusammengeschweißt. Es war wie eine zweite Chance, verstehst du? Plötzlich konnten wir von vorn beginnen …“ Sie hörte ihm aufmerksam zu, ließ die Worte in ihrem Kopf wirken, wollte dann wissen, was er getan hatte. Bereitwillig gestand er den Mord an Mercy, erklärte ausführlich, wie alles gekommen war, bestätigte ihr, dass er seine Tat bereute, und bevor sie auch danach fragen konnte, verriet er ihr, dass Henry seine Mutter im Affekt getötet hatte, nannte ihr aber auch die Hintergründe, von denen er wusste. Am Schluss seiner Ausführungen bat er sie nicht um Vergebung, meinte nur, dass sie auch ihr Schicksal zu tragen habe, aber er gelernt hatte, damit zu leben, was geschehen war. „Ich kann die Schuld nicht abschütteln. Doch ich habe damals alles verloren – meine Familie, meine Freunde, die Frau, die ich liebte, meine Heimat … Ich habe nicht damit gerechnet, dich zu treffen, Kinder zu haben, ein gutes Leben. Im Grunde genommen habe ich hier gefunden, was ich in England suchte“, sagte er. „Ich verstehe …“ Sie ließ es beiläufig klingen, so als hätte er ihr nur erklärt, wie man Getreide anbaut, und erst nach einigen Sekunden beugte sie sich zu ihm hinunter, küsste seinen Kopf, begann ihn dann wieder mit ihren Finger zu streicheln. Er hob den Blick, sah sie an, stellte keine Veränderung an ihrem liebevollen Gesichtsausdruck fest und wollte dennoch wissen, was sie dachte. „Du bist mein Mann und ich liebe dich. Das alles ist lange her, es war unrecht, sicher. Aber du hast dafür gebüßt. Ich bin kein Richter, Hagen, und ich weiß nicht, ob es eine Hölle gibt, aber hier auf Erden hast du aus meiner Sicht gesühnt.“

„Es ist auch nicht so, dass ich tagtäglich darüber grübele. Aber es hätte sein können, dass du …“

„Dass ich dich nun nicht mehr will? Dich hinauswerfe?“, hinterfragte sie, wehrte ab. „Nein. Lass uns das alles vergessen. Du hättest es mir nicht erzählen müssen. Ich werde es Frannie nicht sagen. Wir lassen alles so, wie es ist, und ab jetzt ist Schluss mit diesen Bitten um Vergebung.“ Sie schenkte ihm ein Lächeln und er kroch höher zu ihr, küsste sie, umfasste sie mit den Armen. Hazel erwiderte diese Liebkosung, wartete dann, bis er die Augen schloss. Es gab keinen anderen Ort, an dem sie sich in diesem Moment mehr wünschte zu sein als hier mit ihm. Sie hielt ihr Wort und sagte Frannie nichts von ihrer abendlichen Unterredung. Stattdessen gab sie sich weiterhin redlich Mühe, dem Kind ihre Liebe zu zeigen. Allmählich schien Frannie diese unbekannte Zuneigung ihrer Mutter zu akzeptieren, wenn auch stets nur bis zu einem gewissen Grad. Wurde es ihr zu viel, verschwand sie in ihr Zimmer oder ging zu ihrem Vater ins Schlafzimmer, um ihm Gesellschaft zu leisten.

Einige Tage später wünschte er ihr eine gute Nacht. Sie umarmte ihn, hörte, wie er in ihr gesundes Ohr flüsterte, dass sie lieb zu ihrer Mutter sein solle und dass er stolz auf sie sei. Frannie nickte brav, gab ihm einen Gute-Nacht-Kuss und ging ins Bett. Hazel, die noch unten in der Küche das Geschirr spülte, ließ sich von ihr einen scheuen Kuss auf die Wange geben, lächelte, hörte, wie Frannie die Tür zu ihrem Zimmer schloss. Dann drang Hagens Stimme an ihr Ohr, er rief nach ihr, so als habe er nur Durst oder wollte wissen, wann sie käme. Sie wollte ihm gerade antworten, da schien etwas auf dem Boden über ihr aufzuschlagen. Es klang, als fiele ein Sack mit Getreide zu Boden und schlagartig bekam sie Panik, rannte die Treppe hinauf, rief seinen Namen, doch er antwortete ihr nicht. Hazel fand ihn vor dem Bett auf dem Boden liegen, ließ sich auf die Knie fallen, versuchte ihn ein Stück weit aufzurichten, aber er war zu schwer. So hob sie nur seinen Kopf etwas an. Er öffnete die Augen, richtete den Blick auf sie, schloss dann die Augen wieder. Sie konnte nicht mehr verstehen, was er sagte, aber sie meinte herauszuhören, dass er sie liebe und so begann sie zu weinen, wollte ihn an sich drücken, als er in ihren Armen erschlaffte. Sie benetzte sein Gesicht mit Küssen, ihren Tränen, doch er wachte nicht mehr auf…

„Komm` in mein Boot,
die Sehnsucht ist der Steuermann…“

Rammstein

Ein sanftes Schaukeln weckte ihn auf, der salzige Geruch des Meeres drängte in seine Nase, er schmeckte es auf den Lippen. Die Sonne fiel auf sein Gesicht, jedoch nicht gleißend hell, sodass er vorsichtig die Augen öffnete, in den zartblauen, wolkenfreien Himmel sah. Das Schaukeln wirkte fast beruhigend, er hörte das sanfte Plätschern der Wellen und fast kam es ihm wie ein kitschiges Schlaflied von Mutter Natur vor. Er stellte fest, dass er in einem Boot lag, doch es beunruhigte ihn nicht wirklich, hatte er es doch geahnt. Sein Blick fiel hinüber zu Henry, der mit kräftigen Zügen ruderte, ihr Gefährt durch das Wasser gleiten ließ. Es verlangte ihn nach seinem Sohn zu fragen, nach Fay, aber dann schwieg er, fing ein Lächeln Henrys auf, das ihm signalisierte, es sei in Ordnung – so wie es war. Ihm würde genug Zeit bleiben, seine Fragen zu stellen. Alles kam ihm so leicht vor, und auch wenn es schmerzte, an Hazel und Frannie zu denken, dies schien ihre Bestimmung zu sein. Er setzte sich etwas auf, legte einen Arm auf den Rand des Bootes, seinen Kopf darauf, ließ den anderen Arm locker über den Rand hängen, spielte mit seinen Fingerspitzen mit den Wellen, spürte das Wasser, die kleinen, feinen Spritzer auf seinem Gesicht, verlor sich mit seinem Blick am Horizont, der so unendlich weit schien, so gewaltig und beeindruckend … Hätte er noch geatmet, so wäre ihm dieser angesichts dieses Anblicks ins Stocken gekommen. Langsam schloss er wieder die Augen, hörte, wie Henry die Ruder für einen Moment ablegte. „Wir haben alle Zeit der Welt“, stellte er fest, ließ seinen Blick ebenfalls über den Horizont gleiten, legte die Hände in den Schoß. „Und wenn wir vom Kurs abkommen?“, flüsterte Hagen, doch es klang nicht wirklich besorgt. „Wir brauchen keinen Kurs … Wir müssen uns treiben lassen …“, erklärte er. „Ja“, meinte Hagen zustimmend, hob kurz die Lider, bemerkte, dass Henry ihn ansah und das Blau seiner Augen schien sich mit der Farbe des Himmels zu vermischen. Zugleich signalisierte ihm der Blick eine tiefe Verbundenheit. Wenn er ehrlich zu sich war, hatte er ihn wirklich vermisst, wie man einen Freund vermisst, mit dem man durch dick und dünn gegangen ist, auf den man bauen kann, der immer für einen da war … „Es ist schön, dich wiederzusehen“, gestand Hagen ihm, schloss die Augen, um sich wieder treiben zu lassen. „Ich könnte mir auch keinen anderen Ort vorstellen, an dem ich jetzt lieber wäre …“, gab Henry offen zu, lachte dann auf: „Obwohl ich und du sicher keine andere Wahl haben.“ Hagen fiel in das Lachen ein, hörte Henry wieder die Ruder aufnehmen, fühlte, wie das Boot durch die Wellen glitt, und ließ sich von dem Geräusch davontragen …

Frances

"Every time that I sell myself to you,
I feel a little bit cheaper than I need to.
If you live through this with me
I swear that I would die for you..."

Hole

Meine Mutter gab sich selbst die Schuld am Tod meines Vaters. Ich konnte es ihr nicht verübeln, denn wenngleich die Arbeit auf unserer Farm all die Jahre schwer gewesen war, er sich nie geschont hatte, um uns ein gutes Leben zu bieten, so hatte sie ihn und mich doch in der letzten Zeit schlecht behandelt, uns beide verletzt, nicht nur indem sie einfach fortging. So sehr ich mir auch wünschte, ihr zu vergeben, ich konnte es nicht. Mein Vater hatte mir einmal erzählt, dass er sich schon in England gewünscht hatte, einmal auf dem Land zu leben. Es kam mir so vor, als habe sie letztendlich diesen Traum zerstört. Nun war ich mit ihr allein und uns waren drei Holzkreuze auf dem Friedhof geblieben ... Ich empfand kein Mitleid für sie, bemühte mich dennoch mit ihr zusammen unter einem Dach zu leben, schluckte die Vorwürfe hinunter, die in meinem Innern schwelten, aber ich konnte kein inniges Verhältnis zu ihr aufbauen, dafür war es zu spät. Es hatte mich schon früher oftmals verletzt, Mütter mit ihren Töchtern zu sehen, die sich umarmten, voller Liebe und Wärme, die miteinander spielten, herumtollten. Dann musste ich fast weinen, denn ich konnte nicht begreifen, weshalb meine eigene von einer derartigen Kälte mir gegenüber war. Es auf meine Behinderung zu schieben, war das Schlimmste für mich, denn ich konnte nichts dafür. Wären mein Vater und Henry nicht all die Jahre für mich da gewesen ... Meine Mutter vermittelte mir eine Lehre bei einer Schneiderin im Dorf. Die Arbeit machte mir Spaß, aber obwohl ich mich sehr bemühte, war ich ungeschickt, besaß nicht die Fingerfertigkeit für die Handarbeiten. Die Schneiderin war sehr geduldig, doch ich würde mich mit dieser Arbeit nie selbst versorgen können.

Im darauffolgenden Sommer stellte mir meine Mum James Harrison vor, der sich als Goldgräber ein kleines Vermögen angespart hatte. Er war fast fünfzig Jahre alt, nicht besonders groß, stämmig, mit schütterem, grauem Haar und von der Sonne gegerbter, ledriger Haut. Meine Mitgift reizte ihn sicher mehr als mein Äußeres. Er war höflich, aber dennoch distanziert, verstand es, meine Mutter zu umgarnen mit seinem etwas derben Charme und ich wusste, dass ich aufgrund meiner Behinderung nicht gerade die große Partie war, die einen Mann anzog. „Ich bin kein Mann vieler Worte“, sagte mir Harrison, als wir draußen vor unserem Haus auf der Veranda saßen. „Eine Frau, die nicht viel spricht, kommt mir da sehr gelegen.“ Ich konnte darauf nichts erwidern, obwohl mich seine Worte kränkten, aber er war großzügig, brachte mir jedes Mal kleine Geschenke mit, wenn er uns besuchen kam. Dennoch glaubte ich nicht daran, dass ich irgendwann Gefühle für ihn hegen könne. Aber ich willigte schließlich in die Heirat ein, auch weil er es hinnahm, dass meine Mutter mit uns zusammenleben würde. Aus seiner Sicht schien das sogar sehr nützlich, denn sie könnte mir helfen, die Kinder großzuziehen.

Schon kurz nach unserer Hochzeit schlug er mich das erste Mal, als ich einen Eimer Wasser auf dem Hof umstieß. Er kam einfach auf mich zu und verpasste mir eine Ohrfeige, während meine Mutter unweit von uns im Garten stand, doch sie gab mir mit einem Blick zu verstehen, dass ich es hinnehmen solle. Abends fragte ich ihn, warum er es getan hatte, und er erklärte mir, dass man aus seiner Sicht als Ehemann durchaus das Recht habe, seine Frau zu züchtigen. Ich lebte fortan nicht in ständiger Furcht vor seinem Jähzorn, denn er schlug mich nicht jeden Tag, aber es schien ihn dennoch auf eine perfide Art und Weise zu befriedigen, es irgendwann einmal unvermittelt zu tun, wenn ich seiner Meinung nach etwas nicht richtig gemacht hatte.

Während meiner Schwangerschaft schlug er mich nicht, fast trug er mich auf Händen, denn er hoffte auf einen Stammhalter und ich dankte Gott auf Knien dafür, als er mir den kleinen James jr. schenkte. Mein Sohn wurde recht schnell von meiner Mutter verhätschelt, sie begann in ihm wahrscheinlich wieder ihren verlorenen Jungen zu sehen und überschüttete den Kleinen förmlich vom ersten Tag an mit ihrer Liebe. Ich wollte es nicht, war ich doch seine Mutter, aber Harrison sagte mir, dass es nur gut sei, wenn die Großmutter ihren Enkel liebe und wenn erst noch mehr Kinder da wären, dann würde sie die Liebe teilen lernen. Aber ich gebar ihm keine weiteren Kinder.

Mein Jimmy ist ein hübscher Junge mit seinen großen, braunen Augen, den braunen Haaren und er lernt schnell. Er ist mir sehr zugetan, denn er hat früh begriffen, dass ich nicht so bin, wie andere Mütter und übernimmt oft das Sprechen für mich, weil er weiß, was ich denke und fühle. Er hat es verstanden, als ich eines Nachts einen kleinen Koffer mit unseren Sachen zusammenpackte und mit ihm fortging. Wir ritten zusammen auf dem Pferd, ich zeigte ihm die Gräber auf dem Friedhof, die er vorher nie gesehen hatte, erklärte ihm, wer dort lag. Da er die Tränen in meinen Augen sah, ahnte er, wie sehr der Verlust seine Mum schmerzte. Er legte seine kleine Hand in meine, flüsterte mir zu, ich solle nicht traurig sein, wir hätten doch uns zwei. Und ich kniete mich vor ihn hin, nahm ihn in meine Arme. „Niemand … wird … dich … mir wegnehmen“, presste ich hervor. „Niemals!“

In der Stadt fragte er nach seinem Vater, der Großmutter und ich sagte ihm, er solle ihnen schreiben, doch ich schickte den Brief nie ab. Und so glaubte er, sie wollten nichts mehr von uns wissen, weil sie ihn nie beantworteten.

Die Nacht ist kühl, die Sterne am Himmel scheinen mir zuzuflüstern, dass es recht war, zu gehen. Von unten dringt Musik an mein Ohr, in irgendeiner Bar spielt jemand Klavier und ich denke für einen Moment an Zuhause, mir ist, als säße ich wieder auf Henrys Schoß, lauschte seinem Spiel. „Warum weinst du?“, fragt jemand. Ich wische mir schnell die Tränen aus dem Gesicht, drehe mich um zu dem Mann hinter mir, dessen blaue Augen mich an die meines Vaters erinnern. Morgen werde ich nur noch sie im Gedächtnis haben, denn sein Gesicht wird mit denen der anderen verschwimmen. Er ist nur irgendein Digger, Farmer oder Tagelöhner, der sich die Zeit etwas vertreiben will. „Es … ist … nichts“, flüstere ich, weiche seinem

Blick aus, lasse mich von ihm zum Bett zurückführen, lächele scheu. „Kennst du eigentlich das Meer, Cherry?“, fragt er unvermittelt und ich schüttele den Kopf, muss kurz an Jimmy denken, ob er wohl artig in seinem Bett im Nebenzimmer schläft oder ob ihn die Madame wieder vor dem Schlafengehen mit Keksen vollstopft, halte kurz inne, konzentriere mich dann wieder auf den Mann. „Das Meer ist so schön wie du …“, meint er, aber obwohl es überzeugend klingt, weiß ich doch, dass er es irgendwann der Nächsten sagt oder morgens seiner eigenen Frau. So quittiere ich es mit meinem sanftesten Lächeln. *Die Männer kommen und gehen wie die Wellen ...,* geht mir durch meinen Kopf. Ich lege mich auf das Bett, öffne den Morgenmantel, damit er meinen Körper betrachten kann, doch er will nicht schauen, sondern gleich zur Tat schreiten. Und während er mir irgendwelche nichtssagende Liebkosungen ins Ohr flüstert, seinen Körper auf meinen presst, zähle ich im Geiste mein Erspartes, denn irgendwann … Irgendwann werde ich Jimmy an die Hand nehmen, mit ihm auf ein Schiff steigen und nach England reisen, um die Heimat meines Vaters und Henrys zu sehen … Irgendwann …

Mein Dank geht an folgende Musiker, die mich mit ihren Stücken während des Prozesses des Schreibens inspiriert haben:

S. 29: Nick Cave, Messiah ward
S. 55: HIM, Passion`s killing floor
S. 60: Tori Amos, Welcome to England
S. 96: Björk, Pagan poetry
S.108: Depeche Mode, Barrel of a gun
S. 130: Queen Adreena, Pretty Polly
S. 141: Nick Cave, Where do we go now but nowhere?
S. 148: Marilyn Manson, Leave a scar
S. 152: Henry Rollins Band, On the day
S. 163: Tori Amos, Mother (Text leicht geändert)
S. 165: Tori Amos, Crucify
S. 177: Marilyn Manson, Devour
S. 243: Leonhard Cohen, I m your man
S. 251: A Fine Frenzy, Almost lover
S. 281: Leonhard Cohen, Waiting for the miracle
S. 294: Death Cab for Cutie, Meet me on the Equinox
S. 300: Dirty Three, Dread the passage of Jesus
S. 335: Florence and the Machine, Cosmic love
Nick Cave, We came along this road
S. 363: Justin Timberlake, Cry me a river
S. 376: Nick Cave, Dead man in my bed
S. 383: Marilyn Manson, Devour
S. 393: Lana del Rey, Born to die
S. 411: Rammstein, Seemann
S. 412: Hole, Asking for it

S. 370: The Sixth Sense-Film, Zitat

S. 76: Deutsche Übersetzung des Kaddisch:
Erhoben und geheiligt werde sein großer Name auf der Welt, die nach seinem Willen von Ihm erschaffen wurde - sein Reich soll in eurem Leben in den eurigen Tagen und im Leben des ganzen Hauses

Israel schnell und in nächster Zeit erstehen. Und wir sprechen: Amein! Sein großer Name sei gepriesen in Ewigkeit und Ewigkeit der Ewigkeiten. Gepriesen sei und gerühmt, verherrlicht, erhoben, erhöht, gefeiert, hocherhoben und gepriesen sei der Name des Heiligen, gelobt sei er, hoch über jedem Lob und Gesang, Verherrlichung und Trostverheißung, die je in der Welt gesprochen wurde, sprechet Amein! Fülle des Friedens und Leben möge vom Himmel herab uns und ganz Israel zuteilwerden…